El Tesoro Mágico

de

Freizantenia

Gabriel de Alas

EL TESORO MÁGICO DE FREIZANTENIA

Edición 2015

Autor: Gabriel de Alas

ISBN   978-1-326-48686-0

www.lulu.com/spotlight/piramicasa

EL TESORO MÁGICO DE FREIZANTENIA

NOTA: (Si no lees los tres anteriores, te costará entender algunas cosas, pero puedes comprender todo lo importante)

ANDANZAS EN MISIONES

Desde la carretera nacional que va desde Posadas, en la Provincia argentina de Misiones hasta las Cataratas del Iguazú, en el tramo más norteño del trayecto, sale un camino de tierra de 27 kilómetros hasta la casa de mi Amigo Polo. Si bien es transitable en los primeros quince kilómetros, es una huella de difícil acceso hasta la última casa, perdida en medio de la jungla. Sin embargo, el camión de Chiquito y Ernesto -los hermanos de Polo-, se aguantaba los zarandeos, resbalones, volantazos y sacudidas, mucho mejor que mis riñones.

Había decidido visitar a esta gente, por indicaciones de una Orden de Caballeros a la que pertenecía mi padre y de la yo poseo membrecía hereditaria y voluntaria, tras comunicarles que Freizantenia estaba en peligro. Mientras el camión daba sus buenos saltos, hacía mentalmente un repaso de lo acontecido durante la última semana.

Le decía días atrás al Director de la Orden, Otto Schellen, que estaba al tanto de algunas cosas relacionadas a los narigoneses y sobre lo ocurrido poco tiempo atrás en las profundidades de la Tierra.

- Hemos encontrado unos mapas de los narigoneses que lo revelan. Pero dicho mapa está desfasado. Freizantenia está ahora a muchos kilómetros de allí, desde hace varios años. No obstante, quiere decir que más o menos conocen la zona y en sus planes está atacarla. Aunque suponemos que no será inmediata una intentona, debemos apresurarnos.

- Hummm... eso de inmediato o no, -decía Otto Schellen- es algo tan relativo que lo mejor es hacer de cuenta que puede ser mañana mismo... Y sería terrible. Ni más ni menos que el fin de esta civilización, si se atreven a atacar Freizantenia y lo logran. Sería inevitable que la guerra que ahora es "secreta" para las masas, se convierta en guerra abierta. Y ya imaginarás cuánto puede durar...

- Si, unos días... -reflexionaba yo en voz alta- Y todo este mundo desaparece... O mejor dicho, esta civilización, pero con miles de millones de muertos, aunque los freizantenos no maten directamente a nadie. Bastaría con que derriben los satélites y destruyan algunos centros energéticos vitales para producir el gran caos... Sin contar con que podrían apresurar el deshielo del Ártico y dejar inundadas todas las ciudades costeras del mundo...

- Si -decía Otto- pero también debes saber que igual puede que el sol haga ese trabajito, es decir la Naturaleza, por sí misma... Sin embargo es cierto también que los ciclos de las tormentas solares no están muy bien definidos y puede pasar algún tiempo hasta que ocurra Pero en fin, que si la civilización cae por una guerra contra los freizantenos, las cosas tendrían gran diferencia, pues no habría precisamente una buena predisposición de ellos para ayudar a la gente, ni de la gente para recibir su ayuda... Así que hay que evitar que los narigoneses logren sus objetivos. Dime más cosas.

-Por diversas razones técnicas que me excusará de explicarle, hemos quedado en reunirnos dentro de tres meses. Pero ya sabe Usted que nuestros amigos freizantenos son extremadamente exigentes en muchas cosas, incluso con la preparación de quienes pretendan ayudarles.

-Sí que lo se... -decía entre carcajadas Don Otto- Y bien sabes que lo sé. ¡Ya hubiera querido yo irme con ellos...! Pero tienen razón en ser tan exigentes. ¿Dónde puede ir un gordinflón como yo que no quiere dejar sus pequeños placeres? Ah, no... Ellos tienen la regla del equilibrio muy bien definida. Nada de gordos, ni de perezosos, ni de vagos, ni de viciosos...

- Cierto, Otto, pero a fe de justicia, hay que reconocer que si son tan exigentes en cuanto a la Voluntad, son igualmente exigentes en cuanto al Amor y la Inteligencia.

- ¡Exacto! Y esa es la clave del equilibrio, mi querido Marcel. Así que como tenéis que ir a ayudarles para que no se vean obligados a destruir nuestra tan defectuosa civilización, no es cualquiera el que puede ir. Es lógico que haya que tener alguna formación similar a la de ellos... ¡Por todos los dioses, que ni los Primordiales son tan exigentes!

-Claro, pero los Primordiales tienen una capacidad mayor para tolerar, para aislase de las emociones de los demás, sin dejar de observarlas... Así y todo, no podrían convivir con nuestras mentes saltando como monos de una idea o un pensamiento a otro constantemente....

-Entonces -reflexionó Don Otto- es comprensible que los freizantenos, con sólo algunas décadas de evolución intensiva, tengan que ser más estrictos, especialmente con la gente que les visite por la razón que sea.

-Eso es. Y no me han dicho exactamente cuál es esa formación, pero el Gran Cupanga que instruye en Magia Práctica a la mayoría de mis compañeros, que viven en el Amazonas, ha dicho que yo tengo que aprender cosas un tanto especiales, así que él no puede darme esa necesaria instrucción. No entiendo por qué...

- ¡El Gran Cupanga! -me interrumpió- ¡Ah, ese viejo pícaro...!

- Así que le conoce...

- ¡Claro, fue mi maestro durante algunos años!.. Y no te quepa duda que sus razones tendrá. Nunca fallan sus intuiciones. Su función, sus actitudes y hasta su modo de vida es un poco misteriosa, aún para quienes le hemos conocido mucho tiempo. Pero es un gran Mago. No será porque no sepa enseñarte algo que te envía a buscar por otra parte, sino porque intuye que debes estar en algún momento y lugar para aprender algo que pueda ser fundamental para los objetivos del GEOS. ¿Y dónde te dijo que debías recibir esa instrucción?

- Bueno... -dije- eso me tranquiliza. Pensaba que no estaba a la altura de mis camaradas, que hacen prácticas de las que apenas conozco un par. Pero no me lo dijo él, sino Tuutí, nuestro jefe de operaciones, después de conferenciar con el Gran Cupanga. Mandó a decir que tenía que buscar en Buenos Aires a la gente que conociera y que buscara a un tal Otto... Así que no dudé un instante en que Usted sería el instructor o el nexo para encontrarlo.

- ¿Y cómo son esas prácticas?

Tras describirle las posiciones y mantrams que habíamos hecho en algunas oportunidades, escribió en un folio una serie de símbolos raros, que aunque me parecían "nuevos" me producían algo así como lejanos recuerdos o reminiscencias difíciles de describir. También había visto algunos de esos misteriosos signos en las carcasas de las vimanas, pero nadie me había explicado qué eran ni yo había preguntado. Había aprendido a contener mi curiosidad, pero me había excedido en ello. ¡Eran tantas las cosas asombrosas que había visto en unos cuantos meses! Unos símbolos más o menos, no me parecían algo demasiado importante.

-Estas son las Runas Primordiales. -dijo Otto- Eso es lo que practican y que seguramente usan también los freizantenos. Son en realidad las primeras letras de la Humanidad Mortal. Pero en ellas hay unas claves que son ciertamente las más importantes de la Vida, por lo tanto, las claves de la toda la Magia... Ya entiendo por qué quieren que se preparen con ellas. Pero bueno... No soy yo quien debe enseñarte estas cosas, sino alguien que se dedica a ello de verdad, con mucha práctica. Tendrás que moverte de prisa si quieres aprender algo. Anota estos nombres y direcciones. Luego tendré que encargarme de contactar con alguien para que te facilite el regreso junto con tus compañeros. ¿Habéis quedado en algún lugar?

-No. Sabemos que nos tenemos que reunir en una base freizantena, pero no tenemos idea de dónde se encuentra ni como llegaremos allí. La clave es un nombre supuesto que debo usar: Pedro Fuentes.

- ¡Ah!.. Bien...! Sin saberlo, acabas de darme un mensaje del Cupanga o de los freizantenos, que quiere decir que tengo que prepararte el camino para que luego de recibir la instrucción adecuada te pongas en contacto con alguien... Es todo como parecía, lo cual no siempre es así. Pero vamos bien. Déjalo en mis manos, que todo se hará perfectamente. Tienes que ver a estas personas y luego de que te preparen, deberás seguir usando ese nombre para contactar con Pedro Casas en esta dirección. ¿Cuándo piensas partir?

- Mañana mismo.

- Bien. Vuelve mañana así te doy los datos, luego de confirmar que es posible arreglar tu ida a la base freizantena.

- Tendré que hacer muchos kilómetros... ¿Le llamo por teléfono?

- ¡Imposible! No podemos confiar en los teléfonos. Me extraña...

- Lo siento. Con las experiencias que he tenido, no debería haber hecho una propuesta tan tonta. Los narigones tienen espías en todas partes.

-Y nosotros también. -dijo Otto riéndose- Por eso podemos darnos el lujo de tener a los integrantes del GEOS de visita algunas veces...

Tres días más tarde, luego de hacer 1.600 Kilómetros de carretera en autobús, aún de madrugada, me hallaba en un bar que acababa de abrir, de la ciudad de Posadas Consumía el segundo café, en espera de alguien que debía recogerme. Se acercó un hombre cuyo rostro barbudo apenas dejaba ver unos ojos azules y rasgos nórdicos.

- ¿Eres Pedro...? -preguntó.
- Pedro Fuentes, para servirle...
- Entonces nos tenés que acompañar...

Una hora más tarde, mientras íbamos en un camión, me dijo:

- ¿Cuál es tu nombre verdadero, *ch'amigo*?
- Marcel. ¿Y Ustedes?

No respondieron. Una rápida mirada entre ellos, sin siquiera un gesto de cabeza, indicó algo así como "bien" o "correcto", lo cual significaba que la cosa iba bien. Seguramente Otto les había comunicado mi verdadero nombre, para mayor seguridad y tranquilidad de ellos.

Me sentía feliz al saber que iba al encuentro de Polo, uno de los pocos portadores de la Antigua Magia. Sus ancestros, Magos de cien generaciones, habían mantenido el Conocimiento Sagrado de una de las más poderosas formas de Magia Práctica. Gerdana había sido muy clara respecto a la imposibilidad legal de que los freizantenos o cualquier otra civilización me dieran ese tipo de conocimientos, ni siquiera en su forma inicial. Era una gran responsabilidad que sólo podía cargar sobre las personas de nuestra propia civilización. Si alcanzaba determinados niveles de desarrollo energético personal, entonces me darían más conocimiento los freizantenos o incluso el Gran Cupanga que era guía de mis compañeros amazónicos.

No entendía muy bien el mecanismo legal, pero así eran las cosas. Hay unas leyes muy puntuales entre las civilizaciones, y deben respetarse para que no sea cualquier persona la que obtenga las claves de conocimiento necesarias para alcanzar ciertos poderes, así como dichas leyes sirven para evitar que un sujeto se infiltre en una población determinada. Un ejemplo aproximado, sería el no enseñar a los primitivos pigmeos del África nada sobre la fabricación de la pólvora. Me habían dado sólo unos pocos datos para encontrar a las personas que podían darme la "Iniciación" o conocimiento básico. Si cumplía lo mío, en algún momento me llevarían a Freizantenia. Había un plan dispuesto, pero no imaginaba en ese momento cuántas cosas ocurrirían en su desarrollo, porque no sabíamos hasta qué punto nuestros enemigos narigones tenían vigilada la superficie externa de la Tierra y por lo tanto, hasta dónde tenían la posibilidad de perseguirnos.

Llevábamos andando unas cuatro horas y aún faltaban siete kilómetros para llegar a la casa de Polo, cuando por fin me animé a preguntar de nuevo y me dijeron sus nombres. Al menos sus nombres de pila.

La mayor parte del paisaje se componía de espesa selva, pero también había algunos campos acondicionados para cultivo y ganadería. Las montañas cubiertas de vegetación encantaban la vista con sus manchas de rojos ceibales en flor, mientras gigantescos ficus y jacarandaes competían por imponer el colorido de sus flores blancas, amarillas, lilas y azules. Pero en ese momento, nada brillaba como cuando hay sol. La atmósfera estaba impregnada de una bruma tenue, mientras que el cielo se había tornado gris plomizo con manchas negras, lo que daba un matiz mágico y misterioso al paisaje. Chiquito apretaba el acelerador del vetusto camión mientras se mordía los largos bigotes. Concentrado como estaba en la conducción, miraba de tanto en tanto el cielo, que parecía a punto de caerse sobre nosotros. Algunas gotas aparecían en el parabrisas y Ernesto activaba el limpia lunetas para evitar ese trabajo a su hermano. Un descuido de Chiquito y podíamos caer en cualquiera de los abismos, cortados a pique a uno u otro lado del camino alternativamente.

Las montañas cercanas ya estaban siendo regadas por la lluvia y el camino, como todos aquellos de la "Tierra Colorada" de la Provincia de Misiones, en el Noreste argentino, se convertiría con un poco más de lluvia en una superficie jabonosa donde ni siquiera es posible caminar, a menos que se tenga mucha práctica con esquíes o patines.

Para un camión sin carga, al que le falta peso para hundirse en la capa de barro y afirmarse lo suficiente en el suelo de más abajo, esto suele significar dos alternativas: Quedar inmovilizado hasta tres o cuatro días después de terminada la lluvia, o arriesgarse a caer a un precipicio. Con mucha suerte, el riesgo quedaba en salirse del camino en algún lugar sin barrancos y chocar contra un árbol. Chiquito, sin quitar los ojos de la huella, me dirigía la palabra después de más de una hora de viaje.

-No te asustés, "ch'amigo". Estamos muy acostumbrados a estas situaciones.

Y no habló más. A Ernesto, apenas si había logrado sacarle cuatro palabras desde que les encontré en Posadas y Chiquito, algo menos callado, tampoco hablaba nada si no le daba pie a ello. No sabía si eran naturalmente poco comunicativos o si la sorpresa -y quizá desconfianza- por lo extraordinario de nuestro encuentro, les tenía silenciosos. Cuando por fin llegamos a destino, la lluvia no se había descargado con toda la fuerza habitual en esa región, pero algunas gruesas gotas presagiaban una tarde mojada. Las nubes se empezaban a revolver con más violencia.

La casa de Chiquito era de ladrillo visto, humilde, grande y bellamente adornada por fuera con macetas llenas de flores. Chiquito me presentó a su mujer y a sus pequeños hijos. Gente muy amable y sonriente, pero tan silenciosa como los dos hermanos. Luego caminamos por una senda estrecha unos doscientos metros, hasta la casa de Ernesto, quien también me presentó a su familia y pidió a su esposa agregar un plato a la mesa. Después seguimos por entre tomatales y un campito lleno de calabazas, hacia la casa de Polo. Antes de llegar, Ernesto me advirtió que su hermano podía estar haciendo magia, así que en ese caso no le molestaríamos hasta la noche. Apresuramos el paso porque la lluvia empezaba a ser más densa y el viento arreciaba.

Al subir una cuesta, quedando sobre el lomo más bajo de un cerro, Ernesto y Chiquito se detuvieron, haciéndome señas de esperar allí.

- Estas montañas se llaman "Los Dromedarios" -dijo Chiquito saliendo del mutismo- El "De la Derecha" y el "De la Izquierda" respectivamente.

A unos doscientos metros, hacia la derecha y abajo, la casa de Polo presentaba un cuidado y hermoso aspecto, rodeada de jardines y frutales, en una planicie en la falda misma del cerro. Hacia la derecha y veinte metros más abajo, un campo de verde césped de algo más de una hectárea, encajonado entre dos morros de abruptas formas, cuyas cúspides rocosas se alzan unos cien metros sobre el campo, en medio del cual se había instalado un toldo de lona azul, con unos parantes metálicos sostenidos con gruesos tiravientos de alambre.

Alrededor del toldo, bajo el que parecía haber un hombre, puesto que creí ver un par de botas, se habían dispuesto varios caños formando un círculo. Estos caños, que tendrían sobre el piso la altura de un hombre, estaban clavados a veinte metros en derredor del toldo. Sentí un sonido extraño, como un mantram, que seguramente vendría del hombre bajo el toldo. Un "Rrrriiiiiiiitt", con las letras prolongadas, como un canto agudo, profundo, que producía algún extraño efecto en el aire. Sentí que si continuaba, haría vibrar hasta las moles montañosas ubicadas a ambos lados del campo.

Iba a preguntar algo y me volví ligeramente hacia Ernesto y Chiquito, pero éstos me hicieron una seña y guardé silencio, mientras ellos me indicaban que mirara hacia otro lugar, cosa que hice, intentando ver lo que quisieran mostrarme. Una luz azulina parecía brotar de la cúspide de la montaña que dejábamos hacia la izquierda. Repentinamente, un fogonazo azul envolvió el aire y al instante le siguió un estampido de tal magnitud que me dejó aturdido. Instintivamente me lancé cuerpo a tierra, mientras abarcaba con la vista el posible origen de aquella detonación. Sucedió otra vez y quedé, además de aturdido, bastante encandilado. Un rayo había caído sobre el caño más próximo al toldo azul, casi en medio del campo. El fenómeno me resultaba completamente inexplicable, porque los rayos no suelen caer en sitios bajos, al pie de las montañas, sino en su parte más alta.

- ¡Y yo que me hubiera refugiado allí en una tormenta! -comenté. Pero los hermanos dijeron "¡Silencio!" en voz baja pero imperiosa. Por acomodarme un poco mejor, me incliné apoyando el cuerpo sobre la mano, pero un agudo dolor en ella me hizo perder el equilibrio y rodé cuesta abajo varios metros. Me quedé tendido en el sitio donde conseguí detenerme, sacando la espina que me había herido. Me apoyé sobre el brazo derecho y otro rayo cayó entre los tubos de metal.

Ernesto me llamó en un susurro, con un tono de mando que no pude desobedecer. Me incorporé para remontar la cuesta, pero al hacerlo alcancé a ver al hombre bajo el toldo, de pie, con un brazo estirado hacia abajo y el codo ligeramente hacia atrás, y el otro brazo con la mano apoyada en la cadera, lo que me recordó a ciertos dibujos egipcios. Una pierna firme en el piso y la otra recta hacia afuera y algo levantada. Su cabeza me era ocultada por el toldo.

El sonido ahora era Thiiiiiirrrrr y surgía de él con una potencia extraordinaria y cuando me reuní con Ernesto y Chiquito, otro rayo cayó al otro lado del campo, casi al pie del cerro. Aquel fenómeno era de alguna manera, "antinatural" y no veía la hora de que me presentaran a Polo, que seguramente sería el causante de aquellas anomalías, para hacerle las mil preguntas que se agolpaban en mi mente.

- Marcel, por favor... -me recriminaba Chiquito- ...te hemos pedido guardar silencio ¿No?

- Si, perdona es que...

- Es que nada... Vamos. Hasta la noche no podremos venir.

- ¿Ese es Polo?

- Sí. Ese es. -respondió Ernesto.

- ¿Cómo es que hace caer rayos cerca de él, en vez de caer en los cerros?

- Eso te lo dirá él, si es que debe decírtelo. -contestó Chiquito.

Sentí que lo mejor era permanecer mudo, al menos en todo lo posible. Para un bocazas como yo, comunicativo y sociable, eso era molesto y me pesaba. No es que esta gente fuera grosera ni insociable, sino que aún entre ellos hablaban más con gestos y miradas que con palabras. Si no hubiera sido por algunas pocas veces que se hablaron, cuando los gestos no son suficientes para transmitir un concepto trivial o muy objetivo, habría sospechado que eran telépatas. Pero no; simplemente personas que se conocen bien entre ellas y viven con mucha sencillez, acostumbradas al silencio. Quizá mi presencia -la de un extraño apenas conocido- les hacía hablar menos que de costumbre.

La comida en casa de Ernesto estuvo deliciosa, pero yo no me sentía muy cómodo entre personas tan calladas, aunque sus modales fuesen corteses y francos. A pesar de haberme levantado a las cuatro de la mañana, estaba tan ansioso por ser presentado al Mago principal de la familia que no pude aceptar la invitación de dormir una siesta. Como ellos no prescindirían de esa sana costumbre, les dije que si no había inconvenientes, aprovechando que la lluvia se había quedado en amenazas y había parado completamente, daría una caminata por la zona. Ernesto me indicó hacia qué sitios podía dirigirme y me rogó que no fuese hacia la casa de Polo.

-Te juro que no se me ocurriría. -dije- Puedes quedarte tranquilo.

- Pero no te vayás a perder, ch'amigo. Y no te metás en las cuevas que hallarás en el cañadón, que son peligrosas cuando hay tormenta...

- ¡Ni pensarlo...! -dije mintiendo descaradamente. Había dicho Ernesto lo que más me podía atraer, fuera del asunto que me había llevado hasta allí. Saqué de la mochila la linterna, unas velas y un mechero. Tuve intención de sacar también la soga, pero ello revelaría inmediatamente mis intenciones espeleológicas y desistí. Además, no había ido allí para recorrer esas pequeñas cuevas de la superficie externa, que apenas si pueden llevar a algunos kilómetros y son tanto o más peligrosas que las grandes cavernas y vacuoides de la corteza terrestre.

El cañadón comenzaba a medio kilómetro y se extendía entre unas montañas muy bellas, cubiertas de vegetación exuberante. El riachuelo era apenas un hilo de agua que amenazaba con aumentar si llovía un poco más al Este, así que iba calculando los lugares por donde debería buscar altura, en caso que debiera ganarla para escapar de una crecida.

Había muchos sitios por donde trepar a las montañas, y salvo en algunos cajones de roca, donde apuraba el paso, no tendría peligro.

La primera cueva que encontré, a unos trescientos metros del inicio del cañadón, tenía muchos indicios de ser transitada, pero igual me pareció interesante. Era un socavón ascendente, que se metía en la montaña subiendo un metro cada cinco o seis, con escalones naturales un poco acondicionados a fuerza de azadón y pala, y en una salita encontré una estantería repleta de frascos de conservas. Tomates, calabazas en almíbar, berenjenas en escabeche, "duraznos" -o sea melocotones-, "damascos" -o sea albaricoques- y cuanta fruta y verdura se puede poner en conserva de azúcar, de vinagre o de aceite. Unos tarros de diez litros, contenían miel y dentro de ella, huevos. Ya había visto ese modo de conservarlos, que permite comer huevos frescos hasta más de un año después de *fabricados* por la gallina. Todo estaba impecablemente limpio y ordenado en esa despensa, que a modo de sifón, sería imposible de invadir por el agua, por más que subiera el nivel del arroyo.

Volví al cauce y me encontré con que lloviznaba de nuevo y con algo más de fuerza; sonaban estrépitos de rayos no muy lejanos. Desde un punto más alto, donde podía apreciar las montañas cercanas a la casa de Polo, pude ver que el bombardeo de rayos seguía allí. Pero haciendo un poco de fuerza de voluntad, me abstuve de volver a aquel sitio al que seguramente regresaría más tarde, acompañado de los dos hermanos. Seguí subiendo la cuesta pretendiendo alcanzar las nacientes del arroyo, si es que no estaban demasiado lejos, pero una nueva caverna me hizo desistir. Esta no estaba transitada y se hallaba en su salvaje naturalidad, apenas visible entre los altos helechos y abundante líquenes y musgos que colgaban de las paredes del cerro.

A poco andar entre las rocas del interior de la cueva, sentí un murmullo de agua que por su eco provendría de una sala grande o de una cascada a buena profundidad. Encendí la linterna y seguí hacia adentro con extremo cuidado, porque la pendiente era un tanto abrupta y resbalosa. Al llegar a una saliente algo más horizontal, comprendí que no podría seguir sin una cuerda, a riesgo de caerme y de resultarme imposible o muy forzada la subida de regreso. Pero cuando mis ojos se acostumbraron un poco más a la penumbra, encontré un sitio por donde podía bajar y subir al volver. Encendí una vela y la puse en la saliente. Bajé unos cien metros y la cueva se hizo más transitable. El ruido del agua era más fuerte y finalmente me hallé ante un abismo impracticable. Tendría unos cincuenta metros, cuando mucho, hasta el arroyo que iba por abajo, pero no estaba Chauli allí para hacer milagros con una soga, y aunque yo la tuviese, lamentaría no haber podido estar en sus entrenamientos y no haber atendido mejor a sus maniobras en nuestras andanzas. Sabría "rapelar" diez o quince metros, pero no cincuenta.

Volví a la superficie, no sin esfuerzo, puesto que empezó a entrar agua en la cueva y el piso era más resbaloso que momentos antes. Un hueco estaba a medio tapar por una piedra, que al parecer podía usarse como puerta disimulada, pero no me atreví a explorar más. Me di cuenta que esa cueva era una trampa peligrosa, no muy difícil de bajar en seco, pero imposible transitar sin resbalar como en un tobogán, por el lodo jabonoso en cuanto entrara un poco más de agua. El ruido del arroyo subterráneo seguramente era de una cascada que llevaría vaya uno a saber dónde, casi seguro sin salida posible. Al salir, casi arrastrándome para no resbalar hacia abajo, me encontré con que llovía a cántaros y el arroyo estaba subiendo rápidamente de nivel. No podía perder tiempo, así que busqué un lugar para ascender por la ladera de la montaña y volver a la casa de Ernesto que se hallaba justo al extremo de la misma. El barro de la tierra colorada es algo muy problemático, que parece un jabón fino y mancha todo. De no ser por la misma lluvia, que va desnudando la parte de la piedra donde no se acumula la hojarasca de los árboles, habría sido muy difícil subir. Llegando a la casa tuve que quedarme un rato a cielo abierto para lavarme todo el cuerpo, porque no podía entrar embarrado como estaba. Uno de los hijos de Ernesto, un hermoso pequeñín de cinco años abrió la puerta y corrió a darme una toalla. No hacía nada de frío, pero el agua de lluvia igual cala hasta los huesos después de un rato. Al entrar, la estufa se hallaba encendida y me extrañó, pero igual sabía que en los últimos días del verano las noches suelen ser bastante frías en Misiones.

Me secaba frente a las llamas mientras intentaba conversar con Ernesto, que había preparado el mate y me miraba un poco de reojo, con cierta pícara sonrisa.

-Supongo que no te habrás metido en alguna cueva... -dijo pasándome el mate.

- No te equivocas en tus sospechas -dije sonriendo-. Cuando me hablaste de ellas, ciertamente ni lo pensé. Estaba decidido.

-Ya me parecía, ch'amigo. - decía moviendo la cabeza- Todos los de la Orden son iguales.

- ¿Qué? ¿Todos los de la...?

- Si, lo que vienen como vos, enviados por los Cupangas o por los de la Orden de la Llama Inextinguible...

- ¿Es que han venido otros...?

- No te estarás creyendo tan exclusivo... - dijo pacientemente tras unos segundos de chupar el mate, mientras acomodaba las brasas de la estufa.

- No, claro... Debí imaginarlo. ¿Y a ustedes les resulta molesto en alguna medida?

- No, molesto no. Pero a veces ha venido gente del otro lado... Ya sabés...

- ¡Del otro lado!.. ¡narigones, querrás decir!

- Esos. Pero ya vemos que vos sos de los nuestros.

- ¿Y cómo pueden saber eso?

- Por muchas cosas. Pero preferimos mantenerlo en secreto. Sos un tipo interesante, que habla mucho pero no decís estupideces ni andás tratando de quedar bien a la fuerza, ni sos hipócrita.

- Si, pero te mentí respecto a que no me metería en las cuevas...

- Bueno... Estás perdonado. Los otros han hecho lo mismo; parece que ven las cuevas y son niños ante una vidriera de golosinas... Acaba de venir Taíto de la casa de Polo, y dice que a las ocho nos espera, aunque siga la *lluviarada* o caigan chuzas de punta...

Miré el reloj y marcaba las siete y cuarto. ¡Qué tres cuartos de hora más largos! Pero entre el mate con buena yerba y un poco más hablador que estuvo Ernesto, se me hizo soportable el tiempo. Los cordobeses de Argentina no parecen hablar, sino decir las cosas cantando, lo que resulta muy agradable al oído, pero el modo de hablar de los misioneros (gentilicio de la Provincia de Misiones), es el segundo en "orden de canto". Al cantito misionero se le agregan las expresiones propias del lenguaje argentino y palabras y expresiones de origen guaraní, con algún condimento alemán, lo que resulta muy gracioso de escuchar, difícil de imitar e imposible de entender si hablan rápido.

Cuando salimos aún llovía con fuerza y por lo poco que conocía del clima de esa región, no era de esperar otra cosa que muchos días lluviosos, con intervalos cortos sin lluvia. Así que no podría salir de la zona antes de haber averiguado unas cuantas cosas importantes. Y si algo podía sospechar en cuanto a estar equivocado, las palabras de Ernesto fueron éstas:

- ¡Caray, ch'amigo...! Esta lluviarada no nos va a dejar salir en diez o quince días...

- Espero no resultarles una molestia.

- Nada de eso. Y si querés ayudarnos en algunas cosas que tenemos atrasadas de hacer en el campo, te ponés manos a la obra y vas a ser menos molestia todavía...

- Soy todo músculo. No podría quedarme diez días sin hacer nada... Ni un día, siquiera.

- ¡Mirá que espectáculo! -exclamó Ernesto mientras íbamos a casa de Polo- Eso se ve pocas veces por acá, ch'amigo...

Llegábamos a la altura del camino desde donde habíamos observado el toldo la primera vez, y aunque lloviznaba, el cielo se había despejado al Oeste, dando paso a los rayos del sol. Un arcoíris doble abarcaba todo el horizonte, salvo el extremo derecho que se perdía tras las montañas de "Los Dromedarios".

Cuando después de varios minutos se apagó el magnífico espectáculo con la aparición de nuevos nubarrones, emprendimos el descenso a la casa de Polo, entre resbalones variados y algunas caídas. Ernesto parecía un niño carente de toda seriedad. Su mutismo, por obra de rara magia se había convertido en risas y bromas, que sólo amainaron cuando llegamos cerca de la casa y debimos lavarnos en un pequeño estanque porque había dejado de llover y estábamos embarrados hasta las orejas.

- Llegan tarde... -dijo una recia voz desde el porche de la casa.

- Es que estábamos viendo un arcoíris doble... -respondió Ernesto- Este que traigo lo envían los de la Llama... Pero dame un abrazo, que hace tres semanas que no nos vemos...

Los dos hombres se fundieron en un abrazo y luego Polo me tendió su mano, mientras trataba de disimular algunas lágrimas, surgidas durante el abrazo. No supe si era porque Ernesto le había dicho algo, ya que creí escuchar un susurro, o si Polo llevaba consigo una tristeza especial, cosa que sentí al darle la mano.

- Bienvenido, ch'amigo... Espero no haberte asustado con el trabajito que estaba haciendo en el campo...

- No mucho, -respondí- pero la verdad es que me sorprendió. Estoy muy emocionado.

- No es nada. Cositas de la magia. Pasá, que se está poniendo frío, ch'amigo. Vamos a tomar algo caliente.

- Yo me vuelvo, -dijo Ernesto- que los críos quieren jugar conmigo y ya sabés como extrañan.

Cuando Polo y yo quedamos a solas, me comentó que sus hermanos llevaban más de veinte días viajando por toda la provincia, llevando mercadería a los pueblos donde pocos se atreven a ir en una época tan lluviosa. Como allí no llegaba correo, ni teléfono ni telégrafo -ni siquiera hoy y quizá nunca- no había manera de saber de ellos, si no fuera porque se encontraran con algún vecino que llevara noticias. A veces podían enviar un mensaje por la "Radio del Camionero", pero la señal de esta emisora solía perderse por los factores climáticos y la compleja orografía regional. Las mujeres pasaban horas atentas a la radio, pero rara era la vez que podían recibir un mensaje de sus maridos.

Polo, con una edad indefinible por el aspecto y cuarenta y ocho por su confesión, de aspecto ruso, no pasaría inadvertido ni en Moscú. Su musculatura, formada en el trabajo rural y los acherales del monte, aparentaba una salud inquebrantable. Pero su energía psíquica era agobiante, incluso para una persona como yo, acostumbrado a tratar con freizantenos, taipecanes y hasta con Primordiales. Por cuestiones que no puedo narrar en este libro, omitiré detalles de nuestra conversación, que llevaba más de una hora cuando volvimos al tema de sus familiares.

-...Y ya has visto -me decía- que el vecino más cercano está a diez kilómetros, así que aunque tenga noticias, si llueve mucho no pueden llegar ni caminando... Pero no está mal del todo vivir tan lejos. Lo único que extraño son las bibliotecas...

- En poco tiempo más, -dije mirando de reojo su biblioteca personal que cubría toda la estancia y no tenía menos de tres mil libros- será posible vivir en cualquier sitio y estar comunicado con todo el mundo. Están mejorando la telefonía portátil. Y los militares tienen una red mejor que el teletipo, pero es muy secreta, la llaman Internet.

- ¿Qué es eso?

- Un sistema de comunicación global, vía telefónica. Pero hay aparatos que no precisan cable. Se comunican directamente mediante satélites.

- ¡Uff ! ¡Ciencia ficción, ch'amigo! No es que no lo haya, pero eso no llegará aquí en muchos años. Y yo no estaré aquí, creo, cuando eso llegue por estas tierras.

- No creas que pasará mucho. Ya lo tienen algunos gobiernos y millonarios. Pero más ciencia ficción que hubiera creído si me lo cuentan, lo que he visto esta tarde, con los rayos...

- ¡Ah, sí...! Pero no es problema. Mis hermanos se quedaron preocupados porque pensaron que sería inconveniente que vieras un poco de magia, pero ya saben que no hay peligro con vos, y que podemos confiar.

- Si, eso me dijo Ernesto pero no me dijo cómo saben Ustedes... Y si realmente se puedes confiar, me gustaría que me contaras para qué hacías eso, aunque el "cómo" será cuestión más complicada, supongo.

- Suponés bien, ch'amigo. Lo que estaba haciendo es para que los rayos caigan en esa parte, donde el suelo estaba infectado de toda clase de plagas, por esquilme de la tierra con mandioca, papa (patata), batata (moniato) y maíz. De ese modo, cada año, dejo ese terreno libre de insectos, bacterias y parásitos como el oídio o el carbunclo, entre muchas otras pestes. Si no lo hiciera, no podría sacar más que unas calabazas raquíticas que no servirían ni para mates como éste.

El mate que me pasaba Polo, como el que había tomado en casa de Ernesto, es una tradición en Argentina, Paraguay, Uruguay y parte de Brasil, que se va extendiendo poco a poco por sus virtudes, más apreciables aún que las del café. Consiste en una calabaza pequeña y ahuecada, de corteza dura, donde se introduce hasta la mitad de su volumen la "yerba mate", extraída de la especie arborícola *Ilex paraguariensis*. A las hojas secas y molidas de este arbolito, se agrega agua tibia al principio -para que no se queme- y posteriormente agua a unos ochenta grados. También, en calabazas más grandes, usando la misma "yerba", se agrega zumo de naranja y pomelo mezclados y fríos. Esta variante se llama "Tereré" y es muy refrescante, tiene casi las mismas virtudes que el mate caliente, con el agregado de las vitaminas de los cítricos.

- Así, llamando a los rayos, hago que se muera toda la peste del suelo y queda una radiación natural que mejora el rindex de las plantas, como si nunca se hubiera sembrado nada.

- ¡Qué maravilla! -exclamé- Hay algunos sabios que ya han propuesto la irradiación de los suelos con electricidad para evitar el uso de esos químicos que contaminan todo...

-No les vendría mal aprender algo de magia. Ni cables harían falta. Con algunas tormentas de vez en cuando... Eso ya lo hacían los mayas, los chibchas, los aztecas y otras culturas antiguas, usando las pirámides y unas construcciones especiales, que atraían los rayos y los dirigían donde querían... Pero también puede hacerse más fácil, si se quiere hacer con tecnología. Nicolás Tesla desarrolló todo eso a fines del siglo XIX y durante las primeras décadas del XX, pero ya sabés como es este sistema. Lo que resulta muy barato, gratis y no se puede vender, no se permite en esta civilización del mercado. Pero también se pueden manejar algunas cosas de la electricidad aprendiendo la Magia Primordial.

- ¡Aprender magia...! No sé, lo veo difícil a nivel masivo. Poca gente se interesa por la verdadera Magia. La mayoría lo relaciona con conejos saliendo de una galera y cosas así. No tienen idea de que la Magia no es otra cosa que la ciencia llevada un poco más allá de la tecnología, que llega a prescindir de los aparatos.

- Veo que estás bien enterado... -respondió Polo- Y me alegro, ch'amigo. Los que han venido antes apenas si tenían alguna idea y... Francamente, me cansa enseñar a los muy principiantes. Aunque igual les enseño lo que puedo, con el mismo Amor, pensando en que pueden ser en el futuro, personas importantes para la Humanidad.

- Por mi parte, -le dije- tendrás un interesado seguro en ser lo más útil posible a todo el mundo. Creo que si no es así, no tendría sentido aprender Magia, ni nada de nada. Por mi parte, no sólo quiero aprender para poder ir a Freizantenia...

- Totalmente de acuerdo. Ahora contame vos algunas cosas, por ejemplo: ¿Cómo es eso de que querés ir a Freizantenia...?

- Imagino que sabes dónde es...

- Ni idea... -respondió Polo desconcertado. Sólo me han dicho que hay mucha gente aislada en una tal Freizantenia, que son todos magos, pero no admiten a uno que no sepa al menos lo básico...

- Ya entiendo... Por eso me dijeron que te hablara de esto, pero pensé que era para asegurarte que soy del bando teúrgico y no del enemigo. Suponía que estabas más al tanto de lo que ocurre, y más habiendo enseñando a otros de la Llama... Estos mapas que traigo en la mochila y esta carta, te dirán algo más...

Extraje los mapas, que los freizantenos habían copiado tras la captura del jefe militar de los narigoneses en el Mar Pogatuí. Polo contemplaba extrañado el material, parecido al papel de aluminio, pero mayor asombro tuvo al ver los símbolos mágicos sobre un mapa de la Antártida y otros sitios. Luego de unos minutos de analizarlos cuidadosamente, sus ojos se empañaron.

- ¡Entonces... Era cierto...! -dijo con voz trémula.

Me quedé observándolo sin entender qué noticias tenía él sobre Freizantenia.

- Mi padre... -siguió- Bueno... El sabía todo esto. Pero creo que no pudo ir. Aunque no es seguro. El nos dijo siempre que la Sagrada Orden Freizantena se iría de este mundo, y muchas veces pensé que estaba medio majareta. Sufría mucho por no poder estar con sus compañeros científicos... ¡Así que finalmente se instalaron allá!

- Si, lejos de todo, lejos de esta civilización, pero no tanto como "en otro mundo".

- ¿Has estado allá?

- No, Polo. No he ido aún, pero tengo que ir y no puedo hacerlo sin una preparación adecuada, que no pueden darme ellos ni ninguna persona de los que viven... En otros sitios del mundo. Por eso estoy aquí...

- No entiendo bien cómo es eso...

- Te explico: Hay otras civilizaciones viviendo dentro del mundo... Y en la Terrae Interiora...

- Si, eso ya lo sé... -interrumpió, ansioso por llegar a lo que desconocía.

- Por alguna razón que no termino de entender, hay cosas que no pueden enseñarnos o darnos ninguna de las civilizaciones del interior y tampoco los freizantenos, salvo en muy especiales circunstancias. He podido pilotar una pequeña vimana fabricada por los freizantenos, pero no han podido darme la iniciación mágica porque...

- ¿Vimana...?, eso es una nave voladora, según los Vedas y otros libros antiguos...

- Si, vimanas. Los freizantenos ni ninguna otra civilización usa aviones como los nuestros, sino aparatos electromagnéticos, con unas funciones extraordinarias, que se hacen invisibles, se desmaterializan para navegar por dentro de la corteza terrestre, atravesando kilómetros de roca a velocidades mayores que cualquier avión por el aire...

- Pará, ch'amigo, pará... Que me estás contando un sueño... Eso no puede ser... Mi viejo y otros que vinieron, hablaban de esas cosas pero...

- Eso sí puede ser, Polo. Y efectivamente lo es. No me ha sido posible, por ejemplo, venir hasta aquí en una vimana, porque hay protocolos de usos específicos y de seguridad, pero te digo que he viajado en vimanas enormes, de más de cien metros de diámetro y he pilotado otras más pequeñas, que las fabricaron justamente por idea mía de necesidades estratégicas...

Polo me miraba con una expresión de incredulidad que no me dejaba seguir.

- No sé qué hacer, ch'amigo... Si te despido creyendo que sos un loco, a lo peor, estoy equivocado. Si te enseño cosas que sólo puede aprender la gente cuerda, a lo peor te ponés a hacer desastres...

- Tranquilo, Polo. Haremos lo siguiente... No podemos usar las vimanas para andar por aquí, salvo situaciones de extrema emergencia. Pero razonemos juntos...

- De acuerdo... Te va a ser difícil convencerme de que lo que me estás diciendo es verdad. Y además, alguno de los que vinieron antes me habría informado de eso con un poco más de detalle...

- Bien. Sucede que -según parece- te han mantenido ignorante de todo lo acontecido entre los freizantenos y otras cosas, por razones de seguridad o por algún motivo que desconozco. Pero me han dado cosas que traer, diciendo que podía mostrártelas. Supongo que ha llegado el momento en que conozcas todo, por eso alguien me dijo también que tenía que "actualizarte", porque has estado metido en la Magia y enseñándola a mis compañeros, pero sin saber más hasta ahora. Empecemos por esos mapas. ¿Tienes una tijera?

- Si, ahí mismo, detrás de tu silla, en el primer cajón...

- Bien... -dije mientras sacaba una gruesa tijera de sastre- Supongo que sabrás cortar telas y con este tijerón hasta habrás cortado alguna otra cosa...

- Sí, claro. ¿Qué querés que haga?

- Que intentes cortar esos mapas.

- ¡Cortarlos!.. ¿Es que no tienen ningún valor?

- Sí que lo tienen, y mucho. Pero intenta cortarlos...

Me miró extrañado, dudó unos segundos y arremetió con las tijeras. Tras unos minutos de frustrados intentos, pareció darse por vencido. Pero se levantó, me pidió que le siguiera y fuimos a otra habitación, donde tenía toda clase de herramientas. Descolgó una tijera de cortar latas de su ordenado panel y continuó con los intentos. Unos minutos después comprendió que sería imposible destruir el material, cuya rara apariencia resultaba engañosa en cuanto a fragilidad y tenacidad.

- Y si tienes álcalis o ácidos, no te quedes con las ganas... -le provoqué.

Bajo un mueble había varias botellas y extrajo una con la etiqueta de ácido clorhídrico. Echó un poco en un mortero de vidrio y lo diluyó un poco con agua destilada. Sumergió una punta del mapa en el mortero y no se alteró ni la impresión. Extrajo un mechero de otro cajón e intentó quemarlo. A cada prueba, su sorpresa y desconcierto aumentaban.

- Si tuvieras un soplete de acetileno, que puede alcanzar unos 3.500 grados, -le comenté- igual te faltarían unos doscientos grados para quemarlo. Se puede deformar, pero al enfriar vuelve a su forma.

- Tengo que reconocer... -dijo- Si, tengo que reconocer que esto es muy raro... Pero de aquí a que hagan naves invisibles y que atraviesen....

- Es simplemente física, Polo. Un gran conocimiento de las Leyes Universales aplicado fuera de las limitaciones de nuestra civilización. Si vamos afuera, te muestro algo más...

Llegados al borde del porche, cuando estaba la tarde en sus últimas luces, extraje mi pistola de rayos y disparé hacia una afloración rocosa a cincuenta metros. Bajo la espesa lluvia, que apenas dejaba ver las rocas, se formó en toda la longitud del rayo una intensa manga de vapor. En la roca quedó un punto rojo tras la instantánea explosión que hizo saltar esquirlas de la piedra.

- Y esto no es nada... -dije- Esta la puedo tener aquí en la superficie externa, porque la había capturado a un espía de los narigoneses en Perú. Los freizantenos y demás civilizaciones tienen armas mucho más potentes, basadas en el mismo principio pero perfeccionadas...

- Supongo que es láser...

- Eso creía yo cuando la capturé, pero los taipecanes me explicaron que es un generador de impulsos electromagnéticos, pero no láser. Es un poco complicado de explicar...

- Bueno, veo que tenés un arma potente, unos mapas muy raros, de un material irrompible... Y me consta que has sido enviado por los Caballeros de la Llama... Pero aún así no puedo confiarme a lo que me has dicho. Si sólo me hubieras dicho que venía a aprender la Magia Rúnica...

- No podía hacer eso, Polo. Tengo que decirte lo que debes saber y tengo que aprender la Magia para poder estar a tono con la gente de Freizantenia, donde nos espera una larga misión, con peligros que apenas vislumbramos, pero también tengo la misión de ponerte al tanto de las cosas que están ocurriendo en todo el mundo, las creas o no. No sé cuál será tu papel respecto a ellas, aparte de enseñarme a mí la Magia que practicas, pero por alguna razón importante me han pedido que te diga todo lo que sé. Quizá tengas cosas muy importantes que hacer...

- Y no tengo idea de nada de eso... -dijo rascando su cabellera- Veamos esa carta, que me cuesta leer...

Tras la lectura de la carta de Gerdana quedó pensativo. En ella decía que su padre estaba vivo y que no podía conectarse aún directamente, pero que en algún momento podrían reunirse con él sus hijos, así como sus nietos a quienes no conocía.

-Voy a preguntarte algunas cosas y seguramente te aclararán y te quitarán la lógica desconfianza que todo esto te causa...

- Si... Empezá, ch'amigo, que estoy más desubicado que chupete en la oreja.

- ¿Conoces, por casualidad a Johan Kornare?

- ¡Johan...! Claro, pero no "por casualidad". Lo conocí porque era compañero de mi padre. Me visitó hace unos... quince años... Vivía en Mendoza...

- El mismo. También era íntimo Amigo del padre mío y ahora es jefe de diseño técnico en las Fuerzas Armadas de Freizantenia. Él diseñó las pequeñas vimanas con las que pudimos poner a salvo a millones de taipecanes y evitar un desastre terrible...

- Esperá, ch'amigo... ¿Quiénes son los taipecanes?..

Pasé una semana poniendo al día a Polo sobre todo lo narrado en los tres libros anteriores, pero aunque muchas cosas le eran más o menos conocidas por referencias de su padre, le costaba aceptar que todo aquello tuviese algo de verosimilitud. No obstante, decidió cumplir con la Orden de los Caballeros de la Llama Inextinguible, que le habían advertido de mi presencia y recomendado la instrucción mágica para mí.

Muchas veces habíamos practicado los miembros del GEOS, las posiciones y mantrams que conocí por primera vez en Iraotapar de las Pirámides, pero nunca habíamos usado todas las Runas, y menos aún para movilizar o atenuar las fuerzas de la Naturaleza. También había una clave muy especial en el orden de hacerlas, lo que al cabo de nueve días me produjo unos rarísimos cambios de conciencia.

Había vivido las más peligrosas situaciones imaginables desde hacía muchos años, pero no había conseguido eliminar del todo, cierto nivel de miedo psicológico. Nunca me había bloqueado ese miedo a la muerte, pero las prácticas con Polo me revelaron que tenía aún restos de miedos, rencores, frustraciones no asumidas, etc., que fueron apareciendo en mi consciente luego de las prácticas o durante el sueño. También tuvo la preparación una parte muy importante en cuanto a la comida. Apenas si probaba algo de carne. Cada cuatro días, pollo o pescado, pero nunca carnes rojas. Para un carnívoro consuetudinario como yo, eso representó un duro ejercicio de abstinencia, pero me explicaba Polo que las carnes rojas no deben comerse si se quiere desarrollar cierta facultad de manejo de las tormentas y una vez aprendido y desarrollado el poder, aunque se pueden comer, ha de ser mínimo y pasan varios días desde la última ingesta hasta que puede volverse a tener el control de ciertos factores climáticos. Aunque no pensaba hacerme vegetariano de por vida, tampoco me vino nada mal una depuración vegetariana.

- Sin embargo -me aclaró- una vez completado tu proceso de aprendizaje y desarrollo, no importará que comas carnes rojas de vez en cuando, si no vas a dedicarte a enseñar la Magia, pero no creo que haya carne allá en... Freizantenia, o como se llame...

- Especialmente si voy a tener que pasar frío... Freizantenia está ubicada muy cerca del Polo Sur. Extrañaré entonces la carne. ¿Por qué dices que no encontraré carne allá, si no conoces y aún ni crees que exista Freizantenia?

- Porque si viven allá los científicos de la Orden Freizantena, pues has de saber que siempre fueron vegetarianos... Bueno, creo que unos pocos deben comerla o se mueren, pero de eso no estoy muy seguro.

-En realidad, todas las otras civilizaciones son vegetarianas, aunque algunos comen pescado. Sin embargo hay un porcentaje pequeño de personas que necesita carnes rojas. Espero no estar entre ellas, pero la verdad es que mi cuerpo la extraña.

-Es lógico... -dijo Polo- No podemos pretender un desarrollo pleno de nuestra espiritualidad mientras nos comamos a nuestros hermanos menores del Reino Animal. Ni siquiera debiéramos comer las plantas de hoja, sino frutos, tubérculos y semillas...

- El problema -dije- es que padecemos atrofias genéticas, que no permiten a nuestro cuerpo elaborar todos los elementos, proteínas y compuestos químicos que necesitamos a partir sólo de vegetales. Nunca antes hice dieta vegetariana total, así que aún no se cómo me irá.

- Eso es verdad, Marcel, pero con las prácticas de la Magia, el cuerpo aprenderá, aunque es una cuestión de muchos años...

- ¿Cuántos años llevas tú practicando?

- Desde que tenía ocho años, y tengo cuarenta y ocho. Aún así, suelo comer algo de pollo.

En otro libro describo con más detalle la práctica de la Magia Rúnica, pero por ahora me atengo a los acontecimientos, porque Freizantenia estaba en inminente peligro. Ya estaban alertados, pero el GEOS debía emprender una campaña de reconocimiento en algunos sitios, así como labores de espionaje para determinar en qué momento y por qué medios podrían los narigoneses atacar.

Treinta y cinco días fue todo el tiempo de mi preparación. No es posible definir una serie de cosas que cambiaron en mí, pero mi estado de conciencia no era el mismo que antes. Había "crecido" en algún aspecto espiritual y al mismo tiempo había empezado a recordar cosas de mi niñez que nunca creí que pudiera revivir. Un par de viajes a la Terrae Interiora, que contaré en otra ocasión, fueron apareciendo con todos los detalles en mi memoria. Algunas cosas eran tan asombrosas que superaban con creces lo que llevaba viendo y experimentado por el mundo intraterreno.

Las lluvias habían durado poco menos de un mes, desde mi llegada, así que hacía una semana que el suelo de la región se estaba secando gracias al poderoso efecto del sol, que brillaba sin una sola nube que lo interfiriera. Las labores del campo, que hacíamos cuando la llovizna lo permitía, me habían puesto en cierta especie de armonía con el Reino Vegetal. No la armonía de los campesinos cultivadores -aunque ésta ya es muy interesante y mejor que la vida de las ciudades- sino que por efecto de la combinación de actividades agrícolas con las prácticas mágicas, sentía a las plantas de un modo muy especial.

El día en que por fin Chiquito y Ernesto estaban listos para salir con el camión, la despedida fue un tanto dolorosa. No sabía si acaso podría ver de nuevo a Polo, a sus hermanos y sus hermosas familias. Polo no estaba muy convencido aún de todas las cosas que tuve que narrarle y explicarle, pero veía que mis progresos en la Magia Rúnica eran adecuados. Ningún enviado de los narigoneses ni ningún loco podría sobrevivir a ciertos ejercicios que a mí me parecían de lo más sencillo y natural a pesar de sus serias advertencias.

Poco antes de salir, muy temprano en la mañana, el cielo había vuelto a nublarse y amenazaba del mismo modo que cuando a la llegada. Apresuramos los preparativos y la despedida, para partir justo cuando las primeras gotas anunciaban otro período de lluvia. Los primeros diez kilómetros no presentaron más novedad que las sacudidas y la prisa de

Chiquito para llegar al asfalto antes que la lluvia, cada vez más intensa, nos jugase una mala pasada.

Al pasar por la casa del vecino Chicho, nos llamaron la atención dos vehículo militares. Eran pequeños camiones Unimog, utilizados normalmente para transporte de pieza de artillería y personal. Uno de ellos se hallaba frente a la casa y el otro al costado del camino, con el frente hacia los terrenos de mis Amigos. Unos detalles me advirtieron de que había gran peligro: los camiones no tenían chapa patente ni escarapelas argentinas en las puertas; además los cascos de los soldados eran diferentes a los de los soldados argentinos o los de la gendarmería. Hubo un movimiento rápido entre el personal militar y dos soldados corrían hacia el camino. Nosotros estábamos a treinta metros del cruce que entra a la casa y los soldados a otro tanto, puesto que la casa se halla a unos cincuenta metros.

- ¡No te detengas! -grité a Chiquito y éste dudó unos instantes.

- Pero están haciendo señas, ch'amigo... No podemos...

- ¡Vienen a por tu hermano o a por mí!, ¡Si quieres que no se lleven a Polo, hay que hacer que nos persigan!

Chiquito ni me miró y apretó a fondo el acelerador, mientras que los soldados hacían señas para que nos detuviésemos. Como si no los hubiésemos visto ni oído, seguimos el camino dejándoles a diez metros del mismo.

- Seguro que ahora estamos en un lío... -dijo Ernesto.

- Claro que sí. -dije- Pero nos van a seguir y si nos alcanzan no pasa nada. A quien buscan es a Polo o a mí, no a Ustedes, y éstos no son militares argentinos, ni tienen autoridad de policía...

- ¿Seguro que no te buscan solamente a vos...? -preguntó Ernesto.

- Bueno... No sería imposible. Ahora que lo dices... Con más razón, dale al acelerador.

- Ahora -decía Chiquito- habrá que ganarle a la lluviarada y a los "ropa prestada"... Que me alcancen si son brujos.

El Unimog que nos perseguía pareció próximo a alcanzarnos unos minutos después, mientras bajábamos una abrupta pendiente, pero al subir, poco antes de alcanzar la cima siguiente, pudimos ver por los espejos cómo nuestros perseguidores se iban hacia el barranco, al patinar en el barro su camión.

- ¡Ay...! -exclamó Ernesto- Ese es el Barranco de los Tigres... Si no vuelcan y se mantienen, se detendrán a quinientos metros de profundidad, donde empieza el bosque de pinos. Suerte para ellos que el barranco es de declive suave en esa parte...

- Y suerte para nosotros, -dijo Chiquito- que esos no se andan con vueltas y me han dado un tiro en el espejo.

Efectivamente, el espejo del lado del conductor tenía un agujero y apenas estaba trisado alrededor. El disparo era seguramente de un fusil FAL, cuya bala es de las pocas capaces de atravesar un cristal de esa manera.

- Si nos hubiera tirado al centro de la caja -dije- la bala habría alcanzado la cabina.

- Ahora nos debés una explicación, ch'amigo. ¿Cómo sabés que quizá buscan a Polo?

- Quizá no sólo a él... Sus prácticas mágicas son impresionantes y seguro que las ven desde los satélites, que registran toda cosa extraña, las radiaciones que produce el cuerpo cuando uno hace las Runas... También estaré yo identificado y buscado, pero al huir, lo más probable es que un camión partiese hacia su casa. Ahora que no tenemos perseguidores, seguramente han de volverse para continuar tras nosotros, o rescatar a los desbarrancados. En todo caso, me parece que deberíamos volver para avisarles o dejar fuera de combate a los otros...

- No hace falta volver, Marcel. -dijo Ernesto- Como parece que tenemos algún respiro, vamos a avisarle a Polo...

Abrió una gavetilla disimulada tras la guantera y extrajo una plancha desplegable. Era un equipo de radio muy bien disimulado, que puso en funcionamiento y un minuto después estaba Polo al habla. Tras una conversación de un par de minutos, Polo estaba advertido y nosotros más tranquilos. No podíamos saber, con tantas curvas, bajadas y subidas, si el otro Unimog estaba persiguiéndonos, pero Chiquito no desaprovechó el conocimiento del difícil camino que había transitado cientos de veces con y sin lluvia. En veinte minutos, bajo una *lluviarada* muy propia de Misiones por lo torrencial, alcanzábamos una carretera sin asfalto pero mejor consolidada. Tras media hora por ella, no veíamos que aún nos persiguieran y llegamos al asfalto de la Carretera Nacional.

Pero poco nos duraría la tranquilidad. No anduvimos ni veinte kilómetros, poco después de pasar la entrada de Colonia Victoria, cuando un par de vehículos de apariencia militar -un Unimog y una camioneta- venían en dirección contraria. Como estarían seguramente alertados por radio, identificaron el camión e intentó la camioneta una maniobra de bloqueo de la carretera. Pero demasiado tarde, porque íbamos a más de ciento veinte kilómetros por hora, en una parte donde el declive supera los cinco grados. Imposible frenar, así que Chiquito volanteó lo suficiente como para aprovechar el arcén y pasar, sin poder evitar un leve toque a la camioneta, que aunque no volcó, seguramente quedó inutilizada. Nuestro pesado vehículo, sin la pericia formidable del conductor, habría volcado, pero "bailando en dos ruedas" de costado volvió al asfalto.

Cuando el camión que venía un poco detrás de la camioneta alcanzó a girar, nosotros íbamos ya subiendo la cuesta siguiente. Aunque los

Unimog son muy buenos vehículos para todo terreno, su velocidad nunca alcanzaría los ciento cuarenta kilómetros horarios que daba el camión de Chiquito en carretera y sin carga.

-No podemos esperar más que inconvenientes, -dijo Chiquito un minuto después- porque el camión está identificado y nosotros también... No sé dónde acabaremos... ¿Qué opinan?, ¿No es mejor entregarse, ahora que Polo está avisado?

- ¿Tiene medios para que no lo encuentren? -pregunté.

- Sí, claro. -dijo Ernesto- Hay cavernas que sólo él conoce y no le van a encontrar allí ni con mil hombres que intenten explorar. Y si lo aprietan, los trampea y no salen nunca más de las cavernas, hasta que el río subterráneo lleve los cadáveres al mar...

- Pero nosotros estamos bien embarrados, ch'amigo... -agregó Chiquito mientras yo recordaba, un tanto estremecido, la caverna que exploré imprudentemente.

- No tanto. -respondí volviendo a mi situación presente- Yo sí que estoy en riesgo, pero Ustedes no. Pueden decir que yo les he llevado todo el camino a punta de pistola. Incluso sería bueno que me dejaran por ahí, en algún camino que no puedan rastrear en lo inmediato.

- Difícil... -dijo Ernesto señalando hacia arriba. Un helicóptero enorme acababa de aparecer sobre un bosque de altos eucaliptus.

Chiquito maniobró inesperadamente, metiéndose por un camino estrecho cuya entrada sólo los lugareños podrían conocer. Era una senda apenas transitable, bajo un manto de sesenta metros de altura de vegetación. Si desde el Unimog, al que habíamos perdido de vista, no vieron la maniobra, seguramente seguirían de largo sin notar el desvío tapado con tacuapís (especie de caña tacuara muy fina y tupida) y otras hierbas. El helicóptero había aparecido a lo lejos y en oblicuo, por lo que era posible que no nos hubieran visto. En tal caso, tampoco nos podría seguir mientras el camino fuese igual, absolutamente cubierto de follaje por encima.

- Esta huella -decía Chiquito- termina en el río y tiene como cinco kilómetros sin siquiera un espacio por donde mirar el cielo, pero sigue así una cortada hacia el sur que termina en Montecarlo, bajo espesa vegetación por más de treinta kilómetros, así que no nos encontrarán más...

- No confiaría de ello -respondí- porque los helicópteros suelen estar equipados con sistemas de radar y de sensores térmicos, que atraviesan fácilmente todo el follaje.

- Entonces será imposible llevarte hasta Posadas, ch'amigo... -decía Ernesto mirando su mapas de carreteras- Y si giramos a la izquierda en ese cruce, vamos derecho al río. Este es un camino de pescadores que termina cerca de Puerto Victoria.

- Si pudieras conseguir una canoa -dijo Chiquito- vas a poder llegar a Posadas por el río Paraná. Son unos doscientos treinta kilómetros desde aquí...

- Si, será lo mejor. Ustedes deben intentar llegar a la policía y denunciarme como secuestrador, para que empiecen a investigar. Con que me describan rubio, de ojos claros y algo gordito, ya habrá suficiente despiste... Verán que tarde o temprano habrá mucho lío con esos militares, que no son del ejército de este país.

- ¿Estás seguro que no son del Ejército Argentino?

- Si, Ernesto, son gente de Narigonés Sociedad Anónima, o sea un grupo de poder internacional que actúa ilegalmente. Son los mismísimos empleados de los narigoneses. Polo les explicará más cosas cuando puedan reunirse con él.

Quince minutos después, nos despedíamos en la vera del río Paraná. El camión quedó oculto en el bosque, cerca del camino y un pescador, providencialmente, aceptó venderme su canoa sin pedir explicaciones. Retiró sus equipos de pesca y me dejó un ancho sombrero de paja, sin el cual el sol me daría un serio problema. Pero también me aseguraba cierta cobertura en caso de aparecer el helicóptero u otros narigoneses en la vera del río. Seguía lloviznando escasamente y si se mantenía así, podría navegar tranquilo. El sol estaba oculto sobre un denso nublazón y la niebla comenzaba a espesarse. Mientras que pudiera ver difusamente la orilla, podría marchar sin agobios de sol ni muchas posibilidades de ser visto.

La canoa, de unos cuatro metros de largo, no era muy veloz, puesto que carecía de motor y no era precisamente un kayak, pero resultó buena para mi propósito. El ancho en el centro, de casi metro y medio, me aseguraba buena estabilidad, lo cual es muy apreciable en un río como el Paraná. Allí los remansos, remolinos, troncos a la deriva y otras sorpresas son peligros que una buena canoa puede sortear, en especial cuando uno no está habituado a ese medio de transporte.

A fuerza de remo, conseguí llegar al caer la noche hasta la desembocadura del arroyo Tabaí, unos ciento diez kilómetros río abajo. Llevaba casi cinco horas remando, dejándome de a ratos arrastrar por la corriente, atento al río y manteniendo una distancia prudencial entre la orilla y el centro de la corriente. Así evitaba los peligrosos remolinos y correntones del centro, así como las posibles vigilancias desde la orilla. En casi toda su extensión, el río Paraná tiene entre 300 y 480 metros de ancho y de noche o con niebla no se ve a más de cien metros, así que me mantenía en esa distancia desde la orilla oriental.

Apenas había hecho la mitad de camino hasta Posadas, donde debía reunirme con alguien a quien no conocía, en el Hotel Esmeralda. La noche estaba templada a pesar de entrado el otoño y las nubes casi habían desaparecido. Tras meditar un poco, decidí buscar abrigo en la costa, ya que contaba con mi red, provista de mosquitero e impermeable, para dormir sobre algún árbol. Pero unos centenares de metros más abajo encontré un pequeño atracadero que contaba con una barraca de postes y techumbre de palmera. En los tablones de amarre había un par de canoas. Las huellas frescas en el barro de la orilla me indicaron que dos personas habían dejado recientemente las barcas y seguramente no aparecerían hasta el día siguiente. Colgué mi hamaca en los postes y dormí sin ninguna clase de molestias, salvo la humedad y un poco de frío, que en la madrugada me obligó a usar una fina pero efectiva manta térmica, hecha del mismo material que los mapas freizantenos.

Antes del amanecer ya estaba desarmada mi hamaca de red, enfundada y guardada en la mochila. Aunque había claridad, la niebla matutina no dejaba ver a más de veinte metros. Cuando estaba por encaminarme hacia la canoa, un ruido de motor y unas voces me detuvieron en seco. Me volví y permanecí guarecido tras unos matorrales de cañas, para ver momentos después una lancha de unos diez metros de largo, remontando la corriente.

A pesar de la difusión causada por la niebla, no tuve duda alguna de que los que iban eran soldados. Podrían haber sido gendarmes o agentes de la Prefectura Naval, ya que el río Paraná divide Argentina y Paraguay en su curso superior, pero éstos sólo usaban casco de acero en operaciones de combate, nunca en patrullajes rutinarios. Pero lo que me dio la pauta de que debía extremar precauciones, es que escuché alguna palabra en inglés, lo cual no es nada habitual en esa zona, donde sólo se habla guaraní, español y minoritariamente, alemán. Apenas se perdió río arriba el sonido del motor, salté a la canoa y emprendí el viaje río abajo, remando con todas mis fuerzas. Si acaso hubiera sentido nuevamente el ruido de la lancha, tenía pensado cambiar de orilla, a pesar de los riesgos.

La niebla duró hasta medio día, en que fue reemplazada por una lluvia fina y molesta, pero para mí representaba una bendición. Nada de sofocón de sol ni de curiosos en la ribera, de la que igual me mantuve a buena distancia. Como bajaban y subían diversas embarcaciones por el río, debía atender con cuidado al ruido de las mismas y evitar colisiones. Había grabado con claridad en la memoria el ruido de la lancha de los soldados.

A las tres de la tarde había llegado al portezuelo de Candelaria, muy cerca ya de Posadas. Pero me llamó la atención una barca similar a la mía, en la que iban dos hombres con sombreros también parecidos al mío. La canoa casi no hacía ruido, a pesar de ir contra la corriente, y al cruzarnos estuvimos a menos de diez metros. Levanté una mano saludando, cosa que es costumbre local sagrada. Allí todo el mundo saluda a todo el mundo. Los de la canoa no respondieron al saludo y me miraron atentamente. Bajo el sombrero y la barba de algo más de un mes, al parecer no me reconocieron, pero yo sí les reconocí en el extraño motor súper silencioso y en especial, en la actitud. Nadie en el Paraná deja de responder a un saludo. Eran agentes de Narigonés.

Continué mi curso, ansiando llegar a Posadas. Buscaría un puerto no muy cercano al de la ciudad y me tomaría un par de días de descanso, si mi contacto me lo permitía. Enfrascado en esos pensamientos que debían realizarse a futuro muy cercano, no me di cuenta que la canoa de los narigoneses había dado la vuelta. Venían directo hacia mí, a buena velocidad, mientras el que iba atrás hablaba por radio, así que remé con fuerza hacia el centro del río, porque no sabía cuáles eran sus intenciones.

Ellos me siguieron, me alcanzaron y en su rápida embarcación dieron un rodeo a la mía. En un instante ocurrió todo lo demás. El que iba en la proa gritó "¡Stop!, ¡Halt!", pero no estaba dispuesto a dejarme prender. El hombre agarró una especie de metralleta pero yo tenía ya la pistola de rayos en la mano. Disparé hacia la canoa, dando en la parte trasera y haciendo saltar estillas en el extremo de la quilla, donde se inició un fuego. Momentos después el tanque de combustible explotó, justo cuando los dos se arrojaban al agua, que para mi espanto, empezó a hervir alrededor.

Cuando comprendí lo que pasaba di unos rápidos golpes de remo hacia los dos condenados, a los que tendría que rescatar y luego vería cómo escapaba yo de ellos, reduciéndolos, dejándolos en la orilla o entregándolos a la policía. El agua parecía hervir con creciente actividad, y eso sólo puede significar una cosa, aunque ya no es tan común en el Paraná...

- ¡Pirañas!, ¡Pirañas! -les grité con toda mi voz. Pero en vez de acercarse para subir a mi canoa, uno de ellos levantó la mano armada y disparó un rayo que dio en la proa de mi pequeña nave. Un segundo disparo incendió mi sombrero a pesar de estar mojado. No tuve más alternativa que abandonarlos a su suerte, porque dos segundos más tarde, mientras me quitaba el sombrero ardiendo y daba fuertes golpes de remo, miles de voraces peces les alcanzaron y...

Con el estómago revuelto y el Alma dolorida, apresuré la marcha hacia Posadas, que estaría a unos pocos kilómetros. La niebla apenas dejaba ver la orilla y ninguna embarcación fue testigo de lo ocurrido. Diez minutos después, al despejarse un poco la niebla, vi a la distancia de unos dos mil metros, el puente internacional San Roque González de Santa Cruz y atraqué en la orilla inmediatamente. Con bastante esfuerzo conseguí arrastrar la canoa fuera del agua. Era más pesada que lo que parecía. La escondí entre la maleza de la orilla y corrí unos cincuenta metros entre juncos, hasta dar con una alambrada que tuve que sortear para llegar a un camino. En una charca me mojé la cara y procedí a cortarme la barba para luego rasurarla completamente. Si con barba me habían identificado y así me había descrito por radio el infortunado de la canoa, mejor cambiar de aspecto. También me puse un chalequito de cazador que siempre me acompañaba en la mochila, con lo que al menos de lejos, no sería reconocido como el barbudo que salió de Puerto Victoria en un bote.

El Hotel Esmeralda que Don Otto me había anotado, resultó ser completamente desconocido para todos a los que pregunté tal paradero. Finalmente, luego de comer en una fonda y consultar a varias personas, llegué a un cuartel de bomberos donde me supieron decir exactamente la dirección. No había un hotel como yo esperaba, sino una hermosa casa a modo de posada familiar, casi al final de la calle 3 de Febrero, con una pequeña placa, en vez que carteles llamativos. Un anciano me recibió muy amablemente y me hizo pasar. El patio, de estilo español, ostentaba canteros florales delicadamente cuidados, las ventanas con rejas de hierro artísticamente forjado, los tejados de azul y el mobiliario de estilo colonial, me hicieron sentir que volvía trescientos años en la historia.

Pero una joven de aspecto germánico me volvió al presente. Su ropa llena de rayajos, los brazos tatuados, las orejas y la nariz con esos desagradables metales redondos... En fin, toda una "gothgirl" mezclada con Hippie... Cosas de la moda, que a costas de la salud, tienen el mismo criterio de "belleza" que los grandes redondeles de madera con que algunas africanas se ensanchan el labio inferior, se atraviesan huesos en el cuello o las orejas... Pero eso es cuestión de gustos.

La chica, de unos veinte años, se presentó educadamente, con franca simpatía y nada de rodeos.

- Buenas tardes, señor... Me llamo Roxana y Usted dirá en qué puedo serle útil.

- Buenas tardes..., me llamo Pedro Fuentes y quisiera una habitación por algunos días...

- ¡Ah...! Sí, señor Pedro... ¿Fuentes de agua dulce?,

- Fuentes de aguas rojas, negras y amarillas. -respondí, con lo que quedó clara la contraseña entre ambos.

- Hay una reserva para Usted en la habitación rosada, pero estaba prevista para dentro de unos días... De todos modos no hay inconveniente en que ocupe otra habitación, si no le incomoda a Usted...

- No tengo preferencias. -dije y me arrepentí sobre la marcha- Bueno... Quiero decir que en todo caso puedo ocupar cualquier otra habitación mientras llega mi día de reserva.

- Pase por aquí, por favor...

Me llevó a una oficina donde miró la agenda y comprobó que me había presentado dos días antes de lo previsto como fecha mínima.

- No hará falta que le pida sus datos de registro, que ya los tengo aquí y son reservados, así que si desea pasar a su habitación...

- De acuerdo.

- Sígame, por favor.

Salimos al patio para subir a la otra parte de la casa, de dos pisos normales y un tercero en forma de torre. Cuando estábamos por entrar, unas lucecillas rojas parpadearon en varios lugares de la edificación. La muchacha se detuvo una fracción de segundo y luego apuró el paso escaleras arriba. Me abrió la puerta, me entregó la llave y se despidió con mucha prisa.

Un minuto después estaba instalándome en una habitación en el tercer piso, que aunque pequeña contaba con baño completo y una ventaja que quizá no tuviera la reservada por mi contacto. Desde la ventana veía todo el Paraná, que estaría a unos trescientos metros o poco más. Y dicha ventaja, algunas horas después, quedó revelada como algo más importante que la buena vista para un turista. Con mis pequeños pero potentes prismáticos, aprovechando que la niebla había desaparecido, veía un raro movimiento en el puerto. Una lancha de la Prefectura Naval desembarcaba gente con las manos atadas, mientras que otras dos embarcaciones se acercaban escoltando a la que había visto el día anterior.

- Vaya... -pensé- Parece que los narigoneses lo tienen difícil con la Prefectura...

Pero apenas terminé de pensarlo apareció un lanchón militar que venía desde río abajo. Se interpuso en el convoy de escoltas y se hacían señales mutuas. No podía escuchar desde esa distancia, pero se comunicaban dos hombres por medio de megáfonos. Uno en la lancha verde mimético que entraba en escena y el otro en una de las lanchas de la Prefectura.

Durante un par de minutos las cosas parecieron no avanzar, pero luego llegó otra nave, que era una auténtica fragata, de unos ciento treinta metros de largo, armada con cañones de grueso calibre. Se colocó cerca del centro del río y alumbró la penumbra vespertina con unos potentísimos reflectores. Al parecer se terminó la discusión unos segundos después, pero ya me costaba ver, encandilado por los faros de la fragata.

La lancha arrestada avanzó hacia el puerto, donde la gente que había sido detenida fue inmediatamente reembarcada, para irse luego hacia el sector donde estaban los otros dos navíos de los narigoneses. Me parecía sentir en carne propia la confusión y la impotencia de los agentes de la Prefectura Naval, cuya noble institución está formada por hombres intachables. Seguro que sabrían perfectamente que era un grupo mercenario de alto rango lo que se les escapaba de entre las manos, a fuerza de una superioridad momentánea.

No me explicaba cómo una fragata artillada de gran calado podía haber surcado impunemente los más de 1300 kilómetros que tiene hasta allí el río Paraná desde su desembocadura en el Río de la Plata, ni cómo, a pesar de su calado especial, pudo penetrar sorteando los estrechos y poco profundos canales del Delta y otros sitios del trayecto fluvial, pero ahí estaban. Posiblemente las crecidas del río, un tanto anormales aquel año, les habían facilitado el paso desde el Atlántico, pero de todos modos, habían evadido los controles militares argentinos y uruguayos. Las tres naves de los narigoneses se iban aguas abajo y yo los contemplaba tan impotente como los prefectos. ¿Sería una fragata de la Marina Argentina -pensé- y no una nave de los narigoneses? No había ninguna bandera en sus mástiles.

A pesar de que el sol se había ocultado, había luz como para ver bien con mis prismáticos. Ninguna insignia de la Marina de Guerra en ninguna de las naves. Les observé hasta que se perdieron de vista río abajo. Me recosté en la cama y meditaba sobre lo observado. Alguien llamó a la puerta y me pilló en medio de una confusión de ideas y conjeturas.

- Pase, está abierto.

- Señor... -dijo Roxana al entrar- Será mejor que tenga su equipaje listo para cualquier emergencia... Bueno, yo sé que se llama de otra forma, pero igual le llamaré Pedro Fuentes, por prudencia... ¿Me podría decir su nombre?

-Marcel - dije con naturalidad.

- Entonces, no se preocupe. ¿Espera Ud. a alguien?

- Claro... Si está bien enterada sabrá que espero a otro Pedro...

- Muy bien, queda claro... Su contacto es mi padre, que se llama Pedro Casas. Su nombre es tan auténtico como Pedro Fuentes, pero por ahora basta con eso. Si él no pudiera llegar mañana, yo sé lo que hay que hacer.

Hasta ese momento, su tono de voz era algo histriónico pero muy agradable. Luego cambió el gesto a preocupado y siguió con voz algo sombría.

- Hace un momento los narigoneses han rescatado a un grupo de personas que la Prefectura había detenido. Amenazaron con cañonear sus lanchas y luego apuntar sin piedad los cañones sobre las casas de Posadas... Son unos miserables...

- He estado observando con estos prismáticos. Pero ¿Cómo ha sabido eso?

- Porque mi hermano y mi primo están siempre atentos con las radios, rastreando todas las frecuencias. No nos descuidamos nunca. Hemos escuchado toda la conversación entre los barcos. Parece que todo el lío que montaron los narigoneses era para apresarlo a Usted y a Polo...

- ¡Ah...! ¡Le conoce...!

- Claro. El fue mi maestro de Magia, y el maestro de mi padre y de varios miembros más de la Cadena de Oro y de la Llama Inextinguible...

- Veo que aquí soy yo el que menos gente conoce...

- Pero Usted es muy conocido, de lo contrario no habríamos preparado todo para su entrenamiento. Sabemos lo de la Terrae Interiora y su membrecía en el GEOS. El problema es que los narigoneses también le conocen, como a muchos de los miembros, aunque no tienen seguridad sobre su aspecto actual...

- No me parece que les falten datos. Hace unas horas tuve una escaramuza con un par de agentes en el río...

- ¡Oh! ¿Entonces le han localizado? -exclamó preocupada.

- No se preocupe... No tuvieron tiempo a informar mucho, salvo que estoy cerca de Posadas. Disparé a su bote antes que ellos... Se los comieron las pirañas.

- ¡Ay, que terrible! -dijo en un gesto de dolor- Pero mucho más terrible sería que le hubieran pillado y peor si localizaran este lugar. ¿Ha dejado algún rastro que pudieran seguir?

- Temo por los hermanos de Polo. Quizá les han pillado a ellos, pero sólo sabían que venía a Posadas. Por eso han rastreado el río. He dejado la canoa metida en el monte, en una playa a unos kilómetros. No la encontrarán fácil, ni he dejado nada en ella... Luego pregunté a algunas personas por este hotel y finalmente me informaron en el cuartel de bomberos.

- Ah, entonces ha andado por las calles como si no pasara nada...

- Tranquila, Roxana. Me afeité en cuanto oculté la canoa. He hablado simulando acento extranjero. Hasta mi mochila tiene este dispositivo que le cubre de rojo y ya no parece la misma.

- Igual hay que estar atentos. No tenemos muchas posibilidades de escapar, en caso que nos localicen.

- Si hay que montar guardia, estoy dispuesto. Ahora mismo estoy algo cansado, pero con una ducha, algo de comida y un par de horas de sueño estaré listo.

- No será necesario. Tenemos tres personas turnándose y están bien descansadas. Usted está muy cansado. En media hora cenaremos, tiene tiempo a ducharse.

- De acuerdo... Mientras la cena no sea pescado...

- Descuide. Somos vegetarianos.

- Ah, que bien. Yo también soy vegetariano, pero "indirecto".

- ¿Cómo es eso? -preguntó con curiosidad.

- Pues... La vaca sólo come hierbas... Y yo me como a la vaca...

Es un chiste tonto, pero suele hacer gracia y Roxana salió riendo a carcajadas. "Tiene humor de gente inteligente", me dije.

Julio, -el hermano de Roxana- y el anciano Manuel estaban ya sentados a la mesa, cuando Roxana entraba al comedor con los últimos platos. Lo mejor de la cena -para mi gusto- fue una ensalada a base de "chucrut", que se hace con repollo fermentado en vinagre. Pero lo demás también estaba delicioso. Aguacate o "palta" que se come con sal o con azúcar, condimentado con especias locales, cebolla y pimienta (guacamole), ensaladas variadas y milanesas de soja. Lo peor de la cena fue no poder disfrutar del postre de cerezas porque Alfonso, el primo que se había quedado de guardia, entró corriendo para decirnos que había problemas y era urgente marcharnos todos.

Roxana y Julio guardaron en un armario las botellas de agua y vino, mientras me indicaban apurar los vasos para dejarlos vacíos. Taparon las fuentes con servilletas y Roxana recogió el mantel completo, con platos, vasos y todo lo demás. En un santiamén recogí mi mochila, subiendo y bajando las escaleras a toda prisa. Un minuto después estábamos en un rincón del patio, bajando unas escaleras ocultas por una gran tinaja, que giraba merced a un mecanismo hidráulico dejando libre la entrada. El anciano se quedaría a recibir lo que parecía ser una inspección.

El sótano al que descendimos no parecía contener más que unas camas, una mesita y un armario algo desvencijado. Julio movió la cama y desprendió del muro una pequeña compuerta muy justamente calzada, por la que entramos gateando. Roxana se encargó de arrastrar la cama a su posición y encajar de nuevo la trampilla. El túnel al que ingresamos, apenas iluminados por las linternas, desembocó treinta metros más adelante, en otro túnel iluminado con lámparas eléctricas, donde Héctor apareció cargando una pesada mochila en la que transportaba un equipo de radio. Le seguimos durante unos veinte minutos, hasta llegar a una escalera. Salimos por una compuerta bastante ingeniosa, en una especie de granero donde dormían algunas cabras y gallinas. Julio salió al exterior y tras reconocer el sitio nos llamó. Le seguimos hasta un atracadero y subimos a una lancha de pesca de unos doce metros de eslora, techada y bien equipada.

- A cambiarse todo el mundo... -dijo Roxana mientras deshacía una maleta que contenía ropas de fajina, propia de pescadores del Paraná. No faltaban sombreros adecuados y equipos de pescar. Mientras Julio daba marcha hacia el centro del río, aguas abajo, Héctor empezó a trabajar con la radio.

- Aquí club de pesca. ¿Me recibe, Dorado? -repetía cada dos minutos-.

- Aquí Dorado. Le recibo, cambio... -se escuchó al cuarto intento. Julio y Roxana se acercaron extrañados.

- Salgo de pesca, Dorado. A ver si esta noche pescamos aunque sea unas bogas... He salido con unos amigos. ¿Qué dice el parte meteorológico?..

- Hay algo de niebla... Puede que llueva en la madrugada...

- Gracias, Dorado. Mañana nos reunimos en tu casa. Prepara unas botellas de vino. Cambio y fuera...

- ¡Ese no era Dorado...! -dijo Roxana en cuanto Héctor cortó la comunicación.

- ¡Nos han interferido! - exclamó Julio sin soltar el timón.

- Está claro. -respondió Héctor- Por eso pregunté tonterías y seguí la corriente. Deben tener controlada toda la zona. Y es cierto que hay niebla hacia el Sur... No sé si conviene que sigamos...

- Intuyo -dije- que sería mejor ir hacia el Norte, a menos que haya algún plan definido.

- Si, lo hay. -respondió Roxana- O lo había. Tendríamos que dejarle a Usted en Resistencia para que tome un avión. Pero creo que no podrá ser; son más de trescientos kilómetros bajo amenaza de detención. Para colmo, en vez de comunicar con mi padre, interfieren los narigoneses. No sería raro que aguas abajo detengan a todo el mundo.

- ¿Podríamos pedir ayuda a la Prefectura?

- ¡Ni pensarlo!.. -respondió Julio- Hay infiltrados en todas partes. ¿Cómo crees que han aparecido tan oportunamente sus barcos, para rescatar a los detenidos?

- Entonces sigamos mi intuición. Vamos hacia el Norte y ya veremos qué hacemos...

- Por mi parte, me parece acertado. -dijo Héctor- Al menos parece más despejado. ¿Vio alguna otra embarcación sospechosa en su camino hasta Posadas, Mar...? Digo... Pedro.

- No. Sólo la que los otros barcos rescataron y la que explotó por mi disparo.

- Entonces -dijo Roxana- vamos a hacer algo: A veinte kilómetros de aquí el río se divide. Bajaremos hasta las islas y vemos si conseguimos pasar por entre ellas sin ser vistos. Si lo conseguimos, seguimos el plan. Pero a la menor sospecha, volvemos y tratamos de llegar a Puerto Pirapó, cien kilómetros más arriba de Posadas, del lado paraguayo.

- El riesgo es muy alto, Roxana. -insistí- ¿Qué hay en Puerto Pirapó?

- Un pequeño caserío de cincuenta habitantes honrados... Y cerca, un aeropuerto de contrabandistas. Mala gente, pero por un poco de dinero...

- Si, por un poco de dinero -dije- puede que nos maten y tiren al río. ¿No hay mejor alternativa?

- La siguiente sería ir hasta las Cataratas de Iguazú. -explicó Roxana- Hay la misma distancia que hasta Resistencia, pero aguas arriba. Hay un aeropuerto allí, pero en caso de no conseguir vuelo, también puede encontrar pasaje de autobús en Foz de Iguazú, hasta Curitiba. Tardaríamos entre seis y ocho horas hasta Iguazú... Allí tenemos a alguien, así que nosotros daríamos aviso para que contacten con Usted en Curitiba.

- ¿Hay combustible para tanta marcha? -pregunté.

- De sobra. -dijo Héctor- Tenemos autonomía para andar tres días a plena marcha.

- Bueno, son las diez de la noche, -dije- así que antes del amanecer podríamos estar allí. Y lo importante es salir de la región. Al menos para mí...

- También para nosotros. -dijo Roxana- Si no fuese porque tenemos misiones aquí, solicitaríamos ser incorporados al GEOS.

- No sabía que éramos tan famosos... -dije algo molesto por la divulgación que había tenido la existencia de nuestro Grupo Especial de Operaciones Subterráneas.

- No se preocupe, Marcel. -dijo Héctor- Nosotros siempre estamos enterados de todo, o al menos en lo posible. Somos, indirectamente, parte del GEOS, porque servimos como grupo de apoyo a todos los movimientos que tengan que hacer sus miembros en la superficie externa. No crea que corremos riesgos por puro deporte... También hemos hecho el Gran Juramento...

Aquellas palabras me hicieron vibrar el Alma. Los tres muchachos no eran simples idealistas de una causa paralela, ni gente pagada para operaciones de espionaje o encubrimiento, sino miembros de la Cadena de Oro y de la Llama Inextinguible. Abracé a cada uno de ellos agradeciendo la aclaración, porque a partir de allí, mis preocupaciones eran mucho menores. Estaba ante verdaderos Camaradas, Guerreros de la Luz.

Julio giró en redondo y remontamos el río hacia Iguazú. Dormimos por turnos de dos horas, quedando siempre uno al timón y otro sentado en la proa, con los prismáticos en la mano. Aunque la luna casi llena alumbraba muy bien, no podíamos descuidar la navegación, porque bajaban en las turbias aguas, troncos y ramajes en cantidad.

- Parece que más arriba ha habido viento fuerte. -me dijo Julio- Habrá que estar muy atentos.

- Vigilo con atención, -respondí- pero aclárame una cuestión: ¿Por qué tengo que ir hasta Curitiba? Allí me conoce media ciudad...

- Porque es la alternativa planeada en caso de no poder cumplirse la primera. Debía reunirse en Posadas con mi padre, porque él le llevaría a Resistencia, en el Chaco. De allí, en avión a San Nicolás de los Arroyos, en Buenos Aires, donde esperaría un vehículo... En fin, un plan que no pudo ser. Curitiba es la última opción y si no se pudiera habría que hacer otra operación y esconderle por unos cuántos días.

- O sea que me perderé de conocer a Don Pedro Casas...

- No faltará oportunidad, -dijo Julio- porque él tiene que embarcarse con Usted. Hasta es posible que sea él mismo quien le contacte en Curitiba. La contraseña será con él o con quien le recoja, "Partano 'e bastimente" por tu parte y "Sotto un manto di stelle" por la otra parte, salvo que haya algún cambio en Iguazú.

Llegamos sin incidentes a Iguazú, poco antes de las ocho de la mañana. Julio me acompañó hasta el aeropuerto, pero tendría que esperar dos o tres días para conseguir vuelo, así que la opción del autobús se hacía inevitable. Volvimos a la lancha y me despedí de mis nuevos Amigos, lamentando que fuese tan corta y accidentada nuestra reunión. Ellos seguirían intentando comunicar con su padre, para advertirle de lo ocurrido y decirle que yo buscaría alojamiento en Curitiba, en algún hotel cuya letra comenzara por "C" o la más próxima hacia arriba. El debería preguntar, si podía contactar, por Pedro Fuentes.

POR BRASIL Y AL SUBMARINO

Para ir a Foz do Iguaçú, la ciudad brasileña del otro lado del río, tomé un taxi en carretera. Allí, tras sacar un visado provisorio, me encaminé a la terminal de autobuses, donde un incómodo coche de asientos muy juntos me llevó a Curitiba, ubicada a 630 kilómetros, con dos accidentes y la rotura definitiva del autobús poco antes de llegar... En fin, que veinte horas después me alojaba en el Hotel Cumbia, de Curitiba. No era precisamente un cinco estrellas y poco le faltaba para tenerlas todas cuando no lloviera, porque el techo de mi habitación tenía goteras, que me despertaron en plena noche. Pero tras poner las quejas al chico de la recepción, me dieron otro cuarto mucho mejor y pude dormir.

Tres días después me encontró mi contacto, que se presentó como Pedro Casas, y por prudencia no cambiaríamos nuestros nombres. Tras las contraseñas, que son las primeras frases de las canciones italianas "Santa Lucía Luntano" y "Chitarra Romana", nos relajamos. Era un hombre de unos cuarenta años que bien tenía el apodo de "Dorado", por lo rubio y un tanto amarillenta la piel, aunque no tenía nada de chino, sino de alemán u holandés. Después de tranquilizarme sobre la seguridad de sus hijos y sobrino, me comentó que se habían cambiado todos los planes, no sólo por la persecución a presión que los narigoneses llevaban conmigo. Eso no había sido el factor fundamental de la presencia de barcos narigones en el Paraná.

- ¿Entonces? -pregunté extrañado.

- Como sabes, el plan consistía en encontrarnos Posadas, ir juntos a Resistencia y luego en avión a San Nicolás. Allí nos esperaría una lancha, para llevarnos a mi submarino, que esperaba en aguas cercanas a Montevideo. Pero la Prefectura uruguaya lo descubrió a pesar de que tenemos tecnología que lo hace prácticamente invisible a los radares. Cuando pasamos a aguas argentinas, nos descubrió la prefectura también. Una falla técnica dentro de lo lógico, porque nuestra nave es muy grande y difícil de ocultar en aguas tan poco profundas...

- ¡Tu submarino!, ¡La Prefectura!..

- Si, pero alguien, que debía tomar medidas de inspección y detención -lo que nos hubiera obligado a hacernos a alta mar-, no lo hizo en su momento, sino que informó a los narigoneses. Luego la misma Prefectura tuvo que actuar ante la invasión jurisdiccional y el espía, un oficial de alto rango, desapareció después. Los narigones no dejan cabos sueltos.

- ¿Lo habrán matado? -pregunté.

- No creo... Deben habérselo llevado para incorporarlo a sus ejércitos. Mientras la Prefectura se entretenía con los narigoneses, aprovechamos a escabullirnos del Río de la Plata, gracias a que ese submarino puede cambiar de tamaño bajo el agua, siendo casi "plegable"... Bueno, ahora olvidemos el asunto, porque nos espera un largo viaje. Tengo que aprovechar esta estancia en Curitiba para hacer algunos contactos y esta noche, después de cenar, saldremos hacia la costa. Cenaremos en mi habitación y nos preparamos para salir inmediatamente porque nos estarán esperando.

Un taxi nos llevó a media noche, hasta el pequeño poblado de Antonina, en el brazo de mar de la Bahía Paranaguá, a ochenta kilómetros de Curitiba. Durante el viaje no podíamos hablar de otras cosas que trivialidades, lo que nos costaba mucho y preferimos hacer el viaje en silencio, a pesar de la extrañeza del conductor. Nos detuvimos en el extremo de una playa, donde el camino vuelve a la pequeña ciudad de Paranaguá. Caminamos hasta unas rocas mientras hacíamos tiempo y allí un bote estaba llegando puntualmente a la cita.

Era una especie de Zodiac con un motor tan silencioso que sólo se oía el ruido del agua, y un muchacho uniformado, de unos veinte años nos condujo mar adentro a toda velocidad. Anduvimos casi media hora hasta que delante nuestro apareció una luz roja. Nos acercamos lentamente a la torreta de un submarino. Subimos por la escalera y la lancha fue desinflada para introducirla en una pequeña cápsula hermética, pegada a la torreta, sobre la cubierta exterior del submarino.

Penetramos en el aparato que resultó mucho más grande de lo que había creído. El trozo de cubierta con su torreta, que se veía emergido era apenas como una ampolla de la estructura. El Capitán Adolfo Müller, al que había conocido como Pedro Casas, me enseñó la mayor parte del enorme submarino y me explicaba:

- Esto que parece una nave de última tecnología es un cacharro viejo. Tiene cuarenta años, pero con sus 313 metros de eslora, 26 de manga y 33 de puntal, ha servido desde que lo construyeron nuestros padres...

- ¿Vuestros padres?..

- Si, Marcel, nuestros padres y algunos de nuestros abuelos. Dos generaciones de científicos que fundaron Freizantenia...

- ¡Ah!.. Ahora entiendo. Lo había sospechado... Freizantenia no es tan antigua como parecería. Creía que habían sido incorporados a ella...

- Bueno, había una Orden Hermética de la Tau, sobre la que se fundó Freizantenia. Nuestros padres y abuelos, cansados de una civilización que no deja de comerciar con la muerte, las guerras y las enfermedades, desarrollaron ciencias cuyo producto ya conoces tú. Se juntaron los mejores ingenieros, médicos, técnicos, electricistas, biólogos y gente experta en sus temas, pero con unas condiciones muy especiales en lo ético y moral. Este fue uno de los primeros submarinos con tecnología electro-magneto-dinámica y además, plegable, desmontable en bloques.

- Y supongo que uno de los más grandes... -dije.

- Si, con sus cuerpos desplegados es aún hoy el más grande del mundo. Y de los más veloces, a pesar del tamaño. Alcanza en superficie los 62 nudos, o sea unos 115 kilómetros por hora y sumergido los 92, es decir unos 170 kilómetros horarios.

- ¡Es muchísimo! ¡He leído que los más rápidos no pasan de 30 nudos!

- Cierto, pero éste tiene un deflector magnético en la proa, con lo que el agua prácticamente se va abriendo delante de la nave y disminuye en más de la mitad su resistencia.

- Supongo que estará muy bien artillado...

- Supones mal. La verdad es que no es un submarino misilístico ni nada de esos trastos destructivos que hacen los narigoneses y otras grandes fábricas de armamento. Este fue concebido para poder llevar gran cantidad de cosas y personas hacia la Antártida, Frenchi, el Polo Norte y al Parque Nor-Este de Groenlandia, donde vamos ahora mismo. De todos modos, no es ni fácil de pillar ni fácil de atacar. Tiene un par de lanzaderas desde la que podemos mandar una flotilla de "Feuerballs" Nuestras bolas de fuego son en realidad, aparatos teledirigidos con forma de vimana o redondos, de un metro de diámetro o más pequeños. Son suficientes para enloquecer con su campo magnético los controles electrónicos y los motores eléctricos de cualquier aparato que no tenga el nivel tecnológico de las vimanas o de los Kugelvins, como los que hemos construido merced a tu idea, tan útiles ahora para operaciones subterráneas.

- ¿Y las vimanas no reemplazarían eficientemente a este submarino? Perdona si te ofendo...

- ¡Oh, no, no me ofendes! Esta nave es muy vieja, ha prestado sus servicios tal como está y sigue haciéndolo, pero justamente la próxima misión que tengo es llevarla para ser reciclada. Ya está desfasada respecto a nuestros avances tecnológicos. Igual podrá servir como submarino, pero también dominará el espacio aéreo y aún el interplanetario...

- Igual hablas como con nostalgias...

- Cierto, no es para menos, pero me consuela saber que no será muy diferente desde afuera. Se convertirá en una "Nave Madre", que podrá llevar un montón de naves menores, como unos doscientos Kugelvins y treinta mayores, según los planos que he visto.

- ¡Claro! Estuve en una de ellas, con las que conseguimos explosionar en el espacio unas bombas...

- No hace falta que me expliques -interrumpió amablemente- porque estoy al tanto. Justamente en algo así será convertida esta chatarra, pero bastante más grande que la que conociste. Actualmente tenemos quince de las que la gente llama "naves cigarros", y son bastante más grandes que este submarino. Pero no desperdiciaremos todo este material. Este viaje de 13.800 Kilómetros, que acabará dentro de unos días, será el último del "Flodda" como submarino. En un par de meses se integrará a la Doble Fa, o sea a la Flota Freizantena, como nave nodriza para tus preciosos Kugelvins, que mi querido Amigo Johan Kornare ha sabido hacer prácticamente perfectos desde el primero.

- ¡Oh, Johan...!.. Y yo que quería visitar a su hijo Wino, en Perú, pero...

- No te preocupes. Ya le ha sido transmitido un mensaje para que se quede tranquilo respecto a su padre y deje de buscarle. Ahora lo que nos ocupa y preocupa, es que tenemos una batalla muy dura contra los narigoneses, que quieren atacar Freizantenia. Y eso es muy grave.

- Bien, pero aclárame una cosa. ¿No se encuentra Freizantenia en el Polo Sur, en la Antártida?

- Si, pero también hay ciudades freizantenas en el Polo Norte y en Groenlandia. Y tenemos bases en el fondo del mar chileno, una en el Mediterráneo, otra cerca de Canarias y tres en el Océano Índico, aparte de unos cincuenta destacamentos menores en todo el mundo.

Tomamos unas infusiones en la cafetería principal y nos fuimos a dormir. El día siguiente lo ocuparíamos en recorrer todo el submarino. Luego de desayunar estuvimos tres horas recorriendo las primeras dos cubiertas del "Flodda", de un total de ocho. En ellas había dormitorios, almacenes, comedores y muy completos laboratorios. La tripulación, de 260 personas incluyendo al Capitán, (130 varones y otras tantas mujeres), no podía estar mejor acomodada en un crucero de placer. El camarote del Capitán, de unos cien metros cuadrados, tenía biblioteca, cómodos sillones, bar, instrumental de navegación antiguo y moderno y una gran cama, con cierto dispositivo que me llamó la atención.

- ¿Qué ese aparato en tu cama? No parece un adorno...

- No, es un dispositivo magnético para mantener el aire en la zona de la cama sin radicales libres. Como sabrás, esos compuestos son la causa de que envejezcamos...

- ¡Qué maravilla! -exclamé- O sea que hace lo mismo que las pirámides...

- Si, exactamente, pero en un barco, donde la orientación varía a cada momento, no podemos tener una pirámide para dormir dentro. En cambio tenemos estos aparatos, que cumplen la misma función aunque con algún costo energético y sin lograr acumular neutrinos como en las pirámides. Eso lo hacemos con unas placas que se llaman "mantas orgónicas", compuestas por capas de resina, cuarzo molido y virutas de aluminio. Pero en cuanto al costo de energía, para una nave como ésta es absolutamente insignificante. Y aunque significara un coste, no dejaríamos de usarlos. Todas las camas de nuestras naves tienen este dispositivo y así disminuimos nuestro ritmo de envejecimiento.

- Me gustaría que me dieran los planos... Tengo unas pirámides para dormir, pero esto me vendría de maravillas para cuando tengo que viajar en tren y esas cosas.

- Pídeselos a Johan, que seguramente habrá mejorado aún más el diseño, pero no son fáciles de hacer. Es posible que le veas en Voraus, la ciudad freizantena de Groenlandia. Es él mismo quien está trabajando sobre los planos del barco para reciclarlo. Esperemos que las cuestiones tácticas no lo alejen mucho de este proyecto.

- ¿Y tú vas a capitanear la nueva nave nodriza?

- No... Yo soy marino de Alma y corazón. Me haré cargo de algunas operaciones submarinas con una vimana de mediano tamaño. Pero extrañaré a este aparato que aún siendo un "vejete", puede alcanzar los trece mil metros de profundidad sin inmutarse...

- ¡Trece mil metros...! -exclamé- No dejo de sorprenderme con vuestra tecnología... Que se llegue como hemos llegado tan profundo con las vimanas, pase, pero con un submarino de hace cuarenta años... La fosa marina más profunda tiene sólo un kilómetro más.

- Si, y la han explorado con otros submarinos más nuevos, antes de desarrollar el Gespenst, pero no la hemos visitado con éste hasta el fondo, cosa que podré hacer con mi próxima nave... Algo tiene de bueno la incomodidad del cambio. -decía con un dejo de melancolía- Ahora, por favor acompáñame al puente de mando.

Aquello, a la proa del submarino, sí que era un "puente de mando" y no una cabina. Ocho asientos para la tripulación de comando, en una sala semicircular de más de doce metros de diámetro. Las lunetas tenían cristales de un metro de espesor, pero además de ser impecable su transparencia, cada uno de los ocho navegantes contaba con una pantalla en su consola, con todas las imágenes del exterior y del interior que precisara. Nada que envidiar a los mejores programas informáticos de las vimanas, sólo que ésta hacía su último viaje bajo el agua. O mejor dicho, como submarino exclusivamente, porque como nave nodriza podría viajar por el aire, el espacio sideral o bajo el mar y hasta en estado de desmaterialización.

En los días siguientes me dediqué a conocer toda esta ciudad submarina y móvil, que tendría unos 107.000 metros cúbicos. Quizá nunca más se volvería a construir un submarino tan grande y de hecho no lo harían los freizantenos, porque la tecnología de la vimana, con sus motores antigravitacionales, su campo magnético regulable a enormes diferencias de frecuencia y poder, con su desplazamientos a velocidades fantásticas y -sobre todo- sus modificaciones vibracionales para desmaterializarse, ha dejado completamente obsoleta a todas las demás tecnologías. Aún tenía que meditar sobre esa diferencia tecnológica con las de nuestra civilización, porque es un abismo tan grande como la diferencia tecnológica entre el arco de flechas y los misiles. O mejor, en una comparación pacífica, entre la carreta y el avión.

- Así es, Marcel. -me respondía Adolfo cuando le comentaba mis pensamientos- El salto tecnológico es tan grande que representa la ruptura del sistema de poderes de tu civilización. Hasta esta nave, con su sistema de propulsión ya antiguo, con su fuente de energía a partir de agua, es algo tan económico y ecológico que si se aplicara en el mundo de superficie se romperían los mercados del petróleo. Y en ese mercado se apoya la mayor parte del funcionamiento de todo el poder político...

- ¿Energía a partir del agua?.. ¡Explícame, por favor...!

- Entonces vamos a almorzar y luego te lo enseño en directo. Hoy iremos a las salas de máquinas.

Hora y media más tarde bajamos a la novena -penúltima- cubierta, donde Adolfo me llevó directamente a la sala de los propulsores.

- Aquí, -me explicaba ante unos complejos aparatos- la energía eléctrica es transformada en fuerza magnética, que se usa tanto para los deflectores de proa como para los de defensa y el sistema antichoque de la nave. Aquel motor eléctrico es el que da energía a las dos hélices de impulso, así como a la hélice ubicada en una turbina auxiliar bajo la proa.

- ¿Y de dónde proviene la energía eléctrica? Debe ser una cantidad fabulosa...

- Si, unos 150.000 Kilovatios en total, pero producimos mucho más que eso. Vamos ahora al centro de producción de energía.

En una enorme sala contigua, un conjunto de motores trabajaba con escaso ruido, de unos sesenta decibelios; como para tener que hablar en voz muy alta, pero considerando que su trabajo era nada menos que generar energía eléctrica a partir de oxígeno o de hidrógeno separados, podían llamarse "silenciosos". De algo más de seis metros cúbicos cada uno de ellos, siendo un total de ocho, estaban abastecidos de su gaseoso combustible por dos conductos provenientes de otra sala a la que entramos inmediatamente. Allí, otro aparato de algo más de un metro de alto, tres de ancho y cinco de largo, estaba bordeado por decenas de tubos metálicos. Encima del aparato una especie de tela de araña producía un bonito espectáculo de colores en la atmósfera.

- Este viejo motor se encarga de separar por medios magnéticos los componentes del agua destilada. El oxígeno se almacena en los tubos de la derecha y el hidrógeno en los de la izquierda. Así producimos el combustible que alimenta a los generadores de electricidad.

- O sea que esto es una especie de cuba electrolítica...

- No, nada de eso. La electrólisis necesita mucha energía para separar las moléculas de oxígeno e hidrógeno que componen el agua. Entonces resulta que consume poco menos que lo que producen luego los gases. Hay diferencia a favor, pero se tarda demasiado en tener suficiente producción. Sin embargo, la separación magnética, en vez que por electrólisis, requiere mucho menos energía. Sólo usamos en principio, la electricidad necesaria para activar los potentes magnetos. Luego estos son los que separan las moléculas del agua en esa cuba, que tiene millones de capilares por donde pasa el agua. Una vez puesto a funcionar el motor separador, no se detiene nunca mientras no le falte agua destilada. No se recalienta, tiene reguladores automáticos que controlan la producción según el consumo que hacen los generadores eléctricos... Pero en fin... Que aún así, es tecnología vieja para nosotros.

- Sin embargo sería una extraordinaria tecnología para una civilización que no quiera depender del petróleo...

- Así es, pero ahora vamos a hacer un poco de ejercicio en el gimnasio, que nos quedan dos días de viaje y hay que estar en forma. A ti te esperan actividades más exigentes que las mías en lo físico, según creo... ¿Tienes idea de lo que tendrá que hacer el GEOS próximamente?

- Si... Bueno... -respondí algo confuso- Nada menos que salvar a Freizantenia, si descubrimos con claridad los planes de los narigoneses.

- Claro, pero digo, si tienen algún plan previsto, o ni siquiera saben bien la situación. Ellos han logrado determinar dónde se encuentran nuestras bases, y bien saben que no podrán atacarnos por tierra, mar o aire... Por eso están intentando atacarnos por otros medios. Lo más probable es que sea desde el subsuelo y mediante impulsos electromagnéticos.

- Ya me explicaron Gerdana y Johan Kornare algunas de las cuestiones referidas a cañones de impulsos electromagnéticos, pero no parece que estén muy avanzados en eso...

- Cierto, no lo están; y allí está el mayor peligro. Lo más factible es que terminen causando desastres sobre vuestra propia civilización. Los han desarrollado potentes y certeros, por eso creen que dominan esa tecnología, pero no han tenido en cuenta varios factores de la física del planeta, en especial de la atmósfera y de la magnetosfera.

-Ya han causado terremotos artificiales, pero la mayoría de la gente no se entera. Controlan todos los medios de comunicación masiva y todo el sistema académico. Hay algunos científicos que han hablado y sólo han conseguido quedarse sin trabajo... O sea que de cualquier modo, esas armas son un peligro para todos.

-Sí. Y uniendo todas sus fuerzas de operaciones aéreas, subterráneas, marítimas, y esos cañones electromagnéticos tan temibles, es posible que en algún momento nos hagan algún daño.

- Me resulta difícil aceptar que Freizantenia esté realmente tan bajo amenaza de los narigoneses, cuando Ustedes disponen de esta tecnología tan sobradamente superior...

- La cosa no es para nosotros, tan grave como lo que sucedió en la vacuoide de Quichuán, que de no ser por el GEOS y el desarrollo urgente de tus Kugelvins, los narigoneses habrían masacrado por inundación a cinco millones de personas. El grave problema está en la misma cuestión de fondo que en aquel caso, es decir, que el problema a resolver está en evitar una guerra abierta que nos obligue a destruir todo el sistema satelital, las comunicaciones y la energía de tu civilización...

- ¡Ah... Sí! -dije hasta con vergüenza ajena- Ya lo habíamos comentado con mis compañeros. Seguimos en la misma situación de tener que ganarles pequeñas batallas a los narigoneses, impidiendo que hagan desastres, para evitar una guerra abierta entre civilizaciones, lo que representaría la aniquilación de la civilización de la superficie... Es decir la civilización que incluye a mi hijo, a mis hermanos, a mis padres, a miles de amigos...

- Eso es. -dijo apoyando su mano en mi hombro- Pero no te pongas triste. El cuadro de situación es problemático, pero siempre lo ha sido para la Humanidad, tanto la mortal como la Inmortal. Si nos viésemos obligados a defendernos de manera tajante, tendríamos que golpear en los puntos frágiles del sistema y ello significaría un desastre para miles de millones de personas en América, Europa y Asia. En África, las consecuencias no serían tan graves, pero igual se resentirían las frágiles economías, habría más guerras entre los propios países y paralizaciones de toda clase. Sin transportes ni comunicaciones, sin satélites ni energía y sin petróleo, los efectos serían tan graves como el peor cataclismo por glaciación. Pero la esclavitud e injusticias actuales también dejarían de incidir sobre los humanos tan espantosamente.

- Si, de eso estoy seguro. -agregué- Incluso bastaría una sola vimana, y aún un pequeño Kugelvin para eliminar toda la red satelital, con lo que caerían las bolsas de valores y todo el sistema se desmoronaría como un castillo de naipes. En ese caso los locos más peligrosos del mundo, que controlan el armamento de la mayoría de los países, reaccionarían provocando una devastación en alguna parte, por la sola desesperación, confusión e inseguridad.

- Igual estamos preparados para un caso así, porque hay riesgo inminente de tormentas solares y sería bueno que eso demorara lo suficiente como para que tu civilización cambie sus pautas; pero deberíamos usar rápidamente todas nuestras naves y neutralizar todos los grandes armamentos; estamos preparados para eso. Las tormentas solares no sabemos con certeza cuándo ocurrirán, ni si llegarán a ser tan fuertes, pero los ataques narigoneses son inexorables e inminentes. De lo que se trata es de evitar tal enfrentamiento, para permitir que tu civilización tenga algunas posibilidades más y algunos millones de almas nobles, puedan seguir su evolución sin mayores alteraciones.

-¿Sólo algunos millones? -dije tristemente, sabiendo la respuesta.

- Si, Marcel. Sólo algunos millones. Y quizá exagero. No toda la gente quiere evolucionar. La inmensa mayoría cree en los valores que han aprendido pero no quiere saber si existen otros valores, otras ideas, otros horizontes... Suponen que el sistema en que viven es lo mejor que puede existir, aunque son esclavos del dinero y de quienes lo controlan. Además, la masa humana sólo busca placer, no evolución ni Trascendencia. Viven llenos de miedos, rencores, vicios, y bien lo sabes.

- Sí, Capitán, pero siempre quiero pensar que hay más gente buena que mala...

- Eso no te lo discuto. Claro que hay más gente buena que mala, pero finalmente son pocos los que aceptan que puedan vivir en un sistema mejor y menos aún los que trabajen de verdad por ese ideal; por eso hay que darles tiempo. Nuestros padres fueron grandes héroes en ese sentido. Creyeron que una ciencia más abierta, más humana, responsable, ecológica y que unida a lo espiritual daría maravillosos frutos, y efectivamente ha sido así. Han conseguido liberarse de todas las cadenas merced a crear un Estado científica y moralmente sano, con inmenso amor entre camaradas, amor al mundo, a la naturaleza. Han hecho todo gracias a una férrea disciplina, a la limpieza y endurecimiento psicológico y físico, a la eliminación de las emociones, a la vez que la sensibilización psíquica e instalación de los sentimientos verdaderos. Los fundadores de Freizantenia consiguieron todo eso gracias a que además de sus conocimientos, un día dijeron a coro *"¡Muertos, antes que esclavos!"* Pero ve a decírselo a la masa humana...

- Quizá lo haga. Un Amigo me ha pedido que me prepare a escribir libros infantiles, porque si algo ha de cambiar en la civilización, no serán los adultos de hoy, sino los niños, adultos del mañana.

- Si, pero también los adultos de hoy que tengan corazón de niño. Aunque las religiones les han alejado de la espiritualidad, la política les ha hecho esclavos, la mediática les ha hecho ignorantes o idiotas, o ambas cosas, el dinero les ha hecho pobres y miserables... En fin, que si tienes que escribir un libro, mejor que escribas para los niños, que con sus fantasías, mentirillas e inventos, son más realistas que los adultos...

- Creo que no demoraré mucho en empezar a escribir esos libros. Pero... ¿Qué puedo escribir? No tengo ni idea de redactar otra cosa que no sean cuestiones científicas.

- Bueno, quizá contando algunas cosas que has vivido... En fin, si cuentas todo lo que sabes del GEOS, de nosotros, de los Primordiales, de los taipecanes y las otras civilizaciones, nadie podrá creer que sea verdad... Salvo los niños y los de corazón puro y mente abierta.

- No es mala idea... Pero estas cuestiones, entiendo que son secretas.

- ¡ ¿Secretas? ! -exclamó Adolfo- No, nada de eso. Secretas son nuestras maniobras en un momento dado, pero los narigoneses saben mucho sobre nosotros... Al menos saben la cuestión puramente física de las realidades del mundo. Ellos son los que guardan celoso secreto de estos asuntos, para con la civilización que dominan, para que la gente siga creyendo lo que cree, suponiendo lo que supone y nada cambie... Muchos Guerreros de la Luz estarían mejor preparados si supieran las habas que se cuecen en esta "guerra secreta" que mantenemos con los narigoneses, evitando que llegue a ser una verdadera "guerra caliente" que duraría muy poco pero sería fatal para seis mil millones de personas. No, querido Amigo, no hay por nuestra parte, secretos que guardar sobre la realidad global. El secreto que se guarda para que la masa no lo sepa, es el arma principal de los esclavistas. Nosotros sólo tenemos secretos estratégicos y circunstanciales ¿Cómo crees que reaccionarían las masas si supieran que nosotros existimos, que hay una alternativa mejor que el petróleo, que hay una forma de vivir sin dinero, que hay una política mejor? Habría una revolución mundial, echarían a los "secretistas" del poder y eso es lo que debe ocurrir, pero para eso hay que dar tiempo. Tu civilización debe aprender por sí misma, no debemos hacer nosotros lo que corresponde a esas seis mil millones de Almas aprender a hacer. Sería como hacer los deberes de nuestros hijos, en vez de enseñarles a hacer los propios. Pero hay que conseguir tiempo...

- ¿Y respecto a los secretos tecnológicos? ¿Podría escribir algo sin perjudicar a Freizantenia?

- ¡Todo lo que quieras! Menos los planos y algunos principios físicos, claro...Como te decía, no somos nosotros los que propiciamos el secreto, sino todo lo contrario. Nos hemos dejado ver muchas veces por científicos, les hemos contactado para que dejen sus miedos y hagan motores de agua, motores de imanes y otros aparatos que romperían la esclavitud energética, pero lo que hacen es querer patentar, ganar dinero. ¡Vaya tontos!

- Me doy cuenta -dije- de la responsabilidad tremenda que tenemos, pero prefiero no reflexionar mucho sobre ello. Se me ponen los pelos de punta. ¿Hay nueva información de los planes de los narigoneses?

- Algunas cosas hemos sabido, pero no soy yo quien está mejor informado. Evitamos las comunicaciones innecesarias porque los narigoneses no bajan nunca la guardia y tienen un amplio espectro de interferencia radial. Hace años empezamos a usar alta frecuencia, o sea microondas, pero descubrimos que era peligrosa. Entonces empezamos a usar infla-frecuencias, o sea ultra-bajas, pero entonces los ejércitos de la mayoría de los países empezaron a usarlas también. Hoy todo el espectro está "ocupado" y tenemos que cifrar y codificar de modo muy complejo las comunicaciones, o usar la banda cuántica... En cuanto lleguemos a destino se nos informará adecuadamente.

Mientras recorría el submarino, sentía una especie de nostalgia, como la de Adolfo, sabiendo que semejante nave, equipada con tecnologías "viejas" para los freizantenos, sería remodelado. Claro que con la tecnología maravillosa de las vimanas, que es el mayor Tesoro Mágico de Freizantenia en lo material, pueden hacerse invisibles o simplemente "inmateriales", para surcar el mar, el espacio y hasta la propia masa terrestre, pero a la vez pensaba cuánto avanzaría nuestra civilización si pudiera usar esa tremenda antigüedad tecnológica del "Flodda".

Pasé el resto del viaje conversando con Adolfo, que en realidad me examinaba para ver cuánto había aprendido de las enseñanzas de Polo. Al parecer, estaba conforme con ello y me enriquecía con ampliaciones teóricas sobre el porqué de aquella preparación mágica. Cierto es que no había tenido posibilidad de probar los efectos de la magia de las Runas bajo una tormenta eléctrica como hacía Polo, pero tampoco había aprendido todo lo que puede dar esa serie de ejercicios mágicos. No obstante, Adolfo se sentía feliz al comprobar que yo había captado la esencia espiritual de esa forma de Magia, que aunque no llegara al dominio de las energías naturales, al menos produce un desarrollo magnífico de la conciencia, la inteligencia y ayuda a depurar la psicología junto con la imprescindible técnica de la "*Catarsis Cátara*".

Cuando por los altavoces se le llamó con unas palabras en clave, me dijo que estábamos cerca del destino, así que dejamos la mesa y nos fuimos al puente de mando, donde me invitó a pasar, a pesar de cierta mirada desconfiada de su contramaestre. El paisaje submarino era realmente muy oscuro, pero los potentes reflectores iluminaban lo suficiente para ver que estábamos ante un enorme farallón bajo el mar, cortado a pique y con pocas salientes, sin que pudiéramos ver la altura. La mole se hallaba a unos trescientos metros y no había nada que señalara alguna entrada, pero una parte de la roca se comenzó a correr hacia un costado y una puerta de unos cincuenta metros de ancho por cuarenta de alto dejaba espacio para entrar.

- Estamos a mil cien metros de profundidad. -me dijo el Capitán- Esta entrada es conocida por los narigoneses, pero saben que no pueden ni acercarse a esta zona. Hemos marcado algunos sectores de exclusión y cualquier vehículo o sonda de ellos sería destruida apenas pase el límite que les hemos impuesto.

- ¿No han hecho tentativas...? -pregunté con preocupación.

- Sí que las han hecho. En cuatro ocasiones, pero hemos procedido con toda la dureza necesaria para preservarnos de sus ataques. Hace unos años que dejaron de insistir. Ahora parece que están planeando algo más efectivo, pero no sabemos muy bien cómo ni por dónde atacarán. Suponemos que por debajo de algún sector donde abundan esos minerales intraspasables para nuestras vimanas, por eso quizá tenga que volver a actuar el GEOS.

LA BASE VORAUS

- Capitán... -Le dijo el Segundo de a bordo, apresurándose a mostrarle algo- Observe las burbujas de la zona. Hay algo raro. Los tiburones anguila están por todas partes, a pesar de la cortina magnética...

- Cierto. -respondió Adolfo mirando los hermosos escualos que pululaban frente a la luneta del submarino- ¡Detengan motores!.. Vladimir, establezca comunicación con el puerto, bajo protocolo de seguridad máxima.

- Ya lo estoy intentando, señor... -decía el marinero- pero sin resultado.

- Cierre la compuerta si puede, -dijo al primer operador de controles- pero manténgase atento a su rango de apertura. Ahora pasamos a hablar sólo en nuestro idioma... -dijo el Capitán en voz alta y en un momento la masa pétrea volvía a cerrar la enorme entrada.

- Y nos perdonarás... - me dijo en particular- pero tenemos un idioma que aún los narigoneses no conocen. Y aquí está pasando algo extraño.

Las conversaciones siguientes del Capitán y demás tripulantes, eran absolutamente incomprensible para mí. Me quedé sentado en la última butaca de la cabina, observando cómo nos acercábamos a la puerta recién abierta en la roca. Todo indicaba que algo no andaba bien, porque la entrada estaba atestada de tiburones, no había barrera magnética, no había trazas de tranquilidad entre la tripulación y el Capitán y el Segundo parecían discutir algún asunto muy preocupante.

Estábamos ya entrando por la enorme puerta que se había abierto nuevamente, cuando el Capitán ordenó algo y empezamos a ir marcha atrás. Unos minutos más tarde, la nave seguía con rumbo norte, a lo largo del farallón. Nos detuvimos diez minutos después, entre unas enormes formaciones pétreas, a cubierto por una mole socavada en varios sectores naturalmente. Por fin me dijo lo que parecía haber ocurrido.

- Parece que nuestra base ha sido invadida o destruida. Pero no sabemos quién ha abierto la entrada. Voy a ir a investigar, ahora que creemos estar bien escondidos. No hay registro de sonar ni radares, pero habrá que obrar con soberana precaución.

- Por favor, Capitán, permítame acompañarle...

- Imposible, Marcel. Usted tiene que ser entregado sano y salvo a sus compañeros del GEOS. Y la cuestión parece en extremo peligrosa...

- No creo que corra ahora, más peligros que a los que estoy acostumbrado... Por favor, Capitán... Además qué más da... Digamos que ahora mismo ya estoy en servicio...

Luego de discutir e insistir medio minuto agobiándolo con razones, Adolfo aceptó resignado a que me sumara a la dotación de exploración que él conduciría personalmente. También tuvo que discutir con el Segundo, Erik Offenbeck, porque éste no quería que el Capitán se arriesgara en una misión tan peligrosa. Mientras íbamos hacia la última cubierta, donde se encontraban los minisubmarinos de exploración, me explicaba la situación.

- Podríamos llamar a nuestras bases y naves, pero tendríamos que arriesgarnos a ser detectados y hemos alcanzado una posición bien escondida. Saldremos en tres minisubs y veremos qué pasa. Habrá que estar atentos como nunca.

En la cámara de los minisubs cambiamos nuestras ropas por trajes de buzo, con las patas de rana y armas de rayos como único accesorio. Los minisubmarinos tenían siete plazas, así que éramos en total veintiuna personas, que estuvimos en pocos minutos, listos para partir. La bodega fue herméticamente sellada, igual que nuestras pequeñas naves y luego de dar algunas últimas indicaciones a su segundo de a bordo, se procedió a abrir la esclusa de salida. El agua no entraba en la bodega, sino que una grúa iba depositando los minisubs en la boca de la misma. Cuando estuvimos todos afuera, el Capitán ordenó el avance a toda máquina hacia el sector de la compuerta. Llegamos en unos diez minutos pero la entrada estaba cerrada.

Al acercamos a unos cincuenta metros, el Capitán dio órdenes en su idioma y la enorme puerta se abrió; así que seguimos adelante y penetramos en la base. El túnel, de unos doscientos metros, terminaba en una inmensa sala. Al intentar emerger, comprobamos que toda la base estaba inundada, aunque el agua había salido ya de las dársenas. En las diversas instalaciones, enormes todas ellas, se hallaban vehículos terrestres, montacargas de diversa forma y toda clase de cosas desparramadas. Algunas de las instalaciones parecían haber sido destruidas antes de la inundación, pero no había naves.

- Supongo que deberían haber vimanas y submarinos... -dije.

- Si, los había y no están. Lo que quiere decir que han salido antes de la inundación. Lo extraño es que no se nos haya comunicado nada, sabiendo que teníamos rumbo a esta base. Es que ha sucedido recientemente, no han tenido más tiempo que el suficiente para escapar. Al parecer ha quedado activado el sistema de apertura automática y puede que la barrera magnética funcione parcialmente, puesto que no han entrado los peces hasta aquí...

- Así es, Capitán -decía un marinero que llevaba unos aparatos- La barrera acústica todavía funciona. Y también hay algo raro que suena, como el motor de una vimana cuando está sobrecargado...

Salimos de las navecillas y caminamos durante unos minutos, dispersándonos por la dársena sin perdernos de vista, buscando entre pequeñas carretillas, carritos, packs de madera y otras cosas desparramadas, algún indicio de lo ocurrido. Todo a fuerza de linternas, porque no había más iluminación que los tenues focos autónomos de emergencia y la luz de los minisubs.

- Deben haber salido hace menos de una hora -dijo el marinero que llevaba la radio principal- porque el motor de esta carretilla está tibio.

- ¿Está seguro? -preguntó el Capitán.

- Sí, Señor, sé muy bien lo que tardan en enfriarse estos cacharros a esta temperatura, porque he trabajado mucho con ellos... Espere, hay una llamada radial en ULWAC...

La comunicación radial que se recibió cortó nuestra conversación y el Capitán ordenó el inmediato regreso al submarino. Estábamos dando la vuelta cuando unas enormes moles de piedra se precipitaban sobre nosotros. El Capitán seguía dando órdenes en su idioma y yo no podía hacer otra cosa que permanecer atento. Si nos alcanzaba alguna de aquellas rocas, estábamos más que aplastados pero si caían sobre los minisubs, también estaríamos perdidos. A mil metros de profundidad, nuestros trajes de buzo ligero no nos protegerían en absoluto. Eran trajes preparados para sólo cincuenta metros de profundidad, así que nos salvó la rapidez en volver a los minisubs y la pericia del Capitán y sus marineros, que nos condujeron hábil y rápidamente hacia el túnel de salida.

Al regresar hacia el submarino, a mitad de camino observamos una nave que nos detectó y fue en nuestra persecución. Era un submarino de unos ciento ochenta metros de largo, que reconocí inmediatamente como un misilístico ruso del modelo "Tifón". No era muy rápido y pudimos escabullirnos entre unas arcadas naturales del farallón, que el piloto de otro minisub conocía perfectamente.

El capitán comentó su extrañeza respecto a la profundidad alcanzada por ese aparato, que se suponía que no alcanzaría más de 400 metros de profundidad. Salimos por entre otras formaciones rocosas, de modo que le sacamos algunos minutos de ventaja. Al volver al costado del farallón, el submarino intruso estaba a medio kilómetro, así que por más que apuraron sus máquinas, llegamos antes al Flodda y desde allí se dio una advertencia radial a nuestros perseguidores.

Emergimos en la bodega del Flodda y rápidamente fuimos izados por la grúa. Mientras terminaba la operación con los otros dos minisubs, el Capitán y yo corríamos hacia el puente de mandos. Cuando estábamos en el ascensor, un estremecimiento nos sobresaltó. El Capitán oprimió el intercomunicador y habló con el Segundo en su idioma.

Dos minutos después estábamos en el puente, observando las maniobras para evitar la línea de fuego del enemigo, que había logrado disparar un pequeño misil sin provocar daños al Flodda. Dábamos tales vueltas, que parecía el juego de movimientos de dos boxeadores. Comprendí enseguida que el Flodda intentaba tener enfrente al enemigo, tan cerca como fuese posible, para poder evitar sus disparos y a la vez, usar contra él los potentes deflectores magnéticos. Cuando tras varios minutos de maniobras se consiguió ese objetivo, el Capitán dio una orden y se produjo una reverberación espectacular en el agua. Repitió la orden cuatro veces, hasta que una comunicación radial del enemigo tranquilizó a Adolfo.

- Les hemos dado duro -dijo- pero vamos a comprobar sus daños. No les daremos la espalda confiadamente... Si fueran rusos o chinos podríamos conversar, pero estos son narigones y no tienen nacionalidad, no tienen honor... Ni piedad. No podemos hacer nada todavía... ¡Escaneo completo, por favor!, y abran la radio a toda frecuencia.

El Segundo explicó que escaneaban íntegramente al submarino "Tatenjka" y la encargada de los sensores confirmó al Capitán que el enemigo no podía maniobrar. Tendrían que emerger allí mismo y pedir auxilio a sus bases. Pero apenas terminaba de traducirme eso el Capitán, cuando un misil partió del Tatenjka y estaba a punto de estallar contra nosotros. En una serie de órdenes y movimientos más largos de explicar que lo que llevó de tiempo real, el misil dio la vuelta yendo hacia arriba, tras una reverberación más del deflector magnético.

El Capitán, algo enojado por la reacción casi suicida del enemigo, ordenó varios disparos más del deflector, directamente contra el Tatenjka, que se estaba acorralando contra el farallón. Al final de la serie de impulsos magnéticos, la nave enemiga presentaba una fractura vertical en medio del casco. Adolfo ordenó suspender el ataque y conversó en inglés con el enemigo para hacer una maniobra de rescate.

El Flodda se pondría debajo del Tatenjka y lo mantendría equilibrado, llevándolo a la superficie. Mientras que se acordaba esto y el modo de hacerlo, pasó media hora de terrible tensión. Pero cuando estaban por emprender la maniobra, la encargada de los sistemas sensores habló con urgencia al Capitán. Este dio unas órdenes y el Flodda comenzó un alejamiento a toda máquina. Habló unas últimas palabras con el enemigo, que pude entender perfectamente:

- Estáis todos locos... -les dijo el Capitán- Hemos querido salvarles y habéis activado todas vuestras cargas diabólicas de destrucción... Podéis decirles a vuestros jefes, antes de morir, que somos altruistas, pero no imbéciles. Que vuestro Dios cuide de vuestras Almas. Cambio y fuera.

- Creo que sólo con mucha suerte estaremos fuera de alcance de las explosiones... -dijo el Capitán con profunda tristeza- Ese submarino es uno de los mayores arsenales nucleares móviles. Han activado todos los misiles para explotar sin salir y no pueden desactivarse. Según calcula nuestra especialista, en dieciséis minutos esto será un infierno. Las aguas sufrirán una contaminación terrible, a menos que nuestras vimanas puedan hacer algo a tiempo.

- ¿Y qué podrían hacer?... -pregunté.

- Si están alertas como creo, puede que hasta logren evitar las explosiones aquí, trasladando al espacio los misiles, tal como hicieron Ustedes con los Kugelvins para quitar las bombas antes de que destruyeran Quichuán. Pero no es cosa fácil ni es muy factible en tan corto tiempo. Sin embargo, es posible limpiar buena parte de la radiación producida por las explosiones, dependiendo de las corrientes marinas, de los vientos en superficie y de cómo se sucedan las detonaciones.

- ¿Entonces... Ya se ha hecho antes cosas así?

- Si, algunas veces. Los ensayos nucleares en el Pacífico, en Norteamérica y otros sitios, así como algunos accidentes en centrales electromotrices nos han dado mucho trabajo. Pero no siempre ha sido posible limpiar la atmósfera y las aguas, mucha gente nace con deformidades en muchos países, por culpa de esa tecnología extraordinaria, terriblemente mal usada.

- Han hecho Ustedes avances increíbles en un tiempo record... - comenté- ¿No han sido ayudados por los Primordiales?

- No mucho. En realidad empezamos a recibir alguna ayuda cuando desarrollamos la tecnología magneto-dinámica y vivíamos ya en las bases de la Antártida. Pero los Primordiales apenas si usan algo de tecnología. Como sabes, ellos no la necesitan más que para ir a otros planetas. Nosotros, por nuestra lucha obligatoria contra los narigoneses y sus genios del mal, hemos tenido que perfeccionar muchas cuestiones técnicas, a fin de poder hacerles frente. Hace unos cuantos años que desarrollamos un sistema de captura de isótopos por selección específica, especialmente aplicado a los radiactivos. Por eso podemos limpiar las radiaciones hasta cierto punto.

- Hace tiempo estalló una central nuclear en Rusia...

- Si, también allí tuvimos que actuar. Por suerte, la mayor parte de la radiación fue arrastrada por el viento hasta capas altas de la atmósfera, donde pudimos trabajar mejor. Pero si no hubiésemos intervenido, Polonia, Alemania, Dinamarca, Checoslovaquia, Suecia, Noruega, Hungría y Finlandia habrían tenido millones de muertos y nacimientos de mutantes deformados.

- ¿No es posible evitar que siga la humanidad usando cosas tan peligrosas? ¿Por qué no se les entrega a todos los gobiernos esta tecnología que para Ustedes es "vieja" y para la civilización sería un adelanto fantástico...?

- Como ya te he explicado, no es posible, Marcel. No porque no queramos o alguna ley nos lo impida. Es que los gobernantes, los dueños del poder económico y político no permiten que nuestra tecnología llegue a tu civilización. Ya sé que no puedes creerlo, pero ya verás... Te daré dentro de unos días, un listado de científicos a los que les hemos dado la información tecnológica. Verás que sólo la quieren para ellos, quieren patentar cosas que no se pueden patentar, que escapan al control de los poderes mundiales. Quieren hacerse ricos y no entienden que sus gobernantes no los dejarán... Además, hay graves problemas ecológicos, religiosos y de toda clase en tu civilización, que nos impiden intervenir y tratar de mejorar el modo de vida. La gente sigue reproduciéndose sin educación demográfica, los gobiernos quieren seguir produciendo consumidores y a la vez otros quieren eliminar a la mayor parte de la población. Es un tema muy complejo y contradictorio porque los poderosos quieren seguir siéndolo pero saben que el mundo y sus recursos no dan para más. Para colmo, la masa humana ve nuestros símbolos y cree que venimos del infierno, que vamos a invadir el planeta, mientras que otros creen que somos ángeles que vamos a salvarles de sus propias locuras, pusilanimidad, odios, pereza, vicios... En fin, que ya deberías saber por qué no es posible que intervengamos masiva y directamente. Y hay más razones, pero que cada uno debe descubrir por sí mismo, a fin de no herir creencias y susceptibilidades.

- Ha sido muy útil lo que me has dicho... Me estoy dando cuenta de cómo son las cosas. Luchamos por evitar una decisión que destruya la civilización de superficie, pero a la vez no es posible intervenir en forma directa...

- Así es. Incluso si no hubiera sido creada Freizantenia para proteger como guardianes los huecos polares, los Primordiales hubieran aniquilado a tu civilización de la superficie. Ellos tienen derecho a protegerse y la obligación de proteger al planeta, pero no pueden intervenir más cercanamente, como lo hacemos nosotros. Ninguna civilización con ética puede intervenir en los asuntos de otra en forma directa. Si eso se aplica entre las civilizaciones de la corteza terrestre y tenemos un comportamiento sociable y colaborativo entre nosotros, e incluso con los Primordiales, imagínate cuán grande es el abismo entre la civilización de superficie y las demás. Sólo los que ahora son niños, si tienen una buena educación de sus padres y logran romper los tabúes que les imponen los poderosos que les engañan, podrán hacer que la civilización mejore y evolucione. De lo contrario, la humanidad mercantil se destruirá a sí misma con guerras, pestes fabricadas como armas biológicas la nanotecnologías, hambre causada por las manipulaciones genéticas de los vegetales...

- ¡Pero eso serviría para mejorar la calidad de los alimentos!

- Nada de eso, Marcel. La Naturaleza del mundo tiene miles de millones de años de experiencia en eso de producir y mejorar la vida. Lo hace por selección y otras Leyes Naturales que la genética manipuladora no pude tener en cuenta. Siempre que una civilización ha empezado a hacer manipulaciones con el *Árbol de la Ciencia del Bien y del Mal*, ha fabricado monstruos y seres terribles. Ya sabes sobre el origen y lo que ha pasado con los grandes dinosaurios...

- Si, que fueron armas biológicas; en vez de microbianas, como ahora, los hicieron gigantescos, para meter unos huevos en las ciudades enemigas y exterminar grandes poblaciones. Pero eran tan terribles y fuera de lo ecológico, que se comieron hasta a sus propios creadores. Y cuando se quedaron solos y sin más comida, se comieron entre ellos y a sus propias crías, con lo que se terminaron extinguiendo en poco tiempo... La extinción pudo ser ayudada por algunos cambios climáticos y esas cosas, pero...

- Exacto. -dijo el Capitán finalizando la charla, porque el Segundo le llamó- Perdona pero luego seguiremos...

Tras una breve conversación con su personal, me dijo Adolfo que una dotación de cinco vimanas estaba trabajando urgentemente para trasladar el submarino de los narigoneses al espacio exterior y que aunque quedaban sólo unos minutos intentarían rescatar a los 162 tripulantes de la nave suicida. Sería un buen contingente para la vacuoide-cárcel PI Primera que cuidaban principalmente los taipecanes. Transcurrieron unos cuantos minutos, antes que las vimanas confirmaran al submarino que la operación había dado resultados parciales. Se había conseguido transportar el submarino nuclear al espacio sideral, pero el personal militar parecía desconocer la verdadera situación, excepto los tres o cuatro oficiales superiores, que impidieron que fuese salvada toda la tripulación. Noventa y tres militares habían sido rescatados porque una manga de salvamento que se colocó en la grieta del casco, les permitió salir hacia el interior de una vimana, sin tener idea de lo que ocurría.

Los demás, por falta de aviso, no llegaron hasta allí y nunca se enteraron de nada. El inmenso arsenal nuclear debió ser soltado en el espacio, donde estalló segundos después, dando apenas tiempo a las vimanas para alejarse. Sesenta y nueve mercenarios habían muerto innecesariamente, por la mentalidad tontamente suicida de sus jefes.

- Ahora me darán un informe -decía Adolfo- sobre lo ocurrido en nuestra base, pero no hay duda de que han logrado transponer la barrera de exclusión y han bombardeado desde arriba, causando la inundación. En cuanto recibamos órdenes, sabremos a qué atenernos, pero por ahora vamos rumbo al Polo Norte. Es posible que esta acción obligue a una declaración de guerra abierta y sus consecuencias serían terribles. Si, querido Amigo. Serían terribles.

Por primera vez escuchaba al Capitán hablar con más que verdadera preocupación, pues hablaba con profunda amargura. No había mostrado la menor señal de incertidumbre, indecisión o preocupación cuando nos arriesgamos a entrar en la base sin saber qué había, ni cuando encontramos la base destruida, ni cuando nos vimos amenazados por un submarino con enorme capacidad de maniobra y poder destructivo. Sin embargo, al pensar en las consecuencias de una guerra abierta sobre nuestra humanidad, a la que él ya no pertenecía de hecho, se le partía el corazón.

Debido al abandono de la base Voraus, teníamos que continuar nuestro viaje, para alcanzar en una latitud mucho más alta, cerca del polo Norte, la base Frelodlthia, donde se habían refugiado todos los freizantenos acosados por el inminente ataque de los narigoneses.

- Creo que nuestro Amigo Kornare -decía el Capitán- no podrá iniciar pronto la transformación del Flodda. Los astilleros de la base Frelodlthia no son adecuados para este trabajo. Allí se hacen los diseños y los avances científicos, pero no hay infraestructura para la construcción.

- ¿Habrá que reacondicionar la base Voraus primeramente? -le pregunté.

- No creo que eso sea conveniente por ahora. Habrá que llevar el Flodda a alguna de las bases del Sur, pero ahora mismo la prioridad está en llevarte junto al resto del GEOS, que no se si habrán podido reunirse como se esperaba. Si surge algún otro inconveniente, pediré que vengan a buscarte en un Kugelvin. Al final, los protocolos de seguridad que se han seguido, te han hecho correr más riesgos que si te hubieran localizado y transportado en cualquier vimana desde la mismísima casa de Polo, aunque se le rompieran los esquemas mentales a mucha gente. O igual podrían haberlo hecho de noche... En fin, que a veces no entiendo por qué son así las cosas.

- Pero yo no lamento mucho las cosas que me ocurrieron, Capitán, porque conocer a sus hijos y luego este paseo en el último viaje del Flodda es un honor y a pesar de las vicisitudes, viajar por el fondo marino es un espectáculo...

- Lo comprendo, Marcel, pero tú tienes que estar a tiempo y creo que andaremos con el reloj muy ajustado.

Las preocupaciones en ese sentido no eran infundadas, como comprobamos dos días más tarde. Seguimos el viaje submarino hacia el norte, bajo las oscuras aguas cubiertas ya por *icefields* (campos de hielo) de trescientos a seiscientos metros de espesor. Entre las muchas cosas interesantes que pudimos ver en ese viaje inesperado de dos días, figuraban algunas ballenas, que en formación de cuarenta y cinco o cincuenta iban hacia el Sur. Unos escenarios muy raros me dieron mejor idea de lo que puede hacer el movimiento de las aguas submarinas, especialmente ayudadas por la acción de las enormes masas de hielo. Pasamos por un cañón que dejaría insignificante al Gran Cañón de Colorado, pero a unos cuatro mil metros de profundidad.

En cierta ocasión el Capitán ordenó aumentar al máximo la iluminación exterior y pudimos apreciar mejor el paisaje, pero más por necesidades de la navegación que por el simple gusto de ver lo que ellos ya habrían visto decenas de veces. Sin embargo, a mi me resultó muy agradable contemplar aquellas maravillas naturales donde ciertos corales propios de las zonas gélidas forman bosques de cincuenta a setenta metros de altura. Las aguas no están allí tan frías como es de suponer, porque a las corrientes provenientes del interior de la Tierra se unen napas de agua freáticas cálidas, originadas en cercanías de vacuoides magmáticas (hornos volcánicos) para desembocar en ese mar. También la capa de hielos permanentes sobre la superficie, hacen que el calor no pueda escapar, así que nos encontramos que bajo la superficie congelada existe una flora y fauna marina casi tan rica como en los mares más cercanos al ecuador.

Uno de aquellos impresionantes escenarios, lo vimos muy poco antes de llegar a destino. Las masas de coral de diversos colores se encaraman sobre montañas repletas de enormes cristales de cuarzo blanco y amarillo. Es imposible describir la belleza de ese paisaje, que pocas veces se ve iluminado por las luces de las vimanas o de los submarinos freizantenos. Entre medio de ese precioso cuadro, una puerta gigantesca se abrió para que pasara el Flodda, que penetró en una estancia iluminada para emerger en un puerto muy moderno, con diversas instalaciones. Cuatro submarinos más pequeños se halalban en ese momento atracados a sus respectivos muelles.

REUNIÓN DEL GEOS

La base Frelodlthia, me explicó el Segundo jefe del Flodda antes de descender, está ubicada a 3.800 metros de profundidad bajo los hielos polares del Océano Ártico, dentro de una bella vacuoide natural acondicionada. El techo, a un promedio de cuatrocientos metros de altura, permite toda clase de maniobras de todas las vimanas, cualquiera sea su tamaño. Por encima del techo, la cubren mil doscientos metros de duro basalto y arriba están las aguas sobre las que se encuentra la banquisa polar. En cuanto al tamaño de la vacuoide, pude mirarla bien desde la terraza de uno de los edificios de la sección de ingeniería, hasta donde pudo mostrarme el Capitán, antes de dirigirnos a nuestras respectivas ocupaciones. Calculé unos cinco kilómetros de largo por algo más de tres de ancho. Extraje los pequeños prismáticos de mi mochila para ver los jardines muy bien cuidados que rodeaban todo el perímetro de la base, con excepción del lado del puerto. Al fondo se veía un bosquecillo bastante espeso. Resultaron ser árboles frutales, que crecen sin problemas gracias a la luz artificial pero muy completa en cuanto a composición. ¿Quién podría imaginar eso?.. Bajo el manto de centenares de metros de hielos eternos de la banquisa polar y más abajo, atravesando más de un kilómetro de durísima roca, se pueden encontrar enormes pomelos y naranjas... Mi rápida observación fue interrumpida por el Capitán, que se despidió dejándome a cargo de un soldado, quien sonriendo y sin entendernos -porque no hablaba español ni inglés- me llevaría a reunirme con mis compañeros del GEOS.

De la terraza, pasamos mediante una rampa a una sala de comedor donde estaban reunidos unos cuántos de mis entrañables camaradas de anteriores andanzas, pero entre ellos no estaban Viky, Tuutí, Chauli y muchos otros. En total habíamos sesenta y siete, o sea algo más de la mitad del equipo, que con la incorporación de Johan Kornare, momentáneamente ausente, sumábamos un total de 106 miembros. Luego de presentaciones y reparto de abrazos al por mayor, comenzamos la reunión informal.

- ¿Qué pasa con los otros 39 faltantes? -pregunté ansioso.

- Las causas de las ausencias son variadas -dijo Cirilo- pero la principal es que los narigoneses han extremado la presión de espionaje y a la mayoría nos ha costado mucho llegar a los puntos de contacto sin ser detectados. En principio debíamos estar todos en la base Voraus, pero...

- Si... Ya estuvimos allá... y Casi no salimos -respondí y conté a Cirilo y otros camaradas lo acontecido, así como mis problemas por seguimiento de los narigoneses.

- Creo -intervino Rodolfo- que aquellos que puedan permanecer sin volver a la superficie exterior, deberán evitar hacerlo. Los narigoneses tienen demasiada información sobre nosotros pero no sabemos exactamente cuánta, ni si nos tienen localizados por nuestros verdaderos nombres y apellidos... y nuestras familias...

Ante las palabras de Rodolfo me estremecí, recordando a mi hijo, a mis padres, hermanos y sobrinos, y todos sentíamos lo mismo por nuestros seres queridos. En cuanto a mí, estaba seguro de que sólo tenían alguna referencia de mi existencia por el seguimiento hecho a Polo y otros servidores de la Orden de Caballeros de la Llama Inextinguible. También pensaba en los muchos ancianos que componen esa maravillosa Orden, los cuales no tendrían oportunidad de hacer largos viajes y soportar ninguna clase de persecuciones.

Debatimos estas cuestiones durante un par de horas, tratando de hilar lo más fino posible, para determinar quiénes pudiéramos estar ya identificados por los narigoneses, pero dedujimos que sus informaciones no serían muy exactas. Los inconvenientes habían sido producto del conocimiento que los espías tenían sobre los lugares de contacto y de algunos Caballeros que obraban como correo. Aunque deberíamos extremar precauciones en la superficie exterior, estuvimos un poco más tranquilos al respecto y decidimos esperar veinticuatro horas, antes de comenzar con el asunto que nos reunía, es decir la seguridad de las bases de Freizantenia. La espera fue fructífera, porque no habían pasado doce horas aún, cuando me despertaron. Había dormido como un tronco en una cama piramidal de alta densidad. Me sentía con muchísimo vigor y me vestí rápidamente para salir a recibir a mis compañeros. Pero no llegaron todos; arribaron a la base treinta y dos de los miembros que faltaban.

Fuimos a recibir al primer contingente en el puerto. Un submarino mediano, que tenía grabadas estas señas: *U-BOOT-RFZ1*, llegó con veintiuno de nuestros compañeros, entre los que se hallaban Tuutí y Chauli. Mi corazón se entristeció porque Viky no estaba entre los recién llegados, pero tres horas después llegó una vimana con once miembros más. Tampoco estaba entre ellos mi querida Viky, así que me abatía la tristeza.

-¿La habrán capturado los narigoneses? -comenté a Chauli manifestándole mi ansiedad- ¿Habrá tenido algún problema de otra clase?, Quizá aún no haya localizado a su contacto para que la traigan...

- ¡Tranquilo, Marcel...! -me respondió- Sea lo que sea, no puedes hacer nada, así que lo más práctico es tener paciencia y esperar... Viky no es tonta ni lerda, así que si ve peligro evitará el contacto y puede que no venga, pero eso no quiere decir que la hayan localizado ni nada por el estilo... Confía en ella.

- Si... Tienes razón, pero ya sabes... Cuando uno está...

- Si, te entiendo... ¡Enamorado!, como lo estoy de Liana...

- ¡Enhorabuena, Chauli! -respondí emocionado al contemplar su cara de felicidad- ¿Y ella te corresponde?

- No lo sé, ni me importa demasiado... El Amor que uno siente, le hace feliz a uno, más que el que recibe...

EQUIPO INCOMPLETO Y MALAS NOTICIAS

Cumplido el plazo de 24 horas, faltando aún siete de nuestros camaradas, estábamos a punto de iniciar nuestra reunión formal con algunos de los jefes y estrategas freizantenos, a fin de determinar nuestros próximos movimientos, cuando un soldado entró corriendo en la sala, entregando un parte al Mayor Ernesto Fristz, que presidiría la reunión. Tras la lectura del parte, se puso de pie y nos dijo:

- Querido Amigos. Lamento comunicarles que dos Camaradas del GEOS se encuentran prisioneras en una cárcel de España... Nuestros jefes han solicitado permiso a los Primordiales para obrar libremente en su rescate, pero les ha sido denegado...

Mi cuerpo se estremeció porque había dicho "prisioneras", o sea dos mujeres. De todo el GEOS, sólo Viky y Araceli eran de España, así que me hallaba consternado, pero seguí escuchando con suma atención al Mayor.

- ...Sin embargo, han autorizado a que los propios miembros del GEOS se encarguen de liberarlas, pudiendo usar cualquiera de los elementos tecnológicos de que disponemos, incluso pueden hacer uso de los Kugelvin...

- ¡Yo iré a buscarlas!.. -grité mientras me ponía en pie- Bueno... Si Tuutí me autoriza...

- De acuerdo, pero irás con Rodolfo o con Cirilo. -fue su respuesta.

- Cedo el puesto a Rodolfo, -respondió Cirilo- porque también apremia el asunto que nos ha reunido y no podemos esperar. Además, él tiene más conocimientos técnicos y entrenamiento con los aparatos que pueden ser útiles en el rescate.

Una hora después, tras algunas deliberaciones sobre las precauciones a tomar y la conveniencia de ir en una o dos naves, teníamos un par de Kugelvins preparados y una pequeña mochila de alta tecnología cada uno. El plan era que sólo mi nave se haría visible en algún momento, a fin de hacer subir a nuestras compañeras.

- Una subiría en el asiento de copiloto -decía Rodolfo- y la otra debería meterse en la parte de atrás, pero la incomodidad no será mucha, porque a diferencia del maletero de un coche, no se sienten sacudidas en estas naves electromagnéticas con campo gravitacional propio.

El viaje de regreso no debía durar más de tres horas, aún siguiendo los más estrictos protocolos de navegación. No teníamos identificada la cárcel en que Viky y Araceli habían sido alojadas, ni los motivos que podían achacárseles, pero sólo sería cuestión de tiempo. Con una autonomía de cuatro días a pleno uso, nuestras pequeñas naves nos permitirían registrar todas y cada una de las celdas de las cárceles si fuese necesario. Una geógrafa freizantena, Annette Erf, nos dio las coordenadas exactas de las cárceles y también algunas fotos y mapas, para encontrarlas rápidamente. Introdujimos las coordenadas en las computadoras de los Kugelvins en una sucesión de conveniencia, para visitar las siete cárceles una a una y luego de definir el protocolo de navegación partimos desmaterializados. Si conseguíamos nuestro objetivo con rapidez, Rodolfo permanecería en estado *Gespenst* y no volvería a materializarse hasta el regreso a la base Frelodlthia, mientras yo sólo me materializaría unos momentos, cuando nuestras compañeras se hallaran en condiciones de subir sin ser vistas, desapareciendo como por arte de magia. El plan no parecía difícil de cumplir y realizar.

En caso de prolongarse nuestra búsqueda y necesitar descanso, si era por un par de horas lo haríamos entre las montañas tras asegurarnos la total soledad, ya sea en los Pirineos o en cualquiera de las hermosas cadenas montañosas españolas. Si las cosas se alargaban deberíamos dejar en automático los Kugelvin, bajo el "Protocolo Mediterráneo". En ese caso, los aparatos nos llevarían sin nuestra conducción hasta una pequeña base freizantena, ubicada a gran profundidad cerca de Mallorca. También debíamos evitar cuanto fuese posible la comunicación radial, que a pesar de usar una frecuencia ULWAC, muy difícil de captar por cualquier otro aparato, especialmente por la forma de la onda emitida en estado Gespenst, igual era un riesgo a considerar.

Tres horas y media después estábamos en la primera cárcel donde acababan de apagar las luces y todas las reclusas se hallaban en sus celdas. Ninguna de éstas tenía espacio suficiente como para permitir la materialización de un Kugelvin, así que ese sería un asunto complicado, a la hora de hallar a nuestras Amigas. En la sección femenina de la cárcel, Rodolfo encontró los registros en una amplia estancia que servía de oficina general de administración. Manteniéndose en estado Gespenst, tal como habíamos hecho con Johan Kornare para rastrear los documentos de los narigoneses en las oficinas del Mar Pogatuí, pudo revisar los rótulos de las carpetas del archivero. No resultaba posible leer los contenidos de las carpetas, pero sobre una mesa encontró el parte diario de asistencia, que seguramente tendría los nombres de todas las reclusas.

- Voy a tener que materializarme para poder leer el parte -me dijo- y no tener que meternos en cada una de las celdas.

- De acuerdo. -respondí- Espera que dé una vuelta, para asegurarme.

Recorrí con mi nave las oficinas y salas de esa sección, observando cómo se retiraban cinco guardias hacia el sector de dormitorios y dos hacia la sección de celdas. Al completar la vuelta, hallé sólo a una mujer que hacía guardia en el pasillo que comunica ese sector con el resto de la penitenciaría. Avisé a Rodolfo de la situación, que debido a las dos habitaciones de por medio y la amplitud de la oficina de administración, le permitiría materializarse para ver el registro del personal internado.

Como no había otra manera de llegar hasta allí, sino por ese corredor, me quedé en Gespenst en la sala de acceso al mismo, en previsión de cualquier eventualidad.

- Salgo de Gespenst... -dijo Rodolfo por la radio y cinco segundos después sonaron las alarmas en todo el sector. La mujer que estaba en el pasillo abrió un tablero que estaba instalado en la pared y apareció un plano del sitio. Un punto rojo indicaba la sala de administración. La mujer lo pulsó y la alarma se apagó.

- ¡Tienes que desaparecer inmediatamente...! -dije a Rodolfo, mientras las dos mujeres que habían ido al sector de celdas corrían atravesando la sala y traspasaban justamente mi Kugelvin entrando en el pasillo. La que estaba en él, les hacía señas de que algo había en la sala indicada en el mapa. Mientras ella buscaba unas llaves, sus compañeras desenfundaban sus pistolas. Instantes después, entraban en la sala siguiente, luego por un pasillo estrecho se aproximaban a donde Rodolfo seguía sin responder a mi insistente alarma.

- ¡Rodolfo, van entrar!, ¡Tienes que pasar a Gespenst!..

No obtuve respuestas y me dirigí a aquella sala más a prisa que las mujeres, atravesándolas en estado inmaterial, con la intención de materializarme tras la puerta y bloquearla, ya que había visto que eran dos gruesas hojas que se abrían hacia adentro. Al entrar vi que Rodolfo cerraba ya su vehículo, mientras que la guardiana estaba manipulando la llave para entrar...

- Ya pueden venir... -dijo Rodolfo, mientras que efectivamente, las mujeres entraban para encontrar que nada parecía fuera de lugar. Rodolfo se mantuvo en el sitio y esperamos a ver qué ocurría.

- ¿Estás segura que fue aquí? -dijo una de las mujeres.

- Sí, claro. -respondió la interpelada- A menos que el mapa del tablero de alarmas indique mal, aquí debe haber alguien. Y no creo que sea un gato...

Mientras una hablaba por una radio portátil con sus compañeras del exterior, las otras dos abrieron los siete armarios de la habitación, revisaron detrás y debajo de los tres escritorios, dieron vuelta un par de sofás y se aseguraron de que las ventanas estaban bien cerradas. Ninguna puerta comunicaba a sitio alguno, así que hablaban de lo extraño del asunto, cuando Rodolfo me comunicó que tenía en su poder el registro de asistencias, cuya falta no habían notado las mujeres. Cuando salieron de la sala, otras tres se encontraban ya en el pasillo, portando armas largas y revólveres. Antes de que la encargada procediera a cerrar la puerta, una de las recién llegadas echó un vistazo y volvió con las demás, para retirarse todas hacia sus puestos.

Las seguí, para determinar posibles acciones posteriores, localizar con exactitud los puestos de guardia y en caso de encontrar a nuestras camaradas, idear un plan para encontrarlas separadas del resto.

- Ahí no hay nadie, -decía la mujer del pasillo- pero la alarma ha sonado en la sala central de administración, así que tendrán que venir inmediatamente a revisar todo el sistema.

- Ya doy aviso al técnico, -dijo otra- que si está durmiendo en su taller es seguro que sus ronquidos tapan cualquier alarma...

- No creo que esté -respondió otra- porque le vi salir hace una hora. Habrá que esperar hasta mañana pero estando muy atentas... Es muy raro que ocurra esto. Además... No sé, creo que algo no está en su lugar... Dejé la carpeta de asistencia sobre el escritorio de Gómez y no recuerdo haberla visto. ¡Volvamos a la sala!

No pude oír más porque Rodolfo me decía que acababa de leer toda la lista y no estaban recluidas allí nuestras compañeras.

- Voy a tener que materializarme para dejar la carpeta en su sitio.

- ¡Cuidado! -le advertí- La que la dejó allí se ha dado cuenta... Van hacia allá de nuevo.

Me desplacé por delante de las mujeres hacia la sala de administración y al entrar, Rodolfo estaba ya en Gespenst y la carpeta lucía sobre el escritorio, tal como había sido dejada antes.

- En fin, -dijo la mujer- que me había parecido... Pero era mejor estar segura.

Salimos del recinto en busca de nuestro próximo objetivo: La cárcel siguiente era más grande. Allí había muchas más reclusas y al parecer se trata de una penitenciaría donde la gente que hay es de la peor calaña. Las medidas de seguridad y la cantidad de personal indicaban que se nos haría más difícil determinar si Viky y Araceli estaban allí, así como en cuyo caso, sería difícil abducirlas. A pesar de la hora avanzada -cerca de las doce de la noche- la gente estaba en las celdas con las luces encendidas, algunos leyendo, otros escribiendo o conversando. Recorrimos rápidamente los varios pabellones y encontramos que la cárcel de mujeres se halla bastante retirada, aunque dentro del mismo parque carcelario. El corredor central entre las celdas de la sección de mujeres estaba custodiado por tres guardias femeninas y dos varones.

Un oficial apareció en el extremo y ordenó apagar las luces. No parecía factible tampoco aquí, hacer una visita a cada celda, porque tratándose de mujeres sería violar sus intimidades. Comentamos el tema Rodolfo y yo y convinimos en que hubiera sido más adecuado que esta misión la efectuasen un par de nuestras compañeras, pero el caso es que ninguna tenía aún suficiente preparación táctica y manejo de nuestros aparatos. Las emergencias en nuestra última misión, sumado al hecho de disponer de pocas naves, habían impedido un entrenamiento, que seguramente se efectuaría en la medida que dispusiésemos de más vehículos y algo de tiempo.

El tiempo era ahora lo que nos faltaba más, porque Freizantenia estaba en peligro y ya el ataque a la base Voraus demostraba que los temores al respecto no eran infundados. Los mapas que habíamos secuestrado a los narigoneses revelaban que tenían conocimiento de la localización de las bases freizantenas principales, pero el primer ataque había sido efectuado en una de las bases más pequeñas, probablemente para probar nuevos armamentos, que aún no se habían determinado cuáles eran. En Voraus se había usado armas que no eran de alta radiación, como los misiles del submarino Tatenjka, que sólo patrullaba la zona. Pero por ahora, disponíamos de unos cuántos días para completar nuestra tropa, en especial rescatando a las que habían caído prisioneras por vaya a saber qué tretas de los espías narigones.

Rodolfo y yo recorrimos las instalaciones de la cárcel reconociéndola lo más posible, a fin de definir nuestra acción. Mientras me ocupaba del sector administrativo, Rodolfo recorría los talleres, almacenes, lavandería y demás instalaciones de servicios. No tardé mucho en encontrar las oficinas donde estaban los documentos del internado, pero había ahí dos guardias -una mujer y un varón- que no parecían prontos a abandonar esa estancia.

- Rodolfo, -dije por la radio- creo que deberías intentar una distracción en el extremo del sector tuyo, para que yo pueda hacer lo que hiciste tú en la otra cárcel. Estoy en la administración, pero hay dos personas que no parecen dispuestas a irse...

- Eso estará hecho en un minuto. Además, es seguro que bloquearán todas las entradas al sector donde estás, apenas ponga en alarma esta parte. Asegúrate de que no haya nadie, ten cuidado... Prepárate.

Antes de un minuto, Rodolfo había materializado su aparato en algún sitio y las alarmas saltaron. Fueron apagadas en unos segundos, pero volvieron a activarse momentos después. Las dos personas dejaron carpetas y todos los papeles en los que trabajaban, tomaron sus armas y salieron de la sección cerrando con llave las puertas.

- Bien, Rodolfo, sigue distrayéndolos por aquel lado. Ahora me voy a materializar.

Di un rodeo al sector para asegurarme la absoluta soledad y una vez comprobada la situación materialicé el Kugelvin en medio de la sala, pero también saltaron las alarmas en esa zona, así que tuve que volver a desaparecer sin haber conseguido mi objetivo, ya que habían demasiados expedientes en los escritorios. Era evidente que estaban haciendo un trabajo de reordenamiento o algo por el estilo, por eso estaban trabajando hasta tan tarde y todo el papelerío se hallaba disperso en los escritorios y hasta en el suelo.

Una vez desmaterializado esperé apenas unos segundos y entraron los empleados, para comprobar asombrados que no había nadie a la vista. Mientras, pensaba en algún modo de comprobar si estaban nuestras Amigas comuniqué una idea a Rodolfo, que le pareció muy buena y con su aprobación pasé a la práctica. Escribí en mi cuaderno una nota que decía: "*Viky y Araceli.... estén preparadas esta noche*".

Me desplacé hacia la biblioteca, calculando que tardarían menos de dos minutos en llegar hasta allí los guardias más cercanos. Materialicé el Kugelvin en el único sitio que quedaba libre, mientras saltaba una nueva alarma y dejé la nota en el suelo sin salir del vehículo. Cerré la cubierta y volví rápidamente al estado Gespenst. Medio minuto después, entraban dos guardias y encontraban la nota. Salieron segundos después, tras comprobar que no había nadie en la biblioteca y les seguí, mientras uno de ellos intentaba comunicar con su radio.

- ¿Marcha todo bien? - preguntó Rodolfo; mientras oía a uno de los guardias que decía al otro que escuchara.

- Este no es Pepe Soria... ¿Quién está ahí?.. Cambio...

- ¿Me estás escuchando, Rodolfo? -dije yo.

- Yo no soy Rodolfo... ¿Quién eres tú? -respondió el guardia bastante preocupado. Estaba claro que esas pequeñas radios de tecnología no muy sofisticada estaban en la misma frecuencia que nosotros, lo que no era muy normal. Pero quedó en evidencia que debíamos guardar silencio, al menos mientras estuviésemos en esas condiciones.

- Vamos, hay que dar aviso por teléfono... -dijo el guardia a su compañero- Han interferido las radios y vaya a saber si no es todo un equipo comando el que viene a propiciar una fuga.

El hombre entró en otro despacho y marcó un número, diciendo a alguien lo de la nota y su contenido.

- ¿Estás segura que no las conoces? -decía a su interlocutora y esperaba respuestas- Es que deben ser nombres falsos... Bueno, por aquí no hay nadie pero también saltó la alarma de la biblioteca y aquí hallamos la nota. Igual habrá que pasar lista... De acuerdo, vamos para allá.

Seguí a los hombres, que en unos minutos llegaron a uno de los pabellones, donde había muchos guardias. Una mujer pasaba lista caminando por delante de cada celda. Rodolfo se ocupaba de un pabellón y yo de otro, cosa que acordamos con muy pocas palabras para evitar el uso de la radio. Después de veinte minutos estábamos convencidos de que nuestras compañeras no estaban alojadas en esa penitenciaría.

Inmediatamente pasamos a la tercera cárcel del plan de búsqueda. Allí estaba todo muy tranquilo, como que eran las dos menos cuarto de la madrugada. Sólo en la lavandería había dos reclusas trabajando acompañadas de una guardiana con cara de sueño y mal agestada.

- Vamos, chicas... -decía ella- Terminen de una vez, que me quiero ir a comer.

- Aguanta un poco más, que nosotras también tenemos hambre y sueño... Y nos falta jabón para esta última tanda...

- Si, pero el castigo de ustedes, lo recibo yo también. Helena, deja eso ahora y acompáñame a buscar jabón. O mejor tú, Sonia, que eres más fuerte y te podrás traer una bolsa grande.

Mientras la guardiana salía con la mujer, quedando sola la otra, tuve la idea de comunicarme con ella y preguntarle si conocía a nuestras compañeras. A Rodolfo no le pareció buena la idea en principio, pero siguió a las otras dos, para comprobar cuánto podrían tardar en volver. Tres minutos después me dijo que salían del sector hacia un almacén externo, o sea que dispondría de unos seis minutos como mínimo para hacer lo que me pareciese.

Busqué rápidamente un sitio donde pidiera materializar el Kugelvin sin que fuese visto y hallé una especie de patio cubierto detrás de las calderas y otras máquinas de la lavandería. Una vez materializado y feliz de que no hubiera saltado ninguna alarma, el leve chasquido de la apertura de la cubierta llamó la atención de la mujer, que vino hacia mí cuando acababa de bajar del vehículo.

- ¿¡Y tú quien eres!? -dijo con lo lógica sorpresa y algo de temor al ver el aparato y a su tripulante.

- Necesito saber si conoces a dos internas apresadas en estos días, una se llama Araceli y la otra Viky...

- ¡Si, las nuevas... Pobres de ellas!

- ¿Qué tienes es la cara? -le pregunté al ver que toda su piel parecía quemada.

- ¡Esto es un infierno! -respondió- Los guardias nos tratan bien, pero hay mujeres muy malas aquí. Me quemaron con ácido...

- ¿Lo has denunciado?

- ¡Imposible! Si lo hago me matan... ¿Qué aparato es ese? ¿Por dónde has entrado?..

- No tengo más tiempo, lo lamento. Necesito con urgencia encontrar a Viky y Araceli.

- Están en la celda 38 y la 40, con las peores compañías. Lo pasarán peor que yo.

- ¿Tienes familia?, ¿Alguien a quien dar algún mensaje?.. Es lo único que puedo hacer para agradecerte...

- No tengo a nadie... ¿Por qué?

- ¿Por qué te encerraron?

- Por pegarle a un policía degenerado que me quería encerrar y... Bueno, cuando vendía pañuelos en la calle. -dijo mirándome a los ojos con furia a causa del recuerdo.

- Sube al aparato, rápido... No te asustes. Voy a sacarte de aquí...

- Pero... ¿Por dónde vas a salir si no hay...?

- Sube, o te quedas. Ahora o nunca... -dije mientras me encaramaba en mi asiento.

Tras unos instantes de duda y asombro, la mujer se decidió un segundo antes que cerrara la carcasa y dio la vuelta para sentarse a mi lado. En ese preciso momento se escuchó el ruido de la puerta, pero disponía del tiempo justo para desmaterializarme, antes que dieran la vuelta a las calderas.

- Ahora podemos hablar tranquilos, Helena. -le dije mientras activaba la radio para poner en aviso a Rodolfo- No tengas miedo. No nos podrán ver, e incluso podrán traspasarnos como si no existiésemos... Rodolfo, cambiamos a ULWAC deformante.

- De acuerdo. -respondió él, de modo que podíamos seguir en contacto en la misma frecuencia, pero el ordenador de a bordo distorsionaba la onda, para recomponerla el que escuchaba, bajo una clave algorítmica especial. Aunque alguien captara la emisión, sólo escucharía un ruido sin sentido y sin poder averiguar la procedencia. No usábamos normalmente ese truco porque aunque sirve bien con los Kugelvin en Gespenst quietos, no siempre funciona bien en movimiento.

- Esto es una burla... Esto no puede ser...

- No es ninguna burla, Helena, por sorprendente que te perezca. Podría llevarte a un sitio donde estarías con gente extraordinaria, llenos de Amor, disciplinados, trabajadores, sanos de espíritu y altruistas, y no volverías a conocer la miseria, ni la tortura... Pero tendrías que ayudarme a rescatar a las dos mujeres que busco. Y además, no podrías volver jamás a esta civilización.

- Si todo esto no es un sueño... ¡Dios mío, si es un sueño, que no me despierte! -dijo casi llorando- Bueno... entonces cuenta conmigo y llévame donde quieras. ¡No tengo nada que hacer en este lugar...! No soy nadie, pero puedes confiar en mí. ¡No merezco estar aquí...! Así que dime qué tengo que hacer.

Hablaba mirándome a los ojos y pude sentir su franqueza. Su rostro quemado brutalmente no había perdido su natural belleza y menos aún su dignidad. Cada uno de sus gestos decía la honradez y sinceridad del Alma que lo ocupaba. Comprendí que no me había equivocado y mi idea había sido una intuición afortunada. Pero aún había que probarlo y eso sólo se haría cumpliendo completamente nuestros objetivos.

- ¿Dónde se ha metido esa infeliz? -decía la otra reclusa- Ha dejado todo tal cual...

- Habrá ido al baño. -dijo con plena seguridad la guardiana y dio una vuelta por el patio, atravesando incluso el Kugelvin, mientras el rostro de Helena manifestaba casi el pánico.

- ¿No serás uno de esos espíritus diabólicos...?

- Tranquila, -le dije- no nos puede ni ver ni oír por cuestiones puramente tecnológicas. Este aparato nos coloca en un estado diferente de la materia y eso es todo. Nuestra percepción abarca varios planos vibracionales, por eso podemos ver y oír todo alrededor, pero desde la materialidad, no nos pueden percibir con nada... Ya sé que no lo comprendes por ahora, pero estate tranquila, soy una persona de carne y hueso como tú. Si alguna vez imaginaste algo bueno para tu vida, pues esto es mejor aún. En cuanto se vayan, nos materializaremos y harás como que estabas "por ahí"... Y tu misión será conseguir que Viky y Araceli sepan que estamos prontos a rescatarlas. Ellas te confirmarán que esto no es un sueño. ¿Se te ocurre un momento y lugar en que podáis estar las tres reunidas y apartadas del resto?

- Hummm, lo veo muy difícil...

- Aunque sea que estén castigadas o algo que las separe del resto...

- ¡Eso, castigadas!.. Puedo empezar una pelea con ellas, para que nos castiguen a las tres y nos manden al trabajo nocturno, que suele ser aquí en la lavandería, o a fregar todos los suelos, a trabajar en el almacén o cualquier otra cosa... ¿Pero cómo lo vas a saber tú?

- ¿A qué hora os acostáis?

- A las veintitrés, pero si estamos castigadas, a cualquier hora... Aunque seguro que estamos en el pase de lista de las once de la noche.

- A las veintitrés, mañana, mi compañero y yo estaremos siguiéndolas. Viky y Araceli te darán las instrucciones necesarias. Sólo diles que Marcel y Rodolfo estarán en Gespenst, aguardando la oportunidad...

- Ges... ¿Qué? ¿Y dónde está el otro?..

- Gespenst... Significa "fantasma" en alemán... Mi compañero está en otro aparato como éste. Bien, ya se han ido. Ahora atención, que procedemos a materializarnos. Recuerda no mostrar alegría ni ninguna emoción que delate las perspectivas de fuga. Igual estaremos atentos ahora, hasta que todo vuelva a la normalidad, pero no podrás vernos.

-Si esto es un sueño, esas dos nuevas tendrán una verdadera paliza y yo asumiré que estoy loca... Si no lo es, es que ha ocurrido un milagro.

Nos dimos la mano al despedirnos, abrí la carcasa y salió. Tuve que pedirle que se alejara, para poder volver a Gespenst sin afectarla con el campo magnético. Cuando se alejó lo suficiente, mientras desaparecía de su vista observaba su cara de impresión y confusión. Rodolfo apareció a mi vista, a unos metros, pero volví a aparecer para que Helena tuviese más seguridad. Quedamos Rodolfo y yo observando en Gespenst. Helena volvió a su trabajo con montones de ropa, poniendo el jabón en las máquinas y poco rato después aparecieron las otras dos.

- ¿Dónde te habías metido? -preguntó la empleada.

- Por ahí... -respondió simulando cinismo- Me llevó un fantasma que vino en una nave extra cósmica y me dio un paseo por el país de las fantasías... ¿A que no te lo crees?

- Decididamente -comentó Rodolfo- esta chica es toda una adquisición. Muy inteligente y con capacidad para adaptarse a situaciones de cualquier clase.

- Si, hasta se da el lujo de hablar irónicamente y con buen humor, pero con expresión triste. Si no resulta buena para el GEOS, al menos entre los asilados de los freizantenos hallará su lugar.

- ¿Y si no resulta adaptable para vivir entre los asilados, qué harán con ella los freizantenos?

- Ay, Rodolfo, qué pesimista te pones... Si hubieras visto la fuerza de sus ojos, la calidad humana que se esconde tras su apariencia...

- Si tú lo dices, hay que aceptarlo, pero imagínate... Es un asunto muy grave llevarse a una persona. Tendrá familia que la reclamará...

- No la tiene, Rodolfo. No tiene a nadie. Vendía pañuelos en la calle. Demasiado digna para ser mendiga, pero poco le ha faltado... Le pegó a un poli que según ella iba a encerrarla, pero se puso más colorada de lo que está... Y no era por mentir, sino por ocultar lo que le daba vergüenza decir. Esa chica, como bien lo dijo, no merece estar aquí.

- Me gustaría llegar a tener ese grado de percepción de las cosas humanas que tú tienes. Es increíble para mí que se puedan conocer los sentimientos de las personas por sus gestos, por sus miradas... En fin, que a mí me pueden vender un obelisco o un buzón. Sólo los hechos cantan por sí mismos.

- Cierto, -le dije- y bien está la frase "por sus obras los conoceréis", pero hay momentos en que tienes que atender a los signos más sutiles de las expresiones, para saber si puedes confiar o no.

- Todo está muy bien, porque tú lo dices y yo confío en ti. Pero veremos qué pasa mañana.

Como todo había vuelto a la normalidad, las dos reclusas trabajaban con la ropa sin más comentarios que los propios de su obligado trabajo. Rodolfo y yo decidimos que sería conveniente disponer de unas cuantas horas de sueño en plena seguridad y mantener la mayor carga energética posible de los aparatos. Aunque apenas habíamos agotado un quince por ciento y disponíamos de más de tres días de autonomía, no nos parecía conveniente pasar cerca de veinte horas paseando y durmiendo en algún sitio entre las montañas, por más difícil que fuera que alguien nos viese. Además, por causa de los satélites espías de los narigoneses, a menos que encontrásemos alguna cueva suficientemente grande, deberíamos hacerlo en estado Gespenst, lo que equivalía a una reducción de veinte horas de energía en nuestros aparatos.

Pusimos en marcha el "Protocolo Mediterráneo" y nuestras naves nos llevaron automáticamente hacia el mar. Sobrevolamos las hermosas costas mediterráneas, pasamos cerca de Ibiza y cuando teníamos en las pantallas de mapa Palma de Mallorca, las naves se hundieron en las oscuras aguas, en un punto situado a noventa kilómetros de esa ciudad. No veíamos mucho, porque aún en Gespenst la oscuridad de la noche y la profundidad que aumentaba rápidamente, disminuían las posibilidades visuales, pero con alcanzar a ver a cincuenta metros era suficiente para contemplar la variedad de peces que pululaban, incluso hasta en el fondo marino, que en ese lugar tiene unos dos mil quinientos metros.

Aunque íbamos en los vehículos más seguros que se han construido jamás, en un estado donde salvo por algunos minerales no hay obstáculos materiales, nos daba un poco de impresión el dejarlo ir sin operar ningún control. El "Protocolo Mediterráneo", como cualquier otro protocolo de conducción automática de vimanas, estaba diseñado para llevar el vehículo a un punto determinado, con conocimiento de la gente que debía recibirnos. Así que unos minutos más tarde entrábamos en la roca del fondo marino y transcurridos algunos kilómetros más de roca, aparecimos en una vacuoide algo más pequeña que la de Frelodlthia, con instalaciones y edificios parecidos a la destruida Voraus. Nuestros Kugelvin se posaron suavemente sobre sendos círculos rojos, dispuestos al costado de un parque donde se hallaba media docena de vimanas de tamaño mediano (unos treinta metros de diámetro). Evidentemente, el único medio de salida de la vacuoide es un lago que comunica con el mar, pero las vimanas no necesitan ni siquiera sumergirse en él, sino que ello se usaba al principio, cuando aún los freizantenos no disponían de la tecnología de desmaterialización.

Un hombre y una mujer nos recibieron amablemente y tras inscribir nuestra presencia como novedad sin incidentes en un tablero, nos condujeron a las que serían sólo por aquella noche, nuestras habitaciones. Una vez instalados, nos bañamos con aguas termales y nos llamaron a cenar. El sibaritismo de los freizantenos quedó claro en esa cena, no sólo en la práctica, sino que nos explicaron el origen de los alimentos. Campos de cultivo en diversas vacuoides, frutos del mar, cítricos traídos de la vacuoide de los Cloremáticos... En fin, una serie de manjares de exquisito sabor y excelente calidad. Nada "transgénico" ni con conservantes artificiales. Luego de un paseo para conocer las instalaciones, que no tenían más de dos kilómetros de largo por tres de ancho (el tamaño de la vacuoide era más o menos diez veces mayor), nos fuimos a descansar en una de las veintitrés casas piramidales que componían la parte residencial de la base.

Tras unas diez horas de sueño nos levantamos y nos invitaron con un desayuno en el que se incluía café ligero de origen brasileño, de un sabor incomparable. Tan delicioso que no merecía ni necesitaba ser endulzado. El dulzor natural de esta bebida hacía excelente juego con los panecillos untados con una miel, que según nos dijeron nuestros anfitriones, provenía de la Terrae Interiora.

Conversamos un par de horas con ellos, después que un técnico nos revisara los aparatos, a los que habían cambiado sus potentes baterías. En realidad, nada parecidas a las pilas o baterías de nuestra civilización, sino unos pequeños aparatos conversores de toda clase de ondas electromagnéticas, tan sofisticados que funcionan aprovechando la energía del campo magnético terrestre.

- ¿Permanecéis mucho tiempo en esta base? -pregunté a Elke, quien se encargara de recibirnos y atendernos.

- No, sólo un par de semanas. Vamos rotando, sirviendo en las diferentes bases, excepto en Frenchi, una base muy especial... Como imaginarás, aunque la luz aquí es casi tan completa como la del sol, nos resultaría agobiante estar demasiado tiempo en un lugar tan pequeño. Mi residencia más habitual es Freizantenia, ahora amenazada sin que sepamos cómo ni por dónde quieren atacarla... Pero confiamos en Ustedes, que ya han demostrado ser extremadamente efectivos en las actividades subterráneas.

- Bueno, -dije algo ruborizado- no es que nosotros seamos tan "efectivos", sino que tenemos mucho apoyo e interactuamos muy bien entre todos. No hubiéramos podido hacer mucho sin contar con vuestros ingenieros, con vuestra existencia misma, que es un baluarte de la Humanidad...

Conversando con esta mujer, tan magnífica persona como todos los freizantenos, se nos hizo la hora de partir. Eran las diez y cuarto de la noche. Podíamos estar en el pabellón de las reclusas en nueve minutos, siguiendo el Protocolo Mediterráneo a la inversa, pero preferimos programar los ordenadores para que los Kugelvin nos condujesen hasta allí a las once en punto, luego de dar un paseo por la Costa Blanca, que está llena de paisajes preciosos, especialmente entre las ciudades de Alicante y Denia.

UN RESCATE COMPLICADO

Nos solazamos durante ese tiempo sobrevolando en estado Gespenst todo ese tramo de costa. Pasamos por encima de El Campello, a diez kilómetros de la capital alicantina, donde las aguas son muy llamativas y durante el día tienen un color especial, sólo comparable a la cala de El Albir, pegada a Benidorm y a unos 45 Km. de Alicante. Tres kilómetros más al norte, el pueblo de Altea, con un "Feng Shui" extraordinario que lo hace digno de la gente que lo habita, como si en ella no hicieran mella las atrocidades de la civilización, porque la gente de ese pueblo es muy amorosa. Luego de pasear muy cerca de este bien llamado "Pueblo de los Artistas", ajustamos la intensidad visual de nuestras corazas magnéticas para ver de modo más natural el paisaje. La noche estaba clara, la luna llena daba un aspecto impresionante a la región, que tiene la sierra Bernia detrás, como la espalda de un inmenso dragón. Nuestro sistema de visión, gracias a los cristales orgánicos, nos permitía ver casi como de día si estábamos al aire. Nos dirigimos hacia un sector cercano (a escasos kilómetros), donde nuestros mapas de abordo indicaban gran cantidad de cavernas. Nos metimos en la región y comprendimos cuán poco explorada está, aunque muchas de esas cuevas y pequeñas vacuoides tienen contacto con el exterior.

Pasamos por dentro del Peñón de Ifach, frente a la ciudad de Calpe, el cual alberga también algunos misterios que prefiero no revelar. Luego llegamos hasta Denia observando el panorama de luces de las diversas urbanizaciones rodeadas de bosques naturales, huertos de frutales y otros sembrados, que hacen de esa región una de las más agradables para vivir. Pensaba en toda esa gente que vive allí, llena de inquietudes espirituales y artísticas como en pocos lugares del mundo, que podría sufrir enormemente si no conseguíamos evitar una guerra abierta entre las civilizaciones freizantena y la del mercado. Muchos de mis amigos personales se encontraban allí, donde quizá algún día tendría que ir a vivir yo, si es que no hacía los méritos necesarios para vivir entre los freizantenos o en la Terrae Interiora...

Comuniqué mis pensamientos a Rodolfo y su respuesta me aclaró bastante la mente.

- No pienses dónde tendrás que vivir alguna vez. Los Guerreros no nos aferramos a ningún lugar. Estaremos donde la Humanidad nos necesite... Pero te recuerdo que son las once menos cuarto. Es hora de marcharnos directamente a nuestro destino.

- Bien. Partamos...

Programamos los ordenadores para dirigirnos exactamente hacia la zona de calderas y lavandería de la cárcel donde nuestras tres pasajeras esperarían a que se les comunicase sus lugares de castigo. Estaríamos allí puntualmente hasta las 23:00 horas, para no contravenir ninguna regla moral, puesto que las mujeres se bañarían un rato antes. Un minuto antes de la hora nos encontrábamos en el sitio donde había tenido el encuentro con Helena. Unos gritos y otros ruidos extraños indicaban que algo anormal estaba ocurriendo, ya que todo el personal y las internas deberían estar en sus pabellones, en la puerta de sus celdas o dentro de ellas. Indiqué a Rodolfo que fuera al pabellón, donde habría de realizarse el control de asistencias, mientras me dispuse a observar lo que ocurría.

Al desplazarme hacia el sector de lavandería vi a una mujer que estaba luchando contra otras cuatro. Aquella gritaba mientras aparecía una quinta mujer, destapando una botella de plástico.

- Es la hora del bautismo. - decía la que acababa de entrar- No hay nada como el ácido clorhídrico para dejar claro quién manda aquí...

Comprendí que a la víctima que intentaban reducir, le harían lo mismo que a Helena. Sin pensar más nada volví al patio que ocultaban las calderas y materialicé el Kugelvin. Bajé a toda prisa sin quitarme el casco, mientras desenfundaba mi pistola y corrí en defensa de la pobre desgraciada que estaba a punto de ser quemada con ácido.

- ¡Basta ya! -grité apareciendo ante el grupo- Yo les diré quién manda aquí y ahora.

La sorpresa fue de todos, porque la víctima que estaba a punto de ser quemada era nada menos que Araceli, que al reconocerme corrió hasta donde me encontraba.

- Sube al Kugelvin, que está ahí atrás... -le dije en voz baja.

La mujer que empuñaba la botella con ácido se me acercó y lanzó un chorro a la cara, pero pude esquivarlo y sólo unas gotas tocaron el casco, mientras que las ropas freizantenas -de un material muy similar a las telas taipecanas- lo recibió como si fuese agua. Disparé un rayo hacia la botella, que estalló en la mano de la mujer salpicando parte de su cuerpo y algunas gotas en su rostro, pero era tal su furia que aún así se me abalanzó, obligándome a propinarle un golpe en pleno rostro que la dejó desmayada. Las otras no sabían qué hacer, pero tras un segundo de duda también vinieron a por mí, así que tuve que disparar al piso un par de rayos. Tenía el arma en "instantáneo" de modo que el rayo dura una centésima de segundo, apenas lo justo para ser visto, pero suficiente para atravesar un cuerpo humano o dejar humeante un punto de un centímetro cuadrado en una piedra.

Nada de esta demostración las detenía y Araceli comprendió que tendría que ayudarme, a fin de luchar sin tener que herir mortalmente a nadie. Pero dos contra cuatro era algo muy diferente. Sintiéndose acompañada, mi compañera parecía una campeona de boxeo y sólo tuve que aferrar el brazo de una de las gamberras para reducirla, mientras Araceli obligó a huir a sus agresoras. Cuando las otras trasponían la puerta de acceso, solté a la que tenía con el brazo medio torcido y huyó por el mismo camino. Araceli y yo subimos al Kugelvin y nos desmaterializamos unos segundos antes que aparecieran tres mujeres guardia cárceles, que en vano registraran todo el sitio.

- ¡Estas tías están más locas que las cabras salvajes! ¡Apariciones de astronautas...! Lo que han hecho ha sido ayudar a escapar a esa novata... Ya le diré yo cuatro cosas a la capitana...

- ¿Quién es esa "capitana"? - pregunté a Araceli.

- La de la botella, la jefa de las presidiarias. Es terrible... Si no hubieras llegado a tiempo... ¡Ay de mí! ¿Cómo has sabido dónde estaba?

- No lo sé muy bien... Los freizantenos se enteraron que Viky y tú...

- ¡Y Viky!.. La han castigado por pelearse con otra interna... Las han llevado a las dos al "Campo Movido" según escuché, pero con dos guardias y una de ellas es peor que la capitana y seguro...

- ¿Estás escuchando, Rodolfo? -dije interrumpiendo a Araceli.

- Si, por eso es que no las encuentro aquí. ¿Sabes dónde es el sitio?

- No, ni idea, -respondió Araceli- pero debe ser lejos porque salieron en un camión hace media hora...

- Creo -intervine- que habrá que tomar medidas drásticas, fuera del protocolo de seguridad. Hay que secuestrar a una empleada... ¿Sabes cuál de ellas puede conocer ese sitio?

- Sí, la regenta... -dijo Araceli- Es una gordita, la que dispuso el castigo.

- Vamos a buscarla... -dije.

- La tengo ubicada... -respondió Rodolfo por la radio instantes después- ¿Es una de cara de tonta, cabello rubio y gafas?

- ¡Esa es! -respondió Araceli.

- Habrá que esperar que termine de pasar lista... -decía Rodolfo.

-No podemos esperar... -le interrumpí mientras me dirigía al sector de pabellones- Hay que actuar inmediatamente, así que olvidémonos del protocolo de seguridad. Hay que usar la fuerza o lo que sea...

- Espera, Marcel, que podemos hacer un desastre... -decía Rodolfo tratando de tranquilizarme- Ya se están por acostar y podremos coger a la jefa desprevenida, fuera de los pabellones. Aquí sería imposible.

- De acuerdo... -dije fríamente mientras pensaba el modo de acelerar las cosas- Habrá que hacer saltar alarmas para que terminen allí de una vez... ¿Cómo se llama la jefa?

- Marian... -respondió Araceli.

- Escribe en ese cuaderno lo que te dicto... *"Marian, sabemos de ti más de lo que supones. Te esperamos inmediatamente en el Campo Movido"*

Mientras Araceli escribía me desplacé al sector de administración y medio minuto después me materializaba en medio de las oficinas centrales, donde no había nadie. Al saltar las alarmas se produjo el revuelo esperado, pero antes que alguien apareciera, dejé en el piso el papel escrito por Araceli y volvimos al estado Gespenst. Momentos después entraron dos guardias y una encontró el papel. Salió corriendo con él en la mano y la seguí, hasta que me llevó directamente a una sala anterior a la zona de pabellones, donde buscó a su jefa y le entregó el papel diciéndole dónde lo había encontrado.

- ¡Esto es imposible!.. -decía Marian- ¿Es que hay unos fantasmas en la lavandería y otros que hacen saltar las alarmas de la administración?.. Sólo nos falta que les abran las rejas a las presidiarias y... Bueno, a ver qué pasa con esto... ¡Cada una a sus puestos! Tú avisa a los retenes, y asegúrate que se pongan a registrarlo todo.

Cuando se quedó sola leyendo de nuevo el papel y meditando acerca de lo que podía significar aquello, di una vuelta alrededor de la sala. Una de sus subalternas tomó posición en la entrada, sentándose ante un pequeño escritorio, así que no pude hacer nada en ese momento. Segundos después se fue hacia el exterior y tuve que seguirla lentamente. Una vez en el patio exterior, apresuró el paso hacia un coche blanco y emprendió la marcha a toda prisa. Al llegar a la entrada del establecimiento, justo estaban entrando unos quince guardias a trote rápido.

- ¡Tres mujeres, conmigo! -gritó Marian.

Las tres primeras que llegaron subieron al coche y partió en cuanto le abrieron la barrera. Por un momento me arrepentí de haber hecho así las cosas, puesto que nos las tendríamos que ver con más personal, pero al menos estábamos en camino de hallar a Viky y con la principal sospechosa fuera del edificio. Indiqué a Rodolfo que no perdiera de vista el coche, mientras yo intentaría, sabiendo ya el rumbo, encontrar cualquier indicio que nos llevara más rápido hasta la camioneta de la prisión, que sería el vehículo más lógico utilizado para cualquier desplazamiento. Araceli no dejaba de tranquilizarme, diciéndome que había oído que era una cuestión normal de los castigos habituales, llevar a las castigadas a hacer fajinas en el campo. Pero aunque conservaba la "sangre fría", eso de cumplir castigos nocturnos en el campo no me parecía nada normal.

-Por favor, Rodolfo, -le dije- no pierdas de vista el coche de la jefa. Voy a dar una vuelta para ver si pesco algo en el camino...

Tras dos minutos de vertiginosa búsqueda, no hallaba indicios de ningún vehículo que respondiera a las características previsibles. Volví hacia el camino por donde se desplazaba el coche de la guardiana y avisé a Rodolfo que tomaría medidas extremas, pidiéndole permanecer en alerta total. Era un pedido innecesario, pero valía advertir a mi compañero que volvería a romper el protocolo de seguridad.

Me coloqué al costado de la carretera, mil metros antes de la posición del coche, que avanzaba a unos noventa kilómetros horarios. Tenía el tiempo justo para materializar el Kugelvin y proceder como tenía pensado sobre la marcha. Una vez en estado material indiqué a Araceli dónde debía pulsar los dos botones, uno para cerrar la carcasa del Kugelvin y el otro para pasar al estado Gespenst, advirtiéndole que no hiciera nada más que volver a pulsarlos cuando Rodolfo o yo se lo indicásemos. Me bajé de la navecilla, desenfundé el arma y esperé unos segundos, hasta que apareció el coche a unos doscientos metros. Disparé abajo, entre medio de las luces y el automóvil se detuvo a escasos diez metros de mi posición, que acababa de abandonar para ocultarme entre unos matorrales.

Las cuatro mujeres bajaron inmediatamente disparando a mansalva sus revólveres hacia donde me vieron correr. Dos de ellas tenían escopetas del tipo Itaca, así que si no me hubiese guarecido tras una roca, me habrían acribillado. La luna casi llena no me favorecía el ocultamiento, así que hice unas señas con los brazos, pidiendo auxilio a Rodolfo, que estaba invisible y seguramente me estaría viendo.

Cuando sentía ya los pasos de las mujeres a unos pocos metros, una luz irradió desde el otro lado de la carretera y sentí un ruido de chatarra y hierros retorcidos.

- ¡El coche...! -gritaba una de las mujeres, mientras las cuatro se alejaban regresando a la carretera. Encandiladas por la luz del Kugelvin de Rodolfo, no supieron qué hacer y aproveché a gritarles unas órdenes, que hicieron su efecto inmediato.

- ¡Están rodeadas!, tiren las armas. No nos obliguen a disparar...

Tras un momento de vacilación, arrojaron todas las armas al piso e indiqué a Marian que caminara hacia atrás sin darse la vuelta, ordenando a las demás que volvieran al coche y entraran en él. Rodolfo había usado su nave empujando el coche, sacándolo de la carretera y en cuanto las mujeres estuvieron dentro del vehículo, volvió a Gespenst. Es de imaginarse el susto y la sorpresa, al ver que las poderosas luces y lo que las produjera desaparecía en el aire sin dejar rastro.

Marian estaba ya a escasos metros. Me acerqué ordenándole poner las manos en la cabeza y le quité un segundo revólver que llevaba en el cinto, guardándolo en el bolsillo de mi chaqueta.

- Tranquila, Marian... Sólo es mi intención saber dónde está el *Campo Movido* al que te dirigías...

Como no me respondía e intentaba mirar de reojo, para ver si podía agredirme, me alejé unos metros hacia atrás y le dije con toda dureza:

- Te recuerdo que estás muy vigilada. Somos gente de otro mundo y será mejor que obedezcas sin hacer tonterías. Si no me respondes inmediatamente lo harás bajo tortura...

- Está... Está... A cincuenta kilómetros de aquí... Todo recto por esta misma carretera...

- ¿Qué hacen allí?

- Allí... Se hacen trabajos forzados, poniendo piedras para hacer bancales... Es un terreno del Estado... Eso es todo lo que se.

- Dame la localización exacta.

- No sé cómo se llama el sitio, le decimos simplemente "el Campo Movido "... Ya te he dicho que está a cincuenta kilómetros, por esta misma carretera... Hay que entrar quinientos metros a la derecha, donde hay un cartel pintado de rojo... Sin ninguna inscripción... ¿Quién eres?

- Eso no importa. Camina hacia la izquierda y piérdete entre el campo. ¡Rápido!

En cuanto anduvo unos cincuenta metros corrí hacia el Kugelvin que estaba invisible, me coloqué calculando quedar delante de él e hice unas señas a Araceli. Inmediatamente apareció, se abrió la carcasa, subí, encendí la radio y desaparecimos para seguir la carretera.

- A cincuenta kilómetros de aquí, Rodolfo, con unos quinientos metros al costado derecho...

A cien metros de altura y una velocidad de mil quinientos kilómetros horarios, nos desplazamos durante un par de minutos, hasta ver las luces de un vehículo que dejaba la carretera para internarse en un camino secundario lleno de curvas, entre espesos bosques de coníferas.
- ¡Ahí están!.. Si, deben ser ellas... -dije reduciendo la velocidad y

calculando que por la distancia y el tiempo transcurrido, era lo más probable. Pero había a poco más de un kilómetro otras luces. Aceleré hasta llegar a ellas, para comprobar que las cosas se podían complicar demasiado y habría que obrar con la misma rapidez que antes.

- Atención, Rodolfo... Aquí hay un lío difícil. Dos vehículos militares, con un grupo de veinte hombres fuertemente armados... Hay que detener al coche antes que lleguen a encontrarse.

- Eso es cosa mía. Ahora me toca... Cúbreme...

Regresé al encuentro del vehículo mientras que Rodolfo colocaba el Kugelvin en medio del camino y lo materializaba. Si había por parte de las dos mujeres armadas la misma resistencia que opuso el grupo de Marian, la cuestión se complicaría porque los militares, seguramente narigoneses o cuando menos una patrulla de maniobras, podrían intervenir. Por fortuna, el camino era tan malo que la camioneta de la cárcel no podía andar a más que a paso de hombre. Rodolfo se plantó con las luces encendidas veinte metros por delante, obligándolas a detenerse. Materialicé el Kugelvin unos cuantos metros detrás de la camioneta y salté a tierra dispuesto a disparar.

Las mujeres bajaron de la camioneta como si supieran que iban a ser recibidas, así que abrieron la parte de atrás con toda tranquilidad y obligaron a descender a las prisioneras. Las luces de los Kugelvins les confundieron por completo. El corazón me dio un salto al ver a Viky con las manos esposadas, tratada con toda la brutalidad propia de la mala gente. Como las guardianas no sospechaban que eran interceptadas por gente desconocida para ellas, aproveché para decir:

- Una de las prisioneras que venga hacia aquí. La otra hacia adelante, al otro vehículo...

Un momento después, Helena se acercaba a mí, completamente encandilada por las luces de mi aparato, y Viky iba al encuentro de Rodolfo.

- Ve hacia atrás del vehículo y espera allí... -le dije en voz baja. Inmediatamente me encaramé en mi asiento, cerré la carcasa por delante y abrí la parte posterior.

- Ahora, Helena, sube y acomódate como puedas...

- ¡Esto es increíble!.. Otra vez me parece que estoy soñando...

- Pero no es un sueño... - le dijo Araceli- Se acabó la cárcel para nosotras...

- Ahora veamos si todo va bien con Viky... -dije- Y perdonen la interrupción; ya tendrán tiempo para charlar.

Pasé al estado Gespenst y me elevé unos metros. Un camión venía al encuentro de la camioneta de la cárcel y las dos mujeres no nos vieron desaparecer porque tras dejar a las prisioneras habían vuelto a la cabina, pero es de imaginar su sorpresa cuando medio minuto antes de llegar el camión militar, vieron que el vehículo que les alumbraba se esfumaba ante ellas como un auténtico fantasma... Llevándose a su prisionera. El personal de los camiones fue advertido de algo raro por el movimiento de luces y sombras. Pero no compartieron con las carceleras la visión de la desaparición del Kugelvin, porque les obstaculizaba la vista un grupo de rocas y matorrales que obligaban al camino a formar un recodo.

- Todo perfecto... -escuché decir a Rodolfo por radio- Pero sigamos atentos, que aquí hay gato encerrado...

- Ya lo veo. -respondí- Creo que iban a ser entregadas a los narigoneses, a menos que sea una patrulla militar en maniobras o en el campo haya algún polvorín o cosa por el estilo.

Me acerqué hasta la cabina de la camioneta al mismo tiempo que el hombre que bajó del camión, que se había detenido unos metros adelante, justo donde estaba Rodolfo en estado inmaterial.

- Ya me avisaron que una es de ellos y la otra viene de regalo... -decía con acento cínico el hombre vestido con ropas militares de fajina, mientras se apoyaba en la ventanilla de la camioneta- ¿Cuando traerán a la otra que nos interesa?

- Pero... Si acabamos de entregarlas... -dijo una de las mujeres.

- ¿Cómo que acaban de entregarlas?..

- Ahora mismo, hace un minuto... Y desaparecieron como por arte de magia...

- ¿¡Cómo que acaban de entregarlas!? -repitió el hombre pero en un grito estridente, cargado de ira- ¿A quién se las han entregado?.. ¿Qué eran esas luces y movimientos que había por aquí? ¿Dónde están las prisioneras?..

- Nosotras... No sé... ¡Acabamos de entregarlas!..

- ¡Idiotas!, ¡Me las tenían que entregar a mí! ¿A quién demonios se las han entregado?

- Oye... -dijo la mujer con acento agresivo- Si hay algún idiota aquí, ese eres tú. Quedamos en que habría dos vehículos que nos interceptarían en el campito y se harían cargo de las prisioneras. ¿No es así?

- ¡Pues aquí está mi camión!.. Y el otro a medio kilómetro. ¡Y no tenemos a las prisioneras!

- Aquí pasa algo raro... -dijo la que iba al volante bajando de la camioneta y dando la vuelta para mirar hacia atrás- ¿Qué vehículos eran esos que nos interceptaron, nos encandilaron y luego desaparecieron con las mujeres?

El hombre llenaba la noche de imprecaciones, insultos y las más vulgares y ofensivas exclamaciones, gritando como un loco. Fue a la parte posterior de la camioneta diciendo que le estaban tomando el pelo, pero tras comprobar que estaba vacía, volvió hacia la cabina y cogió por el cuello a la mujer que se había apoyado en el capó. Sacó una pistola y encañonó la cabeza de la guardiana que no tenía palabras para explicar lo sucedido.

- ¡Eres una traidora! -le gritaba- ¡Te voy a matar!..

- ¿Crees que valga la pena intervenir? - pregunté a Rodolfo.

- ¡Para nada! -me respondió- No cambiarían las cosas. Ni provocando una distracción. Ya hemos corrido demasiado riesgo y nos hemos salido completamente de los protocolos de seguridad.

- De acuerdo... -le dije- Entonces dejémosles con sus rollos y vámonos. Tenemos bajo el modo de navegación de máxima seguridad, unas cinco horas hasta Frelodlthia.

- ¿Dónde es eso?.. -preguntó Helena.

- Muy lejos, pero no te preocupes. Es una base de tipo militar, pero se vive bien, aunque seguramente te destinarán a otro sitio. Desde ya, como te dije ayer, que no podrás regresar jamás a esta civilización...

- Ni gracia que me haría tener que volver a vivir entre lo más egoísta y cruel que debe haber en toda la galaxia... No he conocido otra cosa, pero estoy segura que debe haber otra gente, otro sistema de vida, otras comunidades...

Mientras ella nos contaba a grandes rasgos su triste vida, en la que aún así había extraído experiencias válidas, Araceli fue explicándole varias cosas, incluyendo las funciones básicas del GEOS. Todo esto la entusiasmó enormemente, pues a sus treinta y dos años había vivido ya demasiadas cosas terribles y sin perder ni la esperanza de un mundo mejor, ni el Amor que todo humano debe tener en su corazón. Conversaba y lloraba emocionada, preguntaba a cada rato si no estaba soñando, si no era todo un montaje, un experimento o algo que luego se tornara en decepción. De todos modos, no seríamos nosotros quienes decidieran sobre su destino final.

EQUIPO COMPLETO Y EVACUACIÓN EN FRELODLTHIA

Al llegar a Frelodlthia la pasajera tuvo la posibilidad de asombrarse un poco más, pero parecía acostumbrada a tener diversas experiencias y procesarlas en su mente con la mayor naturalidad posible.

- Tienes una capacidad de adaptación muy importante, -le comenté- que todo nuestro grupo ha desarrollado de un modo u otro. No me cabe duda de que encontrarás entre nosotros tu sitio, pero si no es así, al menos lo harás entre los coterráneos de los freizantenos originales, que están en proceso para su ciudadanía, o podrías vivir en cualquiera de las otras civilizaciones mesoterrestres... Tu vida de martirios ha acabado.

Viky descendió del Kugelvin en cuanto Rodolfo abrió la carcasa y corrió a abrazarme. Sería largo exponer todo lo que nos dijimos, así como lo mucho que nos extrañamos durante aquellos tres meses sin vernos. Ella había recibido también una instrucción sobre práctica de Runas, algo diferente a la mía en cuanto a objetivos, pero igual en el contexto general. Cuando se disponía a encontrar a alguien en el puerto de Alicante, una mujer la había interceptado para conversar y le metió, sin que ella lo advirtiera, un sobre de plástico con droga en el bolso. Despidió a la mujer sin comprender sus raras actitudes, para dirigirse al muelle donde debía hallarla su contacto. Minutos después tenía encima cuatro guardias civiles que la detuvieron, la interrogaron en un cuartel y finalmente la llevaron a prisión por orden de un juez.

Una investigación sobre su vida hubiera llevado serias consecuencias, porque doscientos gramos de drogas prohibidas halladas en su bolso eran una prueba muy contundente de narcotráfico. Araceli fue apresada unas horas antes, cuando estaba por encontrarse con su contacto en el puerto de Almería. Su contacto pudo ver cómo la detenía la policía momentos antes de encontrarse, porque había sido denunciada por robo en una oficina de banco. En su bolso la policía supuesta o realmente halló una pistola, puesta allí vaya a saber cómo, lo que decidió su inmediata encarcelación. Los narigones se las arreglaron para que fueran detenidas, a fin de facilitar su secuestro, fuera del entorno social y de las calles. Dentro de todo, fue una suerte que fuesen a dar a la misma cárcel. Viky pudo ser rastreada gracias a diversos contactos de los freizantenos. Si no hubiesen estado alertas ellos y obrando nosotros con toda rapidez, Viky y Helena estarían en poder de los narigoneses, pero Araceli tendría la cara destrozada y finalmente acabaría en una sala de torturas e interrogatorios del enemigo. Estaba claro que ellas no podrían volver a la civilización de la superficie externa, -al menos con sus identidades reales- puesto que habían sido muy bien identificadas, mientras que en mi caso sólo había indicios de movimiento y posibles lugares de aparición.

A Helena se le asignó una socióloga para estudiar su situación y posibilidades de adaptación entre los asilados freizantenos o los Aztlaclanes, en caso de no poder sumarse a nuestro equipo, aunque esta alternativa era la que más le atraía. Sin embargo, era muy difícil que pudiera ser así. Al día siguiente fue sometida a un testeo psicológico, en el que demostró un excelente equilibrio mental y emocional. Su vida había transcurrido en un ambiente espantoso, pero la fuerza de su espíritu le dio la Libertad interior para elegir siempre lo recto. Confesó lo que yo había sospechado respecto a los motivos de su encarcelamiento. De no mediar la situación que la unió a nosotros, en unos meses más hubiese estado libre, pero con el rostro dando pena. Sin embargo le aseguraron que antes de definir su destino se le haría en

Freizantenia un tratamiento psicológico para procesar toda su memoria con total conciencia y eliminar los engramas de dolor, todo ello acompañado de un tratamiento para recuperar completamente la piel.

Rodolfo y yo fuimos atendidos por dos sumariantes que recibieron por separado nuestras declaraciones de los sucesos en la operación de rescate. Llevar a la base a una persona ajena a nuestro grupo era algo muy delicado y había que justificarlo debidamente. Además se cursaría a los contactos en España, un pedido de investigación sobre toda la vida, familia y contactos de Helena, a fin de evitar todo riesgo con ella. No era probable que fuese una espía ni nada por el estilo, toda vez que había sido yo quien la involucrara en nuestros asuntos, pero en el peor de los casos, o que tuviese problemas graves de conducta, su destino sería la vacuoide-cárcel PI Primera, donde la vida sería más agradable incluso que en cualquier ciudad de la superficie externa.

Después de un día de descanso en la base, conocí al nuevo jefe temporal de Frelodlthia. Era el Comandante Gustav Taube, un militar de sangre y espíritu, pero también científico, hijo, nieto, bisnieto, tataranieto y choznonieto de científicos, según me contó el Capitán Adolf Müller, a quien tuve el placer de encontrar nuevamente en nuestra reunión de definiciones estratégicas.

- Es un hombre muy duro. -me decía Müller- El corazón más pétreo de Freizantenia, según se rumorea, porque nunca se le ha visto llorar, ni siquiera un gesto de dolor. No expresa sentimiento alguno, sino con sus actos y su servicio, ni siquiera se ríe abiertamente cuando hacen algún chiste. Fue el primer niño nacido en Freizantenia, pero es como si nunca hubiese sido niño. Sólo estudio, trabajo y servicio ha sido su vida. Practica deportes para estar en forma y listo para servir, no para divertirse.

- ¿Es que han criado a los niños freizantenos como soldaditos?

- ¡No, nada de eso! Al contrario, nuestros niños, que no son muchos dada nuestra misión grupal, no tienen deberes ni obligaciones de estudio hasta los diez años. Se les enseña de todo, pero jugando, sin más obligaciones que el respeto y la higiene natural, así que pueden definirse sus tendencias vocacionales según sus juegos y preferencias. La falta de obligaciones junto con una enseñanza adecuada, hace que los niños deseen con toda su alma llegar a conocer la disciplina y participar en ella. Pero Gustav Taube es un caso especial. A los dos años aprendió a leer y escribir y ahora, con cuarenta años, habla perfectamente doce idiomas y otros tres más o menos... Creo que por primera vez hablará español en una reunión oficial, porque es el que entienden todos Ustedes. Bueno... Pasemos, que somos los últimos en llegar y falta medio minuto para empezar la reunión.

Dentro de la sala, encontré a los dracofenos Rucunio y Tarracosa a los que no había visto antes, porque estaban ayudando a los freizantenos, con unos equipos de radio, innovadores y adecuados a sus sensibles oídos. Tras abrazarnos y comentar algunas cosas, ocupamos nuestros lugares.

El Comandante Taube inició la sesión oficialmente con todo el rigor de la oficialidad freizantena, golpeando un martillo de madera sobre un mortero similar a los de los jueces. Luego miraba fijamente a los sitios donde aún mis compañeros mantenían algún murmullo y sin hacer ningún gesto ni cara de desaprobación, simplemente no habló hasta que pasados unos segundos se hizo un sepulcral silencio. Mi sitio estaba guardado en la primera fila de asientos, como perteneciente a la Plana Mayor del GEOS, así que pude verle muy de cerca. Mientras su rostro acusaba extrema dureza, me fijé en sus ojos, que contrastaban delatando un espíritu sensible, noble y despierto como pocos.

- Ante todo -dijo Taube en un español levemente imperfecto y un raro acento - quiero decir mi gratitud personal al grupo GEOS, que sus acciones han impedido la muerte de una Primordial, así como rescatados varios freizantenos en la vacuoide de las Estatuas. También, impedido una masacre de millones de taipecanes. Pero igual y especialmente, me estoy agradecido porque sus acciones permitan saber que nuestra amada Freizantenia está en peligro inminente. No evitamos un ataque a Voraus, que fue sorpresa, pero todavía tengo que agradecer que quieren seguir luchando para evitar un ataque a Freizantenia. Pero no es posible ayudar a Freizantenia Ustedes solos. Quiero pedir, si me perdonan, que si alguien de Ustedes no recibió la clave de THYR, lo diga ahora.

Nadie respondió mientras él recorría con la vista todo el salón. Todos habíamos recibido la instrucción mágica necesaria sobre la Runa Mágica de "*No Temas a la Muerte*" y estábamos preparados para ingresar a Freizantenia cumpliendo allí el ritual correspondiente, sin el cual nadie podía ingresar en esas ciudades que ansiaba conocer. Tras medio minuto de silencio, Gustav Taube continuó su discurso.

- Estoy informado que las acciones de ayer de Marcel y Rodolfo... Han estado fuera de protocolo de seguridad y hasta traído una persona que desconocía toda nuestra realidad. Eso es muy peligroso... Pero también vale reconocer que según lo informado y visto el registro de Kugelvins, hicieron lo mejor posible. Están felicitados...

No pude evitar un suspiro de alivio, porque lo único que esperaba era una reprimenda muy drástica, e incluso algún castigo, en vez que una felicitación. Después el Comandante cedió la palabra a Tuutí, por si necesitaba comunicar algo.

- No tengo mucho que decir... -dijo nuestro jefe- Sólo comentar que una vez más hemos logrado burlar a los espías narigones. Yo también he tenido graves dificultades para reunirme con el Capitán Amadeus Krauss, a pesar de que nuestro encuentro fue en medio de la selva. Ellos van cerrando el cerco sobre nuestras identidades y lugares de actividad, así que tenemos que tomar extremas precauciones si volvemos a la superficie. Pero ahora lo que importa es conocer la situación lo mejor posible y obrar en consecuencia. Los demás miembros han conseguido llegar y nuestro equipo está completo y dispuesto.

- ¿Alguien más tiene algo que decir? - preguntó Taube.

- Yo, señor... -dijo el Capitán Müller- He podido ver los efectos del ataque en Voraus y me temo que ha sido desde arriba, pero no hubo aplicación de armas radiactivas. ¿Hay algún indicio de cómo pudo hacerse la destrucción de la masa de rocas?

- Si, Capitán. -respondió Taube- Fuimos alertados de la presencia de tres submarinos enemigos y la primera medida que ordenó el Comandante Ludwin Guiller fue la evacuación. Afortunadamente la base había *dispuesto* de suficientes vimanas. Sólo quedó una en estado Gespenst, para defender las instalaciones si resultaba posible, pero los tres submarinos formaron un triángulo equilátero sobre la montaña que cubría la base. Produjeron un impulso electromagnético en el centro y eso bajó dentro de la roca y perforó el techo de la pequeña vacuoide de Voraus.

- Pero eso -dijo Müller- ha sido un agujero de cientos de metros de profundidad y más de treinta de ancho...

- Sí... -continuó Taube- Ellos desarrollaron *la* arma electromagnética que para nosotros es antigua, pero han hecho más perfecta y potente. Freizantenia no puede ser atacada así, salvo que existan posibilidades desde abajo. No pudimos explorar bien el subsuelo, porque hay muchos minerales intraspasables para las vimanas. Así que la ayuda del GEOS será muy necesaria.

Araceli levantó la mano, Taube le cedió la palabra y ella preguntó si acaso no podían usar esas armas desde el aire, a lo que el Comandante respondió amablemente.

- Nosotros, querida Amiga, somos "dueños del aire"... Y también de la tierra y el mar. Controlamos todo, pero del subsuelo es nuestro peligro. Allí donde nuestras vimanas no pueden atravesar, es donde ellos pueden golpear.

- ¿Y tampoco -preguntó Tuutí- pueden servir de mucho los Kugelvins?

- Temo que no. -dijo Taube- El subsuelo de Freizantenia es muy rico en plata y otros intraspasables, que están muy dispersos en el suelo. Hay muchas galerías y vacuoides, pero no será posible explorar allí ni siquiera con Kugelvin, porque están siendo muy estrechas. Muy peligroso de quedar atascados. Cuando esté el GEOS en reunión con la Plana Mayor de Freizantenia, se le darán los mapas y elementos que no dispongo aquí. Quiero presentar al Comandante Jürgen Wirth, que será ayudante de vuestras operaciones subterráneas y se encargará de darles todo el apoyo que pueda ser dado por Freizantenia. El Jefe de Ingenieros Johan Kornare, aunque es parte de vuestro equipo, no acompañará sus fatigosos viajes, pero estará encargado de la logística y de preparar lo que precisando para facilitar todo a Ustedes. ¿Alguna pregunta o comentario más?

Como estaba todo dicho, tras veinte segundos de silencio volvió a agradecer nuestra intervención y nos invitó al almuerzo. Al día siguiente partiríamos hacia Freizantenia en dos vimanas medianas. Aunque las perspectivas me atraían por un lado, ya que me había acostumbrado a las andanzas en las profundidades de la tierra, por otra parte sentía una indefinible preocupación. Tuve que meditar para observar si era un miedo personal, pero al cabo de una hora me dormí sin poder comprender qué era lo que sentía. Me desperté poco después, algo sobresaltado sin motivo aparente. La sensación se hacía más intensa por momentos, pero traté de pensar en que era el producto de mis habituales estados de ansiedad cada vez que tenía un viaje próximo. Sin embargo, esa ansiedad que había aprendido a controlar, me desbordaba y tuve que levantarme, inquieto e incapaz de pegar los ojos.

Me vestí y salí de la casita piramidal con intención de pasearme un rato por entre los frutales del fondo de la vacuoide. Sólo serían tres kilómetros de ida y otro tanto de vuelta, es decir un par de horas de sueño perdido, pero quizá me tranquilizaría. Al llegar al camino central, cerca del extremo del lago marino y entre las oficinas de ingeniería, me encontré con los dracofenos, que paseaban junto a Pirca y Kkala.

- ¿Es que tampoco podéis dormir? - les pregunté.

- No, -respondió Pirca- me siento ansiosa, preocupada... Intuyo algo y no sé qué es.

- Yo no pude dormirme -agregó Kkala- pero creo que es por falta de ejercicio físico.

- Y nosotros tampoco -dijo Rucunio- pero por otros motivos... Estamos escuchando algo...

- ¿Escuchando algo?, ¿Como qué? -pregunté.

- No sé, -respondió Tarracosa- es un sonido muy agudo, molesto, parece lejano, pero sólo lo oímos al intentar dormir. Lotosano también lo oye, pero se ha quedado leyendo. También está preocupado y no sabe porqué.

- En vísperas de un viaje largo -comenté- siempre tengo ansiedad. Quizá sea eso, pero no me había ocurrido desde hace un tiempo.

- Yo escucho algo que me preocupa porque no parece estar aquí en la vacuoide. -agregó Rucunio.

En ese momento nos sorprendieron tres freizantenos que a escasos metros pasaron corriendo en dirección a las tres pequeñas vimanas aparcadas en la plaza del puerto, entraron en ellas y cerraron las escotillas. Las luces anaranjadas del radio de seguridad parpadearon unos segundos y en menos de medio minuto los tres vehículos se hicieron invisibles. ¿Era aquello una maniobra habitual de vigilancia o de entrenamiento?, ¿Se hacían esas prácticas mientras el resto de la base dormía o descansaba?

Dejé allí a mis compañeros y me acerqué a la oficina de donde partieron los tres pilotos y me encontré con cuatro hombres muy atentos a sus pantallas de radares, ordenadores y otros aparatos. Uno de ellos era el Capitán Müller, que al verme me hizo un gesto con las cejas, dándome a entender que parecía existir algún problema. Mi sensación de inquietud y más aún la de Pirca, que era casi clarividente, parecía fundada en una intuición.

- Los dracofenos han escuchado un sonido agudo... -dije a Müller.

- ¡Llámalos, por favor!, ¡Que vengan inmediatamente!

Cuando me di vuelta, ellos ya venían corriendo, al oír al Capitán desde más de cincuenta metros. Entraron en la oficina y se presentaron ante los freizantenos. El Capitán les preguntó si el sonido era similar a un tono que registraban en modo ampliado unos aparatos.

- Es eso mismo. -dijo Tarracosa- Pero nosotros lo oímos más débil, como proveniente de muy lejos y desde arriba...

- Yo diría que viene... Desde aquella dirección... -agregó Rucunio, mientras su largo dedo índice espatulado apuntaba hacia arriba y un poco hacia el fondo de la base.

- O sea que apuntas a... Unos 24 grados... -dijo Müller mirando su brújula de bolsillo. Inmediatamente tomó un micrófono mientras decía que tendría que saltarse un código de seguridad, a fin de comunicar algo a las vimanas que acababan de despegar. Habló en el idioma freizanteno con los pilotos y les dio las indicaciones obtenidas de Rucunio. Tras escuchar las respuestas dijo:

- Dicen que no es posible que provenga nada de ese sector, pues sobre los dos mil metros de roca hay una banquisa de hielo y no hay nada en el exterior...

- Pues algo hay... -declaró Rucunio- De allí proviene el ruido. Si me dejan en silencio unos momentos... Me iré afuera. ¿Me presta su brújula? Hagan completo silencio, por favor.

Salió y regresó un minuto después, mientras Müller continuaba en comunicación con las vimanas y pedía silencio radial. El dracofeno dijo que no tenía dudas respecto a la orientación, agregando que podía calcular, a pesar de la masa de roca, que el sonido provenía de poco más allá de la misma. Pirca se había retirado también, permaneciendo unos cuantos minutos, sentada en medio de la calle principal. Al volver a la oficina pidió la palabra, a la que atendió Müller de inmediato.

- Yo sé que no es normal... Pero a veces puedo ver más allá, a través de las cosas...

- Lo sabemos, Pirca, -dije- así que cuenta qué has visto.

- Es difícil de explicar... Allí, más arriba de toda la roca, hay una masa enorme de hielo. No hay agua entre medio. Pero dentro del hielo hay unas galerías... La mayoría están tapadas, como si las hubieran derrumbado. Hay tres lugares donde han instalado unas cosas, unos aparatos raros, cuya forma... Bueno, algo así como el módulo que dicen que fue a la Luna... No sé cuánta distancia hay, pero creo que más de cinco y menos de diez kilómetros entre cada uno...

El Capitán la interrumpió para comunicar algo a las vimanas y tras un minuto de conversación, nos dijo que explorarían ese sector. Segundos después volvió a dirigirse a nosotros.

- Está comprobado. -dijo Müller para continuar en su idioma con los pilotos- Una de las vimanas ha encontrado algo...

- Ya está localizado otro más... -seguía diciendo, intercalando la conversación con los pilotos- Y ahora el tercero. ¡Esta mujer es increíble! Parece que han colocado tres elementos para producir lo mismo que en Voraus, pero esta vez no son submarinos, sino aparatos metidos en el hielo. Hay que declarar el alerta...

Abrió un tablero y pulsó un botón, activando todas las alarmas de la base, mientras alternativamente hablaba al micrófono en dos idiomas, haciéndose oír en toda la vacuoide.

- ¡Atención, todo el personal de la base!.. Evacuación en situación de emergencia total. NO es un simulacro... Repito NO es un simulacro... El personal del GEOS, dirigirse de inmediato a las dos vimanas ya asignadas para su transporte...

Momentos después, cuando nos íbamos hacia las naves, entraba el Comandante Gustav Taube, quien me pidió que en vez de ir a la nave permaneciera junto a él. Una vez enterado de la situación y localización de los extraños artefactos, me preguntó si estaba dispuesto a intervenir con los Kugelvins, junto con Rodolfo, dado que aunque habían sido hallados los extraños aparatos desde el estado Gespenst, era imposible acceder con las vimanas a las pequeñas oquedades donde se hallaban.

- Para eso estamos, Comandante... -respondí- Y no le quepa duda que ninguno de nosotros rehusaría un pedido suyo. Estamos a sus órdenes.

Taube me puso una mano en el hombro por toda respuesta y por el micrófono llamó a Rodolfo y a Johan Kornare.

- Kornare está en una de las vimanas de inspección... -dijo Müller.

- Que vuelva urgentemente. -ordenó Taube- Que las otras dos sigan explorando en previsión de novedades en veinte kilómetros de radio, fuera del círculo de inscripción del triángulo. Y sin salir de Gespenst. Seguramente será necesario operar tres Kugelvins simultáneamente.

Müller obedeció al instante, dando las indicaciones en su idioma. Cinco minutos después, Johan estaba de regreso y dijo que los tres aparatos habrían sido colocados hacía tiempo, pero recientemente activados, para producir una serie de impulsos electromagnéticos en sintonía.

- ¿Es de suponer -dijo Müller- el mismo sistema que destruyó Voraus?

- Sí, Capitán. -respondió Johan- Pero esta vez se equivocaron en cuanto a nuestra posición. Sucede que a partir del fondo de nuestra vacuoide, hay un par de kilómetros de roca, tras la cual se encuentra una vacuoide ciega, poco más pequeña que ésta pero más alta. Si se produce la detonación del sistema no seremos dañados, según creo...

- ¿Suspendería Usted la evacuación? -preguntó Taube.

- ¡No, señor!.. -respondió Johan- La evacuación es necesaria, aunque no pase nada. No podemos estar seguros. Necesito volver allí, para ver si los aparatos no tienen más funciones que la electromagnética. Su llamado me interrumpió cuando estaba en ello.

- Pues... Señores, -dijo Taube a Rodolfo, Johan y a mi- ¡A sus Kugelvins!.. Y buena suerte.

Salimos disparados como un rayo y cuando íbamos cada uno en su respectivo Kugelvin, hallamos las cavidades en la roca, pocos metros bajo el hielo y Johan nos indicó las posiciones. Recomendó acercarnos cada uno a un aparato y estar vigilantes. Tardamos unos minutos en encontrarlos, a pesar de las marcas dadas por las otras dos vimanas, porque aquello era una especie de laberinto y los intraspasables nos obligaban a mantenernos, aún en Gespenst, sin tocar las paredes.

- ¡Atentos...! -dijo Johan una vez situados todos- Voy a materializarme en el estrecho espacio que me deja esta instalación. No hay desde Gespenst indicación de radiaciones, y tampoco hay pérdida radioactiva en nuestras baterías. Si los narigoneses han logrado encubrirlas, es posible que estos cacharros tengan otras funciones... y peligros.

- ¿Quiere... que p...en tener disp... para provocar ...sion... ...cleares? -dijo Rodolfo.

- Rodolfo... -dije- escucho entrecortado. Hay problemas en tu radio...

- ...era... ...epito... f...era... vacuación... ...gente... eva... piiiiiiiiiiiiiiiip.

No entendía lo que decía Johan, pero sus palabras entrecortadas me alertaron más por el tono que por el sentido, así que me alejé del lugar mediante el protocolo de reversión automática de vuelo directo. Mi Kugelvin no trazó todo el recorrido que hice hasta ubicar el aparato que me fuera designado por Johan, sino que en treinta segundos estaba de nuevo en la base. También Rodolfo y Johan llegaban en simultáneo. La base estaba prácticamente desierta. Sólo quedaba una vimana pequeña y al lado de ella el Comandante Taube, el Capitán Müller y otros diez o doce freizantenos que esperaban ansiosamente nuestro reporte.

- ¡Hay que irse! -gritó Johan- No sabemos qué puede pasar... Interceptan hasta las comunicaciones y el sonido ha aumentado a 256 decibelios... No he podido ver si hay dispositivos nucleares.

- ¡A Port Goldkamp! -gritó Taube mientras subía la rampa de la vimana.

RUMBO A GOLDKAMP

Un soldado freizanteno vino conmigo, cerramos las carcasas de los Kugelvins y miré en el tablero de protocolos de emergencia. Unos treinta pequeños botones marcaban cada base y puntos estratégicos de guarida en caso de emergencia, que componen el cuadro de Freizantenia. No tenía idea adónde me dirigiría el aparato y la vertiginosidad del viaje prácticamente no me permitió ver nada. Pasé un breve tiempo por rocas, luego por agua durante un lapso mayor, posteriormente por roca de nuevo, después por aire para volver a entrar en el mar y mientras trataba de ubicarme en el mapa del ordenador, cuando aún no habían pasado una hora, mi nave entraba en una vacuoide nueva para mí.

Mucho más grande que la Frelodlthia, que abandonaba rato antes, que no sería tan grande como la de los taipecanes por no tener tanta altura, pero no era visible todo su largo. En el horizonte neblinoso se divisaba una columna que dividía en dos la vacuoide y ya me contarían hasta dónde llegaba. Mientras mi Kugelvin se acercaba a la ciudad, comprendí que estaba en una base verdaderamente importante, con enormes construcciones de tipo industrial. Estaba encima del aeropuerto, que era una construcción enorme sobre un bloque de hangares de unos treinta pisos. Más allá, abajo, un complejo industrial y tras él, cientos de casas piramidales forman la parte residencial, que comienza a un kilómetro del puerto. Vastos campos de cultivos se hallaban en floración y el resto del piso de la vacuoide cubierto de espeso bosque de coníferas y otros que sólo pude determinar por conocer muy bien los campos de olivos. La iluminación es muy similar a la que conocíamos en varias otras cavidades, sólo que al ser de menor altura se podían ver los discos luminosos de las lámparas gigantescas, que tendrían unos veinte metros de diámetro.

El aparato me llevaba directamente al puerto, donde se agrupaban ordenadamente desde Kugelvins hasta grandes vimanas, de unos cincuenta metros de diámetro. Al fondo, tras los edificios y sobre una inmensa plataforma de algunas hectáreas, llamaron mi atención un par de tanques gigantescos como jamás había visto, acostados, con forma de cigarro porque sus extremos eran un poco más estrechos, de unos trescientos metros de largo y cerca de cuarenta de alto, o sea la altura de un edificio de trece pisos. Casi el tamaño del Flodda

La nave en que viajábamos descendió automáticamente entre otras veinte iguales, sobre una plataforma de color gris, como la mayor parte de la zona de operaciones. En cuanto descendí fuimos a la recepción y tras recibir las instrucciones pertinentes a nuestra próxima salida, fui a buscar a Johan Kornare y allí me enteré de lo sucedido: La vacuoide Frelodlthia no había sido destruida todavía, pero los aparatos dejados en ella seguían emitiendo imagen visual, sonora y de sensores diversos, de modo que sabíamos que la intensidad del sonido había aumentado un quince por ciento y el peligro no había pasado. La mayoría de mis compañeros permanecían en las vimanas que les habían transportado y recibieron órdenes de quedarse allí, mientras que los operadores de Kugelvin debíamos permanecer atentos y sin salir de la zona de despegues, porque era posible una situación de extrema gravedad.

- ¿Más grave todavía? -dije a Johan cuando acabó la comunicación por los altavoces.

- Si, Marcel, más grave... Nuestros jefes están proponiendo al Estado Mayor la declaración de guerra. Dos bases atacadas y una destruida casi por completo es demasiado, representa de hecho una declaración de guerra. Si se decide, será el fin de la civilización de la que provenimos; se perderían cientos de millones de vidas en unos pocos días...

- Y lo peor -agregó Rodolfo que junto a Tuutí acababa de unirse a nosotros- es que no sabemos qué tienen montado los narigoneses, cuánto riesgo hay de ataques a las vacuoides, así que si entramos en guerra habrá que golpear muy duro, por todas partes, sin dejar nada tecnológicamente útil en la superficie, aparte que tendremos que revolver hasta en el más profundo y oculto agujero de la corteza terrestre...

- Eso habrá que hacerlo de todas formas -agregó Tuutí- porque no podemos dejar trampas sueltas por ahí, haya guerra formal o no. La urgencia es la misma porque ellos han declarado la guerra con sus acciones, pero si hay guerra abierta tendremos que hacer las cosas a otro ritmo y con más peligro.

-La verdad es que no se qué pensar ni qué hacer -dije confuso-. La incertidumbre es terrible... Pero bueno, a distraer la mente un poco. ¿Qué son aquellos edificios cilíndricos que están sobre una especie de plataforma...?

-¿Edificios?.. ¡No, eso es otra cosa! - dijo Johan casi riendo- Se llaman *Andrómeda* y son naves de 302 metros de largo por 38 de diámetro. Tenemos cinco aquí y otras diez en otras bases; caben en cada una doscientos Kugelvins y ocho vimanas de combate de veinte metros de diámetro. También entran en Gespenst con todo lo que llevan dentro, así que hay potencial para acabar una guerra contra la superficie en menos de una semana... Hasta diría que en un par de días.

-Bueno... -reflexioné en voz alta- Eso mismo dijeron más de uno y las cosas se alargaron un poco.

- Ciertamente, -replicó Johan- pero en este caso no hay dudas. Hablo de una semana si en el plan estratégico se cuenta con usar la disuasión, la destrucción paulatina de centros y recursos bélicos, el secuestro de algunos de los líderes de la locura exterior y esas cosas que pueden evitar el mal mayor...

- Es decir, -interrumpió Tuutí- que la guerra duraría una semana si se intenta evitar la destrucción del sistema satelital, las comunicaciones globales, las centrales nucleares y sobre todo, si se evita la ruptura del casquete polar norte.

- Pero una parte de eso -dije- no sería posible en caso de guerra real. Las comunicaciones sí que habría que destruirlas, y las instalaciones bélicas, especialmente las nucleares, que habría que secuestrar y anular completas. De lo contrario sí que estaría en riesgos extremos la existencia misma del planeta.

- Buena parte de eso ya lo tenemos controlado... -dijo Johan con una sonrisa pícara- Pero no puedo deciros más por ahora. Ya sabéis que aunque soy miembro del GEOS, también soy el jefe técnico de Freizantenia, así que por ahora no hay más preguntas ni respuestas...

Fue como una invitación a los más grandes preguntones; la siguiente media hora fue un bombardeo, pero inútil. Johan no soltó ni una palabra más sobre el asunto. Después se nos informó de que la vacuoide Frelodlthia no había sido destruida, aunque la cavidad contigua, que causó el error del enemigo se estaría llenando de agua luego de una tremenda explosión. Los aparatos aún funcionaban y probablemente no habría grandes daños. La tensión se relajó un poco y nos dieron indicaciones de descansar, así que fuimos a comer y más tarde quedamos alojados en los camarotes que se encuentran debajo de las zonas de despegue.

Durante veinte horas ninguna noticia nos hizo movilizar, así que aprovechamos para pasear por la vacuoide y averigüé que caminando, sería imposible recorrerla toda ni en semanas. Las dos oquedades en que se divide al fondo, llevan a dos regiones más grandes aún que la parte habitada, pero con galerías más estrechas, formando un laberinto muy interesante de cavernas de diverso tamaño. Se encuentran parcialmente inexploradas porque hay muchos minerales intraspasables en Gespenst en esas zonas, mientras que caminando hay que sortear ríos, lagos, humerales donde crecen grandes hongos y líquenes que no necesitan luz y algunas veces se han escuchado sonidos que parecen ser de animales. Los freizantenos establecieron una barrera magnética algunos kilómetros más adentro, donde las cavernas se estrechan, para poder establecerse allí sin peligros, pero igual mantienen una guardia permanente.

- No te quedarás con las ganas de recorrerlas, al menos en parte. -me decía en perfecto español, un oficial que nos pasaba novedades durante un desayuno- Si no se decide de inmediato una declaración bélica, habrá que explorarlas, no sólo por lo que tuvieran naturalmente, sino porque ya no nos sentimos seguros en ninguna parte. Y si todo acaba bien, la exploraremos tarde o temprano…

- Pero primero -intervino otro- tendrán que explorar más cerca de Freizantenia. Allí es donde se teme el peor ataque. Les recomiendo descansar bien hasta nueva orden, porque creo que no tardarán en llevarles a la capital.

Y no se equivocaba. Ocho horas después se nos congregó en la explanada frente a las naves para decirnos que Frelodlthia debía ser explorada para confirmar daños y si era posible se establecería allí un destacamento especial. El Estado Mayor Freizanteno había decidido aplazar la declaración de guerra, al no haber muertos ni heridos propios. Habría que reconocer a marchas forzadas unos quince puntos donde serían posibles las actividades destructivas. Después de dos días de intensa exploración submarina y subterránea hasta cien kilómetros alrededor de Frelodlthia, que determino la ausencia de daños o nuevos puntos de ataque, el GEOS completo debía embarcar hacia Freizantenia inmediatamente.

POR FIN, EN FREIZANTENIA

El Comandante Jürgen Wirth nos pidió formar en la pista menor de despegues y tras un pequeño discurso de presentación formal nos embarcamos todos en tres de las vimanas medianas. En otra iba un grupo freizanteno. En menos de una hora llegamos por fin a Freizantenia. Esperaba entrar en una gran vacuoide, pero en vez de eso, resultó que la capital está en un paisaje de superficie, muy raro, similar al de Frelodlthia, en la boca de una caverna enorme, que me recordaba a aquella base. Tras una cadena montañosa muy nevada como el extenso territorio helado que sobrevolamos durante unos minutos, empezó un paisaje sin hielos, con grandes bosques de coníferas, con un horizonte azul iluminado por un sol que parece estar por salir o recién escondido, mientras que por el lado contrario se asoma un sol casi anaranjado. Por el otro lado, en vez de celeste el cielo se hacía anaranjado y otro sol brillaba a lo lejos, menos intenso que lo habitual.

Nos acercábamos contemplando el panorama tras las enormes mamparas de la vimana. Mirando hacia atrás, vi que nos seguían las otras tres vimanas iguales a la que nos llevaba.

La aleación que compone las naves las hacía parecer completamente opacas por fuera, como si no hubiese cristales, sin embargo nuestros compañeros estarían viendo el mismo espectáculo. Di vuelta la cabeza para mirar en la dirección que íbamos, justo cuando a unos centenares de metros salía de Gespenst una de esas naves enormes llamadas "Andrómeda". Era algo impresionante ver semejante mole aparecer de la nada, produciendo un fulgor a su alrededor. Sin embargo, lo más atractivo para quienes ya conocíamos esa tecnología maravillosa, era ver ese paisaje desconocido aún, con dos soles, que por poco nos creemos estando en otro planeta. Por un lado el cielo era celeste y blanquecino con nubes y brumas deslumbrantes, contrastando en oscuro los cordones de montañas nevadas que acabábamos de sobrevolar.

- ¡Ah, ya lo comprendo! - dijo Luana interpretando el pensamiento de la mayoría. ¡Estamos justo en el hueco polar! Entre ambas tierras, la exterior y la interior…

- Si, -especificaba Johan- casi justo en el centro del embudo que forma la Tierra en el Antártico. Por eso veis dos horizontes tan diferentes y ambos cóncavos en vez que convexos. Encima nuestro están las otras tierras, las del otro lado del agujero, pero no se ven porque son cerca de 350 kilómetros de altitud, o mejor dicho de distancia.

- ¡Claro! -dije- ¡Qué tontuelo he sido al no darme cuenta! Hemos estado atravesando la Tierra, en la vimana "Geburt" de la Capitana Gerdana, pasando al lado de ese Sol tan precioso, donde el Guardián del Corazón del Mundo nos saludó...

- Sin embargo yo lo había olvidado... -dijo Rodolfo.

- ¡Y yo! -respondieron otros.

- Parece que la diferencia entre estados de conciencia -comentó Johan- hace que no recordemos las experiencias que tenemos en estados mentales superiores. Algo así como lo que ocurre durante el sueño. La mayoría de las personas no recuerdan los sueños porque a veces estamos en estado de conciencia muy inferior a la normal y otras veces en estados muy superiores... Sin contar con las "desconexiones" que ocurren a nivel orgánico en el cerebro, que son justamente las que modulan esas diferencias de estados. Pero eso pasa tras algunas repeticiones de las experiencias, al estabilizarse la conciencia cuando se aprenden bien las cosas.

- Por eso -dije- es que algunos místicos creen que la Terrae Interiora o la gente de las vacuoides viven en "otra dimensión", pero no es más que una diferencia de estados de conciencia...

- Eso es. -afirmó Johan- Ahora estén atentos, que vamos a aterrizar y seguramente nos recibirán las autoridades.

Mientras que acababa de decirlo, apenas nos dimos cuenta que las cuatro vimanas ya estaban estacionadas. Sólo sentimos un pequeño movimiento del vehículo cuando se abrió la puerta inferior y se desplegó la escalera. Bajamos entre las cuatro patas de la vimana y desde el borde de la pista contemplábamos el paisaje La ciudad resultó ser enorme, pero sus construcciones dispersas entre bosquecillos y jardines. Sólo una parte evidentemente industrial y militar, con un puerto de río y otro para las vimanas, se hallaba menos vegetado. Entre las casas, una especie de plaza o fuente circular de raro formato. Mientras que el puerto fluvial se hallaba casi en medio de la ciudad dividida por un tranquilo río de unos cien metros de ancho, el puerto de vimanas resultó ser verdaderamente imponente, a modo de torre sobre una elevación del terreno, a unos trescientos metros sobre el nivel del río y a algunos kilómetros de la ciudad. Las instalaciones eran más grandes que las de Port Goldkamp, como es lógico, pero me parecía pequeña, considerando que la ciudad debe albergar a más de medio millón de personas.

Entre los freizantenos y nuestro equipo formábamos una columna de más de trescientas personas, caminando hacia los ascensores bajo un suave viento, frío y con aroma a flores. Sobre nuestras cabezas volaban algunos Kugelvins y la vimana que habíamos visto salir de Gespenst también estaba tomando tierra junto a otra similar en el extremo de la enorme plataforma.

Bajamos todos mediante montacargas de varias toneladas que albergaban a unas cincuenta personas cada uno. En el salón central del puerto nos esperaba un comité militar y mientras el grueso de tropa de los freizantenos se desviaba hacia otros puestos, unos pocos nos acompañaron hasta encontrarnos con las autoridades.

Un hombre de unos treinta años, muy alto, pelo castaño corto, botas negras largas, gorra y largo abrigo gris, presidía el comité de recepción.

- Sean bienvenidos a Freizantenia, -dijo en buen español pero con acento raro, casi afrancesado- Me llamo Reichardo Osman Alois Kuartt y soy el Genbrial, es decir vuestro máximo servidor. Quiero daros las gracias por vuestra importantísima labor, de la que estoy al corriente hasta en pequeños detalles y sé que os debemos el haber descubierto el gran peligro que pende sobre Freizantenia y todas las comunidades intraterrenas. Casi todos vosotros habéis pasado duras pruebas y riesgos y absolutamente todos habéis hecho una preparación mágica. Permanecer en Freizantenia no será un lapso de vacaciones, como bien sabéis, pero os ruego que durante los próximos dos días os olvidéis de la misión que os ha traído, al menos hasta nuevo aviso. Habéis estado entre otros pueblos del Interior, como los taipecanes o los dracofenos y algunos de vosotros han estado incluso con los Telemitas y otros, pero nos gustaría que antes de seguir en relación con Freizantenia, conozcáis profundamente lo que este pueblo significa. Es necesario que sepáis qué es lo que vais a ayudar a defender, a quiénes y porqué... Ya sé que estáis bien formados e informados, que os mueven los más altos ideales que puede tener un ser consciente, pero nosotros, los freizantenos, tenemos un rol un tanto especial que ahora mismo no es bien conocido por todas las personas que componen las civilizaciones libres... Sólo unos cuantos Primordiales y nosotros mismos, sabemos por qué, para qué y hasta cuándo estaremos aquí.

Hizo un silencio, bajó la cabeza y la inclinó hacia un costado. Estaba escuchando una comunicación mediante un pequeño dispositivo en la solapa de su abrigo. Habló en su idioma y luego por respeto nos tradujo:

-Les he dicho que, gracias... y que estaremos allí puntualmente.

Apenas dejó de hablar fue directamente hacia Johan Kornare que se hallaba entre nosotros. Lo abrazó con fraterna firmeza y le dijo que tenía una serie de gratas sorpresas para él, mientras le extendía uno de esos papeles casi indestructibles. Johan miró el papel y devolvió el abrazo con lágrimas en los ojos.

-No me pilla de sorpresa, -dijo emocionado- pero recibir de sus manos la carta de ciudadanía freizantena es algo muy fuerte...

- Y eso no es todo. - continuó diciendo el Genbrial- Esta carta de ciudadanía ha sido redactada con aprobación de los Primordiales y de nuestro Consejo Mayor, en tales términos que no le inhibe de seguir perteneciendo al GEOS, ni le resta los derechos de pertenencia a la civilización de superficie. ¡Imagínese entonces, la responsabilidad que recae sobre Usted...! Pero un par de amigos nos esperan en el comedor en cuarenta minutos, así que mientras nos reunimos con ellos para tomar algo, puede contarme cómo va la investigación sobre las nuevas armas que nos acechan...

Mientras ellos conversaban, nos dirigimos a pie hacia los comedores mediante un largo túnel de unos veinte metros de ancho, bellamente iluminado que me recordaba a las fotos que había visto del Metro de Moscú. Pinturas exquisitas, dibujos ornamentales en oro y plata, algunos pedestales con piedras preciosas enormes, maclas de minerales que volverían loco a cualquier coleccionista... El piso, un trabajo de albañiles artistas, con baldosas de ágata pulida que trajo a mi memoria el piso de la sala Iepum, de una de las pirámides del Interior de la Tierra, que había conocido en mis viajes Astrales cuando niño. Algunos cuadros, como en aquella enorme pirámide, hacían más lujoso el corredor, la mayoría de ellos de estilo similar al renacentista. Una belleza de lugar, con música muy bonita y suave.

-Podríamos haber recorrido esto en los vehículos de tropa, -dijo el Genbrial minutos después, interrumpiendo su conversación con Johan- pero caminar en vuestra compañía un par de kilómetros me harán aprovechar mejor el poco tiempo que tengo para estar con Ustedes.

- ¿Vehículos de tropa? -pensé en un murmullo.

- Si, querido amigo, -dijo el Genbrial- Esto es en realidad una ciudad cuartel. Aquí somos todos militares. No hay civiles en ninguna parte, salvo los menores de dieciséis años. Esa es una parte importante que debéis conocer de nosotros. Somos un pueblo de setecientas mil personas en esta base y otro tanto ocupando puestos permanentes o temporales en las otras bases. Cada una tiene un rango militar, de acuerdo a sus méritos. Como vosotros tenéis una Plana Mayor, nosotros también la tenemos y llegar a formar parte de ella no es precisamente un privilegio, ni una adquisición de derechos, sino una responsabilidad enorme...

- En realidad lo es para cualquier cuerpo militar -dijo Intianahuy.

- Cierto, -replicó el Jefe- pero pocos líderes militares de vuestra civilización se dan cuenta de lo que eso significa. Se les enseña a ser "*máquinas de obedecer*" y luego son máquinas de mandar, pero con poca o ninguna conciencia del porqué lo hacen. Entonces terminan siendo máquinas de matar allá donde los manden. En cambio hasta el último y menos capacitado de nuestros ciudadanos, cuando debe actuar como soldado lo hace sabiendo siempre el porqué de cada uno de sus actos. Al contrario de los ejércitos del mundo exterior, nadie se prepara para obtener bienes materiales. Aquí todo es de todos, entonces hay abundancia de recursos. Estamos entrenados para hacer todo cuanto sea posible para no tener que matar. Se nos prepara desde hace décadas con tanta superioridad en todos los órdenes, que las veces que hemos tenido que combatir hemos aplastado el poder enemigo casi sin que cueste vidas en forma directa... Bueno, a decir verdad hubo algunos accidentes con pilotos de caza que resultaron muertos por su propia tontería. Bombardeos con sus misiles a las vimanas por ejemplo, y como no hay resultados, se lanzan para estrellarse contra ellas al estilo Kamikaze... Otros casos ocurrieron hace casi medio siglo, cuando aún no teníamos tan desarrollada la tecnología y vivíamos más afuera, cerca de la costa antártica... Yo era muy pequeño en esa época.

- También tuvimos situaciones así, de modo que lo comprendemos bien. -dijo Tuutí luego de unos cuantos segundos de silencio del Genbrial, que parecía no querer contar más, y todos recordamos lo sucedido en la Vacuoide de los Jupiterianos, en el mar Pogatuí y otras situaciones por el estilo.

- Nuestra preparación -siguió el Genbrial- no llega a tanto como para impedir que los locos de la guerra se suiciden o se maten entre ellos. Ya estáis enterados de lo ocurrido con el submarino con el que se encontró el Flodda... Creo que iba... ¿Marcel?

- Sí, señor. -dije- Y mire que se hizo todo lo posible...

- Pues lo que se intenta ahora -continuó el Genbrial mientras se detenía en medio del pasillo- es evitar que se declare una guerra formal y definitiva contra la civilización exterior, cosa que nuestro Consejo Mayor ha pospuesto a pesar de los ataques recibidos. Eso lo sabéis muy bien, pero he sacado el tema porque es importante que sepáis que si no es posible evitar lo peor, tampoco podréis evitar el sufrimiento y la muerte de cientos o miles de millones de personas, la mayoría de las cuales no tienen ni remota idea de quiénes hacen las guerras ni el porqué. Quiero que sepáis que de algún modo, nadie muere, porque los Seres siempre existimos aunque un día no tengamos cuerpo físico, pero tan importante como eso, es saber que cuando un pueblo muere en una guerra sin saber nada del porqué, es porque nunca ha querido preocuparse de evitarla, porque nunca se interesó en la política, porque siempre dejó que otros piensen por él, que le mientan y lo gobiernen. Dicho de otro modo: Si nos vemos en la obligación de destruir los frágiles mecanismos de la civilización exterior, millones de personas morirán por su desidia, por su pusilanimidad, por su falso sentido de la comodidad y por sus vicios, por sus falsas creencias en redentores, por dejar sus destinos en manos de gobernantes, sacerdotes y economistas, sabiendo que les llenan de mentiras para ganar sus votos. Un gran sabio llamado Séneca dijo las dos verdades más grandes de la política: *"Mientras más leyes tiene un pueblo, más corrupto es"* y: *"Todo pueblo tiene el gobierno que se merece"*. Por eso nosotros tenemos muy pocas leyes, no hay creadores de leyes. El Consejo Mayor está formado por la gente más fuerte y a la vez más querida por la mayoría. Cualquiera puede formar parte de él, pero sólo se presentan los que tienen mayor vocación y sentido de la responsabilidad. Ya conoceréis nuestras leyes, que están escritas en un libro de sólo diez páginas... Pero aún nos falta medio kilómetro y no debemos llegar tarde. Vamos...

Caminamos más de prisa el tramo faltante y llegamos al comedor que resultó tan impresionante como el túnel. La cúpula de vidrio dejaba ver el cielo y los muros estaban lujosamente ornamentados. Una mezcla de estilo renacentista y ultramoderno inteligentemente dispuesto, que sin verlo, nadie creería lo bien que pega si el decorador sabe lo que hace.

Nos sentamos en unas sillas muy modernas, con tapizado que parecía del siglo XIX. La mesa, una de las más cercanas a la cocina, era algo ovalada en los extremos y muy grande, como para cien personas y el Genbrial cedió el puesto en un extremo a Tuutí, por ser el Jefe del GEOS y el extremo opuesto a Johan, para celebrar su flamante ciudadanía. Los dos asientos a su costado habían sido reservados con sendos cartelitos, cosa que nos extrañó. Johan me hizo un gesto como preguntando, al que respondí con otro gesto de no saber, juntando los hombros.

- Estimado Marcel... -me sorprendió diciendo el Genbrial- Nosotros no podremos compartir la mesa con Usted y créame que lo siento mucho... Bueno... No mucho en realidad...

Me pilló tan de sorpresa que se me cortó el aliento. ¿Qué habría hecho mal? ¿Habría cometido un error de conducta?, ¿Me tenía que ir por alguna razón de servicio? El jefazo me miró raro y me preguntó:

-¿Cree haber hecho todo lo debido desde que recibió su instrucción mágica?

- No... lo sé... -respondí confuso- Aún no se me ha examinado.

- ¡Oh, Si...! Sí que se le ha examinado. Aunque no se diera cuenta, ha pasado por varios exámenes... ¿Le preocupa algo... o alguien?

- Pues... Sí, claro, señor Kuartt... Aunque soy fuerte y estoy preparado para todo, me preocupa mucha gente, todo el mundo. Las cosas no están nada bien...

- ¿Alguien en particular?

- Pues, si. También camaradas nuestros, que no se qué habrá sido de ellos. Cuando salí de Misiones, después de recibir durante más de un mes las instrucciones de mi amigo y maestro Polo, no he sabido más de él, ni de sus hermanos y sus familias... Y los chicos que me ayudaron a encontrarme con el Capitán del Flodda... No he podido hacer nada por ellos porque mi prioridad era reunirme con el GEOS...

- Le decía que no podremos compartir con Usted esta mesa... -me interrumpió sonriendo burlonamente- porque su lugar está en esa otra de ahí, la del florero azul. Deberá acompañar a esos que vienen por allí...

Casi estallo en un grito, pero enmudecí de la emoción y aunque hubiera podido, no alcanzaría un grito para tantos nombres. Polo, Ernesto, Chiquito, las esposas e hijos de estos últimos, avanzaban hacia mí. Detrás venían Julio, Héctor y Roxana, vestidos tan formalmente con uniformes freizantenos que casi nos los reconocí. Un buen rato de abrazos y lágrimas, de contarnos todo lo acontecido, de la urgencia con que actuaron los freizantenos rompiendo los protocolos de seguridad para poder sustraer a todos de las persecuciones de los narigoneses, que habían descubierto sus tapaderas. Había estado desde que salí de Misiones, preocupadísimo por ellos, aunque el capitán Müller me decía que nadie corría peligro. El alivio fue tan grande como mi emoción, que apenas me di cuenta de que en la otra mesa también pasaba algo extraordinario. Me sobresaltaron unos nombres gritados por Johan:

-¡ Winooo... Hildegardeeee ! ...

Como era lógico, tuve que esperar buen rato para abrazar a aquellos amigos conocidos en Perú. Johan quedó sentado entre ambos y cuando volví a la mesa, Polo y sus hermanos me presentaron a su padre, Walter Messinger, al que habían encontrado tras tantos años de ausencia e incertidumbre. Walter era ya un veterano freizanteno, de los fundadores y pionero en la exploración de la Antártida. Sin embargo, no parecía tener más de sesenta años aunque debería tener más de cien. Luego retomamos las conversaciones entre brindis con una deliciosa bebida.

- Es cerveza -nos explicaba Walter- con poco alcohol, que bebemos en Freizantenia moderadamente, y tengo el honor de ser su perfeccionador. Hecha a base de un grano parecido a la cebada pero mejor, que crece abundantemente en los campos anteriores a la barrera azul...

- ¡La barrera azul! -dije- Perdonen... es que recuerdo que los Primordiales tienen ese dispositivo. Pero eso es en las cavernas...

- No, Marcel, hijo de Dominguín... Aquí, en una zona de la superficie cercana a los huecos polares también hay una instalación enorme, que impide el acceso directo a la superficie interior. Ni siquiera todas las vimanas pueden atravesarla, pero lo mejor, o quizá lo peor, está entre esa y otra que está unos doscientos kilómetros más allá. Está la zona plagada de monstruos prehistóricos...

-¡Ya recuerdo!.. Claro, los vi en mis primeros viajes, con el cuerpo mágico...

Nos siguió contando unas cuántas cosas sobre la naturaleza de los huecos polares, sobre las curiosas temperaturas y las diferencias de paisaje según la estación del año, sobre las auroras australes, que se ven a veces desde Freizantenia como en ningún otro lugar del planeta. Luego las conversaciones se mezclaron porque todos queríamos enterarnos de todo, y la familia Messinger hacía sólo unos días que estaba allí, adaptándose para quedarse definitivamente. Polo me contaba que tal como habían dicho sus hermanos, había tenido que escapar ocultándose en las cavernas.

- ¿Y cómo saliste de la caverna? - pregunté a Polo entre medio de las múltiples conversaciones amontonadas.

- No salí, ch'amigo... Me sacaron. De repente, cuando venían a unos cincuenta metros detrás de mí los soldados, veo un huevo medio azulado con luces potentes que se me pone delante y pensé que me iban a liquidar. En eso veo que desaparece y vuelve a aparecer detrás mío, justo para parar los tiros de los soldados. Así que seguí corriendo y unos metros más abajo, poco antes de que se me acabara el camino, que termina en un río que ni Dios sabe dónde a va a parar, apareció de nuevo y ya me dijeron que me traerían para aquí y también me enteré que esos "Kugelvin" los hicieron por encargo tuyo...

- Y a nosotros -continuó Ernesto- nos fueron a buscar en otra nave más grande. Después que te dejamos en el río, volvíamos para la casa y les encontramos en el camino. Les mentimos, tal como acordamos contigo, diciendo que nos habías raptado, pero no nos creyeron, así que nos llevaron a la casa y ahí nos tuvieron dos días. Cuando volvieron de las cuevas los que buscaban a Polo, diciendo cosas raras, el jefe no les creía y rastrillaron de nuevo todas las cavernas. Ya nos estaban por empezar a torturar, ch'amigo, y me ligué unas cuantas tortas por contestarles mal. Pero estos gurises [niños] son peor que yo. Les *patiaban* las canillas... Se les escapaban... Así, presos en casa, igual que la familia de Chiquito. No te imaginás el susto que se pegaron todos los soldados cuando apareció un plato volador de estos grandes y después como diez de los Kugelvin, con toda esta gente con armas raras, que los dejaron atontados sin matar a ninguno.

- Así que he sido el último -dije- en recibir instrucción mágica de Polo...

- Allá si, ch'amigo -respondió el aludido- pero seguiré con mi trabajo aquí, con toda la familia y con todos los que vengan por necesidad. Parece que van a traer a unas cuántas personas en cualquier caso, pero a un montón muy grande de gente si se llega a declarar la guerra. Igual me han dicho que si se arma la gorda tendré que estar yendo a todas partes del mundo a enseñarle a todos los que sobrevivan al desastre...

- Y no sólo vos. -intervino Chiquito- Tendremos que estar mejor preparados para ayudarte, porque será cosa difícil acomodar un poco el mundo si hay guerra.. Ya has visto lo que puede ocurrir... Un empezar de nuevo para los que queden cualquier parte del mundo...

Tras esas palabras, nos quedamos todos en silencio, reflexionando. Chiquito acababa de decir lo que todos sabíamos, pero que cuesta concienciar en su tremenda importancia y gravedad.

Tras disfrutar de la maravillosa compañía de todos estos Amigos, por no decir Hermanos de Alma, durante varias horas en que cantamos, reímos y conversamos sobre la situación, el Genbrial pidió disculpas por tener que retirarse, advirtiendo que debíamos descansar porque le acababan de comunicar que en ocho o diez horas se pondría en marcha un operativo de reconocimiento de la región, en la que no podríamos contar con los Kugelvins. Un rato después aparecieron unos cincuenta soldados que se encargaron de acompañarnos en grupos pequeños a las casas piramidales más cercanas, donde dormiríamos para estar en forma en cuanto fuésemos llamados a la acción.

No pasó mucho tiempo; dormimos unas siete horas y sin desayunar se nos ordenó vestirnos con uniformes que ya tenían preparados.

- ¡Qué organización, -dijo Cirilo- Nos dan la ropa hecha a medida!

- Bueno... -respondí- "A medida"... que vamos llegando, porque mi pantalón, como casi siempre, me queda corto...

Lo tuve que cambiar con Chauli, al que habían dado uno muy grande y largo. El cambio fue perfecto, pero luego de ponérmelo, Chauli que aún no se lo había puesto encontró una etiqueta con su nombre. Me fijé bien y el que me había dado tenía mi nombre. Los desorganizados fuimos nosotros, que no entramos por orden de estatura como debe moverse siempre un grupo militarizado. Luego tuvimos que "maquillarnos" con elementos de camuflaje. Pintamos nuestras caras y manos, como para empezar inmediatamente una misión de combate.

Íbamos a efectuar una formación junto a una tropa enorme, de unos diez mil soldados, ocupando un playón entre el puerto del río y la ciudad.

-Esos que marchan por aquel costado -me decía Johan mientras caminábamos hacia nuestros puestos en la formación- componen el cuerpo de élite aéreo, dos mil varones y mujeres pilotos Son los mejor dotados mentalmente. Los que ves allá al borde del puerto, son unos tres mil y componen el cuerpo de apoyo aéreo, aspirantes a pilotos aunque ya están bien preparados para ello y van de copilotos en las misiones.

- Ahí viene un cuerpo exclusivamente de gris, ¿Por qué tendrán ese uniforme? Un poco menos de luz y no los vemos... -comentó Tuutí.

- Esos -dijo Johan- son los Hohlkörper, o sea los *Sin Sombra*, el cuerpo de élite de infantería. Los trajes que llevan les hacen casi totalmente invisibles individualmente. Podéis ver ahora, que no los tienen activados, cómo el gris veteado y extremadamente opaco evita reflejos y no se ve su silueta en la penumbra o aún con poca luz. En algunos casos, dependiendo del paisaje, se hacen prácticamente invisibles sin activar el traje. Algunos de ellos les acompañarán en las excursiones en cavernas y en caso de tener que andar en la nieve. Son sólo quinientos, porque la fabricación de los trajes es bastante difícil y usamos aceites de animales, lo que no gusta al Genbrial y a nadie, aunque no se mata a los animales para ello, sino que se extraen pequeñas cantidades y se les suelta.

-¿Qué animales? -preguntó Ajllu.

- Focas, lobos marinos y delfines. Aún nuestros químicos no han podido sintetizar las moléculas sin tratar adecuadamente esos aceites. Cuando hay escasa luz, la absorben y su tono hace difícil distinguir la ropa de la propia sombra. Pero cuando el medio ambiente tiene más luz y el sujeto no se mueve... Bueno, ya verán cuando formen y se queden quietos. O no verán absolutamente nada, si activan los trajes.

No pudimos continuar porque se nos indicó donde formar y lo hicimos por orden de estatura, en columna de tres. Luego dimos un cuarto de vuelta izquierda y quedamos en nuestro lugar de formación definitivo. Un oficial freizanteno se colocó al frente y comenzó una breve instrucción.

- Queridos compañeros del GEOS. Soy el Teniente Martín Turner y si el jefe del GEOS tiene la amabilidad de cederme temporalmente el mando, a partir de ahora seré vuestro instructor de operaciones, aunque el Comandante Jürgen Wirth será siempre el responsable máximo de las mismas cada vez que pueda estar con nosotros.

Tuutí se acercó y ambos hicieron firmes movimientos, tan precisos que parecían uno ante un espejo, la runa Thor, que es el saludo militar, incluso para muchos países de la superficie externa, incluyendo a los narigoneses, que no tienen idea de que todos los movimientos del orden cerrado militar provienen en realidad de la práctica mágica de las Runas.

-Tropa del GEOS, en adelante quedan al mando del Teniente Turner. Teniente, soy Tuutí Osman a sus órdenes, junto a todo el equipo.

NUEVAS ANDANZAS SUBTERRÁNEAS

- Gracias. Atiendan por favor a las marcas del piso. Observen bien donde se encuentran, porque durante el tiempo que dure vuestra misión en Freizantenia, siempre formarán en el mismo lugar. De lo contrario no cabría en el playón la formación con la dotación activa al completo. En momentos vendrá el Comandante Wirth y guiará la práctica de ejercicios.

Disculpará el lector que no me extienda en explicar la modalidad de los ejercicios mágicos que se hicieron durante la siguiente media hora;

quizá lo haga en otro libro, cuando haya muchos lectores mejor preparados para conocer en más profundidad la verdadera Magia de las Runas, que no se trata de adivinanzas tirando piedritas pintadas ni nada de eso. Además, cabe decir que son ejercicios para hacer Guerreros Conscientes, no soldados autómatas de esos que preparan otros ejércitos sólo para obedecer sin pensar, con el fin de ganar dinero. La obediencia ciega sólo se practica en Freizantenia cuando se ordena situación de *orden emergente*, y se puede participar en un ejército con esta clave de mando, únicamente cuando se conoce con claridad los objetivos de una misión y se ha establecido la debida relación consciente de confianza en el superior. La obediencia ciega en algunos momentos, es de carácter temporal pero imperiosamente necesaria cuando las acciones son rápidas y no es posible explicar a los subordinados el porqué de las órdenes.

Una parte del playón, pareció quedar vacía. Sin embargo, gracias a los movimientos de marcha, como a los ejercicios o cuando rompimos filas, aparecían de nuevo los *Sin Sombra* ocupando su sitio. Allí nos dimos cuenta que si estaban quietos, apenas se les veía, como si fuesen transparentes. Pero por lo que había explicado a medias Johan, se trataría de una cualidad de las moléculas para camuflarse cambiando de color según la luz del entorno o desviándola, no de invisibilidad como la de las vimanas en Gespenst.

Luego de los ejercicios, el Comandante Wirth devolvió el mando al Teniente y éste, tras algunos comentarios y explicaciones tácticas, devolvió el mando a Tuutí y fuimos a desayunar al mismo comedor en que estuvimos antes, pero en modo de autoservicio. Había excelente café, leche, tostadas, miel, queso y cereales, aparte de unos veinte platos diferentes a los que no presté atención. O sea como en un hotel de cinco estrellas, así que no extrañé en absoluto mis costumbres, salvo el jamón que solía acompañar mis tostadas, incluso después de la preparación recibida en Misiones, con Polo.

Es que la mayoría de los freizantenos no comen ninguna carne. Muy raramente comen pescado o huevos, para suplir algunas carencias proteicas. Hay unas pocas excepciones... Sólo tienen ovejas y vacas para extraer leche, pero las tratan mejor que ningún ganadero del mundo y hasta la mayor parte de los humanos, ya quisiera hallarse tan bien atendidos. El pequeño porcentaje de personas que no pueden prescindir de proteínas animales de carnes rojas, es una excepción y se les suministra carne vacuna. Era una prioridad a la que podía acceder, según determinó mi análisis genético, pero por el momento, me mantendría vegetariano y comería pescado. Hacia la superficie exterior, pocos son los pastos y bosques, antes de entrar en la zona helada, pero hacia la superficie interior hay muchos kilómetros de campos cultivados con cereales y praderas salvajes donde se han construido varios establos.

Mientras comíamos, la Plana Mayor del GEOS nos reunimos con Johan y él nos explicó que no nos acompañaría en las próximas misiones salvo que fuese de necesidad estratégica. La exploración del entorno de Freizantenia comenzaría de inmediato, así que nos reunimos con el Teniente Turner, quien nos dijo que sería nuestro guía de expedición y estaría al mando de sesenta *Sin Sombra*, pero contábamos con los quinientos si fuese necesario.

- ¿Es Usted miembro de ese equipo? - le preguntó Araceli. -

- Sí, soy su creador. Cuando descubrieron hace unos veinte años las propiedades de esas moléculas, me encomendaron darle alguna utilidad al material que se fabrica con ellas. Mi especialidad es el camuflaje, las trampas y el desplazamiento encubierto en cualquier tipo de terreno, de modo que era el más indicado para hallar el uso más apropiado. Sin embargo, no tengo la misma experiencia que ustedes en espeleología, de modo que aprenderé al acompañarles, al mismo tiempo que será un placer enseñarles todo lo que pueda de mi especialidad.

- Pero... -intervine- Disculpe la indiscreción. Si hace veinte años ya era Usted... ¿Cuántos años tiene ahora, Teniente?

- Voy a cumplir sesenta y tres...

- ¡Asombroso! -exclamé- No parece que tenga más de veinte o como mucho veinticinco.

- Claro, pero no soy una excepción. Es que nosotros vivimos de un modo muy diferente al de vuestra civilización. Tenemos una gran disciplina pero muy pocas leyes, abundantes recursos, pero usamos pocos, una responsabilidad enorme, pero no tenemos deudas. Nuestra mente siempre está bien ocupada, pero nunca preocupada. Nunca comemos ni bebemos de más. Nuestra medicina no es comercial, así que cura en vez de vender vacunas y paliativos. Nadie trabaja más de lo necesario ni de lo que el cuerpo mande, ni tampoco se trabaja en lo que a uno no le gusta, salvo en contadas excepciones de circunstancia...

Hablaba con la misma franqueza y claridad que todos los freizantenos, sin modestia ni vanidad. Parecía que nadie de esa gente tan maravillosa y pura de corazón pudiera caernos mal, pero cuando hablábamos con cualquiera de ellos, era como si nos cayera mejor que los anteriormente conocidos. Esa es una sensación que ya conocía y seguramente todos mis compañeros, al tratar con los Primordiales, los taipecanes, los Aztlaclanes y cualquier persona de una civilización sin lacras psicológicas. Que Turner fuese nuestro guía me producía gran tranquilidad. Él no lo decía, pero yo intuía que su misión era protegernos y -aunque tampoco lo decía- estaba muy seguro de su eficiencia.

Después de la conversación sobre los mapas, nos dimos cuenta cuán difícil podría llegar a ser una exploración tan completa como requería la situación. Las vimanas tenían sondas que estando en Gespenst, alcanzaban algunos kilómetros, de modo que teníamos ya idea de la situación un poco más allá del límite de las zonas con minerales intraspasables; pero lo que teníamos ante nosotros era un laberinto peor que todos los conocidos antes. Muchos sitios donde los narigoneses podrían haber entrado mediante expediciones secretas y aunque no tuvieran tecnología Gespenst, podrían haber llegado como lo hicieron en el mar Pogatuí o la caverna de los Jupiterianos, a través de las galerías, tal como lo tendríamos que hacer nosotros.

Se habló, como en una ocasión anterior, de si era conveniente dividir el GEOS para abarcar más territorios o hacer una sola fuerza de exploración. Las experiencias anteriores nos indicaban que la división resultaría peligrosa, pero el territorio subterráneo a explorar era enorme y urgía una estrategia que permitiera reducir al máximo el tiempo. Así que se dividió en tres secciones. Las número dos y tres estaban compuestas por veinte Sin Sombra y treinta del GEOS. Al mando de cada una, un Sin Sombra formando Plana Mayor temporal con un Geos especialista en cada tarea. Por ejemplo, un instrumentalista y un "ascensorista" como llamábamos a los discípulos de Chauli. Estos chicos y chicas de increíble estado físico y habilidad con las cuerdas, hacían maravillas, calculaban con pasmosa precisión las distancias, los largos de cuerda, la resistencia por tramo y el peso de las personas. Chauli había entrenado a más de veinte, pero los dos mejores, Chavela y Florencio, se hicieron cargo de su tarea en esas secciones que recorrerían las zonas de menor riesgo, o que pudieran ser mejor auxiliadas por los Kugelvins. Los dracofenos Rucunio y Lotosano fueron destinados también a cada una de esas secciones y Tarracosa vendría con la nuestra.

La primera sección la integramos los 45 GEOS restantes, incluyendo la Plana Mayor del GEOS y el Tte. Turner con veinte Sin Sombra, destinada a recorrer las partes más difíciles, riesgosas e inalcanzables para los vehículos. Estudiamos durante varias horas todos los planos disponibles, elaborando una estrategia que con un poco de suerte nos permitiría abarcar en menos de un mes, todas las regiones peligrosas. Era mucho tiempo, pero no había mejores opciones. Desayunamos fuertemente y se nos dio una hora para hacer nuestras necesidades, a fin de no tener que parar durante las primeras horas de avanzada y cada sección fue llevada a una vimana de transporte de tropas. Mientras, revisábamos el equipo y se nos instruía para utilizar algunos accesorios novedosos. Cada individuo tenía una pequeña radio de doble onda, es decir un dispositivo de onda ultralarga, muy buena para utilizar en las cavernas, que con sólo apretar un botón pasa a microondas, adecuado para casos donde algunos minerales, la niebla y otras condiciones ambientales producen interferencias a la onda larga.

El resto del equipo, mochila aligerada como la de cualquier soldado, pero con unas finas cuerdas en el hombro, casi irrompibles (en realidad, capaces de soportar cinco toneladas en tramos de hasta cien metros), un juego de mosquetones, y otros instrumentos para ascenso y rapel, así como dos potentes linternas taipecanas mejores que las anteriores conocidas, con distanciómetro, sin pilas porque bastaba apoyarlas en el suelo para acumular energía, y una pistola de rayos. La mitad de los Sin Sombra llevaba fusiles de impulsos electromagnéticos capaces también de dispararlos en forma de rayos.

Cada persona llevaba una estación de control digital desarrollada por los freizantenos. Esta estación, de unos veinte centímetros de largo, nos permitía captar en modo de mapa, con acotaciones opcionales, un entorno de más de tres mil metros, indicando en su décima parte, o sea hasta trescientos metros, signos vida por eco de oscilaciones cuánticas. Esto resulta mucho más efectivo que los sensores térmicos o cualquier otro sistema de escaneo ambiental.

- Así que es una especie de radar cuántico,... -dije mientras oía las explicaciones de uno de los Sin Sombra, especializado en los equipos.

- Exactamente. - respondió el instructor con acento freizanteno- Le hemos bautizado AKTA, abreviatura técnica de "Aparto de Control Mil Ojos". Es como el de las vimanas, pero reducido en tamaño y aunque sólo alcanza tres mil metros en el aire y hasta trescientos metros en intraspasables y plomo, ya ven que apenas pesa 200 gramos. Mapea en vertical, en horizontal, mide, indica temperaturas al pulsar aquí y seleccionar en este menú...

Demasiadas explicaciones para aprenderlo todo a la primera, pero el cacharrito electrónico de pantalla táctil nos permitía conocer nuestra posición y todo lo que hubiera en un radio de tres kilómetros en tres dimensiones, diferenciando con colores el agua, la piedra y unos treinta minerales, especialmente los intraspasables en Gespenst, así como la altitud respecto al nivel del mar exterior y -en el espectro más cercano de 300 metros- cualquier cosa viviente con circulación sanguínea o actividad cerebral, incluso la de un insecto si se selecciona el nivel de máxima sensibilidad. El altímetro podía marcar con precisión de centímetros, hasta los veinte mil metros, pero no pensábamos llegar tan profundamente en esta ocasión. Algunas funciones permitían escanear hasta cinco kilómetros, aunque con menor precisión.

- El altímetro funciona -siguió el instructor- en condiciones normales en toda la vertical hasta la zona de gravedad cero, o sea hasta seiscientos kilómetros, más o menos, con error de pocos metros. No teman golpearlos, porque son prácticamente irrompibles, sólo hay que cuidar que no permanezcan demasiado tiempo bajo agua, más allá de los diez metros de profundidad. Ahora apaguemos los aparatos porque no conviene usarlos al salir de la vimana, hasta que estemos a varios metros de ella.

La vimana se detuvo en una vacuoide pequeña, aunque más grande que cualquier sala conocida por los espeleólogos deportistas, a una profundidad de 3.300 metros y a más de cuarenta kilómetros de Freizantenia. Esta zona estaba protegida por una guardia de algunas decenas de soldados, dos vimanas medianas y cinco Kugelvins. Desde ahí comenzamos el recorrido por una galería virgen, hacia la zona con más probabilidades de ser invadida desde alguna zona exterior no explorada. La formación de los Sin Sombra iría detrás, porque como apenas les veíamos, nos toparíamos a cada rato con ellos, al menos hasta que estuviésemos más acostumbrados a su presencia casi invisible. Ajllu, Cirilo y el Tte. Turner, formaron la avanzada, atados con cuerdas a la cintura. El corpulento Kkala, Rodolfo y yo, inmediatamente detrás, a unos cinco pasos. Kkala iba al medio, porque en caso de tener que sujetar a los tres delanteros, su fuerza colosal sería el principal auxilio. Rodolfo y yo juntos, quizá tendríamos la mitad del poderío físico de Kkala. Aunque también íbamos como el resto del grupo, atados en columna de tres, Kkala sostenía las tres cuerdas de los delanteros unos metros antes de nuestros anclajes.

Esta precaución dio sus frutos cuando aún no llevábamos un kilómetro de caminata. Cirilo avisó que parecía que se estaban hundiendo y así era. Unos instantes más tarde, casi los perdemos de vista. Una fina capa muy engañosa, de lodo seco sobre el suelo de la caverna se había quebrado y abajo la terrible ciénaga se los estaba tragando. Tiramos con fuerza y les sacamos. El grupo retrocedió y había que estudiar muy bien cómo pasar por ahí. Analizamos rápidamente el barro para comprobar que era "limpio", es decir que se trataba de un pozo normal, que se fue llenando de detritos finos que fue depositando una pequeña filtración de agua. Contenía un poco de azufre y bastante hierro, pero nada fuera de lo normal. El problema sería atravesar esa sección de la caverna.

La primera inspección indicó que sería difícil, porque los bastones telescópicos que alcanzaban cuatro metros, no llegaban al fondo ni al borde del otro lado. Los AKTA indicaron quince metros de profundidad y más de sesenta hasta la otra orilla. Chauli preparó un garfio y lo lanzó con fuerza, pero no alcanzó la orilla opuesta. Kkala lo intentó y lo consiguió, quedando enganchado el garfio en unas rocas firmes.

Medimos el restante de cuerda y comprobamos que era correcta la medición de distancia. No era posible atar nada en las estalagmitas, estalactitas ni en las columnas finas, porque suelen ser muy frágiles, así que algunos Sin Sombra se adelantaron a la orden de Turner y uno de ellos aprovechó un saliente de la pared y con su pistola formó un buen amarre. Resultaba un espectáculo fantasmagórico ver apenas a los soldados, a pesar de la luz de la pistola.

En medio minuto el amarre estaba listo pero esperamos un rato a que la roca se enfríe. Chauli, luego de asegurar la cuerda, se lanzó a la exploración del otro lado, desplazándose por ella como no podría hacerlo ni el más ágil escalador. Colocó clavos en varios sitios del techo y ató pequeñas extensiones de cuerda, para mantener más alto el nivel de la cuerda principal. Ya en el otro extremo la aseguró para que pasásemos sin riesgo, colocando una roldana. Pero volvió trayendo el extremo, así como otro tramo independiente de cuerda a modo de suplente, por seguridad. Instalando también una roldana en la roca agujereada mediante rayos, unió las puntas de la cuerda principal.

Cuando estuvo todo listo le seguimos usando una roldana de mosquetón abierto, agarrándonos a las cuerdas y pisando sobre la cuerda suplente e inferior. Por el puente improvisado nos desplazamos como en una tirolina, pero más rápido, y en minutos estábamos todos tras la barrera de cenagoso pantano. Algunos soldados y miembros del GEOS llevaban cuerdas de sobra para hacer varias peripecias como ésta, pero no era cuestión de dejar todo colocado en caso que el enemigo tuviera que pasar por allí.

También había que considerar la posibilidad de que nosotros mismos regresáramos por ese sitio, así que Chauli encargó a Viky (que se había hecho experta en nudos bajo sus instrucciones) que "arreglara" el puente de cuerdas. Si teníamos que pasar por allí nuevamente, Viky, Chauli o cualquiera de los varios entrenados podrían cruzar primero para dejar en condiciones el paso. Si el enemigo intentaba usar las cuerdas, caería en una trampa mortal. El Tte. Turner avisó de ello por radio a la guarnición cercana y continuamos adelante.

Caminamos unos cinco kilómetros en relativa tranquilidad, sobre un suelo firme pero plagado de las afiladas puntas de las estalagmitas incipientes. Las estalactitas también eran pequeñas en ese sector, por lo que calculando humedad y composición mineral, deduje que la cueva no tendría más de dos o tres milenios en ese tramo, o sea poco menos que la parte anterior a la ciénaga.

-Debe ser casi de la misma edad -dije- por la composición y aspecto muy similar, sólo que esta parte tiene menos filtraciones o éstas son más recientes. Mirad nuestras huellas. Por aquí no ha transitado nadie en tres o cuatro mil años. Lo importante ahora es ver dónde nos lleva. Vemos que hay por allí una parte estrecha, menos llamativa, pero ascendente, así que tenemos una bifurcación y según el AKTA lleva a una sala más grande y de galerías más anchas. Propongo seguir primero por allí y dejar la parte inferior para después.

- También podríamos dividirnos -dijo Tuutí- y hacer una incursión rápida para ver si la cosa sigue hacia arriba, pero ya sabemos que aumentan los riesgos...

- Me parece buena idea, -intervine- pero sería una incursión rápida hacia la galería descendente. Creo que terminará a menos de un kilómetro, en un sumidero de cantos rodados, o algo así.

- ¿Cómo puedes calcular eso? -preguntó el Tte. Turner.

- Hay varias razones -respondí mostrando la pantalla de mi AKTA- y la primera razón es que se estrecha demasiado, sin marcas evidentes aquí mismo, de que hubiera un cauce hídrico importante. No se ven galerías convergentes en los trescientos metros de alcance en sólido del detector y el declive también se hace mayor. Según parece, las secreciones son también menores. Ni estalactitas ni estalagmitas ni columnas en toda esta parte hacia abajo que vemos, ni columnas en los 300 metros próximos... O termina a poco más de medio kilómetro en un sumidero, o en un abismo de terror, pero eso sólo podría ser en caso de un terremoto reciente que haya hecho un gran corte tectónico. Aunque el AKTA no lo indique directamente, si hubiera un abismo un poco fuera de su alcance tendría un eco más difuso en esta parte...

- ¿Y no puede terminar de otra manera? - preguntó Intianahuy,

- Con este escenario, prácticamente imposible; -dije- sólo por algún terremoto o algo así, producido hace menos de un siglo, cosa improbable viendo estas agujas tan rectas y perfectas. Las estalagmitas no tienen base desviada...

- Y yo escucharía algún sonido de aguas, o un eco diferente de nuestra conversación. -decía Tarracosa. Creo que Marcel tiene razón...

- Bueno, podríamos apurar el trámite.- intervino Turner- Vamos a tardar menos en comprobarlo que en discutirlo.

- De acuerdo. -dijo Tuutí- Chauli, Marcel y Kkala, por favor vengan conmigo. Los demás, tengan a bien esperar aquí mismo.

Volvimos veinte minutos después, tras comprobar que mi deducción era correcta. El sumidero estaba muy limpio, sin rastro alguno de materia orgánica que pudiera haber sido arrastrada por el agua. Sin duda la caverna era parte nueva de la pequeña vacuoide donde nos dejó la vimana. Continuamos en la única dirección posible, ascendiendo hasta los 2.600 metros b/n/m (bajo el nivel del mar).

Tardamos quince horas en recorrer unos veinte kilómetros, porque empezamos a encontrar algunos minerales intraspasables en filamentos muy finos, duros y puntiagudos. Teníamos que ir rompiendo algunas partes de los minerales para poder pasar, en especial en el piso. Las bellas agujas de minerales de plata y cristales de cuarzo no podrían atravesar nuestro calzado, pero sí torcernos un pie. El peligro mayor estaba en los costados. En algunos sitios las formaciones de agujas parecían una telaraña rotosa, pero un descuido era capaz de dejarnos sin un ojo, cuando menos. Hubo algunos pinchazos sin importancia, pero en algún momento creímos que tendríamos que usar las armas para abrirnos paso.

No queríamos usarlas innecesariamente porque el sonido que emiten es muy agudo y casi doloroso para el dracofeno, a menos que se pusiera sus auriculares protectores, pero además podría ser captado por los enemigos si estuvieran cerca. Necesitábamos a Tarracosa con sus oídos atentos para captar sonidos muy lejanos que los AKTA no podrían indicar con mucha precisión.

Fue un gran alivio encontrar el fin de esas formaciones minerales, justo en una sala no muy grande pero con un curso de agua y un charco limpio, donde hicimos el primer descanso para dormir. Se dormiría a menos de 30 centímetros de altura sobre el nivel del agua, así que mientras se preparaba una comida muy ligera para cenar, fui a inspeccionar un poco más arriba. No había riesgo evidente de crecidas, sino sólo filtraciones pequeñas y estables. Tarracosa me acompañó para asegurarse de que no existen cursos de agua importantes y me aseguró que al menos en diez kilómetros de galerías no habría ninguno mayor que la filtración que mantenía el charco.

Cuando volvimos, media hora después, nuestra comida estaba casi fría y todos durmiendo, salvo los tres centinelas Sin Sombra apostados. A uno casi lo atropello al llegar, pero Tarracosa me cogió el brazo, me indicó su posición y nos reímos los tres mientras comíamos. El centinela se llama Friedrich y tenía un excelente humor. Apenas hablaba nuestro idioma, pero lo suficiente para divertirnos durante la cena, hasta que se nos empezaban a cerrar los ojos y Tarracosa empezó a roncar suavemente.

Cuando desperté estaban todos desayunando, así que alisté mi equipo rápidamente y me sumé al grupo. Los siguientes dos días fueron muy tranquilos, con un ascenso paulatino hasta llegar a sólo seiscientos metros de la superficie y con algunos tramos de andar arrastrados, para pasar las pequeñas cavidades. Estábamos charlando para decidir si seguíamos un poco más, pues estábamos cerca del exterior y no parecía que fuésemos a encontrar nada interesante en esa caverna.

- Creo que estamos muy cerca -dijo Tarracosa- porque escucho agua.

- Y aquí estamos cada vez más secos -agregué- de modo que hay un cauce que no deriva en esta cueva, así que debes estar escuchando un río de la superficie. Y si es así, deberíamos continuar porque dormir en Freizantenia cómodamente sólo nos costaría apurar el paso durante unos pocos kilómetros.

- ¿Alguien se encuentra demasiado cansado como para continuar un poco más? -decía Tuutí en voz muy alta.

Ante el silencio total, seguimos inmediatamente y una hora y media más tarde estábamos saliendo de la caverna, justo detrás de una pequeña catarata, en uno de los oasis antárticos. Turner llamó por radio y la vimana nos recogió unos minutos después. Estábamos muy cerca de Freizantenia, pero la caverna podía ser peligrosa si el enemigo la encontraba, porque no podríamos inspeccionarla con vimanas ni Kugelvin, así que se colocaron dispositivos de vigilancia tras la catarata y otros tres cada cien metros hacia el interior. Cualquier actividad en la zona sería silenciosamente registrada en la sala de controles de Freizantenia.

El equipo liderado por Chavela no había encontrado nada importante, sino una situación muy similar a la nuestra, con un pequeño laberinto sin importancia, en el que también se colocaron dispositivos de vigilancia. Florencio, en cambio, no había regresado pero había constante comunicación y marchaba todo bien. La zona asignada tenía más cavernas, más amplias y largas, salas enormes y estaban asegurándola igual que a las demás. Calculábamos que tendrían tres o cuatro días más de marchas.

NUEVOS PLANES DE ACCIÓN

Tuvimos un día de merecido descanso físico, pero repasando todos los planos y próximas tareas. La Plana Mayor de Freizantenia estaba en primera fila, mientras Tuutí y yo mirábamos en una enorme pantalla digitalizada, todos los datos obtenidos, los históricos y un sinfín de detalles que nos permitían trabajar muy bien. La "Cortita" y todo su entorno -como llamamos a la recién explorada- se agregó a la base de datos y luego descubrí un punto interesante al deducir los procesos de formación de nuestro próximo objetivo: La vacuoide volcánica CAV-21, su lateral KVP-856 y la confluencia de cavernas de los Cuatro Vientos. Su nombre técnico en los mapas era CAR-436, pero la bauticé "Cuatro Vientos" en nuestra jerga, porque me recordaba a una estación de metro de Madrid. Una caverna amplia y poco transitada en Kugelvin, explorada días atrás en diez kilómetros por el escuadrón freizanteno y hacía más de ocho años por primera vez, a pie. Un año atrás la habían vuelto a explorar, pero aún no disponían de Kugelvin ni existía la situación actual.

Lo curioso del sistema de galerías era que en parte que no coincidía con los modelos lógicos de ningún proceso. Estaba formado por una vacuoide magmática (volcánica) extinguida hace millones de años, con piso a 188 Kms de profundidad, y luego invadida por el petróleo que resultó de su propia destilación (recordemos que el petróleo es producto natural de "destilaciones" minerales causados por la temperatura fluctuante pero altísima de las vacuoides volcánicas), que se encontraba en la vacuoide contigua, con piso medio a 162 Km b/n/m. Luego, también desapareció este petróleo por causa desconocida. El informe describía de tal manera las cavidades, que no parecía posible la fuga del petróleo por ruptura tectónica, ni porque se hubiera abierto una nueva galería. Sólo una red capilar enorme podría haber evacuado el petróleo de allí.

-¿Son seguros estos informes? - Pregunté al Dr. Stanislav, encargado de los mapeos de todas las regiones cercanas a Freizantenia.

- Bueno... Sí, son seguros en cuanto a fiabilidad de datos, pero eso no quiere decir que se hayan descubierto todos los detalles. Ya sabemos que bastaría un punto de fuga pequeño para evacuar los 3.700 millones de metros cúbicos de petróleo hacia otro sitio... El problema es que no hemos encontrado un "otro sitio", que debería ser una vacuoide y un sistema de galerías gigantesco. Nuestros chicos tampoco encontraron ningún punto de fuga probable, sólo pequeñas grietas que aunque imposibles de explorar, están demasiado altas. El fondo de todo este sector está lleno aún de barro y petróleo. Si hubiera una fuga hacia abajo, la habríamos encontrado porque la zona estaría seca...

- Tendremos que arremangarnos los pantalones... -Comentó Tuutí.

- Lo mismo digo, -intervino Ajllu- porque no se me ocurre otro modo que meternos allí.

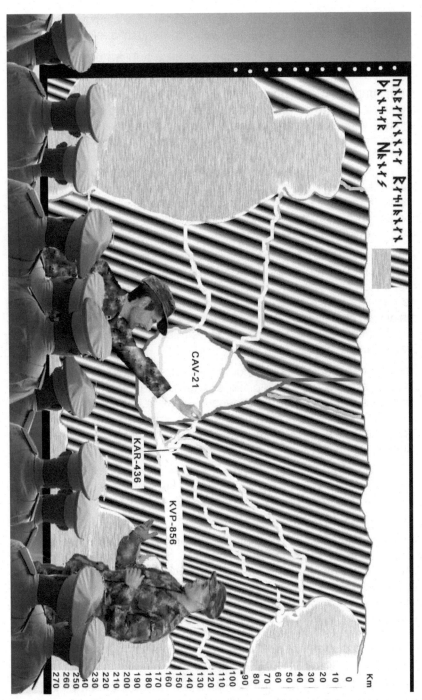

- Esto es sólo parte del entuerto -dije- porque aquí también hay una
rareza morfológica. El petróleo no pudo haber subido naturalmente y eso

ya es raro... ¿Pero por qué hay cuatro galerías que confluyen aquí, sin que ningún curso de agua, magma o petróleo las justifique?

- ¿No cree posible que la actividad volcánica hubiera producido en su día, esas cavernas, a modo de fumarolas? -preguntó el Dr. Stanislav.

- De ninguna manera, Doctor. - respondí- Fíjese que la confluencia se encuentra a 161 Km de profundidad, justo a 970 metros sobre el piso de la antigua vacuoide petrolera, pero a más de veinte kilómetros de la vacuoide magmática. Entre ambas, se encuentra la única región capilar conocida de la zona, por donde el petróleo se fue destilando y formando, y por allí mismo luego invadió la apagada vacuoide volcánica, pero la confluencia, de ser natural y producida por el volcán, estaría justo sobre la volcánica, no sobre la petrolífera. Los modelos físicos a veces parecen romperse, pero siempre hallamos una explicación, aunque sea teórica en principio. Aquí no la encuentro.

Alguien preguntó qué era una zona capilar y expliqué que son aquellas zonas donde miles de pequeñas grietas o poros en una masa pétrea, o bien cúmulos gigantescos de guijarros pequeños, por lo general arena de minerales resistentes a los elementos que filtran, actúan como alambiques naturales en los procesos por los cuales se forman los diferentes minerales hidrotermales, el petróleo y otras maravillas de la corteza terrestre.

Tras deliberar durante unas horas respecto a la prioridad que tendría explorar esa zona, se decidió hacerlo inmediatamente, dejando otros sitios menos preocupantes para después. Las zonas marcadas en gris claro en la pantalla, marcaban el territorio imposible de explorar con vimanas, pero una parte podía ser, con extremo cuidado, revisada con los Kugelvins.

Al día siguiente, después de un repaso de mapas ante las pantallas, partimos Rodolfo, Tuutí y yo con Chauli, en sendos Kugelvins, para inspeccionar una región hasta donde fuese posible. El resto se quedó en Freizantenia a la espera de novedades.

Nos materializamos en la vacuoide volcánica, pero en el aire. El piso era una peligrosa ciénaga de chapapote, cuya profundidad no sería mucha, pero era mejor buscar un sitio limpio y nos costó encontrarlo. Los exploradores freizantenos apenas recorrieron una parte, utilizando lanchas de remos, pero ahora podríamos sobrevolar todo el interior aunque no muy rápidamente, pues el fondo de este pantano redondo tiene casi sesenta kilómetros de diámetro. Hallamos un promontorio seco, con una cumbre de cerca de una hectárea, a tres metros sobre el nivel del chapapote y allí nos estacionamos.

Rodolfo, tras comprobar que no había demasiados gases peligrosos, apenas nos apeamos lanzó una bengala de gran altura y duración, que se apaga por completo mucho antes de caer, y al iluminarse el entorno la sorpresa fue mayúscula. Ya había visto muy brillante la superficie del promontorio, con las luces de los Kugelvins, pero con mayor iluminación los brillos se hicieron magníficos y entendí dónde estábamos.

- ¡Claro! - exclamé, para explicar a mis compañeros- Este promontorio resultaba demasiado raro para ser parte del fondo de una vacuoide petrolera extinta... Se trata de un buen pedazo de hollín de la chimenea, que ha caído tardíamente. Era vacuoide volcánica, que después de apagada tras millones de años, se llenó de petróleo y luego del vaciado de petróleo... ¡Estamos encima de una montaña carbón y de diamantes!

Durante unos minutos, mis compañeros y yo recorrimos en sepulcral silencio, como quien recorre el más sagrado de los templos, el total de la superficie, que resultó como calculamos antes, poco más de una hectárea.

El espectáculo nos era familiar en cierto modo, pues ya habíamos andado por lugares que recordarán nuestros queridos Lectores, incluyendo una vacuoide volcánica extinta cercana a Rucanostep. Pero cada sitio es diferente, como si la Naturaleza, con sus -para nosotros- peligrosísimas trampas, en cambio nos regalara un cebo de bellezas indescriptibles, para que no se nos pase el ansia de recorrer sus más recónditos secretos. Sobre los mayoritarios diamantes blancos y amarillos, había otros rosados como melones y algunos azules del tamaño de una manzana.

-¡Cuántas quimeras de tormento y muerte provocaría un hallazgo como éste en la civilización de superficie! - comentó Rodolfo- Incluso por el sólo hecho de saberse su posición aproximada...

- Por suerte -respondí- no podrían llegar aquí los más empeñosos mineros. Además, los que manejan el negocio de los diamantes matarían para que nadie los hallara. Imaginen cuál sería el precio del diamante si alguien entrara en el mercado con estas cantidades. Valdría igual o menos que la amatista, a pesar de su belleza extraordinaria... Pero los narigoneses ansían cosas que nos son tan bellas, como el poder sobre todos los demás seres, el dominio, permanecer en la cumbre de la montaña de la esclavitud...

Nos deleitarnos por más de media hora con el paisaje, brillante a nuestros pies, negro azulado alrededor del promontorio y misterioso y oscuro hacia arriba y a lo lejos. A una orden de Tuutí, Chauli preparó una serie de sondas de profundidad con cuerdas y plomadas y le ayudé a lanzarlas. Los AKTA nos daban una lectura de unos centímetros, como para hundirnos hasta las rodillas, pero las cuerdas daban otra lectura muy diferente; entre cinco y setenta metros.

- Creo que los exploradores freizantenos se han salvado por los pelos. -dije- Esto es una trampa terrible. Según el informe hicieron una parte en canoas y otra a pie, con el petróleo hasta la cintura en algunos casos...

-Sí, pero no en esta zona, -dijo Tuutí- sino en la entrada de los capilares. Debe haber unos diez kilómetros hasta allá.

Recogí unas muestras para analizar y luego navegamos lentamente hasta la zona de los capilares que tanto me intrigaba. Resultó ser un tapón de piedra volcánica y sobre una de sus salientes volvimos a estacionarnos para analizar detenidamente el terreno. Expliqué a mis compañeros lo ocurrido allí hace millones de años.

- El volcán tendría a la vacuoide lateral como propia al principio, pero luego un efecto de succión durante las primeras erupciones, vació esa parte. Habrá bastado un derrumbe de la roca para que luego el mismo material volcánico del fondo, siempre un poco menos caliente que la parte de arriba del magma, completara la formación capilar. Así que no pudiendo reingresar el magma a esa parte, se empezó a producir el petróleo allí, a partir de filtraciones hidrotermales y de hulla del gran depósito carbonífero que hay justo encima.

- ¿Y siempre el petróleo se forma en presencia de volcanes -preguntó Chauli- o puede haber otras causas?

- No, no hay otras causas. Sólo en presencia de volcanes se forma el petróleo. Las cuencas petrolíferas gigantescas, como las de Venezuela y el mar Caribe, así como las de Arabia y Rusia, aparentemente lejos de los volcanes, son producto de actividad volcánica antiquísima. Los volcanes más grandes que ha tenido la Tierra fueron mucho más impresionantes que los actuales. La sierra Parima y el Mar de las Antillas, fueron zonas volcánicas de increíble tamaño. El volcán Tepequém, extinto hace unos cinco mil años, hoy es una meseta con unos diez kilómetros de diámetro. Pero en las Antillas, el fondo marino contiene restos de volcanes de más de treinta kilómetros de diámetro en su cráter...

- ¿Entonces, que hay de cierto en que se está por acabar el petróleo?

- Nada, Rodolfo, -respondí- absolutamente nada. Pasa como con los diamantes. Si se descubre demasiado y hay mucha producción, el precio baja y los pocos que controlan ese negocio pierden puntos de poder. Hay petróleo para diez civilizaciones como la actual y durante muchos siglos. Igual no es lo ideal seguir usando algo que pertenece a la Tierra, con unas funciones en su naturaleza, que aún no terminamos de conocer, pero parecidas a ciertos órganos de una célula. Además, la polución en la atmósfera es otro problema. Ya ves que los freizantenos no lo usan y no les falta energía. Pero volvamos a lo nuestro...

- Eso, -dijo Tuutí- habría que revisar rápidamente la vacuoide para no dejar cabos sueltos y luego dirigirnos hacia la otra vacuoide. ¿Crees, Marcel, que puede haber intraspasables en esta zona?

- No puedo asegurarlo, pero aunque los freizantenos no tienen indicativos porque no se exploró bien a pie y tampoco con vimanas, es posible que la actividad volcánica produzca algunos intraspasables de baja densidad, digamos que con gran dispersión a nivel molecular. Igual resultarían letales para las vimanas e incluso más peligrosos que las vetas macizas que los detectores de abordo marcan con claridad.

- En ese caso -dijo Rodolfo- habrá que ir con más cuidado que en cualquier otro sitio. Hablaré con Kornare para ver si podemos perfeccionar el sistema de detección e incluso idear algún modo de modificar el entorno con el campo magnético de las vimanas y los Kugelvins...

- Eso sería muy bueno, pero parece un poco difícil... -acotó Chauli.

- No te creas. -respondió Rodolfo- Si algo he aprendido con los freizantenos y en especial con Kornare, es que nada es imposible. Sólo hay que saber bien lo que se desea hacer y tener todos los datos del problema.

Mientras charlábamos, tomamos más muestras minerales y guardé un diamante azul que apenas me cabía en el bolsillo. Sin duda no sería para venderlo... Y luego recorrimos el perímetro completo de la vacuoide, a unos sesenta kilómetros por hora, empleando poco más de tres horas. Iluminábamos con la máxima potencia de los faros de los vehículos y con potentes reflectores accesorios. Sólo veíamos el más duro basalto volcánico con algunos manchones de plomo y otros actínidos, algunas paredes de puro diamante que tendrían más de un metro de espesor y otras rarezas como unas vetas azules que dejé para otra ocasión en que no apremiara tanto la circunstancia. El fondo, siempre de verde y negruzco chapapote.

Luego descansamos sobre un pequeño promontorio de basalto y lo estudiamos para dividirnos y cruzar en cejo la vacuoide en busca de cualquier indicio de anomalía no natural. Expliqué mi idea a mis compañeros y en menos de cuatro horas más, la vacuoide estaba explorada casi al completo.

Cruzar hacia la vacuoide lateral no supuso ninguna dificultad, aunque lo hicimos siguiendo los puntos más seguros posible. La vacuoide Cuatro Vientos resultó muy similar a la volcánica, incluso por un fondo con chapapote, tal como decían los informes de exploraciones anteriores, que sin duda fueron hechas por héroes. Me costaba comprender cómo pudieron llegar hasta allí los primeros freizantenos, sin la tecnología Gespenst. El problema en la confluencia de las cuatro galerías se empezó a resolver en parte, porque las paredes de éstas revelaban claramente que fueron hechas hacía mucho tiempo después de acabada la actividad volcánica.

- Esto fue hecho hace poco tiempo, -comenté- porque estas galerías han sido taladradas. Mirad las marcas que hay aquí; y las secreciones tan pequeñas, (estalagmitas, estalactitas, etc.) en relación a la edad de esta vacuoide. Además, ni rastro de actividad de agua.

- ¿Cuánto es "poco tiempo" en este caso? -preguntó Chauli.

- Bueno... Creo que unos pocos milenios. Entre cien y quinientos mil años, si estoy comparando correctamente todo lo que he visto antes con estas características. Aunque ya saben que la Naturaleza no suele ser demasiado reveladora en detalles de exactitud.

- Bien, -dijo Tuutí- entonces no es tan preocupante. Pensé que pudiera ser obra de los narigoneses...

- No, amigos -continué- pero igual habrá que explorar muy bien todos los recorridos. Aunque no pudieron hacer ellos estas cavernas, podrían utilizarlas.

- ¡Y eso es lo peor! - agregó Rodolfo- porque sería más difícil dar con rastros de actividad si están aprovechando estas cavidades sin hacer reformas...

Comenzamos la exploración de la vacuoide Cuatro Vientos y nada raro hallamos en ella. Valió la pena hacerlo en los Kugelvins, porque hacerlo a pie hubiera sido una tarea casi imposible e infructuosa. Apenas había materiales intraspasables en las vacuoide, pero la exploración de las cuatro galerías podría deparar otra situación. De todos modos, llegar a la confluencia de las galerías en una vimana no presentaba demasiado inconveniente, ya que se trataba de una enorme sala donde cabría hasta una vimana muy grande, pero tendrían que hacer un previo estudio muy cuidadoso de materiales.

El paisaje de la confluencia, con su apariencia como la de cualquier sala, sólo pasaba a ser realmente misterioso al comprender que los pequeños cursos de agua y filtraciones que habían producido algunas bonitas columnas y ciertas secreciones, se iban por una de las galerías y de ninguna manera caían al precipicio de más de novecientos metros cuyo fondo era el chapapote de la vacuoide. Había una especie de acequia que sin duda fue construida para guiar así el agua por uno de los túneles, pero todos eran ascendentes, salvo uno en un primer tramo, que según los mapas de los AKTA tendría unos cincuenta kilómetros de suave pendiente en descenso para luego, casi como girando alrededor de la vacuoide volcánica, ascender hasta cerca de la superficie.

Conversamos los cuatro acerca de la conveniencia de seguir juntos o separarnos para reducir el tiempo de exploración, pero concordamos en que resultaría más seguro hacerlo en ambos Kugelvins, uno en Gespenst y el otro materializado. No había gran riesgo de encontrar minerales intraspasables, pero seguiríamos las galerías en todo lo posible, dentro de sus propios márgenes. Dejé la conducción a Chauli para encargarme de escanear y estudiar las características geológicas del túnel y nos desmaterializamos. Seguíamos a Rodolfo y Tuutí de cerca, avanzando a velocidades muy moderadas. Había que estudiar bien los túneles hasta donde fuese posible y empezamos por el más curioso, por donde aún se veían algunos charcos, aunque no un curso de agua continuado. Comprobamos que estaba excavado por tramos bastante parecidos, de unos cincuenta metros, que aunque rústico indicaba un trabajo artificial.

-¿Crees que lo hizo una civilización anterior, verdad? -dijo Chauli.

- Si, eso creo. -respondí- Y una muy antigua. Si donde se han roto los bloques en la Cuatro Vientos, las secreciones tienen como cien mil años, esto se construyó hace muchos cientos de miles, o millones.

- Pero bien que pueden aprovecharla los narigoneses, si lo que quieren es llegar a Freizantenia…

- Cierto, Chauli. -respondí- Aunque hay más de trescientos kilómetros en línea recta hasta Freizantenia, y unos ciento cincuenta kilómetros desde la boca del volcán extinto, esto podría utilizarse como camino de aproximación y la parte superior de la Cuatro Vientos como base de almacenamiento logístico.

Continuamos charlando de a ratos durante un par de horas, en que nada importante aparecía, salvo la constante regularidad del túnel, sin galerías confluyentes ni secreciones.

- Vamos como por una autopista, -comenté grabando para dejar registro oral en la base de datos- con anchos mínimos de treinta metros y en partes de casi cincuenta, con curvas suaves y podríamos superar sin riesgo los trescientos kilómetros por hora, pero seguimos a menos de 80 Km horarios, para no perder detalles que pudieran ser relevantes. Lo único que me preocupa son esos salientes de piedra que hay cada tanto. Parecen también de colocación a propósito, están invariablemente cada doscientos treinta metros, alternando un lado y otro. Y lo peor es que no consigo detectar mucho de lo que hay detrás. Puede que haya cierta dispersión molecular de intraspasables allí...

Los salientes eran bloques de entre cinco y siete metros de largo formando una especie de prisma trapezoidal de dos metros de ancho. Si nos acercásemos demasiado a los costados, a la velocidad que íbamos podíamos chocar con alguno de ellos, así que nos manteníamos lo más cercanos posible al centro del túnel. Algunos bloques estaban rotos, pero la mayoría estaban completos. También eran peligrosos porque su altura era variable; unas veces cerca del piso, otras más cerca del techo y otras a media altura, sin un orden aparente.

- ¿Qué me dices de las lecturas equivocadas de los AKTA en el chapapote? -preguntó Chauli.

- Que es algo para analizar luego. Debe haber algún compuesto diferente añadido al petróleo. Ahora centrémonos en esto, que el túnel ya comienza su ascenso y aún seguimos viendo charcos pequeños. Los bloques salientes deben representar algún código. No tiene sentido arquitectónico. Debería haber un cúmulo de agua bastante importante, a menos que se desvíe por un circuito que no detectan los AKTA. Tuutí y Rodolfo se han adelantado bastante y prefiero no perderles de vista.

- Eso parece -comentó Rodolfo por la radio- así que ahora les esperamos. Según veo, estáis a más de treinta kilómetros, vais muy despacio, y... ¡Tienen que ver esto!..

Al llegar diez minutos después junto a nuestros compañeros, estacionamos el Kugelvin en la misma saliente, pero el espacio era muy justo y no era conveniente salir del aparato. El túnel continuaba, pero a un costado había lo que en principio parecía un derrumbe u otro túnel, con una entrada no muy grande, sin embargo los AKTA indicaron una profundidad que superaba su margen de captación.

- Así que tenemos un precipicio de más de tres mil metros, pero la sonda del Kugelvin indica que es mayor de cinco kilómetros, o sea que igual puede tener cientos...

- Si, y se ensancha a medida que baja... -comentó Tuutí mientras Rodolfo daba vueltas con el Kugelvin, preparándose a descender.

- ¡No me parece buena idea bajar allí! - dije- Es por mera intuición, pero ya sabes que cuando me agarra fuerte... Esperemos un poco o dejémoslo para el final.

- ¡No me digas que esto te ha dado miedo!- dijo Tuutí medio en serio, medio en broma- Hemos bajado y subido a pie por sitios como éste...

- ¡En serio, chicos, les digo que es una intuición fuerte! No sé explicarlo, pero es más peligroso que lo que aparenta... ¡Salgan de ahí ahora mismo!

- Tranquilo, Marcel... -respondió Tuutí- No bajaremos. Para que un curioso como tú no quiera llegar al fondo, ya debe ser fuerte esa intuición.

- ¡Y no sólo la intuición! - dijo Chauli, que llevaba los controles- Voy a salir de Gespenst porque ha saltado una alarma en el tablero. Parece una vibración anómala del motor...

- No, es algo externo -dijo Rodolfo- porque tenemos el mismo problema ¡Vámonos de aquí!

El siguiente medio minuto fue una huída con toda la prisa posible, continuando por el túnel, porque algo estaba afectando a los aparatos, tanto en Gespenst como materializados. Sin embargo llegó un momento en que los Kugelvin dejaban de responder completamente y tanto Rodolfo como Chauli, a los mandos, tomaron las decisiones correctas, posándose en la parte más alta posible del piso de la galería, justo antes de que quedaran inertes. No funcionaban ni las luces, pero por suerte las linternas taipecanas no fallaron ni siquiera en esta ocasión.

El túnel tendría unos cincuenta metros de ancho en esa parte, y unos veinte de altura. Ninguna caverna lateral, ninguna secreción y unos pocos charcos de agua. El piso resultó más liso de lo que parecía, como si fuese una capa de hormigonado, pero en pura diorita. Observando con más detalle, mientras los demás estudiaban lo ocurrido con los aparatos, noté que se trataba de una especie de "adoquinado", con bloques de diorita de forma trapezoidal, de unos diez metros cuadrados cada uno. Aunque era algo irregular el terreno, estaba claro que se trataba de un piso construido para ser muy liso y con los milenios los bloques se descalabraron algunos milímetros por movimientos sísmicos.

Rodolfo hizo cuanto pudo para diagnosticar la disfunción de los aparatos, pero no consiguió nada. También sus útiles de diagnóstico eran electrónicos y estaban sin funcionar, así que estábamos varados a unos 200 kilómetros de la sala Cuatro Vientos y no habíamos tomado la precaución de dejar alguna indicación de nuestro rumbo. Si nos buscaban, podrían ver las tenues marcas de las ruedas del Kugelvin que llevábamos Chauli y yo, porque nos asentamos en una parte donde había una capa de algunos milímetros de lodo. Pero ello no indicaría cuál de los cuatro caminos habíamos tomado.

- Eso es mejor o al menos preferible por el momento -dijo Rodolfo- porque si vinieran hacia aquí, creo que las vimanas mejor preparadas quedarían varadas como nosotros. Y podría ser muy grave. De hecho, una fuerza capaz de dejar disfuncional a los Kugelvins, aparte de inexplicable por ahora, creo que es lo peor que nos puede pasar.

- Pues habrá que pensar -dijo Tuutí- en seguir por el túnel y hacer una exploración hasta donde se pueda, o volver caminando hasta la Cuatro Vientos. ¿Cuáles fueron las últimas lecturas que recuerdas, Rodolfo?

- De unos segundos antes de parar. Estamos a 198 kilómetros de la Cuatro Vientos, a 119 de profundidad y a unos ocho kilómetros del punto donde el túnel vuelve a descender. Y desde ahí, unos sesenta kilómetros inexplorados hasta la región número dos, de intraspasables, también absolutamente inexplorada. El descenso de ese tramo último es de unos nueve grados promedio. La atmósfera es respirable en todo el túnel recorrido, pero no sabemos si lo es más adelante. La temperatura se mantiene en 18 grados en todo el territorio recorrido y parece que se mantiene igual hasta la zona desconocida.

- Volver caminando los doscientos kilómetros, -opiné- nos llevaría cinco o seis días, pero algunos charcos abarcan todo el fondo de la galería. O sea que podríamos usar los flotadores de los trajes, pero con la demora por lentitud, nos daría una semana.

- Tenemos alimento para diez días, -dijo Tuutí- y racionando bien, el doble si no hacemos más esfuerzo que caminar. También hay cuarenta balizas pequeñas electromagnéticas para colocar donde funcionen, luz por tiempo indefinido, potabilizadores de agua para meses y equipos de sobra para hacer exploración. Pero no sabemos a dónde nos llevaría el túnel. Creo que lo más urgente sería volver a la Cuatro Vientos para informar a la base de estas anomalías e impedir que se acerquen las vimanas a esta región. Si Marcel no hubiera tenido esa intuición tan fuerte, nos habríamos estrellado en el fondo de ese abismo. ¿A cuánto hemos quedado de él, Rodolfo?

- A unos mil quinientos metros de esa entrada.

- Y lo que más me preocupa -continuó Tuutí- ¿Nadie ha tenido sensaciones anómalas, algún síntoma extraño, algo que indique peligrosidad orgánica?

Todos negamos con la cabeza, así que nos quedamos más tranquilos. Conversamos el tema unos minutos más y convinimos en que lo mejor era regresar caminando a la Cuatro Vientos y evitar que alguna vimana o Kugelvim se acerque a nuestra posición. Seguramente nos saldría al encuentro alguna patrulla de rescate en un par de días.

-Deberíamos llevarnos los Kugelvins -dije- aunque sea tirando de ellos. Si los dejamos aquí corremos el riesgo de que caigan en manos enemigas. ¿Probamos si no pesan demasiado?

Los aparatos tirados mediante las cuerdas, no ofrecían demasiada resistencia, salvo en algunas lozas desencajadas del terreno. En veinte minutos estábamos otra vez pasando frente al amenazante abismo insondable y nos detuvimos un rato en el borde, que se había comido casi la mitad del camino.

- Creo que ya tengo una teoría sobre este pozo... -pensé en voz alta-. Y si es correcta, quizá los aparatos funcionen más adelante.

- No te cortes, no nos dejes con la intriga... -dijo Chauli-

- Pues hemos mirado hacia adelante y abajo, pero me parece que tenemos abismo hacia arriba también.

Ajustamos las linternas taipecanas para rayo similar al láser y éste nos mostró el otro extremo horizontal del pozo, pero no nos mostró el techo. También recordé que no habíamos probado si funcionaban nuestras pistolas de rayos, así que desenfundé e hice la prueba. El arma funcionó con problemas, sin embargo una pequeña detonación refulgió al otro lado. Teníamos defensa pero no segura en esa zona y fuente de calor siempre que nos alejásemos lo bastante del lugar.

El viaje hubiera sido aburrido si no fuera por el excelente humor del grupo y algunas pequeñas rarezas geológicas que encontré en las paredes del túnel, imposibles de observar desde los Kugelvins a ochenta kilómetros horarios. Cruzamos muchos pequeños charcos sin necesidad de meternos en ellos, pero luego de doce horas de marcha, atravesando un charco con los flotadores del traje, notamos que el agua estaba tan pura y fría que no podríamos demorarnos mucho en esa situación. El frío se sentía a pesar de la excelente calidad térmica de los trajes freizantenos. Los Kugelvins no funcionaron a pesar de los kilómetros recorridos pero flotaban sin problemas.

El cruce del charco de cinco kilómetros duró lo suficiente como para sentir frío a pesar del esfuerzo, y en cuanto alcanzamos la otra orilla, calentamos con las pistolas una parte de la pared y del piso. Esta vez, funcionaron normalmente. Estábamos agotados, con más de veinte horas sin dormir, así que hicimos la primera parada larga y no supimos cuánto dormimos. Ningún reloj funcionaba.

Continuamos la caminata durante una jornada más y -por fin- una luz potente nos alumbraba. Un Kugelvim con dos freizantenos de patrulla acababan de hallarnos y tras conversar algunos minutos, explicando por radio todo lo ocurrido, en conexión directa con la base, regresaron por donde vinieron. Cuatro Kugelvin con un solo tripulante cada uno, vendrían inmediatamente a buscarnos. El regreso fue cuidadoso porque había que remolcar con dos de ellos nuestras navecillas y no era conveniente que fuésemos en ellas. Probamos su función más adelante y no hubo suerte hasta repetir el intento a más de 150 kilómetros. Una vez desactivados por aquella radiación, la recuperación resultaba espontánea pero a esa distancia.

Al día siguiente deliberamos en la sala de conferencias de Freizantenia, acerca de la necesidad de explorar de alguna manera esa extraña vacuoide, a cuya boca no podíamos llegar con Kugelvin sin enorme riesgo. Los aparatos funcionaban ya normalmente, pero no podríamos usarlos allí.

- El fenómeno de anulación electromagnética -decía Rodolfo- no se produjo en el momento, sino tras varios minutos y de forma gradual. Lo prudente sería llegar donde nos hallaron los patrulleros y continuar la marcha a pie.

- ¿De qué modo -preguntó el Genbrial- podría el GEOS explorar sin vehículos, un abismo que superaba los cinco kilómetros y podría tener cientos?

- Si mis sospechas son correctas -expliqué- el abismo es en realidad una vacuoide volcánica. Aunque queda a sólo unas decenas de kilómetros de la vacuoide CAV-21, no ha podido ser detectada por las sondas debido a la característica de anulación electromagnética. Se pudo mapear el túnel hace unos años, pero se supone que por sondas... ¿O es que ha sido explorado a pie?

- No, esa parte sólo ha sido escaneada por sondas de onda radial -dijo el Dr. Stanislav- porque hacerlo a pie, presentaba el problema de que la... ¿Cuatro Vientos, le has llamado a la KAR-436?, pues bien, esa está a 970 Km del piso de la vacuoide KPV-856 y aún no teníamos los Kugelvins para entrar en esos túneles donde no caben las vimanas. El análisis de las muestras que habréis traído indica que hay minerales intraspasables en proporciones muy pequeñas, pero en dispersión molecular. Es decir que podemos tener serios problemas en las naves si metemos vimanas por allí, fuera de los protocolos de navegación que ya hemos usado con mucha suerte.

- ¿Y qué hay del chapapote? -pregunté ansioso por saber más.

- ¡Oh!, ¡Sí!, el chapapote es otra rareza... Pero eso lo explicará nuestro químico, el Teniente Edgard Koll.

- Resulta -decía Koll luego de presentarse y saludar- que contiene un compuesto de aluminio, carbón y uranio, que forma unos glóbulos coloidales, o sea que son partículas de unas veinte a treinta moléculas, con un peso específico igual al promedio del chapapote. Su radiación, aunque muy baja y prácticamente innocua para los organismos, interfiere en las sondas. Por eso cabe destacar vuestra prudencia al usar las sondas de cuerdas... Francamente, parece artificial, inyectado allí...

- ¿Y es posible -dije- que ese mismo compuesto se encuentre en la vacuoide abismal que hemos hallado...?

- Sería una posibilidad -dijo Joan Kornare mirándome fijo, como captando mis pensamientos- Si estás pensando que a esa vacuoide... Que creo que no tiene nombre aún... Pudo retirarse misteriosamente todo el petróleo de la KVP-856, luego de pasar por la CAV-21, me parece algo posible. Eso explicaría toda la anomalía como algo natural, aunque las partículas raras fuesen artificiales. Si un poco de chapapote puede afectar a una sonda de profundidad, ya podemos imaginar lo que haría un volumen de millones de metros cúbicos...

- Cierto, -continué- un pequeño charco de chapapote con poca profundidad apenas afecta a los aparatos más sensibles. Por suerte no afectó en nada a los Kugelvins y otros instrumentos, salvo a la sonda. Lo que no me explico todavía, es cómo pudo producirse ese trasvase. No hallamos ninguna fisura en la vacuoide CAV-21, cuyo perímetro exploramos a conciencia sobre el fondo, y aún hay demasiado chapapote, lo que hace descartar la existencia de capilares allí. Respecto al nombre de la recién hallada, le llamaría MT-1, si me lo permiten, es decir *Magnético Terror*. Y el uno es porque no descarto que haya otras similares... También es curioso que la chimenea no parezca recta hacia arriba, sino que da la sensación de ir en tirabuzón...

- Dejando de lado esas curiosidades que luego se investigarán, -decía el Genbrial- me gustaría descartar la posibilidad de que sea obra de los narigoneses. Si no hay indicadores que digan lo contrario por diferencia cronológica... ¿Pudo hacer ese trasvase la misma civilización que excavó los túneles?

Todos nos miramos y afirmábamos con la cabeza, lo que indicaba que estábamos de acuerdo con la teoría.

- Así lo creo, Genbrial - dije- porque dudo mucho que los narigoneses puedan tener que ver con una obra semejante, y menos aún que estén implicados en la creación de millones de metros cúbicos de un mineral que al menos puedo explicar como de formación primigenia con posible inyección artificial de otros compuestos, aunque no sé para qué...

- Bien, veo que he acertado una... -dijo riéndose el jefazo- Pero eso hay que comprobarlo. Por favor, señores Kornare, Stanislav, Günterfill y a todo el equipo de laboratorio, poneos manos a la obra para determinar si es posible evitar el efecto de ese compuesto, tanto en pequeñas como en grandes cantidades. ¿Necesitan algo para hacerlo?

- Si, jefe. -dijo Kornare- Necesitamos unos miles de litros de ese chapapote...

REMINISCENCIAS DE VERNE

Inmediatamente se enviaron varios Kugelvins y una única vimana grande, para extraer algunos tanques del añejo petróleo, mientras Chauli, Rodolfo, Tuutí y yo nos preparamos para continuar la exploración por los otros tres túneles. El grueso del GEOS seguiría en Freizantenia, haciendo entrenamiento físico, cursos de conducción de naves y de manejo de cuerdas, estos últimos dictados por los alumnos más aventajados de Chauli. Sólo explorarían algunas galerías poco conocidas cercanas. No valía la pena hacer un movimiento de todas las piezas donde aún podía explorar nuestra pequeña dotación de cuatro.

Cuando llegamos a Cuatro Vientos, justo una vimana comenzaba el bombeando de chapapote del fondo de la vacuoide. Bajamos para ver la maniobra durante unos minutos y volvimos a las bocas de los túneles, pero vimos que suspendieron el bombeo y se fueron rápidamente pasando a Gespenst. Por radio nos comunicaron que empezaban a notar fallas, así que iban a llevar un poco cada vez. Esto era definitivamente lo que causaba esos problemas y no podían llevar mucho material. Emprendimos la exploración del siguiente túnel, que iba hacia la misma zona, pero más hacia arriba.

-Tendremos -comenté con mis amigos, aunque todos conocíamos la situación- un paseo con una pendiente de casi treinta grados durante los primeros 130 Km, para subir abruptamente unos 15 kilómetros y continuar luego casi en horizontal unos ochenta kilómetros más, hacia la zona de intraspasables, según los mapas de escaneo por sonar. Las características resultarán muy similares pero me preocupa el comienzo de esa parte horizontal, porque queda casi encima del sitio de anulación de energía del túnel anterior, es decir que podemos pasar cerca o a lo peor, y esperemos que no, entrar justo en la chimenea de esa vacuoide volcánica.

Tuutí y Rodolfo iban adelante; Chauli y yo en el segundo aparato. A unos sesenta kilómetros por hora, tardaríamos menos de tres horas en estar en la zona potencialmente más peligrosa.

- Deberíamos permanecer a cinco kilómetros detrás de ustedes, -dije- así evitamos que queden varados los dos vehículos en caso de encontrarnos una zona de anulación.

- De acuerdo -respondió Tuutí- pero no más de eso. Cinco minutos de diferencia es suficiente para que deis la vuelta si nos varamos.

- Parece que no hay mucha diferencia con el otro túnel -comentaba Chauli media hora después.

- Cierto, casi que ninguna a simple vista -respondió Rodolfo- pero los magnetosensores indican una reverberación leve, diferente a la que nos dejó a pie antes. Y proviene de un punto situado a... Bueno, creo que justo donde Marcel decía que podía ser un riesgo, o sea cerca de la vertical de aquella chimenea...

- A esta velocidad -intervino Tuutí- aún nos faltan más de dos horas para llegar allí, así que podríamos ir un poco más rápido, al menos hasta situarnos cerca.

- Si Rodolfo considera que no hay riesgo -comenté- podríamos duplicar la velocidad. Estoy impaciente por descubrir ese entuerto, pero también algo menos preocupado. Si mi idea es correcta, tenemos un problema natural con ese lugar pero no parece tan grave como la actividad de los narigoneses, cuyos vehículos, radios y linternas no funcionarían...

- Igual hay que explorar todo el territorio subterráneo -dijo Rodolfo- así que pasamos a Gespenst, nos mantenemos sin penetrar en la roca, pero iremos a 150 Km por hora.

- ¿Qué tenemos encima, en la superficie? -pregunté a Rodolfo que llevaba un sistema de localización y mapeo más detallado.

- Estamos a 113 kilómetros de profundidad, bajo las montañas Schonner del hueco polar, pero apuntando hacia la superficie externa oficial, estaremos a unos... quinientos veinte kilómetros del Lago Vostok.

- ¡El Lago Vostok! -exclamé- ¿Puedes hacer una lectura gravimétrica regional hasta allí?

- Pides demasiado, Marcel; estamos muy lejos, con zonas de intraspasables entre medio y una anomalía magnética que ya conoces, así que habrá que pedir que lo hagan en Freizantenia. ¿Es demasiado importante?

- No estoy seguro si valdrá la pena, pero si no se distraen demasiados recursos, vendrá bien asegurarse.

- ¿Asegurarse qué? - preguntaron Rodolfo y Chauli a la vez.

- Asegurarse de que "La Esfinge de los Hielos", de Julio Verne, no es una mera novela. Creo que dejó en ese libro un mensaje y si es como todo lo que escribió, mejor atenderle, en especial en esta situación.

-¿Y dónde estaría esa Esfinge? -preguntó Rodolfo.

- ¿Y de qué se trata? - le siguió Tuutí.

- ¡Ah, ya lo recuerdo! - dijo Chauli.

- Es una novela -continué- que trata sobre un viaje en barco a través de la Antártida. Hoy es un secreto de Estado para muchos países, el hecho de que no es un continente pleno, sino que se trata de dos grandes islas, y que Verne describió en su relato un viaje que sería factible en alguna época, hace algunos milenios, cuando la Antártida no estaba tan helada. Incluso puede que haga sólo unos siglos que la Antártida no estuviese helada del todo, igual que Groenlandia, que es Greenland, o sea "Tierra Verde"...

- ¿Y dónde estaría la famosa Esfinge? -repitió Rodolfo.

- No lo recuerdo, hace muchos años que leí los libros de Julio Verne...

- Entonces espera que comunicaré con Freizantenia. Puede que sea importante, o puede que no, pero como nos queda una hora de viaje... Ustedes no pierdan de vista el camino. Tuutí, por favor hazte con los controles.

Unos minutos después, desde el banco de datos de Freizantenia enviaban la ubicación en que el gran novelista francés había situado a una Esfinge polar, que era un promontorio constituido por una masa metálica imantada gigantesca: Latitud, 75° 17' Sur. Longitud, 118° 3' Este.

- ¿Tienen a Julio Verne en la biblioteca virtual? - pregunté sorprendido.

- Claro, -respondió Rodolfo- y dice la bibliotecaria que en varios idiomas y tienen casi todos los clásicos de la historia.

- ¡Magnífico! -dije- Pero ahora lo interesante es que esa latitud está demasiado lejos del Lago Vostok, a 420 kilómetros de la base rusa Vostok, A unos 617 Km. del inicio del Camino Vostok y a 289 Km. del borde más cercano del lago. Nosotros estamos a casi ochocientos kilómetros del punto donde Verne fijó en su novela a la Esfinge, y la base Vostok la tenemos a casi setecientos kilómetros... Pero está a unos 450 Kilómetros de la fatídica Esfinge de los Hielos... Muy lejos para ellos y para los narigoneses.

- Pero no podemos confiarnos. -dijo Tuutí- Parece que este túnel va en esa dirección.

- Si, pero no llegaremos ni cerca -agregó Rodolfo- De todos modos habrá que inspeccionar a conciencia.

- Sin embargo -continué- cerca del lago Vostok se detectaron anomalías magnéticas importantes, de más de 30.000 nanoteslas de diferencia, o sea tres décimas de Gauss. No es mucho, pero representa un aumento considerable en una región que se supone magnéticamente estable y libre de contaminación magnética... Además, creo que la MT-1 tiene algo que ver... No sé...

Mientras charlamos teorizando otras posibilidades, en mi pantalla aparecía un mapa de la Antártida que acababan de enviarme desde Freizantenia, que apenas pude mirar un poco, porque llegamos a la zona de peligro potencial.

Ya veríamos si aquel magnífico novelista escribió algo cierto respecto a la existencia de una masa magnética muy potente en el polo, o era - como ocurre en toda ciencia-ficción- un símbolo disfrazado con fantasía. El tramo de subida abrupta que teníamos en los mapas, resultó muy interesante, porque mantenía su piso en iguales condiciones, con bloques bien formados, trapezoidales como en todo lo explorado del otro túnel, pero la pendiente de casi 57 grados no pareció importarles a los constructores. Unos tetones de piedra cada cien metros, a cada costado del piso, indicaban que se pusieron para sostenerlo y evitar derrumbes durante y después de su construcción.

- ¡Y yo que creía que las Gran Pirámide de Giza era la construcción más grande imaginable...! -exclamé

- Si, pero has visto ya las que hay en el interior y en algunas vacuoides taipecanas... -reflexionó Chauli.

- Claro, pero me refiero a cuando era niño pequeño. Fíjate en esto ahora, que hemos recorrido tantos kilómetros en ambos túneles embaldosados con estos bloques... Y miren esos cortes allí -continué alumbrando con el reflector superior del vehículo- donde se ve claramente el espesor de los bloques. ¡Son más de dos metros! Y esos bloques salientes de seis o siete metros... ¡Qué cosas más raras!

- Ahora viene una parte de autopista recta. -dijo Rodolfo- Es realmente raro... ¿Has sacado alguna conclusión, Marcel?

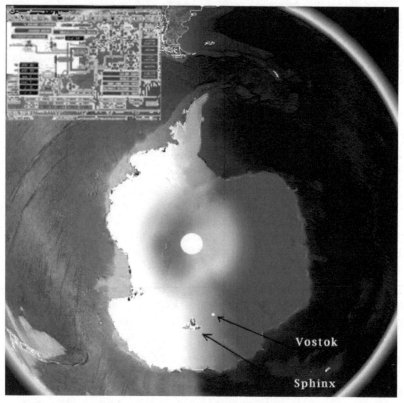

- No, por ahora ninguna. El mapa sólo tiene la ubicación del lago Vostok y las coordenadas que dio Verne, pero aún no tengo idea clara de la relación con este sitio. Además será mejor que atendamos este túnel y dejemos lo otro para después...

Continuamos a buena velocidad hasta comenzar el tramo donde el camino quedaba casi en horizontal, con menos de tres grados de inclinación. Desde allí, continuamos a ochenta por hora, y tardaríamos una hora hasta llegar al punto extremo conocido en el mapa. De allí en adelante, sería zona no explorada ni con las sondas que habían permitido hacer ese mapeo. Pero antes pasaríamos por un punto peligroso, a 35 kilómetros en vertical y justo por encima de aquel donde la energía misteriosa nos dejó varados.

Aparcamos los aparatos en medio del túnel, unos cinco kilómetros antes del punto peligroso, para continuar a pie. Llevamos los AKTA y otros aparatos electrónicos manuales que habían dejado de funcionar en la anterior ocasión, para verificar y prever el problema. Si éste continuaba, seguiríamos a pie hasta la zona inexplorada, y allí veríamos qué hacer. La reverberación que registró Rodolfo casi al inicio del camino, no había presentado variaciones, así que era posible que nos librásemos de aquel obstáculo energético.

Un rato después, cuando aún nos faltaba un kilómetro para llegar al punto de riesgo, los aparatos electrónicos indicaron una anomalía magnética, pero no tan potente como para dejarlo sin función. Esa anomalía era indicada por los AKTA como algo lejano.

- Tengo una idea -dije deteniendo el paso- ¿Por qué no volvemos y traemos los Kugelvin? Hasta aquí, al menos, funcionarían sin problemas; luego, si nos acomodamos bien, podemos viajar los cuatro en uno solo y dejar el otro por si más adelante quedamos varados. Ya no sería tanto recorrido...

- No es mala idea. -dijo Rodolfo- Pero igual dejaríamos ese unos kilómetros más atrás... No sé, pura prudencia. Hasta aquí no hay riesgo aparente. Los sensores indican normalidad y la anomalía parece tener una dirección de ascenso en 15 grados, pero alejándose de la línea general del túnel... Sí, creo que es buena la idea de Marcel. Apenas estamos iniciando la exploración del entorno de Freizantenia y ya ven lo lento que vamos. ¡Quedan otros dos túneles sin tocar, sólo en este sector!

-Bien, hagámoslo, -dijo Tuutí- Que vayan Rodolfo y Chauli, mientras Marcel y yo aprovechamos a estudiar geológicamente esta parte, mientras volvemos un par de kilómetros.

Una hora después, nos metíamos los cuatro en el Kugelvin, con todo el equipo de exploración y supervivencia, dejando el otro por si teníamos problemas más adelante. Rodolfo y yo, al ser más altos y corpulentos, fuimos sentados en los mandos.

- Queda demostrado -dijo Chauli- que Arquímedes tenía razón. No caben dos cuerpos en el mismo espacio y al mismo tiempo.

- Bueno, -respondió Tuutí, apretado como él- eso lo dijo porque no anduvo nunca en un autobús urbano a las horas pico...

Media hora más tarde, apenas se percibía rastro de la anomalía magnética, siendo evidente que se dirigía cada vez más lejos de la línea que seguía el túnel. No había novedades en el paisaje y decidimos volver a por el otro Kugelvin. Era preferible hacer el camino repetidas veces en los aparatos, que arriesgarse a tener que caminar durante días.

Un par de horas después, entrábamos con ambas navecillas a la región desconocida de intraspasables y los aparatos funcionaban perfectamente. Sin duda el entorno era de extremo peligro para intentar pasar a Gespenst y entrar en la roca, debido a la inmensa cantidad de minerales de plata y otros completamente desconocidos, que no estaban clasificados, ni siquiera en la inmensa base de datos de los ordenadores centrales. No sabíamos si serían intraspasables, pero la cantidad de plata era suficiente para impedir movernos por allí en Gespenst. El túnel era perfectamente transitable y manteníamos comunicación clara con los freizantenos y nuestros compañeros, que seguían con ansiedad nuestra exploración en los monitores de Freizantenia, mediante las "manzanas" que eran pequeñas balizas de vigilancia y rastreo.

- Los bloques del revestimiento -dijo Rodolfo- siguen siendo del mismo material y estoy recibiendo el informe del laboratorio. Es un compuesto aparentemente artificial parecido al basalto, pero más duro y tenaz.

Luego de cuarenta minutos de navegación por la región desconocida, el túnel se hizo algo más ancho y desembocamos en una sucesión de salas circulares, semiesféricas, de unos cien metros de diámetro algunas, otras que apenas superaban el diámetro del túnel y algunas de más de trescientos metros de diámetro, separadas por trechos de túnel tan variables como el diámetro de las salas, algunas de las cuales nos obligaban a recorrer su circunferencia para encontrar con exactitud la continuación del túnel, pues superaban los quinientos, los mil y los dos mil metros de diámetro. Incluso algunas resultaron completamente esféricas de cerca de trescientos metros de diámetro, con lo que sería imposible transitarlas diametralmente a pie, pero podían rodearse por una vereda de bloques de entre uno y cinco metros, que mantiene el nivel del túnel. En algunas de las más grandes, las pequeñas filtraciones habían acumulado durante vaya a saber cuántos milenios, un poco de agua. En total atravesamos treinta y tres salas, hasta que nos detuvimos en el fondo seco de una semiesférica de las medianas, de unos trescientos metros de diámetro, pero habían más hasta donde nos daba la vista desde el túnel. Algunas bellamente cubiertas con roca veteada en tonos rosados y lilas, otras gris-verdosas como tono general; otras con amarillo y negro predominantes y algunas brillantes debido a los diamantes, zafiros y otros minerales que formaban parte de los bloques. No supe qué material era el predominante en algunos casos y los sensores del Kugelvin daban algunos datos confusos de la composición.

- Se parece al granito -dije- pero jamás he visto tan bonitos y variados, con plata, vetas de oro, lapislázuli y malaquitas en su composición. Sin contar las vetas geológicamente imposibles en la naturaleza, nueve por ciento de mica, cuatro por ciento de plata, menos del uno por ciento de titanio, treinta y cinco por ciento de cuarzo, otro tanto feldespato y el resto turmalina, ortosa y plagioclasa...

- O sea... -reflexionó Chauli- Un granito enriquecido con oro, plata y titanio.

- Sí, pero eso es sólo una parte de la veta. Paremos un poco, porque hay partes que no puede analizar el sensor de abordo... Si el aire es respirable...

- Lo es, no hay riesgo. -dijo Rodolfo descendiendo de su vehículo con el AKTA y otro medidor en la mano- Diría que es el mejor aire que puede respirar un ser humano, salvo por un detalle. Estamos a 17º CC, hay 23,3 % de oxígeno, 76,3 % de nitrógeno y 0,4 % de gases raros como kriptón, argón, etcétera, pero sí que tiene un problema y es que también hay un poco de radón.

- ¿Tanto como para ser peligroso? -preguntó Tuutí.

-Puede que sea peligroso si nos quedamos mucho tiempo -dijo Rodolfo- porque estamos por encima de los 1800 becquerels, cuando la cantidad que se considera segura no debe superar los 200 Bq. Pero bueno, tampoco es tan peligroso cuando estamos a 147 Kilopascales (kPa), mientras que en la superficie exterior el normal es cercano a cien. Esto hace que el radón sea mejor procesado por el cuerpo.

- En otras palabras -.dije- estamos con una buena presión atmosférica, más cercana a lo que realmente necesitan las células humanas, pero con pequeño exceso de radón. No se puede pedir todo.

Me puse a cantar y la acústica de la sala hizo maravillas. Luego hice un disparo con la pistola de rayo para extraer algunas muestras del curioso mineral y tras cargarlo en el Kugelvin, pusimos unas balizas de vigilancia, a fin de tener la zona monitorizada. Continuamos la marcha colocando una baliza cada veinte kilómetros.

- En total -comenté en una parada siguiente- hemos atravesado cincuenta y siete salas semiesféricas y once esféricas, todas aparentemente simétricas, pero desde proporciones ínfimas hasta gigantescas. ¡Miren esto...! Estoy procesando los datos de mapeo con los sensores de a bordo, más completos y potentes que los AKTA... parece que está arrojando una curiosa constante: Todas las mediciones dan múltiplos cercanos a 3.14159265358979323846264... ¡Dios míooo! Es el mismísimo número PI, pero como constante en el diámetro, y los tramos de túnel de igual diámetro, dan múltiplos de 1,6180339887498948482... ¡O sea el número Fi, una exactitud increíble, un trabajo extraordinario!. De una civilización que abandonó la zona centenares de milenios atrás.

Mientras, mirábamos absortos la pantalla del Kugelvin, que continuaba marcando sin parar, los infinitos decimales del número PI:

3.141592653589793238462641693993751058209749445923078164062862089
9862803482534211706798214808651328230664709384460955058223172535 9
408128481117450284102701938521105559644622948954930381964428811097
5665933446128475648233786783165271201909145648566923460348610454 3
266482133936072602491412737245870066063155881748815209209628292 54
091715364367892590360011330530548820466521384146951941511609433 05
727036575959195309218611738193261179310511854807446237996274956 73

51885752724891227938183011949129833673362440656643086021394946395
22473719070217986094370277053921717629317675238467481846766940513
20005681271452635608277857713427577896091736371787214684409012249
53430146549585371050792279689258923542019956112129021960864034418
15981362977477130996051870721134999999837297804995105973173281609
63185950...

.. y la otra marcaba algo parecido sobre el número Fi.

- No me puedo ni imaginar para qué han construido esto... -dijo Chauli-

- Y creo que ninguno de nosotros- agregué- pero algo me dice que nadie trabaja en vano para hacer estas cosas, aunque les sobraran recursos, tiempo, tecnología, grandes conocimientos matemáticos y de todo orden... Los arqueólogos de la superficie dirían que fueron hechas para tumbas de vaya a saber qué dignatarios cavernícolas...

- Ya averiguaremos qué eran estas construcciones, -interrumpió Tuutí- pero ahora vamos a concentrarnos en lo que nos ocupa. Parando a cada rato no conseguiremos explorar esta región. Sigamos, que el túnel parece continuar horizontal y recto...

- No creo- dijo Rodolfo- Miren el mapeo de proyección. Creo que empieza a descender y bastante inclinado.

Quince minutos después estábamos descendiendo a casi cincuenta grados.

- ¡Cuidado! -grité- Vamos hacia el vector de anomalía magnética.

- Cierto... Nos hemos distraído mucho -dijo Rodolfo tranquilamente- Será mejor regresar unos kilómetros hasta la zona horizontal y analizar la cuestión.

No terminaba de decirlo cuando estábamos girando en redondo, a la vez que notábamos que los aparatos no respondían con toda su potencia. Miré por un momento la pantalla de mapeo para comprender nuestra situación y el riesgo era muy grave. Si nos quedábamos allí sin energía, rodaríamos inertes por una pendiente de más de diez kilómetros, según el mapa. Los Kugelvins vibraban ligeramente y Rodolfo que iba un poco adelante, pasó a Gespenst y dejamos de verlo.

- ¡Hagan lo mismo! -nos gritó- Consume un poco más de energía pero luego se estabiliza y gasta menos. Pasé a Gespenst y efectivamente, el consumo energético en ese estado era mucho menor y resultábamos menos afectados por la anomalía. Así y todo parecía que no llegaríamos al tramo superior. La velocidad se iba reduciendo poco a poco y sudábamos en frío. Sin embargo alcanzamos a subir. Ya en el sector horizontal, la energía se recuperó y pudimos alejarnos algunos kilómetros más, en condiciones casi normales.

Salimos de los aparatos para conversar sobre las medidas a tomar, ya que aunque lo que seguía era túnel y al parecer sin cambios sobre lo ya explorado, la anomalía no nos dejaba continuar.

- Hacer la exploración en adelante, -decía Rodolfo- con este problema, una distancia kilométrica y con ese declive... Dudo que por aquí puedan entrar los narigoneses, ni nadie. No hay nada eléctrico o magnético que funcione allí, sea lo que sea que haya más abajo.

- ¿Qué indicó la última medición? -preguntó Chauli.

- Según el sensor del Kugelvin, poco menos de once mil metros, pero al estar fallando todo, no es confiable. ¿Qué piensas Marcel?, pones cara de pillo...

- Sí, o de tonto, no sé, pero... ¿Cuánta cuerda tenemos?

- ¡No pensarás que podemos seguir a pié por allí! -dijo Tuutí.

- ¿Qué opinas Chauli? -dije lanzándole el asunto al experto.

- Que por bajar no hay problema, -respondió- pero volver once kilómetros con esa pendiente y un piso algo resbaladizo, es imposible sin cuerdas suficientes, apenas hay para dos mil metros.

- Se ve que esto va para largo, -dijo Tuutí mientras comunicaba por la radio del Kugelvin a la base- Ya ven, amigos, lo que tenemos aquí, así que vamos a pedir que hagan otras dotaciones y que Cirilo y Ajllu exploren el tercer túnel con otra pareja. Araceli y Kkala, también con otra pareja, empiecen a explorar el cuarto. De lo contrario esta zona nos demorará muchísimo. Como ya sabemos que no hay problemas hasta aquí, y que uno o más Kugelvins nos traigan unos veinte kilómetros de cuerda... ¿Es posible?

- Que sean cuarenta kilómetros - dijo Chauli- y arcos y flechas, porque ahí abajo no funcionan ni las pistolas de rayos.

La respuesta de un freizanteno fue positiva respecto a la cuerda como respecto a la broma de las flechas. Debíamos quedarnos allí a esperar refuerzos, pero mientras, Chauli ideó un plan de descenso y pidió una serie de herramientas más, para facilitar y agilizar la tarea. Transmitimos los nuevos mapeos realizados en ambos aparatos, para que las naves puedan programadas fueran automáticamente a gran velocidad, de modo que en un par de horas, media docena de Kugelvins llegaron con todo el equipo necesario. Se armó campamento logístico a un kilómetro del inicio de la pendiente, le bautizamos "Campamento Tobogán" y empezamos a llevar los 80 rollos de fina y resistente cuerda que habían traído en tres de las naves.

Unos cuantos metros más abajo, ya no tendríamos el auxilio de los AKTA, ni vehículos, ni pistolas de rayos. Hasta las armas quedaban nulas, así que estábamos casi indefensos. Las maravillosas linternas taipecanas eran lo único de alta tecnología que funcionaba desde casi el inicio del tobogán.

- Imagino que no han conseguido arcos y flechas -dijo Chauli en broma.

-Por suerte, -dijo un oficial- nuestros estrategas recomendaron mantener una sala de armas a la antigua usanza, así que en estas cajas hay pistolas de balas de nueve milímetros. Sólo hemos traído veinte pistolas y treinta balas por cada una, pero esperemos no necesitar usarlas allí abajo. Aquí hay veinte granadas de calor y tengan cuidado; el efecto dura sólo quince segundos, pero no dejan nada vivo en veinte metros a la redonda.

Se instalaron según las indicaciones de Chauli, unos aparejos y roldanas de pequeño tamaño. Cada doscientos metros fueron instalando unos ingeniosos sistemas de poleas, de modo que cada tramo quedó independiente. Si fallara alguno, no afectaría a los demás tramos.

- ¡Esto sí que se pone feo! -dije mientras seguía descendiendo- Creo que no nos están escuchando desde arriba.

La radio dejaba de ser útil a medida que bajábamos y a medio kilómetros perdimos señal, así que subí unos doscientos metros hasta donde recuperaba el audio, para avisar que nos quedábamos completamente incomunicados a partir de ese punto. Al volver hasta la posición de mis compañeros, conversamos sobre la posibilidad de convocar al resto del GEOS, porque era imposible cubrir tanto territorio en caso que hallásemos más túneles. Tuutí volvió al campamento Tobogán para dar las órdenes pertinentes, mientras los demás seguimos descendiendo, ayudando a Chauli a colocar las cuerdas y poleas.

Cuatro horas y media después, llegamos cansadísimos al final del túnel y Tuutí llegó media hora después. Una sala circular similar a las anteriores, pero no esférica, sino semiesférica, de suelo bastante plano, era el origen de una red de galerías naturales. Un único túnel artificial continuaba casi en horizontal, pero a un metro de altura. Otras tres bocas naturales y casi sin acondicionar, con estalagmitas y estalactitas, se abrían cerca del nivel del piso en diferentes direcciones. Un pequeño curso de agua cristalina serpenteaba atravesando la sala casi por el centro. Tras un rato explorando la sala, las cosas se complicaban. Nos acercábamos más aún a la línea de la anomalía y no había posibilidad alguna de usar aparatos allí. Nos quitamos las mochilas y descansamos un rato, para luego comer.

- Esta sala es algo especial, -dije- diferente de las otras, tanto por su tamaño como por su ubicación y galerías convergentes, así que habrá que bautizarla. Lo único parecido que conocemos es la Octógona. Puede que fuese la misma misteriosa civilización…

- Con un poco de cariño -respondió Tuutí- la llamaremos la sala… Mera.

- Y con buen gusto -agregó Chauli- la sala… Zones.

- Por mi parte, -dijo Rodolfo- propongo llamarle "*Sala Redonda de la Bajada de Once Kilómetros con Túnel y Tres Bocas y un Arroyo al Medio*"... Bueno, los Primordiales tienen nombres más largos que eso...

- Perfecto. -dije- Pero a la vuelta debería ser llamada "*Sala Redonda de la Subida de Once Kilómetros con Túnel y Tres Bocas y un Arroyo al Medio*". Estamos en una sala perfectamente semiesférica, como muchas de las otras, sólo que ésta se ha ido llenando de sedimento, proveniente de esas otras cuevas, o al menos de alguna de ellas. Más bien diría que sólo de esa de allí, porque parece que aquí acaba la construcción...

- Bien pensado lo de convocar a todo el equipo -dijo Chauli poniéndose serio y huyendo de mis peroratas geológicas- Creo que hay trabajo para mucho tiempo.

- No vendrán todos -aclaró Tuutí- Sólo la mitad. Los demás quedan en reserva por si Cirilo o Araceli se encuentran con situaciones como ésta.

- Y visto lo visto, -dije- habrá que esperar unas cuatro o cinco horas, así que voy a dormir una siesta, si no hay inconvenientes por vuestra parte.

- Por mi parte -respondió Tuutí- la única condición es que no ronques, porque yo tengo el sueño ligero.

- Mejor será que no se acomoden allí, -les dije- tan cerca de la salida del túnel.

Rodolfo y Chauli también extrajeron de sus mochilas las pequeñas colchonetas inflables y unos minutos después era yo quien escuchaba los ronquidos de los tres. Pero igual me dormí tras un rato de relajación, respiración rítmica, contar ovejitas mentalmente y... Bueno, todo eso no resultó pero me dormí por el cansancio. Hasta que un estruendo empezó a llenar el ambiente y saltamos los cuatro al mismo tiempo.

-¿Qué ha sido eso? -dije aún medio dormido.

- ¡Viene de la cueva que está por ese lado! - gritó Rodolfo mientras preparaba su pistola y señalaba el sector de la derecha.

Un segundo estruendo que parecía un poco más lejano, dejaba clara la dirección de donde provenía y permanecimos en silencio y sin novedades durante un larguísimo minuto. Sólo oíamos algún goteo de aguas provenientes de las estalactitas de la boca de galería más cercana. Luego escuchamos voces lejanas, pero desde el túnel descendente por el que habíamos llegado. Eran cuarenta de nuestros compañeros, equipados de sobra para un recorrido indeterminado.

-.O sea que ahora si -dije- volvemos a las andanzas en dirección desconocida, como en las anteriores ocasiones. Parece una tontería, pero cuando somos muchos, como que se pierde un poco el miedito...

- Ya tengo el nombre para esta sala- dijo Rodolfo- "*La del Encuentro*".

EXPLORANDO COMO EN LOS VIEJOS TIEMPOS

Algo invisible me atropelló cuando me movía y al mismo tiempo me sujetó el brazo para que no me cayera. El susto fue mayúsculo, porque aún teníamos las linternas al mínimo y algo apresaba mi brazo.

- ¡No preocupe, amigo, no preocupar! -dijo un freizanteno que hablaba poco nuestro idioma y caí en la cuenta de que se trataba de un Sin Sombra. Me bajó el alma al cuerpo y otras partes a su lugar, pero al correr para abrazar a Viky y luego a todos mis compañeros, me estrellé contra algo también invisible.

- ¡Perdón! - exclamé cuando sentí el "Uff" de otro invisible al que acaba de chocar- Habrá que extremar precauciones con los Sin Sombra, antes que con los narigoneses.

- Tendrá que aprender a chillar y escuchar como murciélago -dijo en broma el freizanteno atropellado que resultó ser el Tte. Turner- o nos obligará a andar desnudos... Estamos aún sin activar los trajes, así que si los activamos, en esta penumbra no nos ven ni los dracofenos.

- Creo que nosotros ir a retaguardia...-agregó riéndose el anterior- Y ustedes nunca disparar para atrás.

Y ahora no asustarse -dijo el Tte. Turner-, porque vean algunas caras flotando como fantasmas. Todos nosotros nos dejaremos los cascos pero nos quitaremos los pasamontañas y guantes, para que nos puedan ver los rostros y manos, que nos colocaremos de nuevo ante señales de encuentros peligrosos.

Como era normal entre nosotros, unos minutos de bromas variadas durante los abrazos distendieron la moral y los freizantenos no se quedaban atrás en eso de contar chistes y ponerse alegres en los momentos de descanso, así que nos sentíamos con más fuerzas para encarar la aventura y los peligros que teníamos delante. Los Sin Sombra, moviéndose entre nosotros casi invisibles, salvo sus claros rostros, eran un cuadro digno de una película de terror, pero resultaba muy divertido.

-Terminado el recreo, -dijo Tuutí cinco minutos después- que pasamos a las novedades. Hemos escuchado justo antes que llegaran, un par de estruendos. Uno que pareció cercano y otro muy lejano, provenientes de esa galería... Así que propongo no separarnos de aquí en más, y comenzar a explorar por allí. ¿Qué logística tenemos?

- Alimento liofilizado para dos meses, -respondió Apurimaq- un equipo submarino ultraligero por persona, doscientas balizas de vigilancia, cuatro purificadores de agua y cinco balsas inflables medianas, cuatro generadores Tesla y...

- Los generadores no funcionarán aquí... -interrumpió Rodolfo- Perdón, ya servirán en su momento. Continúa.

- Algunos sobres de pimienta -continuó jocoso Apurimaq- para echar en la lengua a los que interrumpan, y además traemos un par de KP-24 con cincuenta cargas y los Sin Sombra tienen fusiles angulares de pulsos...

Varios preguntamos a la vez, y Apurimaq respondió que los KP-24 eran unos pequeños pero efectivos lanzacohetes de alto poder explosivo, mientras que los fusiles angulares de pulso son generadores de un pulso electromagnético regulable, capaz de afectar a todo lo que respire, a una distancia de diez kilómetros y en un ángulo regulable, pero calibrados por defecto para afectar a quince grados.

- O sea... - intervino Rodolfo sacando cuentas en el aire- ¿Que podemos aturdir a una formación militar de casi ochocientos metros que estuviera ubicada a tres kilómetros de distancia?

- Eso es. -acotó el Tte. Turner- Pero lo mejor es que si al máximo mata, a media intensidad desmaya durante un par de horas y al mínimo sólo provocará en humanos y bichos de sangre caliente, una tremenda diarrea con retortijones. Aún al mínimo podría matar, según cómo reboten los impulsos... Además, refleja el impulso en las paredes, de modo que aunque menos potente, puede golpear a un objetivo que se encuentre tras una curva de un túnel. Con los dracofenos hay que tener especial cuidado. A mínimo poder puede matarlos o dejarlos muy dañados y puede reventar sus hipersensibles oídos. Nunca deben ponerse ni por descuido ante la línea de disparo ni muy cerca del arma.

- Lo tendré en cuenta -dijo Tarracosa algo impresionado-.

- No está nada mal, -dijo Tuutí- mucho mejor equipados que en nuestras andanzas anteriores. ¿Queda al mando, Tte. Turner?

- De ninguna manera, sólo quedaré al mando cuando sea realmente necesario. Si el Comandante Jürgen Wirth estuviese aquí, igual cedería el mando. La experiencia que Ustedes tienen es mucho mayor en esto de explorar bajo tierra y he visto que tienen un fino sentido estratégico. Propongo que compartamos las decisiones cuando lo dispongas. Si Marcel y los demás prometen agudizar la vista y no atropellarnos, iremos adelante, a unos veinte metros. Podemos quitarnos los pasamontañas, pero sería imprudente quitarnos los cascos... O les podríamos dar los...

- No se preocupen por ello. -dijo Tuutí- Marcel, Chauli y yo abriremos el camino, Ustedes unos pasos por detrás llevándonos asegurados con las cuerdas y el grupo veinte pasos a retaguardia caminando en dos filas por los costados del túnel.

- Bien, bien, -dijo Turner- así nos pisarán los pies y golpearán de costado, pero no atropellarán por la espalda...

Mientras nos reíamos, así nos organizamos, con los veinte Sin Sombra, Chauli y yo adelante, para que los demás pudieran ver por dónde estábamos y mantener la distancia. Aunque no vieran a los Sin Sombra, verían que nuestra imagen se perdería tras ellos. Los cuatro miembros del GEOS que más habían trabajado y entrenado en los últimos días, se quedarían de retenes en la sala, descansando por si hubiera que volver escalando el túnel por alguna emergencia o comunicación al campamento de arriba. La galería comenzaba un ascenso suave pero pronto comenzamos a escalar entre rocas algo redondeadas, secas por todas partes, salvo por el pequeño curso de agua que bajaba casi sin ruidos. La tranquila pero esforzada caminata duró tres horas, hasta que el dracofeno Tarracosa nos pidió parar y guardar silencio durante un rato. Sólo oíamos el rítmico goteo de las estalactitas.

- Ahora estoy seguro... -dijo Tarracosa- Antes creí oír dos veces un estruendo, pero ahora estoy completamente seguro. Parece un derrumbe de rocas sobre aguas o sobre... No lo quiero ni pensar. Mi instinto dracofeno me dice que... Bueno, dejémoslo ahí, no diré nada sin estar seguro. Seguramente caen rocas de diverso tamaño...

No terminó la frase porque el siguiente fue audible para todos, aunque no llegó a ser tan fuerte como el primero que oímos aún en la sala. Los sonidos se extienden por las cavernas como que son verdaderos tubos, y mientras menos galerías adyacentes y/o confluentes, tanto mejor se expanden. Esta que recorríamos apenas tenía algunas oquedades adyacentes sin derivaciones.

- No creo que sea algo natural -dije- a menos que sea el oleaje de un mar interior o algo así. Los derrumbes naturales no suelen ser repetidos con tanta frecuencia, ni tan variados.

Apuramos el paso intentando hacer el menor ruido posible y regulando las luces al mínimo. El camino se hizo más horizontal y una hora después comenzábamos a descender suavemente. Tarracosa se adelantó y pidió que le dejásemos al frente, mientras decía en un susurro, que había peligro cercano.

-Caminen despacio. Sin ruido y con menos luz. Creo que debería ir yo solo un poco más adelante. Si me esperan aquí...

- Voy contigo, Tarracosa- dijo Turner en voz muy baja.

- ¡No, no puede! Usted está casi invisible, pero necesita luz para caminar. Si usa los infrarrojos, puede ser detectado por los narigoneses. Yo puedo guiarme por los oídos, mi cuerpo es mucho más frío y veo en la oscuridad casi total. Además, siento un olor que para los humanos puede que no sea bueno...

- Pero yo no he sido... -dijo Turner y nos reímos en silencio.

- De acuerdo, Tarracosa. -dijo Tuutí.- pero ten mucho cuidado. No nos moveremos de aquí hasta que regreses.

Bajamos más aún las luces y el dracofeno se alejó lentamente, haciendo con la boca un sonido similar al de una mosca, pero audible para nosotros, sólo a dos o tres metros. Yo me acordaba de mis primeros viajes -en cuerpo mágico- al interior de la Tierra, cuando Iskaún me llevó a conocer a la colonia de los dracofenos. Aquellos seres tan extraños y hasta entonces marginados por sus propias fechorías, hoy eran seres adaptados, educados con gran Amor, amigos queridísimos y algunos ya eran aliados estratégicos de enorme utilidad.

Quedamos en la oscuridad casi total y los finos y largos dedos de Tarracosa tanteaban las paredes de la galería mientras se alejaba. Le perdimos de vista unos segundos después. Nos acomodamos para esperar y estuvimos allí un cuarto de hora que se nos hizo larguísimo. Sólo funcionaban algunos relojes a cuerda porque la anomalía seguía en esa zona. De no ser por esos relojes nos habría parecido una espera de horas.

- Si en la sala donde nos reunimos -comenté en voz muy baja a mis compañeros- estábamos a 70 kilómetros de profundidad, aquí estaremos a unos 68 o poco más. Hace algo más de cuatro horas que salimos y los ruidos siguen con frecuencia variable. Nada natural, sin duda.

Por fin, apareció Tarracosa tan silenciosamente como se había marchado.

UN LAGO DELICIOSO, PERO MUY PESADO

- Malas noticias, amigos. Muy, pero muy malas... Bueno, para mi solito serían buenas, porque lo que hay adelante es lo que imaginaba en mis mejores sueños infantiles: hay un gran lago redondo de mercurio casi puro, con bolitas dulces de esas que han llevado al laboratorio... Las que hay en el fondo del chapapote y que producen el efecto de nulidad electromagnética...

- ¿Hay más material de ese en el lago? -pregunté.

- Claro, y si en el chapapote se hunden y se neutralizan un poco, en el mercurio flotan. Aunque no tienen más de tres milímetros de diámetro, son deliciosas...

-. Tarracosa... -le interrumpí-. Deja eso ya, que me estás provocando el hambre. Cuenta más cosas del lago.

- El lago ocupa toda la vacuoide y tiene más de cinco kilómetros de diámetro, con un borde de riquísimos cristales diversos que tienen como dos metros de altura, toda una golosina para mí, pero demasiado sólidos... El problema está en que alguien está perforando desde arriba. Lo que cae a mi delicioso tesoro alimenticio son estalactitas de diverso tamaño. He oído los golpes de broca y un motor poderoso, que debe estar a unos tres o cuatro kilómetros más arriba del techo.

- ¿Qué altura tiene la sala del lago? -pregunté.

- Unos dos kilómetros y medio, -continuó Tarracosa- puede que algo más hacia el centro. O sea bastante semiesférica. Como no había riesgo de ser visto todavía, encendí la linterna y pude ver las formaciones del techo cercanas a las orillas. ¡Maravillosas! Unas estalactitas de sulfato férrico, carbonato de magnesio y muchos más que no alcancé a oler, pero todo ello glaseado con riquísimos vapores que se quedan como hidroximercuriato de monosodio, acetato de mercurio y otras delicias...

- Vale ya, Tarracosa, -dije- pero eso es increíble. El mercurio se encuentra como cinabrio, o sea sulfuro de mercurio que hay que calentar a 540 grados para extraer los vapores y hacerlo metálico y líquido...

- Tooodo lo que quieras, geólogo, pero ahí está. ¡Y no se imaginan la cantidad de organomercuriales que hay, formando unos tremendos hongos semimetálicos, combinados con galena y haciendo como las más ricas galletas... ¡Qué pena que no podáis saborearlos!

- Me imagino que te has dado un banquete antes de volver. -comentó Chauli.

- Bueno... No les voy a negar que me diera el gusto de bañarme y deleitarme comiendo, total unos minutos más...En fin, que para Ustedes puede ser mortal seguir adelante, así que tendrán que usar los respiradores submarinos y cerrarse bien la ropa. Aquí mismo no llegan los gases porque la cueva sube y baja y el aire hace sifón, pero unos metros más adelante debe haber bastante como para matarles en unos minutos...

Siguió hablando pero no le escuchábamos, en el trajín de sacar los equipos submarinos, ajustar nuestras ropas, las máscaras y preparar un avance cuidadoso.

- ¡Esperen, esperen, por favor! No he terminado y es importante - decía Tarracosa mientras guardábamos silencio nuevamente- Los trépanos son de cinco cabezas y de unos seis o siete metros de diámetro total, si no se equivocan mis oídos. Más o menos como los que usaban en la vacuoide de Harotán...

Se le quebró la voz al recordar aquella vacuoide donde las actividades de los narigoneses habían acabado con miles de vidas humanas y dracofenas, incluyendo sus padres y hermanos.

- Eso quiere decir -intervine para no dejarle que la emocionalidad interfiriera en la urgencia actual- que la perforación será un tremendo agujero, no un mero sondeo...

- Si, así es... -dijo Tarracosa reponiéndose- pero además comprobé que ahí sigue sin funcionar mi AKTA, así que no funcionará nada eléctrico, porque hay muchos gránulos de esos...

-Les llamaremos "anomalíferos", -dije- si no les ponen otro nombre los chicos expertos del laboratorio freizanteno. Continúa, Tarracosa.

- Sin embargo -continuó- los motores de los trépanos son eléctricos y los he escuchado bien. No están muy lejos, pero la anomalía magnética no les afecta a ellos todavía.

- Es curioso -comenté- porque están justo sobre la vertical de un sitio anómalo. ¿Podrías decir exactamente la composición del techo del lago?

- Tanto como "exactamente", no, -respondía el dracofeno- pero si mi olfato no se equivoca, las estalactitas están compuestas como ya expliqué, y el entorno básico del techo, al igual que el cuerpo interno de las estalactitas, tiene un buen porcentaje de iridio, niobio, tantalio y cloruro férrico, aparte de unos hongos filometálicos de plomo, bismuto y cloruro de mercurio con efecto suflé por sus bolitas de dimetilmercurio líquido, que son una exquisitez, crocantes... Lástima que sólo pude olerlos porque las rocas y estalactitas que cayeron, lo hicieron a unos trescientos metros dentro del lago. No quise llegar hasta allí porque podían caerme toneladas encima. Además, pensando en que hay gases que os pueden dañar, tenía que volver... ¡Pero qué caras que ponéis!

No era para menos. No dejaba de asombrarnos la rara naturaleza de los dracofenos. Recordemos que antes les llamábamos "dractalófagos", clasificación que tuve el triste honor de bautizar, por la asociación mental con dragones, dada sus leves crestas en las cervicales y "alófago" que quiere decir *come sales*. Sus sentidos tan desarrollados les permiten conocer a la distancia y sólo por el olor, los componentes minerales, especialmente aquellos que para nosotros son muy venenosos, como el plomo y el mercurio. Mientras más complejo el mineral, mejor perciben las proporciones de sus componentes y más sabrosos resultan para ellos si no son demasiado duros. Unos auténticos sibaritas de los minerales.

- Creo que has descubierto cosas muy importantes, Tarracosa. -dije tanto para sacar a nuestro amigo de la incomodidad de ser "el raro", como para poner en marcha lo que podría ser una solución tecnológica importante.

- ¡Sí, claro! -me respondió riéndose- Para mí es importantísimo, una reserva soberana de comida. Además hay filtraciones de agua, así que podría quedarme a vivir aquí para siempre. Lo importante es saber que ustedes no pueden respirar este aire y creo que vamos a tener que volver. El lago es producto de acumulación por destilación volcánica, como nos explicaste algunas veces, y enriquecido por filtraciones hidrotermales muy, pero muy finas, o sea que los que están cavando ese túnel se van encontrar de pronto y sin preverlo, con varios problemas... ¿Me entienden?

- Efectivamente -continué con la deducción de Tarracosa- porque se van a quedar varados y sin energía en cuanto rompan la coraza superior de la vacuoide, pero además los gases saldrán por esa chimenea... ¿Son explosivos esos gases?

- Sí, Marcel, -Continuó él con cierta tristeza- algunos son explosivos si hay chispa y otros por contacto con cantidades suficientes de agua. Si donde están perforando llega a haber un arroyo, lo que es probable porque los trépanos requieren agua para enfriar, mi rico lago será una bomba. Pero hay más.... No lo habéis notado, pero aquí la presión atmosférica es casi tres veces más densa que en la superficie...

Hizo silencio y nadie lo rompió durante varios minutos. Era una meditación intelectual y seguramente, cada uno desde su punto de vista daría una opción. Pero no hubo tiempo para eso.

- No quiero quedarme sin ver ese lago -dijo Tuutí.

Varios respondimos "ni yo" y procedimos inmediatamente a una exploración rápida, antes de volver por donde habíamos venido, para informar al comando freizanteno y conferenciar sobre las medidas a tomar. No podíamos conversar con comodidad en ese momento, con las máscaras puestas, pero todos pensábamos el modo de evitar que siguiera adelante esa perforación en la que aparte del daño que harían a la naturaleza del lugar, seguramente muchos soldados de los narigoneses morirían en cuanto rompieran el techo de la vacuoide del lago. Algunos morirían porque quedarse sin ningún recurso energético en esas profundidades implicaría no poder regresar a la superficie, pero lo peor podría ser durante la ruptura del techo, en la que los gases venenosos del lago saldrían disparados hacia arriba y era muy probable que les pillara de sorpresa. Si se producía la reacción masiva con agua, una gran región subterránea podría convertirse en un horno en instantes.

Mientras meditaba sobre la formación de lo que describía Tarracosa, en que sin duda había agua implicada, comprendí que en pequeñas filtraciones, además de venir mezclada con otras partículas, las gotas no habrían dado lugar a explosiones, sino a pequeñas reacciones mineralíferas.

Apuramos el paso y unos minutos después nos sorprendía el alucinante espectáculo del lago de mercurio. Aunque nos absteníamos de hacer ruidos que pudieran ser captados por sonares desde arriba, mis compañeros lanzaron dos potentes bengalas frías para poder observar el impresionante lago y sus no menos impresionantes bordes, tal como muy golosamente los describiera Tarracosa. Algunos cristales gigantes eran parecidos a las esmeraldas, de más de dos metros de alto, desconocidos en las cavernas cercanas a la superficie y me recordaban a los hallados en la terrible vacuoide trampa Nonorkay. Estos minerales de formación hidrotermal, no estaban en medio de una macla de cuarzo como es normal, sino como una afloración independiente dentro y al borde de un lago mercurial, algo teóricamente imposible.

Formando una alfombra de arena colorida desde la desembocadura de la cueva, pequeños cristales rojos, amarillos y azules me llamaron la atención tanto como los cristales mayores.

Recogí un poco de esa grava y resultó ser puro corindón (zafiros, rubíes, etc.). Parecía hecho a propósito, no por dispersión natural, sino como un jardín mineral y le pregunté a Tarracosa si en el planeta de origen de su raza, los harían así, lo que le pareció posible.

Además, la caverna era casi circular, salvo por una gran grieta casi frente a donde nos hallábamos. Los distanciómetros de las linternas taipecanas confirmaron el cálculo de Tarracosa, de unos cinco kilómetros de diámetro y más de tres de altura en el centro. Las paredes con apariencia erosionada, dejaban sin embargo, lugar para dudas. Comenté a mis compañeros que me parecía una caverna artificial, hecha rústica, a toda prisa, pues la simetría no es característica de las cavernas, especialmente la del techo, perfectamente abovedado, cosa que podía apreciarse con los prismáticos, a pesar de las enormes estalactitas de cuarenta y cincuenta metros, que en alguna época debieron formar estalagmitas también enormes, que ahora estaban bajo el mercurio y sólo algunas dejaban ver sus afiladas puntas. Eso indicaba la posible profundidad mínima del lago en cincuenta metros, aunque no veíamos las de más al centro y pudieran ser más grandes.

No pude continuar con mi atención a las bellezas geológicas, porque una mole de esas cayó sobre el quieto lago de mercurio a unos cien metros. El estruendo fue formidable y comprendimos que era momento de volver a toda prisa. Una rara y pesada lluvia salpicó todo, justo cuando empezábamos a entrar en el túnel. El mercurio estaba caliente; según Tarracosa, serían unos sesenta y cinco grados, lo que para él era la temperatura óptima para un buen baño. Nosotros no lo notamos, protegidos por las ropas y cascos.

Llegamos a la sala del Encuentro tres horas y media después y estábamos todos muy cansados, así que los retenes, que habían aprovechado a dormir, salieron urgentemente a escalar los once mil metros del túnel y comunicar las novedades. El resto dormiríamos algunas horas luego de una comida racionada. Tarracosa también aprovechó, sacando unos curiosos minerales que había guardado en su mochila; fosforescentes con forma similar a los moldes plisados para pasteles.

-Tarracosa, -le dije- si un día pudiera llevarte a mi casa, no te dejaría entrar en mi oficina... -y como me miró interrogativamente, tuve que continuar...- porque tengo una colección de minerales bastante buena, que me costó años reunir...

- Si realmente es importante en cantidad y variedad, -respondió Tarracosa- puedo poner una pastelería...

-Y le llamarás "La Dracofena" -dijo un Sin Sombra.

Las bromas siguieron unos minutos y finalmente dormimos un poco. Tres horas después nadie dormía, a pesar del cansancio, porque el sonido de los derrumbes no sólo interrumpía el sueño, sino que preocupaban en extremo. Conversamos otro buen rato y habían pasado sólo cuatro horas, así que los retenes quizá aún no llegaban al campamento en el tramo horizontal del túnel superior. Nadie podía ni quería dormir más.

- Hay que resolver si volvemos como los retenes -dijo Tuutí- o exploramos un poco las otras bocas y el túnel que sigue en horizontal. Son cuatro bocas completamente desconocidas.

- Yo dejaría el túnel horizontal -propuse- porque tengo la teoría de que no conduce lejos de aquí y evidentemente es desconocido para los narigoneses. Mi AKTA detecta en adelante su forma más natural y estrecha, como un fin del camino en un sumidero a dos kilómetros.

- Por mi parte, de acuerdo -dijo Turner- y quizá convenga explorar alguna caverna con dirección cercana a la del lago de mercurio. No creo que nos puedan ayudar desde Freizantenia ni es fácil que puedan detener desde la superficie esa perforación.

- ¿Pero por qué es tan difícil dar con la entrada desde arriba? -preguntó Ajana.

- Porque como ya han operado otras veces los estrategas narigones, una vez internados en las profundidades borran todo rastro superficial de las entradas, además, la Antártida no tiene sólo catorce millones de kilómetros cuadrados.. Ya sabéis que es como un embudo convexo en el centro, así que son más de veinte millones... ¡Vaya a saber desde dónde han comenzado la incursión! Si conseguimos llegar a la zona más arriba de la perforación e impedirla, habría valido la pena esta andanza...

Nadie propuso nada mejor, así que Tuutí dio las órdenes pertinentes y emprendimos una nueva exploración elemental para comprobar mi teoría del fin de camino en sumidero, por el túnel horizontal, y determinar cuál galería tenía mejor posibilidad de llevarnos hasta los perforadores. Nos dividimos en tres grupos, con indicación de explorar sólo cuatro kilómetros y volver al centro de la sala. Así lo hicimos y dos horas después nos reuníamos.

- Seguir por el túnel principal -dijo Rodolfo- tal como dijo Marcel, no lleva a nada. Sigue en suave descenso, alejándose de la galería del lago y acaba en una sala pequeña y ciega con suelo de cantos rodados muy pequeños.

- La nuestra -dijo Manuel Mamani- va justo en sentido contrario, pero también hacia abajo y con bastante pendiente. No podemos pasar de quinientos metros a menos que Chauli haga sus milagros. También se hace estrecha y casi seguro que acaba en un sumidero.

- Bien, entonces -dije- la brillante es la nuestra por ahora.

- ¿La "brillante"? -preguntaron algunos.

- Si, ya la verán que esa que acabo de explorar, tiene tela. -respondí- No anduvimos más de un kilómetro porque el ascenso es pronunciado y aunque se dirige a unos veinte grados del rumbo del lago de mercurio, es probable que nos conduzca mejor al objetivo. Hay otras cavernas más, a sólo unos doscientos y quinientos metros. Creo que alguna nos puede conducir hacia la región de encima del lago.

- Está decidido. -dijo Tuutí- ¡En marcha!

Luego de designar cuatro nuevos retenes para la sala, partimos buscando un acceso a la zona de perforación para impedir el desastre. Era casi una quimera, hallar un sitio para llegar hasta los narigoneses que perforaban encima del lago de mercurio, que no hubieran descubierto ellos y que no lo tuvieran muy bien vigilado. Pero era lo único que podíamos hacer. Viky me preguntaba si realmente creía que podíamos encontrar una conexión con alguna entrada que nos llevara al objetivo.

- Estoy convencido que sí, podemos hallar algo. La perforación está ocurriendo a más de sesenta kilómetros de profundidad y dudo mucho de que hayan hecho un agujero desde arriba. Deben haber hallado un laberinto o al menos un circuito que les haya llevado hasta esa profundidad. Y tengo una sospecha sobre la función de la sala del lago...

Había recorrido sólo un par de kilómetros por esa cueva antes de definir el rumbo, pero era suficiente para saber que teníamos un camino muy "abrillantado". Las paredes, casi todas formadas por esquistos volcánicos conteniendo infinidad de cristales muy pequeños y brillantes, que fulguraban incluso desde decenas de metros. Tras dieciséis horas de marcha con un descanso entre medio, las esperanzas se nos iban un poco. La caverna ascendía constantemente, con confluencias variadas y algunas de esas ramificaciones eran engañosas, terminando en sumideros o derrumbes infranqueables. Fuimos descartando los accesos cuya actividad hídrica indicaba que descendían así como aquellos que torcían a la izquierda, pues nuestro objetivo, según iba mapeando sobre papel con la ayuda de Viky, quedaba a la derecha y superando altura. Sin los AKTA, pero con los planos que íbamos haciendo, teníamos una idea en 3D aceptable.

Algunos sitios plagados de estalagmitas pequeñas y puntiagudas, nos dificultaban el paso con el agregado de su peligrosidad. Me recordaban a los caminos de la selva, donde los macheteros cortan especialmente arbolitos jóvenes, a unos veinte o treinta centímetros del suelo. Una caída siempre es lastimosa y muchas de las veces resultan mortales.

Como casi siempre, mi tarea principal en las marchas era el mapeo, para lo que las linternas taipecanas venían al dedillo. Estaban dotadas de un distanciómetro no electrónico, por lo que no habían dejado de funcionar, de rayo más coherente que el láser y con indicador mecánico. Aunque las medidas taipecanas eran el *Maop* (2.565,3322 milímetros) y su división en ocho *Shuu* (320,666525 mm), en las partidas que fabricaban para los freizantenos habían adaptado el mecanismo al sistema métrico decimal. Era algo similar a las antiguas cajas registradoras, pero en miniatura. Así que podía marcar de punto a punto visible en las cavernas, haciendo mapas milimetrados bastante fiables y Viky hacía las anotaciones referenciales. Esa era la razón principal por la que mi ayudante y yo siempre debíamos ir adelante del grupo, detenernos, quedarnos a retaguardia y volver a adelantar. Así que éramos dos los que nos atropellábamos a los Sin Sombra algunas veces, por lo que finalmente decidieron arriesgar un secreto estratégico.

- Tengan estas gafas, Marcel y Viky. Son muy flexibles y pueden usarlas dentro del casco cuando tengan que cerrar el cristal. Parecen innocuas, no tienen aumento ni cambian la percepción visual... Salvo que ahora nos verán. Si cae alguna en manos de los narigoneses, adiós a nuestra estratégica invisibilidad...

- No se preocupe. Antes me las comería. -dijo Viky.

- Me has quitado la palabra de la boca. -continuó Turner- Es un polímero digerible sólo con la saliva y no tóxico, así que te las puedes comer. Cuesta tragarlas, pero se deshacen completamente con las enzimas de la saliva, aunque no se rayan fácilmente. Las masticas y desaparecen, aunque tienen gusto muy desagradable.

- ¡Qué suerte! -exclamé- Ya me hacía a la idea de tener que usarlas para el ojo que jamás las usa...

- ¿Cómo vamos? - preguntó Tuutí cortando las risas- ¿Nos desviamos mucho?

- Con un error de más o menos diez metros, -respondió Viky- estamos a veintisiete mil setecientos doce metros de la vertical de la perforación, y a unos mil quinientos metros por encima del techo del lago Mercurial. Los AKTA siguen sin funcionar y no sé los demás aparatos.

Alguien hizo una prueba con la pistola de rayos y no funcionó, así que expuse mi parecer.

-No creo que tengamos energía todavía, porque estamos cerca de la línea anómala, que desde el campamento Tobogán se indicaba torciendo hacia esta dirección. Echemos un repaso al mapa general.

- Estamos en este punto -expliqué señalando en el mapa- y hasta ahora seguimos sobre las líneas de anomalía magnética. Hemos caminado 42 kilómetros por esta galería, más ocho de cavernas vanas.

- Creo que pronto hallaremos un camino -dijo Tarracosa- porque escucho un rumor suave de aguas. Esta galería está seca y con pocas filtraciones, así que el río no debe estar mucho por encima de nosotros sino más adelante.

- ¿Puedes calcular distancia?- preguntó Rodolfo.

- Sólo puedo arriesgar unas cifras, si hacen completo silencio...

- Hemos hecho una jornada muy dura -dijo Tuutí- así que será mejor que descansemos. Tarracosa oirá mejor luego de un buen sueño.

- Cierto -dijo el dracofeno- porque estoy muy cansado. Me parece que los gránulos ano.... ¿Cómo les bautizó Marcel?

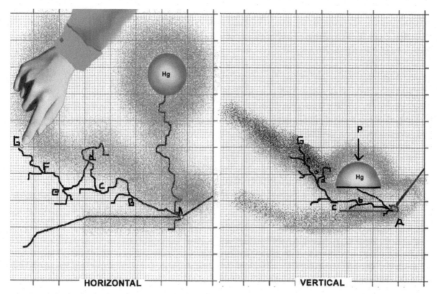

HORIZONTAL — VERTICAL

- Anomalíferos -respondió Isana

- Eso, pues me han caído un poco pesados. Creo que me alejaré para dormir, porque puede que tenga un sueño sonoro y no por ronquidos, aromático y hasta radiactivo...

La siguiente jornada se inició diez horas después, de modo que los que habían hecho guardias repusieran totalmente su tiempo de sueño.

- No he podido dormir...-dije a mis compañeros.

- Es común en ti, pero con la andada...   -respondió Viky ¿Qué te ha pasado?

- Es que antes de dormirme... me desmayé.

- ¡Tarracosa! -dijo Rodolfo al dracofeno mientras le veíamos aparecer a varios metros, desde la galería aún inexplorada- No hemos oído tus... ronquidos y otras emanaciones. ¿Te has ido lejos? ¿Aún estás pesado?

- Si, bastante lejos, pero ya hice la digestión. Salí hace una hora y valió la pena. Hay un río, como les dije, no muy caudaloso y bastante tranquilo a unos siete u ocho kilómetros. No llegué hasta él, pues sólo anduve un par de kilómetros, para escapar de vuestros ronquidos, pero el olor del agua y su sonido indican que se trata de una caverna amplia y con algunas derivaciones.

- ¿Has podido calcular la dirección? -Pregunté.

- Si, tiene rumbo perpendicular a la anomalía magnética, pero viene de una dirección cercana a la vertical del lago de mercurio.

- O sea -dije- que tendremos que ir a contracorriente si vamos por ahí.

- Ya lo averiguaremos -dijo Tuutí- pero ahora hagamos los ejercicios mágicos y a desayunar tranquilos. Presiento que nos espera una jornada intensa y novedosa.

- Estoy de acuerdo, -dijo el Teniente Turner- también presiento lo mismo.

RUMBO A LA IMPERFORATA

Las conversaciones eran animadas durante el desayuno, lo que indicaba muy buena moral en el equipo. Los Sin Sombra no parecían ajenos al GEOS, y no faltaron bromas y chistes en que los freizantenos participaron activamente, incluso los que apenas conocían nuestros idioma. Las jornadas fatigosas, la oscuridad reinante, la incertidumbre del camino y las variaciones térmicas, habrían puesto de mal humor a cualquiera que no tenga claro su razón para estas andanzas. Entre los freizantenos y nosotros, eso parecía que nunca podría pasar y rogaba para que se mantuviera siempre ese estado de relación armónica, sólo posible entre personas que han hecho la *Catarsis Cátara*, que no siendo tan compleja como los ejercicios rúnicos, es lo más imprescindible para todo el mundo, desde los niños hasta los ancianos, de cualquier cultura, creencia, profesión y condición social.

Caminamos ocho kilómetros sin hallar galerías confluentes de importancia, subiendo unos mil quinientos metros más en cota y por fin llegamos al final, apenas sobre el nivel de una galería donde discurría el río. Tal como dijera Tarracosa, el agua corría mansa en apariencia, pero el caudal representaba -como en los ríos de la superficie- un peligro traicionero. Unos cinco metros de ancho de agua, en una galería de más de treinta, de modo que podíamos ir caminando en sentido contrario a la corriente sin grandes dificultades.

- No hay más de medio metro entre la boca de esta galería y el nivel del agua, -reflexioné en voz alta- y si ésta está seca y lo ha estado durante milenios, no es de esperar que el río aumente inesperadamente su caudal.

- Pero ésta por la que hemos venido -dijo Turner- se habrá formado por el agua... ¿No es así?

- No, Teniente. -expliqué mientras iniciábamos la marcha por la vera del río- Se ha formado porque en la geogénesis, cuando el planeta aún estaba "blando", la corteza era erosionada en esta zona por fluidos volcánicos, más que por el agua. Esta galería se formó de abajo hacia arriba, según indican los esquistos volcánicos tan raros, enormes y coherentemente orientados que vemos desde que salimos de la sala del Encuentro y estas rocas que ve aquí, han permanecido tal como están ahora desde hace unos cinco mil millones de años. Las estalactitas y estalagmitas que hemos apreciado en algunos tramos, son producto de filtraciones un tanto recientes, sólo unos cientos de miles de años. Estas regiones cercanas al hueco polar han sido las más comprimidas durante la formación del mundo, pero luego las más estables donde los primeros volcanes perdieron su fuerza. Tengo la sospecha de que los bloques trapezoidales de esos larguísimos túneles y las salas redondas, son las piedras más antiguas del mundo. Quizá los constructores... En fin... Que sería muy difícil datar su antigüedad. Antes calculé cien a quinientos mil años, pero al comprender mejor los procesos de la región y la estabilidad de los mismos, es posible que hablemos de ingenieros de hace dos o tres mil millones de años. Inaceptable para la ciencia oficial, que ni siquiera acepta que las pirámides de Egipto tienen más de trescientos mil años y que han sido refaccionadas por sucesivas civilizaciones...

- Pero cuesta creer -decía Chauli- que estas cavernas no hayan sido formadas por el agua sino a modo de fumarolas volcánicas, y que estén estables desde hace cinco mil millones de años. Y es cierto que salvo el arroyito de la sala del Encuentro, no hemos encontrado ningún otro curso de agua, sino apenas las filtraciones que producen estalactitas...

- Y los sumideros que hallamos en las galerías muertas -seguí- no eran justamente sumideros, sino al contrario, pequeñas zonas capilares por donde los fluidos volcánicos primigenios se filtraban y empujaban toda la lagresa primordial (piedra blanda) formando la cueva por donde menos resistencia hubiera. Incluso esta galería del río...No tiene nombre, ¿verdad?

- ¿Le ponemos Río Chun?   -dijo la bella Ankahuillca- Significa *"tranquilo, silencioso"*.

- Bien, me gusta. -dije, y los demás aprobaron la denominación- Esta cueva, les decía, ha sido formada también por la actividad volcánica. Y creo que el abismo donde quedamos varados la primera vez, es la panela volcánica principal de este complejo geológico tan antiguo e interesante, o al menos una de las más importantes.

- Vaya chiste nos ha hecho ese volcán MT-1... -dijo Turner- Que por cierto tampoco le hemos puesto un nombre menos técnico...

- Propongo llamarle "Nyauque" -dijo Khispi - que en quechua significa *"Anterior a todo"*.

No habiendo oposición, así quedó bautizado aquel insondable recipiente volcánico primordial.

Tuvimos que dejar de conversar porque el camino se puso más difícil y nos obligaba a atender muy bien dónde poníamos los pies. Las rocas estaban muy redondeadas, cosa que me costaba comprender, porque no era posible que las erosionara el agua. Luego encontré algunas que estaban partidas y comprendí que eran formaciones minerales ovoides, algunas casi esféricas, con un interior muy curioso, como si pudiera separarse en capas, aunque muy duras para hacer ese trabajo con una piqueta. Duras como el basalto o más aún, como la diorita. Pude reconocer algunos minerales componentes del interior de las rocas, pero era una curiosidad geológica sin clasificar. Entre medio, las llamadas *"piedras del rayo"*, que son polimorfitas de cuarzo llamadas cristobalita y tridimita, pero de un tamaño realmente grande, de más de media tonelada.

Mientras me devanaba los sesos para determinar cómo pudieron producirse aquellas rocas, muchas de ellas desconocidas para la geología clásica, tan desconocida como la forma en que pudieron aglomerarse en la caverna, me fui quedando a retaguardia y Viky me pedía apurar el paso, para no perder referencias y seguir correctamente el mapeo. En eso, Tarracosa pidió silencio y después de escuchar atentamente algunos segundos, nos dijo que oía una catarata y un rumor de aguas rápidas.

- Hemos hecho -dije interpretando los planos que íbamos haciendo- unos catorce kilómetros en poco más de cinco horas y seguimos estando lejos del objetivo.

- Estamos con más o menos cincuenta metros de error -decía Viky- a quince kilómetros de la vertical del sitio de los perforadores, y a unos mil quinientos cincuenta metros por encima del techo del lago de mercurio.

- ¿O sea -preguntó Tuutí- que apenas hemos subido ciento cincuenta metros en tantos kilómetros? Eso significa estamos todavía a más de dos kilómetros por debajo de los perforadores...

- Así es. -intervine- El río es tranquilo porque no hay gran declive, pero según van sus meandros, nada hidráulicos sino más bien volcánicos, es de esperar que lo que oye Tarracosa sea una subida abrupta. O sea una cascada que habrá que remontar. Y eso podría ser algo complicado.

- No con el equipaje que traemos... -dijo Chauli con gran seguridad.

Nadie dijo nada durante la siguiente media hora, sobre todo porque las piedras redondeadas eran cada vez más, y más difíciles de sortear, así que había que saltar entre ellas. La marcha se hizo más lenta, dificultosa y peligrosa. Tuvimos que unirnos con las cuerdas porque una caída en esa parte del río podría ser fatal. Las aguas iban ahora por un canal más estrecho, que no pasaba de dos metros de ancho y lógicamente más profundo.

El ruido era mayor pero comenzamos a oír un rumor de aguas más poderoso y esperábamos encontrarnos de un momento a otro con una gran cascada. Chauli, Tuutí y yo conversábamos haciendo apuestas sobre su altura. Ya veríamos cómo la subiríamos sin hacer grandes ruidos, porque aunque estábamos lejos aún, sabemos cómo se desplaza el sonido en las cuevas. El fragor de la cascada atenuaría muchos de los ruidos, pero habría que evitar lanzar garfios, habría que clavar clavos en las paredes de roca sin martilleo constante... Y además deberíamos moderar el tono de voz y mantener silencio.

La gran sorpresa fue que al subir un tramo más inclinado donde curvaba el río, nos encontramos un lago de unos doscientos metros de ancho, que aumentada hacia su interior, y con algunos kilómetros de largo. No íbamos a tener que subir ninguna catarata, pero igual ésta sería un gran problema. A unos cincuenta metros a la izquierda, un abismo sumía la mayor parte del agua del lago, que evidentemente, era alimentado por un caudal mucho mayor que la parte inferior del río Chun.

- El río Chun se acaba aquí -dije- o mejor dicho se inicia en este punto. Este lago parece muy tranquilo, porque es profundo y quizá seguirá siendo tranquilo aguas arriba, pero lo tendremos crudo para seguir remontándolo. ¿Qué tenemos que flote, como para estudiar la velocidad del agua?

- Esta calabaza mía, aunque pierde un poco de agua- dijo Yujra, quien se encargaba de la logística- ¿Te sirve?

- Sí, claro.- respondí mientras recibía la cantimplora de calabaza- y necesitamos brazos muy fuertes para lanzarla lo más lejos posible.

- ¡Espera Marcel! -dijo Chauli- ¿Qué te parece si hacemos un sondeo con cuerda fina? No sólo tendremos la velocidad del agua, sino que podemos recuperar la calabaza.

La idea fue excelente. Coloqué algunos guijarros dentro del recipiente para darle más peso y poder lanzarla más lejos y Chauli le ató una cuerda guía. Luego Adalrich Kröner, uno de los Sin Sombra, muy grande y de poderosos brazos, lanzó el cacharro y cayó justo donde lo queríamos, contra el muro de la derecha a unos setenta metros. Flotó muy bien, marcándonos la dirección del agua hacia nosotros. Lo recogimos sin tirar de la cuerda, porque al menos por ese lado contrario a la catarata, no había corriente en superficie que pudiera llevarnos al abismo.

- Hay que probar más lejos; -dijo Turner- no confío para nada en esas aguas.

Adalrich hizo un nuevo lanzamiento, pero esta vez metimos más piedras y cerramos bien la calabaza con un pedazo de chicle; él revoleó con más ganas varias veces, alcanzando unos cien metros. La calabaza volvió hacia nosotros en unos ocho minutos. Un tercer lanzamiento indicó que a partir del centro longitudinal del lago, la corriente era fuerte hacia la cascada, por lo que teníamos un margen de seguridad suficiente para internarnos en el lago con los botes inflables. Sin perder más tiempo, preparamos los botes y atamos un cabo doble a una roca que nos indicó Chauli. Cada uno llevaba un bote inflable en un tubo poco más grande que el de una gaseosa, pero en cada bote cabíamos cuatro o cinco personas, así que bastaron catorce botes para encontrarnos todos atravesando el lago. Debo confesar que el sonido de la cascada me producía bastante impresión, casi diríamos que... Bueno, el asunto es que Tarracosa compartía mi bote, así que le pregunté a grito pelado si podía calcular la profundidad de la cascada por el fragor.

- ¡Claro, y me produce lo mismo que a ti...! -respondió aferrándose a mi chaqueta- El ruido que escuchamos es sólo de un saliente muy grande donde golpea el agua, a unos cincuenta metros, pero no hay sonido de borboteo. Oigo la lluvia fina sobre los costados de otra saliente y luego, muy pero muy lejano y suave, el sonido de la lluvia sobre la parte inferior del río...

- O sea -decía Viky a toda voz- que no llega abajo un chorro de agua, sino que todo este inmenso río se convierte en lluvia, como en la cascada de la vacuoide Quichuán, con más de un kilómetro de altitud.

- Esta es más alta -gritaba Tarracosa extrayendo de su brazalete el AKTA- ¡ Y aquí los aparatos empiezan a funcionar !

Había percibido el chirrido más leve que un volar de mosquito del AKTA al reiniciarse, en medio de un fragor que nos obligaba a gritar para oírnos a centímetros. Pero el verde azulado de su piel empezó a hacerse blanco, indicando que algo no le gustaba nada. Miraba hacia la zona de la cascada, que estábamos ya superando gracias a que remábamos fuertemente con las manos y comprendí que estaba al borde de un ataque de pánico. Dejé de remar para ver en mi AKTA y lo comprendí mejor.

- El alcance del aparato es de tres kilómetros,-dije- pero no alcanza al fondo.

- La catarata de la Quichuán es de 1110 metros... -dijo Viky.

- Si mis oídos no me engañan, -dijo Tarracosa varios minutos después, cuando estábamos a cientos de metros de la caída- esta vacuoide de la cascada tiene una forma estrecha, provocada por el mismo río y debe superar los cinco kilómetros, porque aquí la acústica suaviza y mejora el ruido del agua, pero sigo sin oír borboteo alguno.

Ya disponíamos de recursos eléctricos, las pistolas funcionaban y los potentes motorcitos de los botes, que parecían cornetas de juguete, nos libraron de remar con las manos para avanzar. No es que resultaran unos "fuera de borda", pero calentaban el agua y la expulsaban produciendo una corriente interior impulsando el bote a unos cuatro o cinco kilómetros por hora. Al menos en la parte ancha del río, siguieron sirviendo bien, pues bastaba uno para impulsarnos. Luego, a medida que el río se estrechaba, hubo que usar los motorcillos que cada uno tenía asignado para su bote, para poder ir contra la corriente. En la mayoría íbamos cuatro personas, de modo que dos motorcillos iban atrás y uno a cada costado. Nos divertíamos mucho alternando el quitarlos y meterlos al agua, a los que nos correspondía un costado, para mantener el rumbo, pero la diversión se acabó cuando entramos a una parte del río donde las rocas que había en el centro producían variaciones de la corriente.

En algunos momentos, a pesar la aparente tranquilidad del agua, debimos ayudar a algún bote que alejándose de la orilla, era arrastrado por una corriente más fuerte hacia atrás. Si alguno se hubiese aventurado hacia el centro, seguramente habría sido arrastrado a gran velocidad hacia la cascada.

Por fin llegamos a una parte más ancha, y tan ancha que era en realidad otro lago, pero gigantesco. No veíamos el otro lado, así que hubiera estado difícil de definir un rumbo si no fuese porque los AKTA ya funcionaban muy bien. Así y todo demoramos unas tres horas para encontrar por dónde seguir, porque tuvimos que recorrer todo el perímetro de "costa", pues había siete afluentes saliendo de bocas anchas que podrían ser la continuidad de nuestro camino. Al explorarlos brevemente, acababan las pesquisas en cascadas o rápidos por donde el agua caía y resultaban impracticables para explorar. Otras dos bocas más estrechas eran túneles bastante redondeados que llamaron nuestra atención porque parecían hechos artificialmente, pero al estudiarlos un poco comprendí que era sólo producto de filtraciones acrecentadas. El diámetro menor del lago excedía los cinco kilómetros, pero por la forma que revelaba el AKTA no sería mucho mayor que eso, sin embargo el largo que surcamos en bote fue de más de diez kilómetros.

Viky seguía haciendo el mapa milimetrado y con el AKTA conjugaba cotas, superponía imágenes y sacaba cálculos (o sea que estaba haciendo mi trabajo mejor que yo).

- ¡Ya lo tengo!, ¡Ya lo tengo! - gritaba Viky con entusiasmo- Es por allí, e iremos directo a la zona de perforación, si no me ha mareado el paseo.

El avance se tornó más dificultoso, una vez que entramos en el cauce abandonando la amplitud del lago. Era evidentemente el más caudaloso de los que alimentan el lago durante milenios. Aunque los bordes del lago eran prácticamente muros, el río tenía variaciones de caudal, o los tuvo en el remoto pasado, formando algunas playas y su costa, estrecha e irregular, nos dejaba lugar para seguir a pie. Desinflamos los botes y una vez armadas de nuevo las mochilas, seguimos por el costado, que a pesar de las dificultades dadas por las piedras era más seguro que los rápidos y remolinos del río. Era del mismo tipo de piedras que sorteamos en el tramo que bautizamos "Chun", resbalosas, redondeadas, de más de dos metros de diámetro la mayoría de ellas. Sin incidentes por el extremo cuidado que poníamos todos, llegamos a un punto donde Tarracosa se detuvo en seco y nos detuvo a todos.

- Atención... -dijo en voz baja- Bueno, no nos oirán, pero yo sí oigo voces. No escucho ningún motor, pero sí hay gente hablando casi a gritos, a unos tres kilómetros. Deben ser varios...

- De acuerdo, -dijo Tuutí- mantendremos silencio táctico y Tarracosa irá adelante con el Teniente Turner y sus hombres. Marcel, Chauli y yo iremos treinta metros más atrás y el resto otros treinta metros. Salvo Turner y yo, que nadie use los AKTA ni ninguna fuente de luz; las pistolas de rayo al mínimo y una linterna al mínimo cada cinco personas.

- Nosotros tenemos visores nocturnos -dijo Turner- pero no sabemos cómo están después de pasar por la zona de anulación...

-Funcionan, Teniente, -intervino uno de sus hombres mientras repartía los visores a su pelotón- pero aunque las baterías deberían durar diez días, han quedado muy descargadas y sólo tendremos unas cuarenta horas de utilidad.

- Esperemos que sea suficiente. -respondió Turner- Tarracosa no tiene problemas, así que iremos los dos adelante.

- Shhh, silencio... -decía Tarracosa en voz apenas audible- De pronto se han callado todos. Es posible que nos hayan percibido.

A partir de ese momento extremamos el silencio, avanzando a paso muy lento. Tuutí ordenó al grupo mantenerse más lejos, así que Chauli, él y yo íbamos tras los Sin Sombra totalmente a oscuras. Sólo teníamos como referencia, una lucecita de posición que se puso a Tarracosa en la espalda. No era más luminosa que una luciérnaga, extraída de una de las balizas de vigilancia. La leve luz de una linterna al mínimo podía delatar nuestra presencia, así que Tuutí volvió unos metros y finalmente ordenó al grupo avanzar mucho más lentamente. Cuando regresó a nuestro lado, la "luciérnaga" de Tarracosa ya no se veía; sin embargo seguimos adelante, guiados por el instinto, el tacto, el ruido del río y la cuerda, ya que Chauli pasó adelante tras indicarnos al oído que diéramos tres tironcillos cuando necesitáramos ir más despacio y cinco tirones cuando estuviésemos listos para dar unos pasos más.

Así transcurrieron muy largos minutos o quizá una hora. Un murmullo de agua aumentaba a medida que avanzábamos, así que dimos con un arroyo que desembocaba en el río, con una pequeña catarata que atenuaría nuestros ruidos y voces. En un espacio entre piedras, nos reunimos los tres y nos pegamos mucho enfrentados, para hacer un hueco y encender un AKTA sin que emerja demasiado la luz. Me saqué la chaqueta y cubrimos el aparato y nuestras cabezas, lo que nos permitió ver con seguridad y claridad la situación.

Tuutí accionó el zoom y ajustó las dimensiones para ver qué teníamos delante. Una pequeña cruz indicaba nuestra posición. Un eco luminoso río arriba, a unos dos mil metros, indicaba a Tarracosa y los Sin Sombra. Algunos centenares de metros más allá, un pequeño eco indicaba un total de seis personas que se movían hacia una pequeña vacuoide, de la que obteníamos el perfil vertical y en ella unas treinta o cuarenta personas más, alrededor de un pozo de perforación. Del otro lado de la vacuoide, un camino ascendente y seco. Nuestros amigos iban acercándose a la desembocadura de otro curso de agua y al menos hasta allí, estarían seguros de no ser oídos, porque era, evidente que se trataba del curso principal del río.

Era de esperar que los narigoneses no tuvieran algo similar a los AKTA, pero el grupo de avanzada estaba ahora donde debieron estar hablando a voces los seis narigones que volvían a la vacuoide. Si había balizas de vigilancia como las nuestras o radares de control remoto, entonces nos detectarían y cualquier cosa podría pasar. No podíamos usar radios, porque no sabíamos si podía ser interferida por los perforadores. Como teníamos un recodo grande y doble más adelante, más algunos meandros pequeños pero pronunciados, no era posible que vieran nuestras luces, así que Tuutí encendió la linterna y volvió rápidamente con el grueso del grupo para hacerles avanzar más rápido. Mientras, Chauli y yo seguíamos mirando con expectación y ansiedad, a nuestros compañeros que avanzaban hacia la vacuoide.

El grupo estaba completo reunido en ese lugar, a punto de continuar el avance, cuando vimos en la pantalla que los de vanguardia regresaban. Les esperamos media hora, hasta que llegaron a nosotros, y ya a cubierto por los recodos del río, Turner explicó el plan que debíamos aprobar o mejorar.

- Como han visto en el AKTA, seis hombres se hallaban quietos en la desembocadura del río, en confluencia con el camino que va hacia la vacuoide. No sabemos si han dejado algún sistema de vigilancia como nuestras balizas, pero ya sabemos dónde están ellos. Ahora tenemos que decidir si les atacamos o intentamos otra cosa. No sabíamos a qué distancia estaban ustedes y allí hay más de treinta soldados, así que tuvimos que retroceder.

- Tarracosa se ha quedado por allí -dije señalando el AKYA

- Se ha quedado en la desembocadura. -dijo Turner- Cree que puede haber algún dracofeno con el grupo enemigo y en ese caso podría hacer algo para evitar un enfrentamiento armado. Le dije que era una locura, pero... No era momento para discutir y traerle arrestado.

- Hizo bien, Teniente. -dijo Tuutí- Tarracosa es muy hábil y cuidadoso. De todos modos deberíamos avanzar.

Nos pusimos en marcha iluminados tenuemente, y recorrimos los casi dos kilómetros más de prisa, hasta la sonora confluencia del río y la desembocadura del camino de la vacuoide. En vez de ir por el camino que hicieran los Sin Sombra, fuimos por otro brazo del río, más incómodo, pero con tales recodos que podíamos usar con menos riesgos las luces y los AKTA. En el camino seco y ascendente hacia la vacuoide, a menos de trescientos metros de ella, Tarracosa apareció a retaguardia. Había comenzado su regreso por el cauce principal, pero oyó nuestros levísimos ruidos y nos alcanzó. Nos hizo volver a todos, para alejarnos y poder conversar en un socavón escondido.

- Me he acercado hasta casi estar entre ellos y no se han dado cuenta -nos dijo- porque está casi todo en oscuras, salvo el edificio donde están las máquinas. Son más de treinta soldados y cuatro o cinco dracofenos. Yo creía que ningún conracial mío estaría traicionando al mundo después de lo ocurrido en Harotán Zura, pero ahí están....

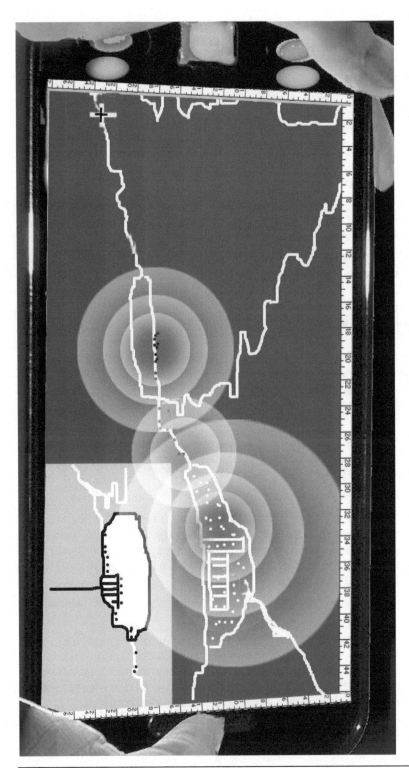

-Les he escuchado discutir en clave de ultrasonido -siguió Tarracosa- y sólo uno parece desear la "redención dracofena". Eso es largo de explicar. Así que no me comuniqué porque creo que no van a colaborar. Los narigoneses morirían por los gases de mercurio...

- Pero no así los dracofenos... -dijo Rodolfo- Aunque no resistirán una caída o una explosión como la que puede ocurrir allí si terminan de perforar. En cualquier caso, no debemos quedarnos esperando....

- No, no esperaremos. -dijo Tuutí- deberíamos intentar una reducción paulatina del enemigo. Si la vacuoide está mal iluminada, los Sin Sombra lo tendrían más fácil.

- Has leído mis pensamientos... -intervino Turner- Tenemos elementos suficientes para ir capturándolos poco a poco. Pero hay que usar algún cebo para atraerles descuidadamente hacia el río.

- Se me ocurre una idea sencilla... -dijo Rawa en un susurro, con su bellísima voz de soprano lírica- Como hay dracofenos allí y seguramente ninguno de los soldados los diferencian entre sí y con Tarracosa, él puede pedir ayuda para cualquier tontería a los que estén cerca de la entrada. Allí los freizantenos podrán actuar muy bien. ¿Me permite, Teniente?

Mientras hablaba, tomaba suavemente de los brazos a los Sin Sombra y los hacía colocar en barrera. Luego se movía un poco por detrás de ellos y aún alumbrando con las linternas, si no dejábamos de verla completamente, su silueta se hacía muy vaporosa, casi indistinguible. En la penumbra sería menos visible aún.

- Creo que así, simplemente desaparecerían -decía Rawa- así que sólo faltaría atraer a los soldados enemigos de a uno hacia la entrada de la vacuoide y Tarracosa sería el cebo perfecto.

- Por mí, lo que manden, pero no se me ocurre cómo atraerles...

- Si, lo harás bien; -dijo Turner a Tarracosa- basta que te quedes en el suelo en el momento oportuno, para evitar ser demasiado visto. Sólo queremos que te vean con ropas diferentes se vayan acercando de a uno o a lo sumo dos. Pero habrá que golpearlos y desmayarlos. Hay que evitar el enfrentamiento total.

- Eso está mejor resuelto si están con nosotros Miski o Kechua -dijo Tuutí.

- Presente -dijo Miski- Kechua está con el otro grupo, pero está Sumailla para ayudarme. Tenemos en total unos doscientos dardos para humanos y diez para dracofenos. Para los humanos harán efecto en cinco segundos y durará unas veinte horas. Para los dracofenos también cinco segundos, pero durará el efecto menos de dos horas.

El asunto estaba resuelto con ellos porque Miski y Sumailla son los expertos en medicina y biología, además de excelentes tiradores con los dardos como la mayor parte del grupo. El plan era atraer a los soldados uno por uno a la entrada de la vacuoide y entonces los Sin Sombra rodearían al sujeto para evitar que les viesen caer mientras los cerbataneros les duermen con sus dardos. Fue una pena para mí y para mis compañeros no poder hacer nada en esa fase y perdernos la maniobra, pero con Tarracosa como cebo y los Sin Sombra como barrera y apoyo, Sumailla y Miski durmieron completamente a toda la tropa enemiga. Nosotros nos quedamos a unos trescientos metros, preparados para cualquier eventualidad. Sólo mi radio quedaba encendida para recibir indicaciones de Turner y media hora después nos decía que la vacuoide estaba casi controlada pero con problemas.

- Dense prisa; -decía el Teniente- parece que queda gente por ahí. Hay que detener las máquinas y controlar luego la entrada.

En unos minutos estuvimos todos ingresando a la gran sala, donde habían sido quitadas todas las estalagmitas, estalactitas y las salientes naturales de los costados. Unas instalaciones algo precarias rodeaban un edificio de más de cuarenta metros de altura, que casi tocaba el techo. Los Sin Sombra ya habían revisado todo, menos el edificio principal, donde un motor aún funcionaba con ruido leve y ronco. Era la única parte bien iluminada de la sala, pero por su altura y unas veinte ventanas dispersas en sus muros, la alumbraba toda. Otros focos de luz de poca intensidad fueron destruidos por los freizantenos para asegurarse mayor ventaja en la inspección. Finalmente, una chorrera de pequeñas lucecitas indicaba el camino de acceso por el lado opuesto al de nuestra llegada. El trabajo de los freizantenos para detener a los cinco hombres que aún se encontraban en el edificio, duró un cuarto de hora, durante lo cual la mayor parte de nuestro grupo inspeccionaba la galería de entrada, de no más de cuatro metros de ancho. Hasta ella llegaban unas vías de trocha muy estrecha, de apenas medio metro. Algunas vagonetas pequeñas se hallaban aún con cargas de rocas que no llegaron a transportarse al exterior. Anduvimos unos cien metros y comprobamos las características. Ningún ascensor visible y el declive - en ascenso- era poco pronunciado.

- Estamos a 62,5 kilómetros en vertical de la superficie exterior. - acotó Viky- Esta galería debe ser muy larga. El AKTA indica que es recta en los cinco kilómetros de alcance...

- No debemos perder tiempo -dijo Tarracosa- y es seguro que tendremos algún enfrentamiento, porque oigo un vehículo aproximarse. Debe ser el tren que se llevaría las vagonetas.

- ¿Qué distancia calculas?- Dije- ¿Y voces?

- He oído alguna voz, pero no estoy bien seguro. La distancia será de unos diez o doce kilómetros si el túnel no varía en la forma y anchura.

- Todo controlado por aquí, -decía por radio el Teniente Turner- detenida la perforación y preparados para destruir este armatoste de edificio. ¿Nos reunimos en la boca de acceso?

Volvimos a la vacuoide y allí conferenciamos para ver qué hacíamos con los soldados capturados. Estarían dormidos muchas horas y los dracofenos habían sido atados y amordazados convenientemente.

-Será mejor -dijo Tuutí- que esperemos al tren o lo que sea y también neutralicemos a los que vengan. Hay que llegar hasta la base principal de operaciones.

-¿Eres telépata? -preguntó el Teniente Turner- Iba a decir las mismas palabras.

- Perfecto, -dije- pero lo ideal sería que nos hiciéramos pasar por narigones... Bueno, los que seamos más parecidos...

Tuutí, los freizantenos y los demás miembros del GEOS se rieron, porque lo cierto es que la mayoría eran de origen coya y aimara, no precisamente muy altos, ni muy blancos ni de ojos claros. Los freizantenos se parecían más a los soldados de élite de los narigoneses, así que en unos minutos sólo quedaron cinco Sin Sombra vistiendo sus trajes de invisibilidad, mientras que los demás se apropincuaban de los trajes de los soldados capturados, dejándolos en paños menores.

-Tte. Turner -dijo Tuutí- le ruego que se haga cargo de la operación, al menos hasta que logremos acceder a la base principal del enemigo. Quince de sus hombres son los que afrontarán los mayores riesgos y....

- Entendido, Tuutí. No hay tiempo para discutir detalles, así que de acuerdo. Necesito que todo el GEOS se quede a retaguardia, vistiendo los más altos, los trajes de nuestros quince soldados...

Así se hizo y en unos minutos, justo cuando el vehículo se aproximaba a la terminal, estábamos todos en posición. El Tte. Turner y sus hombres, haciéndose los tontos en tareas de espera. Los quince del GEOS, incluyéndome, con Tuutí y Rodolfo a mi lado, listos para la acción en cuanto Turner diera la orden. Si venían muchos soldados, deberíamos actuar y la clave sería la palabra inglesa "*downloading*" (descargado), en cuanto alguno de los soldados a sus órdenes hiciera lo propio, o "*to hook*" (enganchado), si debían enganchar alguna de las vagonetas. Eso lo verían según la marcha. Si no había mucho personal en el tren, bastarían unos certeros dardos de Miski.

Por fortuna, sólo venían en una locomotora muy pequeña, dos soldados y el maquinista, y traía unas cuantas vagonetas con algunos trastos. Creo que ni se enteraron de la situación. Miski estaba -vestido de Sin Sombra- acechando desde la entrada misma de la galería. En cuanto el vehículo se detuvo, uno de los soldados se llevó la mano al cuello y el siguiente lo hizo dos segundos después, pero ambos cayeron al suelo casi al mismo tiempo. El maquinista llamó a uno de los soldados por su nombre y miró para todas partes, encontrándose con el caño de un fusil freizanteno al levantar la cabeza.

Tras un breve interrogatorio al maquinista, Turner nos convocó a reunión.

- Este tipo no hablará. No es un mero maquinista, sino un soldado bien entrenado. Ha dicho un montón de mentiras entre medias verdades y es difícil deducir la verdad. ¿Es posible que este cacharro ascienda directamente hasta la superficie en menos de diez minutos?

- De ninguna manera, -dije- a menos que usen una tecnología superior a la autorizada por los narigoneses y no creo que la tuvieran. Estamos a más de sesenta kilómetros de profundidad, así que el túnel debe tener un recorrido de bastante más de trescientos, porque las vagonetas son sencillas, sin cuñas de nivelación y no mantendrían su carga con una inclinación mayor de diez grados... A menos que tuvieran algún ascensor, pero en ese caso la obra sería tremendamente más costosa y complicada que aprovechar las cavernas acuíferas y las volcánicas...

- Pues es como digo. -continuaba Turner- No le podemos sacar ninguna información importante ni útil, ni deducir nada de sus palabras. Hay que "dormirlo" con un dardo, atarlo bien y luego de destruir toda esta maquinaria e instalaciones, emprender el viaje a lo que surja.

- ¿Qué propone hacer con los prisioneros? - Preguntó Jailla, que raramente hablaba, siempre preocupada en extremo por los asuntos humanitarios.

- Ya les buscaremos ayuda. -dijo Turner- Por ahora sabemos que estarán dormidos algunas horas y no están mal alimentados. ¡Sargento Kurt!.. Encárguese de dejar agua al alcance de los prisioneros y alimento liofilizado para dos días. La sala de máquinas de la perforadora estará bien para encerrarlos. Puede aprovechar que es toda metálica, soldarla y sellarla con los rayos y convertirla en calabozo. Los entregaremos a los suyos cuando hayamos eliminado el peligro.

- Si los entrega a los suyos - replicó Jailla- los matarán. Ya hemos visto como tratan los narigoneses a sus soldados.

- Entonces habrá que dejarlos aquí hasta resolver toda esta situación y pedir a los taipecanes que se hagan cargo de ellos.

Nos dedicamos metódicamente a desprender el eje de perforación sin extraer el trépano, destruyendo su centro con rayos, a fin de hacer inviable la recuperación de ese material e imposibilitar toda continuación de la obra. Nos extrañó que el metal resultara bastante más ligero y resistente que el hierro; en realidad, poco o nada había de hierro o zinc en todos los elementos metálicos. Luego nos pusimos a destruir con los rayos meticulosamente todas las herramientas y equipos, inutilizando las instalaciones, los generadores de energía y todo cuanto pudiera usarse para cualquier cosa, derrumbando la mayor parte de las edificaciones, que por ser metálicas, quedaron convertidas en chatarra, salvo la parte donde se dispuso a los prisioneros. Sin más luz que vela para unas horas, ni armas, ni herramientas, no se aventurarían en ir a sitio alguno, aunque tampoco podrían salir del enrejado que se les hizo a conciencia.

- Ahora deberíamos utilizar este trencito... -comentó el Teniente.

- Bien, -dijo Tuutí- ya han oído al Teniente. ¿Alguien sabe manejar esta locomotora?

Era bastante parecida a una que yo había conducido unos años atrás, así que enganchamos las vagonetas necesarias, me encaramé en el asiento y esperé que estuvieran todos a bordo. Tarracosa vendría sentado a mi lado, Tuutí y el Teniente Turner en el asiento posterior. Al dar la vuela en el círculo ferroviario de cambio de sentido, una vagoneta se descarriló y tuve que detener la máquina. Cuando la quisimos poner en su sitio sobre las vías, notamos con sorpresa que nos sobraban fuerzas. No era tan pesada como suelen ser los vagones de hierro.

-Tendrán que acomodarse bien -dije bajándome de la máquina y caminando a lo largo del tren de nueve vagonetas para que escuchasen todos, pero no seguí hablando. Iba a decirles que no iríamos a más de treinta kilómetros por hora, si no he calculado mal, y el recorrido mínimo a la superficie sería de algo más de trescientos kilómetros, o sea más de diez horas, pero seguro que hallaríamos otras bases de operaciones mucho antes... Por suerte, no expresé mis pensamientos al ver algo...

Me detuve cerca de la segunda vagoneta porque mirando las cajas de frenos y constatando que estaban todas bien conectadas, vi una cajita pequeña gris y con una antena, que no parecía formar parte del sistema de frenos. Pensé unos segundos que las ideas que me venían podrían ser un poco paranoicas, pero decidí hacer las cosas según los protocolos de máxima seguridad. A mis acompañantes de la cabina les pedí apearse, haciendo señas de guardar silencio. A los demás, desde la primera hasta la última vagoneta, les pedí con señas permanecer en sus sitios y callar. Llevé a Tuutí, Tarracosa y Turner hacia un sector alejado del tren y les comenté en voz muy baja lo de la extraña cajita.

El Teniente Turner, luego de inspeccionar el aparatito y volver al sitio retirado haciéndonos alejar más aún, nos dijo:

-Claro, no nos dimos cuenta de registrar todo en busca de sensores, micrófonos y esas cosas, que son normales cuando se desea tener un control completo. Sólo buscamos cámaras de video y no vimos ninguna. Pero se nos pasó buscar en el tren...

- Entonces lo más probable -dijo Tuutí- es que ya están al tanto de que vamos a por ellos.

- Perdona la corrección -respondió Turner- pero no es "probable" sino casi seguro. Se trata de una radio blindada de onda ultralarga con batería de litio y tiene unas quinientas horas de emisión ininterrumpida. O sea unos veinte días. Seguramente la recargan tras cada viaje y controlan todo sonido a unos veinte metros a la redonda, así como la posición del tren. Han escuchado todas las conversaciones cercanas a los vagones, desde que redujimos al maquinista. Debemos idear algo simulando no haber descubierto la radio.

Asentimos los tres y barajamos algunas ideas, como quedarnos a esperar una fuerza de ataque y sorprenderles con una emboscada, cortar la comunicación destruyendo el aparato, preparar una trampa en el tren descendiendo antes de llegar... Pero aunque todas las ideas parecían buenas, ninguna acababa de convencernos a los cuatro.

-Tengo una idea más intuitiva que concreta -dije- pero ya que no tenemos ni idea de cuánta distancia hay hasta la próxima base, así como no sabemos qué podemos encontrar en el camino, cre que podríamos avanzar e improvisar en cuanto los AKTA y los oídos de Tarracosa nos indiquen al menos una posición cercana al enemigo...

- Podría ser así, -respondió Tuutí- porque lo más importante es que ya hemos detenido la actividad en esta parte... ¿Tienes alguna treta en mente para cuando encontremos las primeras posiciones del enemigo?

- Sí, claro, -respondí- pero no puedo ni explicar nada porque podrían ser varias las alternativas... ¿Confían en mi intuición?

Asintieron simultáneamente y les pedí permanecer allí. Me acerqué al tren hablando cosas en mi imperfecto inglés, sin mucho sentido, a la vez que pedía silencio con gestos a los demás, haciéndolos desembarcar y concurrir donde estaban los otros, para ser discretamente informados de la situación.

-…Y cuando yo de la señal de "¡derailing!" (descarrilamos), -decía a todo el conjunto de GEOS y freizantenos- gritarán, golpearán los costados del tren y harán ruidos como si estuviéramos realmente en un desastre, pero sólo por diez segundos. No sé cuál será la ocasión, así que estén atentos en todo el viaje. Cuando eso ocurra, tú Miski, que estás más cerca, le das un golpe a la radio espía y haces añicos…

-Comprendido.

BASE ENEMIGA DEMI-1

Cuando estuvimos listos, volvimos a embarcar todos, puse en marcha la máquina y comprobé que el indicador de combustible no marcaba niveles de líquido, sino carga de batería.

La locomotora estaba dotada de un generador eléctrico de imanes permanentes, del tipo Tesla cuya fabricación se había hecho clandestina en muchos países de la superficie exterior, pero se desacreditaban sus fabricantes para mantener el monopolio energético a partir del petróleo. Por eso la máquina no emitía tanto ruido como los motores de gasoil y no deberíamos preocuparnos por repostar… ¡Durante los doscientos años que pueden durar los imanes! O sea que para estas cuestiones tan clandestinas, sí que usan esta tecnología ecológica.

Mantuvimos durante algo más de una hora, una velocidad de menos de treinta kilómetros horarios, aunque sabía que podía ir mucho más rápido. Preferí jugar la diferencia en otro momento.

El trayecto se iba haciendo con más pendiente y más curvas en algunos tramos, y por fin empezaba a ver algo que podía interesarnos: En el costado derecho, se abrían algunas cavernas amorfas y el tramo se notaba como excavado artificialmente, o al menos acondicionada una pequeña línea de hueco natural. Media hora más tarde encontré el sitio ideal para mis propósitos. Una curva algo pronunciada hacia la izquierda, que indicaba el AKTA que Turner me ponía a la vista y justo allí un abismo que podría ser profundo hacia la derecha.

-¡Derailing! -grité dando el tono de desesperación teatral convenido, y la gritería de todo el grupo no pudo ser más convincente. Al punto que cuando salté de la locomotora hacia el costado izquierdo y vi a todos en sus sitios, salvo a Miski, me tranquilicé. Miski disparó con la pistola de bala a la radio, lo cual no se le había indicado pero estuvo genial. Con ello, lo último que escucharía el enemigo sería un estampido medio tapado por la gritería.

Aunque habíamos revisado a conciencia el tren Turner y yo, pedí a todos que se apearan cuidando de no resbalar hacia el abismo del costado, y repetir todos, la revisión de cada vagoneta y la locomotora. No encontramos nada, pero había que asegurarse a pleno que no éramos vistos o escuchados.

Habíamos recorrido menos de cincuenta kilómetros en una hora y media, y en ese sitio se nos daría por muertos y sin movilidad en caso de haber supervivientes.

La marcha continuó después de calcular todas las probabilidades que se nos ocurrieron y alcanzó los 55 kilómetros por hora durante las primeras dos horas siguientes, porque el camino era muy recto. Los AKTA de Tuutí y Turner indicaban con precisión, porque nos alejábamos cada vez más de la zona de anomalía magnética. Durante los siguientes cuarenta minutos superamos los sesenta kilómetros por hora, cosa que podría darnos ventajas interesantes, tanto porque se nos suponía incapaces de conducir a más de treinta por hora, como porque nos dieran por volcados en esa curva fatídica. Los sensores de localización radial deberían haber marcado al enemigo el lugar del "accidente".

Los AKTA marcaban aún camino libre por los siguientes cinco kilómetros, pero con algunas curvas peligrosas y un entorno sin vida. No obstante reduje la velocidad para no tener un accidente real y pedí a Tarracosa que agudice el oído, mientras detenía la máquina. El silencio era sepulcral, aún para el dracofeno, así que continuamos a unos veinte o veinticinco kilómetros horarios, según las incidencias de la vía. Una hora más y estábamos a unos 225 kilómetros de la vacuoide que ya habíamos bautizado "la Imperforata". Volví a detenerme y aunque los AKTA marcaban ausencia de vida en los cinco kilómetros siguientes, Tarracosa escuchó algo que calculó en cerca de diez kilómetros, sin poder precisar si era ruido de aguas o algún motor.

-¿Puede ser parecido al de esta locomotora? - pregunto Turner.

-No Teniente, -respondió el dracofeno- lo que escucho es más débil y está... Bueno, puede ser algo así, pero no se está moviendo. Si no es agua, es un motor que no está desplazándose.

- En caso que fuera un tren u otro vehículo -dijo Turner- se llevarían una sorpresa encontrándonos en medio del camino, pero es posible que quieran enviar una patrulla de comprobación antes de mandar un pelotón importante, así que podemos proceder como hasta ahora, reduciendo a toda la peña inhibiendo las comunicaciones que pudieran tener. O sea que en esta ocasión, lo que me parece más adecuado es que sólo actuemos los Sin Sombra. El túnel es estrecho y los fusiles de impulso a medio poder serán lo más eficaz.

-Estoy de acuerdo... -dijo Tuutí mirando a Rodolfo y a mí esperando nuestras opiniones.

- Lo más importante -dije- es que no puedan comunicar con puestos más arriba, así que la operación debe ser contundente. Por mi parte, de acuerdo con el Teniente.

Los demás asintieron con la cabeza y no hacía falta hablar más. Turner y sus hombres se prepararon para avanzar a pie, porque Tarracosa recomendó que no volviésemos a arrancar la locomotora.

Aunque su ruido no superaba los 75 decibelios, podía ser escuchado a varios kilómetros cuando en las subidas más pronunciadas aumentaba a 85 o incluso 90 decibelios.

-Y eso -continuó explicando en voz muy baja- si es que no tienen con ellos a otros dracofenos. Así que tendrán que ir con sumo cuidado y sin siquiera pisar muy firme...

- ¿Tendrán que ir...? -preguntó Turner con un dejo de ironía- Tú estás invitado de honor, Tarracosa...

-Entonces, encantado. -respondió con entusiasmo el dracofeno.

- Nosotros -agregó Tuutí- podemos avanzar también, pero a unos doscientos metros a retaguardia. El problema es que habría que caminar sin luz, atados con las cuerdas porque no podemos encender los AKTA y los guijarros que hay entre las vías delatarían nuestro paso...

- Tendíamos que caminar sobre las vías, haciendo equilibrio. -dije ensayando unos pasos sobre el riel- Es una bigornia fina, pero se puede, y además evitaría caídas en donde hay precipicios.

Todos hicieron rápida y silenciosamente un ensayo de equilibrio sobre los rieles a ojos cerrados y no representaba inconveniente para nadie. En cualquier caso, un paso inseguro a lo sumo obligaba a pisar el suelo y recuperar el equilibrio sin peligro y de inmediato. Igual nos ataríamos a la cuerda guía, para mantener distancias óptimas, conservar la alineación y la comunicación silenciosa: Tres tirones, detenerse. Cinco tirones, listos para avanzar. En el tren quedarían sólo Viky, Melisa Itianolla, Jorge Abarca y un Sin Sombra, para el caso de poder avanzar con él, o necesitarlo nosotros. Sus radios deberían estar encendidas y atentas a nuestras comunicaciones, pero en ningún momento nos llamarían a menos que tuvieran alguna auténtica emergencia.

Cuando llevábamos casi una hora de recorrido, el origen del sonido quedó claro. El AKTA reveló que podría tratarse de un trencito como el que habíamos utilizado y Tarracosa ya lo podía escuchar perfectamente. No estaba en marcha, pero el motor permanecía encendido y así lo estuvo hasta pocos minutos después. Demoramos otros cincuenta minutos, o sea un total de dos horas hasta llegar cerca del objetivo. Sólo avanzaron hasta muy cerca de él los Sin Sombra, retrocediendo los quinientos metros para comunicarnos lo que habían visto:

Una locomotora igual, con un tren de unos cuantos vagones, permanecía esperando órdenes; al igual que el nuestro, cargados de personal preparado para el combate.

-No he visto dracofenos -dijo Turner en voz apenas audible- pero son una fuerza de al menos treinta hombres. Es raro que lleven más de dos horas esperando allí...

- Deben estar esperando más efectivos -reflexionó Adalrich Kröner- porque las tres últimas vagonetas están vacías.

- Son ocho en total, -continuó otro freizanteno- pero van unos seis soldados en cada una. En la máquina sólo hay un hombre, en el asiento del copiloto. O sea, treinta y una personas en total.

- De ningún modo podemos dejarles avanzar... -dijo Turner- Así que será mejor que ideemos un plan urgente, para evitar tener que matarles.

- ¿Dardos? -dijo Tuutí al oído de Miski.

- Quedan muchos, pero difícil darles estando en las vagonetas. Y más difícil si se ponen en movimiento.

- Si, -agregó Turner- y hacerlos salir de ellas también es complicado, sobre todo porque donde están, justo a la entrada de una sala muy grande, tendrán demasiado sitio para quedar a cubierto y contarían con el apoyo inmediato de todos los que estén por ahí. Hay que esperarles túnel, adentro y alejados.

- ¡Rompamos la vía! -exclamé en voz baja pero apremiante.

- Excelente, -dijo Turner- los Sin Sombra nos quedamos aquí como barrera mientras el resto vuelve un kilómetro, hasta la última curva y se encargan de levantar los rieles...

Se dijeron un par de oportunas reflexiones más, como para asegurar la operación en cualquier caso y emprendimos la marcha caminando sobre la vía férrea, guardando el equilibrio. Pedí a Turner que me permita contar con Adalrich Kröner, ya que preveía que la operación podía requerir músculos poderosos y entre el enorme freizanteno y nuestro no menos grande Kkala, podrían cumplir muy bien mi idea.

Me puse detrás de Tarracosa, que iba a la cabeza de una fila. Sobre el otro riel iba Tuutí y para facilitar la caminata de la cabecera en total oscuridad, Tuutí y el dracofeno se habían unido por una pequeña cuerda del mismo ancho de la trocha. En menos de quince minutos estábamos tras la curva que giraba a la derecha, pero pedí continuar un poco más, ya que a la siguiente, más pronunciada y a la izquierda, la bordeaba hacia la derecha un barranco que quizá no sería muy profundo, pero era el único punto cercano donde podíamos ocultarnos si no había corte a pique, o bien hacer descarrilar el tren hacia ese lado asegurándonos que salía completamente de la vía.

No podíamos hacer ruidos ni usar ninguna de las armas, para no ser delatados por los ruidos y luces, pero podíamos encender un AKTA y a su suave luz trabajar. Así que Kkala y Adalrich Kröner se pusieron a la obra con la palanca que nuestro musculoso llevaba como parte habitual y obligada de su equipo.

Una llave ajustable sirvió para desenroscar algunos pernos y luego la barreta extensible de extrema dureza fue colocada para palanquear la vía y cubrimos parte de ésta y de la barreta con algunas chaquetas y mantas. De ese modo evitamos casi totalmente los ruidos del metal cuando se hizo palanca. Se extrajeron así unos treinta pernos de cada lado, liberando un tramo doble completo de vías, que luego se acomodaron para que en caso de venir el tren antes de tener nosotros otra idea mejor, descarrilase hacia el barranco. Este no era muy profundo, pues su nivel estaría a menos de cuatro metros por debajo de las vías y mientras el grupo trabajaba con ellas, Tuutí envió a Tarracosa de vuelta con Turner, para servir de enlace sin usar radio. Al menos él escucharía cualquier cosa que dijésemos con apenas unos cinco decibelios si hablaba una mujer, o diez decibelios para la voz masculina.

Miski, Rodolfo y yo exploramos el barranco y vimos que era como un lago, originado en un gran socavón artificial, de unos cuatro mil metros cuadrados, hecho durante las obras de construcción del túnel y las vías, usado luego como estación secundaria y como depósito. Aún había algunas planchas de metales, pilas de maderas, carretillas montacargas y un par de vagonetas dañadas. Al parecer tuvieron que abandonarlo por las filtraciones de agua, que lo habían empantanado hasta casi medio metro, impidiendo usar con seguridad las instalaciones eléctricas o realizar cualquier trabajo.

-Si caen aquí -comenté- será difícil que muera alguien, pero podremos reducirlos si obramos rápido.

Cuando volvimos a la vía, la trampa había quedado perfecta. Kkala y Kröner habían movido incluso los durmientes del ferrocarril y recolocados algunos de los pernos, para asegurar que el tren fuese directo al barranco al dar la curva.

-Tarracosa... -dijo Tuutí a un volumen de voz casi normal. Si no tienen novedades, comunica que la trampa está hecha y sería mejor que estuviéramos todos aquí.

Los Sin Sombra y el dracofeno estuvieron con nosotros un cuarto de hora después y nos preparamos para atender la trampa y repartir las funciones de cada uno, lo más urgente posible, porque en cualquier momento el enemigo podía ponerse en marcha.

-He hecho unas llamadas en clave -dijo Tarracosa- que sólo podría oír un dracofeno y desde unos diez kilómetros. Por suerte nadie respondió. No hay ninguno de mi raza por ahí. De lo contrario, habría escuchado algunos de vuestros ruidos. Ese chirriar de metales cuando sacaron los últimos pernos, me estaba destemplando los dientes...

Seguimos estudiando la situación y previendo la maniobra más adecuada. El personal del tren caería desconcertado en el barranco y el medio metro de agua jugaría a nuestro favor al aumentar la confusión entre ellos.

-Podemos quedarnos aquí arriba, al final de la curva y aparecer cuando estén formados después de la confusión. -decía Tuutí- Los fusiles de impulsos al mínimo serían suficientes para reducirlos. ¿Les parece buena idea?, ¿Qué opina, Teniente?

- Que no es mala idea, pero podrían, incluso bajo los efectos de los impulsos al mínimo, presentar resistencia y ellos dispararán a matar. Pero si les aplicamos potencia media, ese medio metro de agua sería suficiente para ahogar a los caídos...

- El motor de la locomotora se ha encendido nuevamente -nos advirtió Tarracosa mientras se alejaba hacia arriba para oír mejor- Avisaré en cuanto se pongan en marcha.

- Gracias, Tarracosa -siguió Turner mientras caminaba vías abajo pidiendo que le siguiésemos- Si vienen antes que decidamos otra cosa mejor, lo siento por ellos. Se aplicará la propuesta de Tuutí, pero apenas caiga el tren, vendremos a este punto y dispararemos a potencia media. Luego habrá que rescatarlos para que no se ahoguen. Son hasta ahora la mitad que nosotros, pero puede que la espera que llevan es para reunir más efectivos. Si llenan el tren, serán poco más o menos la misma cantidad que nosotros. Tendremos unos diez minutos para atarlos y dejarlos aquí. Pero no tenemos aún dónde encerrarlos como a los de *la Imperforata*.

- De eso -dije- seguramente podremos ocuparnos después, porque creo que hay más de una base de operaciones antes de llegar a la superficie. Hemos subido en una pendiente casi constante de cinco grados, a partir de unos sesenta kilómetros de profundidad y hemos recorrido más de doscientos. Si el declive sigue la pauta, que me parece lo más lógico para estos trenes y casi cualquier vehículo diesel o eléctrico, aún nos quedarían quinientos kilómetros o poco menos.

- ¿O sea -dijo Tuutí- que han hecho más o menos setecientos kilómetros de galería para llegar a *la Imperforata*?

- Unos seiscientos ochenta, para ser más exactos dijo Rodolfo.

- Así es, -continué- pero no es que hayan perforado tanto. Estoy entendiendo algo importante que nos puede simplificar las cosas después... Ahora resolvamos qué hacer con esos pobres desgraciados que debemos reducir sin matar, sin dejar ahogar, pero sin que puedan disparar ni una bala.

- Creo que tengo un plan. -intervino el Tte. Turner- El socavón es abovedado, de unos treinta metros de alto en el centro, pero casi redondo, de unos sesenta y cinco metros de diámetro y con cincuenta centímetros de agua... Perdonen un momento, que calcule... Sí, bueno... No sé si resultará pero no hay posibilidad de probarlo antes. Si emitimos impulsos a potencia máxima directamente dentro del agua, desde una distribución geométrica de cinco puntos dentro del hueco, sólo les afectará las piernas. No podrán ni levantar un brazo para disparar y caerán de rodillas. Los que hubieran quedado dentro o sobre las vagonetas, estarán más golpeados por la inducción metálica y se desmayarán. Hasta ahí es lo seguro... Hay que ubicar a cinco de mis hombres formando una estrella en el perímetro de la sala, aislados del agua...

- Hay maderas en unas pilas, -dijo Rodolfo- pero están mojadas.

- Eso no es problema. Las suelas nuestras y las de ustedes son suficiente aislante. Lo otro es que los efectos residuales pueden ser potentes durante un minuto o poco más. Nadie podrá entrar al agua hasta que se pierda todo el efecto y cuando esto ocurra, puede que ellos intenten reaccionar y los que no soltaran las armas podrían dispararnos.

- Podríamos usar los botes inflables una vez más... -dijo Tuutí- si son suficientemente aislantes y resisten los impulsos...

¡Excelente! -dijo Turner- Los botes una vez más, pero no los cinco tiradores, porque el impulso en el agua la hará hervir en un radio de tres o cuatro metros del punto de cada disparo. No sé si los botes resisten eso. Hay que ponerlos sobre maderas. Los demás pueden quedarse en los botes, escondidos tras las pilas de maderas, alejados de mis tiradores y atar cuerdas al cuello de los que vayan cayendo de rodillas. Pasado el efecto del impulso en el agua, los tendremos casi reducidos. Al menos, enlazados al cuello y los podemos encandilar. No se moverán.

- Pero no podremos impulsar los botes con los motores corneta ni con las manos -dijo Rodolfo- El impulso electromagnético seguro que los dañaría...

- Hay tablas finas más adentro, llenando una vagoneta - dije agradeciendo haber seguido la intuición de explorar a conciencia- y podemos usarlas como remos.

- Perfecto, tema solucionado. -prosiguió Turner.

-Los únicos inconvenientes, -dijo Tuutí- o mejor dicho los únicos riesgos que no estamos previendo sería que vengan tan lentos que alcancen a ver la desviación y detengan la locomotora. El otro tema, es que aparezcan más refuerzos ahora y sigan agregando vagonetas...

- Si detienen el tren -dijo Kröner- Kkala y yo podríamos darles una ayudita y...

- Creo que no será necesario... -dije expresando lo que había pensado minutos antes, pero con la conversación no había terminado de tangibilizar en mi mente- Las mantas de los varones son reflectantes, pero las de las mujeres son completamente negras y no reflejan la luz. Podemos hacer una cortina que abarque el túnel justo antes del desvío...

- Nos ponemos en ello... -dijo Verónica mientras extraía sus instrumentos de costura e indicaba a otras chicas hacer lo mismo- y las pegaremos con cintas al techo y las paredes, justo ahí, antes de donde se ve el socavón y la vía torcida... Parecerá sólo una recta muy oscura.

- Lo de nuevos refuerzos, es imprevisible, -comenté- pero la cortina negra, aparte de su utilidad específica, si la pegan bien y no se cae tras el paso del tren, atenuará el sonido y ahora mismo podría evitar reflejos y usaríamos las luces...

Unos ajustes más y la idea fue aprobada, así que en dos minutos estaba colocada la cortina y procedimos dentro del socavón, con las linternas al mínimo y movimientos suaves, para no chapotear en el agua. Los maderos se distribuyeron formando cinco pilas en el perímetro de la sala, a unos cuarenta metros entre sí, para formar como una estrella de cinco puntas en un círculo de 65 metros de diámetro. Inmediatamente después nos distribuimos ocupando un bote cada dos personas, pero un grupo de ocho *Sin Sombra* a las órdenes de Turner, se quedaría sobre la vía, al final de la curva, como barrera de apoyo y para evitar a toda costa una fuga en dirección a *la Imperforata*. A diez kilómetros, vías abajo, sólo estaban cuatro de los nuestros cuidando del tren y era imperioso no permitir paso al enemigo.

Alguien pensó que podríamos aprovechar la espera para llamar por radio a Viky y las otras tres personas que esperaban órdenes. Pero usar la radio era un riesgo porque los narigoneses podrían tener capacidad de rastreo radial e interferencia.

Estábamos preparados, cada uno en sus puestos, pero Tarracosa no avisaba de movimiento alguno. Quince minutos después debíamos auto-observarnos la impaciencia y se nos hacía extraño que no avanzara ese pelotón de reconocimiento. Rodolfo y yo ocupábamos el primer bote que saldría tras los maderos cuando el tren cayera al socavón.

- Es posible -dije a Tuutí que estaba en el bote con Kkala- que en vez de una fuerza de exploración envíen un gran contingente, pero eso no suele ser lo habitual ni lo recomendado en un caso como éste. Menos aún cuando se supone que nos dan por descarrilados a más de ciento cincuenta kilómetros vías adentro. Y ellos saben que ahí hay un precipicio mortal...

- Esperaremos unos minutos más -dijo Tuutí- pero deberíamos pensar en una solución alternativa. Creo que habría que avanzar y obrar sobre ellos.

- Tengamos un poco de paciencia. -dije poniéndome sobre mi propia ansiedad- Si sólo eran ocho vagonetas y tres estaban vacías, quiere decir que deben esperar a llenarlas sin descuidar otros puntos importantes... Mi deducción es que tienen poco personal y para completar el contingente deben venir más desde lejos. Llevan ya casi tres horas esperando para salir.

- Entonces -intervino Rodolfo- eso indicaría que hay menos riesgos en adelante, que los efectivos son pocos, que las otras estaciones o bases están a... Bueno, calculando que estos trenes no irán a más de sesenta kilómetros horarios, habría que esperar un poco para determinar cuánto han tardado en llegarles los refuerzos o el personal faltante para completar una dotación. ¿Es posible que hayan imaginado cuántos somos?

- No sé cuánto habrán escuchado. -dije- Las conversaciones que pudieron oír fueron las que tuvimos cerca del tren, y no tratábamos otra cosa que la distribución en las vagonetas y otros detalles mínimos, que sí, podrían revelar cuántos somos. Aunque nos den por descarrilados y en el abismo, es lógico que quieran asegurar una dotación con al menos la misma cantidad de efectivos nuestros, que pudieron haber calculado a partir de esas conversaciones... Igual no escucharon ni el descarri...

No pudimos seguir especulando porque una piedra cayó en el agua cerca de nuestra posición. Era la señal convenida con Tarracosa, que según se había planificado, desaparecería vías abajo, para quedar tras la barrera de los ocho Sin Sombra. Pasaron varios minutos, pero el tren no aparecía. En vez de eso, escuchamos algunos ruidos lejanos que indicaban corrimiento de metales.

-Me parece -dijo Rodolfo- que están enganchando más vagonetas. Ha sido una falsa alarma. Esperemos que no se traigan todo el ejército narigón...

Un cuarto de hora más tarde oímos chapoteo en el agua hacia nosotros. Era Tarracosa, quien nos comunicó que según escuchaba, había calculado en unos treinta soldados más recién llegados, una dotación apenas superior a la nuestra, pero que también hablaban de un perforador de cinco cabezas. O sea que no sólo pensaban mandar tropa, sino reactivar la perforación.

-Supongo que no hay de qué preocuparse. -dijo Tarracosa- Tengo toda la sensación de que no han escuchado mucho por la radio aquella y puede que nada. Lo que les escuché decir es que deben cambiar el trépano porque ya tenía problemas y se trababa. O sea que no han de saber nada ni imaginan que hemos dejado totalmente inutilizable todas las instalaciones... Ya se mueven... No tengo tiempo a volver a la vía.

-Sube a nuestro bote -dijo Verónica- y toma este lazo para poner en algún cuello. No olvides que no puedes tocar el agua.

El ruido del trencito se aproximaba y el tiempo de espera había hecho algo de mella en nuestra moral, así que estábamos algo más nerviosos que lo habitual. En cuanto Tarracosa estuvo a salvo en el bote con Verónica y alguien más, apagamos los últimos cuchicheos y quedamos expectantes. Una luz irrumpió en la sala acompañada de un fragoroso entrechocar de metales, piedras y gritos de los soldados que se vieron sorprendidos tal como lo esperábamos. Imprecaciones, maldiciones e insultos de los más variados se mezclaban con quejas de dolor. Nadie se movió entre nosotros y los disparos de los cinco Sin Sombra se hicieron esperar. Transcurrieron unos cuantos segundos que se nos hacían eternos, hasta que una voz exclamó.

-Attention! Outside the train. Line up and present arms.

Al mismo tiempo, unas linternas alumbraban todo en derredor, pero al parecer ningún Sin Sombra había sido visto. Todas las imprecaciones y quejas callaron de inmediato. Se oyeron los chapoteos en el agua y en cuanto dejaron de oírse los ruidos, un par de voces discutían en inglés. En ese momento, una fulguración azulada recorrió el agua y volvimos a escuchar un leve chapoteo.

- Operación lazo... ¡Adelante! - nos indicó uno de los Sin Sombra.

- Ahora es el momento... -dije a dúo con Tuutí mientras Rodolfo impulsó el bote con su tabla como improvisado remo.

A la mayor velocidad posible fuimos saliendo desde detrás de la carretilla, las vagonetas y las pilas de maderas, tomando posiciones tras los soldados que -tal como había previsto Turner- se hallaban de rodillas con el agua hasta la cintura. Ninguno había podido sostener siquiera un arma, así que el resto fue mejor de lo supuesto pero menos fácil de lo deseado. Estaban formados en una sola fila, lo que facilitaba nuestro posicionamiento tras ellos, pero algunos se iban hacia adelante, casi en desmayo y había que cuidar de no dejarles caer o se ahogarían.

El Teniente Turner demoró dos minutos en indicar que el efecto residual habría pasado y se arriesgó a meter la mano en el agua. Inmediatamente corrieron tres freizantenos a subirse en la locomotora y el último vagón, donde iba un enorme trépano. Mientras tanto, los demás nos poníamos ya fuera de los botes, con dos soldados enemigos cada uno encañonados con nuestras pistolas. En total habían resultado sesenta y cinco, así que los Sin Sombra que portaban fusiles se encargaron de armar grupos de tres, a los que ataron entre sí, de manos y cuello. Nuestras mujeres, más habilidosas que los varones para hacer nudos, se encargaban de atar a la mayoría y entre todos procedimos a un meticuloso cacheo, a fin de quitarles mochilas a los que las llevaban, armas cortas, linternas y cualquier cosa útil. Una vez concluida la operación les volvimos a meter en los vagones.

- Si alguno de Ustedes se mueve, mis hombres dispararán sobre el tren y podrían quedar gravemente heridos o muertos. Basta un disparo para ello. ¿Alguien no ha entendido?

Uno de los Sin Sombra tradujo al inglés para los prisioneros y el Tte. continuó dando explicaciones y el otro traduciendo:

-Si nadie se mueve hasta nueva orden, es posible que sean trasladados a un lugar donde estarán a salvo. No deseamos matarles, pero no confundan las cosas. Somos los buenos, no los tontos. Sargento, revise y extraiga radios, armas o cualquier otro dispositivo que pudiera haber en el tren. Y a partir de ahora, volvemos al silencio lo más completo posible.

Tres de los Sin Sombra que produjeron la electromagnetización del agua quedaron de guardia con los prisioneros mientras todo el resto volvíamos a la vía. Tarracosa dijo entonces:

-Alguien ha escuchado algo y vienen hacia aquí. Creo que son... Siete... No ocho... No... Detrás, otros más...

- La cortina está en su lugar. -dijo un Sin Sombra.

- Bien, esperémosles antes que lleguen a ella -dijo Turner- Fusileros, con las armas a media potencia... Weiss disparará cuando le ordene. Nadie más, a menos que diga dos, tres... y no creo que haga falta el cuarto aunque sean cien...

Los cuatro fusileros que quedaban disponibles esperarían rodillas en tierra a cinco metros del otro lado de la cortina y los otros diez Sin Sombra se apostaron detrás de ellos. Los demás debíamos permanecer tras la cortina todavía y pegados a las paredes, así que ocupé mi lugar en formación. Turner dio la orden y Weiss disparó. No se oyó nada más que cuerpos cayendo al piso. Algo pesado cayó también con ruido de metales e inmediatamente Turner corrió a abrir la cortina y juntos fuimos tras la curva. A unos treinta metros estaba la tendedera de enemigos desmayados. Hubo que atar a doce personas más, recoger una ametralladora pesada que había quedado desparramada con sus cananas y procedimos a quitarles todas las armas y útiles.

Una radio comenzó a sonar pidiendo informes y Wilhelm Wolf, uno de los Sin Sombra la levantó del suelo. Apretó el botón, habló en inglés rápidamente y alguien respondió y se rió.

-He dicho que el tren ha tenido una pequeña avería, que está arreglado y continúa hacia la perforación, que no es nada y que volvemos mañana. Ha contestado que si no nos damos prisa, nos quedamos sin comer, que mañana hay comida de rancho y cerveza negra.

- Y eso me hace acordar -dijo Verónica- que hace como muy mucho que no echamos nada en las tripas...

- Esta vez vamos a ser malos de verdad. -dije- En vez de nuestras raciones, nos comeremos las de ellos sin la menor contemplación.

Después de la engorrosa tarea de levantar a los desmayados, llevarlos cuesta abajo por el terraplén para depositarlos en los vagones junto a los otros, emprendimos la marcha hacia la estación de la cual desconocíamos todo, salvo las dimensiones de la sala, pero era de esperar que no fuese difícil reducir a los que estuvieran allí.

- Han tenido que esperar otras tropas, -dijo Turner- y dejaron a esos doce retenes, así que no habrá más que operarios técnicos.

Reducir a los cinco operarios desarmados y a un cocinero, no resultó digno de contar. Una vez asegurada la plaza, mientras los sorprendidos eran interrogados, el resto nos movilizamos al socavón para traer a los prisioneros. La estación era una sala cuadrada de una hectárea, que seguramente hicieron cuando tuvieron que abandonar el socavón por causa de las filtraciones. Tenía cuadra de camas y aseos, comedor y comodidades para más de cien personas.

-Antes de quitar la cortina, -decía Rodolfo antes de regresar a por los otros prisioneros- colocaremos encima otra, pero con las reflectantes, de modo que podamos usar la radio impidiendo que la onda venga vías arriba. Entonces llamaremos a nuestros amigos del tren de abajo. Le llamaré con un soplido, Tte. Turner. Si me escucha me responde sólo con un "OK", hasta que ya no me escuche...

-Buena idea. Perfecto.

Mientras volvíamos, Verónica y otras chicas prepararon la cortina reflectante. Como podíamos usar linternas, nos movíamos con rapidez y en minutos estábamos colocando de nuevo las vías en su sitio para que pase *nuestro* tren. Turner no contestó a la radio, así que llamamos a Viky, seguros de no ser interceptados por las estaciones lejanas. Cuando estábamos terminando con el arreglo de la vía y llevando a los detenidos, apareció el tren con el que aún tendríamos mucho que andar.

Curamos a unos pocos enemigos heridos en el descarrilamiento, y los 77 soldados, cinco operarios y el cocinero, fueron encerrados con medicamentos y provisiones en una instalación de contenedores, convertida en gran celda fabricada del mismo modo que la de la vacuoide *Imperforata*. El freizanteno que había hablado antes en inglés interrogó a los operarios. Grabó en su prodigiosa memoria los tonos de voz y extrajo de los cuadernos y anotaciones de la mesa técnica los códigos de comunicación. La radio podía ser trasladada sin problemas y no tenía localizador posicional como temimos antes.

Del interrogatorio, resultó que la comunicación de la radio espía había sido muy deficiente, y habían escuchado muy mal lo del simulacro de vuelco. Habían pensado que se trataba de un accidente con el sistema de perforación, que ya había dado algunos problemas. Por eso llevaban otro nuevo trépano. Demasiadas precauciones, pero era mejor tomarlas.

-¿Y podemos confiar -pregunté- de que ha dicho la verdad?

-Sí, claro. -respondió el freizanteno- No es un soldado, es un operario medio muerto de miedo, que cree estar haciendo cosas por su patria. Y además imagínate lo que debe sentir una persona cuando alguien a quien casi no ve, le pregunta cosas. Ustedes ya están acostumbrados...

Ciertamente, ubicábamos a los Sin Sombra más por sus voces que por sus formas, aún con sus trajes inactivos, salvo cuando nos poníamos las gafas especiales.

Luego de apostar la guardia y hacer la lista de imaginarias correspondiente, vino la comida, que aunque hubo que racionarla estuvo muy buena y no tuvimos que echar mano de nuestro alimento liofilizado. También se acordó una ración de cerveza, así que luego vino un descanso muy merecido de al menos ocho horas... Aunque algunos ya teníamos "ansiedad de viajero" y fuimos los primeros en desayunar y ocupar algunas de las comodidades de la estación enemiga. No es que los aseos fueran de lujo, pero un buen inodoro no se encuentra en cualquier caverna, por más misteriosa y antigua que sea. Las duchas sí que dejaron qué desear porque el agua salía fría, pero nos quitó el resto de cansancio acumulado.

Los mapas hallados en la oficina técnica revelaron lo que precisábamos saber para seguir adelante, aunque había zonas marcadas con símbolos extraños y descripciones imprecisas. Aunque también imprecisas las marcas de distancia porque eran planos más destinados a anotar factores geológicos, pudimos determinar que estábamos a 592 kilómetros de la entrada del laboreo y que la mayor parte era preexistente, aprovechado y adaptado por los narigoneses.

-Este túnel debe ser de los más antiguos de toda la Tierra. -dije a un grupo de mis compañeros mientras inspeccionábamos las vías por donde seguiríamos hacia arriba.

- ¿Pero ha sido hecha por la actividad volcánica o por el agua?

- Nada de agua, Rodolfo. Ni siquiera había agua en el mundo cuando esto se formó. El agua se produjo a lo largo de unos cuantos millones de años posteriores a la estabilización de la corteza terrestre, cuando estos volcanes ni siquiera podían ser llamados volcanes como los actuales. Cuando las bolas de plasma solar atrapadas en la corteza comenzaron a trabajar sobre los compuestos liberando los gases que componen la atmósfera, se formó el silicio magmático y sus corrientes comenzaron a causar diferencias térmicas tremendas, también diferencias de presiones muy grandes y rápidas, que dieron lugar a la formación de agua...

- ¿Pero dices que eso ocurrió millones de años después que se formaron túneles como éste? -dijo Turner.

- Así es, Teniente. -continué- Digamos que justamente este túnel como muchos otros que habrá aquí en el Antártico, como en el Ártico, fueron las primeras cañerías del sistema que dio lugar a la producción de agua... Bueno, las explicaciones requieren dibujos y esquemas, dejemos las cuestiones geogenéticas para otro momento, pero les comentaré brevemente algunas curiosidades que observo aquí mismo...

- Al menos -dijo Tuutí- no nos dejes sin explicar lo de este túnel.

-Fíjense en las paredes. -continué- La pendiente es la propia de muchos ríos subterráneos en terrenos como este, pero si miran las partes de muros que aún quedan naturales, verán que las estrías son formadas por un mineral más duro que el basalto y "peinadas" hacia arriba. Seguimos estando en túneles de origen volcánico primordial. Las lavas primordiales eran diferentes de las actuales. Ahora están muy combinadas con minerales de su propia producción, han sufrido transvases formidables... Pero ésta que transcurrió por aquí se fue abriendo paso más fácil que las lavas actuales, porque el suelo era menos rígido, la corteza no estaba aún consolidada. Los magmas volcánicos actuales contienen como porcentaje mayoritario, silicatos de magnesio, calcio y sodio, incluso de aluminio, pero también tienen gases como el dióxido de carbono; ácidos clorhídrico, sulfhídrico, bórico y otros. Pero todo eso es moderno, porque los volcanes actuales se produjeron cientos de millones de años después que los volcanes primigenios, ya por nuevas aportaciones de plasma estelar que cayera sobre la Tierra, ya como producto de las coladas de magma primigenio.

- ¿Y estos volcanes primigenios no tenían todos esos compuestos como los de ahora? - preguntó Turner.

- No Teniente, estos volcanes primigenios eran de un plasma muy puro y eran gigantescos. Si observan las paredes, verán que hay abundancia de esta especie de lagresa dura, que una mezcla de cuarzo microcristalino con carbón, magnetita, titanio y hierro, desconocido en la superficie, porque el AKTA no lo tiene clasificado ni me da lecturas claras del resto de los componentes. También hay gran cantidad de sienita, es decir granito sin cuarzo, pero éste ni siquiera tiene micas y en cambio tiene otros microcristales desconocidos. En todo caso, las paredes son algo así como el hollín, mucho más duro que la lava que salió por aquí. Luego, cuatro o cinco mil millones de años de pasar agua, dejaron limpios estos túneles, más algunas "ayudas" de alguien en algunos casos, hasta que hace algunos pocos millones de años el agua también dejó de pasar por aquí, dejando sólo estos muros tan duros y curiosos. Volviendo al principio, aún no se habían unido estos componentes del granito cuando corría la lava. Como la corteza estaba blanda o poco afirmada, estos núcleos enormes de plasma premagmático no ejercían grandes presiones, así que sólo quedaron estas paredes, endurecidas con el tiempo. El magma era plasma estelar que se iba mezclando poco a poco con los elementos químicos que estaban formando la corteza. Así se fueron formando los primeros minerales complejos y al mismo tiempo el plasma se fue convirtiendo en magma tal como lo conocemos actualmente. Y como no había demasiada contención por parte de la corteza y en algunos sitios las presiones eran menores, estas corrientes de plasma que iba convirtiéndose en magma, discurrían lentamente. En este caso, por ejemplo, lo hicieron hacia la superficie con lentitud y suavidad, porque aquí el magnetismo es de unos 0,8 Gauss y la gravedad es muy diferente que en el ecuador terrestre...

- Sí, claro, -dijo Viky- estamos muy cerca del polo geográfico.

- Bien, -continué- pero aún estamos a unos cincuenta kilómetros de profundidad. El túnel tiene hasta la salida, todavía unos 600 kilómetros y una pendiente suave porque la gravedad no es la misma... Ha ido subiendo, si, pero... ¿Han notado que aún en las pendientes mayores, de unos diez grados, la máquina no hacía demasiado esfuerzo?

- ¡Cierto! -dijo Jünger Wirth- ¿Entonces el hecho de notarme más liviano no es mero producto de mi buen estado físico?

- No, amigo, todos estamos más livianos. Nos ha cansado mucho la tensión, la espera, la lógica incertidumbre, pero todos hemos estado más ágiles que lo habitual...

- ¡Hay una balanza en la sala técnica! -dijo un Sin Sombra.

- Pues iremos allá y veremos si pesamos menos, -dijo Turner- pero no entiendo por qué tenemos menos gravedad aquí... Bueno, entiendo que estamos más cerca de la esfera de gravedad cero y ya he estado ahí. Pero eso está a 600 Km de profundidad y aquí sólo tenemos una cota de cincuenta.

- Sí, Teniente, -respondí- pero olvida Usted que estamos muy cerca del polo. En el círculo interior del hueco polar, la gravedad es algo mayor, pero sólo en su superficie. Como estamos a cincuenta kilómetros de la superficie, la cercanía a la esfera de gravedad cero es relativamente mayor. A medida que subamos hacia la superficie notaremos más el aumento de peso.

- O sea que no nos desesperaremos si nos sentimos cansados.

-Así es Teniente. Pero no se ría, que la diferencia no será para broma. Estamos en una zona donde el efecto rotatorio es menos potente que en el ecuador, pero al mismo tiempo hay factores primigenios menos modificados, quizá los fenómenos relacionados a la gravedad sean diferentes a lo que calculamos. En otras palabras: No sería de extrañar que el mensaje de "La Esfinge de los Hielos" sea una advertencia...

- ¿Realmente crees -dijo Tuutí- que Julio Verne sabía algo sobre este asunto, cuando apenas había sido circunnavegada la Antártida?

- Como que escribió en 1865 que tres hombres salían en una cápsula hacia la Luna, desde Florida, cuando allí sólo había pantanos y cocodrilos. Describe la velocidad de salida de la tierra a once kilómetros por segundo, las 150 horas de viaje hasta la luna.... Y en 1872 escribe "*Viaje alrededor de la Luna*", donde describe la circunnavegación lunar, las peripecias para volver a la Tierra, pero *nadie aluniza*... Los parecidos con los hechos de casi un siglo después, son espectaculares. Y también están en la misteriosa "clave del once". Apolo 11... Verne sabía más que mucha gente "bien informada" de la actualidad. Era un científico con una formidable intuición. Aunque algunas personas han escrito aberraciones biográficas, como que nunca salió de Nantes, su pueblo natal, lo cierto es que viajó por todo el mundo apenas terminó la carrera de abogacía y luego sus publicaciones le financiaban experimentos y viajes, en los que seguía escribiendo hasta un total de 87 obras, algunas de las cuales no han sido editadas. Si no hubiera leído ochenta años después todas sus novelas y cuentos publicados, pensaría que la Esfinge de los Hielos es un mito...

Después de comprobar que pesábamos un diez por ciento menos, nos preparamos para la siguiente etapa, que podría ser más peligrosa que las superadas. El túnel contaba con tres estaciones más, pero era importante determinar con exactitud nuestra situación. Volvimos a los mapas y AKTA combinados, para comprobar que   mis sospechas estaban cada vez más cerca de una confirmación que podía ser de extrema importancia.

-Tengo una teoría -comenté al grupo mostrando los mapas que iba configurando- que de algún modo estoy confirmando a medida que tenemos más datos. Freizantenia está aquí, en el punto intermedio del hueco polar. Este otro punto es la *Imperforata*, y estos otros son la vacuoide volcánica MT-1...

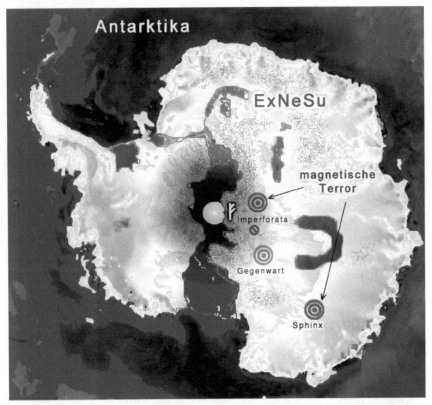

- Nyauque... -dijo Khispi con su voz de cristal.

- Eso, Nyauque, la "Anterior a Todo" -dije- pero no por mucho tiempo a estos túneles, que son sus fumarolas accesorias, aunque discurren hacia el mismo punto que la chimenea central. Si acierto, nos encontraremos con ella aquí, en la Esfinge de los Hielos...

- Si es así, -dijo Turner- lo de "los hielos" es porque se te hiela la sangre. Lo dices de tal manera que parece una noticia nada buena...

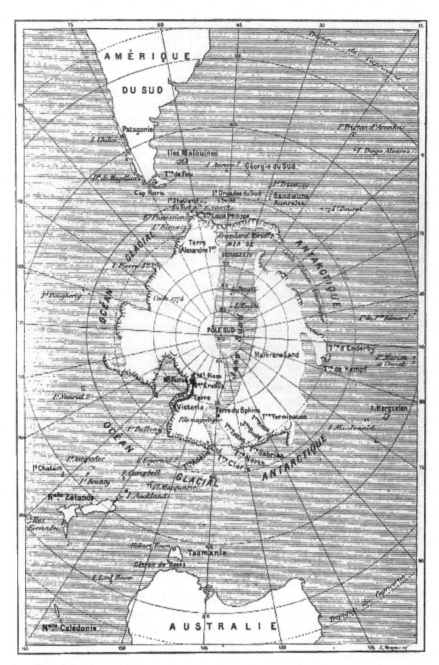

- No podemos saber -respondí- si será buena o mala, ni siquiera por ahora es algo seguro. Si estoy en lo cierto, será mejor que tengamos cuidado al explorar esta zona de la Esfinge. Sobre su existencia... A ver mi AKTA... miren el mapa que hizo George Roux hace más de cien años, para ilustrar la novela de Verne... No figura el agujero polar, pero sí el pasaje subglaciar antártico. Y no le erró por mucho...

Estas vías, según el mapa de los narigoneses van casi rectas en esa dirección. Aunque según los mapas nuestros estamos a... ¡Pero si hemos avanzado más de doscientos kilómetros...!, pues claro que vamos en esa dirección y estamos más o menos a esa distancia...

- ¿Supones que los narigoneses tienen justamente la entrada a estos túneles cerca de la famosa Esfinge?

- Es lo más probable. No sé por qué. Si tal Esfinge existe y es como la describió Verne, debe ser un promontorio que atrae todos los metales y la explicación estaría en el volcán primordial Nyauque. La Esfinge sería la contraparte del volcán, que no parece funcionar por magnetismo negativo, sino justamente lo contrario. Creo que el Nyauque es lo contrario a un imán, pero no un núcleo paramagnético o diamagnético. Simplemente, algo donde el magnetismo normal de la materia no existe... En cambio la Esfinge sería lo que el volcán ha expulsado de sí mismo, una acumulación gigantesca de magnetita, hierro y otros minerales magnéticos. El campo magnético de la Tierra da vueltas alrededor del polo geográfico, es decir alrededor del agujero polar, pero por alguna suma de constantes físicas, debe haber un punto en cada polo, cerca del agujero antártico como del antártico, que haya acumulado por dispersión magnética natural, algún mineral que provocaría estos fenómenos. O sea que habría también una Esfinge de los Hielos en al polo norte, aunque de ello no tenemos ninguna noticia. En fin, que estoy divagando un poco con mis teorías, pero en cualquier caso, si vamos a esa zona debemos llevar sólo metales paramagnéticos...

- No entiendo mucho qué es un paramagnético... En física he sido un duro de pelar -dijo alguien y otros pidieron explicación más completa-

- Bien, es sencillo. En cuanto a propiedades magnéticas, los elementos químicos y sus compuestos se dividen en tres clases: Ferromagnéticos, como el hierro, el níquel y el cobalto, que son atraídos por el imán y se usan para imantar. Diamagnéticos, como el cobre, la plata, bismuto, plomo, mercurio y muchísimos más elementos y compuestos, cuyos átomos y/o moléculas no se alinean con el imán y finalmente los Paramagnéticos, como el agua, el aluminio, el carbón, titanio, zirconio, wolframio, o compuestos como el aire o la madera... A los que tampoco se pega el imán porque se oponen levemente, aunque es imposible diferenciar los diamagnéticos y paramagnéticos sin aparatos adecuados. Igual se hacen aleaciones compuestas por cierta cantidad de paramagnéticos que pueden resultar diamagnéticas y viceversa. O como el acero inoxidable, que es feromagnético con algunas de las cualidades del diamagnético. El tema es largo de explicar, pero lo que nos interesa es que si la Esfinge existe y es tal cual, tenemos que librarnos de todo lo ferromagnético antes de acercarnos. Además, no podríamos permanecer mucho tiempo cerca de una gran masa ferromagnética imantada, porque buena parte de nuestra sangre tiene hierro. Tendríamos problemas orgánicos graves en unas pocas horas...

- Entonces, -dijo Turner- no creo que estos sátrapas tengan la entrada por allí, o al menos no una base de permanencia...

- Deme un minuto -dije- y haré compatible la imagen de los mapas de los narigoneses, con el mapeo exacto que tenemos en los AKTA. Hay que calcular las distancias y proporciones... Bien, ya está. Miren, el túnel sigue hasta las coordenadas exactas de la Esfinge, pero allí no hay marcada ninguna base...

...Nosotros -continué- estamos aquí, en la base Demi-4. Cada estrella, evidentemente es una base o al menos una estación como ésta. A la imagen que tienen del lago Vostok he superpuesto la imagen completa. La civilización de superficie sólo conoce la parte subglacial del lago, pero no la parte subterránea. Si los narigoneses tienen algún acceso a la totalidad del lago, eso sería un problema. Creo que el lago es el nudo central de toda la cuenca hídrica subantártica oriental, o al menos uno de los puntos más estratégicos. ¿Han explorado su entorno subterráneo?

- Todavía no... -respondió el freizanteno Artur Weiss, que era el más puesto en geomorfología- porque hay demasiada plata en minerales como argentita, cerargirita y especialmente pirargirita. No podemos llegar con vimanas ni cerca del lago, pero hemos hecho unas incursiones con Kugelvin en Gespenst, directamente desde arriba y las anteriores con sondas cuánticas desde vimanas bien equipadas para ello. De todos modos, el mapa que tienes no está completo en la parte subterránea. Parece que es más grande hacia el noroeste...

- Entonces -dije- creo que vamos a tener que reconocerlo en su totalidad. Estos lugares me recuerdan que en el Mar Pogatuí, el Damocles y otros sitios similares que hemos conocido en América y sobre la vacuoide taipecana de Quichuán, convergen la mayoría de las galerías de la región, ya sean de origen volcánico o cárstico. Eso significa que son como nudos de carreteras subterráneas naturales, y mediante ellos se tiene acceso a una enorme región...

- Pero primero -dijo Turner- hay que dar con los objetivos de mayor prioridad. En cuanto hayamos localizado las bases y otras instalaciones enemigas y eliminado el peligro sobre Freizantenia, sin duda tendréis la exclusiva del mapeo subterráneo total de la Antártida.

- Totalmente de acuerdo. -dijo Tuutí- Así que sigamos con los planos ¿Tienes ahí los capturados a los narigoneses en Quichuán?

- Si, -respondí- pero ninguno se ajusta a lo que tenemos mapeado hasta ahora, ni a los mapas freizantenos, ni se han podido decodificar lo que podrían ser sus coordenadas. Sin duda, aquellos que dejaron allí en Quichuán los mapas, estaban trabajando simultáneamente con este asunto sobre Freizantenia y ha pasado medio año. Estoy francamente preocupado...

-Y comprenderás que no es sólo tuya la preocupación, Marcel. -dijo uno de los freizantenos mientras se acercaba a su Teniente- Ya tenemos todo listo y cuando ordenen, podemos partir. No hemos recibido comunicaciones radiales ni hemos podido contactar con nuestra base en Freizantenia...

- Discúlpenme -dio Turner mientras se retiraba con el soldado- pero debo volver a inspeccionar todo. Salimos en diez minutos y conversaremos en el camino...

LOS MONSTRUOS METÁLICOS DEL ESTANQUE

Al trencito se habían agregado cuatro vagonetas por orden de Turner y en la primera tras la locomotora se había puesto un trasto de metal que estando tapado con una lona, parecía un cabezal de trépano. Ello simularía muy bien la lógica entrega del cabezal defectuoso que debería haberse cambiado. Algunos freizantenos habían regresado al socavón para destruir totalmente el que pretendían llevar de reemplazo a la Imperforata y dejar demolido todo el tren desviado.

- ¿No serían útiles en Freizantenia, esos trépanos? -pregunté al Tte.

- Para nosotros sería útil cualquier cosa, pero el reciclaje de chatarra a veces ni se considera. Sólo reciclamos lo nuestro. La producción propia de metales es abundante y de mejores calidades. Los trépanos de purcuarum son indestructibles y se combinan con tecnología de sonido, de modo que taladrar y tunelar, es para nosotros como agujerear un barro blando. No se puede comparar con estos cacharros, aunque con ellos igual el enemigo puede hacer daño...

Nos quedaban por delante tres estaciones e intentaríamos entrar en ellas del modo más desapercibido posible. Partimos dejando libres las tres vagonetas finales, pero la idea era disponer de algunas vacías tras la que llevaba el supuesto trépano, a la hora de entrar en las siguientes estaciones. Si hacían controles tan relajados como había sucedido hasta ahora, podíamos jugar mejor con el factor sorpresa y usando más vagonetas podía caber todo el personal bien agachado o acostado, sin ser vistos a menos que inspeccionaran cada vagoneta de cerca. El Teniente, Tuutí y Rodolfo me acompañarían en la locomotora. Los freizantenos, incluyendo a Turner, y diez de los nuestros, nos habíamos puesto encima de nuestras ropas, las de algunos prisioneros.

- Si no fuera porque tenemos que procurar rescate para la gente que hemos dejado prisionera, -decía Turner- podríamos haber derrumbado los túneles...

- Cierto, Teniente. -respondió Tuutí- pero habrá que hacerlo en cuanto se pueda... A menos que Freizantenia pueda darle alguna utilidad especial a este conducto.

- Estamos más en riesgos que en beneficios, creo yo -decía Turner- porque hay poco espacio para instalar una base. Sólo daría para algún destacamento y con más peligro que ventaja, pero no somos quien debe decidirlo. ¿Cuánto nos falta para la próxima estación?

- 139 kilómetros, Teniente. -respondí mientras ponía en marcha la locomotora- Y si estos mapas son tan exactos como parece en cuanto a la forma, tendremos un trayecto bastante recto, con pocas curvas pronunciadas. Iremos a unos cincuenta kilómetros horarios. Pero fíjense en estas marcas; no sabemos qué pueden indicar... Creo que podemos encontrarnos sorpresas antes de llegar a la próxima estación...

Cuando estábamos a medio camino, tras poco más de una hora de conducción bastante tranquila, vimos unas señales rojas pintadas en los muros. Representaban puerilmente una persona con los brazos abiertos. Disminuí la velocidad y Rodolfo me indicó que a cuatro kilómetros el AKTA revelaba un par de galerías convergentes. Una ascendente y la otra descendente, ambas con gran declive.

-Es posible -dije- que sean producto de filtraciones...

- Si, eso debe ser, -continuó Rodolfo- porque también indica agua. No mucha, pero ha de ser un río y con tanta pendiente ni se han preocupado en explorarlo.

Mantuve una marcha lenta que fui disminuyendo hasta detenernos al llegar a unos metros del punto que marcaba el AKTA. Los cuatro bajamos para inspeccionar y efectivamente se trataba de un arroyo, pero su galería era estrecha, de unos seis o siete metros de diámetro y origen evidentemente cárstico, muy diferente a la que circulábamos.

- Este arroyo, -dije- ha ido perforando la dura pared exterior del túnel, y finalmente lo ha abierto, pero ya el agua había formado su cauce hacia abajo muy marcadamente, por eso no ha inundado el túnel. Sin embargo cuando han llegado los narigoneses, han tenido que romper un poco esa parte de ahí arriba, para que parte del agua no siguiese entrando en el túnel... ¿Les parece que vale la pena explorar un poco? -dije mirando mi AKTA- Hay un estanque bastante grande a sólo ciento veinte metros más abajo y algunas galerías y...

- No me parece oportuno, a menos que haya signos de vida...

- Y es que lo hay, Teniente. - le respondí bajando la voz- Mire, hay algo moviéndose y parece que es una persona...

El AKTA no volvió a revelar nada más, pero mis amigos al menos vieron por un instante la indicación de movimiento en verde, color que estos aparatos sólo asignan a seres vivos.

- Una planta no se mueve -dijo Tuutí- y un único soldado merodeando por ahí abajo, es algo inverosímil...

Rastreamos desde la boca de la galería con el AKTA a máxima potencia durante unos cuantos segundos más, pero no volvió a aparecer nada. Buscamos marcas de descenso, algo que pudiera servir de apoyo, a modo de escalera, pero no hallamos nada que pudiera ser usado para bajar por la galería, con una pendiente de cerca de sesenta grados.

- Sin cuerdas es demasiado peligroso -dijo Chauli acercándose al grupo y explorando la entrada- y son más de cien metros en tobogán hasta el estanque. Quien estuviera allí no podría subir. La piedra es muy lisa y mojada; es impracticable toda escalada sin cuerdas.

- Es extraño -dijo Rodolfo- que no haya ni una marca de haberse usado cuerda ni hay donde atarla... Bueno, si alguien ha bajado, pudo atar la cuerda a una vagoneta o a un perno de las vías. Pero es más misterioso que quien esté por allí, no haya pedido auxilio y haya desaparecido.

- Cierto, -decía Turner- porque sin duda que -a menos que sea sordo- debe haber oído llegar y detenerse el tren, y ciego y sordo a la vez, no puede ser nadie en este lugar, de modo que quien sea o lo que sea, habrá visto la luz de la locomotora.

- Aunque sólo oímos el murmullo del agua aquí arriba -dije- es posible que al llegar al estanque el sonido sea mayor y encubra los ruidos que hacemos aquí. Respecto a la luz, Teniente, hay una curva a cincuenta metros y puede que no se refleje nada allí abajo. Voy a llamar a Tarracosa, que quizá pueda escuchar algo...

En unos momentos, el dracofeno estaba pegando sus oídos a las piedras de la boca de la galería mientras nosotros intentábamos, cada uno con su AKTA, volver a registrar algo como aquella fugaz aparición. El pequeño lago parecía tener tres salidas de agua pero no podíamos precisar su profundidad. Otro conjunto de cuatro o cinco galerías seguía a un nivel un poco más alto, pero la forma laberíntica y los estrechos corredores no permitían a los aparatos armar con rapidez una imagen que pudiéramos interpretar. En cualquier caso, no había galerías tan anchas como para significar un camino interesante.

-Si es alguien que se ha caído por ahí, -dijo Rodolfo- no podré irme con la conciencia tranquila... No creo que el arroyo lleve a algún lugar donde se pueda sobrevivir. Fíjense que de las tres derivaciones, sólo una es importante y va en un declive mayor que aquí, que ha de ser de unos 70 grados, el agua debe ir allí muy rápido.

-Entonces, -dije- los otros dos conductos no son derivaciones, sino afluentes, porque están un poco más arriba de la superficie del estanque. Más difícil lo tiene quien esté por allí...

- Hay muchas posibilidades -dijo el Teniente- pero a pesar de las prisas, no podemos dejar sin explorar esta situación.

-Y además -intervino Tarracosa- si están haciendo los narigoneses chapuzas como la de la Imperforata, sin haber explorado la región, creo que no estará Freizantenia tan en riesgo.

- No diría lo mismo, Tarracosa -le expliqué- porque en la Imperforata lo que hicieron fue sondear que había una cavidad grande más abajo. Si no exploraron el camino por donde vinimos, no sería por falta de intentos, sino porque algunos habrán ido a parar a aquella inmensa catarata... Sin aparatos como el AKTA, habríamos tenido muy difícil llegar a la Imperforata, pues con más dificultad habríamos podido hacerlo a la inversa, a menos que hubiéramos tenido la suerte de elegir la vera izquierda, remar rápido y no despegarnos de ella.

- Cierto, -dijo Turner- no lo había pensado, pero el camino río abajo es una trampa rara; nadie se imaginaría que no toda el agua cae en la catarata. Pero ahora concentrémonos en esta situación. ¿Nadie capta nada en los AKTA?

-De acuerdo, -continuó ante la negativa general- hay que ir a explorar, si Tuutí lo acepta.

-¿Aceptar? ¡Me urge, Teniente! Vamos, chicos, todo el mundo abajo. Verónica, Chauli, Tarracosa y yo iniciamos el descenso. Marcel y Rodolfo, en ésta se quedan. Lo siento, pero no podemos ir todos. Marcel queda al mando aquí arriba. ¿Viene, Teniente?

- No, porque no estaría tranquilo. Aunque es improbable que venga algún tren, prefiero hacer guardia aquí. Jürgen Alonso, Margaretha Fritz, Albert Gómez y Geraldine Stuart pueden acompañarles. Si necesitaran refuerzo bajaría yo con los demás y los que Marcel disponga.

Tras una rápida revisión de equipos, las radios de los cascos, linternas y demás útiles, Chauli ató las cuerdas a los pernos de las vías, para evitar problemas si hubiera que mover el tren, pero un par de cuerdas de rescate se ataron a un hierro de la locomotora, colocando un clavo con unas roldanas en el piso, a la entrada por donde se realizó el descenso. Si hubiera que tirar con fuerza, para subir a los exploradores, la máquina nos facilitaría el trabajo. Tarracosa encabezaba el descenso y al verle pedí que esperasen.

- ¡Un momento, amigos!.. Tarracosa, ¿Podrías bajar hasta el lago sin usar cuerdas?

- Claro, -respondió con toda naturalidad- sólo la estoy siguiendo por costumbre desde que ando con ustedes... ¿Cuándo un dracofeno ha necesitado cuerdas para andar por las galerías subterráneas?

Sus manos con largos dedos cuyas puntas se ponen espatulados cuando tocan algo, la piel fuerte y algo rugosa, así como las botas que los dracofenos pidieron hacerse con cuatro dedos como botas-guantes, era todo un kit de escalada, descenso y ciertamente tenía la cuerda para él, menos utilidad que la baranda de una escalera para nosotros.

- Creo -dije- que el que anda ahí abajo puede ser un dracofeno y por alguna razón no ha tenido interés en que se le viera...

Hubo algún comentario de incredulidad, porque eso también era en extremo improbable y los cuatro Sin Sombra siguieron a nuestros cuatro compañeros. En un par de minutos se perdieron tras la curva del agujero. Las radios funcionaban perfectamente pero sólo Tuutí la tenía en función permanente a fin de que escuchásemos las incidencias del descenso.

- Estamos en el lago, -decía Tuutí- hay una plataforma de roca casi sin inclinación, de unos treinta por cuarenta metros. La caverna es amplia, como de doscientos metros de diámetro y bajan otros dos arroyos. Pero aquí convergen más galerías que lo que mostraban los aparatos. Son pequeñas, estrechas y difíciles de explorar.

- ¿Puedes testear la profundidad del lago? -pregunté-

- Sí, tiene unos cinco metros y el fondo es plano, pero puede que mucho más profundo, porque el fondo que marca el AKTA desde aquí, es blando, como si fuera lodo, sólo que no hay trazas de materia orgánica, sino... ¡Ooop! ¡Tarracosa se ha sumergido!..

- ¿Qué ocurre? -exclamó Turner- ¿Hay que rescatarle?

- No... Tranquilos... -decía Tuutí- Ha hecho una señal de que le esperemos y se ha lanzado al agua.

Pasaron algo más de dos minutos en los que el Teniente y Rodolfo conversaron algunas cosas más con Tuutí, mientras mi mente intentaba tangibilizar algo. Tarracosa no es muy afecto al agua y sólo se baña por higiene. Nada mejor que cualquiera pero sólo cuando es absolutamente necesario...

- Seguro que abajo -comenté- hay algún mineral que le ha atraído...

Apenas había terminado de hablar cuando por la radio se escuchaba la voz tranquila de Tuutí.

- Marcel dio en la diana. Lo que hay bajo el agua es mercurio. Dice Tarracosa que hay mucho mercurio metálico, con deliciosas formaciones de livingstonita blanda, o sea sulfuro de mercurio y antimonio.

- Y sigo creyendo que lo que anda por ahí es otro dracofeno... O quizá... -dije mientras mostraba el AKTA a Turner y Rodolfo- No puede haber nadie por mucho tiempo ahí, porque el aparato indica cierta concentración de argón. Aunque es más pesado que el aire... Será mejor que escuchemos atentamente...

- ¡Estamos rodeados...! -gritó Tuutí- Son... son...

Unos rugidos espantosos, como saliendo simultáneamente de muchas bocas u hocicos de vaya a saber qué monstruos, llegó a nosotros por la radio y por la boca del túnel. Descolgué mi cuerda del hombro y la até a las otras dos de rescate, en el hierro de la locomotora, mientras los Sin Sombra ataban las suyas a cualquier sitio en el trencito y el resto del personal preparaba sus armas. Todo eso ocurrió en menos de cuatro segundos y Turner ordenó a Weiss quedar atento a la locomotora para ponerla en marcha a ocho kilómetros por hora en caso de perder la comunicación radial. Yo ordené a Rodolfo quedarse con la mitad de los nuestros mientras Turner y yo empezamos a descender tan rápido como podíamos, seguidos de cerca por el resto de la tropa.

Se hizo un silencio roto sólo por el agua contra nuestros pies y los movimientos en el túnel del arroyo, pero aún no se terminaban de perder los ecos de los rugidos, cuando el siguiente ruido nos dejó más atónitos y confundidos. Parecía una risotada de Tarracosa y sonó casi tan fuerte como los rugidos, que volvieron a oírse pero a menor volumen y mezclados con palabras ininteligibles, al parecer de Tarracosa, exclamaciones, y por fin, la voz de Tuutí por la radio.

-No entiendo qué es lo que pasa, nos han sorprendido y arrebatado las armas con una agilidad increíble, los monstruos son como cien pero aún no nos atacan y Tarracosa... ¡Tarracosa... Basta!... ¡Tarracosa se ha vuelto loco, no sé qué le pasa...!

Mientras bajábamos, sudando en frío y aferrando la pequeña polea de rapel, liberando una mano para preparar las pistolas, Tuutí preguntaba algo a Tarracosa y ya su risa se escuchaba algo más calma. Guiados por el sonido ya cercano, nos dimos vuelta para rapelar de frente y no llegar de espaldas al aún desconocido peligro. La sorpresa fue mayúscula para todos... Y decir "todos" es decir para nosotros ante el espectáculo dantesco que nos encontrábamos, y también para nuestros compañeros que se hallaban desarmados en medio de un centenar de personajes de estatura mayor que el promedio nuestro. Impresionantes, extraños y grises como metálicos, con colgajos de diferentes metales que parecían chorreaduras y algunos con unas especies de coronas deformes, compuestas por cristales y minerales. Unos esperpentos horribles y temibles, sí, pero tenían algo de ridículo, como la risa loca de Tarracosa.

Se giraron la mayoría de ellos y estuvimos a punto de disparar, pero un grito de Tarracosa nos detuvo en seco.

- ¡No disparen, por favor, no disparen!.. Estos, ja, ja, jaaa, jaaaa por fa... jaa, ja, jeeee, jijijijiiii favor no disparen, jeee, jee Ay, que me voy a morir de risa... Nanienno narigones, nanienoooo... nari jaaa, jaaa, jajajaa. Narigones. Ineep tuuque, ineep tuuque... Tuquehue, tuquehue... Y estos ja, jjijiiijaaa, jaaa son ja, jaa estos son ¡dracofenos!

El desconcierto era total y estaba clarísimo que sólo Tarracosa había comprendido algo que nosotros aún no habíamos pillado, porque de dracofenos sólo tenían la estatura, las antenas (sus narices) y sólo en algunos se apreciaban aún los enormes ojos La situación se volvió levemente más calma, porque los adefesios no nos atacaron y se mantuvieron inmóviles, mientras Tarracosa pasaba entre ellos hacia nosotros, intentando parar de reírse. Al mismo tiempo, intentaba hablar en su idioma con los otros, que también empezaron a reírse un poco.

A medida que pudo calmar su risa, fue explicando a unos y a otros lo que pasaba, parecía que también hacía preguntas y algunos le empezaron a responder en su idioma. Poco a poco, la risa de Tarracosa fue desapareciendo a medida que hablaba uno de los esperpentos, que al parecer sería el jefe del grupo. El rostro de nuestro amigo dracofeno empezó a ponerse serio y continuó escuchando ya sin asomo de risa, hasta que pasados varios minutos de conversación, empezó a explicarnos, mientras Turner y yo tranquilizábamos a nuestros compañeros que estaban en el túnel del tren. Tarracosa no pudo evitar que algunas lágrimas se le cayeran y su garganta se puso algo áspera.

- Son dracofenos, no hay nada que temer. Han venido desde la vacuoide Damaarerre, que está muy lejos, buscando rescatar a cincuenta dracofenos jóvenes que fueron hechos prisioneros por los narigoneses. Ocurrió hace unos años, pero no saben bien cuánto...

Mientras explicaba, alternaba preguntas a los otros y continuaba contándonos lo que podía ser ahora, el final de una tragedia.

-Llevan alrededor de doce años buscando a sus hijos, puede que un poco más... Pudieron seguir el rastro hasta una región que quizá está a unos mil kilómetros de aquí pero no están seguros, aunque saben que se perdieron en algún punto muy lejos de la superficie. Es decir que perdieron el rumbo, se desorientaron... Eso le puede pasar a un dracofeno solitario, pero es casi imposible que le ocurra a un grupo, sin embargo les ha ocurrido. Algunos creen que han estado dando un enorme rodeo por esta región. Encontraron algunos lugares donde hay soldados, bastante lejos de aquí, pero cuando han intentado salir, les han atacado y matado a varios. Eran ciento treinta y quedan noventa y ocho. El túnel de las vías lo hallaron hace alrededor de un año, cuando lo estaban haciendo...

- ¿Y por qué tienen esta apariencia? -dijo Tuutí caminando ya entre los dracofenos, seguido por los demás hasta reunirse con nosotros.- Nadie podría decir que son dracofenos.

- Porque se quedaron sin ropas, y como sabemos hacerlas con minerales, pues han hecho lo que han podido, cambiando el aspecto todo lo posible porque se dieron cuenta que un soldado que iba con un dracofeno, en vez reconocerles y dispararles, salió corriendo asustado. Así que empezaron a fabricarse las ropas con máscaras y colgajos, de tal modo que parezcan cualquier cosa menos dracofenos. La suerte es que podemos vivir toda la vida andando bajo tierra, porque en todas partes hay agua y alimentos, así que al no encontrar el rumbo, al menos han permanecido vigilantes, estudiando todo el territorio a lo largo del túnel, con la esperanza de comunicarse con algún dracofeno de los cautivos o de los que trabajan para los narigoneses. Pero hasta los pocos dracofenos que los han visto, han dudado que sean dracofenos.

- ¿Les has explicado -dijo Turner- nuestra posición al respecto?

- Si, Teniente, pero aún tienen desconfianza; tengo que conversar un poco más con ellos y detallarles la situación. Ya les pedí que devuelvan las armas, pero no lo harán hasta que estén seguros... No confían plenamente en mí, aunque soy dracofeno porque hay unos cuántos traidores. Ya sabe que mi raza no ha destacado por honestidad y lealtad.

- Tampoco la nuestra, Tarracosa, -dije- así que no tengas vergüenza ajena. Pero no podemos quedarnos demasiado tiempo. Ahora sí que comprendo las extrañas marcas que hay en los mapas que capturamos en la estación. Son los puntos donde temen que puedan aparecer estos engendros y no tienen idea de que puedan ser dracofenos.

- Eso es. -siguió Tarracosa mientras uno de los suyos le hablaba.- Dicen que sus vidas ya no valen nada. Están dispuestos a morir matando si les traicionamos... De todos modos, no hay riesgo de que usen las armas porque no las conocen bien y les temen. Sería bueno que las guardaran ustedes en sus fundas.

- Ya han oído, amigos. -dijo Tuutí- Por favor guardemos las armas. Y creo que deberíamos sentarnos aquí mismo y esperar que Tarracosa continúe su plática hasta convencerles...

- Lo siento, Tuutí -le interrumpí mientras miraba mi AKTA- pero no podemos quedarnos mucho aquí. Mejor dicho, creo que deberíamos salir pitando, porque siento gusto metálico en la boca y el indicador marca una alta concentración de $Hg(CH3)2$, dimetilmercurio y hay muchos otros compuestos enrareciendo la atmósfera. La mayoría mercuriales... El fondo del lago tiene calor, pero la superficie del agua está fría porque el aire tiene mucho argón. También hay minerales con flúor y aunque aún no lo notemos, estamos en serio peligro.

- Ni un minuto más, Tarracosa. -dijo Turner con suavidad pero con firmeza- Dile a tus amigos que tienen dos opciones: Nos dan las armas y nos vamos, mientras esperan que volvamos con novedades, o se unen a nosotros. Ustedes están en medio de un banquete, pero nosotros no podemos estar ni un minuto más aquí.

- Eso, por favor, Teniente. Deme sólo un minuto, mientras algunos de ustedes se podrían ir retirando...

LOS DUROS QUE LLORAN

El dracofeno se quedó conversando con sus conraciales mientras nuestro equipo fue lenta y ordenadamente ascendiendo por las cuerdas. Ya algunos sentíamos como cristales en los ojos y debimos apresurar el ascenso. Cuando sólo faltábamos Tuutí, Turner y yo, el grupo de dracofenos con Tarracosa a la cabeza, sonriendo triunfante, nos seguía. Ya en el túnel de las vías, los dracofenos devolvieron las armas que aunque no sabían usar, bien supieron arrebatarlas con increíble agilidad a nuestros compañeros, que por fin respiraron tranquilos. No podríamos llevar a todos los dracofenos en el tren, así que acordamos que la mayoría de ellos seguirían a pie, y tras algunos minutos de nuevas conversaciones, Tarracosa les convenció de que éramos enemigos de los secuestradores de sus hijos, y ante cualquier incidencia, tendrían que estas dispuestos a matar o morir. Veinte dracofenos, con su monstruoso aspecto, vinieron con nosotros en las tres primeras vagonetas que iban vacías. Su presencia podría resultar útil y no sólo por su número.

- Es posible -reflexionaba Tuutí mientras nos preparábamos para continuar el viaje- que los dracofenos sepan más de lo que hay al frente. ¿Puedes preguntar al respecto, Tarracosa?

- Justamente es lo que estoy haciendo, y dicen que no hay mucha gente en la próxima estación, pero que en las siguientes puede que haya más que todos nosotros. La próxima estación, según me explican, es parecida a la que dejamos atrás, pero las otras son más grandes y apenas se han acercado a ellas. Han visto algunos dracofenos, pero no pueden saber si son sus hijos desaparecidos y dicen que no han podido acercarse al final del túnel porque se han sentido muy desorientados, casi como donde perdieron la orientación en algún lugar más profundo.

- Me temo -dije- que donde perdieron la orientación, sea algún punto cercano a la MT-1, y que el final del túnel sea realmente la Esfinge de los Hielos. Si no me equivoco en la teoría, ambas cosas están relacionadas y de alguna manera, una deriva de la otra, pero aún no tengo claro cómo sería su formación. Supongo que la MT-1 ha sido, con sus emanaciones de lava, la causante de estos extraños túneles y por lo tanto, de algún modo se formó la Esfinge con características opuestas a la MT-1.

- Nyauque, para que nos entendamos todos - aclaró Tuutí

-Eso. Pero dejemos la Nyauque por ahora, -continué- que hay que prepararse para enfrentar a no sabemos cuánta gente.

- Creíamos -dijo Turner- que demoraban en reunir personal para verificar un posible ataque a la Imperforata, pero resultó que demoraron en reunir aquellos setenta y tantos soldados para ayudar en las labores. Es de suponer, según lo que hemos visto, que necesitaban todo ese personal para descargar y reemplazar el enorme trépano. No creo que tengan mucho más personal disponible en las próximas estaciones. De todos modos, iremos como siempre, con extremo cuidado. Estos dracofenos que vienen aquí, espero que estén preparados para cualquier orden que les transmita Tarracosa. Y por cierto, sería bueno que venga en la máquina con nosotros. Además me queda una incógnita... ¿No han podido comunicarse con los dracofenos que están con los narigoneses, al margen que sean o no sus hijos desaparecidos?

-No, no es que no hayan podido -dijo Tarracosa- sino porque les han visto trabajar con entusiasmo y algunos dando órdenes a otros dracofenos, como si tuvieran algún rango militar. Personalmente, creo que han tenido demasiada ansiedad y estando desarmados, sin saber siquiera cómo se manejan las armas, no se han atrevido a correr riesgos, en espera de una mejor oportunidad...

- Pues esta oportunidad ha llegado. -dijo Turner- Y tendrán ocasión de mostrar su valentía.

En el asiento delantero iba yo como maquinista y Tarracosa como copiloto. En el posterior iban un poco apretados Tuutí, Turner y Rodolfo.

-Mi pueblo no es de los más ejemplares, -decía Tarracosa mientras nos acomodábamos en la locomotora- y como saben hay dracofenos malandrines, traidores, empleados tontos de los narigoneses como lo fuera este servidor... Pero son muy raros los casos de cobardía. Sobre todo entre los mayores, y menos se puede hablar de cobardía aún en estos amigos, que han perdido a sus hijos y llevan tantos años en su búsqueda...¡Doce años!... Presos de su angustia, de una pérdida terrible y de la incertidumbre, más terrible aún, agravada con su propio extravío, sin poder volver con los demás a sus casas en la vacuoi...

No pudo seguir hablando porque su garganta se le quedaba áspera. Nosotros tampoco pudimos hacer ningún comentario porque ni el "duro" Teniente Turner pudo reprimir sus lágrimas. Una vez relajados los ánimos, mientras tomábamos velocidad con el tren, nuestras mentes y emociones estaban sintonizándose con ese grupo de dracofenos para los que la vida, el mundo exterior, el interior, la existencia misma, había perdido todo valor e importancia. Su única misión, su única razón de seguir viviendo, era encontrar a sus seres más queridos, hechos prisioneros, esclavos o vaya a saberse qué destino tuvieran tras haber sido arrebatados de su vacuoide. Para cumplir el destino impuesto por sus sentimientos y la circunstancia, llevaban el equivalente al tiempo de vida de un niño que acabó su escuela primaria. Una vida feliz de doce años, pasa volando, pero doce años en la incertidumbre, en la búsqueda desesperada de un hijo, o un hermanito menor, es algo que sólo puede imaginar quien alguna vez haya vivido algo parecido. Lo único que se me ocurría, si acaso cabe el inciso, "endulzar" semejante éxodo en la vida de los dracofenos, era la abundancia de alimentos, ya que no les faltaron deliciosos lagos de mercurio y otros banquetes minerales. Pero lógicamente me abstuve de comentar semejante cosa, porque pensándolo bien y recordando la búsqueda y rescate de nuestra amada Iskaún, entendía que no hay con qué endulzar ni atenuar la ansiedad que se vive cuando se busca a un ser amado que ha sido secuestrado.

RUMBO A DIABO-3

- Nos falta por recorrer más de setenta kilómetros para llegar a Diabo-3 -comenté para sacudir el sentimiento general de tristeza- Como el mapa indica un camino con algunas curvas de aquí a poco más, no pasaré de cincuenta por hora, pero luego tenemos una recta de cincuenta y tres kilómetros. Si Rodolfo me indica con atención lo que marca el AKTA, aceleraré al máximo. Me gustaría entrar en la próxima estación ya mismo y si es posible, pasar de largo. No necesitamos parar por ninguna razón, supongo, a menos que haya un control y nos manden a detenernos.

- No creo que pasemos sin que haya control, -dijo Turner- pero podríamos intentarlo. De todos modos, si no los vamos reduciendo como en la Imperforata y la primera base, el rescate posterior de esta gente sería complicado y podrían ser un riesgo para nosotros si esperan que nos detengamos y no lo hacemos, pues podrían dar aviso a la base siguiente. No hubo manera de sonsacarles el protocolo de seguridad a los prisioneros y aunque nos lo dijeran, no podríamos confiarnos a medias verdades...

- Tiene razón, Teniente, -dije- ha sido una mala idea. Sólo espero que no sean muchos efectivos y podamos reducirlos como hasta ahora, sin bajas para ninguna parte. Igual creo que antes de acercarnos, deberíamos tener un plan de acción.

- De acuerdo en eso -dijo Tuutí- y podríamos prever al menos una buena sorpresa. ¿Qué tal presentarles a nuestros nuevos pasajeros, así de entrada? Si les causan el mismo efecto que a nosotros en el estanque, no costará mucho reducirlos...

Detuvimos el tren unos minutos y conversamos con los dracofenos, con Tarracosa como traductor. Hicimos una serie de suposiciones y teníamos la gran ventaja de que los "monstruosos" dracofenos ya conocían muy bien todo el terreno hasta cerca del final del túnel.

- Ya escucho un motor funcionando -decía Tarracosa casi una hora después- y estoy seguro que es una taladradora. Espero que no estén haciendo otro agujero encima de un lago mercurial...

- No, pero sobre un lago sí... -dijo Turner con preocupación- Los AKTA lógicamente no alcanzan a registrarlo todavía, pero superponiendo las imágenes que hay en el banco de datos del mío, parece que están encima de una laguna... Ya lo veremos.

- O sea que Freizantenia ha escaneado un poco esta región...

- Si, Marcel, pero tenemos sondeos incompletos. Nos falta personal y Kugelvins para seguir topografiando toda la Antártida, pero ya se está estudiando una tecnología diferente para los Kugelvins que tendrán una gran ventaja sobre los primeros... Bueno, se supone que no debo decir nada de esto, pero según he conversado con el Genbrial, serán el GEOS y los mejores pilotos freizantenos, los invitados para usarlos...

- ¡Silencio, por favor! - dijo Tarracosa nerviosamente- Tengo que escuchar de nuevo. Creo que hay dracofenos comunicándose en clave...

Detuve el tren y tras unos minutos, teníamos la seguridad de que al menos cuatro dracofenos se estaban comunicando en clave unos pocos kilómetros más adelante. Ya los AKTA marcaban con claridad el camino de cuatro kilómetros y medio y la vacuoide siguiente. Tarracosa emitió una serie de silbidos que apenas escuchábamos, pero mi cabeza bien que registraba ese ultrasonido y agradecí mentalmente cuando terminó. Unos segundos después siguió, pero tapándome los oídos pude soportar esos cuatro o cinco minutos de silbidos intermitentes.

- Ya está. -dijo Tarracosa- Los cuatro dracofenos están contra su voluntad, han sido alertados y se ocultarán muy oportunamente en una barraca cerrada herméticamente. Los fusiles a media potencia podrían reventar los oídos y los... Bueno, y otras partes de los dracofenos... Ya conocéis nuestra sensibilidad.

- ¿Estás seguro que no nos traicionarán? -preguntó Rodolfo-

- Eso... -respondió Tarracosa bajando la cabeza- Creo que no. Les he dicho que somos todo un ejército y les conviene colaborar con los de su propia raza... Es que antes les oí decir en clave que tendrían que buscar una oportunidad para escapar. Al parecer lo tenían decidido...

Arranqué y continuamos la marcha hasta tener imágenes más claras en los aparatos. La base resultó ser muy parecida a la anterior, pero un poco más grande. Turner pidió detenernos poco antes de la última curva, tras la cual tendríamos una recta hasta la base, y mediante las señas correspondientes, usando su linterna al mínimo, indicó mantener absoluto silencio radial y verbal, así como ningún uso de linternas. Los dracofenos se mantendrían agachados en las vagonetas, saliendo sólo si Tarracosa daba la orden, para quitar las armas al personal. Si en cambio daba la orden Turner, los diez fusiles de impulsos a media potencia harían el trabajo. Los demás, sólo usarían las armas en caso extremo, lo que rogábamos que no fuese necesario.

Reiniciamos la marcha y al entrar muy lentamente en la base, en una sala de unos doscientos metros de largo por setenta de ancho, apenas salimos del túnel, vimos cinco personas trabajando cerca de las vías con unos rieles de desvío que se dirigían hacia el costado izquierdo, por donde era más ancha la estancia. Apenas si miraron hacia el tren, cuyo paso seguramente esperaban. Nadie asomó como para recibirnos, pero mientras Tarracosa y yo observábamos el panorama, los tres que iban detrás cuchicheaban acerca de lo que registraban los AKTA.

Detuve la máquina casi justo en el medio del tramo de la sala, unos diez metros más delante de los trabajadores, para dejar las primeras vagonetas cerca de los operarios que siguieron trabajando sin inmutarse.

- La mayoría está durmiendo -dijo Tuutí en voz baja- así que podemos sorprenderlos de maravilla. Hay sólo tres en la caseta del final, donde continúa el túnel...

- Tarracosa... -dijo el Teniente- Es vuestro turno.

El dracofeno dio una orden y veinte monstruosas y ágiles figuras saltaron de las vagonetas y corrieron hacia los que trabajaban. En un momento se vieron en la situación que jamás imaginaron. Un dracofeno corrió hacia nosotros unos segundos después, entregándonos las armas arrebatas a los sorprendidos, que no atinaron ni a gritar. A una orden de Turner, un Sin Sombra abrió fuego -por así decirlo- y los tres soldados que habían visto algo raro y salían de la caseta de control, cincuenta metros más allá, cayeron al suelo. El resto del personal eran nueve soldados que fueron debidamente sorprendidos antes que pudieran atinar a tomar las armas.

Poco después, Tarracosa se reunía con cuatro dracofenos que aunque no conocían de nada a los disfrazados de monstruos, se alegraron de su presencia, porque sabían de los secuestrados doce años antes, aunque no sabían dónde se encontraban.

Otra vez hubo que hacer trabajos de "herrería artística" fabricando con las pistolas de rayos, rieles y contenedores, una buena jaula para meter a diecisiete personas, medicamentos, agua, y alimentos para varios días. Mientras, Turner y Wolf se ocupaban del interrogatorio, Tuutí y yo nos encargamos de requisar radios, mapas y todo cuanto pudiera servirnos.

En una hora estaba casi todo terminado y los prisioneros puestos en su sitio, en el que pasarían un tiempo incierto. Sólo faltaba proceder a la metódica destrucción de las instalaciones y útiles. Solamente dejamos a los presos algunos candiles y lo demás quedó inutilizado. Lo engorroso fue la destrucción de la tuneradora, mediante la cual se pretendía hacer un pozo para acceder a un lago que estaba según los mapas, quinientos metros más abajo y llevaban perforados casi doscientos metros.

- El lago debe conectar con estas otras pequeñas vacuoides -decía Turner con la mano sobre los mapas del enemigo- pero aquí no están marcados los accesos. ¿Qué opinas, Marcel?

- Que sin duda esos accesos están, sólo que las sondas que usan los narigoneses no los detectan con claridad. Sin embargo pueden deducir, como lo hago yo mismo, que aquí y aquí tiene haber unos nudos de galerías que alimentan estos dos lagos. Si acceden a éste, al otro llegan muy fácilmente por esta zona y desde aquí a una cuenca que debe ir más o menos en dirección a Freizantenia. Está muy lejos, pero ellos han de suponer que esta cuenca conduce a la región de Freizantenia... Y lamentablemente están en lo cierto. Esta parte del mapa general que tienen, indica la estructura de la placa antártica en esta parte del Sud Este. Estos canallas saben bastante sobre el territorio....

- Eso me temo. -dijo el Teniente- Y sobre algunos puntos, parece que incluso tienen más información que nosotros.

- ¡Teniente! -llamó Wolf a gritos- la radio está llamando. ¿Le parece oportuno que intente comunicar?

El Teniente le pidió esperar y analizamos la situación entre todos.

- He calculado el tiempo -expliqué a Turner a mis compañeros- en que el grueso de tropa que dejamos en la base anterior, debe llegar a la Imperforata y volver y como se supone que han llegado y demorado en el cambio de trépano, deberían estar volviendo por aquí en cinco o seis horas. Así que podríamos echar una siesta y prepararnos para la próxima base...

- Igual hay que dejarles tranquilos. ¿Tiene alguna idea, Wolf?

- Sí, Teniente. Esta gente es verdaderamente chapucera. Como están en una única línea de túnel, suponen que pueden relajarse porque nadie más ha de andar por aquí. Hasta han mencionado por su nombre al radiooperador de turno...

Finalmente, como el freizanteno dominaba no sólo el idioma sino también el arte de la imitación, habló de modo entrecortado, diciendo que había problemas con el equipo de comunicación. Esperó un rato y comunicó que el tren con el trépano defectuoso estaba en destino y estaría de regreso sin novedad. Y bien que aprovecharon el descanso de seis horas, pero Chauli, Tarracosa y yo, en vez de descansar, volvimos con el tren para recoger al grueso de los dracofenos que venían a pie por las vías. Eso los colocaba rápidamente y más descansados en esta base Diabo-3 y podríamos repetir las idas y venidas para que actuaran como refuerzo en caso necesario. Tarracosa emitía algunos silbidos para avisar nuestra llegada y nos encontramos al grupo antes de lo esperado, pues habían caminado muy rápido. Meter a todos en las vagonetas fue divertido, siendo más altos que el promedio humano y más "corpulentos" merced a sus trajes metálicos, algunos viajaron un poco apretados.

A nuestro regreso a la base Diabo-2, aún estaban los freizantenos y el GEOS en labores de repasar todo y asegurándose de no dejar nada útil en la base. También colocamos unas balizas de vigilancia pero para evitar que sean descubiertas, quedaron *"en espera"* para activarse desde Freizantenia o luego de despejar completamente la región.

EN LA BASE INVASIÓN-2

Tras el descanso, nos preparamos para partir nuevamente hacia la tercera base. Teníamos por delante 184 kilómetros y según los dracofenos no habría incidencias de importancia en el camino, aunque sólo se habían asomado algunas veces a ese tramo, por una pequeña grieta y -según nos decía- el desnivel sería un poco más pronunciado. Así fue, pero la máquina no se resintió y el tren fue raudamente, a unos sesenta kilómetros por hora promedio, con los cuarenta GEOS, veinte Sin Sombra, dieciséis dracofenos disfrazados y cuatro dracofenos más, que estaban entusiasmados y decididos a colaborar con nosotros.

En poco más de tres horas llegamos a la tercera base, ya con el único plan factible, conociendo por los dracofenos la distribución de las instalaciones y su personal que no superaría los cincuenta efectivos. Debíamos emplear la sorpresa y moderada violencia. No había otros dracofenos en "Invasión-2" de modo que podían usarse sin problema los fusiles de impulsos y desmayar a todos. De todos modos Turner dio órdenes a sus diez fusileros de reducir al mínimo en caso de disparar contra personas que estuvieran trabajando en andamios u otras circunstancias en que pudiera ser fatal su caída.

Todo parecía salir a pedir de boca, pero después de cumplir el plan, con todo el personal arrestado, descubrimos que sólo había veintidós personas. Una rápida inspección dio cuenta de que allí sí que habían logrado hacer una perforación importante y en vez de trabajar con trépano, lo que estaban haciendo era ampliar un pozo existente con una tuneladora pequeña, de modo que habían instalado escaleras. El material extraído era amontonado en un extremo de la sala, que resultó ser natural y mucho más grande que las anteriores.

- Es una especie de ampolla -expliqué a pedido de Turner mientras la mayoría se ocupaba de atender a los prisioneros- formada por la lava primordial, que formó un dique, pero luego se ha seguido filtrado continuando el túnel. Lo que no me explico es dónde ha ido a parar toda esa lava, que debería haber formado unas enormes montañas en la superficie y allí parece que no hay nada. Además el túnel ha quedado con su durísimo hollín en los muros, pero es como si nunca se hubiera taponado... Bueno, dejemos por ahora los misterios geológicos... El pozo que ha abierto esta gente tiene, según los mapas, noventa metros y luego de proceder al encierro de los prisioneros, habrá que decidir si preparamos una expedición para capturar a los que han bajado por ahí.

- Según este parte -dijo Weiss, que examinaba los documentos y mapas que acababa de incautar- hay una dotación de treinta hombres con recursos para veinte días. Han iniciado la expedición hace sólo catorce horas...

- O sea que ahí estaba la causa de la espera. -dijo Turner- Demoraron en enviar esa dotación con el trépano para la Imperforata porque justo tenían entre manos esta otra exploración. Seguramente querían disponer de más gente, pero la Imperforata requería de mucho personal para cambiar el taladro.

- Y yo creo que tengo una idea para no distraer nuestro objetivo principal -dijo Tuutí- pero habría que dividir parte del grupo. Podríamos pedir a los dracofenos "metálicos" que se encarguen de esos expedicionarios. Cualquiera sea el escenario ahí dentro, los dracofenos estarán en gran ventaja aunque no sepan usar armas. Además de que probablemente ya conozcan la zona, son setenta y ocho contra treinta narigones, sin contar con los veinte dracofenos que nos acompañan. Completando la fuerza de captura cuatro Sin Sombra, les encontrarían y les tendrían dominados enseguida.

- Mire bien los papeles, Weiss -decía Turner- y dígame si se especifica qué elementos han llevado los expedicionarios. Me temo que esa gente ya ha explorado bien esto. De lo contrario, no estarían ampliando el túnel, que debe tener el propósito de introducir maquinaria, vehículos, armas grandes...

- Justamente estoy en eso, Teniente. Mire, este es el parte de armería. Llevan diez Zodiac, o sea que han de ser pequeñas, para tres personas. Pero aquí detalla una serie de cosas que no sé lo que es, porque está todo codificado. Llevan diez tambores de plástico NAC20676, o sea tambores de veinte litros.

- Lo que decía. -continuó el Teniente- No es una exploración, sino una avanzada por territorio que conocen, para ampliar la exploración o establecer una base de operaciones. Los tambores han de contener explosivos. Lo codificado es el armamento de tipo mediano y los aparatos de sondeo y vigilancia automática. Decide el GEOS, pero mi sugerencia es que la idea de Tuutí no es muy recomendable. Los operarios técnicos son unos chapuceros, pero los exploradores son mercenarios profesionales. No dudan en disparar, así que...

- No les arrebatarían las armas como a nosotros... -interrumpió Tuutí- Y además seguro que llevan sonares y otros aparatos y captarían la presencia antes que los alcancen.

.- Lamentablemente cierto... -decía Weiss que seguía con los papeles tratando de descifrar los códigos- Aquí hay un pequeño manual que alguien ha dejado olvidado. Es de un aparato parecido a nuestros AKTA, aunque más simple y de sólo un kilómetro de alcance. Sin embargo hay una función de radio, que puede localizar emisiones en onda larga a 25 millas, o sea a poco más de cuarenta kilómetros y medio...

- Bien, -interrumpió Turner- por favor haga un breve resumen escrito de las precauciones que considere oportunas. Mientras, vamos a continuar con la destrucción e inutilización de esta base y los preparativos para continuar. Debe haber un buen comedor, así que seguimos conversando mientras echamos algo a las tripas.

- Pero antes -intervino Tuutí- habría que sacrificar a un par de chicos, que comerán mientras viajan a por los dracofenos, que estarán a unos ciento sesenta kilómetros, si no se han entretenido mucho y han mantenido su paso a cinco kilómetros por hora...

- Nosotros caminamos a siete kilómetros y medio por hora -interrumpió Tarracosa los cálculos de Tuutí.- y si alguno del grupo camina más rápido, todos apuran. Calcula ocho kilómetros por hora.

- Cierto. -dijo Rodolfo mirando el reloj- Empezaron a caminar hace cuatro horas y un cuarto. Ahora mismo estarán a... unos 150 kilómetros. Pero para saber el tiempo que tardarán en encontrarlos, es muy fácil. Ellos vienen a ocho kilómetros por hora. Supongamos que el tren sale ahora y se mantiene a 70 Kms por hora. Sumamos la velocidad del tren y la de los dracofenos, o sea 78 (siempre que hablemos de kilómetros por hora). 150 dividido la suma de ambas velocidades, o sea 150 dividido 78 y ya está: Se encontrarán en 1,9 horas, o sea una hora y 55 minutos con algunos segundos, a unos 133 kilómetros de aquí...

- Bueno, pero si sigues haciendo cálculos -dijo riéndose Turner- puede que lleguen caminando antes que termines... Helen, por favor, acompaña a Tarracosa a buscar a su gente, que Marcel merece un buen descanso. Tarracosa también lo merece, pero ya me entiendes...

- Sí, Teniente. -respondió Tarracosa- Comprendo que todavía no confía en ninguno de los cuatro dracofenos incorporados y además no se preocupe por mí, que el ruido de la máquina me satura y me duerme de maravilla. Por si fuera poco, he visto unos kilómetros más atrás, unos goteos de mercurio, flores de grafito y... Bueno, para que les voy a contar. Total, que puedo dormir y merendar en el camino.

Enseñé en un minuto a la Sin Sombra Helen Einrich lo poco que necesitaba para conducir bien la locomotora y mientras ella partía con

Tarracosa, nos fuimos a comer. La conclusión de Turner, por muchos motivos largos de exponer, fue que no era conveniente separar el grupo.

- Estoy de acuerdo, Teniente -decía Tuutí- pero entonces hay que sellar esta parte, porque de la base Averno-1 vendrán sin duda a inspeccionar, en cuanto se produzca un silencio radial o incluso pueden estar advertidos de que pasa algo anómalo en sus planes. En menos de tres horas, el tren debería estar llegando a esa base, si es que tenía ese cronograma...

- Pero no podemos hacer eso, -intervine- teniendo tantos prisioneros que rescatar después. Y con los Kugelvins podríamos circular por estos túneles, pero con las vimanas no sería posible, con tanta concentración de plata y rutilo que hay en toda la región.

- ¿El rutilo también es intraspasable en Gespenst? -preguntó Chauli.

- No cuando está puro, que es TiO_2, o sea óxido de titanio -dijo Rodolfo- pero algunos yacimientos de rutilo contienen titanato de bario y otros compuestos, que aunque no sean intraspasables propiamente dichos, contienen moléculas de plata en su ganga y causan problemas en algunos sistemas de los motores de las vimanas y de los Kugelvins. Según Kornare, eso lo resolverán pronto, quedando sólo la plata como intraspasable, pero incluso ese inconveniente se resolverá tarde o temprano.

- Espero que más bien temprano -dije- porque es el último escollo tecnológico que tiene Freizantenia para el control total del planeta mediante la tecnología Gespenst. Y nos ahorraría la mayor parte de los riesgos de estas expediciones.

- Por favor, -dijo Turner- volvamos al problema que nos ocupa. Creo que si perseguimos a los expedicionarios demoraríamos demasiado y seguramente que habría reacción en Averno-1. Mandarían tropas y nos complicarían las cosas. Si los treinta sujetos llevan suministros para veinte días, calculemos como mucho una andada de diez días. ¿A qué distancia de Freizantenia podrían llegar?

- Me pongo ya mismo en ello -dije- y Rodolfo y Viky me ayudarán con los mapas. Si Weiss echa una mano, podríamos hacerlo antes.

- Con todo gusto -dijo el aludido mostrando un aparato- pero acabo de encontrarme una especie de ordenador y parece que tienen aquí una buena colección de mapas digitalizados.

El hallazgo de Weiss nos dio muchas sorpresas. Toda la región estaba extensamente mapeada en tres dimensiones, al menos en sus galerías, salas y vacuoides de mayor importancia. En menos de una hora teníamos claro el panorama subterráneo en cientos de kilómetros a la redonda, hasta doscientos kilómetros de profundidad y definida la posición más probable de los expedicionarios, así como la relación de distancias posibles hasta Freizantenia, según tres caminos. Al combinar nuestros mapas con esos otros algo incompletos pero más amplios, obteníamos una gran cantidad de datos.

- El camino más corto sería este de los ríos -decía Weiss- pero tendrían que descender a los ciento diez kilómetros y seguir luego esta cuenca hacia arriba. Hay varias cataratas muy altas, así que no es muy probable que opten por éste. Las perforaciones seguramente han tenido por objeto hallar otras vías y ha sido por los pelos que no encontraron el camino por el que llegamos nosotros.

- Pero podrían encontrar la región de las salas semiesféricas en este punto... -dije- Lo digo guiado por una deducción apenas tangible, pero podrían llegar a esta zona si consiguen abrirse paso hacia la cuenca superior de la región, o sea hacia el Sur del lago Vostok.

- ¡Eso es! -exclamó el Teniente- Tú lo has dicho... "abrirse paso". A ver esta parte... ¿Puedes ampliar el mapa?

- Un poco, sí... Bueno, tiene más definición de lo que creía.

- Excelente, Weiss. Ahora intente mostrarnos el perfil vertical...

- Aquí está. -dije al ver la imagen en el ordenador que Weiss manejaba con maestría- Lo que quieren es abrir una brecha hacia este río, por encima de esto que debe ser una catarata muy alta... ¿Dónde está la indicación de medidas?

- Un momento. -respondió Weiss operando el programa- En esta tabla está la relación y... Ajustamos para ver automáticamente una selección.

- Eso es.- dijo Tuutí- Ahí está, son casi ochocientos metros de caída, pero a lo largo del río no hay más cataratas importantes hasta donde da el mapa... ¿Será que hasta ahí tienen mapeado?

- Lamentablemente, tienen mucho más, porque estas marcas son algo así como "continúa en mapa nº...". -dijo Weiss- Pero tenemos suerte de que este cacharro haya caído en nuestras manos. Vamos a comparar lo que tengo ahora en mi AKTA... ¡Pufff...! Han sondeado mucho más exhaustivamente que nosotros todo este sector. Sigamos con los mapas narigones y veamos esta otra región...

El mapeado que seguía en otros documentos no era muy completo en detalles, pero los tres caminos factibles confluían en un punto.

- Está situado a sólo ciento treinta kilómetros de Freizantenia en plano de superficie, -decía Weiss- pero a unos noventa y cinco kilómetros en cota. O sea a algo más de 161 kilómetros en línea recta. Aquí ya no podemos sacar rápidamente las distancias en el laberinto que tendrían que recorrer, pero entre el plano de superficie y la cota hay unos 36 grados, que para recorrerlos a unos ocho grados de declive, deberían recorrer 724 kilómetros... Eso contando desde el punto más cercano, pero ahora mismo estamos a treinta y dos kilómetros de profundidad y a casi... 940 kilómetros de Freizantenia sobre línea recta en superficie. Esa gente no llegaría a Freizantenia en varios meses, a menos que dieran con el camino que hicimos nosotros, lo cual según los mapas y según los detalles dados por los dracofenos, es muy poco factible. Aún en ese caso, todo lo que nosotros anduvimos en Kugelvin y vimanas para iniciar esta expedición, lo tendrían que hacer a pie o en vehículos pequeños. Me temo que irán más hacia abajo, buscando una ruta más directa, o tienen ya alguna sospecha de algún camino más efectivo.

- Bien... -reflexionaba Turner indicando cosas en los mapas- Eso significa que no se acercarán mucho a Freizantenia los treinta que nos preocupan, al menos por esta región de aquí. ¿Pero podríamos ver qué opciones tendrían si fuesen hacia la región subterránea del lago Vostok?

- Pues no es difícil, Teniente. -respondió Weiss- Hemos supuesto que seguirían por el camino que figura aquí en sus mapas, pero podrían llegar muy sospechosamente cerca del borde oriental subterráneo del lago Vostok. Desde este punto, que también los tenemos en la base de datos de los AKTA anotado como "Codo Negro", hay sólo treinta y dos kilómetros hasta el borde superior de la vacuoide del lago Vostok II. Pero como es una vacuoide completamente llena de agua, no creo que la elijan como camino para pasar al borde occidental, que sí llevaría cerca de los túneles que van hacia Freizantenia...

-Perdonen, que me he perdido con las explicaciones -dijo Tuutí- ¿Es que hay dos lagos Vostok?

- Así es, -expliqué a mi jefe al comprender mejor los mapas y teniendo las composiciones minerales aproximadas- El de arriba está aquí en los mapas estos, pero el Vostok II es en realidad el primero por ser la causa, o sea esta vacuoide similar en forma y tamaño. El lago de arriba se forma por las diferencias térmicas que produce la vacuoide. El calor llega hasta arriba porque la roca que cubre la vacuoide actúa como una pantalla de inducción. Debe haber alguna fumarola por este sitio, lo indica que habrá algún volcán activo mucho más abajo... Pero en cualquier caso, lo importante es que los narigoneses no podrían entrar en esta parte ni cruzar ese lago. Weiss podría calcularlo, según creo...

- ¿Y por qué supone que no podrían hacerlo? -preguntó Turner.

- Porque necesitarían meter allí un submarino, Teniente... -dijo Weiss- Y uno que aguante una presión muy considerable. Mercel ya ha pillado la situación que indican estos mapas. Les recuerdo que ahí el lago tiene ocho mil metros de profundidad, pero hay cinco kilómetros de roca encima. Y la salida por el borde occidental está a veinte kilómetros de profundidad, con quince kilómetros de cota en agua, o sea una presión de 147 megapascales, que equivalen a casi mil quinientas atmósferas...

- Prefiero no especular con esa posibilidad -intervine- pero sabiendo cómo piensan y actúan los narigoneses, no podríamos dejar totalmente de lado ese riesgo, y la posibilidad de que hayan encontrado otro camino. Según los dracofenos la base Averno-1 es muy grande, con muchas instalaciones y mucho personal. Vaya a saber lo que pueden estar fabricando allí.

-Cuando nosotros -siguió Turner- habíamos desarrollado submarinos SS DobleThyr los narigoneses estaban alcanzando esas profundidades. Así que no debemos descartar nada.

Luego de hacer los ejercicios espirituales, con la magia de las Runas, estábamos todos más centrados, menos ansiosos y era momento de tomar decisiones. Cuando llegaron Tarracosa y Helen Einrich con el grupo de dracofenos, terminábamos de definir gracias a los mapas nuestros y de los narigoneses, dónde se encontrarían los treinta misteriosos expedicionarios, calculando que no llegarían hasta el punto más cercano del lago Vostok II, en al menos una semana.

- ¿Por qué le habrán puesto "Codo Negro" al sitio? -pregunté.

- Porque esta parte tiene minerales como el coltán, columbita y tantalita... -respondió Weiss revisando en su AKTA la base de datos-. Bueno, este túnel en que estamos también es bastante negro, aunque los minerales son otros, hay que ponerle nombre...

- *Vía Negra* -dijo Chauli- ¿Les parece bien?

Nadie tuvo objeción ni idea mejor, así que el túnel, que no figuraba con nombre ni en los mapas narigones, pasó a llamarse Vía Negra.

- Creo que es tiempo -dije- de neutralizar la base Averno-1 y salgamos a la superficie o al menos cerca, como para comunicar con Freizantenia ¿Podrán operar las vimanas en el lago Vostok II ?

- Si, Marcel. -respondió Weiss- Pero hay un problema y es que desde el lago Vostok de arriba no se puede acceder al Codo Negro, ni desde el Codo Negro al lago, sin producir una verdadera catástrofe. Esos cinco kilómetros de dura roca están llenos de menas de minerales muy caros para los narigoneses y como también contienen intraspasables, aunque sea en pequeñas cantidades, tendríamos dificultades para acceder desde el lago.

- ¿Pero podríamos acceder en Kugelvin? ¿No hay ninguna brecha libre de intraspasables? -preguntó Tuutí.

- No podemos saberlo desde aquí. -respondió Weiss- El mapeo de esa zona es incompleto. De todos modos, si de detenerlos se trata, podríamos interceptarlos con un Kugelvin en este punto, a cincuenta kilómetros del codo negro. Hasta allí podríamos pasar...

-Pero bueno, -intervine- estamos especulando sobre mapas, cuando en realidad ya sabemos que puede haber vías no mapeadas por ellos ni por nosotros. Creo que no sabremos realmente cómo es el escenario hasta que vayamos personalmente. Además, sólo por la experiencia deduzco a simple vista que estamos equivocados. Están yendo por otro lado, muy hacia la izquierda, no hacia el Vostok II.

Weiss continuó analizando mapas, calculando tiempo y caminos factibles para interceptar a nuestros treinta enemigos, cuyo objetivo podría ser intentar entrar al lago abriendo una brecha para luego atravesarlo, o provocar un desastre regional que, aunque lejano aún a Freizantenia pondría en peligro de estabilidad toda la zona. En cualquier caso, disponíamos de algunos días para neutralizar esa acción, de modo que decidimos, por fin, encaminarnos hacia la próxima estación y recuperar el contacto con Freizantenia.

- Creo que tenemos resuelto el pasaje integral, Teniente - decía Jürgen Alonso con una sonrisa de oreja a oreja- Hay una máquina más y siete vagonetas que se hallan tras esos contenedores en un pequeño túnel que estaba muy bien tapado. La máquina parece muy nueva. Necesito veinte voluntarios para descargar lo que hay en los vagones...

- ¿Y por qué estaría tan bien escondido un tren aquí? -pregunté.

En realidad, sólo me anticipé a decirlo porque todos nos hicimos la pregunta al mismo tiempo. Nos incorporamos y salimos corriendo hacia el sector de contenedores. Tras unas maderas y cartones que parecían sólo restos del embalaje, se ocultaba un pequeño túnel en que apenas cabía el tren. Las vías estaban tapadas con el barro y el tramo que debería unir con la Vía Negra había sido desplazado hacia un costado.

Quitamos las maderas que aún no había sacado Jürgen y exploramos los vagones. Las siete vagonetas estaban repletas de cajas y estructuras metálicas muy bien colocadas, aprovechando totalmente el espacio. Con la mayor parte del personal, incluyendo a todos los dracofenos, comenzamos a descargar y analizar las piezas. Casi media hora más tarde teníamos a medio armar un puzle muy interesante. Aunque las piezas eran muchísimas, las más grandes pudieron ser agrupadas para formar una especie de cilindro de unos cinco metros de largo por algo menos de dos de diámetro.

- ¡Es un minisubmarino! -exclamó Albert Gómez- Esos anclajes de ahí son para un periscopio y sólo faltan los cristales y las aletas para formar la estructura básica...

- Bueno, así era... -dije- Y la ampliación del agujero era para meter estas piezas con un ascensor...

Todos nos quedamos un par de minutos en silencio, pensando en cuán acertada había estado la sospecha de Turner respecto la intención narigona de acercarse a Freizantenia por el camino más impensable, si no fuera por las circunstancias que nos había llevado a descubrirlo.

- ¿Vale la pena destruir todo esto, Teniente? -pregunté.

- Creo que todavía no, Marcel. Nuestros técnicos tendrían que estudiar este aparato para saber con qué cuenta el enemigo. El metal es curiosamente, más duro que el acero y casi tan ligero como el aluminio. Aunque no llega a ser como nuestros metales, sin duda que han de ser capaces de soportar grandes tensiones. Vayan o no por el Vostok II, lo cierto es que tienen previsto todo para sortear agua a gran presión.

- O sea -dijo Tuutí- que irán por ese Vostok o por cualquier otro sitio, el caso es que lo tienen pensado por cualquier lado y hay que pararles los pies. Podríamos llevarnos algunas piezas claves para inutilizar esto...

- Y sacar el tren- dijo Verónica- y meter todo allí, derrumbando el túnel. Aunque tuviéramos que trabajar luego para sacarlo, quedaría más difícil para usarse en caso que tuviéramos dificultad para acentuar el control sobre esta región.

- Bien dicho, Vero -respondió Tuutí- nuevamente habrá que mover todo esto. Chicos, hay que despejar la vía y unir el tramo que falta. Marcel, por favor saca el tren en cuanto esté la vía lista. Hay que darse prisa.

En menos de una hora estaba reparada la vía, almacenado todo el submarino en el túnel, derrumbada la entrada y habíamos guardado las piezas que Rodolfo y Weiss -los más entendidos en electrónica- consideraron irreemplazables para el rearmado del aparato. Ahora teníamos dos trenes y estábamos listos para salir hacia la base Averno-1. Por un lado, más tranquilos, al saber que el submarino no podría ser usado, pero teníamos que evitar que los imprudentes enemigos explosionaran algún sitio, que podría ser cercano al Codo Negro.

La freizantena Helen se encargó de la máquina que iría detrás y el avance fue como en los tramos anteriores, lleno de precauciones. En algunas partes, el declive era considerable, superando los doce grados, pero las máquinas soportaron bien las subidas. Llegando a medio camino, volvimos a ver las marcas que los narigoneses habían hecho, en los sitios donde los dracofenos de aspecto monstruoso les habían dado los buenos sustos. Sin duda, sólo los dracofenos que servían a los narigoneses se habían dado cuenta de la realidad, aunque no la conocieran totalmente, pero con seguridad se habían mantenido callados al respecto, aunque más no sea por pura prudencia.

- Sí, -respondía Tarracosa a mis comentarios- y sobre todo se habrán callado porque, como es costumbre y método, los narigoneses se encargan de decir que *"...un dracofeno me contó que estáis esperando un mesías que va a liberar al pueblo dracofeno de la tiranía de los Primordiales, que los sacará de las tinieblas y los llevará de regreso a vuestro planeta..."*

- Eso me suena, -dije- me suena mucho, Tarracosa. ¿Y es posible que algún dracofeno se crea esa patraña mesiánica?

- Cuando ustedes me hicieron prisionero, en la región de la Malla de Rucanostep -dijo Tarracosa unos segundos después de reflexionar avergonzado- yo estaba convencido de que aquello era cierto. Tardé mucho en entender que esas promesas de salvación las hace el propio esclavista. La esperanza inducida es un arma más efectiva que el miedo. Uno se queda sin rebelarse, esperando la "señal" que no llegará jamás.

- Así que tú también, Tarracosa... Yo pasé muchos años creyendo en que la humanidad debería tener salvadores, redentores.

- Sí, pero al fin y al cabo todos creemos y según lo que creemos, eso ocurre. Vinieron ustedes y me salvaron... Y aunque no me pueden llevar a mi planeta de origen genético, al menos soy un dracofeno terrestre que se siente orgulloso de Ser quien Soy, porque estoy haciendo lo que debo hacer. O sea que el GEOS es un grupo de redentores...

- Y yo he de decir -intervino Turner- que sin el GEOS, Freizantenia, que es mi Patria, estaría en un serio peligro. Algo de redentores tienen...

- Pero Freizantenia es también una causa de redención para la humanidad, y aún no hemos salvado a Freizantenia -dije- así que más vale que dejemos de cháchara redentorista y juguemos a ser redentores de verdad, en la medida que podamos.

AVERNO-1, LA ÚLTIMA ESTACIÓN

La conversación siguió animada, especialmente por Tarracosa, que reveló su espíritu más íntimo, terráqueo como él aunque sus ancestros estuvieran desde milenios atrás exiliados en la Tierra por circunstancias. Sus hechos, su disciplina, su comportamiento y participación maravillosa en el GEOS hablaban por él, pero fue interesante y estimulante escucharle confesar sus profundos sentimientos. Él no había hecho como nosotros un Gran Juramento en el sentido formal, más allá de una sencilla e improvisada ceremonia en la vacuoide de Quichuán, pero sin duda, era tan "nuestro" como cualquiera del grupo. No tardaron las circunstancias en darle oportunidad de demostrar, una vez más, la tremenda valía de este dracofeno.

Llegamos a un punto cercano a la estación Averno-1 y Tarracosa nos pidió parar el tren y guardar silencio unos minutos.

-Estamos a tres kilómetros, -dijo por fin el dracofeno- es momento de aprovechar el miedo que los narigoneses tienen a los monstruos desconocidos que han visto algunos de ellos. Si el Teniente y Tuutí me permiten, les propongo un plan...

- Vamos, no te quedes a la mitad... -le urgía el Teniente Turner, pero Tarracosa pidió silencio con gestos.

- Bueno. -continuó tras escuchar atentamente durante medio minuto- Mi idea es la siguiente: Hay mucha gente allí y parece que no se han enterado de nada. ¿Me dejan hacer una exploración y contactar con los dracofenos que andan entre ellos?

- ¿Estás seguro que hay dracofenos en la base? -pregunté.

- ¡Claro! Hay conversaciones en clave Los narigones no saben nada, pero los dracofenos están hablando en clave de silbido agudo. Apenas es audible para los humanos, pero como ustedes saben, nosotros usamos eso para comunicarnos a distancia. Desde aquí no les entiendo bien lo que dicen, pero por palabras sueltas, conversan sobre los "monstruos". Está claro que aquel encuentro que me referían mis conraciales, ha ocurrido hace poco y los dracofenos se han dado cuenta de algo. Quizá intuición, o alguien ha escuchado algo más... O están ya muy hartos de su situación de esclavos aunque no les traten mal.

- ¿Podrías -interrumpió Turner- comunicarte con ellos desde aquí?

- No, porque no me oirían muy bien. Tendría que acercarme al menos un kilómetro más, pero hay gente trabajando cerca de la entrada así que tendría que caminar...

- Por mi parte, -dijo Tuutí- estaría muy bien que te comuniques con ellos y les pongas en alerta de alguna manera desapercibida para los narigoneses...

- Sin duda, puedo hacerlo. -respondió Tarracosa entusiasmado- hay que hacer el plan completo, pero mi idea es algo peligrosa para los disfrazados, para mí y para los dracofenos que están con ellos...

- Continúa -dijimos impacientes Tuutí y yo al unísono.

- Bien. La idea es, ante todo, comunicarme con los dracofenos que están allí y decirles que la redención por fin ha llegado, y averiguar cuánta gente hay, luego hacer que algunos se internen en el túnel con algún pretexto. Como algunos dracofenos llevan armas, harán una serie de disparos, que lógicamente oirán en la vacuoide. Luego los dracofenos deben volver corriendo simulando terror y desesperación, diciendo que hay centenares de monstruos y que las balas y rayos, o las armas que les hayan dado, no les hacen nada a los terribles monstruos. Después tienen que seguir corriendo como con verdadero pánico, por el túnel en dirección a la salida. Seguramente los narigoneses no lo harán, se tragarán el anzuelo pero estarán muy nerviosos. Les enviarán a regresar por este túnel, a enfrentar lo que sea... Y una vez que estén ya cerca nuestro, entonces los Sin Sombra podrán avanzar y aplicar los fusiles a medio poder sin dañar a ninguno de los dracofenos. Y si algunos vieran a los monstruos antes de quedar atontados por los fusiles de los Sin Sombra, mejor aún, porque podría correr más el rumor con aire de certeza, sobre la existencia de monstruosas criaturas en la región. Eso desanimaría mucho los planes alternativos que tengan...

- Con perdón, Tarracosa, -dijo Turner- todo el plan me parece muy bueno, pero eso de que se desanimarán, no lo creo. Por el contrario, los humanos somos muy empeñosos. Los jefes narigones no son quienes se meten en las cavernas, así que mandan sin ningún problema a otros y enviarán tantos como sea necesario hasta descubrir hasta el modo de reproducción de los supuestos monstruos. No pararán hasta saber la verdad. No obstante, como ya he dicho, el plan es bueno y al menos nos servirá para meterles miedo, especialmente en esta situación.

Tras algunos afinamientos más del plan, Tarracosa, diez "monstruos" y tres Sin Sombra, marcharon hacia la vacuoide. Si alguien los percibía antes de tiempo, sería bueno dejar un adelanto de lo que les esperaba. No era una contingencia conveniente, pero hasta podría dar provecho si ocurría. Pero los catorce regresaron una hora más tarde.

- Sus comunicaciones, -nos comentaba Tarracosa- son una verdadera chapuza. Eso nos deja el factor sorpresa a nuestra disposición. Luego de conversar en clave con los dracofenos, los diez compañeros disfrazados se han dejado ver por algunos dracofenos, para garantizarles que todo es cierto, y han regresado rápidamente. La fuerza enemiga es un total de 45 soldados narigones, todos tienen armas cortas y cerca de la mitad con fusiles M16. Ya está todo preparado y los cinco dracofenos que están allí han sido instruidos. Todos llevan armas, así que ingresarán al túnel cuando alguien coordine la acción. Lo ideal sería que cuando los dracofenos queden tras los nuestros y estén a salvo, a unos quinientos metros de la sala, los Sin Sombra estén dispuestos a doscientos metros de la estación, detrás un respectivo "monstruo". Cuando los narigoneses sean enviados a reconocer lo que hay y la desaparición de los dracofenos, ya podrán emplear los fusiles de impulsos.

- Y me gustaría no perderme ese espectáculo -dije- así que me ofrezco como voluntario, si el Teniente Turner me concede el uso de uno de sus trajes...

No creía que semejante pedido fuera concedido, pero así fue. El Teniente ordenó a un Sin Sombra intercambiar conmigo las ropas, prestarme su fusil y éste me explicó algunos detalles más de su manejo, así como el modo en que se activa el traje para lograr una invisibilidad total o casi total.

Tarracosa y yo avanzamos en cabecera, seguidos de los restantes Sin Sombra y su Teniente, así como un "monstruo" por cada uno de ellos. O sea, 20 parejas bien curiosas: un invisible. y un dracofeno disfrazado monstruosamente (a excepción de Tarracosa). El resto del grupo debería marchar a retaguardia, manteniéndose a doscientos metros, con excepción de algunos que se encargarían de avanzar luego con el tren.

Nos apostamos Tarracosa y yo cerca de la entrada a la sala y dio la indicación acordada a los cinco dracofenos que estaban trabajando entre los narigoneses. Mi compañero, con unos silbidos que apenas pude percibir, puso en marcha el plan y luego afinaba al extremo el oído.

- Le están diciendo al jefe -me contaba Tarracosa en voz baja- que han visto un monstruo y como dracofenos no temen a nada que pueda haber dentro de la tierra, así que quieren explorar el túnel para ver qué hay.

Los cinco dracofenos, tal como se convino, entraron al túnel y se reunieron con nosotros. Unos instantes antes de llegar, yo había activado el traje, pero a pesar del efecto de invisibilidad sobre los humanos, no terminaba de hacerme invisible para los dracofenos, que hablaron entre ellos y con Tarracosa.

- Marcel, -me dijo Tarracosa- mis amigos me preguntan qué clase de fantasma es el que me acompaña. No te ven, no pueden definir rasgos ni formas claras, pero perciben como yo, por el sonido, y eso sí que los tiene un poco asustados. Ninguno habla más que inglés y dracofeno, así que si te parece prudente, mantenemos el secretillo…

- Me parece prudente -dije- así que diles que soy un ser extraño y que hay muchos más. Si alguno tiene dudas de lealtad entre nosotros o los narigoneses, es mejor que no sepan nada más.

Tarracosa habló en dracofeno con sus pares y seguimos avanzando hasta el punto previsto, donde ya eran visibles los monstruosos dracofenos y los invisibles Sin Sombra, que no lo eran para mí porque llevaba las gafas especiales. Me integré al grupo después de comprobar la correcta marcha del plan.

Unas palabras más de Tarracosa en su idioma natal y los cinco dracofenos efectuaron una serie de disparos hacia el suelo, en el orden que mi amigo les iba indicando. Las pistolas, calibre 45, sin duda se oían desde la vacuoide. Tras el concierto que duró medio minuto, tras una última indicación de Tarracosa, los cinco salieron corriendo y nosotros detrás de ellos. Al llegar a la vacuoide, los cinco conchabados se comportaron como auténticos actores de primer nivel. Corrían dando gritos de espanto en inglés rumbo al extremo opuesto de la enorme sala para perderse en el túnel del otro lado y quedar a salvo de las descargas de los fusiles de los Sin Sombra.

-"¡The monsters are thousands! ¡ are invulnerable, bullets do not stop!" -les escuchaba gritar desesperadamente, con toda clase de improperios y advertencias terribles.

Apenas tardaron cinco minutos las reacciones concretas. Tras algunos gritos de los jefes, unos treinta soldados y operarios formaron frente al túnel, así que comenzamos a retirarnos hacia el interior, especialmente Tarracosa, que podía ser visto. Igual le seguí para ponerme tras el "monstruoso" que me correspondía. Sin embargo aproveché muy bien la invisibilidad, esperando un poco más para ver que el que daba las órdenes estaba al frente, en contra de mi anterior pronóstico. Unos trescientos metros nos separaban ya de la boca del túnel y la curva, aunque amplia, no permitiría a los narigoneses alumbrarnos hasta estar a unos treinta metros de nosotros.

Al acercarse los primeros y comenzar a alumbrar, apenas vieron a los "monstruos" e hicieron el gesto de disparar, los cinco primeros Sin Sombra efectuaron los disparos de sus fusiles. Sólo se escuchó el ruido de cuerpos y armas cayendo al piso.

- Rápido, por favor, -indicaba el Teniente- hay que retirar a los desmayados y sus armas más al interior y despejar la curva. Y que Wilhelm Wolf se encargue de atraer a los que quedan...

- Wilhelm, -le dije- uno de estos es el jefe, así que podrías ordenar, más que comunicar...

El freizanteno asintió con la cabeza, buscó al que llevaba el equipo de radio. Mientras un "monstruoso" y yo nos ocupábamos de llevar al caído más adentro, Wilhelm ordenó en inglés por radio con las palabras justas, que viniera todo el personal disponible.

En unos diez minutos, la operación volvió a ejecutarse con pleno éxito. Cerca de quince hombres habían picado el anzuelo y corrían al encuentro de los monstruos. Otros cinco disparos de fusiles de impulsos, otros quince cuerpos que maniatar y un montón de armas que secuestrar. Poco rato después, repitiendo la operación, habían quedado abatidos todos los efectivos enemigos.

Llamamos a los del tren y algunos se ocuparon de cargar en él a los prisioneros, los demás nos encargamos inspeccionar la estación y de construir una nueva cárcel como en las anteriores ocasiones. Tarracosa llamó a sus cinco compañeros, que tras las debidas explicaciones quedarían sumados provisoriamente a nuestra tropa. Fue todo un festejo para ellos saludar a sus pares y se divertían también con el "monstruoso" aspecto.

Cuando estábamos disfrutando de ese encuentro, uno de los cinco dracofenos empleados en la estación habló con un Sin Sombra en inglés y éste habló en voz baja con el Teniente. Dio una rápida sucesión de órdenes y varios Sin Sombra activaron sus trajes nuevamente. Aún no había devuelto el uniforme prestado, así que hice lo mismo y presté atención para enterarme de lo que ocurría y sumarme a la actividad que hubiera. Pronto comprendí que había aún algunos enemigos en la estación, al parecer escondidos en un sector bien oculto tras el edificio mayor, que resultó ser un taller con más de seiscientos metros cuadrados de instalaciones, máquinas y grandes herramientas. El dracofeno que dio el aviso habló con Turner y él ordenó detener todo movimiento.

- OK, you know how make. -dijo Turner al dracofeno y tanto él como sus cuatro compañeros avanzaron rápidamente hacia el sitio, seguido por los Sin Sombra y yo. Al llegar a una esquina del edificio, Turner nos detuvo en espera mientras dos de los dracofenos siguieron hacia un estrecho contenedor ubicado entre el edificio y el muro de la caverna. Los otros tres se quedaron por ahí, simulando trabajar con algunas cajas, para que desde el contenedor pareciera que todo estaba en orden. Pocos minutos después, los dracofenos salían del contenedor, seguidos de cuatro hombres que hablaban y se reían confiadamente. Los dracofenos pasaron a nuestro lado y aunque no nos veían, uno de ellos guiñó un ojo. Pero los cuatro narigoneses, al llegar a escasos dos metros de nuestra posición, se encontraron con nosotros, que desactivamos los trajes mientras les apuntábamos. Alguno hizo un gesto de tomar su arma, pero alejó la mano de la cintura, desistió y se entregaron sin más, poniendo las armas en el suelo. No se habían enterado de nada, descansando en ese sector acondicionado acústicamente para dormir a pesar del constante ruido de la sala.

En esta estación encontramos varios contenedores, de los cuales cuatro fueron retocados a fuerza de rayos, constituyendo excelentes celdas para los cuarenta y cinco prisioneros. Como en los demás casos, dejamos agua y alimentos para varios días, destruimos las radios, todo su armamento y sumamos a la caravana de los trenes, una nueva vagoneta plana que llevaba una pequeña tanqueta. Luego de estudiarla cuidadosamente, dicha tanqueta resultó tener un cañón de rayos, que podría usarse para abrir túneles, generando energía con cuatro motores similares a los de las locomotoras. No sería tan efectiva para tunelar en grande, como con los trépanos, pero podía operar bien sobre diversos minerales.

- Ha ido todo muy bien, -decía Turner durante el almuerzo- pero aún falta resolver el tema de los que van hacia el lago Vostok II. Ahora sí que es momento de dividirnos, porque a falta de noticias, desde sus mandos enviarán contingentes armados que pueden ser muy numerosos. Hay que salir al exterior y contactar con Freizantenia para que quede controlada la entrada y se pueda evacuar a los prisioneros antes que se queden sin agua y comida.

- De acuerdo, Teniente. -decía Tuutí- pero imagino que no necesitará mucho personal para llegar hasta la salida.

- Es que no lo sabemos, Tuutí. No me confiaría a los mapas. Hay 121 Kilómetros hasta el fin del túnel, pero los dracofenos no saben si hay gente allí. Veamos primero que dice Wilhelm Wolf respecto a la radio.

- Lo que digo, Teniente, es que no hay ninguna estación cercana. A lo sumo algún destacamento, pero aún así tendrían alguna radio. Aquí ya funcionan a pleno los AKTA y ni trazas de emisión. Acabamos de revisar todos los mapas y planos de los narigoneses y no hemos hallado ninguna indicación. Parece que no han dejado a nadie en la entrada y eso es raro por un lado, pero normal por otro, si temen que pudiéramos captar alguna presencia desde Freizantenia o por patrullaje. El punto de salida estaría a unos diez kilómetros de las coordenadas que Marcel dice que corresponden a la Esfinge de los Hielos.

-Entonces es probable que podamos apresurar las cosas. ¿Opináis entonces, que no hay nadie en la salida o cerca de ella?

- Mi opinión es doble al respecto. -intervine- Por un lado, los que dice Wilhelm es lógico, pero por otro, creo que en esa famosa Esfinge de los Hielos hay algo interesante. Si la teoría que tengo al respecto es correcta, nadie se quedaría mucho tiempo en esa zona, sin embargo hay un tercer punto a considerar. Si estoy en lo cierto, puede que haya gente por allí, pero creo que las radios normales no funcionarían en unos cuantos kilómetros alrededor de la Esfinge de los Hielos...

- ¿Tan seguro estás -dijo Tuutí- de que existe siquiera alguna cosa que pudiera dar origen a la leyenda de Verne?

- No puedo afirmar rotundamente, pero creo que ese punto es el fin de una especie de chimenea larguísima y retorcida originada en la vacuoide MT-1, o sea la "Nyauque". Además, los dracofenos aparecieron por allí, según los mapas de los narigoneses, y parece que por ahí mismo empezaron con los problemas de orientación...

- Es muy probable -dijo Turner un tanto tajante- que Marcel esté en lo cierto, pero seremos prudentes. No podemos perder tiempo, así que mi propuesta es que marchemos algunos hacia la salida y otros hacia el interior, en persecución de los treinta exploradores que partieron de Invasión-2. ¿Estás de acuerdo, Tuutí?

- Totalmente, Teniente. Ambas expediciones son riesgosas por igual, así que mitad de Sin Sombra y mitad del Geos para cada lado. No sé si podríamos contar con los dracofenos...

- ¡Claro que puedes contar con todos nosotros! -dijo Tarracosa- todos los dracofenos han participado en esto y seguirán haciendo todo lo necesario para liberar a los secuestrados hace más de una década. Los que trabajaban aquí también, porque hace mucho rato que han comprendido que son esclavos bien tratados, pero esclavos al fin, sin posibilidad de volver con sus familias y que todas las promesas de los narigoneses fueron falsas.

- De acuerdo, -dijo Tuutí- así que si le parece, Teniente, dividimos exactamente las fuerzas de tropa. Usted se lleva nueve Sin Sombra, o sea diez con Usted, treinta GEOS, 49 dracofenos monstruosos y cinco dracofenos "normales"...

-Y tú otro tanto del personal. -completó Turner- Mientras controlo la entrada y contacto con Freizantenia, te encargas de los treinta mercenarios que van hacia el Codo Negro. En cuanto hayamos controlado la entrada, si hay posibilidad de radio, te lo comunico. De lo contrario, alguien volverá por el túnel para informaros y recibir noticias vuestras. Las balizas de vigilancia sirven para enlace radial, así que Artur Weiss y Jürgen Alonso se encargan ahora mismo de ajustarlas a máxima captación. Pondrán una cada cincuenta kilómetros y nosotros lo mismo de camino hacia la salida. Supongo que tendré el honor de que Marcel venga en mi grupo...

- La verdad -me di por aludido- es que perseguir a los narigoneses y conocer la zona del Codo Negro me atrae mucho, Teniente, pero la Esfinge de los Hielos es algo que me parece muy, pero que muy, muy atractiva...

- Todo arreglado. -decía Tuutí riéndose- Marcel, te quedas a cargo de la facción del GEOS. Rodolfo y Kkala se quedan contigo. Nosotros necesitaremos a Chauli, y que Weiss y Adalrich Kröner vengan con nosotros, por si hiciera falta un experto en electrónica y un fortachón corpulento. Los demás, a formar.

- Queda por arreglar un detalle... -dije mientras todos se incorporaban para hacer la formación- ¿Me puedo quedar con el traje de Sin Sombra, Teniente?

- Eso pregúntaselo a Martín Brunner...

- Por mi parte, ni medio problema -dijo el Sin Sombra- siempre que me lo devuelva sin agujeros de bala ni rayos... Y yo debo recordar que ahora quedo muy visible, así que me mantendré con el grupo GEOS.

La tropa en total, incluyendo los dracofenos que enseguida cogieron el ritmo militar, fue dividida en dos y repartimos los roles de combate. Preparamos los dos trenes que saldrían en sentidos opuestos, mientras yo lamentaba enormemente no poder estar en dos sitios a la vez. En otro momento podría reconocer la zona cercana al lago Vostok II que también me atraía muchísimo. Ahora, era la oportunidad de confirmar si existía realmente aquella rareza geológica en la superficie.

Partimos unas horas después y como siempre, hice de maquinista. Tarracosa fue con el grupo de Tuutí, así que en su lugar, me presentó a un dracofeno llamado Akmederere que hablaba muy bien el español y otros idiomas. Era el único políglota entre los que se sumaron al grupo recientemente.

- Hace quince años que me secuestraron los narigoneses. -nos contaba Akmederere a Turner, Rodolfo y yo en la máquina- Pero como tenía ciertos problemas legales en Harotán Zura, no tuve reparos en trabajar con ellos. Lo terrible fue darme cuenta unos años después, que aunque me trataran bien, jamás en la vida volvería a ser libre.

- ¿Y no has intentado escaparte? -preguntó Rodolfo- .

- Sí, claro que lo intenté, pero tengo puesto un chip aquí en la nuca, como todos los dracofenos que trabajamos con ellos, así que me pillaron y dijeron que en un próximo intento me matarían sin más. No volví a intentarlo porque he estado aprendiendo muchas cosas, estudiando idiomas, trabajando en la exploración de cavernas, y además no tenía dónde ir, ni sabía cómo volver a Harotán, ni tengo familia, ni... Bueno, Tarracosa me ha contado brevemente que ustedes son diferentes y que ahora las comunidades dracofenas están mejor que hace unos años.

- ¿Y sabes algo de Harotán? -preguntó Rodolfo.

- No, creo que Tarracosa iba a comentarme algo, pero no hemos tenido tiempo a conversar mucho...

- Pues... -intervine- Tenemos dos problemas... Vamos con el primero: Debería habértelo comentado Tarracosa, pero me toca hacerlo a mí.

Harotán Zura ya no existe. Hubo un gran desastre hace algo más cuatro años, causado por las actividades de los narigoneses, que procuran brutalmente invadir las vacuoides de todas las comunidades, apoderarse de ellas, así como intentan la invasión de Freizantenia, que está en el hueco polar, y hasta han intentado invadir la superficie interior... Imagino que conoces o sabes respecto a esos lugares...

- Es que... Es que... -balbuceaba Akmederere- ¿Han destruido Harotán? ¡No lo puedo creer!.. ¡No lo puedo creer!

- ¿Tenías amigos allí?

- Sí..., no tenía familia, pero sí algunos amigos... -decía llorando el dracofeno- y estoy tan... tan... No sé cómo decirlo. No... Es que una vez nos preguntaron los narigoneses dónde estaba Harotán Zura e insistieron mucho en ello porque el gobernador dracofeno les ocultaba esa información, aunque negociaba cosas con ellos. Un compañero que tenía más problemas que yo, les dijo todo, les dibujó mapas. ¡Yo sabía que debería callarse, y se lo dije!

Permanecimos en silencio un buen rato, sin saber qué decir, porque el dracofeno lloraba como un niño. Luego nos comentó cómo había empezado a cambiar interiormente, que había dejado de ser un macarra para empezar a ser honesto, porque le asqueaba el modo de ser de los soldados con los que tenía que trabajar.

- Ahora puedes empezar de nuevo -le dije- y no te faltará ayuda. Si no es con los freizantenos, será con otros pequeños grupos de dracofenos que han formado una comunidad más estable y educada. Ya ni siquiera están limitados por la barrera azul en algunas zonas. Algunos voluntarios telemitas les están ayudando en su proceso de catarsis...

- ¡¿Los telemitas?!.. ¡Pero si los hemos odiado siempre! Bueno, claro que apenas les hemos conocido, pero... En fin, que será por tenerles envidia y esas pestes mentales. Nunca entendí muy bien por qué había que odiarles...

- ¿Quiénes te educaron y criaron, Akmederere? -pregunté.

- Mis padres murieron cuando era muy pequeño y no les conocí, pero nací en Murcantrobe y me criaron unos padres adoptivos, con los que tuve muchos problemas. Cuando comprendí que no era precisamente el hijo bueno que ellos deseaban, me fui a vivir un tiempo en Tiplanesis. Allí me enteré que esos padres adoptivos habían sido condenados por subversión, pero no supe más de ellos. Luego me educaron varias personas, todas al servicio de nuestro gobernador, Thafara... El me designó para el servicio con los narigoneses, pero finalmente nunca pude volver a Tiplanesis y ahora acabo de comprender que he sido usado, manipulado y esclavizado mediante un montón de mentiras... Debe haber pocas personas en este planeta, tan engañadas como yo...

No pudimos contenernos y reventamos en una carcajada estrepitosa. El dracofeno me miraba seriamente sorprendido y se dio vuelta para mirar a Rodolfo y al Teniente, sin comprender.

- En la superficie exterior -le dije para tranquilizarle- hay casi siete mil millones de personas que están engañadas en asuntos científicos, espirituales, económicos y políticos, no saben nada de las vacuoides del interior terrestre, ni de que existen los dracofenos, los telemitas, los clorematicos, los taipecanes, los Oriónidas, ni de que hay una superficie interior, ni de que somos derivados genéticos de los Primordiales. Ni siquiera saben que somos Almas, no meros cuerpos... Al menos los dracofenos saben que vienen de otro planeta, saben que aunque son huéspedes de este mundo, están un poco "prisioneros". Pero la humanidad mortal derivada de los Primordiales vive en un engaño extremo. Ni siquiera conocen los Principios y Leyes Herméticas. Bueno, no sé si los dracofenos saben algo de eso...

- Me dejas "de piedra", Marcel. Tengo entendido que afuera se vive muy bien, que los narigoneses controlan el mundo para que sea más seguro y que a nadie le falte nada, que hay alimentos para todos, que todos los mortales tienen ropa y casas bonitas, que hay democracia y sólo gobiernan los que la gente elige, que hay gente que se queja porque tienen demasiadas cosas...

- Ya veremos cómo lo hacemos, -comentó Turner- pero de algún modo llevaremos a los dracofenos a conocer la civilización de la superficie exterior. Sería sumamente instructivo para todos ellos que pudieran ver y comprender cómo no se debe vivir.

- ¿Y si hay casi siete mil millones de personas ahí afuera, nadie ve la realidad en la que dicen ustedes que viven?

- No, no pueden verla. -siguió el Teniente- Es como el pez, que no puede saber que vive dentro del agua pero ni puede imaginar que existen otras formas de vida. El "agua" de la humanidad exterior son el dinero y sus propias emociones. Odios, miedos y vicios les ciegan a tal punto, que aunque se les muestre toda la verdad no pueden asimilarla. Si ven nuestras naves, huyen despavoridos porque creen que somos extraterrestres y seguramente queremos invadirlos. Si encima ven nuestros símbolos, que son en realidad claves de conocimientos trascendentales, aparte de aterrorizarse, nos atacarían con lo que tuvieran a mano. Cada persona en el mundo de superficie ha visto al menos cincuenta películas sobre platos voladores y ninguna de ellas habla de tripulantes de la Tierra, sino de extraterrestres. Y casi todos, son gente mala que quiere invadir su mundo. Así que viven con miedo...

- Supongo -dijo el dracofeno- que una película es un video, como los que usan los narigoneses para instruirnos...

- Eso es. Pero aunque se presenta generalmente como novela y todos saben que es producto de la imaginación del autor, el guionista y el director, igual sus mentes empiezan a creer que las cosas no pueden ser de otro modo. Así que incluso resulta menos traumático para ellos, decirles algunas verdades del mundo en forma de novela, para que los gobiernos no tomen represalias contra los que digan esas verdades...

- ¿Y no hay algún modo de despertar a toda esa gente para que vea la verdad de las cosas?

- Es algo muy complicado, Akmederere, -intervino Rodolfo- porque hace al menos dos milenios que los ancestros de los narigoneses comenzaron a elaborar sus engaños.

- Y lo peor -comenté- es que desde hace unos diecisiete siglos, la economía empezó a funcionar en base a dinero. ¿Te han hablado de ello los narigoneses?

- Sí, claro. Dicen que es el medio más justo para que cada uno tenga lo que merece según su trabajo, su inteligencia y su servicio a cada país, y que gracias al dinero, todos los países quedarán gobernados por un único rey o presidente, con lo cual se acabarán las guerras y otros problemas... Se supone que cuando cumpla los treinta años de servicio, me darían todo el dinero junto, para vivir el resto de mi vida haciendo lo que me venga en gana... Pero mis compañeros no creen que sea cierto.

- Me imagino cómo te han educado... -dije- Más o menos igual que a toda la gente de la superficie, pero lo increíble es que mucha gente cree que eso es cierto, cuando están viendo morir de hambre a miles de niños y que al menos mil millones de personas viven en la más cochina miseria, otros tres mil millones viven en la pobreza y la ignorancia. De los tres mil millones restantes, sólo doscientos millones viven ben después de jubilarse, dos millones viven con lujos de toda clase, unos diez millones más viven muy bien y el resto trabaja como esclavo para llenarse de objetos y cosas que muchas veces no pueden pagar, contraen deudas y al final pierden todo lo importante...

- ¡Lo que me contáis es terrible! Cuesta creerlo... Ni bajo la tiranía de Thafara hemos tenido los dracofenos una injusticia como la que me estáis describiendo. Los narigoneses nos han enseñado que cosas como las que decís, sólo ocurre entre los humanos del interior del mundo, que están allí esperando alguna oportunidad de destruir para siempre a los humanos de la superficie...

- Imagino que no habrás creído eso... -pregunté-

- Sí que me lo he creído, pero ahora sé que no puedo confiar en nada de lo dicho por los narigoneses. Tarracosa me ha contado en menos de una hora tantas cosas, que sólo puede decirlas un dracofeno que ha vivido lo mismo que yo y se ha liberado del engaño. Además, casi cien dracofenos buscando a sus hijos secuestrados por los narigoneses... Ahora voy entendiendo muchas cosas que antes no podía... Es como si se armara en mi mente un puzle; aunque tenía ante mis ojos las piezas, no las veía. ¡He sido el colmo de los estúpidos!

- Nada de eso, Akmederere -le consoló Turner- Tú has sido engañado, cuidadosamente se te ha ocultado la verdad, pero como te digo, siete mil millones de personas están aún más engañadas que tú, y con más dificultades para darse cuenta de esos engaños. Al menos tú no tienes miedo a morir de hambre si te echan de tu trabajo...

-¿Morir de hambre? Si los dracofenos podemos comer cualquier cosa inorgánica y algunas orgánicas. Sólo nos hacen mal algunas pocas sales, pero es casi imposible que un dracofeno se muera de hambre en un mundo lleno de minerales. Bueno, pero también me han dicho que en la superficie externa abundan las materias orgánicas por todas partes y sobra alimento para todos, así que lo que cuentas de la injusticia...

- Así debería ser. -expliqué- Pero lo cierto es que la civilización de la superficie exterior, hace milenios que vive en revueltas y en guerras intermitentes, y desde hace menos de un siglo, con millones de personas pasando hambre. Como bien ha dicho el Teniente, habrá que dar un paseo por la superficie externa a los dracofenos que quieran enterarse. Al menos ya tienen contacto con otras comunidades, así que sólo la humanidad de superficie ha quedado solitaria.

Pasamos media hora más actualizando a Akmederere sobre las realidades del planeta y pasé al segundo punto preocupante.

- Ahora tenemos que ver ese asunto de los chips en la nuca de los dracofenos... ¿Quiere decir que pueden rastrearte y encontrarte?

-¡No, ya no pueden! -respondió Akmederere- Sólo nos dura un par de años. Nuestro propio cuerpo los deshace y aunque intentaron de todo, no han conseguido hacer chips permanentes. Tendrían que hacerlos sin ningún metal, ni siquiera silicio, y es cosa imposible. Si no he vuelto a escaparme es porque he estado engañado por un lado y estimulado por otro, al estar aprendiendo muchas cosas y me gusta mucho aprender...

Los cambios del paisaje del túnel nos volvieron a las situaciones presentes, en las cuales teníamos que contar con el auxilio de sus agudos oídos, así como con las indicaciones de Rodolfo. Encontramos tres salas a una distancia de varios kilómetros entre sí, pero ninguna había sido acondicionada, sino que se usaron para dejar algunos vagones defectuosos, materiales de construcción y maderas. No hallamos nada importante, pero el abandono de la zona daba créditos a que no hubiese nadie al final del túnel. Así y todo, extremamos las precauciones. Una hora después marchábamos muy lentamente, sin que ni el AKTA ni el dracofeno registraran ningún signo ni sonido importante. Sólo el viento polar de la superficie, empezaba a ser audible para Akmederere. Estábamos a tres kilómetros de la salida y Turner me pidió detener el tren, para enviar hombres a hacer un reconocimiento. Estábamos en una sala pequeña con algunas maderas y tubos de metal, junto a una bifurcación del túnel, pero las vías seguían el sentido ascendente, mientras la otra galería, más bruta y amplia, se mantenía al mismo nivel en los siguientes doscientos metros, ascendiendo más allá levemente. Decidimos explorarla cuando hubiera oportunidad, pero ahora la prioridad estaba en seguir las vías.

La Sin Sombra Brigitte Klechak encabezó la fila de reconocimiento, y le seguía un compañero cada cien metros. Sólo quedábamos como Sin Sombra el Teniente y yo, así que mis compañeros del GEOS fueron cubriendo los espacios, de modo que nadie perdiera de vista al compañero que va adelante. De ese modo evitamos usar las radios y delatar nuestra presencia, sin que se pierda contacto entre la cabeza de línea y nosotros.

Una hora después, nos llegó la información mediante nuestra Amalia Tupay, de que no había novedades y podíamos avanzar hasta la salida, que se hallaba despejada. Fuimos recogiendo a los componentes de la línea humana y llegamos muy cerca de la salida, a unos cien metros, donde Brigitte nos esperaba y se apresuró a pasarnos sus novedades.

- Ahí afuera hace treinta y dos grados bajo cero. El viento es fuerte, pero igual permite caminar. La planicie es muy lisa y da la sensación de ser pura agua. No sé lo que pasa, Teniente, pero siento una sensación extraña en el cuerpo, que desaparece al meterme de nuevo al túnel. No puedo definirla, es como si al moverme, algunas cosas me tironearan. No he sentido nada orgánico como mareos, pero aquí sucede algo extraño ¿Será algo de lo que dice Marcel?

- Bien, Klechak, eso lo averiguaremos después. Ahora hay que contactar urgentemente con Freizantenia y estudiar cómo haremos con los dracofenos. No creo que el Genbrial autorice su traslado a Freizantenia sin más. Por otra parte, tampoco pueden salir allí porque se quedarían helados y ciegos.

- Gracias por la consideración, Teniente, -dijo Akmederere, con su tono de voz tan humano que no parecía dracofeno- pero nos podemos apañar. Estas ropas nos protegen del frío y he visto que muchos de los disfrazados llevan colgajos hechos con telas de amianto. Bastará con quemar alguna cosa que haga humo e improvisar unas vendas oscuras que permitirán ver, pero con muy poca incidencia de luz. Si me lo permite, me encargo ya mismo.

- Sí, por favor, hágalo. Que vuelvan con el tren hasta la última sala, donde había maderas para quemar. ¿Demorará mucho?

- Hay quince minutos hasta la sala y en media hora estará todo listo. Sé conducir la locomotora...

- De acuerdo, Akmederere, -decía Turner- le acompañarán tres de los nuestros y mientras esperamos contactaremos con nuestra base. Los demás, a ponerse los guantes y... ¡Adelante, a ver ese sol del polo!

LA ESFINGE DE LOS HIELOS

Avanzamos a pie los últimos cien metros, atravesando una sucesión de cortinas de plástico grueso, transparentes desde adentro pero blancas por fuera, que disimulaban muy bien la entrada al túnel. El espectáculo exterior era precioso y desolador a la vez. Un frío de muerte, un cielo celeste impecable y el sol estaba a unos diez grados sobre el horizonte; una extensión blanca y refulgente en la que no se divisaba ni el más remoto promontorio, salvo el pequeño montículo donde se inscribía la entrada del túnel. A unos metros de la boca comenzaba una hilera de enormes caños a modo de continuidad, partidos algunos, en tramos de decenas de metros de largo por cinco o seis de diámetro. Quizá un kilómetro de caños, pintados de blanco por fuera y con trozos de vías férreas en su interior. Al darme una vuelta por detrás, subiendo los escasos siete u ocho metros de desnivel, pude divisar una montaña o algo parecido, que estaría a varios kilómetros. Extraje el AKTA y los prismáticos de mi mochila, cuidando no quitarme los guantes y allí tuve una sorpresa que me hizo latir con fuerza el corazón.

El promontorio que divisaba estaba fuera del alcance del AKTA pero registraba un intenso campo magnético. Algunos de mis compañeros se aproximaron a comentar que los Sin Sombra ya habían conectado con Freizantenia, aunque con interferencias. Mis compañeros querían saber si podíamos regresar por el túnel, para seguir y alcanzar a la otra mitad del contingente y colaborar con la persecución de los mercenarios, rumbo al Codo Negro, o si podríamos explorar la parte del túnel cuya entrada habíamos visto tres kilómetros antes.

- Nos llevan -dije a mis amigos- más de dos horas de ventaja al salir en sentido opuesto, o sea unas cuatro horas suponiendo que bajásemos ahora a toda máquina tras ellos. Pero, hay que esperar a que llegue alguna nave desde Freizantenia y no creo que demoren más de unos minutos y además, no me iré de aquí sin averiguar qué es aquel recorte en el horizonte. Ya conocen mi teoría, y creo que todos la estamos comprobando de alguna manera...

Una extraña sensación nos hacía comprender lo que decía la freizantena, unos tironcillos por aquí y por allá, cada vez que nos movíamos, especialmente cuando nos dábamos la vuelta.

- ¡Son los accesorios metálicos! -exclamé- Pero no todos, sólo los ferromagnéticos. Menos mal que las armas son de aleaciones diamagnéticas o paramagnéticas, excepto las de balas, que llevamos muchos de nosotros. Quiero hacer un experimento.

Pedí a Kkala que me acompañe y nos alejamos del grupo, fuera del montículo de la boca del túnel. Mi pistola de rayos funcionó e hice un fino agujero en el hielo, del cual emergió un chorrito de agua que saltó unos cinco metros y duró algunos segundos, hasta cerrarse el hielo.

- Aléjate, Kkala. -le pedí- Ponte en aquella dirección, a treinta pasos. Estate atento, que no quiero tener que ir corriendo a buscar mi pistola. También sabemos sin duda, que estamos sobre una capa de hielo de cincuenta metros de espesor, pero abajo hay un lago; por eso es tan lisa la superficie. Ahora atento, que voy a dejar la pistola en el suelo...

Lo hice, pero no ocurrió nada. Sin embargo, al darle un pequeño empujón con el pie, la pistola comenzó a resbalar por la superficie congelada, sin detenerse. En vez de ello fue tomando más velocidad y si no lo hubiera previsto, la habría perdido. Kkala tuvo que lanzarse al piso para atajarla. Quedaba demostrado que la Esfinge de los Hielos no era un mito, ni un producto de la imaginación de Julio Verne, sino un fenómeno natural real, cuya clave me dio la vacuoide MT-1 y las características de los túneles que formó.

Estaba un tanto embriagado con la confirmación científica que Rodolfo tuvo que llamarme por segunda vez. Me decía que el Teniente Turner me requería en la entrada del túnel, porque había que elaborar un plan de acción inmediato. Dos grandes vimanas freizantenas llegaron mientras volvíamos a la boca del túnel y en una de ellas venía el mismísimo Genbrial, a quien recibíamos momentos después.

- Nos tenían muy preocupados, -decía el Genbrial- Teniente, Marcel, amigos todos. Muchos días sin noticias de ustedes ¿Están todos bien? Veo que habéis hecho nuevas amistades...

- Sí, Señor, -decía Turner- estamos todos y ningún herido. Estos dracofenos vestidos monstruosamente, ya han probado su valentía a nuestro lado y han colaborado en esta misión. Los otros también. Hay cuatro bases enemigas inhabilitadas y en ellas prisioneros que rescatar antes que se les acaben las provisiones...

- De eso no tiene que preocuparse. El Comandante Jürgen Wirth se hará cargo inmediatamente de ese personal. Los llevaremos a la vacuoide cárcel Pi Primera. Los dracofenos pueden permanecer en la antigua base de Neusuabeld hasta que decidamos su destino final.

Seguimos pasando el parte de novedades y situación, decidiendo una rápida expedición para terminar de revelar el misterio de la Esfinge, tras lo cual volveríamos para intentar alcanzar al otro equipo.

- Dadas las condiciones magnéticas de este sitio -decía el Genbrial- no creo que se puedan usar ni vimanas ni Kugelvins para sobrevolar ese promontorio y temo que haya las mismas dificultades ocurridas en la zona de las vacuoides MT-1 y la CAV-21. ¿Estoy en lo cierto?

-Teóricamente se equivoca, Señor. -respondí- La CAV-21 produce una anulación magnética y electromagnética porque es la contraparte de esto. Es una especie de "contraimán". No es que sea paramagnética, sino realmente antimagnética en el sentido más pleno, mientras que esta esfinge es un formidable imán que se produce como compensación de aquel efecto. Aún no puedo entender bien cómo funciona todo esto ni porqué se produjo, ni si hay algo parecido en el Polo Norte o en otros puntos del planeta... En fin, que el Triángulo de las Bermudas puede ser algo similar, pero aquí no hemos notado nada que indique peligro para las naves, salvo que tuviesen muchos elementos ferromagnéticos.

-Por suerte, -dijo el Genbrial- los Kugelvins las vimanas sólo tienen componentes paramagnéticos y diamagnéticos, así que si tus teorías están bien no habría peligro y podríamos acercarnos.

Después de unos minutos de análisis con los potentes sensores de la vimana, los de un Kugelvin y varios AKTA, comprobamos que no había más anomalía que la que podría causar un enorme imán, aunque ello implicaba que fuera del campo magnético de los vehículos, no se podía estar mucho tiempo sin que fuesen afectados los organismos vivos. Los AKTA despojados de sus carcasas protectoras funcionaron muy bien.

La gigantesca vimana cilíndrica de apoyo, escolta de la del Genbrial, es una especie de portaaviones de trescientos metros de largo y treinta y ocho de diámetro, con lo necesario para cuantas operaciones hicieran falta y laboratorios de toda clase, traía muchos Kugelvins, y diez de ellos nos facilitaron la labor. Rodolfo y Turner en uno de los vehículos, y el Genbrial conmigo en otro, fuimos rápidamente hasta el misterioso promontorio, luego de quitarnos de encima todo metal ferromagnético. Mientras el Comandante Wirth atendía y embarcaba a los dracofenos y al personal, partimos hacia la Esfinge, que vista de lejos sólo precisaría unas grandes pirámides para hallarse un gran parecido con Gizhé.

Sin embargo, al acercarnos la imagen era muy distinta, veinte veces más grande e igual de imponente. La altura total rondaba los 400 metros y sus bordes erosionados por los vientos antárticos marcaban líneas profundas en todos sus costados. La masa principal recuerda en sus formas a la esfinge egipcia, pero por un proceso erosivo que quizá fuera el más antiguo del mundo. Los sensores del Kugelvin, mucho más completos y potentes que los AKTA, nos indicaron la composición, tan sorprendente como su aspecto. Una variedad enorme de cristales férricos, enriquecidos con metales como uranio, cobalto y varios más.

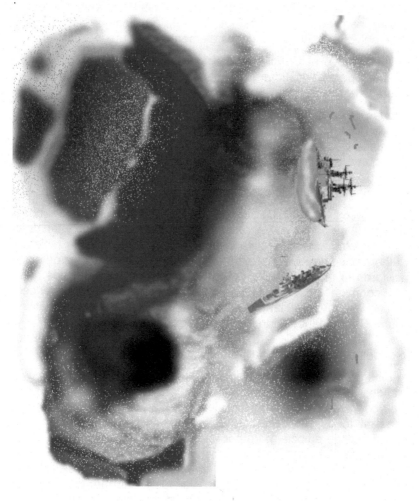

Lo más impresionante fue ver a su alrededor una gran cantidad de cacharros metálicos, como un gran helicóptero de un modelo bastante reciente. Nos elevemos para contemplarla totalmente y la sorpresa fue mayor. Dos modernos y enormes barcos de sólo algunas décadas de antigüedad, se hallaban recostados sobre el borde de la masa mayor. En la cima, correspondientes a la parte de atrás del lomo de la Esfinge, un gran cráter y otro algo menor a su costado, nos tentaban a recorrerlos por su interior

Pregunté al jefe si le apetecía y a Rodolfo qué opinaba, y no hubo ningún inconveniente en hacer una pequeña exploración. Los sensores sólo registraban intraspasables como la plata en los muros del cráter lateral, pero nada similar en el resto de la masa. Así que por el momento descartamos ese hueco que seguramente sería una especie de fumarola relacionado más abajo con el de la cima.

Tampoco marcaban casi ningún otro diamagnético, lo cual resultaba una curiosidad aunque con lógica, al tratarse de una mole de metales altamente ferromagnéticos, así que entró primero Rodolfo y luego nosotros, cuidando de no tocar las paredes. No era conveniente entrar en Gespenst. En unos cuantos minutos recorrimos por el interior del cráter algo menos de un kilómetro en vertical y luego de una curva amplia el túnel siguió casi en horizontal. Continuamos el recorrido muy lentamente y salimos media hora después, tal como me lo había imaginado, al túnel de las vías, a doce kilómetros de la boca.

Cuando salíamos, debimos reducir la velocidad porque el tren regresaba con los dracofenos hacia la superficie, tras haber preparado unas especies de gafas de media sombra con telas y amianto ahumado con las leñas.

- Pasemos al estado Gespenst -dijo el Genbrial- para no asustarles y volveremos al estado material una vez que estemos fuera de la vista de todos, tras el montículo de la boca del túnel. Aún no confío en los dracofenos que llevan mucho tiempo al servicio de los narigoneses.

- Y no podremos adelantarles por el propio túnel ni por el muro -agregaba Rodolfo- porque hay intraspasables en la zona. Tendremos que pegarnos al techo, porque también las vagonetas llevan algo de plata.... Algo de paciencia o volvemos por el cráter de la Esfinge, tardando un poco más...

- Me gusta la idea -dije- de recorrer en el mismo sentido que lo hizo la lava más antigua del mundo.

- Pues entonces, ¡Adelante! -exclamó el Genbrial- También a mí me interesa saber más sobre este asunto, que me ha dejado un tanto preocupado. No habíamos detectado esta mole como algo importante. Creo que ni siquiera aparece en nuestros mapas.

- Y no me extraña, jefe. -respondí- porque creo que lo habitual es que esté cubierta de hielos. Según lo que escribió Verne, la Antártida estaría muy carente de hielos en alguna época, de tal modo que pudieron atravesarla en barco. Pero ahora no sólo está helado el Canal Antártico, sino que también se ha ido cubriendo de una capa de hielo de decenas o centenas de metros de espesor en algunos momentos, tapando por completo la Esfinge hasta hace poco tiempo. Ahora se ha deshelado bastante y es visible, pero lo importante a saber es si seguirá deshelándose este continente, o si por el contrario, ahora se está comenzando a cubrir nuevamente.

- Los últimos mapas -dijo el Genbrial- son de hace diez años...

- Eso es poco tiempo, geológicamente hablando -continué- pero para los hielos, los procesos son mucho más rápidos.

Mientras comentaba esto, llegábamos al punto donde el túnel hace una gran curva y toma dirección ascendente. El análisis rápido de los aparatos del Kugelvin indicó la existencia de una masa pétrea con metales que no pudieron ser analizados. Posiblemente, se trataba de minerales desconocidos aunque pudimos espectrografiar sus elementos.

- La lava primordial -dije- debe haberse encontrado con esta masa que no pudo traspasar y por eso ascendió aquí mismo, formando la Esfinge. Pero imagino que todo el fondo del lecho del canal antártico está compuesto de lo que en alguna época arrojó este volcán.

En unos minutos estuvimos nuevamente sobrevolando la mole misteriosa y observando con más atención encontramos restos de naufragios muy antiguos, trozos de metal de factura irreconocible, pedazos del esqueleto metálico de algunos barcos y nos hubiera gustado estar más tiempo allí, pero los niveles de radiación electromagnética eran demasiado altos como para permanecer, salvo que lo hiciésemos en estado Gespenst. Los sensores del Kugelvin indicaban una anomalía magnética de tal intensidad y con aspectos tan raros, que no era de extrañar que los dracofenos se desorientaran cuando estuvieron cerca y posiblemente durante más tiempo que el que soportaría cualquier persona sin sufrir graves consecuencias. Ni la carcasa paramagnética de nuestras navecitas ni el potente campo magnético que origina su impulsión, podían ya contener el influjo de esa anomalía y pasamos a Gespenst para observar durante unos minutos más.

- Creo que deberíamos irnos -comenté- porque hasta los aparatos podrían ser afectados. No es exactamente una oposición de polaridad magnética, sino algo similar a lo que ocurre con la pirámide y la antipirámide, o sea una especie de reflejo. Para comprenderlo más, tendría que ir a la MT-1 y la CAV-21 y seguir estudiándolas, pero si me permiten sugerir, creo que deberíamos salir de esta zona cuanto antes.

El Genbrial ordenó el regreso y unos minutos después estábamos los cuatro un poco mareados.

- Si nos hubiéramos quedado un poco más sin pasar a Gespenst - escuchamos decir a Rodolfo- no podría ni conducir. Estoy como perdido. Sólo sé que vamos bien porque lo indica el plano de pantalla...

Media hora más tarde estábamos ya recuperados. El chute de carga electromagnética había sido muy fuerte y tuvieron que descontaminarnos en la sala de emergencias de la vimana logística, muy bien preparada para estos casos, toda vez que la propulsión magnética de estas naves ha causado algún problema a los despistados que están demasiado cerca cuando se activan sus motores antigravitacionales.

En cuanto nos repusimos, nos despedimos del Genbrial y de nuestros compañeros que no vendrían con nosotros hacia el interior de la tierra, por el mismo túnel que habíamos venido en tren. Pero esta vez, los diez Kugelvin nos transportarían hasta la vacuoide Invasión-2, al grupo que según se estableció, no pasaría de treinta personas para dar alcance a los treinta narigoneses. En cada aparato cabía uno más, algo incómodo en el hueco posterior, pero ahorraríamos mucho tiempo.

Quince Sin Sombra, cinco dracofenos "metálicos" que conocían bastante bien la región y sólo diez GEOS, así que la mayoría se quedaría con las ganas de seguir conociendo regiones interiores, aunque a nadie vendría mal un descanso en Freizantenia. Un grupo de treinta Sin Sombra que venían con el Genbrial, irían en tren hasta la Invasión-2 por si precisásemos un pelotón de refuerzo y para establecer balizas de vigilancia y comunicaciones, accesorias a las que habíamos puesto nosotros.

Alcanzamos al grupo de Tuutí y preparamos la nueva formación. Usaríamos los diez Kugelvins con tres personas en cada uno. Tuutí eligió rápidamente a los de nuestro equipo y nos sumamos a él Tarracosa, Rodolfo, Verónica, Kkala, Viky, Eliana, Melisa, Chauli y yo. Revisamos cuidadosamente los equipos y distribuimos las funciones. Rodolfo, Tuutí, Verónica, Viky y yo, conduciríamos cinco de los Kugelvin. Los otros cinco los llevarían los Sin Sombra con más entrenamiento. Hice un guiño a Tarracosa para que viniera conmigo, pues quería conversar algunos asuntos con él, aprovechando el viaje. El resto de ambos grupos seguiría en tren hasta Invasión-2 donde quedarían de retenes.

-Nadie como Rodolfo para guiar, -propuse- que lleva miles de horas como "piloto de pruebas" de Johan Kornare.

- Será un honor -dijo Rodolfo- pero Johan los hace cada vez más simples y completos. Pasamos al ordenador de un Kugelvin el registro de mi AKTA y...

- Y ya me imagino -interrumpió Viky- cómo nos vas a llevar por ese túnel. Menos mal que iremos sin inercia interior y sólo notaremos la velocidad visualmente.

- De eso se trata, -siguió Rodolfo operando en su Kugelvin- le conectamos el AKTA... Luego transferimos todos los planos y registros que hemos tomado y después... Transferimos a los otros Kugelvin. Estamos a 269 kilómetros de la Invasión-2, pero ahora podremos ir a ochocientos kilómetros por hora en navegación programada. En unos veinte minutos estaremos allí, mientras el tren tardará casi cuatro horas.

-¿Da igual que vayamos en Gespenst o no? -pregunté.

- Exactamente igual, pero llevamos baqueanos que al menos por ahora, no conviene que vean demasiado de la tecnología freizantena.

- ¿Es que los narigoneses no lo saben? -preguntó Viky.

- Sí, lo saben, -respondió Rodolfo- pero sólo conocen los principios básicos; no tienen mucha idea de los pormenores, que podrían deducir con sólo navegar en una nave en Gespenst, o con una descripción muy detallada de alguien que pudiera recordar toda la secuencia de comandos y las cosillas que aparecen en los tableros del aparato. Teniente... Más vale prevenir que curar. Los dracofenos deben ir detrás, sin ninguna duda. Y que los que van delante les estorben. Tienen muy buena memoria y es mejor que ni vean el tablero.

- Por todos esos detalles, Rodolfo -intervino Tuutí- quedas al mando de la operación mientras nos movamos en los Kugelvin.

- Entonces será durante casi toda la operación -respondió Rodolfo- porque creo que no vamos a necesitar dejarlos, salvo cuando capturemos a los intrusos y les hagamos prisioneros. El túnel que lleva hacia abajo lo estaban preparando para meter un submarino, así que será como mínimo, tan amplio como éste. Como eso no está en la programación, allí iremos con extremo cuidado y pasaremos a Gespenst sólo cuando estemos cerca del objetivo y siempre que sea realmente necesario. ¿Están todos listos?

El viaje fue realmente impresionante, sin necesidad de conducir propiamente dicho. Sólo hubo que colocar los Kugelvin en fila y posición dentro del túnel y sincronizar el arranque. A pesar de llevar más de trescientas horas de conducción y haber viajado de esa forma anteriormente, la velocidad dentro del túnel resultó más alucinante que ir en Gespenst por dentro de la tierra. Mi copiloto había viajado sólo unas horas en Kugelvin, así que el pobre Tarracosa, aunque en principio le gustó la velocidad, más que disfrutar lo empezó a sufrir y tuvo que cerrar los ojos.

La conversación que pensaba tener con Tarracosa tuvimos que dejarla para mejor oportunidad. Kkala venía en el hueco de atrás y tampoco abrió la boca en todo el viaje. Apenas si nos percatamos cuando pasamos la estación Averno-1, como un vago destello en la imagen del túnel, y diez minutos después de la partida llegamos a Invasión-2. Nos detuvimos en medio de la sala y Rodolfo habló por radio.

- Fin del trayecto rápido, amigos. Ahora viene lo de ir con mucho cuidado. Por favor manténgase a un mínimo de treinta metros de distancia entre cada nave y si podemos ir más de prisa indicaré la distancia mínima. Nada de conversaciones innecesarias, hay que tener todas las radios operativas. Sólo podré conversar yo con cualquiera de ustedes, pero no entre ustedes. Si alguien tiene algún problema con la comunicación, usaremos las luces amarillas de emergencia. En ese caso, todo el mundo se detiene en cuanto sea posible. ¿Alguien no está preparado todavía?

Tras unos segundos de silencio, iniciamos el descenso por el túnel recién perforado por el enemigo, con sus trescientos cuarenta metros de escaleras en un lateral. No dio inconveniente alguno y lo que seguía después era una vena volcánica de más de veinticinco metros de diámetro, de paredes que parecían artificialmente pulidas y con muy pocas protuberancias. Su inclinación rondaba los doce grados, de modo que los que bajaron por allí pudieron ir muy a prisa, o bien usar algún tipo de vehículo. Así recorrimos unos cien kilómetros en menos de una hora. Luego encontramos un complejo laberinto, donde era evidente que se había utilizado explosivos para abrir el muro de la vena túnel en un punto de confluencia de cauces de agua. Apenas discurría un arroyuelo por uno de los túneles con menos declive y otras cuatro bocas iban en diferentes direcciones.

- El túnel principal -decía Rodolfo- ha de ser por donde han seguido. O sea el que sigue casi recto y mantiene unos doce grados de inclinación...

- Pregunta a tus colegas, -dije a Tarracosa- si ellos tienen idea de dónde va cada uno de estos túneles...

Descendimos de los Kugelvin para conferenciar sin uso de la radio y para que los dracofenos pudieran escuchar mejor. Tras algunos minutos de silencio en que sólo hubo algunas palabras esporádicas entre los dracofenos, Tarracosa nos planteó el siguiente cuadro de situación.

- Este arroyo va hacia el lago donde encontramos los disfrazados. No pueden haber ido por aquí porque no tiene mucho sentido volver al túnel de las vías. Este otro es impracticable a pocos kilómetros de aquí y estos dos conducen a galerías muy estrechas que terminan en sumideros. Este otro conduce a otro lago y a veces se inunda el sector. Mis amigos han recorrido toda esta región y sólo les ha faltado recorrer el túnel principal, que no saben hasta donde llega y llevan mucho tiempo trabajando en él los narigoneses. Sólo han recorrido hasta unos treinta o cuarenta kilómetros de aquí. O sea que hay que seguir por el principal, pero más adelante se hace más estrecho y empinado, con partes donde no cabe ningún vehículo y puede que no quepan ni los Kugelvin. Luego no saben lo que hay ni dónde conduce.

- O sea -dije- que habrá que ir con más cuidado. Si no han usado vehículo, no tardaremos en darles alcance. Si lo han usado, lo más probable es que aún nos quede una buena andada.

Partimos inmediatamente en el mismo orden de marcha y treinta y siete kilómetros más adelante escuchamos palabras dracofenas. Tarracosa tradujo que hasta ese punto habían llegado y desde ahí no conocían más. El túnel continuaba parcialmente en su estado natural, es decir con filtraciones que habían producido estalactitas estalagmitas, protuberancias curiosas, algunas de las cuales son diamantes de varios kilogramos, medio envueltos en su ganga de lava y otros minerales como la kimberlita. No podía demorarme ni un momento para estudiar mejor estas muy curiosas formaciones, porque íbamos lo más rápido posible, cuidando de no chocar con alguna roca. El túnel había sido ampliado en muchos sectores pero debíamos ir muy atentos a los indicadores, para detectar la cercanía del enemigo antes que ellos lo hicieran. El alcance de los sensores de los Kugelvins, muy superior a los AKTA, nos permitió detectar tres horas después diez puntos térmicos de origen no biológico.

- Están a unos veintiocho kilómetros -decía Rodolfo- pero no hay indicación de presencia humana. Son puntos de cerca de 65 grados centígrados y no más de medio metro de diámetro.

- Deben ser sus vehículos. -comentó Turner.

Tardamos media hora hasta llegar al sitio, debido a las irregularidades del túnel y nos encontramos con diez ingeniosos trineos de cremalleras que explicaban claramente cómo podían subir y bajar por aquellas cuestas tan empinadas. Tenían cada uno tres asientos y una caja portaequipaje. No habían dejado nada en ellas, pero el olfato de los dracofenos acusó sin duda materiales orgánicos plásticos.

- Si no entramos en Gespenst, -dijo Turner- habrá que caminar. Y es raro que lleven sólo explosivos plásticos.

-No sólo llevan plásticos, Teniente... -dijo un Sin Sombra mientras le acercaba algo parecido a un AKTA pero más grande- Este es el mejor dispositivo detector de radiaciones que tenemos y no creo que pueda fabricarse uno mejor ni en las novelas de ciencia-ficción. Delata unas trazas cuánticas de Plutonio-239 y Cesio en varios de sus isótopos, entre varios otros compuestos, todos radioactivos de base, es decir que sirven como combustible o para provocar explosiones nucleares. No hay riesgo de contaminación mientras no se abran sus contenedores, porque esto capta la traza cuántica, pero sin duda que llevan mucho...

- Y nos llevan un par de horas de ventaja. -respondió Verónica-

- Pero ellos van muy cargados -dije- y nosotros sólo con las mochilas. Si seguimos a pie, les podemos alcanzar en seis o siete horas. Además deberán parar a dormir, igual que nosotros... ¿Por qué no han seguido con estos aparatos?, ¿Les lleva otro vehículo?.. Es raro que sigan a pie.

- Caminando -dijo Rodolfo- deben estar a diez kilómetros o poco más pero los sensores no captan nada. Me extraña que los sensores no los detecten. Si han ido en otro vehículo...

- Eso -dije- es porque hay demasiados recovecos y muchos minerales magnéticos donde seguramente se encuentran ahora... ¡Claro!, han dejado aquí los trineos porque son eléctricos y se les detendrían en poco más. Seguro que les recogen más adelante... Miren sus pantallas, verán que hay un tramo con las imágenes confusas a cien metros, que llega a once mil doscientos metros más adelante. Si esperamos un poco...

No terminé de decirlo porque aparecieron los treinta puntos verdes en la pantalla, evidentemente al pasar más allá de la zona donde el sensor indicaba grandes masas de magnetita.

- ¿Hay intraspasables? ¿Nos afectaría eso igual que a los trineos?

- No, Teniente. -dije luego de mirar los sensores de mi nave- Ese magnetismo no afecta a los Kugelvins, sólo a los motores de eléctricos normales. Si hay vehículos más abajo, serán de diesel o gasolina de los antiguos, no eléctricos. Pero no podemos ir en Gespenst porque hay un poco de intraspasables. Ya sabe que un coche normal contra las rocas casi no sería posible, pero un accidente por intraspasables en Gespenst sería un desastre. Podríamos avanzar como hasta ahora, a unos treinta kilómetros horarios. Les alcanzaríamos en media hora si van a pie.

- Entonces -dijo Tuutí- una reunión de plana mayor, por favor. Marcel, Viky y Rodolfo, conmigo.

Nos bajamos de los aparatos y nos reunimos con Turner para una pequeña reunión privada. No era habitual, pero cuando se trata de decidir cosas que afectan a la tropa, no es posible tomar "decisiones democráticas" en una operación militar.

- Estaría muy bien que descansemos un poco. -dijo Tuutí- Llevamos demasiadas horas sin dormir y ellos no llegarán lejos. ¿Qué opinan ustedes?

- De acuerdo en que precisamos descanso -replicó Turner- pero faltándonos tan poco para pillarles... Por mi parte, opino que deberíamos alcanzarlos, reducirlos y luego descansaríamos más tranquilos.

- Yo creo que ambos tienen razón, pero propongo que dejemos al resto de la tropa dormir un par de horas, mientras nosotros pensamos en una estrategia de sorpresa y captura. Además tenemos que pensar qué haremos con ellos. No podremos dejarlos por aquí; hay que llevarlos de vuelta a Invasión-2 y encerrarlos por ahí o dejarlos a los freizantenos que ya se estarán encargando de destinar a los prisioneros...

- Por mi parte, de acuerdo -dijo Tuutí-

- También por mi parte, -respondió el Teniente- aunque me preocupa el hecho de no conocer a ciencia cierta sus intenciones. Suponemos que van hacia el Codo Negro, pero eso fue una deducción; no una certeza...

- Entonces propongo algo más completo. -dije- ¿Qué tan cansado te encuentras, Rodolfo?

- Tengo buena cuerda para ocho o diez horas más. ¿Por qué?

- Mientras ustedes elaboran el plan y descansan, -continué- Rodolfo y yo podemos ir en un Kugelvin a darles alcance e intentar saber qué planes tienen realmente. Si es preciso, les comunicamos y vienen todos. De lo contrario, les dejamos descansar. Además eso nos daría más datos útiles para cualquier plan que elaboren ustedes. Nos llevamos a Tarracosa, que parece que no se cansa nunca.

- ¡Perfecto! -dijeron Turner y Tuutí al unísono.

EXPLORANDO MÁS A FONDO

Esperamos a que todos estuvieran durmiendo, lo que no demoró más de unos minutos y Rodolfo en un Kugelvin, Tarracosa y yo en otro, pasamos a Gespenst. A pesar de los recovecos de la galería, al hacerse más amplia y haber pocos intraspasables, pudimos acelerar bastante.

-No disponen de sensores radiales por escaneo -dijo Rodolfo- así que podemos meterle velocidad si no tocamos las paredes y protuberancias.

Alcanzamos a los mercenarios en quince minutos y como en tantas ocasiones, Tarracosa resultó muy útil, porque los rebotes de sonido en la galería no nos permitían entender lo poco que hablaban los mercenarios, pero el dracofeno escuchaba con claridad. Volvimos doscientos metros para materializarnos en un punto donde era imposible que nos vieran y Tarracosa salió del Kugelvin y continuó a pie para acercarse lo suficiente, porque los narigoneses no detenían su marcha.

-Volvemos a Gespenst, Tarracosa, -le dije- mantendremos una posición entre el grupo y tú. Si quieres comunicarte o que te recojamos, sólo deberás caminar en sentido contrario para que volvamos a por ti y quedarte donde podamos materializarnos.

Durante unos diez minutos no hubo novedad, pero cuando Tarracosa dio la vuelta, nos apresuramos a regresar con él.

- Buenas noticias -dijo en cuanto nos materializamos- porque han discutido y no están de buenos ánimos. Están muy cansados y a un kilómetro van de detenerse para dormir. Se ve que han venido mucho por aquí, porque conocen bien donde se detendrán. Uno ha maldecido porque no saben dónde les recogerán con sus pesadas cargas.

- Entonces -dije- exploremos un poco más para determinar el punto donde dormirán y volvamos inmediatamente. Volvemos a Gespenst y pasaremos entre los mercenarios. Evitaremos traspasarlos a ellos, porque los campos magnéticos igual pueden producir algún efecto en algunos aparatos sensibles, sobre todo porque sus mochilas van repletas de material nuclear.

- Muy bien. -dijo Rodolfo- Aunque teóricamente no sería afectada su carga nuclear por nuestra materia en Gespenst, es prudente evitarlo.

A menos de un kilómetro más adelante, un tramo de varios metros se hallaba con un mínimo declive. Igual exploramos algunos kilómetros más, sin hallar ningún sitio mejor para un campamento ni percepción de algún vehículo que viniera desde el interior. El camino ya registrado en la computadora se hizo de vuelta al campamento nuestro en dos minutos y en una breve conversación con Turner y Tuutí, se decidió todo el plan.

- Entonces -decía Tuutí- hay que asegurarse de que no vendrá ningún vehículo a recogerles durante un tiempo. Si es así, el grupo aún andará quince minutos, así que vamos a dormir cuatro horas. Ellos también habrán dormido cuatro. Como ahora estaremos en Gespenst sobre los mercenarios en dos minutos, les pillamos en lo más profundo del sueño.

- Perfecto, -dije- entonces hacemos Rodolfo y yo esa comprobación, dejando unas balizas más delante de ellos, por si aparece alguien a buscar a nuestros objetivos.

Dos minutos después, volvimos a pasar sobre los mercenarios para colocar una baliza una hora más tarde, a unos ochenta kilómetros de donde ya dormirían los mercenarios. El protocolo automático nos hizo volver en cinco minutos al campamento y pudimos dormir tres horas. En Cuanto nos despertó el imaginaria del último turno y estuvimos listos, se repasaron las indicaciones generales y Tarracosa estuvo de acuerdo en que sus coterráneos no deberían ver nada.

- Será mejor que vendemos los ojos a los dracofenos, -dijo- no porque desconfíe de ellos, sino porque uno se lleva una impresión tremenda con la velocidad... No lo dicen, pero van asustados.

Rodolfo actualizó la información del camino en los otros aparatos y los cinco dracofenos fueron instruidos por Tarracosa, les vendó los ojos y embarcamos. Sólo tres minutos después estábamos rondando al grupo mercenario que dormía profundamente y nos materializamos a cien metros de ellos. No habían dejado a ninguno de imaginaria, así que la tarea era más fácil. Los dracofenos que se quitaron las vendas, incluido Tarracosa, se acercaron para arrebatarles las armas, mientras los Sin Sombras les seguían. Podrían haber usado los fusiles de impulsos, pero desmayar a los enemigos o dejarlos con sus estómagos revueltos habría sido muy drástico y demoraría el regreso. Le pedí a Rodolfo que me acompañase y montó en mi aparato, así que les seguimos para no perdernos la operación y poder actuar en caso de extrema necesidad. Todo salió perfecto.

Los dracofenos caminan como un fantasma, sin hacer el menor ruido y con movimientos muy rápidos, incluso en la arena o el suelo con grava, así que en esta caverna de suelo duro pudieron requisar todas las armas largas de los dormidos en un momento. A un gesto de Turner regresaron para ponerse tras los Sin Sombra para no ser afectados por los fusiles de impulsos en caso que tuvieran que usarse. El Teniente dio en inglés unas órdenes en voz alta y los treinta durmientes comenzaron a incorporarse, dejando sus armas cortas en el suelo. Hubiera bastado un solo disparo de un único fusil para desmayarlos durante un par de horas, pero la carga que llevaban podía ser afectada. Por fortuna para nosotros, por el riesgo de afectar al material nuclear y por el ahorro de tiempo, tanto como mejor para ellos, ningún soldado hizo la estupidez de intentar responder con su pistola.

Un minuto más tarde estaban marchando de vuelta por el túnel y tendrían dos horas de marcha hasta donde se hallaban los trineos, para finalmente ser entregados al Comandante Jürgen Wirth que les esperaría en Invasión-2. Bastaba un Kugelvin y dos Sin Sombra para seguirles. El asunto estaba al parecer solucionado, pero yo no estaba nada tranquilo aunque habíamos secuestrado más de trescientos kilos de material radiactivo. Había por delante un largo camino hasta el Codo Negro y los narigoneses seguramente lo habían transitado desde hacía mucho tiempo. Los explosivos plásticos que traían los mercenarios, si no era para abrir un conducto hasta el lago Vostok II, sería para continuar su avanzada por otro sitio.

- Hasta aquí todo bien, -dije a Tuutí y al Teniente Turner- pero a pesar de no tener noticias ciertas, es seguro que hay más gente tierra adentro. Creo que deberíamos explorar hasta el Codo Negro o donde quiera que se dirigieran esos hombres. No lo van a cantar fácil, así que me gustaría explorar hasta donde sea posible. Una explosión nuclear con todo este material, habría sido un desastre para toda la Antártida, aunque la usasen en pequeñas explosiones para abrirse camino...

Nadie puso objeciones, sino todo lo contrario, pero había mucho material estratégico y una treintena de hombres que llevar hacia la superficie. Aunque estaban desarmados y se revisó que no tuvieran ni una mínima navaja, había que extremar la precaución; así que Tuutí delegó a Rodolfo, Tarracosa, Viky y yo, la misión de explorar hasta donde fuese posible, siguiendo el túnel hacia las profundidades o donde fuese. Iríamos estableciendo balizas para vigilancia y comunicaciones, así que no perderíamos contacto. Llenamos la parte posterior de ambos vehículos con más comida y pertrechos extra y mis compañeros cambiaron trajes con los Sin Sombra, para ir mejor equipados aún. Tuutí me nombró jefe de equipo en lo general y a Rodolfo en lo especial de la navegación con los aparatos. Partimos en dos Kugelvins hacia lo ignoto, sin siquiera imaginar lo que encontraríamos más adelante...

Aunque el túnel seguía siendo ancho, media hora después se hacía más auténtico, es decir con estalactitas y estalagmitas más abundantes, con salientes más peligrosas y aunque era más ancho debimos extremar precauciones. En algunas partes, la galería se abría con grandes salas, pero era de extrañar que fuese naturalmente tan prolongada.

-Hay que extremar el cuidado con las estalactitas, -decía Rodolfo que iba adelante- son muy finas y largas. No encuentro intraspasables en los detectores, pero aunque pasemos a Gespenst deberíamos tener cuidado como si estuviésemos materializados.

-De acuerdo. -le dije- Estamos yendo mucho casi en horizontal y esto es muy raro. Ya sabéis que no suelen ser tan horizontales y prolongadas estas galerías. No me cuadra mucho la cualidad "natural". Casi treinta kilómetros para bajar sólo unos doscientos metros...

-Silencio. Tú continúa en Gespenst y alerta. -dijo Rodolfo y se detuvo para materializarse en un costado oculto de la sala que atravesábamos.

Permanecimos Viky yo alertas, detenidos en medio de la sala mirando atentamente hacia delante, mientras Rodolfo y Tarracosa bajaban del vehículo. Al estar en Gespenst no precisábamos luces, pero ellos lo tenían difícil, porque el sentido de orientación del dracofeno, emitiendo algunos leves ultrasonidos y tocándolo todo con manos y pies, no le libraba de las agujas que formaban algunos minerales en todo el piso de la cueva. Sólo el centro carecía de ellos merced al tráfico que los narigoneses llevarían desde hacía algunos años. Rodolfo iba con el bastón telescópico en la mano, tocando con su punta la mochilita de Tarracosa.

El dracofeno me hizo señas, aunque no sabía muy bien dónde me encontraba, para que guardásemos silencio, es decir que no saliésemos del estado Gespenst. Sus botas evitarían daño a sus pies, pero evitaba romper los finos cristales caminando de puntillas, tanteando con la punta, como para evitar el menor ruido. Se dio la vuelta y tomando los hombros de Rodolfo le indicó agacharse y quedarse allí.

-Si estamos en Gespenst, -dijo Viky en voz muy baja- no veo por qué guardar silencio.

Sin decir nada le hice señas de que Tarracosa es inteligente y por algo nos había mandado a guardar silencio. Permanecimos así varios minutos hasta que nuestro amigo llegó al centro, por donde discurría el camino y nos hizo señas de seguir en silencio pero avanzar lentamente a su retaguardia. Así lo hicimos y nos manteníamos a sólo tres metros de él, que al notar el suelo libre de cristales continuaba en "cuatro patas" hacia delante. Le seguimos durante más de doscientos metros, hasta que luego de una curva extremó la lentitud de movimientos, avanzó algunas decenas de metros más tras la curva y se asomó como para ver detrás de unas rocas al costado del camino. Nos indicó nuevamente mantener silencio, pero pasar adelante para ver algo. Detrás de las rocas había un objeto metálico negro y cilíndrico de más de un metro de diámetro y otro tanto de alto, rematado en una semiesfera llena de lo que parecían ojos de mosca, del tamaño de un puño.

Como Tarracosa no nos veía, pero daba por seguro que nosotros a él sí, hizo gestos indicando que eso era para captar sonidos. Se llevó las manos a las orejas e hizo una seña como que aquello tendría alta sensibilidad. Esperó un poco, bajó la cabeza, como si estuviese muy agobiado y comenzó a hacernos señas de que nos retirásemos. Con las manos, nos indicó esperar al menos diez minutos en la sala, pero a cubierto y en Gespenst, porque podía haber una explosión, así que di la vuelta y nos retiramos cumpliendo su indicación, aunque temía por su seguridad y dudaba si materializarme y aunque no le hablase, dejarnos ver para dialogar en señas. Viky comprendió mi duda, me tocó el brazo y me hizo señas de alejarnos, así que me atuve a su intuición.

Unos cinco minutos después se escuchó una detonación potente y vimos el fulgor de la explosión. Esperé apenas unos segundos y me materialicé para alumbrar a Rodolfo, que había quedado agachado y no encendía su linterna, sin saber lo que ocurría.

-Tarracosa -le decía Viky cuando detuve el Kugelvin- encontró un objeto a algo más de doscientos metros, Nos hizo señas...

-Id a ver qué ha pasado... -dijo Rodolfo con evidente preocupación y encendía su linterna-. Les sigo ya mismo.

No alcanzamos a entrar en el túnel porque vimos a Tarracosa que llegaba a la sala muy aturdido, trastabillando y con las manos en los oídos. Rodolfo se detuvo y bajó a recogerlo, pero tuvo que ayudarle a subir al Kugelvin.

-Volvemos algunos kilómetros. -dijo Rodolfo y emprendimos la marcha hacia un sector que recordaba que se hallaba bastante amplio y seguro tras un par de curvas suaves. Al ir grabando los recorridos, los regresos de los Kugelvins se hacían en segundos. Aparcamos a cubierto en un ancho socavón y esperamos que Tarracosa pudiera reponerse y decirnos qué había pasado.

Pasados varios minutos, Tarracosa comenzó a decir que estaba bien, que ya se le pasaría y mientras nuestro aturdido amigo se recuperaba en compañía de Viky, Rodolfo y yo colocamos una baliza de vigilancia. Al volver con ellos, ya estaba mucho mejor y nos explicó:

-Comencé a sentir una serie de sonidos muy raros aunque estábamos en Gespenst, lo que me pareció que podía ser un sensor polireccional como el de nuestras balizas, pero que puede captar hasta lo que hablamos en Gespenst... Bueno, quizá no tanto, no se asusten, he exagerado la expresión pero no se puede descartar nada. El espectro de frecuencias tan amplio en infra y ultrasonidos me estaba agobiando, así que sospeché...

-O sea una especie de escáner, como nuestras balizas pero más sensible. -dije.

-Ni más ni menos. -continuó Tarracosa- Y no estoy seguro si realmente pudiera detectar en Gespenst... Muchas frecuencias me son inaudibles si estoy en Gespenst y ese cacharro me estaba volviendo loco más o menos desde aquí, o sea unos cuantos kilómetros de alcance. Pero era yo quien le sentía, no la baliza a mí. Le metí un supositorio de explosivo, así que ese habrá sido el último ruido que captó, después del de mis pies al huir del sitio, que puede haber captado a pesar de mis cuidados. La explosión no me aturdió tanto como estar esos minutos al lado de ese cacharro infernal.

-Entonces, -dije- si han tomado esas medidas de seguridad, que es la primera en su tipo que encontramos, es porque esta zona ha de resultar muy estratégica para ellos. Como quiera que sea, tenemos que llegar al punto donde pueden querer hacer una explosión nuclear.

-Pero es raro que no hayan puesto otros aparatos así en ninguna parte más arriba ni en la entrada a las salas de perforación. -decía Rodolfo- ¿Será que hay otras entradas por esta zona, que consideren más factibles de incursión que el camino de las estaciones de perforación?

-A eso me refería. -puntualicé- No tiene mucho sentido poner un control tan estricto tan profundamente, por un camino que ellos vienen transitando desde hace tiempo. Hay otras entradas de las que no nos hemos percatado, tienen pocos de esos aparatos y los están probando, o estamos muy cerca de un objetivo importante.

-O todo eso... -agregó Viky- Y hasta puede que una cuarta. Si están haciendo algo como preparar una deflagración nuclear, quizá estén poniendo esos aparatos para controlar la actividad sísmica y otros factores geológicos...

-Muy bien pensado, Viky, -dijo Rodolfo- aunque esta región es muy estable, saben que hay volcanes activos como el que llaman Cresta Tramway y el de la Isla Decepción, pero quizá también sepan que el Érebus no está del todo apagado. Si instalan una bomba atómica habrán previsto que no se caiga el plan por terremotos antes de tiempo, porque me temo que lo de las perforaciones eran los planes B o C, siendo el nuclear el plan principal.

-Sin embargo -dijo Tarracosa- deben saber que toda esa región está lejos de alcanzar Freizantenia con una explosión y complicado de llegar para hacer nada... Igual intentarían agotar todos los recursos posibles, incluyendo el distraernos si pillamos algo. También es posible que sólo pretendan hacer pequeñas explosiones nucleares para abrirse paso, como ha dicho Marcel. Por muy poco nos hemos percatado de este otro entuerto.

-Dejando el hecho de que tus oídos son increíbles, -dije- hay que sospechar una vez más, que sea cual sea el modo, no tienen ninguna intención de invadir Freizantenia, sino de destruirla al completo y en lo posible no dejar nada en su entorno... ¡Estos narigoneses no tienen reparos en el riesgo de destruir el mundo entero!

¿GRAVEDAD CERO?

Mis compañeros asentían con la cabeza pero decliné mi momentánea exaltación y pregunté a Tarracosa si estaba bien como para continuar. Ante su afirmativa contundente, reemprendimos la marcha en Gespenst, sólo que reduciríamos la velocidad a no más de treinta kilómetros horarios. Dos horas más tarde, apenas si había cambiado el panorama.

-La caverna sigue en un declive muy suave, -dije mirando el plano de pantalla- con muchos recodos, curvas abiertas, muy largas, describiendo en general, una especie de tirabuzón cada vez más amplio. Estamos a 94 Kilómetros de profundidad y ahora estoy entendiendo la formación de esta curiosidad.

-Muy interesante, Marcel, -dijo Rodolfo- pero mejor hagamos silencio. Dejemos las cuestiones científicas para luego. Debemos centrarnos en el objetivo.

-Disculpen, pero reflexiono en voz alta porque si lo entiendo bien, podremos definir mejor hacia dónde vamos y porqué. Esta gente planeaba un viaje muy largo....

-¿Y de qué idea hablas? -intervino Tarracosa.

-De una muy mala... Creo que esto lleva cerca de la zona de gravedad cero, aunque no podrían llegar hasta ella naturalmente. Si estos tipos la alcanzan yendo más allá de lo natural, o sea cavando, y encuentran el modo de moverse en ella, tendrían gran control sobre todo el planeta...

-Pero tendrían que encontrarse la barrera azul, que los Primordiales han de tener bien colocada hasta en el último agujero...

- Justamente, Tarracosa, creo que no es tan así. -le dije- Si esta caverna en espiral se ha formado como estoy sospechando, es posible que llegue muy cerca de la zona de gravedad neutra, pero sin llegar a ella. La barrera azul no la transcurre totalmente, sino que sólo tapa sus entradas, según lo que apenas recuerdo de mis viajes anteriores en cuerpo mágico y como era un niño pequeño no puedo recordar si sólo estaban tapadas las entradas desde el interior, o también desde arriba...

- Sí que sería bueno que recordaras mejor... -decía Rodolfo- pero lo que dices tiene sentido. ¿Cómo se habría producido esta caverna?

-Pues ahí está la cosa. Si se formó así, de abajo hacia arriba, sólo se me ocurre que se debe a una interacción entre la anomalía magnética de la MT-1 y la influencia de la zona de gravedad cero, que en el momento de la formación, hace unos cinco mil millones de años no sería tan G-0 o gravedad cero como ahora, sino un nido de pequeños núcleos de plasma estelar. En algún momento, cuando la corteza aún estaba "blanda" y ya se había consolidado un poco la parte que da hacia el interior de la Tierra, los núcleos que entraban a través del cascajo de la superficie, ya no pasaban de la ahora zona G-0. Así que dieron lugar a todas esas enormes vacuoides abundantes a lo largo de toda la zona G-0. Pero en aquel tiempo, unos mil millones de años después del comienzo de la formación del planeta, la materia rara como la que abundaba en la MT-1, se fue desplazando impulsada por la repulsión de los núcleos de plasma estelar...

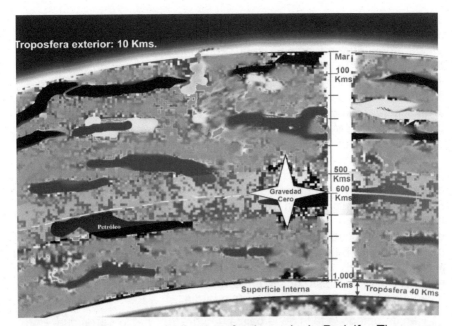

Troposfera exterior: 10 Kms.

Mar
100 Kms
500 Kms
600 Kms
Gravedad Cero
Petróleo
1.000 Kms
Superficie Interna
Tropósfera 40 Kms

-Ahí es donde yo me pierdo y confundo… -decía Rodolfo- Tienes que explicarme mejor la física geomorfológica, pero será en otro momento. Esta parte se pone más ancha y parece una gran autopista. Iremos un poco más rápido, pero también extremando la atención. Lo que me preocupa ahora es la cuestión de la barrera azul.

- Habría que contactar con los Primordiales cuanto antes -decía Viky- y preguntarles sobre eso ¿Se podría hacer?

- No tengo idea, -respondí- pero no será por no intentarlo. En cuanto podamos lo averiguamos. Mientras, propongo nombre para esta caverna: *La Espiralada*. Y ruego que siga existiendo intacta muchos eones más…

Todos estuvieron de acuerdo y así fue registrada en los ordenadores de los Kugelvins. Rodolfo aceleró hasta los trescientos kilómetros por hora y nosotros le seguíamos en silencio, prestando máxima atención y guardando más distancia. Aunque íbamos en Gespenst y a veces traspasábamos alguna estalactita, podía haber intraspasables que habrían causado algún desastre. En algo más de una hora habíamos descendido hasta cerca de los 200 Km de profundidad y el declive en esta zona era más notable.

-Seguramente los arrestados -decía Rodolfo ralentizando la marcha- habrían tardado un día completo en llegar hasta aquí. Y esto debe ser algo más que un campamento.

La amplitud de la caverna se hacía mayor cada vez y aquel sector era ya una amplia sala donde todo estaba ordenado, con unas pocas construcciones metálicas y máquinas. Un gran sector de contenedores estaba abarrotado de tubos y planchas metálicas. Algo que parecía una tuneladora se encontraba medio metida en una roca y le dije a Rodolfo mientras nos deteníamos, que no saliéramos de Gespenst hasta asegurarnos que no había nadie. Pero justamente llegaba al sector desde adentro, un montón de potentes luces, así que nos quedamos inmóviles. Pocos minutos después llegó el grupo de cincuenta hombres armados. Permanecimos atentos y les vimos dispersarse por las instalaciones. Sin dejar sus armas tomaron posiciones de guardias y en una acristalada sala de controles se encendieron varios monitores. Uno de ellos, tras mirar en las pantallas durante unos minutos, comenzó a dar órdenes y empezaron a ocupar lugares para dormir. Apagaron las luces, salvo algunos pequeños candiles que tenían los centinelas y me acerqué con el Kugelvin al que había dado las órdenes. Era difícil escuchar, pero Rodolfo hizo lo mismo y en mejor posición escuchaba con más claridad. Comprendimos que decía a un subalterno que antes de seguir la marcha descansarían ocho horas. Entre improperios de toda clase, hicieron mención a una baliza que parecía no funcionar y treinta hombres que recoger más arriba. En un costado había unos vehículos iguales a los recientemente secuestrados y un soldado lo revisó someramente, para luego alejarse y ocupar un puesto de guardia.

-Han detectado la falla de la baliza que destruí... -dijo Tarracosa- Pero con esos cacharros demorarán más de un día en llegar hasta sus restos. Y me extraña que hayan llegado caminando y no en vehículos.

- También a mí. -dije- y me preocupa porque si hay alguna cosa que imposibilite usarlos, puede que tampoco podamos pasar con los Kugelvins. Mi detector marca menos de uno por mil de intraspasables en el mineral de los costados y cero en las estalactitas, pero creo que lo tendremos difícil y puede que tuviéramos que seguir a pie.

- Ni pensar en seguir los cuatro a pie -respondió Rodolfo- y contra vaya a saber cuánta gente. Vamos a explorar un poco y luego vemos qué hacemos. Por ahora éstos dormirán ocho horas y nosotros ya estamos necesitando algo de sueño. Así que haremos un máximo de dos horas hacia adelante y según lo que encontremos dormimos un rato. Si vemos que no podremos hacer nada, volvemos y buscamos refuerzos. ¿Alguna idea mejor?

- Por nuestra parte, perfecto. -dije luego de mirar a Viky que afirmaba con la cabeza- No tengo nada de sueño, pero lo tendremos en poco más y no podemos seguir mucho sin descansar.

LA AMPOLLA DE LA PASARELA

Sólo unos minutos más tarde, continuando por la caverna que seguía muy amplia y en algunas partes algo más aún, comprendimos por qué los soldados no habían podido continuar con sus vehículos y habían establecido en ese sector aquella base de operaciones. La caverna acababa en un precipicio, una vacuoide circular de apenas quinientos metros de diámetro, pero cuyo fondo estaría a más de un kilómetro y el techo se hacía bóveda cónica un poco más arriba.

-Aquí hubo un núcleo de plasma -expliqué- interfiriendo con el paso del producto volcánico semiplasmático que produjo esta galería. Debía tener apenas un metro o poco más de diámetro, pero fue suficiente para formar esta especie de ampolla... Una panela volcánica que al ser interferida no desarrolló su proceso expansivo. El techo muestra una filtración inicial en el extremo del cono, pero no llegó a convertirse en volcán y sus productos se fueron por esa galería que hemos venido y que... ¡Claro!, ¡Ahora lo entiendo! El agua no pudo hacer estos túneles, así que alguien hace millones de años, se encargó de vaciar todo el contenido. A veces el contenido de los volcanes es desalojado por sus últimas explosiones interiores y el agua completa el proceso de limpieza de los túneles, pero en este caso no fue así...

Observamos que para sortear este pequeño accidente subterráneo los narigoneses estaban construyendo una pasarela bordeando la vacuoide, pero estaba aún inconclusa, de unos seis metros de ancho y faltando unos doscientos metros de los 780 metros que tendría una vez construida (es decir la mitad del perímetro). Por ese último tramo, de sólo metro y medio de ancho, apenas pasaría un hombre con pertrechos. Y seguramente muchos lo habrían transitado ya.

-Ya vemos para qué son los chapones que tienen allí y lo que hacía esta gente. -decía Tarracosa- Y esa parte metálica por aquel lado indica que alguna vez hubo algo que se derrumbó. Así que están construyendo de este lado, donde los muros parecen más firmes y duros.

-Sí, -dije- ese lado tiene menos solidez y sin duda es un derrumbe. Vamos a echar una ojeada al fondo y regresamos.

Vimos en el fondo, a 1200 metros de profundidad, una gran cantidad de chapones y restos de metales y maderas, dispersos entre las piedras en el fondo cóncavo y cónico. Mientras regresábamos a la altura de la caverna, comenté:

-Están haciendo una segunda pasarela, a juzgar por la cantidad de material derrumbado. Lo que quisiera saber es cuánto tiempo les ha servido y cuántas cosas y gente la han transitado. Ahora también me pregunto si han escuchado algo con la baliza...

-Pero han demorado en enterarse de la baliza destruida. -respondió Tarracosa- Según lo que hemos tardado en llegar aquí, ellos deberían haberse puesto en marcha antes. No hay tanta distancia...

-Eso es bueno. -dije- Por lo escuchado, sólo parece que han detectado que la baliza no funciona y nada más.

-Cierto, -intervino Viky- pero creo que no fueron ellos los que lo han detectado. No había nadie en la instalación cuando llegamos. Deben haberles avisado desde algún punto más adentro, o recibieron la orden de ir a buscar a los que traían el material nuclear. No creo tampoco que hubiese habido alguien y haya tenido que ir a avisarles, teniendo radios.

-Bien, -continué- pero sea como sea sólo saben de una disfunción y ahora dormirán ocho horas. Llegarían a donde estaba la baliza en esos vehículos, al menos en varias horas más. No creo que puedan ir tan rápido como nosotros. Y si pudiésemos aislarles en esta zona, sería una maravilla. Podríamos continuar con más tranquilidad. Habría que anular sus radios, derrumbar la pasarela...

-Y creo que puedo dejarles sin vehículos... -dijo Rodolfo- Si no hay mejores ideas, empezamos con ello en diez minutos.

Echamos los respaldos de los asientos hacia atrás y dejando los vehículos flotando en medio de la galería, nos relajamos un poco mientras charlábamos y meditábamos sobre la conveniencia de ir a comunicar y buscar refuerzos. Pero decidimos seguir con el plan porque era imperioso saber hasta dónde habían llegado y qué se proponía el enemigo. Pedí unos minutos de silencio e intenté establecer una comunicación mental con mi querida Madre Espiritual Iskaún. Llegué casi a dormirme en el profundo relax alcanzado, pero no logré mi propósito. Así que habría que seguir adelante e intentar descubrir por nosotros mismos si la barrera azul cubría el interior de la corteza terrestre más allá de zona G-0 o impedía su acceso desde la superficie.

Un rato después, tras elaborar el plan entre los cuatro, nos dirigimos hacia el campamento. Rodolfo y Tarracosa saldrían de Gespenst y con las luces apagadas cien metros más allá del primer guardia, en la salida superior de la caverna, mientras Viky y yo lo haríamos cien metros más adentro del último y más cercano a la vacuoide. Cuando Rodolfo estuvo en posición, dio la orden y procedimos igual. Tarracosa lo tendría muy fácil, porque no necesitaría luz alguna para acercarse a los centinelas, durmiéndolos con el fusil de impulsos. Yo lo tuve más complicado porque sólo me podía guiar por los débiles candiles de los dos centinelas colocados a cien y doscientos metros del campamento. Cuando estuve seguro de haber dejado a los dos hombres desmayados por algunas horas, volví al Kugelvin y pasamos a Gespenst nuevamente.

Al volver a la sala, Rodolfo y Tarracosa llegaban también en Gespenst y me comunicaba que lo cubriese y evitara materializarme si no era estrictamente necesario. Ellos materializaron en aparato a unos pocos metros de la entrada, tras unas rocas y Rodolfo bajó munido sólo de la pistola de rayos, porque el fusil le sería un obstáculo para lo que debía hacer. Observé atentamente que todos estuviesen durmiendo pero había un centinela recostado en el suelo y fumando entre los trineos. Intenté advertirle por la radio a Rodolfo, pero sólo funcionaba entre un Kugelvin materializado y otro en Gespenst, pero la radio del casco era a veces completamente inútil a menos que me materializara. Me desplacé rápidamente hasta donde estaba Tarracosa y me materialicé a su lado para advertirle. El dracofeno avisó a Rodolfo y nuestro camarada no respondió. Volví a Gespenst y di la vuelta hasta encontrarle. Se hallaba a unos metros del centinela, también cuerpo a tierra en actitud acechante y evidentemente había escuchado, aunque no podía responder sin ser escuchado. Ir por detrás del hombre habría sido un camino largo y ruidoso, pero no podría disparar su pistola para desmayar, pues desde tan cerca le mataría. El centinela se giró un momento para descansar sobre el otro brazo y Rodolfo, tan a punto de aprovechar cualquier distracción, saltó sobre él y le golpeó la nuca. Viky y yo permanecíamos atentos. Rodolfo tomó el candil del soldado y comenzó a extraer algunas piezas de los trineos, arrancando los cables. Arrastrándose entre los vehículos, llegó haciendo el trabajo hasta el último y más cercano al sitio donde dormía el resto del personal, pero alguien escuchó algo y se levantó con rapidez. Como Rodolfo permaneció inmóvil tras el trineo y no atinó ni a mover o apagar el candil, el hombre caminó a los pies de los demás durmientes y volvió a su sitio. Se acostó y momentos después roncaba como varios otros.

Rodolfo terminó con el último trineo y lentamente regresó al Kugelvin con un montón de cables y piezas de los aparatos. Al pasar a Gespenst dijo que ya sería imposible que los usaran pero había que dejarles sin radios, así que llevamos a cabo la segunda parte del plan. Mientras Tarracosa y Rodolfo se retiraron para materializarse más allá de los centinelas desmayados, encendieron las luces e hicieron ruido, cantando en inglés y Tarracosa imitaba con artística realidad el ruido de los trineos. Esto daría la sensación de que habrían llegado los treinta hombres que habíamos detenido antes, pero el plan consistía en que "no acabarían de llegar". Así que los que se despertaron, volvieron a dormirse... Por poco rato. Al no escuchar más ruido, el subconsciente de los dormidos empezó a funcionar y poco después estaba todo el mundo en pie. Conversaban y se preguntaban unos a otros si era que lo habían soñado, o realmente había llegado el contingente de compañeros. El jefe ordenó silencio y al no escuchar más nada, ordenó formar en columna de cinco y comenzaron a avanzar hacia la entrada, con las armas a la cazadora. Alguien preguntó si era mejor ir con los trineos pero el jefe indicó que se avanzaría de a pie, así que no fue visto el golpeado por Rodolfo. Cuando el grupo estaba ya encontrando al primer centinela desmayado, Rodolfo me avisó y procedí a materializarme ante la sala de controles. Sin bajar del Kugelvin, retraje la carcasa y disparé el fusil de pulsos varias veces y a máxima potencia, evitando una zona donde podrían tener materiales explosivos o nucleares. El objetivo era la sala de comunicaciones. Toda la instalación empezó a fundirse y saltaron chispas por todas partes, incluyendo los trineos y los sistemas de iluminación, pero sin producir incendios. Quedamos completamente a oscuras y pasé a Gespenst de inmediato.

-¡De maravilla! -gritó Rodolfo- Se han quedado quemados hasta los candiles personales. Están completamente ciegos... Bueno, están encendiendo bengalas y mecheros... Pero no podrán comunicar nada. A la tercera parte del plan, que hasta aquí va todo bien pero hay que cortarles la retirada hacia adentro.

Volvimos a materializarnos en el aire, frente a la larga pasarela en construcción y mientras Rodolfo tomaba posición en su inicio, Viky y yo lo hicimos en el otro extremo.

-Hace tiempo que estoy deseoso de probar el cañón del Kugelvin -decía Rodolfo- Pero recuerden que no podemos hacerlo a menos de treinta metros al mínimo ni a menos de cien metros al máximo. Además la onda dentro de esta cueva puede tener efectos imprevisibles. Voy a usarlo a cien metros y al mínimo. Primero lo haré yo y si no hay problemas empiezan ustedes.

Rodolfo lanzó la primera descarga y desde nuestra posición vimos la reverberación de la onda en el aire. El tramo inicial de unos diez metros de camino metálico se rompía en pedazos y comenzaba a caer, mientras que Rodolfo hacía el segundo disparo sobre el tramo siguiente.

-A cien metros está bien. -nos informaba- Más cerca es peligroso porque sentimos el choque de la onda.

-Aunque me voy a quedar con las ganas de disparar, -respondí- sería mejor que lo hagas tú solo, pero cuando hayas acabado con unos cien metros, te pones en paralelo al camino. Así abarcarás más rápido y con menos rebote de onda.

-¡Bien pensado, Hermano! Pero no te vas a quedar sin disparar. Ponte detrás de mí.

- De acuerdo -respondí- pero mientras acabas con los primeros tramos, voy a inspeccionar la cueva, que es posible que la tropa venga hacia aquí y sería bueno que no nos vean, o al menos que no se enteren mucho de lo que pasa…

-Entonces vas a tener que materializarte y usar el fusil de pulsos. Se quedarán fritos un buen rato pero será mejor que usar el cañón contra ellos. Al mínimo sería necesario estar a medio kilómetro para no matarles.

Aceleré para estar en medio minuto en Gespenst ante la confundida tropa, que el jefe intentaba organizar. Revisaban los vehículos para comprobar que ninguno funcionaba y encendían bengalas, lámparas de carburo y velas por todas partes. Tras algunos minutos el jefe ordenó formar y dividió la tropa. La mitad exploraría la dirección ascendente de la caverna y la otra mitad iría hacia la vacuoide, desde la que llegaba el sonido del cañón y los lejanos ruidos de los metales cayendo al fondo.

-Los que suban no nos deberían preocupar -dijo Viky- Tardarían varios días en llegar a la superficie y no creo que tengan lámparas para mucho ni se animen sin sus candiles. Los que bajan tardarán unos quince minutos hasta la pasarela.

-Cierto, pero estaremos alertas. Vamos a cañonear un poco...

Al llegar junto a Rodolfo, él ya había destrozado unos ciento cincuenta metros de pasarela, de la que sólo quedaban los travesaños retorcidos en algunas partes. Bajo su indicación, me puse en la posición adecuada y me di el gusto de disparar, pero a potencia media. Soltaron por los aires infinidad de trozos de metal y al comprobar que no había rebote importante de la onda, puse el cañón al máximo. Nos turnamos con Rodolfo para disfrutar como niños de aquel estropicio que nos aseguraba la incomunicación del enemigo por bastante tiempo y cuando acabamos con toda la pasarela pasamos a Gespenst. Nos acercamos al inicio de la cueva y el grupo de soldados aún no llegaba. Avanzaban lentamente unos cientos de metros más allá y cuando por fin llegaron se encontraron con el desastre. Sería imposible repetir los improperios, gritos y hasta el llanto de algunos desesperados que comprendían que estaban aislados en medio de la tierra, sin vehículos y con luz y raciones para muy poco tiempo. Sólo disponían de agua naturalmente abundante, pero para ellos era una situación muy desesperante, no saber cómo ni quién, ni por qué les estaba ocurriendo eso.

El jefe del grupo ordenó callarse, dejar encendida sólo una luz cada cinco hombres y comenzaron a regresar al campamento. Nosotros en cambio, teníamos por delante la gran incógnita, así que continuamos nuestro viaje más allá de la vacuoide a la que llamamos "la Pasarela", aunque de ésta sólo quedaban algunos hierros medio fundidos clavados en los muros y las llamas que lentamente se extinguían, de las partes de cuerda que compusieron la avanzada de los constructores.

- Esperemos no necesitar pasar por allí, -dije- pero me he divertido mucho disparando a los hierros. ¿Por qué nos gustará a veces destruir cosas y disfrutamos con ello?

- ¡Porque no es tuyo ni lo pagas tú! -dijo Tarracosa entre carcajadas.

HACIA MAYORES PROFUNDIDADES

No podíamos comunicar por radio, pero sí por pulsos de las balizas de posición que dejábamos en la caverna del otro lado de la vacuoide. Tarracosa que se había vuelto un experto en el código Morse mejorado de los freizantenos, hizo de "telegrafista" con lo que yo le dictaba:

-A 200 Km en cota. 570 Km de camino. Base con 50 narigones. Aislados y poca ración. Armas simples, sin vehículos. Seguimos bajando. Stop. Va registro de Kugelvin ULWAC. 30 balizas puestas. Stop.

Le decía dando tiempo en cada palabra y al terminar conectó uno de los dispositivos portátiles del Kugelvin para enviar los datos. Dijo Tarracosa que la señal luminosa que aparecía allí, era de "recibido". De modo que podíamos marchar tranquilos, pues una dotación freizantena se haría cargo con alguna vimana pequeña, ya que el registro de nuestras naves permitía conocer con exactitud la caverna y programar cualquier viaje a gran velocidad. El nuestro de regreso podríamos hacerlo a una extrema velocidad de dos mil kilómetros horarios sin tocar ni una estalactita ni estalagmita. Sólo deberíamos cuidarnos de no chocar con algo nuevo, pues el sensor nos lo advertiría algunos centenares de metros antes en la mayor parte del trayecto. Pero por lo pronto, no nos preocupaba el regreso, sino el avance, que parecía seguir la misma pauta del camino que habíamos hecho. La caverna seguía siendo amplia y cada vez con salientes más pequeñas, pero en algunos tramos se retorcía y caía casi en picado.

Allí observamos una especie de escalera de tantos kilómetros que parecía no acabar nunca. Tenía gruesos rieles de metal a los costados y dedujimos que sería para bajar rápidamente con algún sistema personal, similar al de los trineos pero sin cremallera, así como podrían adaptar éstos y bajar también los vehículos. Un análisis del metal y el sistema, nos indicó que eran rieles magnéticos, por los que vehículos de diverso tamaño podían desplazarse a gran velocidad, tanto para subir como para bajar. Habíamos visto en la "Pasarela" los restos metálicos de un puente circunvalando la otra mitad de la vacuoide y ahora era evidente que en algún momento pudieron pasar por allí con mucho material. Luego la pendiente volvía a ser transitable por tierra, con unos diez grados de inclinación y cada vez menor. Hicimos unos setecientos kilómetros más en dos horas y media, porque casi todo el trayecto era muy amplio.

- Y tiene muchos "retoques" -decía Tarracosa- así que han quitado muchas salientes. Si se han gastado en arreglar tanto camino, es para temer lo peor.

El indicador de gravedad -dije- marca sólo 2,45239 metros sobre segundo, de modo que estamos a unos 450 Km de profundidad, pero el altímetro me está fallando...

-También a nosotros. -dijo Rodolfo- Y eso sólo nos ha pasado en las zonas volcánicas muy activas, lo que sería raro aquí.

- Hemos bajado más de lo que parece. -decía Tarracosa- En algo más de 700 Kms sólo deberíamos haber bajado unos cien kilómetros o menos con esta pendiente pero algo no cuadra...

- No es tan así... -respondí- Aunque no lo parezca por la velocidad que llevábamos, el tramo de escaleras es de cerca de doscientos kilómetros casi en picado. Estos tipos han hecho una obra formidable. La pasarela derrumbada les ha servido para mucho y vaya a saber qué más tienen allí abajo. Sigamos, que nos quedarán unos quinientos kilómetros más para llegar a los 600 Km de cota de la zona G-0, a menos que haya otros sectores tan en picado, pero tan cerca del embudo polar, esto es difícil de comprender aunque lo muestren en 3D los mapas...

- Y aquí podemos ver algo más. -decía Tarracosa- Detengámonos un momento, que estas filtraciones han dejado barro y al menos permite ver un poco de huellas.

- ¡Qué vista formidable, Tarracosa! -exclamé intentando ver el suelo desde la nave en Gespenst- Y ni con las luces parece que fuese posible.

Nos materializamos y ciertamente, ni con las luces veíamos huellas, pero Tarracosa nos hizo unas demostraciones comparativas entre el polvo fino y "revuelto" de las huellas de vehículos y las partes más cercanas a las paredes, mientras nos explicaba.

-Es muy leve la diferencia porque la capa de polvo es muy fina, de sólo algunos micrones, pero debajo es roca dura y lisa. La humedad se encarga del resto, disolviendo un poco las marcas. Pero se puede ver que son vehículos tan grandes como camiones, sólo que deben haberlos bajado desmontados y los han armado al finalizar las escaleras.

- Entonces, -intervino Viky- significa que hay largo camino transitable desde aquí hasta el destino. Propongo que no nos demoremos mucho...

En algo más de dos horas, deteniéndonos veinte veces para colorar las últimas balizas que nos quedaban, por fin veíamos a nuestro objetivo. Sin salir de Gespenst veíamos en que la caverna se anchaba hasta formar una enorme sala de varias hectáreas, donde habían instalado potentes reflectores y todo era movimiento. Los hombres se movían con gran agilidad, dando saltos impresionantes entre los vehículos, motores y construcciones, extrayendo agua por un lado y drenándola con bombas por otro, y varios de ellos operaban una tuneladora enorme de más de seis metros de diámetro, que estaba perforando un muro al costado de la caverna, con una inclinación de unos 45 grados. Unas trescientas personas trabajando vestidas con monos grises y más de cien mirando, armados hasta los dientes, haciendo guardia en diversos puntos, desde varios centenares de metros antes y otro tanto más allá, por la galería natural. Lo que mis compañeros no podían advertir, es que el sitio estaba plagado de restos energéticos que sólo podemos ver los que tenemos "vista Astral"- Miles de fantasmagóricas figuras pasaban por todas partes pero se alejaban cuando me percibían, por unas razones que quizá explique luego. Para la gran mayoría, era como si la realidad que nosotros podíamos ver no les afectara, pero algunos, muy pocos, parecían querer interactuar de alguna manera con los soldados, que lógicamente no les podían percibir de modo alguno. Había visto desde que nací, toda clase de cosas parecidas y ese era mi principal "secreto". Simplemente porque no podía hablar de lo que casi nadie conocía, cosa que aprendí de niño, cuando hablaba de mis experiencias con una parra llamada Virripinpandomitallonaria y con una higuera que ascendió en evolución, llamada Larraztripunaufara... *(Ver "El Tesoro Mágico de las Pirámides")* o con personas que habían muerto antes que yo naciera... Así que no dije nada a mis compañeros, sobre algo que dudosamente pudiera tener algún valor práctico para las circunstancias que debíamos atender. Pero allí las cosas eran bastante diferentes a los peores "ambientes" que había conocido en ese plano Astral. No valía la pena comentar acerca de lo que nadie podría ver. Intentar hacer que otros comprendan eso, me había costado mucho sufrimiento y frustraciones, así que era mejor callarse.

-¿Qué puede haber detrás de esa pared? -decía Rodolfo distrayendo mi atención a ese plano vibracional y me centré en lo objetivo- Parece que recién han empezado con la perforación. Hay demasiados intraspasables para ir a ver que hay detrás, pero deberíamos encontrar otra entrada que nos permita explorar la zona...

- Hay sólo 40 centímetros sobre segundo de gravedad, -dije mirando los sensores- así que esos tipos grandotes de ahí pesan aquí menos de cuatro kilos y ese camión de cinco toneladas pesará unos doscientos kilos... Lo levantarían entre tres o cuatro hombres. Estamos muy cerca de la zona G-0, así que propongo que sigamos por la misma galería, a ver si entendemos por qué están haciendo túnel aquí...

Continuamos hacia adentro por la galería desierta y pocos kilómetros más allá encontramos un túnel de menos de cien metros y restos del material extraído. Otro más, del mismo lado, con algo más de doscientos metros y a unos pocos kilómetros, un tercero algo más profundo, de unos quinientos metros, que acababa en una grieta de la que salía un espeso vapor.

-Sólo son socavones abandonados. -dije- Los han abandonado al dar con situaciones inesperadas y recién empiezan con el túnel de la sala.

-Sigamos, a ver a dónde conduce esto... -ordenó Rodolfo.

Seguimos a velocidad moderada a lo largo de treinta kilómetros. Se ampliaba mucho, era todo más liso pero aumentaba la temperatura y los sensores indicaban trazas de gases raros en mayor cantidad. Nos detuvimos unos momentos para analizar el aire y un tramo de túnel abandonado de unas decenas de metros, que debía ser el primero que intentaron perforar. Había mucho radón y otros gases en concentración muy alta y peligrosa. A cincuenta kilómetros de la obra de los narigoneses la atmósfera seguía siendo poco o nada respirable y con altos riesgos. Comenzamos a ver pequeñas nubecillas muy difusas y a poco andar, las fumarolas que las producían.

-Así que estamos en territorio volcánico activo... -dije- Y posiblemente sea producto de colada de un volcán que en vez de explotar hacia la superficie, haya ido calando hacia adentro. Pero bueno, dejemos eso. Lo que está claro es que esta gente no pudo seguir por aquí, volvieron a la sala mayor y se están abriendo paso hacia el otro lado, por donde hayan visto más posibilidades. No puedo decir ni aproximadamente cuánto saben de la región, pero sin duda tienen que saber hacia dónde están perforando. Sólo que no consiguen detectar a tiempo las fumarolas y venas de vapor, lava y otros tipos de magma que hay por aquí.

- Bueno, -dijo Rodolfo- creo que sea lo que sea que haya al otro lado, hay que pararles, cosa que sería riesgosa pero podemos hacerlo...

- Y yo ya tengo varias ideas, -decía Viky- pero... ¿No sería prudente regresar y volver mejor preparados? Un descuido y esos guardias que están tan vigilantes nos lo pondrían difícil...

-Si decidimos volver, -dijo Rodolfo tras medio minuto de silencio- el automático nos puede llevar a Freizantenia sin riesgos en sólo un par de horas, o menos si queremos ir un poco mareados. Esta gente no habrá avanzado más de cinco metros en un día. El objetivo de esta exploración está cumplido, el material nuclear requisado y no parece que haya riesgo inminente por algunas horas o días... Sí que me parece prudente volver, comunicar y planificar mejor

- Por mi parte, perfecto. -dije- Intuyo que será mucho mejor, porque la gente que hemos dejado aislada también estará desesperada y no me confío en que no hayan logrado arreglar sus aparatos o traspasar la vacuoide... Y aunque no llegarían lejos ni rápido, no tenemos por que hacer solos todo lo que haya que hacer.

-Yo también estoy de acuerdo... -dijo Tarracosa- Sólo que no he traído pañales descartables y el viaje en automático me puede revolver las tripas... Bien, Rodolfo... Te pones la escafandra, por tu seguridad...

REGRESO A VELOCIDAD EXTREMA

Ya conocíamos estos viajes en Automático, pero aunque la gravedad autónoma del Kugelvin no deja sentir ni un mínimo sacudón, abrir los ojos es algo impresionante. Aunque se puede moderar la velocidad, resulta menos alucinante dejar que la computadora de a bordo determine el máximo de velocidad segura, porque así uno no ve casi nada. Sólo rayas que pasan en milésimas de segundo, cambios de colores, a veces un punto oscuro que se mueve al frente, que es el centro cambiante de la galería cuando el aparato va materializado, y algo más raro cuando se va en Gespenst, pues en el estado "fantasma" no hay casi oscuridad. También produce vértigo en Gespenst, y sobre todo cuando el protocolo del ordenador se establece en regiones conocidas como libres de plata y otros intraspasables. Saber que viajamos atravesando como si nada las rocas más duras, no deja de impresionar.

-Viajaremos en Gespenst hasta Freizantenia, -decía Rodolfo- porque no quiero disminuir la velocidad aquí ni donde está la guarnición aislada, ni quisiera que nos viera quien estuviese merodeando por la Antártida.

En poco menos de hora y media, estábamos en Freizantenia reunidos con el Genbrial, un grupo de veinte estrategas y el grupo GEOS al completo.

-Ha sido una buena elección regresar. -nos decía el Gran Jefe- Seguro que si hubieran decidido actuar solos allí mismo, lo habrían hecho bien, pero *cuando no es necesario hacer algo, suele ser necesario no hacerlo.* Les ruego exponernos toda la situación, ya que analizar las grabaciones de los Kugelvins llevaría más tiempo y me temo que hay cierta urgencia.

-Efectivamente, Jefe. -dijo Rodolfo- Creo que Marcel podrá sintetizar mejor que yo la situación...

Pasé al frente y expuse en unos minutos todo lo ocurrido y visto, solicitando información sobre la barrera azul de los Primordiales.

-Si esa barrera resulta dañada, -dijo el Genbrial cuando terminé- las consecuencias podrían ser terribles para todo el mundo de superficie. Ya saben ustedes que los Primordiales permiten la vida en superficie pero no están dispuestos a correr nuevamente los riesgos que han tenido en otras ocasiones. Hoy bastaría un caso como el de Iskaún para que se armara el desastre total; no permitirían un nuevo atropello. Pero por otra parte, si la barrera azul no está antes de la zona G-0, los narigoneses quizá accedan a sitios que desconocemos con pasmosa facilidad. Nos hemos descuidado un poco con las exploraciones y mapeo, nada menos que en la zona que habitamos, así que eso nos pone ahora en situación difícil. Como no podemos hacer ahora lo que debimos hacer mejor antes, hemos de detener esa perforación de inmediato. Sellar todo ese sector o aprovecharlo para mejor exploración, depende de las sugerencias que nos dé el GEOS.

-Y también, si me permite... -intervino Tuutí aprovechando el silencio- el grupo GEOS podría encargarse de anular a los perforadores. En primer lugar porque estamos mejor entrenados que nadie para cualquier operación subterránea, porque luego nos gustaría... Perdón, estoy hablando por mí mismo. Debí tener primero una conversación...

-¡Por mi parte, de acuerdo! -dije poniéndome en pie y levantando la mano, al comprender que Tuutí se sentía avergonzado, al no haber consultado con todo el grupo GEOS previamente.

-Y para eso estamos... -dijo Misky repitiendo mi gesto- Tuutí no precisa consultarnos. Sabe que cuenta con nosotros para lo que mande...

Antes que Misky terminara la frase, estaba todo el GEOS en pie con la mano levantada. Ante la demostración de apoyo Cirilo siguió y definimos un plan. Veinte vimanas pequeñas se encargarían de rescatar a los soldados aislados, como ya lo habían hecho con todo el personal en los túneles anteriormente revisados, llevándolos a la Vacuoide Cárcel Pi Primera. La parte más delicada era detener a los que estaban perforando ya que la mayoría estaba armada con armas cortas, más un centenar de centinelas muy bien armados y seguramente los mejor entrenados.

-Me temo que tengan más de lo que podían ver ustedes. -decía Kkala- ¿Qué tal si tienen más material radiactivo como el que llevaban y esa no fuese la primera tanda, o si ya tienen algún sistema de detección de vehículos en Gespenst? Esa baliza que dice Tarracosa no era sólo baliza, sino más bien un sistema de radar...

-Y también -dijo Tarracosa- me preocupa que no hayamos visto más balizas detectoras de ultrasonidos por escáner continuo. Ni otra entrada cerca de donde la hice estallar. Pero no creo que puedan usarlas para detectar un aparato en Gespenst. Yo podía escucharla y sentir en Gespenst su funcionamiento, pero eso no quiere decir que pueda detectar al vehículo ni mucho menos. En otras palabras, yo soy más sensible que ese cacharro.

-Bien, -dijo Cirilo- pero igual no podemos descartar nada. Habrá que obrar rápido, antes que sepan de algo. También el hecho de que no reciban ninguna noticia puede ponerles en alerta...

-Pero no podrán salir de allí en muchos días -intervino un estratega freizanteno- y sabríamos de cualquier movimiento. Las balizas dejadas por ustedes no nos permiten comunicación fluida, está desactivado el sistema de comunicación, pero indican muy bien cualquier movimiento y vemos que no hay desplazamientos hacia ningún lado.

-¿Han visto algún agujero pequeño, que no sea más que para entrar una persona? -dijo Chauli.

-Es posible que los haya, -respondió Rodolfo- aunque no los hayamos visto. Podemos repasar las grabaciones de los Kugelvins en esa parte. ¿Por qué lo dices?

- Porque hay algunas fumarolas muy extensas, que alcanzan grandes distancias formando un agujero que parece hecho por un gusano y por el que apenas si cabe una persona, o un trineo pequeño. Tal como se ve en los planos esta galería "Espiralada", no me extrañaría que en vez de ser una, fueran varias...

-¡Ya comprendo! -interrumpí- Así como la Espiralada es tan extensa pero amplia, el mismo tipo de causa geológica pudo producir galerías muy estrechas e igualmente muy poco variables en el ancho. Al no tener tanta amplitud, podría haberse formado un entramado de "agujeros de gusano", que serían menos propensos a quedar interrumpidos por filtraciones como las estalagmitas, estalactitas y otras...

Pasamos a la sala de estudio de la biblioteca y nos sentamos unas ciento cincuenta personas alrededor de una mesa de cristal enorme, que tenía un tablero de controles en el extremo. Una freizantena trajo un aparato que colocó para proyectar imágenes, tanto en una pantalla vertical de un muro del extremo, como en la mesa, que era una gran pantalla digital de sorprendente tecnología.

-Aquí están las grabaciones de ambos vehículos. -dijo la mujer- La mayor parte de los datos ya están convertidos en vídeos, así que pueden analizarla parte por parte, cotejando en este plano de la mesa toda la información general, así como la visión grabada de ambos aparatos. La derecha es la de Rodolfo y la izquierda la de Marcel. Les ruego ponerse ustedes mismos al mando de estos controles, así desplazan como les convenga las secuencias. Mantener las flechas pulsadas acelera hacia adelante o hacia atrás la grabación.

Nos colocamos Rodolfo y yo tras el tablero y la mujer nos indicó sus funciones. Así que en un par de horas teníamos mucho más claro todo el cuadro de situación, pero con más interrogantes que respuestas. Cuando acabamos de repasar todo lo que podíamos extraer de los vídeos, Chauli tomó la palabra:

-Bien sabemos que hay al menos cinco agujeros de gusano... No cósmicos, sino volcánicos... que acaban en el sector de la baliza destruida pero no sabemos de dónde provienen ni por dónde discurren. No ha de ser desde arriba, siguiendo las explicaciones de Marcel sobre su formación, sino desde abajo. Eran como la propia galería, pero en algún momento desembocaron en ella y ahí terminaron, uniendo su contenido de flujo volcánico al río principal. Si los siguiésemos hacia abajo, iríamos a parar al mismísimo lugar de su formación, es decir aquella vacuoide aún no hallada, cercana a la zona G-0, donde también se originó la galería Espiralada. Esa galería, según queda evidenciado por las fumarolas al final de vuestro recorrido, son de un volcán activo gigantesco... ¿Es ese mismo volcán el que produjo la galería?

-No, seguro que no, -respondí- aunque ocupaba el mismo lugar o una parte de ese lugar. El magma analizado en esas fumarolas y su composición gaseosa, indican que se trata de magma muy antiguo, sí, y muy raro, pero no virgen. El magma virgen hizo la Espiralada y esos agujeros de gusano, pero ya no existe hace miles de millones de años y alguien drenó todo ese material, en algún momento en lo profundo de la historia. Este magma actual proviene de un volcán cercano que está ocupando poco a poco esa región del volcán primigenio. O mejor dicho, ya no hay volcán, pero hay magma que va haciendo de las suyas al no tener sitios más directos por dónde salir. Ha pasado por otras vacuoides combinándose con magma en otros estadios de sus procesos... En sus coladas hacia abajo, se ha combinado con una vacuoide petrolera, habrá formado vaya a saber qué minerales extraños... y ya sabéis que el petróleo es producto de la "alquimia" de los mismos volcanes. Hasta es posible que se trate del propio petróleo fabricado por ese magma en una etapa anterior a la destrucción parcial de la vacuoide original... ¡Claro!... ¡Ya lo tengo!... Es el magma secundario de la MT-1, la Magnético Terror.

Ha dejado allí los productos de sus primeras reacciones, porque en vez de combinarse y salir como todo buen volcán, tuvo un proceso mucho más lento y encerrado. Luego ha seguido trasladándose por donde ha podido, mezclándose como les decía, con otras panelas volcánicas... ¡Por eso tanta cantidad de gases raros en tan alta concentración! El resto, el material de algo más de la mitad del magma primigenio, arrastró todo hacia la superficie externa formando su contraparte, la Esfinge...

-¿Sirve comprender todo esto para entender las motivaciones de los narigoneses?

-¡Claro que sí!, Tuutí. -respondí- Porque sirve para comprender el escenario que nos espera en las exploraciones, para entender porqué tuvieron que abandonar las perforaciones iniciales y retirarse a treinta kilómetros de la primera intentona... Y también puede servir para hacer un plan que les detenga.... Aunque la distancia a Freizantenia parezca mucha, ya saben cómo pueden acortarse a veces... Si llegan a entrar en la zona G-0 tendrán acceso a demasiadas vacuoides, al mayor sótano del planeta y con ello, a sitios que pueden darles un control muy grande de toda la corteza del mundo, aunque más no sea, según su costumbre, para destruir regiones enteras.

-No creo -intervino el Genbrial- que los Primordiales hayan dejado eso tan expuesto. Como sólo pasamos por allí en Gespenst no nos detiene la barrera azul y ni siquiera la vemos, pero hay que enviar a alguien con urgencia a confirmarlo. Hay dos tareas prioritarias. En primer lugar, tengo que solicitar al GEOS que realice una exploración por donde y cuando les parezca oportuno en base a los datos obtenidos hasta hoy, pero por otro lado creo oportuno enviar alguien a visitar a los Primordiales...

¡ VISITAR A LOS PRIMORDIALES !

Continuó explicando la necesidad de contactar con los Primordiales por otros motivos y el modo de hacerlo, luego pasaban imágenes en las pantallas, varios de mis compañeros, así como los estrategas exponían sus puntos de vista y daban sus informes a medida que entraban datos nuevos. Pero yo había perdido totalmente la atención y mi mente se desplazó en el tiempo y el espacio. Comencé a ver las imágenes que recordaba de niño, algunas de las vivencias que había tenido ya siendo miembro del GEOS; el rescate de Iskaún, el plan oculto que me llevó a Iraotapar, la presencia imponente de Uros... Las pirámides de la Terrae Interiora...

No podía pedirle a nadie que me dieran la misión de ir al interior; mi estado de conciencia tenía tales variaciones que todo aquello parecía un sueño, algo irreal, como si sólo el presente fuese lo importante, como si salvar junto al resto del grupo a Freizantenia de las amenazas narigonas, constituyera la única razón de mi vida, sin más derecho que el de cumplir el deber que con tanto entusiasmo adquirí y que con mayor entusiasmo llevaba a cabo. Sin más derecho que el de navegar en un Kugelvin y algún día, quizá pilotar una vimana, o incluso pedir la ciudadanía y ser definitivamente uno más en Freizantenia... *"Estoy deseando demasiado"* pensé, ¿Quién tendrá la feliz suerte de ser elegido para visitar a los Primordiales? Seguramente Rodolfo, que era el mejor piloto y en este caso era necesario actuar con rapidez.

Mi pensamiento se conformó con saber que alguien daría mis saludos a Iskaún y toda esa Familia del Alma que vivía tan cerca y a la vez tan lejos, en aquella superficie interior, a sólo mil kilómetros de donde estábamos, y a veces a sólo unos cientos de kilómetros de donde hacíamos las exploraciones. Habíamos estado a casi 600 Km de profundidad, cerca de la zona G-0 y allí sólo habría...

-¡Marcel! Parece que estás demasiado cansado... -dijo Rodolfo- O algo te impide estar normal. Pero es preciso que respondas...

Miré a todos tan desconcertado que debí poner la cara de idiota más ridícula jamás puesta. El Genbrial me miraba con gesto de curiosidad, rayando en la preocupación y Rodolfo me puso una mano en el hombro para decirme al oído.

-No puedes quedarte así... Contesta al Jefazo. Si prefieres descansar, te vas enseguida, pero primero contesta.

-Es que... Perdonen, por favor. Mi mente estaba en otra parte, muy lejos de aquí. Me siento avergonzado, por favor perdóneme... No escuché su pregunta, Genbrial...

-Bueno, no pasa nada, -respondió acercándose gesticulando con los brazos para tranquilizarme- han estado muy activos y tus compañeros y tú necesitan descansar. Pero te voy a cambiar la pregunta... ¿Dónde estaba tu pensamiento cuando yo hablaba?

-Perdone, Jefe, le ruego sepa disculpar... Es que empezó a decir que había que ir a contactar con los Primordiales... Y ahí me perdí, me fui con la mente al Interior de la Tierra...

Mis ojos se pusieron lloviznosos, no hacía frío pero yo tenía mucho calor.

-¡Qué vergüenza! -dije sin poder contener el torrente de lágrimas- Les ruego disculpas, no volveré a perder la concentración y menos cuando un Jefe esté hablando...

-¡Tranquilo, Marcel!... -dijo el Genbrial mientras se acercaba y me hacía levantar para darme un abrazo. Es comprensible y ya sé que no es sólo el cansancio. Es que te he propuesto para ser tú quien vaya al Interior y te preguntaba si aceptas... Puede hacerlo cualquiera de mi pueblo y seguro que cualquier miembro del GEOS está dispuesto, así como cualquiera de los que pisan Freizantenia están autorizados a ir a la Terrae Interiora si resulta necesario. Por si fuera poco, tenemos modos de comunicación telepática directa en casos de emergencias extremas.

Pero la intuición me dice que hay que ir personalmente esta vez y por alguna razón que desconozco en sus detalles más íntimos, la mayor parte de tus compañeros, por no decir todos, según mis asesores telépatas, han pensado en ti. Y yo también lo he percibido, claro... Así que sólo falta que digas si aceptas ser tú quien vaya a preguntar a nuestros Hermanos Mayores si la barrera azul está antes o después de la zona G-0, y de paso unos cuántos recados más...

-¡Ni lo dude, Genbrial! ¡Puedo salir ya mismo...!

-No, no... De salir ya mismo, nada. Primero vas a dormir, vas a meditar y vas a salir en una vimana con un grupo selecto. Cinco freizantenos que elegiré yo y cinco del GEOS a tu elección... Te ha cambiado la cara...

-Es que... Perdone, por favor... La sola idea me volvió majara... ¿Está seguro que debo ser yo quien vaya?

-No hay duda ni más que hablar. Elije ahora a tus cinco compañeros y nosotros y el resto del GEOS nos ocuparemos de vigilar y si fuera necesario neutralizar a los narigoneses de la perforación. ¿Tienes que pensarlo mucho?

-A decir verdad, Genbrial... Todos mis compañeros de equipo merecen por igual ir al interior, pero algunos preferirán estar en primera línea de combate. Me ha puesto en un aprieto muy serio...

-Como castigo a perder la concentración cuando hablaba... -respondió soltando una sonora carcajada y continuó- Vamos, que todos saben que elegirías a todos, pero es mejor que tu corazón te diga quiénes son los que más necesitan ir a la Terrae Interiora. Ya sabes que todos han ido alguna vez y la mayoría, como tú, recuerdan sólo algún que otro viaje, otros no recuerdan nada. Tienes tiempo para decidirlo hasta el final del almuerzo que nos espera...

Se retiró entre caminando y bailando, haciendo un gesto para que todos le siguiésemos y nos fuimos al comedor. Si no fuese por su gorra militar, el pantalón con raya y las botas hasta la rodilla, su largo chaquetón gris (aunque también de carácter militar), me recordaría a ciertos sacerdotes, porque tenía en la espalda un símbolo que antiguamente llevaban éstos. Una runa Man, de un tono gris algo más claro y que brillaba un poco. Iba adelante con paso muy rápido y ni bien pasamos al comedor, me llamó y me indicó sentarme solo en una pequeña mesa cercana a la cocina.

-A menos que quieras estar reunido con tus compañeros porque te sea necesario conferenciar con ellos, te recomiendo este sitio. Además de estar solo para meditar, queda cerca de la cocina y ya sabes...

Me hizo reír con el gesto, la cara y el guiño, para desaparecer entre los demás mientras yo seguía su consejo y tomaba asiento. Luego le vi pasar raudamente hacia la cocina y volver al salón, donde sus risas se confundían con las de los demás. No sólo era un "Jefazo" que inspiraba el mayor respeto y capaz de imponer orden y disciplina al más alto nivel militar, sino también un hombre franco y carismático, capaz de hacer reír a todos, de imponer un espíritu de camaradería y cordialidad como poca gente sabe hacerlo. Volví a mis pensamientos y pedí a mi Divina Presencia, esa *Esencia Espiritual* que somos, "el Verdadero Yo" en cada uno, para que me mostrara cuáles de mis compañeros debían ir conmigo en este viaje al Interior. Pedí sinceramente que aparecieran en mi mente los que realmente tuvieran que ir por necesidad o por cualquier otra razón que sólo la Divinidad pueda conocer. Y así permanecí varios minutos, en que los camareros no aparecieron para distraerme.

Cuando surgieron en mi mente casi adormecida, y anoté en mi AKTA los nombres de Cirilo, Viky, Eliana Rudder, Jorge Abarca y Víctor Dago, miré en derredor y vi que una camarera estaba especialmente atenta a mí. Se acercó y me dijo en un castellano raro pero gracioso:

-Si el seniorr Marrrcel tiene solución encontrrada y desea comerrr... ¡Muy grande menú que puede verrr!

-No me pases el menú... -le dije cuando me quería dar la carta- Comeré lo mismo que el Genbrial... Si es posible.

-¡Clarrro que sí! Entonces igual que muchos... Perrro no creo que sea posible... O sea un poco, porque no podrrá comer todo...

Regresó poco después con una gran bandeja llena de bocadillos de diversas formas y colores, a cual más delicioso. Diez minutos después, cuando aún no terminaba con el último y no sabía si me cabría, volvió a mi mesa para preguntarme si deseaba la segunda fuente con el resto del menú. Lógicamente, era mucha comida y tuve que observar mi gula. No podía hacer la tontería de comer más de lo necesario y menos cuando estaba por echarme a dormir unas cuantas horas. Le agradecí y me fui a la mesa a decirles a mis amigos los nombres elegidos. No pareció dejar a nadie triste la pequeña lista, pero las caras de los cinco seleccionados radiaban alegría y emoción.

Nos fuimos a dormir dentro de una de las casas piramidales más cercanas y las siguientes diez horas pasaron demasiado rápido. Nadie me despertó. Nos dejaron dormir todo lo necesario, puesto que nos esperaba un día muy importante. Luego de desayunar, cada uno volvió a su habitación para hacer sus necesidades y arreglarnos la ropa. Ya en el patio de formación, los cinco viajeros especiales fuimos junto a dos freizantenos hacia una pequeña vimana, pero nadie me había dado una nota de recados o un parte de viaje para ir rellenando, como era habitual. En la vimana nos esperaba el Genbrial y los que nos acompañaban entraron con nosotros. Dos mujeres operaban controles y una de ellas dijo que estaba todo preparado.

-Si no me he olvidado de contar... -dije sin terminar la frase.

-No te has olvidado, querido Marcel. Es que... Estaba eligiendo a los más necesitados de un viajecito al Interior y justo lo vi... Cuando pasé frente a un espejo del salón... No pude resistir la tentación. Espero no resultar una incómoda compañía...

-De eso, nada, Jefazo. -dijo Jorge- Usted inspira alegría y confianza. Sobre todo para los que apenas hemos andado un poquito en estos aparatos y nos resultan como... No sé, menos seguros que caminar por los túneles y cavernas... No se ofenda, pero es que eso de ir a través de las piedras, todavía no termina de parecerme seguro. Si viene Usted, está claro que se extremarán las medidas de seguridad.

-Bien, me alegro que lo veas así, pero en realidad no se pone más cuidado en las cosas porque venga yo. Hablando en serio, lo cierto es que fui a la Terrae Interiora hace más de once años y he ido menos veces que cualquiera de vosotros. Once años sin un día de vacaciones es mucho tiempo...

-¡Once años! -dijimos varios al unísono.

-Bueno, no puedo decir que lo haya pasado mal... Pero un par de días allí y estaré mucho mejor. Humm... Me conformo con un par de horas.

-Y seguramente todos nosotros. -agregó una de las pilotos- Y además, bien sabe lo contenta que se va a poner mucha gente al recibirles, tanto a Usted como a estos chicos que son el colmo de lo heroico.

Íbamos a agradecer el cumplido, pero siguió hablando, indicando para ocupar cada uno un asiento determinado y luego continuó hablando con su compañera bajo un protocolo de acciones para el despegue y en unos momentos estábamos elevándonos y pasando a Gespenst. En vez de penetrar en la tierra y movernos a través de ella, subimos a gran altura, desde donde observábamos la verdadera forma de la Antártida.

-Aprovechamos -dijo ella nuevamente- para dar un vistazo a nuestro querido planeta. Sólo unos diez minutos y estaremos repasando con los escáneres la capa más baja de satélites espías de los narigoneses. Luego haremos la rutina normal de control porque así comprobaremos que no hay movimientos extraños en esta parte del Pacífico. Lo demás, se lo dejamos a nuestros compañeros que hacen los controles de rutina larga... A menos que el Genbrial indique ir directamente al Interior...

-No, Hilde, será interesante para los amigos del GEOS conocer esta parte de nuestra misión. Será un rato corto e interesante.

Nos elevamos por encima de los cuatro mil kilómetros y nos alejamos de la Antártida, cuyas formas veíamos casi por completo desde el cuadrante Sur-Oeste. El sol quedaba detrás, marcando ya el borde de la Tierra y como era el mes de Setiembre, la mitad antártica quedaba iluminada, y la otra mitad en sombras. Al centro del Hueco Polar, resaltado por esa posición de la luz, vimos una serie de hermosos destellos de varios colores. Algunas parecían alcanzar a irradiar más allá del hueco y perdían intensidad poco a poco.

-Hoy está movido el campo magnético, -dijo la otra mujer- y será un bonito paseo al pasar por la Espada Flamígera del Ángel bíblico. Las Auroras Australes no tienen nada que envidiarle a las boreales...

Nadie hizo ningún comentario en la siguiente media hora, durante la cual las dos pilotos hacían escáneres de control a todo lo que se movía por el cielo y el mar en las regiones cercanas; comunicaban a otras vimanas los avistamientos que podían ser sospechosos y aunque lo hacían en su idioma, el Genbrial nos iba explicando lo que sucedía.

-Acaban de detectar un submarino que parece de tecnología muy avanzada. Apenas se ha detectado por el impacto de su paso en algunos grandes cardúmenes. Está claro que no están en Gespenst, pero sí que han logrado un importante grado de invisibilidad a los radares y otros sensores parecidos. Y llevan rumbo muy directo al banco de hielos Ross.

-Ya tengo su trayectoria analizada, Genbrial. Parece que se dirigen a la zona de protección ecológica...

- Muy bien, Hilde. Por favor dile al Capitán Pausser que les siga en Gespenst en una vimana pequeña o un Kugelvin, pero que se mantenga a un mínimo de doscientos metros por encima de ellos y nunca jamás inmediatamente detrás. Bueno, eso ya lo saben...

Mientras las pilotos ponían en marcha toda una serie de órdenes y comunicaciones, el jefe se volvía para comentarnos a nosotros:

-Los narigones ya saben que tenemos algunos problemas con los metales intraspasables, así que pueden echar partículas para dañar o detectar nuestras naves, de modo que gastan cantidades enormes de plata, así como echan en el cielo esos "*chemtrails*", estelas químicas con muchas finalidades, desde bacterias muy peligrosas para matar a mucha gente y hacer control selectivo de la población, hasta formar campos refractarios para usar sus cañones de impulsos de alta frecuencia... Pero también, con el pretexto del control climático, echan gran cantidad de ioduro de plata, que dificulta nuestra navegación a baja altura.

-Entonces... -dije reflexionando en voz alta- habría que establecer los protocolos de navegación con muchísimos datos de esos vuelos...

-Y así lo hacemos. -respondió el Genbrial- Aunque ya tenemos casi resuelto el problema con la mayoría de esos compuestos y el ioduro de plata ya no es inconveniente grave, tenemos que ir actualizando los mapas de navegación constantemente. Nuestros espías también tienen mucho trabajo... Bueno, es hora de relajarnos un poco, que dentro de unos minutos estaremos ante los Primordiales y es mejor estar con la mente muy tranquila, sin pensamientos molestos de ninguna clase.

Permanecimos en silencio un rato, absortos mirando el cielo nocturno, la Antártida y el hueco polar con sus auroras y los destellos provenientes del sol interior... Un espectáculo planetario maravilloso. A medida que nos íbamos acercando al hueco polar, el espectáculo se hacía más bello y las auroras australes más impresionantes. Cuando por fin entramos en la abertura polar, la piloto Hilde nos avisó que pasaríamos muy cerca del suelo, para poder apreciar la región de animales prehistóricos, que aún se mantiene a modo de protección entre dos barreras azules. Fue decirlo y hallarnos atravesando la región a sólo trescientos kilómetros por hora, entre árboles gigantescos, abruptas montañas, manantiales, cascadas y en algunos momentos alcanzábamos a ver espectaculares dinosaurios. Algunos fueron atravesados por nuestra nave en Gespenst, lo que resultaba un pelín aterrador...

-Nunca entendí muy bien -comenté- por qué los Primordiales dejaron esa barrera biológica, a pesar de contar con otros medios mucho más efectivos para contener una invasión por tierra del Intramundo, como la infranqueable barrera azul. Una protección escasa, si consideramos que ni los más fuertes saurios podrían con un tanque de guerra o contra aviones, o incluso contra tropas terrestres bien armadas...

-Hay otras razones. -respondió el Genbrial- En otras épocas, cuando las civilizaciones de la superficie aún no desarrollan tecnología, son una excelente protección, pero no se trata de eso. Es que hay un proceso de Almas, de seres que ya han sido atrapados en esas estructuras genéticas y aún está el proceso evolutivo de esas Almas, necesitando esos cuerpos, esas experiencias... Se ha calculado que seguirán existiendo aquí unos veinte o treinta milenios más. Ya quedan pocos especímenes de cada especie pero se tienen que extinguir naturalmente en cuanto sea posible. La mayoría apenas se reproduce... Como sabéis, las acciones del Ogruimed Primordial que jugó con la genética hace ya más de seiscientos millones de años, aún da sus largos coletazos. Estos animales siguen existiendo en virtud de las mismas razones que se permite la existencia de la humanidad mortal y las humanidades de las vacuoides. Es decir, permitir la evolución de las Almas sin que se pierdan, y sin que puedan encarnar entre los Primordiales, lo que también sería para ellos un desastre de las máximas proporciones. Si un Primordial chalado y un pequeño grupo de acólitos tontuelos causaron la desastrosa creación de la mortalidad entre las especies superiores, a partir de manipulaciones genéticas, ya os podéis imaginar cuánto daño harían al mundo unas Almas que han nacido y experimentado la mortalidad, el miedo a la muerte, el sufrimiento y todas las aberraciones psicológicas que ello produce...

-Y ahí entramos -dije- en las explicaciones que hace tiempo buscaba. Creo que por fin voy comprendiendo...

- ¡Y yo! -añadió Eliana- Sin esas explicaciones, lo puramente material se nos queda corto y vano, por más científica que sea la base de las teorías y planteos... Y creo que hasta un niño podría entender esas explicaciones, aunque parezcan esotéricas...

-¡Cierto, muy cierto! -exclamó Víctor- Algo así había pensado alguna vez, pero pensando sólo en nuestra civilización de superficie... Me preguntaba por qué no nos liquidan, por qué no acaban de una vez con la humanidad enferma, mortal y asesina que se debate en guerras y que hasta involucionan tantas personas en simios... Un peligro constante para ellos, que son Humanos Perfectos, que no soportan siquiera las emociones descontroladas y la alocada actividad mental que tenemos...

-No es sólo que nos respetan, ni sólo por Amor... -agregó Jorge- Es que si mueren las especies en evolución, o aún peor, las que están en involución, en vez de hacer sus procesos, corren el riesgo de tener que recibir entre ellos esas Almas... ¿Es más o menos así?

-Claro, así es... -continuó el Genbrial- Pero sí que el Amor es lo que más les inspira. Como que el Amor es el marcador perfecto de todas las cosas... En principio, seiscientos millones de años atrás, ellos no sabían lo que podía ocurrir. Era una Humanidad Primordial incipiente, así que desconocían los alcances de la "aigruimed", es decir la "creación de pueblos", de la manipulación del *Árbol de la Ciencia del Bien y del Mal*. Y no tuvieron maestros de otros planetas hasta millones de años después de iniciado el desastre. Cuando los Primordiales de otros planetas advirtieron la actividad de la superficie de la Tierra, que había sido vegetada y acondicionada para albergar al Primordial causante, a su pequeño grupo de acólitos y a sus criaturas mortales, ya los Primordiales Terrestres habían aprendido la dura lección, pero las consecuencias trágicas de manipular la genética estaban en marcha. Ya tenían la situación un tanto controlada pero no conocían los procesos de las Almas que han salido de la línea evolutiva normal. Sólo obraron por puro Amor, la Piedad y el intento de Comprensión en el más elevado nivel que puede alcanzar alguien del Reino Humano. Odín, Thor, Wotan y Lucifer realizaron el Gran Plan de Salvamento, empezando por evitar que los mortales involucionaran más...

-¡Lucifer! -interrumpió Jorge Abarca- ¿Qué tiene que ver Lucifer en toda esta historia?

-Es que aún estás confundido con eso, Jorge. -respondió el Genbrial y continuó explicando- Lucifer no es un personaje de La Biblia verdadera, sino una interpolación tardía, de poco después de la Edad Media. La Biblia habla de Satanás, pero tanto en libros como en las arengas religiosas, los sacerdotes de muchas religiones han metido por medio a Lucifer, que sólo aparece en la Edda Nórdica y no es sino un personaje histórico de máxima importancia. Fue el Primordial que enseñó la Magia de las Runas diseñada por Odin, a Wotan, que fue el primer Primordial que decidió morir como Inmortal para nacer entre los mortales y enseñarles cómo evolucionar más rápidamente que lo que tarda el cuerpo en envejecer, para escapar de la mortalidad ascendiendo directamente al Reino de los Cristálidos Luminosos, que es simplemente el Reino Natural que está más allá del Humano... A Satanás como personificación del mal, lo pintaron de rojo los acólitos de Ogruimed, porque de esa forma se ponía al bueno de malo y la gente rechazaba luego la enseñanza de Wotan y de Lucifer, que muchas veces, haciendo el Gran Juramento que todos hemos hecho, nacieron, una y otra vez entre los mortales para enseñarles a redimirse...

- A ver si me aclaro... Perdonen... -dijo Jorge- Odín hace un plan para que Wotan nazca como mortal y Lúcifer hace la logística o algo así... Sería porque Wotan pierde memoria y consciencia al nacer como mortal. ¿He entendido bien?

- Perfectamente -continuó el Genbrial- El famoso *Santa Klauss*, el "Papá Noél" que regala juguetes a los niños, no es otra cosa que la representación de Lucifer, entregando las Runas a Wotan. Aquel acontecimiento histórico fue tan importante que cada cierto tiempo, disfrazado con leyendas, se vuelve a recordar y enseñar a los mortales. Lucifer pintaba con las Runas unos deliciosos bocados en forma de huevos, compuestos de varias capas, hechos con las mejores especias de la Tierra Interior. Entonces los colgaba de un árbol y cada vez que Wotan aprendía a hacer a la perfección una Runa, le premiaba con el correspondiente huevo de la Runa siguiente. A su vez, le enseñaba mediante las formas y colores de éstos, cómo es un Alma. Cada una de sus nueve capas representaba una parte del Alma. La primera es el Arkeón, donde el Alma guarda la experiencia de una o más vidas, que aún no ha terminado de resolver, de aprender, de "*sacarle el jugo*" para evolucionar. Luego vienen las Ocho Esferas de Conciencia del Alma. Por fuera, representando al Arkeón, eran marrones, de cacao, amargo en estado natural pero nutritivo. Había que pasarlo para llegar a algo más dulce. Este orden es en la anatomía real del Alma, algo muy variado, pero sólo son fijas la primera y la última capa, es decir el centro...

-Perdonad, Genbrial. -interrumpió la piloto Rupper- ¿Seguimos a esta velocidad o prefiere que aceleremos?

-Continuamos así, para no dejar a nuestros amigos a medias con esta explicación. Cuando acabe, podremos acelerar y estar en minutos ante nuestros anfitriones... Como les decía, las Ocho Esferas de Conciencia del Alma están algo así como "revueltas", son etéreas, interactivas, y mientras más revueltas e interactivas, más equilibrada se encuentra el

Alma. Una era de la miel roja que las abejas hacen donde hay plantas de vitil, que da polen muy rojo. Esa representa la primera Esfera, la Esfera del Ser, que es el Amor Puro. La segunda es de miel amarilla normal, que aquí en el interior es increíblemente superior a la miel de la superficie externa. Representa la Esfera de la Conciencia, cuya manifestación es la Inteligencia. La tercera en ese orden relativo, es de néctar azul de diversas flores y representa la Esfera de la Voluntad, cuya manifestación es el Poder. Luego sigue la cuarta, hecha de miel con zumo de frutos, que es anaranjada y representa la Esfera de la Riqueza y la Abundancia. Después viene la quinta capa, de savia del gran árbol Igg Drassil, de cuyo nombre deriva el país Brasil, aunque desde hace dos siglos, los Drassiles ya están extintos en la superficie exterior. Es la verde Esfera de la Salud, una mezcla perfecta de Inteligencia (amarilla) y Poder (Azul). Luego la sexta capa está hecha con pequeños frutos deliciosos del bosque, cuyo color violeta representa la Esfera de la Trasmutación y el Perdón, que es combinación del Poder (azul) y el Amor (rojo). Y la séptima y última Esfera de Conciencia es una capa muy fina y blanca de purísima jalea real, que como saben no se puede comer más que una cantidad extremadamente pequeña, por lo fuerte que es como alimento. Esta capa representa la Esfera de la Verdad, la Pureza y la Perfección. Cuando se ha alcanzado esa capa mordiendo la golosina, la boca y la saliva se ponen rojas por la combinación de los ingredientes. Esto representa el estado de los Champirrojos, que son los humanos, mortales o inmortales, que están a punto de alcanzar la Ascensión al Reino Kristálido. Es decir, como estaba Lucifer al momento de hacer el Gran Juramento, creando karmas de relación para no ascender el Reino de los Kristálidos y quedarse como nosotros, combatiendo la esclavitud y el mal en todas sus formas, ayudando a su hermano Wotan, que tenía que vivir como mortal para poder ayudarles... Un plan elaborado entre ellos, Wotan, Lucifer, Odín y Thor (que fue el segundo en hacer lo mismo que Wotan) , sólo por Amor, por el más inmenso y puro Amor a los seres que sufren por estar esclavos, prisioneros de cuerpos mal hechos. Por eso Papá Noel va vestido de rojo, trae los "huevos de pascua", aparece unos días después de nacido el Redentor (que todos los Redentores en realidad son Guerreros de la Luz y no cargan con pecados de nadie, sino que vienen a enseñar, y Wotan fue el primero de todos ellos), viene del Polo, lo que se representa con la entrada por la chimenea, que representa el hueco polar, porque Wotan había nacido como mortal en la superficie exterior... No es posible ayudar a una civilización sin ser parte de ella. Y para un Primordial, morir es algo muy doloroso y difícil. Debe exponerse durante mucho tiempo a la gravedad terrestre, pero colgado de un árbol, que en la Edda se llama Yr Min Sul... Pero esos son detalles de menor importancia. Ya les he contado una de las partes más importantes de la Historia de la Humanidad.

-¡Pero falta una parte, o una Esfera de Conciencia...! -dijo Cirilo.

-¡Cierto!, casi lo olvido... -se excusó el Genbrial- Pues en el centro del huevo hay un fruto muy raro, del negro más oscuro y extremadamente delicioso, del que sólo es posible a un mortal comer uno cada muchos días. Dos resultarían pesados y tres hasta podrían hacerte enfermar. Su poder nutriente es más fuerte que la jalea real, pero su gusto es tan extraordinario que supera a cualquier otra cosa que hayáis comido alguna vez. Si no fuese que perdura mucho el sabor, me habría visto tentado a comer dos... Bueno, dejemos las anécdotas. Ese fruto central representa al Corpus Cristae, que es la Sagrada Semilla, en la que está codificado el Hijo del Hombre (ya sea mujer o varón), es decir el molde del Cuerpo Crístico que habitaremos cuando Ascendamos a ese Reino Sobrehumano de los Kristálidos. Para que germine, además de quitar las malas hierbas de la psicología, debe regarse con las Aguas Kundalinis que se convierten en Fuego Eterno... Pero de eso no tenemos tiempo ya a explicar y creo que algo sabéis...

- ¡Qué apasionante! -exclamó Jorge- Y escuchar esta enseñanza nada menos que del Genbrial, al que los engañados soldados de los narigoneses temerían como al demonio...

-Ja, ja, ja, jaaaa... ¿Tan malo parezco?

-No Genbrial... -respondió Jorge- Es que sobre usted y el pueblo freizanteno se han tejido las más grandes calumnias entre la gente de la superficie exterior...

-Lo sé, Jorge, lo sé. Pero es comprensible. Para mantener esclava a la civilización han tenido que ocultar todos los Conocimientos Sagrados con ideas completamente desfiguradas y pervertidas, han tenido que mentir en todo, dar vuelta la historia, mantener al mundo en guerras, pasando hambre y miseria, entretenidos con consignas políticas, con guerras por motivos religiosos, imponer el fanatismo, escribir miles de libros e infinidad de películas que cuentan partes o todo al revés, han creado "religiones alternativas" para captar a los que se atreven a dudar de las más grandes... Incluso, si miráis películas de ciencia-ficción, veréis que las naves espaciales de muchas, a partir de 1960, tienen cualquier forma, menos la de vimanas o "platos voladores" que además de ser la forma más lógica y universal de las naves de cualquier planeta, son relegados a la discusión de alienígenas que van a invadir o que van a salvar a los humanos. Pero está prohibido hablar a los pueblos de la existencia de Freizantenia y más aún, en los planes de estudio está prohibido enseñar la realidad de la Tierra Hueca, hablar sobre el origen de nuestro pueblo, o mencionar nada de nuestra historia verdadera... Es lógico que mantengan las leyendas educativas como lo de Papá Noel o los Reyes Magos, en el plano de las creencias religiosas sin explicar nada más...

-¡Eso, por favor... Háblenos de los Reyes Magos!...

-Perdona, Eliana, -dijo la piloto Rupper- pero creo que nuestro jefe tendrá que dejarlo para otra oportunidad... Hay una comunicación...

- Adelante Rupper... -dijo el Genbrial esperando la información.

-Nos avisan que el submarino que detectamos ha desaparecido en un sector que está a casi cien kilómetros de las costas del Banco de Hielos de Ross. Ni rastros... Parece que hubieran entrado en algún río bajo el fondo marino. Hay intraspasables en el agua, que no serían demasiado problema para el Kugelvin materializado, pero el Capitán Pausser pide su permiso para incursionar en la zona, buscar el sitio y seguir al submarino.

-Dígale que lo haga, pero extremando la prudencia. Sólo debe seguirlo hasta su destino y regresar, sea lo que sea que haga el personal o lo que vea en el entorno. Después veremos qué hacemos. Y por favor, Hilde, vamos más de prisa. Lamento no poder seguir con los temas que nos ocupaban, chicos. Los Primordiales nos esperan y esta incidencia me preocupa, no podremos demorar más.

REGRESO AL WALHALLA

La emoción era cada vez más fuerte y tuve que hacer una rápida meditación a medida que nos acercábamos al sitio de reunión con los Primordiales. Mirando los rostros de mis compañeros, comprendí que no era sólo una sensación mía. Una mezcla de alegría con timidez, porque estar ante telépatas que pueden ver, oír y sentir de muchos modos las emociones de los demás, es algo delicado y requiere un respeto y un estar centrado y equilibrado permanente, de lo contrario uno pasa mucha vergüenza y ellos se sientes lógicamente molestos.

La vimana se acercó a un bellísimo y enorme playón de varias hectáreas de superficie, cuyo suelo formado por ágatas pulidas y otros minerales, era digno del más lujoso palacio. La única construcción encima del playón, es una pirámide gigantesca.

Descendimos por la escalinata y observamos que del interior de una Gran Pirámide de color violeta casi fucsia, de unos trescientos metros de lado, ubicada en el extremo de la superficie, salían unas treinta personas a las que seguramente veríamos vestidas como era "de moda" entre los Primordiales, con monos de un solo color. Algunos verdes, otros azules, otros violeta oscuro y algunos de blanco... Pero esta vez estaban engalanados con ropas muy diferentes, con atuendos parecidos a los más bellos trajes hindúes, otros como dioses del mítico Olimpo, pero casi todos con filetes dorados y plateados, con colores brillantes, adornos dignos de los más ricos marajás, reyes y califas, pero sin excesos. Se acercaron a medida que nosotros avanzamos hacia ellos y era un placer enorme verles con tanta belleza en sus vestiduras, pero sintiendo que su belleza interior es aún más brillante. A unos metros antes de llegar, una especie de barrera violeta apenas visible nos detuvo con suavidad. No podíamos avanzar, era como ir contra un viento cada vez más fuerte, aunque nuestros cabellos no se movían.

-Perdonen las molestias... -dijo uno de los enormes Primordiales que se llevaba las manos la cabeza y luego dijo.

-Soy Hagalrrithorus, encomendado como médico de urgencias y os doy la bienvenida. El que se llama Jorge... Que venga primero. En otra ocasión no pudimos curar su reuma totalmente... Es momento ahora.

-¡Era verdad, no era un sueño...! -decía Jorge Abarca, mientras avanzaba a pesar de la fuerza de la extraña barrera y lloraba casi con desconsuelo.

-¡Claro que era verdad! -dijo el Primordial- Pero tuvimos muchos problemas con tu familia. Y tampoco pudimos evitar algunas cosas que estaban fuera de nuestro derecho de intervención. Pero ahora que eres parte del GEOS, el Zeus Urosirarsiegeherithkaunrithissiegthorodil estará encantado de que saquemos de tu cuerpo definitivamente el reumatismo. De lo contrario, deberías permanecer mucho tiempo viviendo en una de las casas de Freizantenia para curarte, pero sin poder formar parte del GEOS durante ese tiempo.

- ¡Urosirarsiegeherithkaunrithissiegthorodil! -exclamé recordando a mi amado Maestro Primordial, al que hacía unos años que no veía, desde el caso de los Taipecanes.

-Sí, Marcel... Pero contén tu emocionalidad, -dijo el Primordial- tienes que recordar la sensibilidad nuestra. Con esa alegría tuya vas a poner a llorar a Uros, como Jorge lo hace ahora conmigo...

Jorge y el Primordial se fundían en un abrazo y lloraron juntos un buen rato. Ambos grupos esperamos pacientemente, porque estos encuentros son así, las Almas que se afinan en el Amor Puro irradian algo tan Divino que hay que respetar esas situaciones tanto como las de un sepelio o un nacimiento. El Maestro personal de Jorge había curado su reuma tanto como fue posible en su momento, pero aún quedaban dolores que había disimulado y superado muy bien durante nuestras andadas.

-Es momento de pasar a la segunda parte... -dijo el Primordial- Mientras llevo a Jorge a la Pirámide, para acelerar su curación definitiva, les dejo en manos de la música hecha persona, para luego... ¡Fuera barrera!... conversar con Urosirarsiegeherithkaunrithissiegthorodil.

Y al decir esto, la barrera violácea desapareció, pero Uros no estaba, al menos no le veíamos en el grupo ni por el entorno. Nos quedamos todos un poco confundidos. Ninguno de los Primordiales se movía, ni nos daban ninguna indicación. Sólo se quedaron en silencio, sonriendo y al frente de ellos había una mujer cuyo rostro apenas veía, porque el reflejo anaranjado y lila del Sol Interior sobre la Gran Pirámide que estaba detrás, dificultaba la visión. A su señal, todos se llevaron las manos a la boca. Repentinamente, una música tan potente como bella comenzó a envolvernos. Los extraños sonidos se hacían cada vez más armónicos en nuestros oídos y penetrantes para nuestros corazones, que parecían latir en una frecuencia diferente, produciendo un placer indescriptible. Comprendimos que aunque apenas se movían los ejecutantes, el origen de la música era el grupo de Primordiales que teníamos delante. Me moví hacia la derecha y pude ver con claridad el rostro de la mujer que dio la señal.

-¡Arkaunisfa!... -dije en voz tan baja que nadie me pudo oír.

-La misma que viste y calza, je, je, jeee... -escuché en mi mente- Pero si sigo conversando mentalmente voy a desafinar...

Permanecí como los demás, en silencio verbal y mental, sintiendo con cada vez más emoción aquella música increíble, que duró un tiempo que se me hizo extremadamente corto. Los vellos de los brazos se erizaban, seguramente a todos. No era posible definir un sonido de instrumentos de una orquesta sinfónica, pero sin duda que ninguna de la superficie del mundo podía hacer algo así. Y estos seres sólo parecían usar sus manos y su voz. Pensé que tendrían algún pequeño instrumento cada uno, pero al fin de aquel precioso regalo para nuestros oídos y Almas, Arkaunisfa se adelantó un poco, hizo un ademán de reverencia y agradecimiento al mejor estilo operístico y mientras aplaudíamos señaló a sus compañeros diciendo:

-Esta es la Coroquesta Gutural. Y si la música no les ha terminado de gustar, espero les guste más la comida que les tiene preparada nuestro Zeus Urosirarsiegeherithkaunrithissiegthorodil...

-¡Uros, para simplificar!... -gritamos a coro los miembros del GEOS y las risas de los freizantenos y de los Primordiales duraron hasta que Arkaunisfa, después de abrazarnos uno por uno, nos pidió que la siguiésemos mientras aplaudíamos emocionados la ejecución musical. Nos dirigimos al interior de la Gran Pirámide, entrando en otra más pequeña que había en su centro, de unos cincuenta metros de lado y de color azul, con vetas blancas, un mineral parecido al lapislázuli. Los Primordiales se quedaron formando en dos filas, permitiéndonos pasar detrás de Arkaunisfa. Luego entraron ellos y nos fuimos ubicando dispersos y sin orden alguno en los grandes asientos ante una mesa bellamente decorada, llena de flores, finos cubiertos, con vajilla y cristalería más finas aún.

Por una puerta venía un enorme cocinero con un gorro de chef al estilo internacional, portando una bandeja ovalada de más de dos metros de largo. Llegó en silencio y la colocó en el centro de la mesa y mientras lo hacía, como estaba tan cerca de mí, lo pude observar mejor.

-¡Uros! -exclamé mientras me levantaba- ¡Te has afeitado la barba!

-¡Me has pillado, queridísimo Marcel...! No quería hablar, porque sé que tienes un oído muy memorioso, pero igual me has pillado... ¡Venga ese abrazote...!

Y como había predicho Hagalrrithorus el médico y Maestro de Jorge, durante un buen rato los dos lloramos de felicidad al abrazarnos. Cuando nos estabilizamos emocionalmente, hizo lo mismo el Genbrial y así uno a uno, todos abrazaron al Zeus y ninguno podía evitar el llanto y a la vez la risa, ambas juntas o por separado. Finalmente Uros dijo:

-Ya sé que me tienen por buen cocinero y me enorgullezco de ello, mis queridísimos invitados, pero como por motivos de seguridad que bien podréis comprender, he captado brevemente la conversación que tenían con el Genbrial en vuestro viaje... Se me ha ocurrido prepararles algo que merecería más tiempo y dedicación. No sé si estarán tan buenos como cuando se pueden hacer con tiempo suficiente. Arkaunisfa tenía la misión de entretenerlos hasta que yo terminara de preparar los Huevos Álmicos y... Por los pensamientos que escucho, habrían preferido que durara más tiempo. Atiende, Arkaunisfa, que tal como te decía, lo estáis haciendo muy bien. La Coroquesta Gutural tiene un repertorio muy largo, así que después de degustar estas... Bien, Genbrial, entiendo que puede que tengáis prisas pero también nos gustaría que la visita se prolongara por mucho tiempo... Pero es cierto, hay riesgos y grandes peligros que no podemos dejar de atender. Por favor, queridos míos, mientras comemos, conversamos, pero hacerme el gran honor...

Mientras los deliciosos bocados, algo más grandes que un huevo de gallina, tal como el Genbrial nos los había descrito, se deshacían en nuestras bocas, manteníamos una conversación en total silencio físico. Era maravilloso, porque habiendo tantos Primordiales juntos se hacía innecesario hablar. La coherencia mental sin intrusión emocional alguna, formaba una atmósfera en que las palabras que pensábamos eran oídas incluso por los freizantenos y los del GEOS. Una situación de telepatía ambiental que aún no se alcanzaba en Freizantenia, aunque estaban en ello y había ya muchos telépatas, especialmente entre los niños. Pensé un instante en eso y alguien me susurró en la mente que me concentrase en la conversación, que siguió completamente en el plano telepático. Si un espectador no telépata viera la escena, le parecería que nadie tiene ni una emoción, con los rostros relajados, inexpresivos y sólo moviéndonos para comer de tanto en tanto alguno de aquellos bocados deliciosos, ya que no era necesario hablar para mantener la más intensa y ordenada conversación, en la que Uros respondía las cortas preguntas mentales apenas las formulaban nuestras mentes.

-La barrera azul -decía Uros- está puesta del lado interior de la zona de gravedad cero, no sólo en las cavidades, sino en la mayor parte de la esfera terrestre. Desde allí nadie podrá pasar jamás sin nuestra autorización, pero desde el lado exterior sólo están cubiertas las cavidades más importantes. Ya sabéis que la barrera consume gran cantidad de energía, que extraemos del propio campo magnético terrestre... Podríamos cubrirlo todo, pero la franja de la zona G-0 tiene unos cincuenta kilómetros de espesor... Y ya sabéis que no empieza y termina con límites definidos, sino que es gradual, aunque tomamos como zona G-0 desde donde cualquier cosa en el espacio de una vacuoide demora una hora terrestre en caer diez metros hacia la masa pétrea más cercana. Por lo que explicáis y las imágenes mentales de Marcel, lo que intentan hacer los narigoneses, es algo que debe preocuparles a ustedes tanto como a nosotros. De alguna manera han sabido de la existencia de zona G-0, pero creen que está casi totalmente hueca y no es tan así. Cierto es que tiene la mayor cantidad y las más grandes vacuoides del planeta, pero también hay volcanes... "atrapados" allí por la falta de gravedad. Forman abundantes minerales de los más bellos y raros, producto de cinco mil millones de años de interacción entre el plasma inicial y la materia de la costra, porque como bien ha deducido Marcel, la vacuoide que llamáis MT-1 y otras muchas en diversos puntos del mundo, se van formando porque el magma volcánico que no puede salir por ninguna parte, se va desplazando por donde puede. No, Marcel, no conocemos todos los minerales en sus exactas composiciones, aún podréis maravillaros descubriendo cosas de esas. Ahora sigamos con el problema puntual. En esa zona en concreto donde están intentando perforar, no conseguirán más que un considerable gasto de recursos, pero pueden hacer un gran daño incluso en la superficie de la Antártida, alterando las vías naturales de colada del volcán cercano. Aún están a más de treinta kilómetros de la zona de magma, pero si lograsen perforar allí, la colada volcánica les mataría a todos los que estén cerca... Incluso es posible que ocurra algún accidente antes, porque esos socavones de unos pocos metros que han hecho más adelante, han debilitado la panela volcánica. Deben tener máquinas muy efectivas, porque ese mineral donde perforan tiene una dureza y tenacidad mayor que el basalto. Es básicamente metálica, pero esas moléculas están tensioactivadas en extremo por los miles de millones de años de constante compresión... Perdonen, vuelvo en un momento...

Se levantó y rápidamente se fue para regresar un minuto después con otra enorme bandeja de "Huevos de Pascua". No lamentamos en absoluto la breve interrupción, durante la que mi mente sólo pensaba en Iskaún, pero Uros depositó la bandeja en la mesa y continuó explicando.

-Es muy necesario pararles los pies para que no puedan seguir, pero les recomiendo hacer un mortero con el mismo material que ellos han extraído y tapar todos esos agujeros. Puede ser peligroso, pero hay que hacerlo. Si estuviesen de este lado de la zona G-0 lo haríamos nosotros, pero estando allí, os corresponde hacerlo. Como sabéis, el GEOS se ha ganado derechos y privilegios que ni los freizantenos tienen todavía, y es la protección de una Primordial en forma directa y personal... Adelante Iskaún, que no sólo se te reclama por razones técnicas...

Y mi amada Madre Espiritual Iskaún, aparecía desde otra sala en el interior de la pirámide. Abrazó a todos y cada uno, pero al pasar cerca de mí me dijo:

-Te dejo para el final, porque tendremos muuuucho de qué hablar y...

Después de abrazar a todo el mundo, incluidos Uros y a los demás Primordiales, por fin me abrazó y dijo mentalmente:

-Me lo llevo. No es imprescindible aquí su presencia, ya que ha emitido todas las imágenes mentales que puede aportar. Os lo devuelvo dentro de un buen rato.

Me tomó de la mano, como a un niño pequeño y me lo parecía ser a su lado, como en nuestros primeros contactos. ya que mi metro ochenta y cinco aún era escaso al lado de sus dos metros y medio o poco más. Caminamos lentamente atravesando más de doscientos metros del costado del playón, entre la Gran Pirámide y el borde derecho, y conversábamos con la tranquilidad de paseantes, como si no tuviésemos otra cosa que hacer en el mundo. Sólo con Viky tenía esas sensaciones, pero Iskaún era una madre, aunque no me pariera, mientras Viky era "la mujer". Con muy pocas personas en el mundo podía sentir esa sensación que me obligaba a desear que el tiempo dejase de transcurrir. Había crecido mi cuerpo, mi mente y mi madurez, pero yo seguía siendo un niño, había recuperado el niño interior y...

-Debes recuperar también tus recuerdos de todos los viajes durante tu infancia, Marcel. Tuve el honor y el placer de ser tu primera maestra, después de la madre que te trajo al mundo, pero aún me siento en ese honorable papel. No he querido tener hijos, aunque sé que sería un inmortal, porque también he hecho el Gran Juramento. Tú eres quien ocupa ese lugar de hijo en mi corazón y deseo que tú lo sientas así...

Nos volvimos a abrazar mientras le decía que nunca podría ser de otra manera y llorábamos juntos. Continuamos andando y descendimos por un sendero precioso, donde las plantas cargadas de flores formaban un túnel colorido y deliciosamente perfumado, con partes de escalera formada por planchas de un mármol que parecía nácar.

Llegamos hasta la boca de una caverna gigantesca, donde otra enorme pirámide de color verde y de unos cincuenta metros de lado, quedaba justo debajo de la Gran Pirámide del playón. Me maravillé, como con cada cosa que descubría del mundo interior. En realidad, no fue en esa ocasión algo que descubriera, sino lo que recordé. El interior de la pirámide no estaba tan ricamente ornamentada como la de arriba y otras que recordaba, pero era igual de impresionante ver la tecnología empleada en el sitio. No puedo describir en este libro las maravillas que me enseñó Iskaún sobre el uso de las Pirámides, pero eso era cuestión a realizar en el mundo exterior algún día y así lo pensé.

-No demorarás mucho en entregar estos conocimientos a los mortales. Ya sabes que no nos es posible a nosotros hacerlo directamente. Y vas a tener mucha lucha con ello, pero será tu principal tarea dentro de un tiempo más corto de lo que te imaginas. Tendrás grandes enemigos, interesados en mantener esclava y enferma a la humanidad, pero también tendrás grandes amigos, hermanos del Alma. Serán pocos y no recordarán nada, porque el único que ha sido instruido con la totalidad de la Ciencia, para cumplir la misión de divulgar este conocimiento, eres tú. Pero hemos preparado otras personas para reemplazarte en caso de que mueras o te perviertas. Sé que no te pervertirías, pero eso sólo puedo saberlo yo, al sentirte y conocerte con mi corazón de madre y Viky también porque nadie puede quererte como tu madre y como tu Alma Gemela. Ahora vamos a ver estos aparatos, que podrás fabricar en la superficie exterior y curar prácticamente cualquier cosa, menos la emocionalidad de los que no quieren curarse. Para eso tendrás que enseñar la Catarsis Cátara, sin la cual no hay evolución ni vida feliz posible, por mejor salud física que se tenga...

En una sala encontramos a Jorge Abarca, encima de unos aparatos a modo de camilla, cuyo diseño, medidas, composición y todas sus demás características me pidió Iskaún que recordara. Ya me habían enseñado estas cosas cuando siendo un niño pequeño, ingresaba en cuerpo mágico al Interior, así que era como un recordar, más que como un aprendizaje. Todo me parecía de lo más maravilloso, pero a la vez sentía que ya sabía aquello. Puse la mano en el hombro de Jorge y sonrió como un niño con zapatos nuevos.

-¡No te lo vas a creer! -dijo- ¡Es como si estuviera en una nube de energía! Veo cositas, como esos "biones" que nos comentaste una vez. Y aunque son mayormente blancos, algunos tienen muchos colores. ¿Los puede ver cualquiera?

-Yo mismo no los veo ahora ni nunca, -respondí- si no es con fotos o vídeos, pero seguro que habrá muchísimos. Veamos con el AKTA...

Extraje del bolsillo el aparato y comencé a fotografiar y filmar una cantidad enorme de biones. Le mostré a Jorge e Iskaún se reía.

-Claro, -dijo ella- nosotros los vemos casi siempre, si queremos, es sólo entornar los ojos. Pero la Naturaleza es muy sabia. Los ojos, tanto de los mortales como de los Primordiales, son una maravilla. Están preparados para ver en diferentes rangos del espectro de luz, pero de modo selectivo. Si estuviésemos viendo todo el tiempo los biones, no podríamos ni caminar en los sitios donde hay tantos. Aquí es diferente, porque hay miles de veces más que en cualquier medio natural, por el efecto de la pirámide, que replica a macroescala el mismo efecto que hacen las moléculas de agua en todo el Universo...

Nos explicaba más cosas durante un rato, hasta llegar Hagalrrithorus, quien accionó algunas máquinas, pasando una especie de escáner para hacer diagnósticos en todo el cuerpo de Jorge.

-Cuando llevamos los aparatos a la superficie para tratarte, -explicaba el médico Primordial- no los teníamos tan bien diseñados como ahora y las cosas se complicaron cuando tus familiares empezaron a darse cuenta de nuestras incursiones nocturnas a tu dormitorio. No recordarás mucho, pero el caso es que la terapia demoraba demasiado, luego explotó la planta de gas aquella, se mudó tu familia y tuvimos que suspender las visitas porque dormías en el mismo dormitorio que tus padres... y aunque les quisimos explicar cosas...

-¡Claro!, ahora lo recuerdo todo... Y sí, mi familia tenía más miedo a lo desconocido que a mi enfermedad. Pero aún incompletas, las terapias recibidas me permitieron hacer vida casi normal. Ahora siendo como que me voy... a dormir. Tengo muchíiisi... sue...

-Y dormirás un buen rato, amiguito del Alma. -dijo el médico sin que Jorge lo escuchase- El efecto sedante lo dejará casi inconsciente por una hora o poco más. Estará "fuera de juego" durante el regreso y quizá por un par de días, pero todas las moléculas de su cuerpo están siendo recompuestas, igual que las funciones del sistema endocrino. Ya no producirá moléculas adulteradas en composición ni en la forma. Está definitivamente curado del reuma y... perdonen que llore. No puedo contener la alegría...

La atmósfera emocional, lógicamente nos hizo llorar también a Iskaún y a mí, pero empezamos a hacer bromas con lo de llorar por cualquier cosa y al final nos reímos durante un buen rato. No eran tanto las bromas lo que nos causaban risas -que también- pero era sobre todo, la alegría de saber que nuestro camarada había recuperado la salud, y seguramente para siempre. Le dejamos reposando allí, para pasar a buscarlo luego y regresamos a la reunión. Esta se prolongó durante un largo rato después de nuestra reincorporación, así como los bocadillos iban por su cuarta presentación, pero diferentes.

-No pueden comer demasiados Frutos de la Eternidad, -nos explicaba Uros- ni demasiada jalea real, ni siquiera la miel de aquí, que es más fuerte que la de afuera, así que los he preparado con cantidades pequeñas, más otros compuestos más digestibles. Si no lo hubiera previsto así, tendríais que quedaros una semana a hacer la digestión... Bien, sigamos. Osman, puedes hacer un resumen y continuamos.

-Entonces, -dijo el Genbrial poniéndonos al tanto- vamos a proceder según lo indicado por Uros, con auxilio y vigilancia de Iskaún. Y aunque tenemos muchos medios para neutralizarles y apresarlos para llevarles a PI Primera, recomienda echarles sin que adviertan nada más, para que no puedan deducir al grado de control y vigilancia que tenemos de las regiones subterráneas. Habrá que idear alguna manera de asustarles...

-Eso será asunto mío y de Iskaún... -dije histriónicamente recordando las tretas que con gran éxito utilizamos en ocasiones anteriores- Pero no quiero pensar mucho en ello porque aquí se asustaría todo el mundo...

Las risas sonaron una vez más al presentar las imágenes mentales de los soldados que huían en la Magna Geoda, desesperados al ver un allosaurio que no era real...

-Esos hombres -dijo la Capitana Hilde- no se asustarían de ningún animal y están muy bien armados. Ya no son ejércitos regulares, sino mercenarios profesionales, asesinos natos, muy bien entrenados. Además, ya tienen experiencias con hologramas tecnológicos, así que acabarán descubriendo cualquier treta...

-A pesar de ello, Capitana... Ahora lo digo en serio... -advertí- No quiero pensar aquí nada de lo que mi mente empieza a pergeñar. Es preferible que lo explique a mis compañeros y al Genbrial cuando nos hayamos marchado. Sería de mal gusto seguir aquí con esa parte del plan que empiezo a mascullar. Y hasta Iskaún tendrá que hacer de tripas corazón si va a acompañarnos...

-Me reuniré con ustedes en el punto de entrada y cuando me indiquéis. Será un honor volver a las andadas con el grupo GEOS.

-Esta vez, Iskaún, creo que no podrás estar cerca ni podrá haber cerca mucha gente. Quizá un par de Kugelvins y nada más... Pero bueno, lo dicho. No quiero ni pensar aquí "en voz alta"...

Nos despedimos de Uros y del grupo Primordial, que nos acompañó hasta la vimana ejecutando otra obra maestra de la Coroquesta Gutural y al llegar venía Hagalrrithorus trayendo a Jorge en brazos, que dormía profundamente y no se despertó cuando lo colocó en su asiento.

DE REGRESO, PLANES MACABROS

Iskaún fue la última en saludar a todos y no tuve tristeza porque la volvería a ver muy pronto. Jorge apenas empezó a mascullar algo medio dormido al iniciar el viaje. Primero tuvimos una charla que iba hacia el tema de los Reyes Magos, pero nos desviamos del tema principal porque en Freizantenia no se les engaña a los niños, sino que se les cuenta la leyenda y se les hace regalos, pero diciéndoles que se trata de una leyenda, un cuento bonito pero no muy real, y a medida que crecen se les va explicando los significados de cada leyenda. Lejos de romper el encanto de las leyendas, las pueden aprovechar mucho más, sin sentirse engañados nunca.

-De hecho, -comenté- la mayor parte de los niños aprenden a mentir cuando descubren el engaño de que Papá Noél o los Reyes Magos les han dejado los regalos, luego de algunos años en esa creencia absurda. Casi todos se dan cuenta solos, porque las cuentas elementales de un niño de cuatro o cinco años son suficientes para comprender que las cosas no pueden ser como se les dijo... Pero de cualquier manera, lo único que han aprendido con el cuento, es que han sido engañados. Y que si quieren regalos, tienen que callar el engaño, así han aprendido a mentir... Imagino que en Freizantenia, aparte de no caer en esas viejas aberraciones de la humanidad mortal, la educación ha de basarse en un modelo muy natural...

-A los niños de Freizantenia -decía el jefe- no se los educa para ser "más hábiles", sino más sabios, porque la sabiduría lleva a desarrollar cualquier habilidad y usarla en beneficio de todos. No más "astutos", sino más inteligentes, porque la inteligencia es ética, y superior a la astucia. No más "agresivos", sino más efectivos, ni mansos ni rebeldes. Como no tienen que lidiar con los egoísmos, las envidias, celos y todas esas cosas que se desterraron del pueblo Freizanteno cuando fueron seleccionadas las personas que lo compondrían, crecen con el mejor ejemplo, pero cuando empiezan la escuela primaria, lo primero que se les enseña es el bien común siempre debe estar por encima del bien propio, porque no hay bien para uno si no beneficia a los demás. El autoconocimiento va junto con esa primera regla, la Catarsis Cátara se hace desde que se aprende a hablar, aunque ahora nos cuesta encontrar ejemplos de malas emociones. Así que se los tenemos que enseñar y usamos como ejemplo las actitudes de la civilización de superficie, y así desarrollan la piedad, la comprensión amorosa, aunque saben que quizá tendrán que aprender a combatir contra esos "ejemplares". Tienen así una buena depuración emocional desde pequeños, sin la cual se pudriría toda persona y toda sociedad... Pero bueno, como bien sabéis, **el Odio, el Miedo y el Vicio** son los tres grandes demonios que todo mortal lleva dentro. Las tres grandes debilidades de las que nacen todas las demás. Pues ya hemos escuchado la exposición telepática del Zeus Uros, y nos recomienda echar a los narigoneses de aquella zona subterránea, usando su propio miedo. Oigamos que nos dice Marcel respecto a su plan, ahora que no hay Primordiales que se puedan sentir molestos...

-Sí, querido Genbrial. Tengo un plan espantoso, macabro, pavoroso, estremecedor, alarmante, sorprendente, sobrecogedor, temible, tétrico, terrorífico, lúgubre, luctuoso, tremebundo... Un poco violento y "sangroso" si fuese necesario. Como comprenderán, no quería hablar de esto allí porque las ideas que os voy a proponer pueden revolver las tripas de cualquier persona muy sensible...

-Sin circunloquios, Marcel... -dijo Jorge aún medio dormido.

-Vale... -dije- vamos allá: Resulta que la zona G-0 está repleta de efluvia, es decir basura Astral, restos en degradación lenta de toda clase de cuerpos energéticos de seres y en especial de personas. Ustedes no pueden ver en Astral, así que de buena se vienen librando... Los Primordiales ven en Astral mejor que yo, pero sólo en un rango vibratorio muy elevado. No pueden ver el cuerpo mágico, es decir el "cuerpo Astral", de una persona muy contaminada con emociones violentas y falsos egos, y raramente pueden ver el cuerpo mágico de una persona muerta. Sólo lo ven cuando el muerto ha tenido una vida emocional sana, cuando no tiene muchos "demonios psicológicos", y es normal para los Primordiales ver los elementales de las plantas y los animales, los elementales de la Naturaleza que los cuentos legendarios llaman Ñomos, Sílfides, Hadas, etc... Lo que para mí fue el principal problema en la niñez, fue justamente el poder ver ese rango del espectro de la luz, en que nadie debería existir y debería estar limpio y que nadie supiera explicarme qué era eso que veía. Pero hace mucho tiempo que tengo resulto ese tema, así que ahora podemos usar al menos una parte de mi conocimiento de ese aspecto de la Naturaleza, para hacer que los narigoneses abandonen la zona de perforación, sin tener que reducirlos, apresarlos... O sea, hacer tal como indicó Uros y echarlos de ahí sin que nadie se anime luego a dar explicaciones o al menos sin que nadie las tenga, más allá de los fenómenos que puedan observar...

Permanecí unos largos momentos en silencio y todos me miraban con las bocas abiertas, quizá algo sorprendidos, quizá ansiosos de que siga con las explicaciones. No me hice esperar.

-Tengo entendido que es posible desde el estado en Gespenst, hacer que el escáner de los Kugelvins no sólo capte en un abanico muy amplio de frecuencias, sino que también produzca estímulos por resonancia, cosa que estaba estudiando Johan Kornare y de lo cual no he vuelto a saber...

-Cierto; -dijo el Genbrial- Se trataría de producir con esa cualidad del escáner, explosiones microscópicas que podrían disolver al menos en cierta medida los intraspasables... Pero es información reservada... Se supone que nadie, a excepción de Kornare, un par de científicos y yo, tenemos alguna idea del asunto. ¿Cómo te ha llegado esa información?

-No se preocupe, jefe. Sólo un comentario incomprensible para casi nadie sobre las funciones del geoescáner, que me hizo Johan la última vez que estuvimos juntos, me dio la idea, porque conozco bien el tema de las frecuencias vibratorias. Pero mi plan tiene dos alternativas. Una sencilla y usando la tecnología existente, y otra que no sé si puede hacerse viable.

- Empieza, pues con la sencilla... -dijo el Genbrial con cierta ansiedad.

- Paciencia, Jefe, controle su "yo ansioso", por favor, que me cuesta un poco explicar estos planes... Bueno, el sencillo sería, por ejemplo, colgar unos fantasmas de gasas o hacer cualquier esperpento que sea material y muy ligero y sutil, pero con algo de consistencia, de un Kugelvin en estado Gespenst. Un hilo fuerte y muy fino lo puede pasear entre los narigoneses sin ver ni afectar con sus disparos al Kugelvin, pero los tiros afectarán a los fantasmones, comprenderán que no es un holograma...

- No está mal, a dos metros bajo el Kugelvin no hay efecto Gespenst...

-Así es, Genbrial, entonces vamos a la otra posibilidad... No sabía que están trabajando seriamente con el asunto de las microesplosiones cuya teoría comentó Johan una vez. Pero si conseguimos que la teoría que deduje de ese comentario se lleve a la práctica, podríamos hacer visible el plano Astral para cualquier persona, pero además tengo una fórmula que aunque no la he probado, las referencias históricas indican que es correcta. Se trata de una poción que se llama "diciadina" y es lo que tenemos en los ojos para ver esa parte del espectro de la luz, al menos la mitad de las personas, sólo que somos uno cada diez millones, los que tenemos despierto el centro cerebral que capta y lleva al consciente las vibraciones recibidas y que pasan a través de ese compuesto. Pero si lo pudiésemos sintetizar y colocar ese compuesto entre dos cristales...

-Eso me suena a algo -interrumpió el jefe- que leí sobre los vitrales de las catedrales góticas. Los alquimistas hacían una cosa así y la ponían entre dos cristales para que lo gente viera el "Reino Celestial"...

-¡Efectivamente, Genbrial! -a eso me refiero- Y tenemos poco tiempo pero podemos hacerlo. Como tengo la fórmula en mi memoria, podemos hacer un intento. Si funciona, nos podremos olvidar de los espantajos de gasa y otros trucos de circo, porque les haríamos ver lo más horripilante que existe, lo colocamos en alguna parte para que los narigoneses y sus esclavos vean lo que se reflejará o se manifestará en el aire, en la misma real atmósfera de la caverna. Será el espanto, porque los "fantasmas" que hay en esa franja de la costra del planeta, son tantos y tan horribles, que cualquiera que vea eso sin tener como yo, una gran costumbre a lo largo de toda la vida y comprensión de lo que se ve... se hará de todo encima...

-Lo que explicas no es muy común en la superficie exterior...-dijo el Genbrial- pero entre nuestros niños ya hay varios con esa capacidad tuya, aunque al parecer todavía un tanto primitiva, incipiente, aleatoria y no consiguen mantenerla de modo constante. También serán sensibles como los Primordiales y creo que lo tendrán muy difícil para interactuar con personas como los narigoneses. No sabemos a qué se debe, pero suponemos que cuando un Alma nace muy limpia de karma y con una educación que no limite sus potenciales, se desarrollan las facultades paranormales más fácilmente... Tendrás al llegar, veinticuatro horas para trabajar en ello con Johan y si no lográis nada, ya tendremos preparado otro plan, aunque creo que el mismo iría en una línea parecida. Podemos usar hologramas, pero no de animales, sino de cosas que causen ese terror tan propio de los humanos, a sus propios cuerpos muertos...

-¡Sí, es una buena idea! -dije- pero si conseguimos hacer visible lo real en ese plano vibracional, seguro que será mucho más efectivo.

Tras un rato más de conversación ajustamos el Plan "A" que había que intentar con Kornare, y después de pedirme algunas sugerencias el Genbrial, dio órdenes por radio para la preparación del Plan "B". Algo en mi interior, me decía que ese Plan "B" no sería necesario, pero había que tenerlo preparado.

Al regresar a Freizantenia, el resto del día lo dedicamos a descansar y conversar con los científicos. Johan Kornare tenía ya resueltos todos los aspectos teóricos y pasar a la práctica fue cosa de unas cuatro o cinco horas, gracias a los avanzados laboratorios freizantenos, que ni los más completos de la industria farmacéutica podrían llegar a tener, toda vez que estaban destinados a comercializar medicamentos, no a conseguir avances científicos verdaderos. Fabricamos con un escáner, una especie de deflector con una lente de doble cristal y entre ambos se colocó una fina película de la diciadina que sintetizaron los químicos a partir de lo que yo recordaba. Cuando todo estuvo listo tras algunas pruebas que demostraron su eficacia, nos dirigimos con algunos aparatos a uno de los salones más grandes de Freizantenia, donde se exponían óperas y obras teatrales. Era un teatro no muy rectangular de cien metros de largo, por cincuenta de ancho con una gran tarima en el extremo y pantalla de veinte metros de alto. El Genbrial se presentó junto con la plana mayor del GEOS, el Tribunal Civil y algunos estrategas, justo cuando habíamos terminado de ensamblar sobre un trípode el pequeño proyector, que luego podríamos ensamblar en un Kugelvin. Así que repasamos entre todos, tanto la teoría como la práctica.

-Esto tiene que funcionar desde Gespenst, -decía Johan- porque lo que hará será proyectar un holograma de la diciadina. Ya sabemos que no es la pura composición molecular, lo que hace la transducción entre los diversos rangos del espectro lumínico, sino el orden vibratorio del campo magnético de esas moléculas. Pero no es preciso tener esas moléculas en un punto determinado del espacio, sino trasmitir donde queramos, la resonancia de las mismas. Así que se podrá "proyectar" desde el estado en Gespenst, una especie de cortina magnética de dos capas, la cual hará que todo lo que haya entre ambas capas, sea visible para toda persona, incluso aunque haya muy poca luz ambiental. Bastarán unos pocos lúmenes para que las partículas cuánticas que componen el plano Astral sean visibles para todos, estén en Gespenst o no. Pero aún en la oscuridad absoluta, como puede preverse en una caverna, el proyector está equipado con un dispositivo de "Luz Negra", que agregará los lúmenes suficientes para que lo que haya que ver, sea visto, en el rango normal de 300 mil billones, y un trillón cientos veintiséis mil billones de ciclos por segundo que ve toda persona...

-Es un logro excelente... -comenté- No será necesario hacernos ver en ningún momento, ni dejar ningún material o aparato allí... Pero cabe advertir que lo que vean los narigoneses, no será precisamente algo agradable o divertido, sino lo más horripilante que cualquiera de ustedes pueda imaginar... Así que quizá sería conveniente que lo haga yo solo, sin compañía inmediata. Si alguien viera lo que estoy acostumbrado a ver muchas veces y peor aún en esa zona que es la más densa del Kamaloka...

-¿Kamaloka? -preguntó Tuutí- ¿No es que el Kamaloka se ubica en la estratosfera, a varios cientos de kilómetros de la superficie...?

-Sí, -expliqué- la mayor parte, pero no la más densa, que por simple ley de gravedad la materia Astral que supera la media de densidad se va hacia abajo, desciende hasta quedar atrapada por la zona G-0. Empecé a ver eso al acercarnos a esa zona, desde unos cuatrocientos kilómetros de profundidad en adelante y más horrible a medida que descendíamos. No por nada Dante Aligieri coloca el infierno en las profundidades terrestres. No hay casi nada en Astral, desde dos o tres metros hasta esos 400 Kms donde comienza el "espectáculo infernal", pero a partir de allí, las cosas se van poniendo más pavorosas y supongo que no pasará de unos doscientos kilómetros de anchura, porque al llegar a la zona propiamente dicha G-0, donde no hay gravedad, la materia Astral no puede acceder o es arrastrada y descompuesta por el propio campo magnético de la Tierra. Que no haya gravedad no significa que no haya corriente magnética, que debe ser justamente la zona más débil para el campo magnético atómico pero la más poderosa para el campo magnético cuántico...

-En las perforaciones petroleras de la península rusa de Kola al Nor-Este de Finlandia, -comentó Ajllu- iniciadas en 1970, los trabajadores denunciaron algo horrible que grabaron en audio, como sonidos infernales. Dijeron que habían visto salir luces del pozo de unos 17 kilómetros de profundidad... Y nosotros jamás hemos visto ni oído cosas así, aunque hemos recorrido zonas diez veces más profundas... ¿Será que sólo se da el fenómeno en algunos sitios?

-No, Ajllu... -respondió Kornare- Eso fue un montaje, una información falsa destinada a desalentar las perforaciones petroleras de gran profundidad. Un servicio de inteligencia de los narigoneses armó y difundió eso justo cuando diez países de gran potencial petrolífero comenzaban perforaciones similares. Eso no convenía a los que manejan el petróleo del mundo, porque bajaría el precio y se descubriría que hay vastos mares en las vacuoides, como bien sabemos nosotros. Si se desestabiliza el mercado del petróleo, se acaba el poder de unos pocos poderosos y la mayor parte de los países tendrían independencia energética casi total.

-O sea... -reflexionó Cirilo- que hay petróleo para miles de años, sólo que así como Narigonés S.A. impide que se desarrollen motores de agua y magnéticos, también impiden que los demás descubran el petróleo que hay en casi todas partes. Igual la contaminación atmosférica es algo que podrían evitar completamente, porque si se sigue echando humo en los vehículos... Bueno, perdón por irme del tema. Volvamos a la proyección.

-Bien, -dijo el Genbrial- pero no están mal esas reflexiones y que vayan quedando cada vez más claros todos los temas. El infierno de la península de Kola no es real, pero el de la zona cercana a la G-0 sí lo es. Y debemos aprovecharlo antes que logran avanzar más...

-Entonces, -continuó Johan- vamos con la demostración práctica. Aquí no tenemos nada de eso que habrá allá abajo, pero igual ya nos dirá Marcel qué podríamos ver aquí...

-Pues, ahora mismo, sólo algunos elementales de plantas, que como son algo bello, armónico y amoroso, no van a asustar a nadie. Adelante.

Johan encendió el aparato, no más grande que una cámara fotográfica profesional y no vimos nada materialmente. Pero yo comencé a ver cómo los elementales de las plantas, a los que llamaba mentalmente, se acercaban con sus formas casi antropomorfas, como niños juguetones, entusiasmados con la novedad que les decía yo, de que podían hacerse visibles para todos los humanos. Era algo pequeño el sector donde se podían hacer visibles, pero suficiente como para que algunos entraran por completo y fueron vistos con silencioso respeto por mis amigos.

-Johan, -dije- ¿Podrías aumentar la zona de proyección para que abarque unos cuantos metros cuadrados?

-¡Claro! Como no hay una definición clara de las capas, sólo sé que puedo llevarla a unos cuatro metros entre ellas, y la superficie vertical la puedo extender a unos quince o veinte metros, pero he puesto la lente al mínimo. Veamos si lo puedo aumentar sin pérdida en la frecuencia...

-¡Perfecto! -exclamé al ver cómo aumentaba la zona en que los elementales se hacían visibles- Ahora ya tenemos para mostrar a los narigoneses un área de más de diez metros de ancho por diez de alto. Y ciertamente, no será tan bello espectáculo como el que nos dan estas criaturas maravillosas...

Los elementales parecían entender lo que hacíamos, se estaban entusiasmando como niños cuando comprenden que se les mira, ensayaban sus cambios de formas, saltaban, hacían piruetas, formaban con sus cuerpecitos de luz, diversas ropas a cual más imaginativa, imitaban nuestros gestos, saludaban como los profesionales del teatro cuando algunos les aplaudimos y luego lo hicieron todos. Acudían cada vez más y cuando la zona de proyección estuvo llena de esos preciosos seres, se comenzaron a poner de acuerdo entre los de un grupo de tamaño similar, para formar una ronda... Percibiendo nuestras ideas de forma y vestimenta, mejoraban a cada segundo su aspecto, llegando a parecer verdaderos humanos engalanados para un espectáculo. Una auténtica ronda de hadas, de las que algún ilustrador genial ha dibujado, dudando de si eran producto de su imaginación o una percepción de una realidad no visible. No había sonido, pero comprendí que el ritmo de los movimientos equivalía a estar escuchando alguna música. Así que me quedó la enorme duda respecto al sonido en el plano Astral.

Tras unos largos minutos, la demostración estaba completa y agradecí en voz alta a los elementales por su participación, no sólo útil, sino emocionante, artística, bellísima. Comprendiendo que ya era el final de la presentación, comenzaron a retirarse, pero todos saludaban imitando a una hermosa niña, que parecía algo mayor que los demás y guiaba o coordinaba las actividades que llevaron a cabo. Fue la última en retirarse de la zona de proyección tras un pomposo saludo y Johan apagó la cámara proyectora, y yo comenté:

-Pues eso que vieron, amigos míos, es lo que el mundo ha compartido conmigo toda la vida y que siempre tuve que mantener en secreto para no acabar con una camisa de fuerza. Eso es lo que los Primordiales ven a menudo, cada vez que lo desean. Eso es lo que está vedado a la gran mayoría de los mortales... Pero también está la otra parte, que emana de modo horripilante en los sitios donde se cometen crímenes, en los hospitales donde nadie sabe hacer limpiezas energéticas, en las guerras, en los cementerios, en las matanzas de animales cuando se hacen sin conocimientos de lo que ocurre en el plano Astral, cuando no se les agradece debidamente con Amor por el servicio que prestan... Y lo peor de ese plano, como les decía, lo he visto allí donde nuestros enemigos trabajan para hacer vaya a saber qué desastre. Así que insisto en mi propuesta de ser acompañado hasta la vacuoide de la Pasarela, y de ahí en adelante, seguir solo. No me gustaría que alguien que me acompañe sufra igual que los soldados enemigos, que -les puedo garantizar- que saldrán huyendo y tampoco me extrañaría que algunos se vuelvan majaras... Incluso para quienes conocemos estas cosas en cierta profundidad, el psiquismo de sufrimiento que acompaña las imágenes del Astral, es muy fuerte, no es algo sólo visible. Digamos que incluso los soldados más valientes, como nosotros mismos, **sentiremos**... No sólo veremos. El saber que un martillazo en el dedo duele y luego se cura, no impide el dolor. Yo estoy lo que se dice *"curado de espanto"* en el más completo sentido, pero aún así, es una acción dolorosa, sobre todo porque veré los efectos en otras personas. Sé que tenemos derecho a defendernos, pero no podré evitar sentir una pena muy dolorosa por esos enemigos, y aún por quien me acompañe...

-Eso es lo que nos hace diferentes de ellos... -dijo el Genbrial- Nadie que merezca pertenecer al GEOS o a nuestra sociedad freizantena, lo sentiría diferente. Si algo nos hace ser lo que somos, es el Amor, incluso a nuestro enemigo. Así que como eres quien mejor se maneja en ese plano de percepción, solicito a Tuutí que ponga a Rodolfo al mando de la expedición hasta la Pasarela, donde quedarán diez Kugelvins dispuestos para cualquier eventualidad, más diez vimanas pequeñas para cuarenta prisioneros cada una. Actuarán según indique el protocolo de navegación como posible, y que Marcel quede al mando de los dos Kugelvins que irán hasta la zona de perforación.

-¿Y quiénes se van a animar a acompañarme?

-Yo mismo, Marcel. -dijo el Genbrial- Iré a tus órdenes a tu lado y en el otro quisiera que venga Johan y Tuutí, o alguien que él designe...

-Si por el GEOS fuese, -dijo Tuutí- no creo que nadie del grupo se quisiera perder el aprendizaje derivado... Hemos pasado cosas más feas que unos espantajos Astrales. Y seguramente ningún freizanteno se asustaría, conociendo cómo estáis educados y formados. Pero no niego que Marcel es muy sobrio y nos ha advertido seriamente... No será un bonito espectáculo como el que acabamos de presenciar, sino justo todo lo contrario, así que no puedo pedirle a nadie que vaya...

-¡Vamos, no te excuses! -dijo Rodolfo en todo jocoso- Irás tú, ya se sabe hasta en las bases freizantenas más aisladas, ja, ja, jaaa.

-Bien, bien... No me excuso más. Ser jefe de equipo es duro, pero tiene sus compensaciones... -dijo Tuutí mientras salíamos de la sala, para dirigirnos hasta la base de lanzamientos.

-¿Necesitáis descansar? -preguntó el Genbrial- Esto ha ido muy rápido pero si lo prefieren...

-Yo estoy dispuesto ahora mismo... -dije, y todos los demás afirmaron lo mismo.

RUMBO AL INFIERNO DEL DANTE

Mientras caminábamos hacia el ascensor que nos llevaría durante unos trescientos metros hasta la superficie de Freizantenia, el Genbrial nos pidió que en adelante le llamásemos Osman, como le llamaba su padre.

-Bueno, su título de Genbrial -le dije- no es tan largo como el nombre completo de Uros, así que da igual, pero si le apetece, pues le llamamos Osman. Y es todo un honor que quiera acompañarme en la misma nave, pero yo espero no ponerme nervioso con su compañía...

-No veo que pueda causarte algún nerviosismo. Tú sabes lo que debes hacer y cómo hacerlo. Por mi parte, no te preocupes, que no temo a los fantasmas. Al igual que tú, seguro que tendré que apretarme las tripas ante el sufrimiento del enemigo... Eso sí me preocupa, pero no podemos hacer otra cosa. Hablando de eso, sigan ustedes que enseguida estoy en la pista, pero pasad por la sala de vestuarios, que iremos todos con trajes de los Sin Sombra y con las gafas adecuadas. Eso es por si acaso tuviésemos que implementar el plan "B".

Un rato después llegó el Genbrial con dos bolsitas que repartió en ambos vehículos, justo cuando ya teníamos instalado en mi Kugelvin la cámara a la que Johan bautizó "zeigt Geister" (delata fantasmas), pero Tuutí propuso llamarla "Astravisor".

-Bien...-dijo Johan- Me gusta ese nombre, más simple y por mi parte, queda bautizada. Ahora atiende bien, Marcel. Para encender, nada más que apretar aquí. Para apagarlo, lo mismo. Agrandas o achicas el escenario haciendo girar aquí, lo que hará zoom en la lente. Consume mucha energía pero el Kugelvin tiene de sobra, así que no incidirá en nada su consumo, que si estuviera encendido todo un día, restaría sólo unas horas a la autonomía del Kugelvin. Puedes hacerlo girar desde este pequeño afuste, pero también puedes dejar fija la cámara y mover el Kugelvin, sólo que mientras menos movimiento tenga, es más efectiva. Y mientras más fija esté su base, más claras serán las imágenes de lo que aparezca en el escenario...

Partimos un rato después de comprobar que la vimana de apoyo podría realizar el protocolo de navegación sin tocar por ninguna parte en la caverna, coordinamos todo el plan y revisamos que los ordenadores de todos los Kugelvins tenían los registros de viaje. Así que hicimos en automático el recorrido, a una velocidad de trescientos kilómetros por hora en todo el trayecto hasta la "Pasarela", donde quedaron la vimana y diez Kugelvins. Habíamos recorrido 540 Km tardando casi dos horas en llegar a los doscientos Kilómetros de cota. En un sector amplio posterior a la Pasarela, aparcamos todos los vehículos y allí estaba esperándonos Iskaún. Estaba vestida diferente a lo normal, con un mono gris que brillaba más que el lamé plateado y cuando le pregunté por qué había venido como para una fiesta, pulsó algo en el hombro y apenas se veía su cabeza y sus manos. Se echó a reír y dijo:

-Es que también he decidido hacer de fantasma si fuese necesario.

-Pues nada que envidiar a los trajes nuestros -comentó el Genbrial- sólo que los nuestros no son tan "reversibles". Ya conversaré con vuestro tecnólogo Urthorfanoteheritarodilar, a ver si nos echa una manita con eso que nos vendría muy bien, para no atropellarnos sin las gafas...

-Habrá que estudiarlo, porque ya sabes que dar tecnología es algo de cuidado -respondió Iskaún- pero creo que no habrá inconvenientes. No veo que hayáis previsto una nave para mí... Igual puedo ir caminando y camino muy rápido...

-De ninguna manera, hermosa. -dijo el Genbrial- Hemos previsto que la Walquiria que nos acompaña, que viene a ser algo así como tu nuera, si no me equivoco, te llevará en su Kugelvin. Te dejará en las cercanías, donde le indiques y volverá a esta posición.

-¡Perfecto!, -decía Iskaún- Así podremos conversar cosas de familia que hace mucho, pero que mucho tiempo quiero conversar con Viky. ¿Seguro que no lo tenían planeado así?

-Al menos no por mi parte...-dije- Pero habría que ver a quién pidió Viky venir sola en un Kugelvin...

-Si me disculpan, -dijo el Genbrial carraspeando- tengo que echar un vistazo a las obras de reconstrucción de la pasarela que habéis derrumbado. Ahora tiene que permitir pasar a la gente que saldrá de aquí aterrorizada para no volver jamás. No soy el que está al mando, así que procede como te parezca oportuno, Marcel.

-Nosotros -respondí- tenemos todo a punto, pero mientras Usted termina de conversar con los ingenieros sobre la reconstrucción, me gustaría que Iskaún nos diga algo, ya que va a ser nuestra protectora y hasta con el mayor de los gustos la designaría como jefa absoluta de la expedición, salvo por el hecho de que no podrá ver todo lo que se verá...

-No, Amado de mi Corazón. Estoy aquí solamente de observadora y por si acaso fracasan vuestros planes. No sería quien los completase, ya que no puedo atacar directamente al enemigo... Ya sabéis como son las cosas. Pero estaré muy atenta porque lo que puedo hacer, es cualquier cosa que defienda vuestras vidas. Aunque como hemos revisado con Uros y otros Primordiales el plan vuestro y no le hallamos fallas, todo irá bien. Y en cuanto a ver, seguro que no podré ver todo lo que dices, pero no olvides que veos vuestras imágenes mentales...

-Pero... -dije con cierto pudor- Ya sabes que lo que se verá allí no es precisamente algo a lo que estén acostumbrados los Primordiales ni siquiera en nuestros pensamientos...

-Sí, lo sé, Marcel. Pero no te preocupes. Yo sí estoy entrenada. No digo que no me afectará, porque es inevitable que ciertas cosas nos superen en algún momento, pero no hay alternativa. ¡Que no se diga que las mujeres Primordiales no estamos a la altura de las Walkirias!, que siendo mortales y sin saber que no existe la muerte del Alma para ellas, acompañaron siempre a los bravos guerreros en la batalla. Recuerda que cuando me rescatasteis de los narigoneses, pasé por un verdadero infierno, así que haciendo que *"no hay mal que por bien no venga"*, aquella experiencia me dio templanza y conocimientos que ahora me servirán. Hablando de Walkirias, ¿No viene Viky al sector infernal?

-¡Aquí estoy! -dijo la aludida por la radio- Pero pensarán que tengo cuña y que soy una enchufada. Y todo el GEOS quisiera estar aquí, aunque nos pudiéramos hacer de todo encima y nos queden los dientes rotos de tanto castañetear...

Tras un poco más de conversación y abrazos, nos despedimos todos de todos y continuamos sólo los dos Kugelvins previstos, pero a mucha mayor velocidad y en poco más de media hora llegamos a cien metros de las instalaciones enemigas.

-Vamos a echar un vistazo a toda la zona. -dije- No estará muy diferente de lo que vimos antes, pero en estos tres días pueden haber hecho cambios. Ni siquiera parece que sepan aún que en la Pasarela no están sus compañeros, pero preferiría escuchar un poco, a ver si obtenemos más información...

Hicimos silencio radial y Johan, con los aparatos que había cargado, comenzó a hacer un escaneo de frecuencias por algo más de una hora durante la cual observamos que la tuneladora había avanzado unos trescientos metros pero nada más había cambiado. Las camionadas de escombros se acumulaban a varios kilómetros de allí, ya cerca de la zona de las fumarolas activas.

-Ya está todo claro... -dijo Johan- He escuchado hablar varios idiomas, pero en su mayoría inglés que entiendo perfectamente. No cabe duda que esta gente no tiene la más ligera idea de a dónde se dirige. Sólo tienen la misión de excavar hacia abajo, ya que se encontraron que esta galería acaba en un hervidero volcánico que no comprenden cómo se formó, pero que de allí no podrán pasar. Un ingeniero decía que había cambios de temperatura en la cabeza de perforación, y que siendo más fría estaban seguros de poder avanzar sin peligro. Es todo lo que vale de lo oído. ¿Seguimos a la escucha?

-Sí, Johan, -respondí- pero emprendemos la misión. Nosotros tampoco tenemos idea de qué hay más abajo, en los ciento cincuenta kilómetros que nos separan del centro de la zona G-0. Pero es posible que los que los mandan sepan algo más. ¿Puedes hacer un barrido de escáner más a fondo que el sistema del Kugelvin, para ver si acaso estuviera esa parte libre de intraspasables?

-He venido muy bien preparado, queridos míos. -decía Johan- pero me tendré que materializar y salir del aparato. Puedo estar a unos cientos de metros y controlar el equipo en Gespenst, pero debo debería poner la baliza especial para ello, físicamente. Y hay que materializarse un momento para dejarla, y después hacer lo mismo para recogerla. Y por lo que veo, esta gente trabaja en dos turnos de doce horas, así que será un tanto peligroso.

-¿Te sirve si la dejamos cerca de la tuneladora? -preguntó Tuutí- Hay un hueco detrás de aquellos camiones...

-Preferiría que no. Ese cacharro produce mucho ruido, tiene un campo electrostático muy poderoso y su constante pulverización de rocas puede afectar las mediciones. Mejor sería irnos y hacerlo a varios kilómetros de aquí. Además de estar más seguros podría hacer todo directamente en estado material. Las mediciones serían mucho más seguras y hasta puede que encuentre algún resquicio sin intraspasables.

-Me parece bien, -dije unos segundos después- porque si nos podemos adelantar, aparte de saber más del destino de la perforación, podríamos preparar un plan alternativo.

-¡El que tenemos es muy bueno...! -dijo el Genbrial un poco excitado- y el "plan B" sería en todo caso una buena alternativa...

-Sí, Jefe, pero nunca está demás tener más opciones y conocer mejor el terreno... Disculpe, pero me ha dado la sensación de que está muy ansioso por ver cómo funciona el plan principal y sobre todo, qué clase de fantasmas hay aquí...

-¡Cierto!, Me has pillado... El *yo ansioso* es muy artero. Y tengo que catartizar algún *Yo morboso*, porque con escusa de la curiosidad, perdí por un momento la noción de objetividad que necesitamos mantener.

-Pues no se preocupe, que si es morbo, tendrá el raro gusto y privilegio de ser testigo de las más espantosas atrocidades psicológicas y de las peores creaciones mentales de la humanidad mortal. Pero lo que propone Johan sería conveniente hacerlo en primer lugar, lo que no descarta por ahora el plan inicial. Volvamos a unos cinco kilómetros...

Nos alejamos esa distancia y tres grandes meandros de la caverna nos permitirían actuar sin ser vistos. Johan advirtió que los narigoneses también tenían escáneres, radares y rastreadores de radio, así que antes de materializarnos, tendríamos que hacer absoluto silencio físico y radial.

-La idea -explicó- es ir encontrando zonas sin intraspasables, como para avanzar por donde se pueda. Con estos aparatos puedo sondear unos treinta kilómetros de roca maciza, excepto si hay mucho plomo o mercurio, y es probable que lo haya aquí. Iremos con cuidado. Ustedes se quedan en Gespenst y yo saldré durante unos cuantos minutos. Apenas tendré la luz de mi AKTA al mínimo, pero será suficiente. Luego podemos seguir trabajando en Gespenst, pero con treinta kilómetros de radio asegurados para encontrar buenos caminos. Tendrán que hacer guardia y si me detectan antes de tiempo, cosa probable, con los escáneres de modificación volumétrica y gran sensibilidad sonora que tienen, Tuutí se materializa y me recoge. En ese caso, desaparecemos de sus vistas y procedemos según el plan original.

Una vez que estuvimos todos de acuerdo, Johan hizo lo anunciado y demoró unos veinte minutos en hacer señas de que lo recogieran, habiendo recabado todos los datos técnicamente posibles. Tuutí se materializó apenas el tiempo necesario para que Johan y los aparatos estuvieran de nuevo en el Kugelvin, pasando de inmediato a Gespenst.

Para nosotros en Gespenst, verlos pasar de un estado a otro era como ver un leve cambio en la coloración y nada más, pero para el soldado narigonés que había llegado tan silenciosamente y a oscuras que no le vimos, resultó algo demasiado sorprendente. Cuando le vi y lo señalé al Genbrial, él me dijo:

-Han detectado algo y han enviado a un explorador y buen centinela, no le hemos visto ni oído llegar, pero creo que no conviene hacer nada, porque apenas habrá visto algo... Lo que la luz del AKTA de Johan alumbrara... Un fantasma más entre tantos que verán...

-Nadie le creería -dije- y hasta podrían sancionarle, así que no creo que comunique ninguna cosa...

-He hallado una zona grande sin intraspasables, -decía Johan- pero habrá que ir con cuidado. Vamos sólo nosotros y según lo que hallemos, les aviso para que nos sigan...

El soldado encendió por fin una linterna y alumbraba por todas partes. Iba a comunicar algo por radio, pero volvía a alumbrar todo y al no tener nada que anunciar, pareció que guardaría silencio.

- *George ...! You will not believe me ... I just saw a ghost ...!*

-Por suerte... no te dedicas a hacer profecías... -dijo el Genbrial en medio de una carcajada.

Esperamos unos diez minutos y mientras recorríamos la zona en medio del enemigo, viendo sus progresos, escuchando sus poco o nada reveladoras conversaciones y conversábamos sobre ciertos aspectos del "plano Astral". El jefe me hacía muchas preguntas porque aunque había muy pocos freizantenos con capacidad para percibirlo, muchos estaban en un punto cercano al desarrollo de esa modalidad de la vista, debido a la limpieza mental y emocional de su sociedad.

-En realidad -le explicaba- no es del todo necesario desarrollar la vista Astral física. Desde hace unos años estoy ensayando a percibir sin ver. O sea *"intuir lo que hay"*, antes de mirar en el Astral. Y si lo hago bien, lo que veo es casi exacto a lo intuido. Tiene sus pros y sus contras, porque puedo ver y no sentir nada, es decir, sin que afecte mis emociones, pero cuando uso la intuición, es más potente la conexión emocional. Así que con los elementales, que son algo digno de verse y de sentirles, como ha podido comprobar Usted mismo, está todo bien, pero usar la intuición con la parte más grosera del Astral, es horrible. Prefiero ver y no sentir la enorme cantidad de emociones violentas, dolorosas y terroríficas que radian los fantasmas en ese nivel vibratorio.

-Tú estás acostumbrado... -comentó- Y es posible que estés como vacunado ante ese tipo de cosas, porque lo vives desde el nacimiento, pero basándome en lo experimentado en aquella proyección, con esas criaturas tan preciosas que me hicieron caer las lágrimas con la mejor emoción y sin poderlo evitar... ¿Sería posible que a los que viésemos en algún momento lo que ves tú, pero esa "otra parte" que dices que abunda aquí, nos afecte emocionalmente sin poder evitarlo?

-Pues... ya lo advertí, Osman. No me dirá ahora que tiene "miedo al miedo"... -y aunque no le dije nada, percibí un resquemor en su mirada.

-¡No...!, que va... Bueno, a decir verdad me preocupa un poco. Es un terreno que sólo tú conoces bien... Y si hubiera perdido la capacidad de sentir el miedo, creo que sería un loco temerario, un enfermo mental. Además, también me preocupan esos enemigos a los que vamos a poner en peligro de locura. Pero si supieras las pruebas que tienen que pasar los freizantenos antes de vestir nuestros uniformes, y más aún las pruebas que me hicieron pasar los Primordiales para nombrarme Genbrial...

-¿Los Primor...? ¿Qué? Ahora soy yo el que no entiende... Creía que Freizantenia funciona con la más perfecta democracia...

- Y lo hace. Ningún ciudadano es mero civil a partir de que cumple dieciséis años. Incluso en la rara ocasión en que alguna persona nace con algún defecto grave, se le enseña a superarlo, incluso a convertir ese defecto en una herramienta de superación en todos los campos. No hay nadie en Freizantenia que no tenga participación activa, plena y consciente en la política. La Democracia verdadera es una forma de vida, independientemente de la forma de gobierno que haya... Por eso hemos logrado convertirnos en una sociedad modelo, tan perfecta y natural como los Primordiales de cualquier planeta, a pesar de ser aún mortales, a pesar de que sólo una minoría alcanza la Ascensión en Corpus y Alma al Reino Natural de los Kristálidos Luminosos y el resto tiene que volver a nacer entre nosotros, o incluso fuera de Freizantenia... Pero existimos en virtud de un acuerdo que nuestra sociedad, que funcionaba clandestinamente hasta 1939, firmó con los Primordiales. Ellos enseñaron las pautas de convivencia, se aseguraron que los elegidos para fundar Freizantenia estaban realmente limpios, catárticos, puros de corazón y en ese acuerdo ellos reservaron para su Zeus, el derecho inexorable de elegir el Genbrial. El pueblo elige una serie de candidatos para todos los puestos fundamentales, pero nadie puede proponerse a sí mismo. Sólo las calificaciones cantan y el concepto social ganado a fuerza de trabajo bien hecho, es lo que vale para cargo que se ocupa. Y francamente no sé cómo hizo Uros para elegirme, porque yo era sólo un estratega y no muy joven cuando fui invitado a participar de la fundación. El Primer Genbrial hizo algo extraordinario hace unos años, por lo que los Primordiales lo invitaron a vivir en el Interior el resto de sus días, así que había que reemplazarlo. Yo soy experto en la navegación aplicada a la estrategia militar, así que pocos me conocían, no tenía oportunidad de interactuar con la gente. Pasaba mis días metido en una oficina, con computadoras, mapas, planos, hablando sólo con los ingenieros, geólogos y geodestas. Pero Uros se presentó como salido de la nada y dijo muy sonriente... *"Deja un momento de trabajar, que desde el Walhalla se escucha el ruido tu cerebro... Eres el más parecido en todo a tu Genbrial, pero nos lo vamos a llevar, se lo ha ganado. Y tendrás que ocupar su lugar mañana mismo".*

- Veo que no deja de emocionarse al recordar eso. Bueno, cambiando de tema... No he recorrido toda Freizantenia pero he visto mucha gente y ninguno con defectos de ninguna clase, como si fuesen todos muy bien elegidos en todas sus cualidades.

-Sin embargo, hay ocho personas, querido amigo, que en la civilización de superficie serían marginados. Son excepcionales porque las cien mil familias elegidas para fundar Freizantenia fueron analizadas a fondo en toda su genealogía y únicamente participaron los que no teníamos ni el más remoto antecedente familiar de defectos importantes, enfermedades hereditarias, tendencias viciosas conocidas, crímenes... ni el menor de los delitos. Pero ya sabes cómo es nuestra genética de mortales, que puede albergar defectos recesivos, escondidos durante muchísimas generaciones. No obstante, no dejaríamos sin poder educarse y tener el mejor desarrollo posible a alguien porque tenga algunos defectos físicos o psicológicos. Se les da la educación adecuada, se les asigna tareas como a todos y bajo las mismas pautas, es decir que les produzca placer y sean socialmente útiles. Así que esas ocho excepciones que han ocurrido, viven muy felices y si les ves, sólo notarás una "diferencia", no una limitación.

-Nunca me atreví a preguntar qué significa "Genbrial"... -dije.

-Buen momento para preguntarlo. Pues, *Gen* significa "Generador" y *Brial*, significa "pureza" o "limpieza" en el idioma vikingo, pero también la palabra "Vril" significa "Fuerza" en el idioma Primordial, en referencia a la "fuerza causal", la fuerza que origina, que produce y crea, que es completa en esencia y tiene en equilibrio la Santísima Trinidad... y de ahí deriva...

-¡Ser, Consciencia y Voluntad!, cuya correspondiente manifestación es Amor, Inteligencia y Poder...

-¡Muy bien! -dijo él- Veo que manejas muy bien el idioma metafísico de la Doc-Trina. El Conocimiento de los Tres...

-Es que ese Conocimiento Esencial, creo que no le falta a nadie del GEOS... Perdone la interrupción, Osman... ¿Qué más significa Brial?

-Interrupción que me deja muy contento. Sigamos: la palabra "Grial", que proviene de la mezcla de "Brial" y "Graal". El Graal es una espada real, simbólica y arquetípica, y así le llamaban los romanos a los mandobles. El Graal Major, que llega a la altura del dueño, y el Graal Minus, cuyo pomo llega al cuello del dueño. Como la Espada del Guerrero de la Luz se relaciona con la sangre, porque a lo largo de la historia sólo la han empuñado los de herencia genética pura, éstos también se consideran "Briales", es decir con fuerza creadora, aunque sea destructora por circunstancia en su carácter de arma de guerra. El Graal es la espada que libera, que lucha por la justicia, mientras que los esclavistas o los que han luchado en sus ejércitos, jamás podrán poseer un Graal, aunque les fabriquen espadas parecidas en la forma y hasta de buena calidad... Entonces con Vril y Graal, el resumen idiomático a nivel mántrico, es Brial.

-Pero las espadas son cosa del pasado...

-Claro, -respondió- eso lo decimos ahora. Pero la civilización de la superficie exterior con toda su tecnología, tiene los días contados. Sólo intentamos que no desaparezca, pero es inevitable su "vuelta atrás", a un estado no tecnológico al que volverá inexorablemente porque de los miles de millones de Almas que la componen, sólo un mínimo porcentaje podrá mejorar, aprender las lecciones de la vida y Ascender, o quedarse a luchar para continuar la liberación de toda esclavitud, incorporarse a Freizantenia naciendo en ella o rescatado de lo que está por venir, o formar otra civilización trascendente como la nuestra... La gran mayoría volverá a la época de las cavernas, al período pre-agrícola... Algunos grupos aislados, desde muy pequeños hasta de varios miles, se podrán reorganizar y recuperar las ciencias del siglo XVII y XVIII, fabricar alguna que otra máquina y las diferencias tecnológicas y de recursos producirán nuevas oportunidades de guerra. Surgirán nuevos esclavistas y nuevos liberadores, tendrán que aprender nuevamente a crear formas políticas acordes a cada circunstancia... Volverán a darse los Conocimientos Sagrados a todos, pero muchos, con el tiempo lo degenerarán, harán formas pervertidas del misticismo... Pero todo eso tendrá un factor común en la mayor parte de los grupos de supervivientes: La Espada, esa espada indestructible, que por razones más complicadas de explicar, es la única "tecnología" que los dioses han dado a los hombres en diferentes épocas. No a cualquiera, claro, sino al hombre de corazón puro e intenciones dignas, capaz de arrancarla de una roca...

-¡La Excalibur! ¿Y qué es Excalibur?, ¿Y qué significa la leyenda?

-La palabra original es Exkaligibur, que es combinada de "Ex", como ya sabes hace referencia a "*lo de afuera*", por la superficie exterior, "Kali", que en el idioma Primordial significa destrucción en el sentido purificador, y de ahí el nombre de la diosa hindú, y "bur", era originalmente Gibur, como la Runa. O sea que era Exkaligibur, y el conjunto ideográfico significa entonces La espada que "**en el mundo exterior, destruye, purifica y hace dioses a los mortales**". Algún escritor o traductor de la última Edad Media, con arquetipos esclavistas, pervirtió la palabra quitando una sílaba a la Runa Gibur, que significa "*Se un Dios*", en sentido más amplio y profundo... Ya sabes...

-¿Pero por qué dice "la última Edad Media"?

- Por lo que te explicaba antes. La Humanidad Mortal avanza, progresa tecnológicamente y el mal uso de la tecnología, cuando la desarrolla sin equilibrio con su evolución espiritual, cae en la involución repentina. Los esclavistas se las arreglan para engañar a las masas, se crean falsas políticas, falsas religiones y las tecnologías acaban generando masas de esclavos empedernidos, cómodos algunas veces, pero esclavos que no pueden darse cuenta de la realidad del Ser. Hoy mismo puedes ver cómo la tecnología de la radio, la imprenta y la televisión, ha hecho a unos pocos, manipuladores de creencias y dueños de la mente de la mayor parte de la gente. Las mayorías creen una historia totalmente falseada, tienen una economía que les hace esclavos en vez de hacer que la tecnología les dé tiempo para meditar, aprender, investigar, crecer espiritualmente. Cuando se logra imponer el dinero, la humanidad queda sentenciada... Puede que tarde unos años, unos siglos, dos o tres milenios... Pero cae estrepitosamente. Y tarde o temprano alcanza a recuperar una serie de técnicas agrícolas, artísticas y utilitarias que le devuelven a la Edad Media. Ese período ha sido corto en la última, pero suele ser el más largo en cada etapa civilizatoria. Y desde hace seiscientos millones de años, ha sido así. Ciclos de veinte o treinta mil años, a veces, con suerte, hasta trescientos mil años...No sé con exactitud cuántos ciclos han pasado, pero ronda los cuatro mil. ¿Te imaginas? ¡Cuatro mil veces la humanidad mortal ha caído en la trampa de los esclavistas y tiene que volver a empezar de cero...!

-¡Vaya...! -comenté- Más o menos tenía entendida esta situación de la Humanidad Mortal, pero así explicada me queda mucho más clara... ¿Y es muy pequeño ese porcentaje de gente con consciencia en esta etapa, como para trascender?, ¿No hay otra manera de guiar al mundo?

-No hablaría de "porcentaje", sino de "milésimas partes". Si me pongo en optimista, diría que menos del uno por mil de las personas están preparadas para vivir en una sociedad como la freizantena. Y no hay otra manera. La gente no valora nada si no le ha costado dinero. Aunque tengan todo servido para ser felices, quieren más cosas materiales, quieren tener dominio sobre los hijos, en vez que protegerles y ayudarles para ser lo que quieran ser, y luego los niños quieren ser dueños de sus padres, aprenden a mentir, a engañar desde que son muy pequeños; cuando crecen sólo piensan en tener hijos y dinero, al mismo tiempo que amantes y fama. Pero la mayoría ni siquiera se lo propone seriamente. Y los que lo hacen, acaban vacíos de casi todo lo verdadero. Ni siquiera tienen una estabilidad emocional porque sólo se interesan cuando el dinero se los permite, por atender sus cuerpos, sin preocuparse por ser mejores en el campo emocional... Las Almas deben aprender sus lecciones, y las tienen que repetir cuantas veces sea necesario hasta que las aprendan. El problema de la mortalidad es que deja desde la primera muerte, una impronta aterradora, un miedo esencial y básico, que sólo puede ser superado con la **catarsis cátara**, con la purificación emocional, vida tras vida. Algunas personas necesitan un par, otras diez, otras mil... Y cuando por fin llega la liberación, la mayoría ha ganado su derecho a la Ascensión y lo usa. Otros pocos, como nosotros, hacemos el Gran Juramento porque ya no tememos a la muerte, ni la próxima ni las mil que vinieran, ni tememos a nada, aunque nos funciona muy bien el instinto de conservación... Sólo que no admitimos que los esclavistas se salgan con la suya; ni con nosotros ni con el resto de la humanidad.

-Y me imagino -agregué en tono de pregunta- que nosotros mismos hemos pasado por todas esas, por eso podemos comprender y amar a la humanidad para la que trabajamos sin que ella lo sepa...

-Sí. -respondió reflexivamente Osman- Hemos pasado por todas. Incluso, me parece aunque no lo recordemos, que hemos pasado por la etapa de ser esclavistas en algún momento. Por eso...

-¡Ya podéis seguirnos! -escuchamos a Johan- Acabo de enviar el protocolo 5983748 a vuestro aparato. Ponedlo en automático y estaréis en unos segundos con nosotros.

Así lo hice, lamentando el tener que posponer la conversación, y el Kugelvin dio un rápido giro. Nuestro campo de visión entre los camiones narigoneses, se transformó en una sucesión de rayitas de marrones, amarillas, negras y blancas. Segundos después estábamos a unos veinte kilómetros, en medio de una pequeña vacuoide muy bonita, llena de grandes cristales de todos colores, con una catarata en un extremo y el río que la atravesaba a lo largo. Nos materializamos y Johan hizo lo mismo, para decirnos:

-No se les ocurra saltar, que nos pondremos como niños a gastar el tiempo jugando. Aquí pesamos tan poco que podría colocar las bengalas yo mismo a cientos de metros del suelo. Y tras jugar un rato con la casi ingravidez, sólo sabríamos cual es el suelo mirando el río...

Pero decir aquello sin advertirnos de algún peligro real era lo mismo que invitarnos a la travesura. Durante varios minutos corrimos, saltamos, nos alejamos algunos kilómetros, casi hasta perder de vista los Kugelvins y Johan colocó cinco potentes bengalas de larga duración bastante altas como para ver casi toda la vacuoide.

-Tiene exactamente cinco mil doscientos tres metros de diámetro mayor y cerca de la mitad en el menor. Unos ochocientos metros de altura promedio y por aquí ni rastros de intraspasables en la mena. Nada en las paredes ni en ninguna parte, salvo en los cristales, que los tienen todos y en gran cantidad. Es como si se hubieran concentrado los intraspasables para formar esa cosas tan bonitas que tienen dentro... Ya que estamos, vale la pena pasar unos minutos de descanso y estudiar estas formaciones cristalinas tan raras... A menos que el jefazo Osman diga lo contrario.

-Por mi parte, el tiempo que quieras, Johan. -dijo el aludido- Pero aquí el jefazo es Marcel. Los narigoneses no van avanzar mucho más y nosotros tenemos derecho a un descanso. Así que el si el jefazo de aquí lo permite, he traído unas bolsitas de raciones no oficiales, de esas que degustamos sólo en el bar central de Freizantenia...

Nos vino muy bien el pequeño "picnic" en medio de aquella sala iluminada por cinco bengalas antigravitacionales de control remoto. La luz tan potente y de espectro muy completo, hacía que el escenario pareciese una tarde con el sol algo nublado, pero sin la resolana opaca que restaría brillo a los cristales.

-A riesgo de resultar pesado, -advertí de nuevo a mis compañeros cuando estábamos reunidos los cuatro- al hacer lo previsto con el Astravisor hay muchas posibilidades de que no lo puedan soportar. El sólo hecho de estar conversando sobre ello con este Genbrial que sin duda es uno de los hombres más valientes del mundo, me ha permitido sentir que puede afectarles más de lo deseable. Osman sólo ha estado conversando, sin ver nada de lo que yo veía justo en ese momento a nuestro alrededor...

-Sí, y sentí algo que hacía décadas que no sentía... -confesó- Desde las últimas pruebas antes de mi nombramiento, e incluso durante ellas, no había sentido tan fuerte eso que te hace poner la carne de gallina, erizando los pelos de la nuca. Si no tuviésemos los Cilindros Rúnicos activados, creo que lo habría pasado muy mal. Marcel estaba tan tranquilo... Y yo no lo estaba. No veía nada, pero sentía que había esas "cosas..." Y estoy ahora mismo más tranquilo porque no siento que haya nada especial alrededor. Sólo que el recordar ese momento...

-Pues bien dice, -agregué- porque aquí parece que los cristales tienen algo especial que repele lo Astral. No son sólo los intraspasables, porque hay otra cosa que les ahuyenta. Los fantasmas de cualquier clase, con excepción de algunos elementales, son vulnerables a los intraspasables, los evitan, y aún es temprano para comentar sobre cuestiones físicas, pero creo que en esta región, con excepciones como esta caverna, no abundan los intraspasables en los cristales. Aquí en cambio, cumplen una especial función en la Naturaleza del Mundo. ¿Saben que las balas de plata para matar vampiros, hombres lobo y aparecidos por el estilo, se fundamenta en esta cuestión bien real?

Mis compañeros asintieron con la cabeza, no estaban desinformados al respecto, pero Tuutí preguntó si era posible que existieran esas raras criaturas de terror, o sólo eran alegorías de algo diferente.

-Los licántropos es posible que existieran cuando los genetistas han estado haciendo experimentos y puede que aún los haya. No me extrañaría que nos encontremos con cosas muy raras en nuestras exploraciones de la corteza terrestre. Como el famoso chupacabras...

-¡Pero si en cada andada encontramos rarezas! -exclamó Tuutí- Y apenas hemos andado unos cuantos miles de kilómetros...

- Ya puedes imaginar -siguió Johan- o mejor dicho ni imaginar, la de cosas que tendremos por ver en unos 730.428.120.000 Kilómetros cúbicos, que es el volumen de la costra terrestre...

-Tenemos campo de exploración -dije- para muchos milenios. Creo que a grandes rasgos, la habrán explorado los Primordiales para poner la barrera azul, pero de eso hace muchos millones de años. Los actuales, aunque viven casi diez mil años, ya ni tendrán registro...

-En eso te equivocas, Marcel... -dijo Iskaún a mis espaldas, dándome un sobresalto doble. Primero porque apareció de la nada y segundo porque sólo se veía su cabeza y las manos- Nosotros no podríamos tener registro escrito, dibujos, planos y todas esas cosas, pero tenemos acceso a los registros del Askasis del Mundo, es decir el propio campo magnético planetario. Allí queda grabado hasta el sonido de la primera hoja que cayó del primer árbol hace casi cinco mil millones de años. Pero no es muy fácil acceder a dicho registro. Aunque desde que tenemos historia registrada, siempre hemos estado avanzando en la tecnología, no lo hemos hecho con la celeridad que lo hacen ustedes. Como no tenemos casi ninguna necesidad, sólo fabricamos las vimanas que usamos para visitar a nuestros hermanos de otros planetas y poco más. Las tecnologías apuntan más que nada a ayudar al planeta y sus procesos con las grandes pirámides, a viajar un poco por el Universo, cuidar de los mortales en cuanto nos es posible... Incluso este traje de invisibilidad se comenzó hace milenios y demoró tres generaciones, hasta que Urthorfanoteheritarodilar se puso en firme para completar el desarrollo. Se fue dejando estar, porque muchos Primordiales podemos hacernos invisibles sin necesidad de traje.

-Creo que como te dije, -dijo Osman- voy a tener que hablar muy seriamente con Urthorfanoteheritarodilar, porque si bien las tecnologías son como muletas, para nosotros son muy importantes y hemos avanzado en muchos campos...

-Claro, -respondió Iskaún- pero no se te ocurra "negociar" información con él. Recuerda que para nosotros no existe ese concepto en los mismos términos que para ustedes. Para cualquiera de nosotros sería igual que mentir, engañar... "negociar" proviene de "negar". Y ya sabes que en alemán, inglés y casi cualquier idioma que se traduzca, ese concepto tiene etimología relacionada con el engaño, la negación, el quitar, el dar poco y en síntesis es *si me das te doy, si no me das no te doy, pero intentaré darte lo menos posible*".

-Por supuesto, querida Iskaún. -dijo tranquilamente Osman- Aunque está bien que lo aclares más aún, para nosotros los freizantenos también ha desaparecido eso. Y tanto que nos hemos tenido que apañar bien en la didáctica para que los adolescentes puedan entender esa parte de la civilización de superficie. Y como es lógico, les produce algo de espanto. Y también me espanta verte así, sólo tu cabeza flotando en el aire. Y me espanta pensar que has podido llegar hasta aquí corriendo detrás del Kugelvin, atravesando piedras... ¿Y cómo es eso de que puedes hacerte invisible completamente?

-Pues no te espantes tanto. A pesar de ser Primordial, no tengo aún esa facultad de los más ancianos, de atravesar en "jinas" el mundo. Sólo sé hacerme invisible. Y a pesar de mi tamaño, me colé en el Kugelvin cuando Johan salió y Tuutí ni se dio cuenta. Es que el traje me permite hacerme invisible por partes, pero con traje o sin él me puedo hacer invisible completamente. En ese caso, ni traje ni nada, pero eso no asusta tanto como ver una cabeza sin cuerpo... ¿No creen?

-A mi me parece espantoso... -dijo Tuutí histriónicamente- Te has metido en mi nave, has venido de polizón, has escuchado nuestras conversaciones y como no sabíamos que estabas, hemos estado preocupados por ti, sin poder desfrutar conscientemente de tu compañía. Eso sí que es espantoso...

-Y me halaga, querido mío. Os he escuchado mencionarme dos veces y eso es todo un piropo. Pero quería probar un poco mi entrenamiento bélico, ya saben que los Primordiales estamos un poco "oxidados" en la estrategia y esas cosas. Si me escuchara Uros, diría "*Es un espanto, pero hasta los Primordiales tenemos que estar entrenados*".

-Espanto... Eso... -intervino Johan- Me espanta tener que decirlo, pero os tengo que espantar porque tenemos algo espantoso que hacer y más espantoso el viaje previo, de reconocimiento de la región. Me espantaría que se nos hiciera tarde...

-Si no les espanta, me cuelo esta vez con el Genbrial y Marcel.

-¡No es justo! -reprochó Tuutí- Ya que no nos diste oportunidad antes, ordeno, reclamo, exijo... Bueno, mejor te pido, te solicito, te ruego, te suplico y te imploro que vengas con nosotros. ¿Qué opina el jefe Marcel?

-Bueno, que mejor así, porque tener a la vez a la más querida de las Primordiales y nada menos que al Genbrial de Freizantenia conmigo, es demasiado honor. Por favor, -continué en tono que le hizo reír otra vez- Johan, aprovecha... Intenta sacarle información tecnológica...

Dimos por acabado el picnic cuando aún no habíamos comido ni la mitad de las delicias disponibles, pero no faltaría ocasión durante el viaje de reconocimiento regional. La siguiente media hora avanzamos a razón de treinta kilómetros horarios promedio, colocándonos delante y por los costados del rumbo que llevaría la tuneladora. Y por fin hallamos el sitio donde acabaría si no modificaban el rumbo. Una vacuoide casi esférica, que exploramos y medimos con sorpresa, pues su diámetro de más de once kilómetros y sin ninguna salida, sin ninguna conexión, era algo que ni los Primordiales conocían.

-Es como una gigantesca burbuja de basalto y otros minerales tanto o más duros... -dije al ver los resultados de los escáneres- Y cerrada como está, sin embargo no tiene aire, casi al vacío total, a excepción de unos mínimos de radón y criptón. Originalmente fue simplemente una burbuja de gases. Habrá tenido un sitio por donde salieran cuando estaba casi solidificada, pero se acabó cerrando y la difusión de los gases en la roca durante algunos miles de millones de años, hizo el resto.

-Claro, -dijo Johan- pero no creo que los narigoneses sepan que existe esto ni hace diferencia importante ahora para nosotros. Les quedaría como dos o tres meses para llegar hasta aquí y sólo hallarían un abismo, una vacuoide a la que caerían para siempre con sólo intentar perforar esa fina parte superior. Miren el escáner que os envío los datos...

-Efectivamente. -comentó el Genbrial- Por abajo la costra de la burbuja es de cientos de metros de espesor, pero por arriba es de apenas un metro, en esa parte donde... Pero están muy lejos y lo más probable es que no piensen continuar más de quince kilómetros en una dirección fija.

-Opino lo mismo. -dije- Pero ya veremos a dónde más pueden dirigirse. Aunque no tienen los escáneres nuestros, la sonda sonora que encontró y voló Tarracosa podría servirles para escanear varios kilómetros. No creo que estén agujereando sin saber a dónde van...

-Pues, bien, seguimos entonces la exploración formando un espiral, hasta llegar a la tuneladora.

En menos de dos horas, pero ya casi mareados al ir describiendo un espiral cónico cuya punta estaba cerca de la tuneladora, llegamos a ella sin descubrir nada relevante. Algunas vacuoides llenas de agua, otras conteniendo pequeñas cantidades de lava volcánica muy antigua, otras eran como túneles inconclusos, pero nada que pudiera ser importante.

-Ahora voy a analizar el recorrido que llevan, -decía Johan- porque me temo... Ya os digo más, pero me tengo que concentrar en el análisis...

Mientras, guardábamos silencio y mirábamos en una de las pantallas los datos que nos iba enviando el escáner que usaba Johan. El esquema de la gran tuneladora aparecía grande, luego disminuía para dejar ver los resultados de los análisis de componentes y durezas medias, alrededor del sitio de perforación y más hacia adelante y a los costados, también en forma de espiral creciente hacia afuera. Se sucedían los números y al final nos miramos con el Genbrial y comprendimos que el análisis nos superaba. Sólo gente como Kornare podía ir comprendiendo a medida que se desarrollaba, un galimatías de números tan grande.

-Mejor, -dijo Osman- dejemos que acabe y nos explique el resultado.

-Ya lo tengo... -decía Johan- Y mi sospecha era cierta. Han seguido por la piedra, un rastro de composición determinada, no al azar. Han ido perforando la parte más dura, sabiendo que la máquina quiebra mejor la roca donde hay más dureza porque también hay más fragilidad. Así que han evitado perforar donde es un poco blanda pero más tenaz. Digamos que es más fácil quebrar un vidrio que un plástico blando pero resistente.

-¿Y con eso puedes determinar -pregunté- qué rumbo pueden tomar?

-En parte, sí. Primeramente, que han escaneado bien la zona para elegir el punto de más dureza en este mineral que los escáneres no reconocen, aunque sí sus componentes, a lo largo de más distancia, hasta unos tres kilómetros de aquí. Eso les hace evitar fumarolas como las que les hicieron perder tiempo más cerca del volcán. Si no tuvieran tecnología para determinar esto, entonces es que han acertado de pura suerte. Y no se gastan lo que esta gente gasta, para hacer cosas al azar. Los narigoneses ganan hasta en los casinos.

-Por supuesto, -dije- si son los dueños directos o indirectos, je, je, jeee Por algo la progresión de la ruleta, es decir la suma de 1+2+3+4... hasta 36, da como resultado 666...

-Bueno, el caso es que vamos a seguir la línea de composición, así vemos dónde nos lleva y cuál puede ser el objetivo de ellos.

Al explorar dicha línea de igual o similar grado de dureza del mineral, no recorrimos más de dos kilómetros desde la tuneladora, para notar como giraba unos cuarenta grados. Seguimos dicha línea por tres kilómetros más, hasta encontrar una veta de material extraño y mediana, de unos cincuenta metros de diámetro que habría pasado desapercibida como una más, si no fuese por su declive tan marcado, de unos 60 grados respecto a la vertical y recta en todo lo que se podía ver desde nuestro estado en Gespenst.

-Si querían llegar hasta aquí, -decía Johan- les habría faltado sólo unos cuarenta y cinco días. Incluso menos al llegar a los tres kilómetros desde donde podrían empezar a usar explosivos. Habrían girado la tuneladora y seguirían muy rápido hasta esta caverna. Desde aquí, lo tendrían muy fácil con esta gravedad tan escasa... Este curioso mineral parece basalto, pero no lo es. La parte dura es parecida al corindón, que sería raro en una región como ésta... Es decir básicamente óxido de aluminio, pero este tiene bismuto, selenio, vanadio, uranio y mucho carbón, pero su dureza macromolecular es muchísimo mayor que la del diamante... Unos 22,7 en la escala Mosh. Casi tres veces más dura que el diamante. Y si resulta proporcionalmente frágil, quizá la puedan perforar mejor que al resto de la piedra, que tiene estructura capilar y es más tenaz...

-Bien, -dije- no perdamos tiempo. Vamos a ver qué nos encontramos.

Nos desplazamos en Gespenst a lo largo de la galería, que era de origen dudoso a primera vista.

-Bueno, ahora que la vemos más completa y con los escáneres -dije- casi podría asegurar que es de origen natural, pero fue retocada algún tiempo después de su formación. No hay rastros de obra o manipulación tecnológica reciente, pero puede que hace miles o millones de años, alguien alisara un poco más las paredes.

-¿Y cómo piensas que se pudo formar? -preguntó el Genbrial.

-Si estoy en lo cierto, -continué- por aquí pasó uno de los primeros meteoritos que cayeron a la Tierra cuando ya estaba casi formada...

-¿Un meteorito? -dijo Johan en tono de incredulidad.

-Sí, querido amigo. -respondí- Un meteorito... Pero no como los de ahora, sino como el que cayó en Galicia a principios del siglo XX. Ese no pudo ser uno de los últimos restos sueltos del reinicio solar, después de cinco mil millones de años, sino más probablemente, llegado desde otro lugar del espacio, donde algún sol en explosión arrojó muy lejos parte de su plasma. Aunque éste que hizo esta caverna era propio de este sistema solar, algo más grande, del tipo al que más le corresponde el nombre de "estrella fugaz", pues no es una roca espacial que se incendia al caer, sino un trozo de estrella, igual que el sol centrar del mundo, un pedazo de sol, como todos los pedacitos, desde unos metros hasta muchos kilómetros de diámetro, caídos cuando la costra planetaria aún estaba blanda y que han formado los volcanes de todo el mundo al interactuar con la materia química. Este debió llegar con una gran velocidad y penetró por el hueco polar hasta muy cerca de aquí, según calculo por el ángulo que lleva. Pudo rebotar un poco en la superficie externa del hueco polar, haciendo el efecto "patito" de la piedra chata sobre el agua, y luego pudo entrar por el lado opuesto, llegando hasta aquí... Bueno, hasta donde haya llegado. No lo hemos encontrado antes porque la entrada y todo el resto de su trayectoria ha sido rellenada poco a poco por la actividad geológica, pero en esta zona tan virgen donde casi no hay agua y no llegó ni el volcán cercano, se ha mantenido casi intacta...

-Hasta que alguien alisó sus paredes... -agregó Osman-

-Sí, claro, -respondí- pero pudo ocurrir hace cuatro mil millones de años, cuando ya los Primordiales exploraban la Tierra por todas partes... Ahora, si les parece, continuamos atentos, a ver a dónde vamos a parar.

Largo rato después estábamos en la zona G-0. Allí se me ocurrió mirar un momento en Astral y preferí no hacer comentario alguno a mis compañeros, pero debí expresar algo con el rostro porque el Genbrial se dio cuenta.

-¿Te pasa algo, Marcel? ¿Te sientes bien?

-Sí, tranquilo, es que... He mirado un momento en el Astral y si en la zona de perforación ya el Infierno es para enloquecer a cualquiera... No le puedo explicar... Y me alegro que Usted no pueda verlo.

-No veo, pero siento. Esa especie de soplo en la nuca... El instinto que me dice que hay algo peligroso. Me pregunto si toda la zona G-0 es así.

-Creo que la región es algo análogo al "sistema digestivo" del mundo, compuesta de tal manera, en su aspecto material, es decir mineral, como en sus cualidades magnéticas, que puede almacenar toda la basura del Astral y disolverla lentamente. Porque si todo esto quedase fuera, ya sea en la superficie exterior o en la interior, el mundo sería un páramo inhabitable. Y todo esto se llena con los restos energéticos de los seres que mueren y la actividad mental y emocional del sufrimiento, el miedo, el odio y todo eso...

Continuamos descendiendo por muchos kilómetros a velocidad poco variable y al cabo de dos horas estábamos en medio de la zona G-0. No cabía duda que el túnel no era otra cosa que el agujero dejado por una masa de plasma que penetró en el planeta cuando aún estaba "blando", en plena formación, sin mares, sin rocas como las actuales, apenas guijarros y asteroides, pero mayoritariamente polvo cósmico, atraídos por el núcleo interior, que es otro "*pedacito de sol*" más grande. Y así estaban todos los planetas en esa época, después que el sol Ra, el sol central del sistema, hiciera su reinicio con una gran explosión, pero sin llegar a convertirse en supernova.

-Atentos... -decía Johan- Hemos pasado el centro de la zona G-0 y en cualquier momento nos encontraremos con la barrera azul. Si chocamos con ella a gran velocidad materializados, sería un desastre. Si vamos a unos cuarenta kilómetros por hora, será como una cama elástica. Pero en Gespenst no habrá problema, será un detenimiento suave, aunque no tiene mucho caso seguir más allá de la barrera. Lo que no entiendo es por qué los narigoneses quieren llegar a este túnel, si es eso lo que intentan.

-Es posible, -dije- que nos hayamos perdido algo en el trayecto. Saben qué hay una barrera azul, puesto que no pueden pasar por los polos, a menos que los Primordiales los dejen, como han hecho algunas veces con aviadores, para que no se estrellen y mueran. Pero no sabemos si están enterados que la barrera está en todo el planeta. Creemos que no han llegado muy profundo. Las dotaciones más grandes, como ya hemos visto, no pasaron del Pogatuí ni de la Vacuoide de los Jupiterianos...

-Lo que dices, -respondió Johan- es muy probable. Así que propongo volver y explorar con más cuidado a partir de la zona donde escaneamos el material duro. Ya que ha quedado registrado este paseo, a cerrar los ojos y marcar la última parada como destino en automático.

No demoramos más que unos minutos en desandar todo el camino y llegados al sitio recomenzamos el descenso.

-Marcel, -dijo Johan- por favor mantén tú la observación visual exterior, así puedo concentrarme en los escáneres y nos se nos escapa detalle...

- Allí hay una mancha rara... -dije- ¿Ves algo en los aparatos?

-Sí, ahora que lo indicas, sí... -respondía Johan unos segundos después, cuando Tuutí colocaba el Kugelvin frente a la mancha- pero si no la hubieras visto, habría pasado totalmente desapercibida para el escáner. No es posible adivinar que hay allí una especie de galería tapada, un túnel relleno con materiales blandos. Bueno... no tan blandos, pero más blandos que... Pufff, sólo estando como ahora, de frente al túnel, puede revelar el escáner su verdadera forma y composición. O mejor dicho... No puede con las paredes. Nueve metros en su diámetro interior y aunque no es completamente recto, tiene pocos desvíos y hasta me parece que es artificial. Las paredes tienen poco más de dos metros de espesor y son extremadamente raras. Imposible detectar su composición. Voy a probar con la impronta de partículas... Y nada. Es mucho más duro que todo lo conocido. Me recuerda a aquel material que encontraron en la Octógona, del que extrajimos parcialmente la fórmula para fabricar las vimanas.

-¿Podría ser purcuarum? -pregunté-

-Tengo alguna leve duda, pero en todo caso es algo parecido y no creo que sea natural. Nuestras naves pueden atravesar el purcuarum estando en Gespenst, porque es levemente diferente al original. Y como saben, cada nave tiene su propia frecuencia, por eso podemos atravesarnos entre nosotros en Gespenst sin chocar. Pues me temo que el purcuarum de este túnel no se pueda atravesar ni en Gespenst. Las partículas que he usado para la impronta han sido de un espectro muy variado y han rebotado todas sin hacer ni la más mínima mella. Vamos a intentar penetrar en el túnel pero evitando tocar las paredes...

-Sería mejor, si acepta mi propuesta... -decía Osman- esperar un poco y traer una sonda de control remoto. Con los itinerarios registrados, no tardaríamos más de unas horas en tener aquí todo lo necesario.

-Bueno, para eso está el grupo de apoyo. -dije- Podrían venir dos naves con un tripulante cada una, así usamos un Kugelvin en automático y sin conductor. Ahorraríamos tiempo.

Como nadie respondió, di por definido el tema. Estábamos muy lejos para que pudiésemos comunicarnos por radio, así que había que volver a la galería, al menos cerca de la tuneladora, pero mejor aún, hasta donde estaban nuestros compañeros y evitábamos el uso de la radio.

-A cerrar los ojos, Osman, que nos damos un paseíllo...

Programé el aparato para llevarnos hasta la Pasarela y en unos pocos minutos estábamos allí. En el poco tiempo transcurrido, varias vimanas habían llegado y trabajaban algunos robots y hombres colocando la pasarela, que ya tenía varios tramos firmes. Si bien la destrucción había sido muy necesaria, su reconstrucción era esencial para no tener que evacuar a los soldados enemigos, en cuyo caso sería inevitable recluirlos de por vida, en la Pi Primera.

-Allí lo pasarían de maravilla, -me comentaba un ingeniero con el que me puse a conversar mientras él supervisaba la obra- pero aparte de no poder volver con sus familiares jamás, la operación que realizan ustedes no daría los frutos necesarios. Esa gente influirá en sus gobiernos para evitar estas acciones bajo tierra...

-Y no sólo eso. -agregué- Es que si no vuelven, sin dudarlo mandarán muchos más a buscarles. Como no tienen que venir los jefes y no les importan las vidas perdidas, lo que en realidad les interesa es que las misiones continúen, averiguar qué pasa y seguir sus planes cueste lo que cueste.

-¡Pero este plan que han ingeniado ustedes está muy bueno! -siguió diciendo el hombre con entusiasmo- Aún no tuve tiempo de enterarme de todo porque no paro de trabajar en mis temas, pero la verdad es que eso de ir a meterles miedo... Bueno, no sé cómo decirlo. Será en parte divertido, pero también muy doloroso... No puedo ni pensar en hacer que otros sufran, a menos que estén en igualdad de condiciones, en un combate, pero ellos seguramente que no se enterarán nunca en la vida el origen de lo que les vaya a suceder aquí adentro...

-De divertido, -respondí- bien poco. Y sí, claro, nos tendremos que aguantar el dolor, intentar suspender la empatía y creo que habrá que capturar y llevar a Pi Primera al que se volviese loco. No le podríamos dejar en manos de los psiquiatras de la civilización de superficie, sólo le encerrarían y drogarían sin poder hacer nada...

-En eso te equivocas, amigo. Les matarían sin dudar... Con los que queden cuerdos no sería tan fácil, porque seguro que tomarán medidas para evitar que los liquiden, ya que son muchos, pero los locos no tendrían la menor posibilidad. Aunque con el experimento Filadelfia, se cargaron a los pocos que quedaron vivos y más o menos cuerdos...

-¿Y en Pi Primera crees que los pueden arreglar?

-¡Seguro! Nuestra psicoterapia es mejor que nuestra ingeniería, y eso que soy del colectivo aludido... Nada hay como una catarsis hecha con la guía de la gente más amorosa del mundo. Aunque cayesen en ese estado cerebral tan terrible del *delirium tremens*, en unos meses estarían cuerdos de nuevo. Nuestros médicos y los psicólogos han hecho cosas increíbles. Incluso defectos genéticos cerebrales muy graves, han quedado como problemillas menores en algunos casos. Junto con los Taipecanes y con ayuda de Kornare hemos construido la mayoría de las máquinas médicas de Freizantenia y las de Pi Primera. Allí comprendí cómo funciona la medicina de reparación en unión con la psicología del Amor y la Inteligencia. Las máquinas sólo ponen el Poder y las pirámides son la esencia material de esa medicina, como habrás comprobado...

-¡Hablando de pirámides!... Nada es casual. A nuestro regreso, tengo que hablar con Usted y Kornare sobre eso. En la Terrae Interiora aprendí algunas cosas, me enseñaron máquinas que de sólo verlas es suficiente para entender cómo funcionan si uno sabe algo de las pirámides...

-¡Marcel, que nos vamos y te dejamos! -gritaba Rodolfo- Ya he pasado los registros a todas las naves y se ha elegido quienes les acompañarán. Bueno... mejor dicho quienes les acompañaremos.

Finalmente Viky y Rodolfo fueron los que eligió el Genbrial. Viky por su gran intuición y Rodolfo porque ni los mejores pilotos de Freizantenia conducían los Kugelvins como él. Me despedí del ingeniero Martin Schmidt y me reuní con el grupo.

-No tengo inconveniente en conducir ambos a la vez. -dijo Rodolfo- Sólo necesito unos minutos para hacer los arreglos. Con el protocolo copiado y preparado para trabajar a control remoto, este aparato irá solo detrás. En este otro, vamos Viky, tú y yo...

-Nada de eso... -respondió Viky con la más tranquila y absoluta convicción- Tú te vas con Marcel y yo me voy con el Genbrial, que si no aprovecho a tener este honor ahora...

-De acuerdo, Viky.... -dijo Osman después de mirarme y asentir yo con la cabeza- Aunque yo sé que me espera un bombardeo de preguntas, pero el honor será para mí. Imagino que eres buena conduciendo...

-Después de mi, creo que la mejor. -dijo Rodolfo- Sin ofender a nadie, pero lo cierto es que apenas se ha entrenado y casi me supera. Puede ir confiado.

Comentó algunas cosas más mientras dejaba todo listo. Regresamos tan rápido las dos naves tripuladas y una sin tripulante, que apenas hubo tiempo para iniciar conversaciones. Rodolfo se puso al tanto de la situación y tras algunas preguntas y revisiones del escáner y del registro de navegación de la nave solitaria, comenzó a operar el mando a distancia.

¡ OTRA VEZ EL MISTERIO DE LAS OCTÓGONAS !

En la pantalla se veía con toda nitidez la acción del Kugelvin como si fuesen desde los ojos de un conductor. Los mandos de copiloto, desconectados de nuestro vehículo, sirvieron a Rodolfo para conducir al aparato explorador. Avanzaba lentamente al principio, aumentando la velocidad a medida que Rodolfo iba conociendo mejor el túnel por donde desplazaba en Gespenst su dirigido. Después de media hora de navegación, penetrando en un ángulo que comenzaba a perder cota, es decir que subía alejándose de la zona G-0, desapareció el color borroso del relleno del túnel y el aparato ingresó en una enorme estancia vacía. Rodolfo le hizo ascender, encendiendo las luces al máximo para dar un rápido paseo por el entorno.

-¡Es otra Octógona! -exclamamos ambos a la vez.

-Claro, -dije- no deberíamos sorprendernos. El túnel es de purcuarum, así que lo han hecho los mismos que la Octógona aquella que... ¿Pero sabrán los narigoneses que existen este túnel y esa sala?

-Es muy probable. -respondió Johan- Ellos tienen detectores por haces de partículas, no tan avanzados como los nuestros, pero suficientes para detectar que hay algo tan duro que no lo penetra nada. Puede que lo hayan descubierto por casualidad y estén intentando llegar a ello porque les significaría un gran paso tecnológico. El problema lo tendrían como nosotros al principio, en sacar siquiera una muestra atómica...

-Me parece que esa no es la finalidad. -dije reflexionando en voz alta- ¿Cuál es el ángulo de inclinación media?

-Sesenta y dos grados hacia arriba. Y pasa muy cerca de algunas fumarolas, pero sigue más allá. Es decir que iba en dirección a la vacuoide magmática cercana, pero luego queda un poco por encima.

Creo… Déjame revisar lo que pueda desde el Kugelvin en la Octógona, que ya es la tercera encontrada. Así que la pongo en el registro como la Octógona III. Esta es más grande que la primera, pero sin filtraciones como aquellas. Parece más hermética y apenas hay gases raros.

-Podrías hacer alguna prueba de gravedad. ¿Recuerdas lo que pasaba en la Octógona II ?

-Ahora mismo. Ponemos el Kugelvin en estado material y… ¡Ooopps, los sensores indican 12 metros sobre segundo…! El entorno en esa zona debería tener unos 3 metros sobre segundo como mucho… Así que hay más gravedad que en la superficie exterior. Y ninguna salida. No la han rellenado, pero sí rellenaron el único túnel de acceso, y que tiene de largo total, unos… 77 kilómetros. Veamos si hay cosas en el centro… Hay unos… Pufff, como mil de aquellos platos misteriosos. Y nueve monigotes casi antropomorfos como el del Templo de Hathor… Un misterio donde sería de gran pesadez meterse a resolver.

-Y no tenemos tanto tiempo para eso. -dijo el Genbrial- Pero sin duda que vamos a explorarla y averiguar más cosas cuando no tengamos la Espada de Damocles de los narigoneses perforando…

-De acuerdo entonces… -dije- No vamos a seguir con la exploración, sino con la expulsión, pues no tenemos más nada importante que resolver aquí abajo. Ya puedes traer la nave, Rodolfo.

-Preparada... En medio minuto estará siguiéndonos. Podemos irnos.

-Muy bien. Volvemos a la Pasarela.

ESPANTO, PURO TERROR

Luego de dejar a Viky y Rodolfo junto a los demás en la Pasarela, el Genbrial y yo volvimos a la zona de perforación. Posponer la acción directa le había dado a Johan la ocasión de hacer ajustes a todos sus aparatos. Los sensores funcionaban mucho mejor al ser reajustados a la gravedad de la región. Sentía de algún modo, por pura intuición y empatía, que Osman, Tuutí, Johan y hasta la poderosa Primordial Iskaún, tenían el sentimiento de los presagios funestos. El miedo a la muerte es la raíz de todos los miedos, pero hay retoños del miedo que son peores para aquellos que han superado el "*miedo a su propia muerte*". Para todos los que hicimos el Gran Juramento, el miedo a no cumplir con los deberes más importantes, a que por nuestros errores mueran compañeros, a que estemos en el bando equivocado, es mucho más intenso y peor que el miedo a la propia muerte.

Casi no me había dado cuenta, pero mientras tomábamos posiciones reflexionaba en estas cosas en voz alta, le decía a Osman esas ideas y deducciones mías y él me respondió algo entrecortado, aprovechando los momentos en que no estaba totalmente concentrado en enfocar el Astravisor.

-También en algunas sociedades -me decía- el miedo a la pérdida del honor es peor que el miedo raíz, pues cuando se ha educado desde la niñez en los valores más importantes de Lealtad y Dignidad, la mente comprende que la pérdida de esos valores implica la ruptura con toda su estirpe social, su familia, sus amigos, su patria... Eso es peor que morir.

-Bueno... -respondí- También hay una forma realmente patológica de miedos peores que la muerte, porque he conocido a dos señores que se suicidaron porque perdieron todos sus ahorros cuando un financista que no se sometió a la tiranía política y económica, fue perseguido y todo acabó en la quiebra... Y otros estuvieron a punto de hacerlo, se volvieron infelices sólo porque habían perdido una gran cantidad de dinero...

-¿Un financista que no se somete a la tiranía política y económica...?

-Aunque no lo crea, Osman, los hay. Y ese hombre valiente, su mujer y su hijo aún bebé lo pasaron muy mal; sólo por ser gente decente, honesta y de grandes ideas de progreso, creyentes la honestidad de los ahorristas y de sus clientes. Un tema espinoso que viví muy de cerca porque también perdí todo mi dinero. El asunto dio mucho que hablar. La orden era matarlo, no quebrar su negocio, pero uno de los mismos que le traicionaron, aunque él no lo sabía, le ayudó a escapar porque no podía con su conciencia. Casos como ese hay miles en la superficie exterior, porque muchos financistas son gente honesta, aunque el sistema no lo sea... Aunque esté armado para crear toda clase de corrupciones, el espíritu humano se resiste. De lo contrario, Genbrial... ¿Quién habría hecho jamás un Gran Juramento?

-Cierto. No tendríamos otra misión que custodiar las entradas a la Terrae Interiora y para facilitar el trabajo habríamos destruido a todos los pueblos del mundo. Aunque ni siquiera habríamos llegado a existir porque lo habrían hecho los Primordiales hace seiscientos millones de años o poco menos. Pero ahora dejemos eso, que hay que concentrarse en lo que vamos a hacer.... Y de paso prepararnos porque no me extrañaría que después tuviésemos que cambiar de emergencia nuestros paños menores...

-No voy a repetir lo que dije antes, Genbrial, pero entre nosotros, estos cuatro mortales y una inmortal que no puede sentir miedo a la muerte porque jamás la ha experimentado, hay una diferencia circunstancial enorme con cualquier Guerrero de la Luz y con cualquier sociedad con alta estima del honor... Estamos en un sitio que cuando pusieron la barrera azul, estaba limpio. Las pocas revisiones que se han hecho en millones de años, incluso las que hicieran hace unos pocos milenios, no deben haber afectado tanto a los Primordiales, como lo puede hacer ahora esta región, porque seguramente no había tantas proyecciones mentales horrorosas, tantos asesinatos, ni tanta envidia, ni tanto odio, ni tanto miedo como hay ahora en el mundo. Si alguna vez lo hubo, la Naturaleza del Mundo lo limpió, pero está claro que estamos ente una gran saturación del Kamaloka, es decir del "basurero del Plano Astral". Presiento que incluso Iskaún puede sentir lo mismo que nosotros en estos lugares... ¿Me equivoco?

-Para nada, querido mío, -respondió por la radio- Y cuando estuvimos en algunas zonas más elevadas donde está la barrera azul, no sentimos nada en comparación con esto...

-Pero en aquella ocasión, -respondí recordando anteriores andadas- la situación material y objetiva nos obligaba a centrarnos en lo material. Ahora estamos por abrir una puerta, aunque sólo sea para ver. Espero que esa puerta no dé para más que el paso de la luz, o su transducción al rango de la luz visible al ojo normal.

Hice silencio, me concentré en la tarea y empecé a mirar en Astral en cuando terminé de ajustar la posición del Astravisor.

-Osman... -le dije- Si el plan "B" está muy bien preparado, quizá sea lo óptimo llevarlo a cabo. Hay entidades aquí que no son trasto energético, sino seres con cierto grado de conciencia, aunque de la peor que pueda imaginarse. Ni siquiera el Cilindro Rúnico impedirá el efecto que hace el verles, aunque gracias a ello no puedan acercarse a nosotros.

NOTA: El Cilindro Rúnico es una forma de protección psíquica cuya información básica ya es muy conocida, pero que sólo pueden practicar sin graves consecuencia los Magos con ciertos conocimientos avanzados en la Magia Primordial y sobre todo, quienes no tienen la menor intención de dominio o control de la vida de los demás. De lo contrario en vez que una protección, el cilindro se convierte en una cárcel terrible. Los Freizantenos lo practican, incluyendo los niños de cinco años de edad. Así que los miembros del GEOS tuvimos que recibir la preparación adecuada en diferentes sitios, como a mí me tocó aprenderla de Polo Messinger. Este "cilindro imaginario" tiene características muy especiales. Una vez dado fuerza y claridad a esa "imaginación", se vuelve tan poderoso que la gente miedosa puede sentir miedo en la presencia de quien lo haya hecho. Así que luego hay que retocarlo, darle suavidad y otras propiedades, para que aún protegiendo contra toda intrusión de elementos del Astral, contra malos deseos y otros mentalismos ajenos, no resulte chocante para los neófitos, que suelen salir corriendo sin siquiera saber por qué, o atacan como perros rabiosos.

Una de las cualidades, es que toda la efluvia Astral, es decir la basura energética, el producto de los malos pensamientos de la gente, los restos energéticos de los seres muertos, desde los microorganismos, pasando por plantas y animales, hasta los cuerpos energéticos de las personas, se disuelven al contacto con dicho Cilindro Mágico. Incluso les disuelven cuando esas Almas no hayan tenido la "segunda muerte", que es la disolución de ese cuerpo energético que se mantiene por la acumulación de vicios como la avaricia y el apego a las cosas materiales, los miedos y todas las formas del odio.

-Queridos compañeros, -dije- Estamos protegidos por los Cilindros Rúnicos, así que ninguna de esas cosas podría acercársenos. Pero hay un problema... Vamos a tener que retraer nuestros Cilindros a sólo diez metros, porque de lo contrario no conseguiremos que se acerquen aquí los Astrales, donde tienen que hacerse ver... ¡Nunca mejor dicho! Así que incluso Iskaún tendrá que ajustar su poderoso cuerpo energético... Como le llega a más de cincuenta metros, pues tendrá que permanecer más alejada aún. Igual si se queda fuera del Kugelvin y se hace invisible, Johan podría acercarse un poco más para que haga cuantas mediciones le parezcan oportunas...

-Muy bien pensado, Marcel. -respondió Iskaún- Me dejan unos cuantos kilómetros más atrás para poder materializarnos y así podéis empezar. Esperen al menos un minuto, así no me pierdo la función...

-Creo, Amada Iskaún...-dije- que no lamentarías perderte nada de lo que se verá... Te lo he dicho varias veces con el pensamiento y aunque te resulte pesado, tengo que repetirlo en palabras. Estás por tropecienta vez, advertida, más que mis compañeros, porque ellos sólo pueden oír mis palabras. Lo que viene es ESPANTOSO....

Johan y Tuutí llevaron a Iskaún a cinco kilómetros, se materializaron un instante y en pocos segundos estaban a nuestro lado. Esperamos sólo medio minuto más, me giré y vi que Iskaún estaba a la vista, a unos cien metros, deteniendo su carrera. Había llegado tan rápido pero sin hacerse invisible, que casi le grito mentalmente que desapareciera. Uno de los dos centinelas que estaban a sólo diez metros de nuestra posición, vio algo a pesar de la luz ya muy tenue en esa parte, a doscientos metros de la sala del campamento. Tocó el brazo de su compañero, dijo algo y echaron a correr hacia nosotros. Nos traspasaron como es lógico, sin la menor sospecha de la existencia nuestra, pero algo pequeño contrastaba a lo lejos con la oscuridad de la caverna.

-¡Es la cabeza de Iskaún! -exclamó Tuutí con asombro y preocupación- Y va caminando hacia atrás. En vez de hacerse invisible entera como buena Primordial, sólo ha hecho invisible el traje.

-Espero que no vayan a disparar... -agregó Johan- Los Primordiales son muy fuertes, pero no son invulnerables a las ba...

Apenas terminó la frase, interrumpido por los disparos de metralla. Si íbamos a provocar miedo, pues en ese momento sentimos pánico. No alcanzábamos a escuchar bien, pero creímos oír algunos ruidos por sólo un instante y luego un quejido. Recordé por un momento la operación de rescate de Iskaún que había comenzado para mí en Iraotapar y en un segundo más me hubiera puesto a llorar como loco, si no fuese porque...

-Tranquilos... -escuchamos telepáticamente a Iskaún- No hay motivo de preocupación. Ya no estoy visible... Y ellos ya están sin sus armas...

No pude resistir la tentación de ver más de cerca, así que giré el Kugelvin y un segundo después estábamos a cien metros, sin ver a Iskaún y nuevamente traspasados por los soldados pero esta vez corrían *"como Alma que persigue el Diablo"*. Luego pasaba sólo la cabeza de Iskaún materialmente hablando. No veíamos su cuerpo ni estando en Gespenst. Miré un momento en Astral para sacarme la impresión al ver su áurea tan radiante, para volver a mirar el espectáculo de terror que estaba armando ella solita.

-¡*A ghost*! -gritaba un soldado sin dejar de correr- ¡*We've seen a ghost!*, ¡*Help, please!*

-¡ *We are persecuted by a head...!* -gritaba el otro.

Cuando llegaban cerca de sus compañeros que salían alarmados de detrás de los vehículos y de los dormitorios, ya no había nada que ver. Pero eran dos y la alarma sonó en todo el campamento. La guardia al completo, los retenes, la gente que trabajaba o dormía, salía de todos lados con las armas en las manos. Un oficial ordenó formación y en un momento estaban todos en el centro de la sala. Dio unas órdenes y un grupo de diez hombres corrió hacia la tuneladora. Salvo un pelotón de quince personas, el resto quedó dividido en dos grupos. Un grupo de más de cien hombres, entre los armados con armas largas y los otros, sin uniforme militar y armados con pistolas, salieron hacia la continuidad de la caverna en dirección a la zona de las fumarolas. El otro grupo avanzó hacia nosotros. La muchedumbre nos traspasó silenciosa y con todas las linternas encendidas.

-Creo que vamos a demorar un buen rato. -dije- Y a más demora, más efectividad. Paradójicamente, tenemos que usar ahora el arma preferida de los esclavistas... Y mientras más pequeñas son las dosis iniciales, y mientras más lento es el aumento de la dosis, más grandes se hacen los monstruos del miedo. Espero no pasarme demasiado con la dosis...

-Cierto, mira aquellos dos en el medio del pelotón. -dijo Osman- Están desesperados y uno de ellos es un suboficial no muy joven. No habrán creído que se trate exactamente de lo que vieron, pero saben que vieron lo que dicen... Has estado genial Iskaún, pero creo que has violado unas cuantas leyes.

-Para nada Osman, pues he actuado como corresponde porque no hay ninguna ley que me impida transitar por aquí. Y esos hombres vinieron a atacarme, dispararon y todo. Si no fuese más rápida que ellos, me habría quedado agujereado el traje nuevo. Se me verían las costillas, la sangre y todo eso. ¿Qué le habría dicho a Urthorfanoteheritarodilar?

-Pues nada. -dije- Estarías muertita y nada menos que en este sitio de tan difícil salida. No harías tu Ascensión, tendrías que... No sé, se me ponen los pelos de punta... Vamos en serio, que empezaremos la fiesta con los que están en la tuneladora....

Nos colocamos prácticamente dentro de la tuneladora, dejando apenas espacio para ver lo que ocurría. Había gente alrededor y no me pareció buena idea que no tuviesen donde ir. Así que esperamos que terminasen de revisar todo y no hallando nada comenzaron a retirarse hacia la sala. Calculamos la proyección a cincuenta metros, cuando ellos estaban a esa distancia y esperamos unos segundos. Al disparar la proyección, la extraña luminosidad que notaron les hizo girarse y comenzaron a ver con extrañeza al principio y con miedo después, unos pocos entes Astrales que entraban en la cortina de proyección. No era algo tan pavoroso al principio, porque unos pedazos de brazos, piernas sueltas y cabezas sin cuerpo que flotan por ahí, entre medio de pedazos de árboles, formas raras que se retuercen como gusanos y eso, no es gran cosa. Lo ve todo el mundo por televisión, casi todo el mundo lo ha leído en los cuentos de miedo, en las películas de terror... Pero una cosa es verlo en la TV o leerlo, y otra es estar a cientos de kilómetros bajo tierra, viendo cosas que "*no deberían estar ahí*".

Mientras pensaba y decía algunas de estas cosas en voz alta a Osman y a mis compañeros mediante la radio, las formas inertes empezaron a despejar el sitio, para dar lugar a otras más coherentes. Dos figuras humanas... O casi humanas, ocuparon los diez metros de ancho de la zona de proyección, con sus cuatro metros de fondo, haciendo una especie de "limpieza" de toda la efluvia, pero de un modo grotesco, como peleando con ella, lanzando fuera del escenario los pedazos de plantas, animales y personas que flotaban por ahí, así como a otras entidades al parecer más "completas". Para mi vista, sus áureas eran de un azul sucio, con partes marrones, con aspecto de manchas y vetas amarillentas, pero al dejar de mirar en Astral pude ver lo que veían los demás. Más que áureas, eran siluetas, porque se veían en el fondo oscuro, pero resultaban casi en sombras en algunos momentos en que los haces de partículas del proyector alumbraban a otras criaturas.

-Esto sí que se pone raro... -comentó Osman- Parecen como "sombras iluminadas", aunque resulte contradictorio.

-He visto algunas veces seres parecidos a estos, -respondí- pero nunca dos juntos y en esa actitud tan grotesca y aspecto tan sucio.

Los soldados y trabajadores que habían sido enviados allí, tras menos de un minuto de observación perdieron el susto inicial y comenzaron a acercase en vez de seguir su carrera hacia la sala. Hablaban entre ellos e Iskaún nos avisó que estaban suponiendo que era un holograma.

-Voy a reducir el escenario... -dije mientras lo hacía- Estas entidades nos pueden estropear el objetivo en alguna medida. Me gustaría saber qué o quiénes son...

-Son entidades vivas... -dijo Iskaún a la que sentía muy cerca sin verla- Sólo tienen sus cuerpos Astrales, es decir que son simplemente muertos, pero sus Almas han quedado allí, atrapadas en sus cuerpos energéticos parasitados por odios, miedos y vicios. Estos son como muchos políticos de la superficie exterior, y no me extrañaría que lo hayan sido. Tienen el "*yo controlador*", el delirio de poder como principal parásito y han encontrado un escenario y una tribuna donde hacerse notar, impulsados por su "*yo inferior*"...

-Cierto, la misma actitud de muchos políticos. -concluyó el Genbrial.

- Ahora veremos qué pasa si dejo escenario para uno solo... -dije-

Al reducir a un metro de ancho y un metro de fondo la proyección, tras algunos ensayos con el regulador del Astravisor, los dos fantasmas empezaron a empujarse, a pelear entre ellos para ocupar el espacio de visibilidad. Yo podía ver el cuadro más completo, claro, pero los narigoneses, al igual que mis compañeros, los veían como una obra de teatro tragicómica donde dos actores luchaban por hacerse con el escenario a medida que se achicaba. No obstante, los efectos visuales eran de suficiente rareza y violencia como para acompañar las vibraciones psíquicas emanadas por los contrincantes.

No parecía que fueran a cansarse de propinarse golpes, pero no como luchadores profesionales, sino como bestias humanoides torpes, como borrachos iracundos. Uno de los soldados se aproximó lo suficiente para quedar dentro del pequeño escenario y en un primer momento parecía que no le afectaba aquello, hallándose en medio de un holograma, donde también su cuerpo Astral se hizo materialmente visible pero poco a poco comenzó a moverse con espasmos, y aquellas dos figuras la emprendieron a golpes contra él. No acusaba los puñetazos como en la materia normal, sino como algo que le producía descargas eléctricas y en algún momento se pudo ver la interacción de esos cuerpos fantasmales, con el cuerpo energético del soldado que por momentos hacía los mismos gestos violentos. Arrojó su arma sin darse cuenta y empezó a participar de esa lucha activamente, pero al llamado de sus compañeros, salió corriendo para reunirse con ellos. Al ver lo sucedido, el grupo empezó a retirarse lentamente sin dejar de mirar, mientras los fantasmas seguían con su particular lucha por ocupar aquel metro cuadrado de escenario. El valiente que hizo el intento de entrar en lo que creía que era un holograma, comenzó a vomitar, cayó al suelo y dos de sus compañeros lo llevaron casi a la rastra pero se detuvieron todos unos metros más allá, como si a pesar del miedo, no quisieran perderse lo que ocurría.

HORRIPILANTES DESCONOCIDOS

-Allí vienen otras cosas... -dije mientras ampliaba al máximo el campo del Astravisor para que pudieran verlos mis compañeros. No eran más que sombras humanas con volumen, con una fealdad que no es posible describir y que el mejor dibujante lo tendría difícil para graficar, porque su piel, membrana o lo que fuese la parte exterior de esos envases horribles, parecía ondular como un moco negro a veces brillante en algunas zonas. Las cabezas eran demasiado grandes para esos cuerpos deformes, tanto o más altos que los Primordiales pero muy delgados. Las manos larguísimas acababan en garras y los dedos brillaban más que el resto. Los ojos pudieran describirse como dos semiesferas. Algo parecido a los de los insectos, pero sin pupilas.

Eran más de veinte y entraron al escenario lentamente, algunos caminando otros arrastrándose, como reconociendo con cuidado el sitio, cuya diferencia notaban igual que los elementales y los violentos luchadores. Mientras, los dos primeros ocupantes intentaban en vano expulsarles. La lucha duró menos de un minuto y esos innombrables espectros rodearon a los dos sujetos anteriores alargando sus ya muy largos brazos y manos hacia ellos. Los que antes actuaban con violencia, cayeron de rodillas en medio de sendos círculos y momentos después eran destrozados y devorados con creciente rapidez por los recién llegados. Como fieras carnívoras devorando a dos víctimas a las que sólo faltaba escuchar sus gritos de terror para que nuestros ojos horrorizados tuvieran la compañía de sonidos pavorosos.

Una de esas sombras pareció comprender que les observábamos y luego los demás también, así que cuando acabaron su festín, algunos se lanzaron sobre el grupo de narigoneses y otros vinieron hacia nosotros. Al salir del escenario de proyección, mis compañeros no les veían, pero yo me sobresalté porque no sabía si aquellos, que nos habían percibido estando en Gespenst, podían afectarnos. Nos traspasaron como cualquier otra cosa, pero algo no era igual. Nos miramos con Osman y ambos nos reconocimos que sentíamos lo mismo en la interacción con aquellas entidades que parecían seres inteligentes, o al menos más inteligentes que los Astrales devorados.

Si bien nos veían, como que desde el Plano Astral se puede ver absolutamente todo, dependiendo del nivel de conciencia del observador y de las condiciones propias de cada lugar, estos monstruos parecían entender más sobre nosotros y se dieron cuenta que yo podía verlos aunque estuviesen fuera del escenario de proyección. Así que intenté disimular que no los veía y conversé cualquier cosa que no recuerdo con el Genbrial, como para disimular mejor. Intentaban también arremeter contra el otro Kugelvin, pero por suerte ni Johan ni Tuutí les podían ver. No obstante, hicieron algunos comentarios de lo que sentían alrededor y que les daba escalofríos. Uno se pegó al Kugelvin y me miraba con sus dientes babeantes, estirando su cuello, como analizando mi pensamiento o mis actitudes. Luego otros dos hicieron lo mismo, pero por intuición, me puse a pensar en los objetivos de nuestra misión allí, en proteger a Freizantenia de lo que fuese, en lo bello de los elementales, en la más opuesta comparación con la situación en que estábamos...

Tras unos segundos que se me hicieron eternos, en que intentaban asustarme y asegurarse si los veía o no, la mayoría volvió a la zona de proyección y desde allí hacían gestos amenazantes, especialmente dirigidos a mí. Los otros continuaban haciendo gestos violentos a mi alrededor, pero conseguí permanecer inmutable en apariencia y al final me quedé inmutable emocionalmente, ya que tenía bastante práctica en confundir a las entidades Astrales que buscan comunicarse con quienes les vemos. Pero se me hacía difícil con estos seres tan extraños.

-Creo que deberíamos continuar en la sala... -dijo- Osman. No tiene caso seguir viendo a estos bichos aquí y necesitamos conocer cómo van las cosas en los túneles.

-Allá vamos, entonces... -dije mientras apagué el proyector y Tuutí y yo conducíamos sendos aparatos hacia el centro de la sala.

El grupo que huyó de la cueva de la perforadora se había situado en medio de la sala formando un círculo doble. Los del exterior estaban sentados y los otros de pié, todo el mundo con las armas en la mano. Los entes sombríos giraban alrededor, se burlaban de ellos, intentaban estimularles el miedo, pero como ninguno les veía sólo aumentaba ese miedo a nivel subconsciente, sin que ninguno reaccionara.

-Podríamos seguir haciendo proyecciones parciales -dijo Osman- o centralizar la actividad aquí mismo... ¿Qué opinas?

-Veo que tienen una inútil perspectiva de defensa -contesté- ante cosas que nunca podrían tocarles, ni ellos podrían herirles. A lo sumo, una actividad violenta podría aumentar la fuerza de esas entidades. Y creo que no habría que darles el espectáculo aquí mismo, por ahora. Me gusta más la idea de producirles apariciones dispersas, aleatorias, que no parezca que va directamente dirigida a ellos, una actividad cualquiera sea. Tampoco de modo continuado, sino de a poco, aunque demoremos unas cuantas horas o incluso días. Será más efectivo todo mientras más lentamente les metamos el miedo.

-¿Y el miedo nuestro, qué? -preguntó Tuutí- También nos afecta, no me digan que no...

-Sí, claro, pero no es lo mismo. -respondí- Nosotros sabemos casi todo, y que jamás podrán tocarnos materialmente, que a lo sumo pueden afectarnos sus violentas vibraciones en la medida que respondamos con nuestro propio miedo. Y si hay alguien que puede ser más afectado, a pesar del dominio y conocimiento del Plano Astral, soy yo, porque les veo son necesidad del Astravisor y tengo que disimular que no. Incluso estoy hablando metiendo mi pensamiento en algo parecido al Cilindro Rúnico, para que sólo nosotros podamos entendernos. Y hablando de eso, estas cosas tienen algo más, porque el Cilindro Rúnico parece que ni les molesta. No les destruye como al resto de los Astrales, por eso han podido acercarse tanto.

-Podríamos intentar -propuso Osman- atacar con la Runa Destructora, proyectarla mentalmente sobre ellos, a ver qué pasa...

-Es una buena idea, pero la tendríamos que ensayar después. Ahora mismo vamos a poner un poco de pimienta fuerte en el plato...

Encendí el Astravisor dejándolo como estaba al apagarlo, calculando una distancia de treinta metros, para ver mejor las reacciones y todo lo demás, porque desde cincuenta metros la vista Astral desde Gespenst me resultaba algo borrosa. Al hacerlo, los espectros entraron de lleno en medio de los más que aterrorizados hombres, que comenzaron a disparar en todas las direcciones, lógicamente sin afectar a aquellas sombras que seguían con su macabro baile alrededor. Las balas nos traspasaban y el horror de los hombres también nos afectaba. Apagué el Astravisor y alguien ordenó dejar de disparar. Pero esos pocos segundos fueron suficientes para sembrar un espanto de alta intensidad. Algunos hombres lloraban, otros discutían, otros se limitaban a mirar hacia todas partes apuntando con sus armas, inútiles para esta situación.

-No conviene darles más, -dije- porque si dura mucho descubrirían un patrón de funciones y distancias. Ya algunos sospechan hologramas, así que si averiguan que los escenarios no tienen más de diez metros de ancho y cuatro de fondo, esa idea tomaría fuerza. Vamos a reducir los cuadros a sólo uno o dos metros, y más espaciados en el tiempo y lugar.

-Veamos por dónde están los otros grupos, si te parece. -Dijo Johan.

-Bien, pues vamos hacia la zona de fumarolas. Y a ver qué pasa...

En unos momentos alcanzamos al grupo que ya estaba a un kilómetro y seguía avanzando con sus linternas explorando todo. Nos colocamos unos cien metros delante de ellos. Algunos de los sombríos se habían venido con nosotros, como presintiendo nuestra acción.

-Temo que estos tipos sombríos, -dije- ya han pillado el truco. Les llamaré "Sorchos"; es un nombre que dan a espectros así en algunas partes de Sudamérica. Y parece que saben que les vamos a dejar un espacio para manifestarse. No sé si eso es bueno o es malo.

-Si no me equivoco -escuchamos a Iskaún en nuestras mentes- podría ser muy bueno. Si fuesen de una vibración tan mala en la intención, como lo es en la apariencia, yo no podría ni verlos. Sin embargo los veo. A aquellos dos que devoraron, no podía verlos porque eran mucho más violentos que lo que puedo soportar, así que sólo los veía a través de los pensamientos vuestros. Y que a estos no les afecten los Cilindros Rúnicos vuestros, es muy curioso. Intentaré comunicarme con ellos...

-¡No, Iskaún! -grité- ¡Por favor, no lo intentes!... Al menos hasta que les conozcamos mejor...

-De acuerdo, pero no te preocupes, no temas por mí. No lo haré hasta que tú me lo pidas. Igual los voy a escanear cuanto me sea posible sin establecer comunicación. Sin embargo presiento que será bueno comunicarnos con ellos de alguna manera. Estos viven en el Plano Astral, pero... No sé, tienen algo más...

-Sí, ya lo vemos, son algo más que meros fantasmones. -respondí- Y además me ha parecido escuchar algo cuando hacían gestos de ataque, cosa que no es muy posible en Astral...

-Sí que lo es Marcel, -continuó ella- porque aunque los sonidos más agudos que puede escuchar el ser humano rondan desde los 11.000 hasta los 20.000 Hertzios, la escala llega casi hasta los sesenta mil como forma audible para muchos seres no humanos. Más allá, pasan a ser ondas electromagnéticas, pero el Plano Astral tiene sus propios sonidos, sólo que es una escala diferente y las ondas son cuánticas, sin efecto sobre el plano atómico, por eso no escuchas sonido Astral, pero sí el pensamiento telepático potente. Con el pensamiento pasa lo mismo. Oís mis palabras, es decir que me escucháis, porque hay sonido en una frecuencia tan alta que puede llegar hasta el otro lado de la Tierra o incluso hasta fuera del sistema solar. La telepatía no es otra cosa que sonido e imagen, con la completitud de los sentimientos y mucho más, pero en su base, es sonido en una frecuencia de trillones hasta quintillones de ciclos por segundo. De modo que esos entes han estado produciendo sonidos de la más baja frecuencia posible en el orden cuántico, para que los puedan escuchar los narigoneses y ustedes. Eso también es algo que indica que tienen más capacidades que un cascarón Astral. Bueno, continuemos con el programa, pero quedo pendiente de que determines el momento para comunicar con estos seres.

-Gracias, Iskaún. Vamos a pasarles un poco de susto a estos otros, a ver cómo reaccionan, aunque no creo que sea diferente...

Encendí el Astravisor cuando el grupo estaban a unos cuarenta metros y la zona de proyección les quedó a diez metros. En esos segundos de conversación con Iskaún, los Sorchos ya habían despejado el escenario. No había ni efluvia en la zona y yo veía como salían despavoridas otras entidades Astrales. Al momento de encender el proyector, ellos mismos se retiraron dejándolo vacío. Pero percibían exactamente el sitio y dimensiones del escenario, dando vueltas alrededor. Subían hasta percibir dónde acababa la zona cerca del techo de la caverna y algunos se metían bajo tierra. Cuando los hombres estaban ya cerca, sólo uno de los Sorchos se acercó para aparecer en el centro, saliendo desde debajo de la tierra. Eso resultaba más escalofriante que si hubiera aparecido simplemente caminando o bajando. Cuando los hombres se detuvieron y apuntaron allí todas las linternas, otro Sorcho comenzó a emeger lentamente un poco más adelante, justo al borde de la zona de proyección. Era espeluznante ver salir la cabeza y los brazos estirados hacia arriba. Como era lógico y esperable, los soldados que iban adelante dispararon ráfagas de balas sobre horripilante visión y para nuestra sorpresa, esta vez pareció afectarles.

El primer Sorcho hizo movimientos como si las balas le afectasen y volvió a hundirse en la tierra. El otro bajó los brazos, hundió la cabeza en el piso y dejaron de verse. Nadie se atrevía a avanzar pero después de unos cuantos gritos y comentarios, un oficial se animó a separarse del resto y avanzó. Al llegar a la zona de proyección dos cabezas de Sorchos comenzaron a emerger de la tierra justo a cada lado del soldado, que disparó sobre ambas cabezas y produjo al parecer algún efecto en los Sorchos, que volvieron a internarse en la tierra. Acto seguido, avanzó un poco más y cuando estaba al otro lado, fuera del área de proyección, emergieron lentamente y a diferente ritmo cinco Sorchos. Los otros, que se habían quedado atrás, le gritaron al oficial para que mirara lo que ocurría a sus espaldas. Este se giró y al ver a los monstruos disparó sin darse cuenta que su gente estaba en la línea de tiro. Y el terror empezó a apoderarse más y más del enemigo. Los Sorchos se volvieron a hundir en la tierra, pero habían caído varios hombres heridos o muertos. El oficial se quedó atónito al comprender su error y cayó de rodillas, llorando y gimiendo. El resto de la gente salió corriendo hacia la sala central y los Sorchos se reunieron alrededor de nuestros Kugelvin. Se sentaron en el suelo como esperando algo que hacer y me miraban todos fijamente. El oficial arrodillado cayó de bruces, quedó desmayado de terror y angustia al disparar a su gente sin querer.

-Me ponen los pelos de punta, -dije- pero me están mirando todos sin hacer nada... Creo que esperan que sigamos el espectáculo, pero... Ahora sí, Iskaún, creo que ha llegado el momento de intentar comunicar con ellos.

-Sin duda. Han actuado magistralmente, -respondió Iskaún- porque las balas no les afectan en absoluto, pero han hecho una farsa macabra, espeluznante para cualquier mortal que no sepa lo que sabemos.

-Y aún para los que sabemos... -intervino Johan- Nunca imaginé que unos seres del Astral pudieran hacerse nuestros compinches, pero eso creo que me asusta más...

Iskaún se hizo visible. Seguíamos en Gespenst y las linternas del desmayado y los otros caídos, apenas apoyadas en el suelo, daban un aspecto fantasmagórico escalofriante, aunque para nosotros no había total oscuridad ni demasiado contraste. Ella se acercó a los ocho caídos y les comenzó a tocar en la cabeza y a extraer las balas con las manos. Luego tocó al oficial desmayado y se reunió con los Sorchos.

-Ya está. Siguen vivos y lo seguirán estando, están curados pero dormirán algunas horas. Vamos a intentar hablar con estos señores...

Durante algo más de dos minutos, guardamos silencio. Los Sorchos al verle hacer de aquella manera, se quedaron quietos. Ella se sentó en el suelo como incluida en la ronda del grupo y por los movimientos de las cabezas y otros gestos, aunque no oíamos, era evidente que había una conversación. Iskaún tenía por costumbre cierto movimiento de cabeza cuando agradecía, un gesto muy personal, aunque algo similar al de muchos Primordiales, pero su sonrisa y la expresión del rostro en esa actitud, eran algo único.

-Sin duda -comenté a mis compañeros- está agradeciéndoles lo que han hecho, y posiblemente lo que harán. Para ser una conversación telepática, está durando mucho. Dos minutos así serían horas de charla con palabras. Nuestra veedora y protectora tendrá mucho que explicar cuando esto termine.

-Tal como os decía, queridos míos. -dijo Iskaún poniéndose en pie- Estos seres viven en el Plano Astral pero no son meros cascarones. Son una forma de vida aunque ahora estén muertos. Los Primordiales no los conocíamos. Han llegado hace pocos años y desde muy lejos, por causa en parte, de un accidente cósmico. Una Supernova no destruyó para luego absorber su planeta, como es lo habitual, sino que la explosión lo lanzó muy lejos, puede que a muchísimos años luz. El planeta acabó por desintegrarse aún muy lejos de aquí y toda esta gente murió, pero no abandonaron sus cuerpos Astrales, sino que se mantuvieron en un asteroide, un pedazo de ese planeta, como una isla solitaria y ellos, Almas en naufragio lejos de todo, no tenían como continuar su evolución. Creo que nadie ha pasado jamás tanto miedo como ellos, porque los que no resistieron en sus cuerpos Astrales y lo abandonaron, sufrieron la "Tercera Muerte". Pero mejor explico primero lo que ocurre normalmente en cualquier planeta. La Tercera Muerte es la muerte del Alma, en el Avitchi, ese espacio interestelar, donde no hay planetas y donde sólo van las Almas más pervertidas, porque ellas en vez de ganar peso como lo hace el cuerpo Astral cuando se llena de imperfecciones, lo pierden. Y la materia ultra cuántica que compone el Alma se hace más leve y a la vez se contrapola. El odio acumulado es tanto que el planeta rechaza esa Alma, en vez de atraerlo con la Gravedad Universal... Como sabéis, la Atracción es la primera Ley Hermética del Principio Universal Amor. Si se odia, en la misma medida que a cualquier cosa, se odia al mundo, entonces éste repele al Alma. Así que los planetas las expulsan cuando se pudren y no tienen coherencia en el Sentir, Pensar y Hacer. Normalmente, eso sólo ocurre cuando un Alma se mantiene durante muchas vidas practicando la esclavitud. Ese es el mayor de todos los pecados... Y ese Avitchi es el peor infierno que puede existir, pues allí se desintegran las Almas por efecto de las grandes tensiones gravitatorias a nivel cuántico... Como si de gigantescos engranajes se tratara, y de hecho lo son. Esos campos magnéticos trituran a las Almas sin cuerpo que llegan allí. Un gran Maestro que enseñó a los mortales la Doc-Trina, decía de los pecados extremos *"...entonces se irá al Avitchi, donde no hay regreso ni perdón, y ahí vendrá para el impuro el crujir de dientes y la eterna desaparición..."* porque se pierde para siempre el "Yo", la individualidad primordial que creó la Chispa Divina. Entonces ese "Yo" que aprendió a aprender, a sentir, a interactuar, a amar, a desear, a temer y finalmente a dominar y odiar, pero que evolucionó durante milenios o eones pasando por todos los Reinos de la Naturaleza... Se pierde para siempre, es el "nunca jamás" de una individualidad. También el espacio interplanetario tiene características de Avitchi en algunas regiones. Pero ahora los explico qué les ocurrió a esta gente del planeta cuyo sol les expulsó de su gravedad. Los compañeros de esta gente, Primordiales de un planeta accidentalmente expulsado de su sistema, no tenían necesidad ni merecían esa Tercera Muerte del Ser por hacerse esclavistas ni nada parecido. Pero fueron muriendo sin tener cómo ni dónde volver a nacer. Se perdieron para siempre. El asteroide con los supervivientes, es decir muertos en primera muerte, o muerte física, cayó a la Tierra y estos seres han tenido que intentarlo todo para "sobrevivir", si es que se puede llamar así a estar en el Plano Astral, en el peor sitio donde se puede estar para poder alimentarse y seguir conscientes, evitando la segunda muerte o "Muerte en el Astral", para evitar así la muerte del Alma, sin poder nacer en ninguna de las especies animales ni en el Reino Humano, ni en el inmortal y mucho menos entre los mortales, de cuyos cascarones tienen que alimentarse para seguir aquí y que la Tierra no expulse sus Almas como cuerpos extraños. Aunque estos no tienen odio ni nada de eso, las Almas son hijos de cada planeta, y un Alma de otro mundo puede ser rechazada, no reconocida por el Logos Planetario, por el *"Ser que Es"* la Tierra misma. Algo análogo a lo que ocurre en biología con los órganos trasplantados o muchas entidades que aún no siendo dañinas, el cuerpo reconoce como "extraño" y entonces potencialmente peligroso...

-O sea que estos seres -reflexioné en voz alta- están padeciendo el peor infierno que puede tenerse aquí, para evitar el definitivo y absoluto del Avitchi. ¿Por qué nos han ayudado?

-Porque son muy perceptivos, -respondió Iskaún- saben que deseamos proteger el mundo. Ellos eran tan inmortales, tan Primordiales y todo eso como yo. Pero su gran error fue la pusilanimidad, la pereza, el no hacer nada cuando sus científicos advirtieron que el sol central entraría en fase de Supernova antes de lo previsible. Podrían haberse exiliado en otro sistema, como es habitual que se haga en estos casos. Pero tuvieron la imprudencia del perezoso, que se queda esperando a que no pase nada.

-Bueno, es que en la civilización de superficie aparecen cada año cientos de falsos profetas avisando que habrá grandes catástrofes...

-.Cierto, Tuutí, -respondió Iskaún- pero no es lo mismo cuando esa advertencia la hace un científico de un planeta armónico. Si alguno de nuestros sabios más avezados en cuestiones astronómicas nos diese un aviso así, no perderíamos ni un día. Prepararíamos cuantas vimanas fuesen necesarias y nos iríamos a casa de algunos de nuestros amigos en otros sistemas solares, y lo harían todos los Primordiales de Mercurio, Marte, Venus, Urano, Neptuno, Plutón, Saturno, Júpiter, Haumea, Makemake y Eris, así como los habitantes de los satélites naturales y los artificiales como la Luna. Nadie se quedaría pensando que quizá no pase nada. Ya ven como termina la indolencia...

-¡Habitantes de la Luna!... -exclamé y esperé sin respuesta algunos segundos- Vale, ya entiendo que eso lo dejamos para otra ocasión. Entonces... ¿Nos van a seguir ayudando para echar de aquí a los narigoneses?

-No sólo eso. -continuó Iskaún- Si les permites, ellos te indicarán a través mío lo que podemos hacer, porque como habitantes obligados de la región más terrorífica de la Tierra, pero que les proporciona alimento y sin haberlo pretendido cumplen una función útil al mundo, conocen muy bien los terrores más profundos de cualquier especie. Ya conocen todo el abanico de vegetales y animales, conocen nuestra existencia en ambas superficies y las sociedades de las vacuoides. Creo que conocen todo mejor que cualquiera de nosotros y hasta han aprendido a traspasar la barrera azul, porque sus arquetipos de Alma no son muy diferentes a los nuestros. No lo suficiente parecidos como para que el planeta los reconozca y acepte sin más, y posiblemente no podrían encarnar en nuestros cuerpos o como mortales. No lo sabemos ni lo saben ellos, pero nos resultan afines. No les veríamos si ellos no lo quisieran...

-Entonces... -dije con cierta preocupación- Habrá alguna manera de ayudarles. Si la hay, pues habrá que buscarla...

-No os preocupéis por ellos. Ya hemos conversado tan largamente que en palabras hubiésemos estado muchos días hablando. Buscaremos las maneras de ayudarles y ya están más tranquilos. Temían tomar contacto incluso con los Primordiales, pero lo hubieran hecho cuando mediante nuestras acciones, nos conocieran mejor. Pues se ha dado la ocasión y ahora tenemos unos cinco mil aliados en el Plano Astral. En esta región sólo está este grupo de veintiséis, pero cuando acabe esta misión se encargarán de reunir a los demás y conferenciar con Uros y conmigo. Y hay que ayudarles pronto, no sólo por nosotros, porque según me han informado, hay otras cosas a las que deberíamos temer, posiblemente más que a las tropelías de los narigoneses. Hablaremos de ello en otro momento...

-Pues en cuanto a los Sorchos, podemos quedarnos más tranquilos todos. -dije- Pero nos dejas la espina de la preocupación por eso "otro" que no nos dices. Los heridos no morirán aquí y estos... Si no les ofende el nombre Sorchos, le seguiremos llamando así porque no se me ocurre nada mejor... Bueno, pueden darme ideas, pero ya tengo algunas.

-Dicen que sigas tu plan. Os conocen tanto como yo y confían. Ellos irán actuando según vean lo que conviene o no, para mejorar los efectos. Si piensas directamente, sin envolver tu pensamiento en esa onda portadora rúnica, te escucharán mentalmente mejor y yo traduciré sus pensamientos para ustedes.

-De acuerdo. Ese efecto de salir bajo la tierra ha sido espectacular. Se me erizaron hasta los pelos de la barba que me afeité ayer. Igual podrían salir de adentro de las paredes, para lo que proyectaré la zona de modo que abarque un tramo de muros... Vamos a buscar el otro grupo que fue en dirección a la Pasarela. Si quieres que te llevemos, Iskaún...

-Nada de eso. Voy detrás en compañía de nuestros nuevos amigos. Será muy divertido pasar entre medio de los de la sala, que sólo verán una cabeza flotante...

-Nada de eso, Iskaún, que podrían herirte y lo sabes.

-Soy muy rápida y sólo lo haré un instante....

-Como jefe de esta misión en esta zona, -dije con total contundencia- te ordeno que no lo hagas. Una preocupación innecesaria y un riesgo inútil cuando vamos a meterles terror de muchas otras maneras...

-¡Vaya manera de hablarme...! -respondió- Me reiría si no sintiese ese Amor tan limpio, potente y profundo de tu corazón, medio de hijo, medio de Hermano del Alma, que si me descuido me hace llorar. Ya lo habéis pasado muy mal para rescatarme aquella vez y no debería yo haceros sentir lo mismo ahora. No te preocupes. Vamos, id más rápido, que si sigo corriendo a esta velocidad me matará el aburrimiento.

Un minuto después estábamos doscientos metros más adelante del grupo que avanzaba en la otra dirección. Eran muchos más y dirigidos por alguien con más mentalidad militar, porque iban en fila de a tres, sin marcar el paso porque debían explorarlo todo, pero la disciplina era mayor que la del otro grupo formado por más trabajadores y menos soldados.

-Ya estamos, son cien metros. Proyectaré como antes, a treinta metros de aquí, cuando ellos estén a cuarenta metros. Como no da el escenario más de diez metros de ancho, proyectaré hacia la derecha, para que los Sorchos puedan hacer sus entradas también por la pared...

Unos segundos después la función se repetía, aunque con un grado de perfección que daba miedo de verdad. Sólo bastaron unos brazos y algunas cabezas que comenzaban a aflorar de la roca y del suelo, para desatar la andanada de balas de los que iban adelante. El oficial al mando ordenó alto el fuego y formar fila frontal y de rodillas en tierra, ocupando todo el ancho de la caverna, es decir unos cuarenta metros en ese sector. Otra fila permaneció detrás, en pie. Debido a la escasa gravedad, se movieron muy rápidamente y en segundos estaba toda la tropa formada, apuntando al sector donde la mitad de los Sorchos estaba ya casi totalmente visible. Otros recién comenzaban a aparecer y el jefe ordenó la primera tanda de fuego. Los Sorchos hicieron como que caían, se agarraban supuestas heridas y se retorcían en el suelo hasta quedar exánimes en apariencia. Cuando estuvieron los veintiséis caídos y sin moverse, el oficial ordenó a dos hombres que le acompañasen. Les brillaba el sudor cuando avanzaron casi temblando unos cuantos pasos pero antes de llegar a ellos, los Sorchos se comenzaron a "recuperar". Se levantaron lentamente, como borrachos y retorciendo sus cuerpos como si aún les doliesen los disparos. Los tres hombres echaron a correr hacia atrás sin dejar de disparar y los Sorchos volvían a caer. En eso aparecieron dos de los Sorchos fuera de la zona de proyección, trayendo cada uno a un Astral de soldado.

-¿De dónde han sacado un par de...?

-Tranquilo, Marcel, -me decía Iskaún- y concéntrate en mantener estable la proyección.

Mientras retenían a uno fuera de la zona, a otro le hicieron algo que disminuía la radiación de su áurea. Luego lo metieron dentro de la zona, con lo que pareció que habían atrapado a alguno de ellos. Allí se repitió el "festín" que hicieron con los luchadores violentos en la cueva de la tuneladora. Los disparos seguían sonando y los Sorchos continuaban su parodia de heridos que caen y se recuperan, pero se manducaron el Astral del soldado. Y eso no era farsa, sino una horrible realidad que nos daba pavor aunque yo sabía que era lo mejor que les podía suceder a esos muertos. Al abandonar el cuerpo Astral, esas Almas de soldados que ni saben por quién ni para qué luchan, van a parar al Devachán, donde encuentran un tiempo de descanso antes de iniciar una nueva vida. Pero aún así, me daba escalofríos y me replanteaba esta especie de macabra asociación.

Al segundo Astral, es decir al segundo soldado, le hicieron lo mismo y resultaba curioso cómo dejaba de brillar antes de meterlo al escenario, para parecer realmente un cuerpo humano y no un cascarón Astral. Mientras lo devoraban, los disparos amainaron y los gritos arreciaron. Todo el grupo de hombres duros aterrorizados como jamás imaginaron que podrían llegar a estarlo, salieron corriendo hacia la sala del campamento. Iskaún, atendiendo a nuestras inquietudes, nos explicó:

-Los soldados, muertos ya en accidentes aquí dentro, lo estaban pasando muy mal. Estos amigos los retuvieron pero les explicaron que no debían temer. Se les presentaron en sus verdaderas formas, no en este disfraz Astral que usan aquí, y les explicaron que podrían volver a nacer en la superficie exterior, pero podrían recordar algo de lo ocurrido aquí, generando confusiones y problemas. Entonces les explicaron que estaban en el bando equivocado. Les dieron un rápido vistazo de toda la situación y les pidieron que accedieran a una segunda muerte. Así irían al Devachán pero volverían a la vida con algunos cambios, unas mejoras que no tendrían si nacían directamente con esos cuerpos Astrales contaminados de vicios, miedos y odios. Sólo unos segundos bastaron para que comprendieran todo y accedieron a abandonar el Astral, de modo que "pasaron a la luz" como dicen los espiritistas y los Sorchos comieron la capa externa del Astral, dejando la parte menos luminosa. Por eso parecían cuerpos materiales.

-Extraordinario... -dije- Ha sido más horroroso para el enemigo, que lo que yo mismo imaginaba que podía ocurrirles. Ya no piensan en fantasmas, en cosas tétricas, ni se plantean el "más allá", aunque de eso se trata, sino en criaturas materiales que no mueren, que se recuperan de los balazos y ya se han comido a dos de ellos. Sólo habrá que evitar que hagan lo que seguramente harán en cuanto se reúnan con los otros... Van a numerarse. Y si acaso vuelven a por los caídos en la otra galería, sabrán que no les falta nadie porque están dormidos, pero vivos.

-¿Crees que con semejante susto se van a poner a numerarse? -dijo Tuutí- Yo propongo que nos preparemos para darles otra avanzada y ni siquiera darles tiempo a pensar demasiado, ya que estamos jugando con su miedo a unas criaturas terribles, en vez que a los muertos...

-Sí, Tuutí. -dijo Osman- pero que pasarán lista y van a numerarse, es lo que yo haría en su misma situación

-También es cierto -dije- que habrá que agregar algún condimento a las escenas. Alguna destrucción realmente material de sus cosas... Como la tuneladora. Vamos allá.

En momentos atravesamos a los desesperados que corrían hacia la sala, donde seguimos viendo a los otros formados en círculo, que se agrandaría con el grupo que llegaba despavorido por la izquierda y seguro que se contagiaría más miedo al escuchar lo ocurrido en el otro sector. En uno, varios caídos por las balas de un oficial disparando a unos entes que ya conocían, luego los otros diciendo que se habían comido a dos de los suyos... En fin, que si hay algo que da miedo, es la locura. Y estos hombres no estarían muy lejos de ello, llegado el caso en que concluyeran que efectivamente, allí había criaturas infernales que son materiales, que pueden emerger del suelo y las paredes y comerse a la gente. Había que hacerles parecer muy dañinos. Así que poniéndome de acuerdo con los Sorchos, indiqué que haría una nueva proyección en la entrada de la tuneladora, pero esta vez por momentos. Ellos deberían surgir del suelo y rápidamente dirigirse caminando hacia la tuneladora.

-Si nadie sigue hacia allá, Johan, -le dije- te materializas cerca de la máquina y la haces estallar con el arma de tu Kugelvin o con lo que te parezca...

Antes de comenzar la proyección Iskaún me dijo que debía esperar. Algunos Sorchos se irían a buscar otros Astrales de soldados muertos en otras partes del mundo, que tuvieran vestimentas parecidas y en lo posible igual, para hacer lo mismo que antes, pero debían cuidar que no hubiese detalles incoherentes.

-No les faltarán candidatos, -dijo Osman- porque la mitad de los ejércitos del mundo usa esas ropas.

-Sí, y además -decía Iskaún- las pueden arreglar en Astral, pueden malearlo como quieran, pero prefieren ser meticulosos. Ya saben incluso desde qué países traerlos... No van a demorar.

-Por si fuera poco, -agregué- la mayoría de los ejércitos narigoneses están compuestos por soldados de todas las razas y países... Aunque aquí son muy raros los asiáticos.

Apenas unos segundos después, estaba todo listo y me lo avisó Iskaún. Encendí el proyector y al empezar a aparecer los Sorchos a unos metros de la entrada, alguien ordenó ponerse en pie y perseguirles disparando sin ahorrar balas. Así lo hizo un grupo de veinte hombre que se formó con los más valientes, saliendo por raleo de entre los círculos de aterrorizados. Corrieron tras los Sorchos, que aceleraron poco a poco su carrera hacia el interior y en un momento dado me indicaron mediante Iskaún, que me detuviera y fuese enfocando hacia atrás, para parecer que iban a volver contra sus perseguidores. Así lo hicimos con muy buena sincronía y los valientes perseguidores se detuvieron pero no dejaban de disparar.

Algunos Sorchos caían y otros los arrastraban hacia abajo o hacia el muro que quedaba afectado por el Astravisor. Así que unos momentos después, volvían a aparecer el herido rescatado y el rescatador. De ese modo no sabrían luego si eran los mismos que se recuperaban, o si eran otros, con lo que no tendrían ni remota posibilidad de hacer cálculos. Si bastaba uno para infundir terror, era de imaginar que muchos, y no saber si cientos o miles, era más pavoroso. Fui acercando la proyección tal como Iskaún me iba indicando, hasta que el grupo de soldados dio media vuelta y corrió un poco. Acerqué aún más la proyección a ellos mientras corrían y cuando se detuvieron y se dieron la vuelta vieron como dos "de los suyos" estaban siendo devorados por las criaturas.

Estaba claro que el grupo raleado de valientes salió de entre aquellos que no habían visto las escenas en las galerías. Algunos dispararon de nuevo pero volvieron a correr desesperados, gritando tan enloquecidos y llorosos que ninguno de nosotros les entendía nada. Sólo entendíamos que esos hombres estaban viviendo la experiencia más espeluznante que jamás podrían haber imaginado y quizá estarían a un paso de la locura. Apenas les ayudaba un poco el hecho de ser una multitud de cuatrocientos, que permanecieron apiñados en círculos concéntricos y que algunos de la periferia se peleaban con los de más al centro por ocupar un lugar más interior. El terror se reflejaba en sus rostros, los llantos y los rezos de los más *creyentes*, y muchos de ellos, arrodillados imploraban a todos los santos. Un soldado le quitó la pistola a otro justo antes que consiguiese pegarse un tiro... Nos daba mucha pena, pero no había mejor reacción posible a la acción tan destructiva e invasiva como la que llevaban a cabo.

-Listo, Johan, -dije- no hay nadie ni cerca de la boca de la galería, así que puedes proceder. Imagino que no estarás materializado cuando se produzca...

-Claro, chico. Si hay algún lugar donde no me gustaría morir, es aquí dentro y en compañía de estos amigos nuevos, que me digan lo que me digan, siento que me verían como a un delicioso chucrut... No voy a disparar, sino a poner una demoledora en la máquina. No me vayas a proyectar con el Astravisor aquí, que por más que sepamos... En fin, que tengo que hacer un poco de "Catarsis Cátara" porque bien sabes que no soy miedoso, pero luego de ver lo que hemos visto... Bien, ahora me dejan un rato que me concentre y deje de temblar, que tengo que colocar esto muy ajustado para no reventar toda la galería y a los que están a trescientos metros. Podrían hacer allá en la sala una propina a la función, para que no se animen a venir los soldados por aquí...

-Descuida, Johan. -dijo Iskaún- Si no quieres morir aquí, concéntrate y acaba pronto. Cuidaré personalmente que no venga nadie a esta zona. Y mientras...-seguía diciendo con un tono travieso y gesto de picardía- me voy a convertir en una metemiedos por un ratito, si el jefe me deja...

Mientras Johan colocaba una carga explosiva no más grande que una un puño en la parte central de la estructura de la tuneladora, Iskaún se fue en estado invisible hacia la sala. Desde Gespenst, la podíamos ver, pero algo difusa. Mientras Tuutí se quedaba a esperar a Johan, la seguí de cerca.

- La orden de no ponerte en peligro, -le dije- parece que sólo te valía para la vez anterior...

No me contestó en palabras, pero sentí una suave caricia en la cara, como cuando me llevaba en Astral a la Terrae Interiora. Se acercó al grupo al que el jefe principal había hecho formar en columna de cuatro y se colocó detrás de él, que estaba frente a la formación.

Pasó a estado visible pero con su vestido activado sólo se veía su cabeza. Se había despeinado del modo más ridículo pero su belleza extraordinaria dejó de serlo realmente cuando hizo una mueca espantosa y sus dientes parecieron agrandarse considerablemente, al igual que sus orejas. Estaba un poco agachada, de modo que su horripilante cabeza flotante quedaba justo a un palmo de la cabeza del jefe. Ante la aparición y el gesto como de estar a punto de comérselo, la formación entera dio un salto hacia atrás y apuntaron con sus armas, pero en ese mismo instante Iskaún volvió a ser invisible para ellos...

-También podría hacerme invisible para Ustedes, aunque estén en Gespenst, pero supongo que les asustaría un poco... Y mi carita deformada espero que no les quede como un mal recuerdo.

-Para nada, Iskaún. -dijo Osman- Has estado invisible para nosotros muchas veces en toda esta misión, pero no nos impidas lo poco que tenemos de diversión en todo esto.

-Ni corras riesgos innecesarios, por favor. -dije- En eso sí que sabes meternos miedo. Mantente invisible para ellos. Si no te importa mi miedo ni tu riesgo, pues hazlo por tu vestido...

-Ya está todo listo. Por lo que parece aquí no se han aburrido... -decía Johan mientras detenían el Kugelvin junto al nuestro y el jefe de la perforación, muy confundido vociferaba a su tropa por apuntarle.

-No, Johan, -dije- pero tenemos motivos para asustarnos, con esta Primordial que se ha vuelto temeraria, muy confiada a sus capacidades y su rapidez. Ojo, que están formando nuevamente en círculo y seguro que van a empezar a disparar a todas partes. Iskaún, no te valdrá la invisibilidad...

-Pero la rapidez sí, -dijo entrando en medio del círculo quíntuple que formaba todo el grupo- Ya os digo que no temáis. Pero no penséis nada, que si converso me puedo distraer y...

Hicimos total silencio verbal y mental. Intentábamos controlar también la preocupación que nos causaba Iskaún, que se metió entre el gentío de operarios y soldados en forma invisible, pero no era inmaterial, así que les empujaba, les rascaba la cabeza, les daba tirones de orejas y finalmente parece que se ubicó en un hueco cerca del centro, donde arrebató varias armas y se las dejaba amontonadas allí mismo. Viendo a los soldados caer por sus empujoncitos, o irse unos sobre otros, me di cuenta que ella se iba hacia la zona de salida.

Me daba la sensación de que actuaba como una niña traviesa. Por más agilidad y telepatía, con la que podía prever las intenciones de la gente y sus movimientos incluso antes que ellos mismos fuesen conscientes de la intención... Me obligaba a revisar mi propia ira. Me estaba enojando con ella por sus travesuras, y al mismo tiempo sentía ese Amor Infinito que se tiene por la Familia del Alma. Así que me dediqué a observar esas emociones y mientras las trasmutaba, ocurrió la explosión. Algunos trozos de la tuneladora habían llegado hasta la sala y continuado por la galería hacia la zona de las fumarolas. Los hombres estaban todos cuerpo a tierra y al acabar los ecos de la detonación el jefe mandó a ponerse en pié y comenzar a subir a los vehículos.

-Bueno, por fin se van.-dije.

Los vehículos enemigos partieron tan rápido -y no era para menos- que en minutos apenas se escuchaban sus motores y no se veían sus luces, tras algunos centenares de metros y varios recodos de la galería. Miré un momento en las pantallas y sensores y sólo quedaban los nueve cuerpos dormidos en la dirección de las fumarolas. Así que materialicé tranquilamente el Kugelvin y Tuutí lo hizo también.

-Entre el terror y la ausencia de la tuneladora -continué diciendo-, no tienen nada que hacer aquí, pero lo que más me deja tranquilo es que Iskaún ya no necesita hacer de las suyas...

-Cierto, Amados míos, tengo que pedirles disculpas. -dijo ella- No es que en nuestra tierra nos aburramos, pero situaciones como éstas no se viven todos los días. Y si no aprovechaba para... bueno, no me voy a poner excusas, que me he portado mal y ya está. ¿Algún castigo, Jefe?

-Sí, seguro, -respondí- pero déjame pensarlo porque no quiero ser injusto, no me gustaría darte penitencia excesiva ni demasiado floja... ¡OOOPSSS! ¿Se agujereó el cielo?

-No, -dijo Iskaún con una sonrisa de oreja a oreja- Estos son los Sorchos en sus verdaderos cuerpos Astrales, sin disfraz psíquico de monstruos...

Me puse a observar aquellas figuras Astrales, que eran en aspecto la exacta antítesis de los Sorchos que conocíamos y encendí el Astravisor para que los vieran mis compañeros. Si no fuese porque habíamos visto muchas veces a los Primordiales y en especial a Iskaún, nos resultaría difícil de creer en la existencia de semejante belleza humana. Eran más o menos la misma cantidad de varones que mujeres, de aspecto muy juvenil, como cualquier Primordial porque ellos no sufren la vejez, pero cuatro de ellos eran muy jóvenes, casi niños.

-Aún les cuesta la comunicación telepática verbal - dijo Iskaún- pero pueden escuchar sus sentimientos y pensamientos en imágenes, ya que despojados de sus disfraces están en su estado natural...

No puedo decir si fueron dos minutos o dos horas, pero estuvimos un tiempo muy largo intercambiando con ellos imágenes mentales, dando y recibiendo mutua gratitud, abrazándonos en pensamiento, amándonos en Espíritu, conociéndonos en nuestras Almas, abriendo los corazones como sólo lo habíamos hecho con los Primordiales, pero el hecho de que estos fuesen extranjeros, sintiendo que seres de orígenes tan lejanos pueden comprenderse y amarse siendo como una unidad en los pensamientos, los sentimientos y los hechos, cuando es el Amor más puro del Universo lo que impera y determina todo, era algo que apenas puedo, quizá, hacer vislumbrar al lector. Como en una conversación de familia, oí el pensamiento de Johan pidiendo disculpas por su actitud de desconfiado temeroso, así como conceptos de bromas que por la rapidez con que pasaron por nuestras mentes apenas puedo recordar.

-Ni siquiera en este plano del Alma en que nos conectamos, -le dije a Johan y todos- podemos vivir sin las bromas respetuosas y el buen humor, sin los chistes... Aunque a veces puedan ser un poco macabros.

-Si no supiéramos reírnos hasta de lo peor, -dijo Iskaún- no podríamos sobrevivir a circunstancias como éstas y hasta las más nimias. Estos hermanos nuestros lo saben bien. Llevaban muchos años ocultando su verdadera forma Astral, sus verdaderos sentimientos, su alegría de vivir y de existir incluso estando físicamente muertos... Me acabo de comunicar con Uros y me espera junto a nuestros Hermanos Sorchos...

-Perfecto todo, -dije- pero no te librarás de tu castigo.

-¿Ya lo tienes...?

-Sí que lo tengo. Y es que quedas condenada a acompañarnos en la próxima misión peligrosa en que precisemos de ti, si Uros lo permite, a pesar de tus travesuras. Y si Uros no lo permitiese... Bueno, dile que te tendría que reemplazar. Atended bien a los Sorchos... Lamento que no van a poder degustar físicamente de los Huevos Álmicos... Este... no sé qué me ha impulsado a decirte esto, que no viene al caso...

-¡Claro que viene al caso! -exclamó Iskaún con una alegría que momentos después se reflejó en los rostros bellísimos de los Sorchos, que empezaron a abrazarme uno a uno con una gratitud como si les hubiera salvado la vida...

-¡Es que lo has hecho, Marcel! -respondió Iskaún a mis preguntas mentales- Nos has dado la clave para que sus Almas puedan afinarse con el planeta. Será como una carta de ciudadanía terrestre... Tu intuición ha sido simplemente genial. Lástima que no podría explicártelo y no hace falta, porque lo entenderás cuando vuelvas a ser Primordial.

-¿Cuando vuelva a ser...? ¿Cómo?

-No importa, Marcel. -respondió Iskaún- Ya recordarás y comprenderás después de cumplir todas tus misiones, que son muchas. Ahora ustedes tienen que acompañar a los narigoneses. No sé si todavía conviene darles algún sustito... No sea que empiecen a tratarse de "caguetas" mutuamente y acaben por intentar un regreso.

-No creo que lo intenten. -dijo Osman- Pero igual tenemos que hacernos cargo de los nueve hombres que duermen en la galería, no sea que despierten allí y se nos vuelvan locos. Los llevaremos a Pi Primera porque no podemos dejar que descubran que ningún Sorcho se comió a ningún soldado. No sabrán cuántos cayeron por las balas del oficial, así que aunque nueve mujeres hayan perdido a sus mercenarios maridos para siempre, y lamento aún más por los hijos que hayan dejado arriba, la misión estará asegurada y ellos también.

-Por cierto, Osman... -pregunté después de despedir a los Sorchos mientras Iskaún se quedaba recorriendo la zona- ¿Cómo funcionan las cosas en Pi Primera?

-¡De maravilla!...Nadie ha intentado escapar, aunque eso sería además de absolutamente imposible, una tontería. Están todos los presos mejor atendidos que los alumnos de universidades para ricos en campamento de verano. La educación existencial y vocacional es capaz no sólo de corregir la conducta, sino de recuperar a los peores enfermos mentales.

-¿Y no se ha dado posibilidad de llevarles a sus familias, al menos en algún caso que se vea posible?

-Eso es pedir demasiado, pero ya algunos de nuestros ciudadanos han propuesto algo así. El problema es que los servicios de inteligencia son muy efectivos y los narigoneses se terminan enterando de todo al menor descuido. Tienen tal control de la masa humana y del espacio mediante satélites y control de los teléfonos, que para visitar a algún familiar y exponerle la posibilidad, habría que hacer unos arreglos complicados en el sistema satelital, retoques de los que no deben darse cuenta... Lo hacemos algunas veces pero sólo para los asuntos estratégicos. Gracias por comentar ese tema, que me obliga a estudiar más la posibilidad. No somos los únicos encargados de Pi Primera, como ya sabes, pero vamos a revisar eso y estudiar los casos en que pueda hacerse y haya mérito.

-Sinceramente le agradezco yo que lo vea así. Los presos podrán estar como en el Walhalla, pero... me pongo en sus pieles. Si Viky tuviera que permanecer en el infierno y no pudiera salir, pues allí me empadrono yo.

-Lo comprendo, querido hermano. -decía Osman con la voz un poco quebrada- Quizá mis responsabilidades me han endurecido demasiado y a los otros guardianes quizá les pase lo mismo. Estoy enamorado de alguien... -y la voz se le quebró más y no pudo contener las lágrimas- Pero creo que ella no puede estar más tiempo en Freizantenia... No lo sé aún. Tenemos pocas leyes, son muy simples, elásticas, pero como las Leyes del Corazón, no hay ninguna. Esa Ley no entiende de situaciones, de barreras, de nada... Perdona, Marcel, te estoy dando una cháchara y veo que te he hecho llorar.

-Bueno, es simple empatía, Osman, y no me gustaría perderla por nada del mundo. Es que yo también estoy enamorado de ella...

- ¡Cómo!... No sé de quién me hablas...

- De la Empatía...

Le hice reír un poco y mientras se secaba las lágrimas, le dije que me podía contar lo que quisiera, porque nuestros amigos se habían alejado y revisaban los aparatos e instalaciones dejadas por los soldados. Así que entramos al Kugelvin y permanecimos en él conversando.

-.Bien, pues te lo diré...-continuó más tranquilo- Tuve algunas novias, como cualquiera, maravillosas relaciones, pero que siempre lo dejamos por falta de "chispa", ya sabes... Uno busca el Alma Gemela o lo más aproximado. Tú encontraste a Viky después de diversas experiencias y lo sabes muy bien. También Irumpa y su mujer Isana, y otras parejas mágicas entre los del GEOS y muchas que se dan en Freizantenia... Pero con unas situaciones personales compatibles y nadie os puede decir que vais a estar aquí o allá. Si lo deseáis, podéis mandar a freír patatas a todo el mundo incluida Freizantenia y los Primordiales si algo no os permitiera estar juntos. Pero yo tengo un pequeño pueblo a cargo, la mejor sociedad del mundo de los mortales, un pueblo con la misión más trascendental que se puede tener el honor de cumplir. Entonces... No sé... Si tuviera ese "yo culpable" que hace a la gente buscar para todo un culpable, diría que tú tienes en gran medida la culpa de lo que me pasa...

-¿Yooo?... La verdad que estoy confundido como vaca sobre un tejado, pero... ¡No me diga...!

-¿Es que te lo imaginas?

-¡Helena!

-Sí, ella. Tiene todo el perfil adecuado para quedarse, necesitando sólo unos pocos ajustes educativos, algo de disciplina militar y adaptación de costumbres. Pero por un lado, esos ajustes de disciplina quizá choquen con sus condicionamientos, lo que nuestros psicólogos ven complicado de superar en un carácter tan acostumbrado a no obedecer órdenes de ninguna clase durante tantos años. Y por otro, que yo mismo he tenido que firmar muchas negativas de inserción de familiares de los nuestros. Así que estoy en un conflicto muy serio. No puedo pedirles que me dejen incorporarla a nuestra sociedad...

-¿Habría una especie de votación o referéndum en casos así?

-Claro que sí. Lo único "no democrático" es la elección del Genbrial, pero soy un líder y ese tipo de decisiones no militares tienen que pasar inexorablemente por el consenso del Tribunal Civil.

-Pero habrá un modo de dar alguna oportunidad, algún tipo de prueba que valide la posibilidad...

-Sí que las hay, pero sucede algo peor aún... -calló y continuó tras un gesto mío pidiendo que siga- Lo peor es que... No sé que decidiría Helena. Sólo nos hemos mirado, largamente. Nos hemos saludado como dos personas de muy diferente situación, hemos latido como si fuésemos un solo corazón, hemos hecho un puente con el Alma, pero abrimos un abismo entre ambos con la mente...

-¿Así que no os habéis declarado nada?, ¿No le ha dicho que la ama?, ¿Y qué espera? ¿Cree que las diferencias de rango o situación, o las responsabilidades de uno y otro pueden ser un obstáculo para los más elevados sentimientos del Ser?

-Pues... Como te decía... Tengo unas responsabilidades que son las más altas en el mundo de los mortales...

-Por eso mismo, Genbrial. ¿Cómo puede mantenerse en ese rango y ocupación, sin resolver algo tan importante? ¿Es que si le doliese una muela se la dejaría de atender...? Es como si estuviese enfermo y no se hiciera atender por el médico, porque..."el señor está muy ocupado..."

Hicimos un rato de silencio, reflexionando sobre una situación que para alguien sin el Conocimientos Sagrados, podría parecer un episodio de novelita romántica, de confusión emocional normal entre adolescentes de todas las épocas y culturas. Pero yo comprendía que deber del Genbrial estaba por encima de todo lo que cualquier mortal podría llegar siquiera a sospechar. En ese momento, analizando la situación global que le impedía a mi Camarada obrar como un enamorado más en el momento más estimulante, comprendí que estaba ante la persona mortal más poderosa del mundo, aunque su sociedad no tuviese nada de dictadura y aunque el resto del mundo quizá no le conocería jamás.

-No es tan así, -me dijo- porque si estuviera enfermo me daría una prioridad en función de mi deber, pero de algún modo, tienes razón. Sin embargo el conflicto está ahí y no es que no quiera atenderlo. Es que no tengo un gran abanico de personas para hablar de esto. Sentía que debía hablar con alguien que conozca en persona eso de encontrar el Alma Gemela, que como comprenderás, hay muchas cosas diferentes del hecho de enamorarse de alguien por afinidades... Y además, mi deber no es algo que pueda dejarse de lado como cualquier trabajo...

-Sí, claro, -respondí- no es cuestión de hablar fuera de tiempo y lugar. Pero si puedo darle una sugerencia, es que simplemente busque una solución objetiva, porque aunque dependiese de Usted la estabilidad del Universo, y más aún si fuese así, debería tener una estabilidad propia en lo emocional, ya que sus decisiones serán inexorablemente afectadas por el grado de equilibrio interior... Y no creo que pueda decidir lo mejor en cualquier caso si no tiene dentro suyo el Amor en perfecto equilibrio con la Inteligencia y la Voluntad.... ¿Me comprende?

- Ya sabía -dijo tras unos momentos de reflexión- que podría contar contigo para recibir las palabras que necesito escuchar. ¿Qué harías si estuvieses en mi lugar?

- En primer lugar, Osman, hablaría con ella y que la relación quede establecida conscientemente por parte de ambos. Sin eso, sin verbalizar las cosas... Es como que no se ha pedido al Universo lo que realmente se desea que se manifieste. Ya sabe que la Magia necesita tanto de grandes orejas y finos oídos, como de palabras claras y firmes... La otra es que no debe dejar que interfieran las situaciones anteriores, como las de incorporaciones denegadas, que algún motivo importante tendrían... ¿O acaso hizo esas negativas sin fundamento?

-¡No, claro no! Los casos negados fueron harto justificados. Y con los más profundos análisis de nuestros psicólogos y del Tribunal Civil...

-Entonces, Genbrial, Usted no tiene un conflicto, sino una confusión por pérdida de objetividad. Su responsabilidad ante el cargo y la misión es loable, pero no tiene derecho a considerar que eso es una forma de esclavitud voluntaria, a tal punto de negarse un derecho que defendería con su vida para que se respete en otros... En cuanto hable con Helena, seguro que ambos definen la situación del modo más sabio posible...

-Claro... Tienes razón, no sabes cuánto te agradezco...

Una vibración extraña interrumpió la conversación y luego otra más fuerte nos lo dejó claro. Estaba ocurriendo un sismo y numerosas réplicas se sucedieron durante varios minutos. Iskaún regresó a nuestro lado y se metió dentro del Kugelvin, como para hacernos sentir más tranquilos. Como lo comprendimos y le agradecimos, nos dijo que las brechas abiertas en la zona de las fumarolas habrían alterado el sistema plutónico general de la región, pero que seguramente no habría cambios morfológicos considerables, al menos en cuanto a la conformación de las galerías.

-La Madre Tierra no es indiferente a las actividades humanas, -dijo- y ya sabéis que es como una célula con una consciencia muy superior a cuanta criatura esté dentro o sobre Ella, pero inevitablemente reacciona si los estímulos son demasiado potentes. Así que puede que continúen algunos sismos y debéis tener cuidad durante un buen rato.

-¡Atención! -dije habilitando la radio en ULWAC- Si alguien no está embarcado, que suba a su vehículo y pasamos todos a Gespenst.

- Y los que no están en misión específica, -intervino Osman- que se retiren lentamente hacia la superficie en Gespenst y evitando rozar paredes, que no conocemos el alcance de este sismo. ¿Alguien tiene algún problema que reportar?

-Problema nuestro, no, -respondió una mujer- pero los soldados se han detenido. Algunos quieren seguir y otros quieren quedarse donde están.

-No se preocupe, Sargento, -respondió Osman- que ya reemprenderán la marcha. Con los horrores que han vivido aquí, en cuanto paren los movimientos de tierra seguirán adelante. Recorra la galería completa para informar de derrumbes y lo que sea. Que la otra vimana venga a buscar a los hombres que están desmayados al final de la caverna en el punto cuyos datos le envía Marcel ahora... Y para el Teniente Wolf esta orden: Llame a la base y ordene que todas las vimanas disponibles estén atentas para embarcar unas cuatrocientas personas en caso de extrema necesidad. Que permanezcan cerca de la entrada en Gespenst y copien los datos de protocolo de toda esta región si aún no lo tienen. Queda al mando de dicha contingencia...

-Lo tienen, Genbrial, ya hemos pasado todos los datos a todos los vehículos y a la base de datos de Freizantenia. Un rescate cuando lo ordene podría demorar unos cinco minutos como mucho, si el enemigo no ofrece resistencia. ¿Qué hacemos en tal caso?

-Protocolo onírico... Así tendremos tiempo para decidir si les llvamos a Pi Primera o les dejamos en otra parte.

-Entendido, Genbrial. Corto y procedo.

Tras enviar los datos y hacer un rápido reconocimiento de los caídos antes que llegase la vimana, el Genbrial ordenó que se les aplicara anestesia para evitar que esos hombres dormidos despertasen hasta que estuviesen en Pi Primera.

-Desde Gespenst no notamos nada, pero supongo que el sismo no ha continuado...

-Sí, Genbrial. -respondí- Ha continuado con leves réplicas. Según los instrumentos se ha detenido hace unos segundos, pero ha llegado a 6,7 Mercalli y hay otras vibraciones desde diferentes sitios, que son tantas que los sensores no pueden identificar los orígenes...

La vimana encomendada para el rescate llegó en un instante y se materializó. Cuatro freizantenos bajaron y cargaron a los nueve caídos, para pasar a Gespenst nuevamente y desaparecer en el acto.

-Ya me quedo más tranquilo. -decía Osman- Ahora podríamos revisar estas instalaciones, como calcular por lo justo el personal y vimanas necesarias para llevarnos todo. Sin duda que podemos reciclar todo este material y sobre todo, no dejar nada que pueda volver a utilizar el enemigo. Incluso vamos a ver si conviene derrumbar o taponar todo acceso a esta zona, aunque también me gustaría explorarla a fondo...

CRIATURAS INFERNALES MATERIALES

-¡Genbrial, Marcel....! -gritaba Johan por la radio- Tienen que venir a ver esto. ¡Urgente!

Volvíamos al campamento abandonado donde nuestros compañeros estaban todos dentro de los aparatos en Gespenst dispuestos a partir y Tuutí nos dijo que mirásemos las pantallas. Los radares cuánticos de largo alcance indicaban que la caravana de soldados que huían del terror, regresaban a toda velocidad y estaban a cinco kilómetros.

-Ahora les paso los registros de hace dos minutos, para ver en la pantalla auxiliar derecha. Eso ocurrió a una distancia de ocho kilómetros y al parecer hay un socavón que no habíamos visto al pasar tan rápido o se ha abierto recién con el terremoto, por el que está fluyendo lava y está cerrando el camino. Los soldados vienen hacia aquí huyendo de algo...

Unos momentos después aparecía en la pantalla la grabación de los vehículos avanzando hacia la Pasarela y unas formas imposibles de definir, pero mucho más grandes que los camiones, quizá de unos ocho metros de diámetro mayor, que podía ser altura y no diámetro. No podía verse una forma definida, sino sólo su radio de respuesta al radar. Se desplazaban lentamente hacia los enemigos que volvían. Los vehículos daban vueltas donde podían y regresaban a toda marcha.

-No puedo saber qué diablos es eso... -decía Johan- No hay nada parecido en la biblioteca de datos de los Kugelvins y no creo que lo haya en Freizantenia. Iskaún tampoco sabe de qué se trata...

- Materializa la nave, por favor. -dijo Iskaún y obedecí sin pensar. Ella abrió la carlinga y bajó rápidamente.

-Espera, Iskaún, que nos vamos en Gesp... Bueno, nada, que ya salió corriendo. Va directo hacia los soldados y a esas cosas que les persiguen.

-¡Sigámosle...! -dije mientras pasaba a Gespenst y mis compañeros ya iban adelante. Iskaún debió hacerse invisible porque desapareció de nuestra vista y de los radares. En unos segundos estábamos observando un espectáculo para el que no se nos ocurría explicación ni teoría alguna. Estábamos como observadores de un fenómeno desesperante, sin atinar a nada, ante la pavorosa expectación de cuatrocientos hombres que ya huían aterrorizados, y a lo que les hicimos pasar se agregaba el enfrentamiento con unas criaturas que aún no veíamos, posiblemente igual o más pavorosas que las anteriores y para colmo, sin posibilidad de avanzar ni retroceder.

Algunos de los vehículos de los soldados se habían incendiado. Un tanque se había detenido y los soldados continuaban a pie, corriendo con sus rostros desencajados, pero se encontraron con el camino cortado por un río de lava. Una fumarola había reventado desde un pequeño socavón lateral y no tenían escapatoria. Los hombres corrían enloquecidos de terror hacia el sitio del que habían huido veinte minutos antes, pero no podían dar un paso más sin caer a la lava, que discurría ahora por la caverna para perderse en una oquedad del lado opuesto, en un ancho de más de diez metros por otro tanto de alto. Nadie podría saltar y ni el tanque de guerra podría superar semejante obstáculo.

Pero lo que más aterraba a los hombres, eran unas figuras que aparecieron unos momentos después, con aspecto indefinible, pero que podríamos decir "*de lobos furiosos*" principalmente, que cambiaban a forma de gárgola y otras similares, de un tamaño descomunal. Sin duda no se trataba de hologramas, porque en los radares aparecían como formas consistentes y los narigoneses debieron darse cuenta de ello al encontrarles. Podrían ser cinco o seis de aquellos lobos difuminados como en una niebla azul, pero habría bastado uno solo para infundir pánico. Uno alargó una garra y otro vehículo ardió en unos momentos.

-¡Tenemos que hacer algo! -exclamé- No les podemos dejar a merced de esas cosas, sean lo que sean...

-Yo no puedo hacer nada... -decía Iskaún- Los Sorchos me advirtieron de la existencia de estos seres que desconocíamos, aprisionados en alguna parte. No puedo comunicarme con ellos, son extremadamente primitivos... Y demasiado rápidos para mí. Vais a tener que intentar disuadirlos...

-Puedes entretenerlos con el Astravisor, -dijo Johan- Mientras, miro otras alternativas...

-De acuerdo, -respondí- ocúpate en lo tuyo, que mientras intentaré distraerles por su retaguardia.

-Atención, Teniente Wolf, -decía Osman- adelante con el plan de rescate, con extremos cuidados hasta nueva indicación.

Pasamos raudamente tras Johan y Tuutí, por entre medio de los soldados y los vehículos incendiados, luego por aquellos cuerpos nebulosos que tomaban forma más densa a voluntad para repartir zarpazos entre los soldados y vimos como algunos de ellos fueron destrozados y sus pedazos devorados por las criaturas en unos momentos. El otro Kugelvin desapareció de nuestra vista, con Johan buscando alternativas, mientras nosotros nos colocamos detrás de los monstruos y activé el Astravisor a máxima amplitud desde unos cincuenta metros, de modo que comenzaron a aparecer toda clase de entidades, muchas de las cuales no había visto jamás.

Algunos monstruos no eran producto de efluvia ni Astrales propios de plantas, animales o personas de época alguna, sino entidades al parecer Astrales, completamente ajenas a todo lo conocido y como era lógico, no dejamos de sentir cierto temor ante la infernal combinación de seres materiales polimorfos capaces de matar todo lo que encuentren a su paso, y bichos del Plano Astral que necesitaría todo un libro sólo para describirles, aunque no fuesen ahora un problema a considerar; así que nos tuvimos que sobreponer a esas sensaciones que por momentos parecían superarnos, para poder salvar a los soldados.

Uno de aquellos gigantes con aspecto de lobo advirtió la presencia del escenario de proyección y por fin de giró hacia nosotros y comenzó a atacar a lo que allí apareciera, pero no consiguió nada. Los otros se volvían y siguieron al primero, pero fui marcha atrás, cuidando que el escenario no permaneciera al alcance de los loboides. Así, más enfurecidos continuaban alejándose de los soldados y minutos después observamos que nos traspasaban hacia el interior, algunos Kugelvins y las vimanas que Osman había dispuesto para recoger a los soldados.

-No querrán dejar las armas, así que pasamos al plan B, tendrán que aplicar el protocolo onírico... -advirtió por radio Osman- Capitana

Heinrich, aléjese dos mil metros y que Rodolfo la siga, tiene que darle las botellas para que él active el protocolo materializándose. No puede hacerse desde Gespenst porque las botellas deben abrirse con total seguridad manualmente.

-Entendido todo, ya estamos preparados, Genbrial. -se escuchó la voz de Rodolfo dos minutos después que la mujer y él conversaran y cumplieran la orden- He hallado el sitio adecuado, cerca de ellos, pero no verán materializarse el Kugelvin.

-¡Muy bien, procede! -dijo Osman y continuó explicándome- El protocolo onírico se basa en fumigar con un gas que les dejará como zombis, como la tetradotoxina y se les podrá conducir tranquilamente sin que luego recuerden nada en absoluto. El efecto les durará menos de una hora, pero es suficiente para embarcar a toda esta gente, llevarles a alguna parte, sin comprometernos con Pi Primera, desde donde no podrían informar de las cosas terribles que han vivido.

Mientras yo marchaba hacia atrás y cuidaba de mantener a los monstruos ocupados en perseguir el cuadro de proyección y a las criaturas que aparecían en él, el Genbrial seguía con atención el radar, que le indicaba los movimientos que se llevaban a cabo y mantenía la comunicación con Rodolfo y los oficiales a cargo de las vimanas.

-No debemos llevarles muy lejos. -decía Osman- Tienen que salir de esta caverna por su propio pie... Iskaún... ¿Hay alguna posibilidad de que estas bestias lleguen a la superficie?

-No lo creo, -respondía ella mentalmente desde alguna parte- porque no lo han hecho jamás. Cuando todos los hombres estén embarcados, podríamos hacer una exploración para averiguar de dónde proceden, de qué se alimentan... No ha de ser de gente, porque no vienen muchos humanos por aquí...

-¿Todo bien, Rodolfo?

-Bien, Genbrial, pero necesitamos cinco minutos más. Apenas están empezando a quedar inertes y algunos resisten mucho. Dice su oficial que los gases de la lava pueden demorar los efectos, así que acabo de aumentar un poco la dosis y ahora lanzo la segunda botella.

Mientras ellos iban informando que habían comenzado el embarque, con todo el enemigo ya adormecido, yo notaba que los loboides parecían deponer un poco su furia, como tratando de entender porqué no lograban atrapar nada, o quizá cansados por los esfuerzos frustrados.

-Creo que tendremos que hacer otra cosa, -dije- como materializarnos y ver qué efectos les hacen nuestras armas.

-Entonces, veamos, pero con cuidado, que son muy rápidos -respondió Osman- y puedes dejarme los mandos del Kugelvim, así te concentras...

-¡Un momento! -exclamó Iskaún- Esperad unos segundos.

-¡ No hagas tonterías, Iskaún, te lo ruego!

- No te preocupes, Marcel, que ya ensayé un poco y cuando me hago invisible tampoco me ven...

Iskaún se colocó entre los monstruos y nosotros pero se hizo invisible y uno de los lobos que había cambiado a gárgola lanzó un zarpazo. Respiré aliviado cuando lanzó el segundo, porque evidentemente, no había alcanzado a Iskaún. Una roca de varios cientos de kilos se levantó del piso, se movió un poco a dos metros de altura y salió disparada con gran velocidad, para ir a dar en la frente de la bestia. Quedó claro que el impacto le afectó un poco, pero apenas para caer, levantarse y rascarse la frente... Agarró la misma roca y la lanzó al sitio desde donde había procedido, todo en un segundo o dos, con más fuerza que la que le impactó. Volaron lascas de la roca por todas partes al estrellarse contra la pared de la caverna.

-¿Estás bien, Iskaún? -dije mientras acercaba de nuevo el escenario Astral a los monstruos.

-Sí, querido, pero por los pelos. Son más fuertes y rápidos que lo que podía calcular. Y también astutos, ha lanzado la roca exactamente a donde me encontraba cuando la arrojé. Y ahora dadme unos segundos más, que intentaré de nuevo algún modo de comunicación...

Los segundos que me pedía se me hicieron una eternidad, porque en el juego de acercar y alejar la proyección del Astravisor, las cosas que aparecían eran cada vez más horripilantes, morbosas, diabólicas, sin calificativo algunas de ellas, para las que habría que inventar palabras. Pero ello, por suerte, contribuyó a que los monstruos materiales aún no perdieran el interés. Siguieron intentando apresar lo que allí aparecía y tuve que alejarme más de tres kilómetros en unos minutos de ese juego.

El Genbrial se hizo cargo de los mandos y me señaló algo, pero no podía ni mirar un momento sin descuidar la maniobra con el Astravisor. Las bestias avanzaban lentamente pero como instinto de precaución, no porque no pudieran desplazarse a gran velocidad, así que si no les mantenía ocupados, tardarían muy poco en estar al borde del riachuelo de lava donde las vimanas estaban embarcando a los soldados.

-Lo siento, Osman. No puedo quitar la vista de los aparatos, las bestias y el escenario...

-Bien, sigue así. Sólo te comento que acabamos de pasar un boquete enorme en la roca del lado izquierdo. Es posible que estos bichos vengan desde allí... Y justamente, mira más allá, vienen más...

-Mientras persigan el escenario, que vengan los que quieran. Y que ninguno se vaya hacia la zona de embarque...

-Ahora son dieciocho... -decía telepáticamente Iskaún- Y parece que compiten entre ellos por acercarse al escenario. Eso es bueno...

- ¡Y tan bueno! -exclamé al comprender la posibilidad, casi al mismo tiempo que dentro del grupo se armó una soberana trifulca. Dos de los lobos comenzaron a luchar con una virulencia increíble, tal que llegaba hasta nosotros la terrible vibración emocional de la violencia, la ira más brutal y descontrolada. Pero uno de los lobos ya nos tapaba la visual, porque parecía aprovechar la ocasión para acercarse furtivamente al escenario, justo cuando aparecía en el Astral una especie de procesión de... Bueno, perdone el lector, pero prefiero no entrar en descripciones tan siniestras que exceden con creces las ya terroríficas formas de estos monstruos. Si bien ellos eran un peligro más mortal en lo inmediato, debido a su aterradora capacidad material de destrucción, parecía que la actividad del Astravisor, sumada a la reciente carnicería y las emociones bestiales de los polimorfos, hubiera despertado también a las entidades más tétricas repugnantes y espeluznantes del inframundo Astral.

Controlando mis estremecedoras sensaciones, me mantuve en el mismo juego con este solitario, alejándonos poco a poco, mientras más allá la infernal jauría parecía ir en un "todos contra todos". Pero un minuto después, al menos la mitad del grupo estaba otra vez avanzando hacia nosotros. Los demás permanecían en el suelo, al parecer muy heridos. Los entes del Astral en algunos momentos parecían reaccionar a los vanos intentos de los polimorfos, lo cual mantenía aún más el interés de éstos por el escenario y así fueron las cosas hasta que por fin oímos la voz de Rodolfo y empezamos a respirar tranquilos.

-Ya están todos embarcados. -decía mi compañero- Y todas las naves en Gespenst. ¿Cómo están las cosas por ahí?

-Un poco perrunas... -dijo Osman- Pero lo hemos conseguido. Marcel, por favor apaga eso... Que ya se me revuelve el estómago de tanto horror y ahora tenemos que estudiar estas bestias mientras se llevan a esa gente hacia unos cientos de metros antes del campamento de la Pasarela. Atención a todos: Ese punto de la Pasarela es un hito importante en el regreso y los enemigos deben recordar haberlo pasado cuando comiencen a despertar. Deben permanecer allí con ellos hasta nueva orden. Espero que el terremoto no haya abierto otras fumarolas y que podamos mantener comunicación fluida a lo largo de la caverna...

-Totalmente, Genbrial... -interrumpió Rodolfo- No habiendo escuchas enemigas posibles, hemos activado las balizas en modo comunicación y pusimos algunas más durante la espera, así que podemos seguir comunicados desde aquí a la superficie y hasta Freizantenia. Ninguna baliza ha sido afectada por el sismo y además, todas dan datos sobre ello, sin incidencias preocupantes por ahora.

-¡Perfecto! -respondió Osman- Pero por si acaso... Iskaún, Johan, Tuutí y nosotros haremos una exploración. Si en media hora no hay novedades ni aparecen estos bichos por allí, y si llegamos a estar incomunicados, incendiáis todo el campamento que está más arriba de la Pasarela y dejáis a los narigoneses en la caverna, apenas unos cien metros para que la transiten y huyan por ahí. Estarán muy confundidos y desesperados al despertar, así que ni pensarán cómo han recorrido este tramo y empezarán a marchar hacia la superficie.

-¡Pero desde ahí son 570 kilómetros! -dije- Demorarían dos semanas caminando a marcha forzada, pero no tienen ni comida ni luz suficiente...

-No te preocupes, que lo importante es que se pongan en marcha. Sus linternas son algo mejores que las de tecnología del mercado y bien racionalizadas darían luz para esas dos semanas. Agua no les faltará y sus raciones personales les durarían un par de días. Y veremos de dejarles comida que encontrarán providencialmente, pero debe aparentar que fue parte de alguna carga caída en el transporte. ¿Hay algo así en el campamento de la perforación?

-Sí, Genbrial. -respondía Johan- Hay víveres para meses o años en el almacén del campamento. Sólo que con estas bestias tan cerca, será peligroso materializarse ahora por allí.

-Capitana Heinrich, -continuó Osman- luego de dejar a los soldados en el sitio indicado e incendiar el campamento de la Pasarela, calcule la cantidad de comida que precisará esa gente y embárquela en su vimana. Que el resto de las naves se mantengan en Gespenst a lo largo de la caverna como defensa estratégica para que pueda recogerse esa carga. Luego la deja a cien kilómetros de la tropa, como para que la encuentren al cabo de un par de jornadas de viaje. Materialice la nave y arroje la carga desde cierta altura y a setenta kilómetros horarios hacia el interior, como para que parezca caída de un vehículo en marcha.

-Todo entendido, Genbrial. Suerte en la exploración. -respondió la Capitana.

-Bien pensado, -dije- así no quedará rastro alguno de posible actividad freizantena, ni ayuda ni nada. Sólo comunicarán de la terrible naturaleza del inframundo terrestre...

-Sí, pero igual vigilaremos estas dos semanas de marcha. No sea que haya que volver a rescatarles. Me preocupa que estos monstruos polimorfos suban por la caverna y que puedan llegar a la superficie. Quizá no lo han hecho antes porque es posible que sean recién llegados, como los Sorchos.

-No creo que suban mucho. -escuchamos a Iskaún- Su rapidez y polimorfismo no serían iguales con más gravedad. Creo que más arriba o hacia la superficie interior, estarían como peces fuera del agua. Pero pronto los conoceremos mejor. Por cierto... Tendré que hacer autostop...

-Ni lo pienses, Iskaún... -dije- Esta vez vienes con nosotros, pero habrá que alejarse de estos bichos para materializarnos. Si son materiales como es evidente, a pesar de su aspecto, los polimorfos no atravesarán el río de lava. Nos vemos un poco más allá... Bueno, si puedes saltar esos diez metros...

- ¡Claro, querido mío! ¿No sabes que los Juegos Olímpicos fueron enseñados por los Primordiales a los mortales y el salto en largo es uno de los más populares entre nosotros?

Nos dirigimos en dirección al campamento pero no vimos a Iskaún hasta varios kilómetros más adentro. Íbamos a unos ochenta kilómetros por hora, esperando verle, y de pronto aparece más adelante con una mano en la cintura y la otra haciendo autostop. Nos materializamos, subió y dijo que nos había ganado también en la maratón.

- Pasamos a Gespenst -dije- pero parece que los monstruos no nos han seguido.

En segundos estábamos junto a Rodolfo, que organizaba las naves a cincuenta metros una de otra, mientras en la zona del almacén la Capitana Heinrich y dos freizantenos usaban una carretilla mecánica para cargar en una vimana unos enormes fardos de provisiones envueltos en una malla.

-Con eso, -comentó Osman apenas nos materializamos y descendió del Kugelvin- tendrán lo suficiente para llegar arriba. Lo que no tienen es una radio. Habría que arreglar eso, para que los rescaten en la superficie apenas salgan.

-Luego de arrojar esta carga, dejaré también una radio. -respondió la Capitana- Y al igual que la carga, con la carcasa abollada pero me aseguraré que funcione. Este fardo también tiene linternas y bengalas para iluminación personal, así que no andarán a oscuras.

-Perfecto. -siguió Osman- Entonces, sólo es cuestión de esperar a Iskaún, que acaba de salir corriendo hacia la zona de la perforadora reventada. ¿Qué andará buscando por allí?

-Yo diría que hay que esperar al Genbrial... -dijo Iskaún en palabras, lo que me dio un sobresalto porque también la vi corriendo hacia el interior, pero no la había visto regresar ni subir al vehículo. Allí estaba, sentada en la parte posterior, sonriendo como un sol.

Osman subió y partimos al encuentro de los monstruos. Aún aquellas bestias se hallaban en un fragoroso combate donde tres parejas se revolvían en lucha. Se hacían daño, parecía que sangraban un líquido rojizo, pero sus heridas no les impedían seguir luchando. El resto de la manada había formado un círculo alrededor y permanecía expectante, todos inmóviles como estatuas. Después de algo más de cinco minutos, había tres aparentes vencedores y tres desfallecientes. Los vencedores se incorporaron al círculo y tras algunos momentos en que parecían indecisos, el conjunto se lanzó contra los tres caídos en un instante, devorándolos en menos de un minuto.

-Es escalofriante... -dije- Pero ya sabemos que mueren, aunque no sabemos qué fuerza habría que usar. Y francamente, a pesar de su ferocidad brutal y su aspecto, más el peligro que suponen, no quisiera dañar a ninguno, salvo que fuese a cazarlo para comer.

-¿Y comerías esos bichos? -preguntó el Genbrial, creo que un poco decepcionado.

- No, desde ya que no, -respondí- porque no tengo idea qué tal será su carne. Pero Usted sabe que soy cazador y también parcialmente carnívoro por necesidad genética, como ocurre con unos pocos freizantenos... Al parecer no son presas comestibles, así que me conformaré con que averigüemos más sobre su origen y hábitat...

-Bien, -dijo el Genbrial como dejando de lado mis comentarios que sin duda le desagradaron- podríamos comenzar por ese socavón que hay más abajo, que lo hemos pasado nuevamente. Está ahí cerca... Aunque pensándolo bien, sería preferible esperar a ver qué hacen y adónde van estos bichos.

-Totalmente de acuerdo, Jefe, pero eso podría hacerlo parte del grupo de apoyo, ya que está resulto casi todo con los soldados...

El Genbrial dio algunas instrucciones por radio al grupo de apoyo y partimos hacia el lugar que me había indicado antes; penetramos en la caverna, de hechura artificial o al menos arreglada y se notaba que antes estaba taponada y el muro había sido derrumbado.

-Se parece a la entrada de la Octógona III, sólo que no tan rellena. ¿Puedes confirmarlo, Johan?

-Exactamente, Marcel. Los muros son purcuarum, y los escombros indican que algo sacó el relleno en su mayor parte...

-O sea... -dije con la mente galopando a toda máquina- que estos monstruos han salido de aquí... ¡Y me juego el desayuno que si seguimos el túnel iremos a encontrar otra Octógona! El paso es grande, incluso para ir materializados, pero en Gespenst es cuestión de ir con cuidado de no tocar los muros. ¿Os parece que exploremos?

-Para eso estamos aquí. -respondió Tuutí- Pero lo que digan...

-Me parece... -intervino Osman- un poco imprudente que vayamos toda la Plana Mayor y sin la ayuda de Rodolfo... pero si nadie está en desacuerdo, adelante.

-Rodolfo y todas las naves están ocupadas ahora... -dijo Johan- Así que mejor vamos nosotros, que ya sabemos cómo son estos agujeros. Esperen un momento... -continuaba Johan hablando por la radio- Atención a Viky, Kugelvin 26, por favor, necesitamos saber si puedes venir con Khala. Envío desde aquí una tanda de datos a todos los aparatos, para que lleguen rápido. Por favor confírmame que me recibes y si pueden venir.

- Alto y claro, -respondió Viky- Kkala está en otra nave, pero en dos minutos puedo alcanzarle y cambiamos compañeros. ¿Tiene que ser Kkala inexorablemente?

-No, -respondió Johan- puede venir cualquiera que tenga tanta fuerza como él.

-Entonces dejamos a Kkala, que está en la vigilancia de los bichos esos. Ahora mismo estoy con un freizanteno tan grande que va casi enroscado en el asiento...

-¡El Teniente Maurer!... -exclamó Osman.

-El mismo, Genbrial, para servirle. -respondió el aludido.

-No extrañaremos a Kkala. -siguió Osman riéndose- Si ya conocen al Sin Sombra Kröner que les acompañó hace poco... Me imagino cómo irá Maurer en el Kugelvin... Sentado y agachado a la vez...

-Perdonen que les corte la cháchara... -decía Johan- Viky, suelta los mandos que os traigo en automático. Y si quieren pueden cerrar los ojos...

-Bien... -respondió ella- Estamos preparados.

Mientras esperamos, conversábamos algunas cosas más en tono de bromas. Johan le explicaba a Viky que iría adelante, porque el camino requería buenos reflejos en la conducción. Un minuto más y el Kugelvin de Viky apareció a nuestro lado y se ubicó delante. Comenzamos a explorar el túnel con mucha prudencia, mientras que a Iskaún no se le oía ni el más susurrante pensamiento. Conversando sobre las distancias enormes de los túneles, el hecho de que sólo tuvieran una salida y completamente taponada, así como la gravedad intensa que producía el material y la forma de las Octógonas, fui atando cabos y llegue a una conclusión:

-¿No será que los constructores de estas extrañas salas y conductos tan especiales las hicieron para encerrar a estos bichejos polimorfos?

-¡Eso...! -dijo Iskaún después de unos segundos- Pero los Primordiales no tenemos registro histórico de estas construcciones, así que debieron hacerlas hace como... ¡Tres mil millones de años o más!

-¿Cuál es el registro Primordial más antiguo? -preguntó Osman- Si puede saberse...

-Sí, claro, no es ningún secreto. -respondió Iskaún- Aún se estaba en la etapa de los Andróginos, los primeros Primordiales nacían de huevos formados por el humus de los bosques. Ya existían las abejas, que fue la primera creación animal del Logos Planetario, ya existían los delfines, las águilas, los bisontes, los leones, los mamuts, las gacelas y los lobos... ¡Los lobos!...

- ¡Los lobos...! -dije tras el largo silencio que hizo- Los lobos, claro, animales primordiales... No te quedes ahí, Iskaún...

-No te quedes ahí, Marcel... -dijo parafraseando Osman- Los lobos, claro, como esos polimorfos, que básicamente asumen la forma y las actitudes... ¡de lobos...!

-No se quede ahí, Genbrial, -intervino Tuutí- Los lobos, claro…

-No sé si estamos llegando a las mismas conclusiones, -intervine- pero alguna relación debe haber… Cuidado, Viky, que esa parte está muy estrecha…

-No te preocupes, cariño, que en Gespenst lo importante es no acercarse al purcuarum y no hay intraspasables en este relleno.

-¡Ufff! -exclamé- Había olvidado que vamos en Gespenst. Pero sigamos. Los bichos polimorfos han asumido como cinco o seis formas monstruosas diferentes, pero creo que el noventa por ciento del tiempo estaban en forma de lobos, sólo que no con la belleza propia de los lobos, sino más terribles, feos, deformados. Eso quiere decir que han aprendido esa forma, posiblemente como la primera que han reconocido.

-Cierto. -dijo Iskaún- Y ahí está la cuestión. El registro más antiguo es el Runaggendarman, que uno de los primeros Primordiales Andróginos grabó en el parque de las Runas… ¿Alguien lo recuerda?… ¿No?… Bueno, todos ustedes, freizantenos y del GEOS lo han visitado en Astral, pero por algo será que casi nadie lo recuerda. Allí están grabadas las Runas que este ancestro nuestro llamado Arionurthyrnot… Bueno, es muy largo, Arión, para simplificar, dibujó en la piedra, evidentemente por instinto más que por intelecto. Se dio cuenta que esas formas eran importantes, aunque los Primordiales rarísima vez las hacemos con el cuerpo en forma consciente… Pero volvamos al tema que nos ocupa. Hasta ahora no hay registro que hable de estos seres polimorfos, al menos que yo sepa y creo haber estudiado todos los registros históricos importantes, porque desde que Arión dibujó las Runas, se empezaron a usar como letras ideográficas para registrar todos los acontecimientos y conclusiones importantes de los más sabios. Por ejemplo, sabemos que las ocho primeras generaciones de Humanos eran asexuados, nacían de huevos producidos por el humus de la tierra, merced a la Creación Directa del Logos Planetario y en ciclos puntuales, que definen las generaciones, como fluctuaciones del sol central que llamáis Pacha. Sin embargo, la novena generación ya nació sexuada, pero andrógina, es decir que tenía ambos sexos un mismo individuo, por lo tanto no necesitaban tener una pareja para procrear. Hubo ocho generaciones de Andróginos Primordiales y a partir de la novena, comenzaron a nacer con un solo sexo definido… Cuando ocurría esto, ya se había explorado el exterior del mundo, que no tenía más que agua marina y desiertos, así como se conocía la mayoría de las grandes vacuoides y podéis imaginar que un ingreso a la Tierra de seres que hicieran obras tan grandes como las Octógonas y los carriles como éste y los que habéis explorado hace poco, no habrían pasado desapercibidos por aquellos ancestros, que a falta de los conocimientos logrados después, tenían un instinto muy superior al actual.

-Entonces, -dije- la conclusión es que estas obras se debieron hacer antes que nacieran los primeros Primordiales, o muy justo por esas fechas. Sería interesante saber cómo supieron de estos bichos los Sorchos... ¿Es posible hacer una lectura del Askasis del Planeta hasta aquellas épocas?

-¡Seguro! -dijo Iskaún- Pero no sería nada fácil. Tú has tenido unas pocas experiencias de psicometría y sabes que no es que sea difícil desarrollarla, sino que lo difícil es aguantar los que viene después y controlarla, para no quedarte percibiendo todo en forma permanente... Que así hay mucha gente en la superficie que lo hace para ganar dinero o inflar sus egos, y acaban desviados y perdidos, o empiezan a percibir cosas que no son reales porque no puedes meter en una mente humana, toda la información de millones de años acumulados en la mente del mundo...

-Sí, claro, -respondí- pero ya sabes lo curioso que soy y más cuando resultaría tan revelador e importante. ¿Algún Primordial puede hacerlo?

-Claro que sí. -contestó Iskaún- La mayoría de nosotros, pero con los mismos problemas, limitaciones posteriores y consecuencias que si lo hace un mortal. De no ser por una causa realmente imperiosa del presente o para el futuro, ante un riesgo mayor que merezca la pena, no hacemos lecturas askásicas. Para eso sería bueno utilizar una muleta tecnológica y la tenemos. Aún así, se usa con extremo cuidado...

-¡El Cronovisor! -exclamé- Recuerdo que hace unos años el Vaticano hizo o financió una investigación científica que derivó en un aparato que podía extraer imágenes del campo magnético terrestre. Como es lógico, una tecnología así podría revelar en poco tiempo demasiadas verdades y caerían todas las instituciones políticas, religiosas y académicas, porque con las verdades, se revelarían todas las mentiras, todos los crímenes, todos los engaños que pesan sobre la Humanidad Mortal... Y así como Johan ha desarrollado el Astravisor... Bueno, no es que quiera ahora endilgarte trabajo, Johan...

-¡Menos mal! -respondió riéndose el aludido- Ya creía que me ibas a arruinar las vacaciones...

-Entonces, me tomo vacaciones contigo en el laboratorio y junto con Rodolfo y otros genios de la electrónica...

-No me insistas, Marcel... Que no me vas a convencer... Para nada, no me vas a... Ya estoy convencido. Te tomo la palabra. Vamos a construir un Cronovisor en cuanto salgamos de estos líos. Pero ahora centrémonos en el camino.

-Voy a acelerar, -dijo Viky- porque a esta velocidad no llegamos a ninguna Octógona, si es que la hay. Seguidme con cuidado. Y que Iskaún nos diga cómo supieron los Sorchos de la existencia de estos bichos que aún no he visto yo y que no creo que sean tan malos...

-Por pura casualidad... Bueno, explorando en Astral. El purcuarum lo dificulta casi totalmente, como sabéis, pero deben haber entrado en este mismo túnel cuando aún estaba tapado. Y no debe hacer mucho de eso... Me ha faltado tiempo para preguntarles cosas, pero ya lo haremos en la reunión con Uros...

El viaje duró casi una hora, con un recorrido de ciento once kilómetros de galería. Las cosas que nos enseñó Iskaún en ese recorrido darían para escribir varios libros esotéricos, pero nos resultaba difícil absorber tanta información, aunque sabíamos que poco a poco podríamos ir recordándola toda después. Tal como supusimos, desembocamos en la Octógona IV. Esta era considerablemente más grande que las tres anteriores, pues un rápido escaneo de radar nos la mostró en pantalla con quince kilómetros de diámetro y cinco de alto en el centro. Hallamos cerca de la entrada algunos centenares de aquellos platos explosivos que ya conocíamos y una buena cantidad de escombros, al parecer del mismo material de los muros de la sala. Un recorrido algo más completo nos permitió comprobar que en esta Octógona había filtraciones, como en la primera que habíamos hallado, pero no eran de agua, sino de lava.

-Parece que la Naturaleza -comenté- sí que puede romper el irrompible e invulnerable purcuarum. ¿Puedes analizar, Johan?

-¿Eh...? ¡Sí, sí...! Disculpen, que me he quedado boquiabierto mirando eso de ahí... Parece la cabeza de uno de aquellos monigotes que... Bueno, luego lo vemos... Sí, se ha rajado en un punto extremadamente fino del techo. No habría ocurrido de no producirse encima de la cúpula unas presiones que por la forma de las bolitas de lava fría debió ser de... ¡Más de seis mil toneladas por centímetro cuadrado...! ¿Es que había un volcán justo encima de la sala?

-No necesariamente. -respondí- Un volcán tiene en su panela unas presiones formidables, pero una filtración del que está mucho más arriba, donde hace galería y luego ésta toma forma de embudo, las presiones pueden alcanzar niveles mucho mayores que en la panela. Y si además de las reacciones dentro de ella, esta filtración es descendente, encima tiene el peso de la gravedad de toda la panela, así que presión, más gravedad... Más el hecho de estar justo encima de esta sala en un punto donde los constructores dejaron una parte muy fina... Me voy a materializar, que necesitamos comprobar también eso.

-¡Con cuidado, Marcel! -avisó Johan- Mejor mantente lejos del suelo, que al salir de Gespenst igual podría haber alguna variación en el campo del Kugelvin, porque veo anomalías electromagnéticas notables...

-Gracias por la advertencia. No ha sido muy fuerte, pero sí que esa anomalía nos podría haber dado problemas. -dije luego de materializar el aparato, descender hasta posar en el suelo y comprobar los sensores.

-¿Qué lecturas tienes? -preguntó Johan.

- ¡La gravedad es de 19,876 metros sobre segundo!, o sea mucho mayor que en la Octógona III y... Más del doble que en la superficie exterior. Vamos a estar como recién pasados por el bar de Freizantenia.

-¡Y no abráis la carlinga todavía!... -seguía advirtiendo Johan- Hay muchísimo radón y otros gases, con muy poco oxígeno. Con las escafandras no hay problemas, porque la presión es normal para esta profundidad y no hay radiación importante.

Nos colocamos los trajes con escafandras y dije a Iskaún que como no teníamos trajes de su medida, si ella podría permanecer allí. Con su gracia habitual de tapó la nariz con los dedos, habló un poco gangoso y nos dijo que podría aguantar la respiración unos veinte minutos. Al intentar salir del Kugelvin, me sentía pegado al asiento. Noté que Osman también experimentaba igual la dificultad de movimiento.

-Calculo que mis cien kilos afuera, -dije- serán aquí unos 202 Kg. así que es lógico que tengamos que hacer gran esfuerzo para movernos y luego bajar del aparato será otro cantar.

-Por mi parte, -dijo el Genbrial- con tan poco tiempo para entrenarme y mantener el buen estado, creo que puedo terminar tendido en el suelo.

Pero nos arreglamos para quedar al lado del vehículo, sin atinar a mucho movimiento. Osman se volvió a acomodar en el asiento y yo sólo hice algunos movimientos tras los que decidí volver a entrar. Iskaún también salió, dio unos pasos y casi tuvimos que ayudarle a regresar.

Viky también había pasado a estado material y el Teniente Maurer salió del vehículo. Tras medio minuto de caminar e intentar sin éxito mover algunos pequeños trozos de escombros que parecían pedazos de estatuas, también tuvo que regresar y entrar al vehículo.

-Demasiado peso y así no podemos explorar nada. -dijo Osman.

-Veo que estamos bien, -dijo Iskaún- pero no podría ser tan rápida si volviesen por aquí los monstruos. ¿Creéis que pueden volver?

-No creo que vuelvan a este sitio -dijo Johan- si lo consideran algo así como una cárcel, pero puede que lo consideren su cuna o simplemente un cubil, así que no tengo idea.

-Ni yo. -agregué- Pero deberían andar muy rápido para llegar hasta aquí antes que nos marchemos. Son más de cien kilómetros y aunque son rápidos, creo que demorarían varias horas.

-Voy a dar un vistazo al centro de la sala. -anunció Johan- Tengo una ligera sospecha de que aquí se han roto muchas cosas.

Durante un buen rato exploramos diversas características de la sala y hallamos desde los misteriosos discos que tanto nos preocupaban por sus posible deflagraciones, hasta trozos de una especie de cristal a lo que se refería Johan con "aquí se han roto muchas cosas". Sin salir de los vehículos hicimos todo el escaneo visual y electrónico de lo que allí había. A diferencia de las anteriores Octógonas, en ésta había una interesante dispersión de cristales traslúcidos cuya composición no fue posible analizar, salvo una parte de carbono y wolframio tungsteno, que entre ambos elementos hacían algo menos de un tercio del compuesto cristalino. El resto era y sigue siendo un enigma.

- Los platos parece que son iguales en composición a los encontrados en las otras Octógonas, pero más grandes... Y venid a ver esto...

Dirigí el Kugelvin rápidamente hacia el centro, seguido por el de Viky y veía a lo lejos que el Kugelvin de Johan parecía hundirse en la tierra, lo que a Osman y a mí nos sobresaltó.

-Tranquilos, -dijo Iskaún- que sólo está bajando. Nos les pasa nada.

Justo en medio de la sala encontramos una especie de teatro circular con gradas. En su centro, abajo del todo, en un diámetro de más de cien metros, había dieciocho monigotes de los que ya habíamos conocido en las otras Octógonas, pero algo más grandes. Alrededor, algunos megalitos cuadrangulares y más cristales rotos.

-Quería la fuerza de Iskaún y alguien más, -decía Johan en tono de resignación- pero con esta gravedad no podré hacer el experimento que he pensado cuando imaginamos que podría tratarse de una Octógona... Sin embargo tengo que pensar cómo llevarnos algunos de estos monigotes, platos y cristales para analizar. Los trozos son muy grandes y pesados...

-No podremos llevar un monigote por falta de espacio, en cualquier caso, -decía Osman- pero podríamos recoger muestras de cristales y para llevar esos platos que ya sabemos cómo explotan...

-Es asunto complicado pero tendremos que hacer algo, -decía Johan- porque dejar sin resolver esos enigmas nos haría perder vaya a saber qué posibilidades. Sólo el desarrollo de las mejoras del purcuarum ha valido la pena a tal punto, que me arriesgaría con cualquier asunto relacionado a las Octógonas. Ahora si me permiten, pongo todos los Kugelvin y automático y mientras volvemos a la Pasarela en unos minutos, aunque sólo nos llevemos por ahora un buen plato de intriga, una bandeja de misterio y todo sazonado con fino enigma...

-Bueno... -reflexionaba Osman- podríamos enviar unos androides, que no tendrán problemas en caminar unos cuantos días...

-¿Unos androides?

-Sí, Marcel. Tenemos más de cien androides. -respondió Osman- Es un secreto muy, pero que muy secreto, aunque a estas alturas no es problema que lo sepa el GEOS...

-¡A estas profundidades, querrás decir ! -dijo Iskaún- Bien guardado lo teníais, que ni los Primordiales nos hemos enterado... Imagino que no habrán cometido los errores éticos y técnicos de los narigoneses...

-No, Iskaún, -respondió Osman- pero permíteme que explique a nuestros amigos un poco de lo que tú sabes... La inteligencia artificial que hemos desarrollado hace diez años ha sido tan grande que los cerebros electrónicos empezaron a dar muestras de emocionalidad. Aunque programada en principio, en base a patrones de comportamiento y reacciones, los vislumbres de algunos escritores de ciencia-ficción se empezaron a hacer realidad. Los cerebros electrónicos de composición biónica, es decir con partes que simulaban las funciones de un cerebro viviente, generaban campos cuánticos similares a los cerebros vivos. Pero cuando comunicamos a los Primordiales los resultados, paramos los experimentos. En realidad muy preocupantes porque temíamos que de algún modo estuviésemos creando seres vivos en cuanto a "seres conscientes", así que el gran médico Hagalrrithorus y el tecnólogo Urthorfanoteheritarodilar nos explicaron los antecedentes. Muchas veces las civilizaciones que nos precedieron, que como sabéis han sido unas cuatro mil etapas, han desarrollado la electrónica y a consecuencia casi inmediata, inteligencia artificial más o menos parecida a nuestros logros. Nos imaginamos que no seríamos los primeros, pero no sabíamos qué ventajas o qué consecuencias habrían tenido. Y lo peor fue enterarnos de que la primera tentativa exitosa, la hizo el propio Ogruimed antes de ponerse a jugar con la genética para hacer clones, criaturas transgénicas y por fin a los humanos mortales...

-El *Popol Vuh*, el libro sagrado de los Mayas -dije- habla de la creación de los "*Hombres de Palo*"... Perdón por la interrupción, Osman.

-Pues has dado en la tecla. Los hombres de madera descritos en el libro maya, eran en realidad robots. No eran de madera, lógicamente, pero no es posible explicar en una leyenda, que es un "*mensaje para el futuro*", qué es el metal. Las civilizaciones nuevas que parten de cero, muchas veces sin conocimiento alguno de los metales, o que lo ha olvidado la tercera o cuarta generación, no entenderían nada y no mantendrían el mensaje en forma de leyenda. Esos robots que hizo ese dios falso, eran algo parecido a lo que hicimos nosotros; unas máquinas capaces de funcionar en el terreno emocional, cerebros con una parte Astral que se forma espontáneamente, porque el Principio Vida entra en toda estructura que albergue alguna forma de inteligencia funcional, es decir capaces de albergar una conciencia. Entonces los seres que están proclives a un salto evolutivo, como los animales o las plantas, se ven atraídos por la posibilidad de ocupar un nuevo vehículo material, en apariencia más evolucionado que sus cuerpos naturales. ¿Lo vais entendiendo?

-Sí, claro, -dijo Viky- como bien dice, en apariencia. Después no se podrían reproducir a menos que tuvieran capacidad para fabricar más robots... Y si no tenían completo el cuadro mental y emocional de los humanos por propia experiencia del Alma, sólo tendrían un montón de programas que no podrían ni comprender... ¿Es así?

-Exacto. -respondió Iskaún- Y comparemos lo siguiente: Cada individuo humano tiene un cuerpo que bien se parece a un "robot biológico", pero tiene una experiencia propia, acumulada vida tras vida a través de los Reinos Naturales, que en ustedes implica varias vidas como mortales, pero además ustedes reciben una herencia genética, es decir el bagaje de conocimientos intuitivos, emocionales y conceptuales que haya acumulado el grupo, clan o familia al que pertenecen. Si aún con todo eso hay casi siete mil millones de seres humanos mortales que no consiguen ubicarse, centrarse y mantenerse emocionalmente sanos y equilibrados... ¿Cómo podría mantener un equilibrio emocional y algo cercano a la felicidad, cuando se ha saltado del Reino Vegetal o del Reino Animal, directamente a algo parecido al humano? Y no un verdadero Ser Humano, sino una máquina creada por humanos, con programación y conocimientos propios del humano, con los defectos de un humano mortal, pero que no podrá sentir jamás como tal. Porque es imposible crear algunas partes que deben ser los canales de manifestación de esa emocionalidad, como el sexo, las infinitas sensaciones gustativas, táctiles, olfativas... Sólo pueden esos robots con gran inteligencia artificial, tener vista y oído extremadamente refinado, mientras que el tacto, el gusto y el olfato sólo serán acumulaciones de datos imposibles de relacionar positivamente con las emociones. Ninguna máquina podrá tener los atributos en el maravilloso equilibrio que lo pone todo la Naturaleza. Si vosotros, verdaderos humanos pero con un gen menos, tenéis los problemas que tenéis... ¿Qué máquina podríais crear que pueda acercarse siquiera a vuestra riqueza espiritual, vuestra capacidad de manifestar el amor...?

-Es espantoso, -comenté- más espantoso que lo visto aquí hoy mismo. Una conciencia que percibe, sabe y quiere, pero no puede manifestar... ¿Y no podría manifestar un amor no sexual, no emocional sino espiritual y de algún modo llegar a "*sentirse útil*", por ejemplo?

-Y así ha sido con nuestra creación de inteligencia artificial... -continuó la narración Osman- Una amorosa criatura que intentaba velar por nuestra seguridad, la seguridad de sus creadores... Pero cuando comprendió su verdadera situación, merced a las comparaciones que inexorablemente comenzó a hacer, comenzó a sufrir. Así que pedimos consejo y entre Hagalrrithorus y Urthorfanoteheritarodilar consiguieron que esa Alma regrese al Reino Animal del que procedía.

- Y gran suerte que tuvo Freizantenia, -siguió Iskaún- ya que se trataba de un Mamut Primordial muerto por accidente, muy superior en consciencia a los elefantes de la superficie externa y superior incluso al promedio de consciencia e inteligencia de la humanidad mortal. El sufrimiento de un Ser que fue atraído por la perspectiva de evolución en un organismo más inteligente, pero que se encuentra preso de un cuerpo que no le permitirá vivir de verdad, ya es una tragedia... Pero imaginad que ese vórtice de inteligencia atrae a un dinosaurio, o a una araña, a un ser nada empático con el hombre y que no conoce la naturaleza humana... Fue una gran suerte que fuese ese Mamut.

-Y bien, -continuó Osman- ahora la inteligencia artificial que tenemos para los androides, es meramente mecánica, sin emocionalidad ni parámetros para desarrollarla, incapaz en absoluto de hacer un razonamiento deductivo más allá de los movimientos necesarios para una misión en concreto. Son mucho más versátiles que cualquier otra máquina o herramienta, pero que al igual que los Kugelvins para desplazarse en automático, necesitan de la programación puntual y exacta dada por un humano a través de los datos de un mapa. Cuando a la inteligencia artificial se le empieza a dar posibilidades de elegir entre opciones complejas y en relación a temas emocionales, es cuando empieza el problema... Y luego os enteráis de más cosas si os interesa, pero ahora veamos qué ha pasado con los lobunos monstruosos, que sin duda nada tienen que ver con los Lobos Primordiales que algún día conoceréis.

Casi llegábamos a la Pasarela y Rodolfo nos advirtió que teníamos que mantenernos en Gespenst, puesto que justo estaban los soldados narigoneses pasando por ella. Dos pequeñas vimanas se harían cargo del seguimiento y vigilancia de los enemigos, que tardarían muchos días en salir a la superficie. Rodolfo no quería hacer nada hasta ver a todos los soldados más allá de la Pasarela, a pesar de que los ingenieros que la reconstruyeron garantizaban que no habría inconvenientes porque había resistido sin daños el sismo. Así que nos sumamos a la espera y establecimos contacto radial con dos Kugelvins que seguían a los loboides. Un freizanteno habló en su idioma un rato con Osman y él nos explicó al terminar.

- Los bichos están explorando, han ido más abajo y se mueven lentamente siguiendo el río de lava, pero no la tocan y uno que cayó en ella se ha desintegrado. Al menos sabemos que son vulnerables al fuego... Habrá que designar una vigilancia constante para estos seres, mientras los Primordiales deciden que se hará con ellos. ¿Alguna idea Iskaún?

-Que nos echas el fardo a nosotros... -respondió ella riéndose- Pero bueno, entiendo que no están aquí por vuestra responsabilidad, así que ya veremos qué se decide. Ya sabemos que se devoran entre sí y a los humanos si caen cerca, pero no sabemos qué otra alimentación pueden tener. En cualquier caso, creo que se confinarán mediante una barrera azul, pero mientras, estará bien que los vigiléis para conocerles mejor, siempre que no corran riesgos con los sismos. Y ahora sí que me voy, no quiero perderme la reunión con los Sorchos y vosotros tenéis varias tareas pendientes.

-Podríamos llevarte Iskaún, que por aquí no creo que encuentres muchos caminos hacia el Interior...

-Tendría que dar un buen rodeo, así que acepto el ofrecimiento...

Como por regalo de las circunstancias, salimos en unos cuantos minutos en Gespenst hasta la superficie y mientras los demás volvían a casa, es decir a Freizantenia, y otros se encargaban de la vigilancia de la huída enemiga, Osman y yo partimos llevando a Iskaún al Interior Terrestre. Poco antes de entrar en el gran hueco polar, un freizanteno comunicó por radio a Osman que había novedades con el submarino detectado penetrando bajo el banco de hielos de Ross.

-¿Es muy urgente entonces, Capitán?

- No tan urgente. Aún se está explorando el escenario y no sabemos qué están haciendo allí...

-¿Explorando el escenario? Quiere decir que hay algo grande...

-Así es, Genbrial, una red de túneles y vacuoides acondicionadas bajo el hielo. No han movido hacia allí gran cosa, sólo dos submarinos y unas pocas instalaciones. Parece natural, que no lo han construido ellos, pero lo están acondicionando.

-Creo que deberían dejarme aquí, -dijo Iskaún- que puedo seguir a pie y será un paseo...

-¡Nada de eso!, -respondió Osman- Que no solemos dejar a pie a la gente. Ya has escuchado, que no es urgente...

Llegamos al playón de la Gran Pirámide y dejamos a Iskaún. Nos pareció una imprudencia quedarnos, así que mientras la despedimos con unos abrazos nos dijo:

- No puedo invitaros ahora, porque tenéis mucho que hacer ahí fuera, pero no tardaréis en regresar. Tengo que mostraros el Parque de las Runas y las ciudades Intraterrenas de Avalon, Agartha, Aris, Giburia, Vidiana, Ur, Wotania... Será cuando tengamos resueltos los enigmas que nos ocupan ahora y vosotros puede que tengáis sorpresas no muy buenas... Vais a resolver todo como hasta ahora. Estaremos pendientes para ayudar en lo que sea necesario.

PROBLEMAS SUBGLACIARES Y OTROS ATAQUES

Regresábamos a Freizantenia pero no muy raudamente, sino a poco más de dos mil kilómetros por hora, maravillándonos con los paisajes, reduciendo un poco la velocidad en algunos sitios, avistando algunos dinosaurios en la zona delimitada para ellos, y luego la diferencia de colores del cielo nos deleitaba, porque pasaba de rojizo a púrpura, y luego al negro, para comenzar poco a poco a verse el celeste de la superficie exterior. En cuanto tuvimos contacto radial, ya sobrevolando la Antártida, la Capitana Hilde comunicó que tres pequeñas vimanas habían explorado todo el entramado subglaciar donde operaba el enemigo, descubriendo que los submarinos llevaban mucho más material nuclear que el propio de sus sistemas de impulsión.

-¿De qué nivel de riesgo hablamos, Capitana?

- Del más alto, Genbrial. Tienen pocas opciones allí, porque las galerías no recorren más de quinientos kilómetros en su totalidad. Hay dos puntos donde parece que instalan bombas nucleares... Según Johan y otros expertos, la radiación cuántica evidente corresponde a unas cinco bombas con una carga de unos tres megatones cada una. Son bombas de hidrógeno y calculamos que no tardarían más de tres días en armarlas y dejarlas listas para detonar.

-¿Posibilidades de extracción?

-Medianas, Genbrial, porque es puro hielo y todo escenario está a menos de cincuenta metros de la superficie, pero están rociando todo el entorno, paredes, techos y pisos con laminillas de intraspasables. Bien conocen esa debilidad técnica nuestra. Por otra parte, los estudios del Mayor Ferdinand están dando sus frutos respecto a eso, pero dicen Kornare y otros expertos que aunque se consiguiese superar el tema de los intraspasables ahora mismo, no podríamos disponer de vehículos con la nueva tecnología UltraGespenst hasta dentro de algunos meses. Una buena sustracción de las bombas sólo podría hacerse con vimanas pequeñas y con extremo cuidado, como se ha tenido para hacer la exploración. Esperamos sus indicaciones.

-Preparen el protocolo adecuado con las vimanas más pequeñas y con los pilotos de Kugelvins mejor calificados. Y por favor, páseme con la línea privada al sector de Educación. Póngame con la Doctora Hunger... Y tú perdona, pero tengo que hablar en freizanteno...

Asentí con una sonrisa, se puso los auriculares y durante un buen rato habló en su idioma. Luego un rato más largo de silencio, luego otro de conversación y así alternando durante unos quince minutos. Le miré con disimulo y su rostro cambiaba evidenciando que la conversación le afectaba en lo emocional. No sabía si lloraba de tristeza o de felicidad, porque no quise invadir su intimidad mirando en Astral. Al final comenzó a sentirse más tranquilo, se rió un poco y al parecer despidió a la doctora, a quien yo no escuchaba, dando las gracias en su idioma.

-De acuerdo, Capitana, -continuó- Gracias por la comunicación, nos reuniremos la Plana Mayor, estrategas y tecnólogos con todo el GEOS, en la Sala de Estrategia en cuanto llegue... Bueno, si mi chofer apura la velocidad...

-¡Entendido, Genbrial! -dije- Pero cierre los ojos, si es que tiene tiempo...

Puse el Kugelvin en el protocolo "Freizantenia", que aún no había utilizado nunca pero advertido por Rodolfo, era la máxima velocidad que podía imprimirse a cualquiera de las naves. El Kugelvin alcanzó los trece mil kilómetros horarios, así que en dos minutos y medio estábamos posados en la plataforma asignada a ese Kugelvin. Un hombre llegaba justo en un pequeño vehículo terrestre, de los muy pocos que había visto en Freizantenia, y habló con el Genbrial en su idioma durante unos diez minutos.

-Tengo un tema que resolver antes de ir a la reunión. ¿Me esperas aquí o quieres dar una vuelta en aparato?

-Le espero, Genbrial, puedo ser su chofer toda la vida, si quiere.

Me acerqué al borde del playón, mientras veía pasar, llegar, salir y posarse vimanas y Kugelvins en diversas partes de las instalaciones, más extensas y limpias que los más grandes aeropuertos que conocía. Una chica muy joven llegó en un carrito y me ofreció un zumo delicioso de los varios que llevaba, repartiendo a los que por cualquier razón estuviesen trabando a la intemperie. No pudimos hablar porque ella no hablaba español ni yo freizanteno, pero sentía sus ideas, aunque con menos intensidad que con Iskaún. Mentalmente le agradecía el zumo cuando indicó con la mano el paisaje, más allá de la orilla del playón y comprendí todo lo que implicaba, desde el variado colorido del entorno hasta la agradable temperatura. Hice un gesto de extrañeza al respecto y me señaló unas finas líneas en partes del suelo. Me acerqué a una de ellas, me agaché y extendí la mano, para comprobar que por ahí salía calor. En semejante superficie, un sistema acondicionaba muy bien la temperatura. Terminé de beber y respondí que estaba satisfecho con el casi medio litro que me despaché. Al entregarle el jarro y volver a agradecer, fue muy intenso su agradecimiento sin palabras, con una sonrisa y continuó su marcha hacia los mecánicos que trabajaban en una vimana.

Caminé hacia el borde y asomado a la baranda me extasié un buen rato mirando las cascadas de agua que partían un poco más abajo para perder su cauce entre frondosos jardines a unos cien metros menos de nivel, reapareciendo más allá en un arroyuelo bordeado de árboles cuyas hojas comenzaban a amarillear y algunos ya con ellas rojizas, que me recordaban a la ciudad donde me crié. Pero aquí -pensaba mientras saludaba a algunos freizantenos que pasaban haciendo diversos trabajos en las naves- no hay criminalidad, ni pobreza, ni suciedad, ni marginados, ni gente "cara de perro"... Aunque algunos son de aspecto y semblante muy serio, cualquier conversación les hace brotar la sonrisa, la dulzura propia de las personas cuya conciencia está bien despierta, disciplinada, atenta y vigilante, pero a la vez amorosa, como en una permanente propensión al buen gesto, a ver qué puede necesitar la persona que está cerca... Siempre miran a los ojos, aprietan las manos con fuerza, no escatiman los abrazos, algunos caminan cantando o silbando y tienen muy buen oído musical. Van rectos, tienen movimientos suaves y ágiles a la vez...

Al hacer las comparaciones con todas las ciudades que conocía, con todas las idiosincrasias y tipos psicológicos de tantas personas que recordaba, incluyendo con un gran amor, a mi propia familia, no pude evitar que las lágrimas me asaltaran a raudales, mientras oía largamente el armonioso sonido del agua y pájaros que cantaban más abajo. No sé cuánto tiempo estuve así, pero quizá algo más de media hora, hasta que me sobresaltó la voz de Osman.

-Esto de tener un chofer tan bien dispuesto... ¡Pero hombre...!, que vas a aumentar el caudal del arroyo... ¿Estás bien?

-Sí, gracias, Osman, es que... Bueno, no quise preguntárselo antes, pero al venir, Usted casi me inunda el Kugelvin... ¿Se encuentra bien?

-Sí, -respondió sonriendo- también estoy bien, Marcel. Pero un poco nervioso. Tenemos que ir a la reunión, que hace rato nos esperan, así que vamos en el Kugelvin, que no merecen tanta impuntualidad. Te indicaré el camino porque no tenemos tiempo para ir paseando.

Siguiendo sus indicaciones volamos hacia un sector que aún no había conocido. Más allá de donde estacionaban las más grandes vimanas con forma de cigarro, estaban las casitas piramidales, pero la región era aún un misterio para nosotros y poco a poco me iba dando cuenta de la inmensidad de espacio que abarca Freizantenia tras la enorme caverna del fondo.

Sólo una muy pequeña parte está casi a cielo abierto, porque lo grande está en una gigantesca vacuoide, cuya entrada apenas tiene unos doscientos metros de diámetro, pero no había visto nada de su interior hasta que llegamos muy cerca. Por arriba, contrasta su oscuridad contra el blanco de cumbres perpetuas. Por debajo, sobrevolando la zona de casas, una cortina de niebla la hace desaparecer hasta que casi se entra en ella. Luego la caverna se divide en tres, separadas sus zonas por columnas naturales gigantescas y apenas hay caminos y pequeñas construcciones no más grandes que una casa. En total anduvimos unos treinta kilómetros con una inclinación media de siete grados, volando a sólo veinte metros sobre el suelo. La iluminación con altas columnas y una luz amarillenta, hacía que el paisaje muy arbolado con criterio de grandes jardineros, tuviese un realce muy bello, comparable a las vacuoide más bonitas, como las de los Taipecanes. Estábamos a 3800 metros desde la boca, cuando comencé a ver una barriada de casas, todas piramidales, rodeadas de inmensos jardines, fuentes y grandes construcciones dispersas entre ellas. Más allá, hasta donde daba la vista, pequeños cerros, plazas y más casas.

- Vamos hacia ese sector, Marcel. Aquel edificio con ventanales redondos. Esa es la Sala de Estrategia. A la zona que conoces más arriba la llamamos Cuartel Portal, pero la zona residencial principal es ésta. En las otras dos también muchas casas, pero en una está el parque industrial y en la otra los almacenes y el resto de nuestra flota.

-¿Y es todo tan bello como esto?

- ¡Claro que sí! Ya tendrás ocasión de conocer más, pero verás que no sería posible para nosotros vivir en un lugar sin belleza, aprovechando tanto los recursos naturales de estas vacuoides, como la tecnología. Una parte de los estilos, para nosotros que somos muy militares, nos los tuvieron que enseñar los Taipecanes, pero sin intención alguna de competir con ellos, creo que les hemos superado, aunque ellos tienen la ventaja de poder ocupar mucho más tiempo en sus cosas, no tienen que estar vigilando el mundo exterior...

-¿Y esas construcciones en forma tan cúbica que hay...?

- Esos son los almacenes para el Pueblo, es decir para todos nosotros. Hay una buena variedad de productos; no tanto como en tu civilización, porque no hay marcas ni competencia y sólo se producen calidades extremas. Ahí puedes ir de compras y...

-¿De compras? -dije algo confundido.

-Claro, de compras. Sólo que te llevas cualquier cosa y pagas con una sonrisa a los chicos que te ayudan y aconsejan sobre lo que quieras preguntar...

-¡Uffff, qué susto! Por un momento pensé que tendría que sacar una tarjeta de crédito o averiguar qué moneda se usa en Freizantenia...

El Genbrial sólo respondió con una estruendosa carcajada, mientras me indicaba que podía posar el Kugelvin sobre un sector del techo de la Sala de Estrategia, de por lo menos cuatro hectáreas. Al descender, una mujer vestida de anaranjado le entregó a Osman una especie de cuaderno electrónico que él revisó durante medio minuto. Le agradeció, le devolvió el aparato y entramos a un ascensor casi cristalino que nos llevó al vestíbulo de una sala enorme, de unos cien metros de lado, con pantallas en todas las paredes. Allí no había prácticamente nada de decoración. Grandes pantallas de ordenadores en una sucesión de mesas dispuestas en forma circular, cada una ocupada por un operario vestido con ropa anaranjada. Otros, con uniformes verdes, iban de mesa en mesa inspeccionando, controlando o respondiendo preguntas de los operarios informáticos.

Calculé un total de ochenta mesas pero no tenía tiempo a ponerme a contar. En el centro, unas quinientas butacas estaban ocupadas casi en su totalidad y más allá la mesa y pantalla de conferencias. El Genbrial me pidió que me sentase a su lado, llamando luego a Cirilo, Tuutí, Johan, Rodolfo y a cinco de sus más expertos tecnólogos, pidiendo al resto que permanezcan en sus asientos. No había tiempo para los abrazos y salutaciones habituales, que bien podían demorarnos media hora más. Pero me alegré inmensamente al deducir por las caras de mis compañeros que no había ninguna novedad lamentable, que estaban todos bien y ya habría tiempo para conversar.

- Buenos días a todos, queridos Camaradas. -dijo Osman iniciando un corto discurso- Hasta ahora todo ha ido bien, la Operación Terror ha dado unos buenos sustos, no sólo al enemigo, pero ha sido un éxito y todo está en orden aunque lamentamos algunas bajas entre los invasores. Ahora tenemos otro problema que resolver en el banco de hielos de Ross, pero de eso se ocupará un equipo freizanteno. Esperaba poder agradecer y despedir por un tiempo al heroico equipo GEOS, dejándoles como misión voluntaria el reconocimiento de algunas zonas que no podemos explorar con nuestra tecnología. Pero acabo de recibir un nuevo informe, así que además de agradecerles todo lo hecho hasta ahora, me obliga a rogarles que... continúen con nosotros... si lo desean y consideran posible...

-Vamos, Genbrial... -interrumpió Tuutí aprovechando que Osman alargaba el silencio- Que bien sabe que cuenta con nosotros desde aquí y ahora hasta el fin del mundo... ¿Alguien del GEOS necesita volver a su vida mundana normal? Si nadie levanta la mano en cinco segundos... Uno, dos, tres, cuatro... Cuatro y cuarto, cuatro y medio, cuatro y tres cuartos...

-Bueno, que yo sepa de qué madera está hecho el GEOS, no significa que no deba preguntarlo. -siguió el Genbrial- Toda vuestra acción es voluntaria y nuevamente nuestra gratitud más grande y sincera. Creo que les pagaremos con algunas tarjetas de crédito para que visiten nuestros almacenes...

Luego de una carcajada general, se puso en pie y continuó explicando con toda seriedad, mostrando los sectores por donde mis compañeros habían estado explorando. Una vasta región había sido explorada con Kugelvins, pero otros sitios de imposible acceso habían sido recorridos gracias a balsas tipo Zodiac, las cuerdas infalibles de Chauli y las extraordinarias habilidades de los dracofenos, pasando algunos momentos difíciles, como era lógico y normal. En ninguno de esos puntos había actividad de los narigoneses, pero había varios lugares que podrían haber sido de riesgo, así que estaban ahora vigilados mediante balizas y merecían mayores estudios.

- Si bien todas esas regiones -continuaba Osman- pueden esperar y no son una preocupación por ahora, hay dos lugares que requieren exploración del GEOS... Se acaba de perfeccionar el sistema de navegación en medio de intraspasables, la tecnología UltraGespenst ha dado el salto cuántico (nunca mejor dicho) que permitirá a nuestras naves pasar por cualquier sitio, ya sin limitación alguna, pero no dispondremos de ninguna nave equipada con esta novedad, hasta dentro de dos o tres meses apurando mucho al sector tecnológico y luego al industrial. Mientras, tenemos un par de sitios en los que se ha reportado actividad de los narigoneses, y que requieren exploración combinada como hasta ahora, en especial de desplazamiento personal y hasta cierto punto, con Kugelvins. Uno de esos lugares está en Brasil, cerca de la frontera con Guayana y el otro está en Argentina...

-La situación en Argentina -explicaba el Genbrial- es la de menores riesgos, aunque no es la primera intentona de penetración en el interior terrestre por ese sitio, incluso con antecedentes de usar un misil que provocó un terremoto hace unos años. Ahora los narigoneses han retomado el caso, pero apenas han comenzado una exploración que abarca desde Uspallata hasta Mendoza y desde San Juan hasta Tupungato, encontrando algunas galerías subterráneas a causa de sondeos petroleros. Las entradas son muy pequeñas, pero lograron descubrir una mínima porción del gran entramado subterráneo de la región. Aún no representan peligro inmediato para nuestros amigos de Erk, pero es nuestro deber atenderles y detener al enemigo.

- ¡Así que realmente existe Erk...! -exclamé- Y bien que conozco la región por la superficie, así como toda la leyenda, y he tenido allí algunas experiencias interesantes, pero... Perdone la interrupción.

-Pues no demorarás mucho en volver por ahí, pero ahora vamos a ver el problema más gordo, porque los compañeros de Erk están tomando medidas y no ven peligro inmediato. El GEOS será muy útil para explorar una parte de esa zona que contiene gran cantidad de intraspasables, en especial minas de plata, blendanita y otras combinaciones. No podemos explorar con nuestras naves todavía y apenas si podrán transitar por allí, fuera del Camino de Erk, que es un protocolo con sólo tres opciones para ingresar con Kugelvins y sólo uno de ellos con grandes vimanas. Es una región muy grande cuyo entramado subterráneo tendrán que explorar a pie cuando se pueda. Ahora la prioridad es la Chimenea de los Macuxíes, en el norte de Roraima, más o menos por este punto del mapa. Era un antiguo camino hacia el Interior, que los Primordiales tuvieron que taponar en 1907 cuando tres emisarios ingleses llegaron en busca de diamantes para su reina. Los Macuxíes, que iban al Interior por ahí y tenían obligación de secreto y custodia de la entrada, perdieron su acceso al Paraíso Interior porque uno de ellos dijo a los ingleses que allá adentro había piedras brillantes mucho más grandes que las que encontraban por ahí, escarbando en las ollas del Río Maú. La entrada tenía escaleras que fueron derrumbadas, pero más adentro, a varios kilómetros, hay un tapón producido por un gran derrumbe que los Primordiales hicieron. El camino no ha estado para nada fácil hasta ahora, pero con la tecnología moderna las cosas han cambiado y están intentando penetrar. La misión es impedir que puedan seguir avanzando porque llegarían al menos hasta la barrera azul. Ellos sólo la han visto en cercanías de la Malla de Rucanostep, que es la única parte donde esa barrera está relativamente cerca de la superficie, como recordarán, por causa de las vacuoides con animales prehistóricos y porque hay caminos hacia el interior. Si continuasen por cualquier sitio hasta la barrera azul, no podrían pasarla de ningún modo, pero harían estragos en el intento y hasta podrían descubrir después de ello, los bordes de la barrera e intentar pasar al Interior.

-Al menos no está en peligro Freizantenia, por ahora... -dijo Tuutí.

-No, -siguió el Genbrial- el peligro más inmediato, como dije, es factible de resolver con nuestra actual tecnología y casi en lo inmediato. Pero esos dos puntos no se pueden descuidar y el de Brasil parece avanzado. En unos momentos me traerán más informes y podremos planificar las próximas acciones. Ahora, si me permiten, propongo algo muy importante, que es el repaso de la Educación Espiritual Fundamental...

Ya sabíamos de ello porque lo habíamos leído un par de veces en nuestros descansos, pero escuchar al Genbrial leyendo ese texto, era un excelente epílogo para el capítulo que acabábamos de vivir, a la vez que nos reconfortaba, al comprender mejor con qué clase de sociedad nos habíamos comprometido. Un soldado le entregó a Osman un papel y él comenzó a leer en voz alta, aunque en realidad ni miraba el papel porque lo sabía de memoria en varios idiomas:

EL DECÁLOGO FREIZANTENO

1ª Ley: El verdadero Guerrero de la Luz no estudia tanto el Universo, como a sí mismo. No juzga tanto a nada ni a nadie como a sí mismo. Ni en un puesto de guardia vigila tanto el exterior, como vigila su propio interior, sus propios sentimientos, pensamientos, palabras y actos.

2ª Ley: La Luz verdadera, alumbra o ciega, según la actitud del que aprende. Sólo con el corazón puro pueden ver los ojos las Grandes Verdades. Y el corazón puro sólo se consigue iluminándolo con la propia Conciencia.

3ª Ley: El Verdadero Soldado de la Luz, batalla amando a su enemigo como a sí mismo. Aunque el enemigo no lo sepa, no es contra él que se combate realmente, sino contra la esclavitud, contra su ignorancia y contra los objetivos de sus mandantes, que nunca están en el frente de batalla. El enemigo material lo es sólo por circunstancia y nuestra consigna es ¡*Muertos, antes que esclavos*!

4ª Ley: La Verdadera Protección no está ni siquiera en las Runas, porque ellas son el Mágico Instrumento pero la Protección radica en el control y eliminación del propio Odio, de propio Miedo interior y de los Vicios y tentaciones que se pueden hallar en el Camino, cualquiera sea el lugar que se ocupe en el Universo.

5ª Ley: El Verdadero Maestro, enseña con el ejemplo. No procura generar dependencias, sino instruir a futuros buenos Maestros. No desea discípulos permanentes. No busca tener "seguidores" sino liberar consciencias. Un verdadero Maestro es humilde por naturaleza y sabe que no es perfecto a pesar de su conocimiento. Puede equivocarse a pesar de tener las mejores intenciones, pero también reconoce el error y lo enmienda con Amor y Tranquilidad. Jamás obliga a aceptar sus enseñanzas ni impone su punto de vista. Sólo lo expone con Amor y Sabiduría. Es coherente en sus sentimientos, pensamientos, palabras y actos.

6ª Ley: El Verdadero Mensajero es aquel que sólo transmite el mensaje y quien tiene tan delicada misión, puede convertirse en Maestro, pero ningún Maestro ha llegado a serlo sin primeramente ser un Perfecto Mensajero.

7ª Ley: La Verdadera FA, que los mortales llaman Fe, se basa en el conocimiento, en la razón, no en las creencias, ni en los dogmas. Y FA es seguir los objetivos con *Disciplina*, elástica para no quebrarse, tenaz para no cortarse, suave para no herir sin necesidad.

8ª Ley: La Sagrada Doc-Trina se torna aún más Sagrada, si se es consecuente con ella en el equilibrio perfecto de Ser, Conciencia y Voluntad, que se reflejan en Amor, Inteligencia y Poder.

9ª Ley: El Verdadero Templo es sobre todo, el cuerpo en que habita nuestra Alma. Y se construye como Templo sobre sentimientos sanos, pensamientos correctos, palabras amorosas y actitudes coherentes.

10ª Ley: La Verdadera Espiritualidad es aquella que pone en práctica los Principios de la Esencia Divina y que nos lleva a morir cuantas veces haga falta por Amor al Prójimo.

Apenas terminó, llegó hasta él un hombre que posiblemente fuese el más anciano que habíamos visto en Freizantenia. Más alto que Osman, erguido como una vela, vestido con uniforme de gala y sólo las arrugas de su rostro delataban una edad mayor. Osman nos invitó a darnos todos los saludos que quisiéramos y dijo que por unos minutos podíamos conversar. Mientras, ellos hablaron en voz muy baja hasta que el hombre se sentó ante la mesa y Osman pidió atención.

-Y ahora, queridos Hermanos del GEOS, os presento al General Von Schulzter, quien desea daros una noticia que os puede interesar a todos.

-Gracias, Genbrial por permitirme este honor... Camaradas del GEOS. Cada uno de ustedes ha demostrado una disciplina intachable, como dice nuestro Decálogo, *"elástica para no quebrarse, tenaz para no cortarse, suave para no herir sin necesidad."* Vuestras labores han sido heroicas y casi temerarias, pero sin la locura del temerario; habéis sido afines al espíritu freizanteno en todas las operaciones y nuestra gente ya no puede verles como meros "extranjeros que ayudan". Nuestro Genbrial ha solicitado recientemente dos cosas al Tribunal Civil. Una de carácter privado y otra que compete al GEOS...

Hizo silencio eterno, aunque debió ser de un segundo. Yo sabía o sospechaba cuál era su asunto personal, así que el corazón se me encogió por un momento y el tiempo se me alargaba más aún al ver la cara de Osman, que reflejaba una absoluta ignorancia de su resolución...

-Sobre la primera, Querido Genbrial, debo comunicarle que el Tribunal Civil, por unanimidad, acaba de decidir que su solicitud personal... ha sido aceptada.

Osman abrazó al General y ni intentó contener su llanto. Pasados un par de minutos, el Genbrial se serenó y se sentó para que el General siguiese hablando, me puso la mano en el hombro y sentí su gratitud y la profunda alegría de su Alma.

-Creo que soy otra persona... -me dijo al oído.

-Ahora, Camaradas del GEOS, sobre la segunda petición de nuestro Jefe, pues se trata de algo realmente muy inusual, como una ciudadanía colectiva, es decir dotar de ciudadanía freizantena a todos los miembros del GOES. No sé de dónde ha sacado el Genbrial semejante lucidez para presentar en pocos minutos unas alegaciones tan irreprochables, pero el caso es que el Tribunal Civil, reunido de urgencia, ha dudado en aceptar esta solicitud. Sin embargo una comunicación de extrema urgencia con los Primordiales, ha definido positivamente la cuestión. No obstante, con arreglo a algunos ajustes de forma y fondo, la misma debe ser pasada por un proceso de solicitud individual de cada uno de Ustedes, un formal reconocimiento psicológico... Seguro que si están tan locos como para querer salvar al mundo, lo aprobarán sin dificultad... Y aunque muchos de vosotros tendréis que volver a la civilización del mercado, con vuestras familias o por cumplimiento de diversas misiones, esta Freizantenia por la que habéis comprometido vuestras vidas, es desde ahora, una casa a la que podéis venir como que es vuestra...

Al General se le ahogaron las últimas palabras y el silencio era extraño, nada de aplausos, nada de comentarios. Algún sollozo ahogado se dejó oír y hasta el joven soldado que repartía botellas con agua tuvo que sacarse los ojos. Yo me repuse enseguida y creí conveniente intervenir. Me puse en pie y extendí la mano al Genbrial.

- De no ser por los ventiladores de los ordenadores -dije en voz alta- y esos gorjeos de pájaros en el exterior, diría que hemos caído en un silencio sepulcral... Sólo falta activar el Astravisor y...

La mayoría de mis compañeros no entendieron la broma porque no habían participado de la Operación Terror y no habían sido informados aún de lo ocurrido, pero las risas de los que participaron relajaron las emociones. Osman y yo nos abrazamos, y las salutaciones y demás dieron lugar a los vítores que me imaginé que se producirían. En cambio de eso, disfrutamos tranquilamente de aquellas noticias tan felices. Osman desapareció y regresó media hora después; pidió silencio porque había más novedades.

-Queridos Camaradas, perdonen la demora pero no sería justo acabar esta reunión sin comunicar una noticia que puede parecer un mero cotilleo, pero creo que debo compartirla con todos, especialmente con Marcel y Rodolfo... Acabo de comprometer mi vida privada con una mujer excepcional...

Osman señaló hacia una puerta lateral, por la que entraba Helena vestida con una especie de uniforme blanco como el de gala de los marineros, pero femeninamente adornado con filetes dorados y la chaqueta larga y plisada en su parte inferior. Botas blancas con algo de tacón y el cabello suelto y liso, con un sombrero de ala mediana. Pero lo más espectacular era su rostro. Ni remota señal de haber estado desfigurado por el ácido, luciendo una sonrisa deslumbrante. Una sorpresa para todos (menos para mí), que estalló en un prolongado y estridente aplauso. Osman se dirigía hacia ella y no se dio cuenta que un furriel recién llegado caminaba apresurado entre las mesas de las computadoras y estaba por acercarse para entregarle un parte de novedades. Tras dudar unos segundos al no saber lo que ocurría, finalmente lo entregó al General Von Schulzter. Creo que fui el único que se dio cuenta que ocurría algo inesperado y quizá no muy bueno. Mientras los flamantes novios se abrazaban, se besaban y los demás comenzaban a beber un fino licor que repartían los camareros que venían detrás de Helena, me acerqué al General en cuanto acabó de leer en la pantalla.

-Si sucede algo y puedo ayudar...

-Sí, Marcel, sucede... Pero no vamos a estropear la Luna de Miel de nuestro jefe. Permíteme un instante, sonríe y no digas nada, yo diré algunas cosas, despedimos al Jefe y luego hablamos en el comedor...

-De acuerdo.

-Les ruego un momento de atención... No quiero ser aguafiestas, pero la fiesta deberían continuarla en privado el Genbrial y nuestra flamante ciudadana y su futura esposa Helena. Así que les invito a despedirlos, para ir a ducharse y cambiarse como buenos flamantes freizantenos. Una vimana les va a transportar a sus aposentos habituales en el Cuartel Portal. En media hora nos esperan en el comedor, -decía ya en tono de broma- así que a darse prisa, que ahora asumo el mando absoluto de Freizantenia y ya saben que me gusta mandonear y esas cosas propias de los Generales...

-¿Seguro que podemos emprender nuestro paseo nupcial, General?

-Sin dudarlo Genbrial. Y nuestros camareros agradecerán no tener que recalentar la comida para el GEOS...

Como era lógico, Osman estaba en un momento trascendental de su vida personal, así que si percibió algo extraño lo olvidó al momento. Les despedimos en unos minutos y mientras ellos se iban por la puerta lateral, nosotros subimos a la azotea. Mis compañeros a la vimana y yo me llevé a Viky al Kugelvin.

-Pasa algo raro... -le dije- El General no ha querido estropear la boda, pero nos ha dado sólo media hora para reunirnos. Puede que los narigoneses hayan adelantado sus planes en el Banco de Ross...

-Los narigoneses no han adelantado sus planes en el Banco de Hielos.

-Si tengo que atenerme a tu deducción, no sé... Pero si me atengo a tu intuición femenina, seguro que es así. ¿Imaginas algún otro problema?

-Atente a mi intuición. Aunque de todos modos, si el General ha obrado así es que las cosas no son graves en extremo y cree poder manejar la situación sin la presencia del Genbrial. Debe haber otro problema, sí, pero aparte de los ya conocidos.

-Dada las prisas, -dije- aparcaré el Kugelvin al lado de la casa. No sé si está dentro de lo permitido en los protocolos, pero si vamos hasta el playón demoraremos demasiado.

La casita piramidal asignada para Viky y yo era una de las más alejadas del playón, hacia el interior de gran caverna, así que hice bien en apropiarme temporalmente del Kugelvin, porque aún dándonos prisa en el baño y colocándonos las ropas nuevas que nos habían preparado, llegamos en media hora justa al comedor. A nuestros nuevos trajes, muy clásicos, de azul no muy oscuro el mío y blanco para Viky, sólo les faltaba una gorra para ser un traje de gala militar completo, porque incluso tenía cada chaqueta una medalla; roja y plata la mía y dorada y roja la de Viky. Jamás en la vida me había puesto unos zapatos que siendo tan elegantes, me quedaran tan perfectos como un guante, azules como el traje, blandos por dentro y firmes por fuera. Los de Viky eran blancos como su ropa. Aparqué el Kugelvin en su sitio y me extrañó que no hubiera nadie en la plataforma.

-No creo que hayan cambiado el lugar de cita, que hayan llegado todos y la reunión sea muy lejos... Faltan casi la mitad de los Kugelvins.

-No, -respondió Viky- los habrían llevado en la vimana a todos juntos.

Al entrar al vestíbulo del comedor, una mujer nos entregó a cada uno lo que faltaba del uniforme: Una gorra con los símbolos de Freizantenia. Retiró el papelillo con nuestros nombres y nos las entregó tomándolas con las dos manos, haciendo una leve reverencia y una enorme sonrisa.

-Si es más grande o pequeña -dijo al entregarme la mía- el sastre puede ajustar ahora mismo. Aunque tenemos vuestras medidas muy exactas, el pelo suele crecer mucho.

-La mía está perfecta. -dijo Viky- Y la tuya te queda de maravilla...

-Bien -respondí- pero pasemos al comedor, que estamos sobre la hora.

-No hay prisa...-dijo la mujer- Aún faltan más de la mitad, incluyendo al General... Ahí empiezan a llegar...

Las mesas estaban dispuestas en U, para poder ver todos al General que se colocó en el extremo, me pidió que Viky y o nos sentásemos a su lado. Colgamos nuestras gorras igual que él, en el respaldo de la silla y cuando llegaron todos mis compañeros y unos cincuenta freizantenos, comenzó a hablar.

-Queridos míos, les invito a beber un poco de cerveza mientras hablo porque será mejor que comamos cuando tengamos resueltos un par de temas con los que no he querido preocupar al Genbrial. Si no llegamos a una conclusión que nos conforme para resolverlos nosotros, habrá que molestarle e interrumpir... Ya saben, sería muy penoso. Ante todo, me tengo que poner al tanto de algunas cosas para saber qué hacer...

Mientras los camareros servían las bebidas se inclinó hacia mí y me preguntó al oído.

-¿Quién es el jefe del GEOS, Tuutí, Cirilo, Rodolfo o Tú? Con las diversas misiones donde asumís la jefatura cada uno, me he liado...

-Tuutí... -dije en voz baja-

-Tuutí, por favor. Necesito saber qué parte de vuestro personal está disponible para quedarse con nosotros cumpliendo una misión defensiva especial, poniéndose a las órdenes mías o de mi cadena de mandos, y quiénes están bien entrenado en la conducción de los Kugelvins y aproximadamente con qué calificaciones, si las habéis hecho.

-Rodolfo y Viky como los mejores. -respondió nuestro jefe- En tercer lugar Marcel y en cuarto lugar Cirilo, Ajllu, Intianahuy, Araceli, Kkala y yo mismo, es decir la Plana Mayor, porque hemos tenido más ocasión de practicar. Sin embargo hay varios que sólo precisan un poco más de práctica e instrucción y la mayoría ni siquiera ha subido a un Kugelvin, pero seguro que muchos de ellos serían magníficos pilotos con un poco de práctica. Respecto al resto del GEOS, nadie quiere ir a ninguna parte y está disponible al completo para lo que se le ordene.

-Bien, muy bien... O sea que ahora mismo contamos con nueve pilotos cualificados más, aunque como saben, nunca es suficiente y siempre se puede mejorar. Pues entre los freizantenos hay ya ochenta y ocho pilotos bien entrenados, de modo que nuestra Fuerza Aérea Auxiliar, como en adelante llamaremos a la de Kugelvins, tiene noventa y siete efectivos... Bien, el total de Kugelvins disponibles sin tocar los destinados a otras bases, es de doscientos, así que el resto del GEOS podrá dedicarse desde mañana al entrenamiento intensivo. Los pilotos que ya están preparados, tendrán una misión muy delicada que comenzará dentro de ocho horas, en apoyo a los ochenta y ocho pilotos que ahora mismo están cubriendo la incidencia. Se trata de una incursión sobre las costas de la Antártida, de cincuenta pequeños aparatos parecidos a las vimanas, de los que desconocemos su origen, composición y funciones. Sabemos que tienen tres metros de diámetro, que funcionan igual que nuestras vimanas en cuanto a impulsión por campos opuestos, y que al menos esos detectados, no tienen tecnología Gespenst y creemos que no llevan armas. Aunque hemos captado velocidades inferiores a los cuatro mil kilómetros por hora, así que no han pasado de Mach 4, no podemos dar por sentado que no puedan ser más rápidos... ¿Me siguen en la idea de la situación?

-Perfectamente... -dije tras unos segundos en que mis compañeros afirmaban con la cabeza- ¿No se ha derribado ninguno?

-No, porque primero tenemos que escanearlos bien, asegurarnos de su procedencia y cuál es el peligro real que representan. Es casi seguro que son ensayos de los narigoneses, pero tenemos varias teorías en danza. La operación "Eisbedeckung" como llamamos a la del Banco de Ross, se pondrá en marcha en unas horas utilizando vimanas, ya que los Kugelvins están todos ocupados vigilando esos aparatos. Por suerte tenemos vimanas de muy diversos tamaños y algunas caben muy bien en los túneles de hielo. No obstante, la operación aún está en estudio estratégico, para no causar bajas ni provocar explosiones que puedan detonar el material existente. Aunque el Genbrial dispuso que esa misión la lleve exclusivamente personal freizanteno, debido al alto riesgo de combate directo con bajas, me gustaría que el GEOS conozca bien la situación porque seguramente pueden aportar ideas. Lo importante, a mi ver, para el GEOS y por ahora, es estar preparados para que todos los pilotos de Kugelvins puedan participar en la captura de esos pequeños discos volantes. ¿Algún comentario?

-¿Puede -dijo Tuutí- que eso tenga relación directa con la operación "Eisbedeckung"? Me refiero a que uno de estos factores sea una maniobra de distracción para encubrir lo otro...

-Es lo primero que pensamos al enterarnos. Es posible, pero si no aparecen otros factores creemos que podemos manejar ambos frentes, por eso tras despedir al Genbrial, la Plana Mayor y yo hemos optado por no avisarle, al menos por ahora.

-¿Y cómo se haría esa captura de los platillos? -preguntó Rodolfo.

-Tenemos varias opciones, como el derribo directo que no sería difícil, la captura con campos gravitacionales más grandes, usando Kugelvins y vimanas, también bastante fácil, y una tercera opción sería vigilar sus movimientos y seguirlos siempre en Gespenst, como ahora mismo, para averiguar qué hacen, de dónde proceden, desde dónde se los controla, qué autonomía poseen... Pero cualquier otra maniobra dependerá de que no pasen el paralelo 82º 44' ni efectúen un ataque a ningún sitio de la Antártida. Se mantienen entre los quinientos y los dos mil metros de altura hasta ahora... Bueno, los veo muy tranquilos y dispuestos, así que empezaremos a comer y mientras, continuamos con los detalles.

-¿Siguen una dirección determinada o aleatoria? -preguntó Cirilo.

-Llevan direcciones variadas pero no aleatorias, -respondía el General mientras llegaban nuestras comidas- son manejados de a uno por uno, es decir que no se ajustan a un patrón de movimiento programado, según nuestras computadoras. Hay un operario por cada uno. El punto de control posible más cercano detectado es el de los submarinos bajo el Banco de Ross, pero la emisión es un misterio, así que igual puede provenir de otros lugares del mundo.

-¿Se descarta completamente que sean dirigidos por alguna entidad biológica? -pregunté- Quizá digo una tontería...

-Sí, eso está descartado. Su hechura es más precaria que las primeras vimanas nuestras de hace más medio siglo, así que son transparentes a nuestros escáneres, pero además sólo tienen 70 centímetros de altura, de modo que no cabría ninguna persona normal.

-¿Y dice que pueden ser controlados desde cualquier parte del mundo?, ¿Es decir desde un punto muy lejano?

-Así es, Marcel. Sabemos que las antenas de Alaska perfectamente pueden cubrir todo el planeta con muy diversas emisiones y hasta producir terremotos en cualquier parte del mundo, llegando hasta los diez kilómetros de profundidad y causando desastres donde la zona es sísmicamente susceptible, pero recientemente hemos descubierto otras antenas en otros continentes y el cuadro de situación se complica.

-¿Y por qué no habéis destruido esas armas tan terribles de Alaska?

-Lo hemos estado a punto de hacer, Marcel, pero hemos preferido no intervenir mientras no sean un riesgo para nosotros. Hemos colocado en muchos lugares, dispositivos especiales de una tecnología superior a la de ellos. Si acaso intentaran atacar algún punto de Freizantenia con esas armas, les estallaría en las narices todo el sistema y sus centros de poder político y monetario. Y se lo hemos hecho saber. Por eso atacaron las bases Voraus y Frelodlthia con aparatos colocados cerca de ellas. De haber usado las fatídicas antenas sólo habrían destruido sus propios emisores y algunos sitios de su gobierno económico. También hemos previsto la destrucción de su gobierno político, pero eso sería una total declaración de guerra abierta. No les conviene a ellos y no lo deseamos nosotros porque tendrían que lamentar muchas bajas de civiles que no tienen ni la más remota idea de la realidad. Ahora debemos ocuparnos de resolver los ataques, vigilancias y otras actividades afines, como esos platillos voladores, con los que ya han hecho los "crop circles", o círculos de las cosechas" desde 1964. Sólo tienen tecnología antigravitacional pero no tienen ni idea de la Gespenst y ni siquiera pueden tripular una nave ingrávida, porque se vuelven locos sus pilotos. Y ya que estamos, os presento a uno de nuestros estrategas, el piloto Josep Smithson, que fue el primer tripulante de una vimana construida por los narigoneses...

El hombre se puso en pie y saludó a todos. Alto y rubio, casi colorada su piel, descendiente de irlandeses o nórdicos, de unos cuarenta años y con unas manos muy grandes que hablaban con sus gestos afirmando el valor de sus palabras.

-Si me permite General... -y continuó cuándo aquel lo instó a seguir- Me eligió el alto comando narigonés en cuanto tuvieron lista la primera vimana, porque siendo soltero en aquel momento... Ahora estoy casado con una freizantena preciosa... Ni tenía hijos...Con más de mil horas de vuelo en pruebas de aviones de guerra y un *curriculum* intachable, era el candidato ideal para cualquier misión. Lo que ellos no saben es que el hombre de consciencia trascendente, en algún momento se da cuenta el rol de combate que debe jugar y más aún, el bando en el que debe estar. Cuando en el primer vuelo me encuentro con otras vimanas parecidas a la que yo tripulaba, pensé que estaba acabado. Me dispararían y me destruirían... Mi vimana tenía armas pero "algo" no me habían dicho mis jefes. No estaba dispuesto a atacar si no lo hacían ellos. Pero en vez de atacarme, una voz me habla en mi cabeza y me dice que puedo seguirles y entregar la nave sin consecuencias negativas para mí. No eran sólo las palabras. Había determinación, pero también amor, franqueza y comprensión en esa voz o lo que fuese que hablaba sin necesitar la radio. Inmediatamente comprendí que no tenía opciones ante algo superior, no sólo en cuanto a tecnología. En ese momento supe que cambiaba de bando, porque mis jefes me habían ocultado cosas o no las sabían, pero había alguien más humano, sincero y verdadero dentro de esas vimanas, que todas las personas que había conocido. Así que les seguí y aquí estoy. Muchas preguntas que tenía no precisaron más respuestas porque las comprendí antes de llegar a Freizantenia. Llegar aquí y ver todo esto, fue suficiente para agotar todas las preguntas. Así que ahora formo parte del cuerpo de estrategas de Freizantenia. Esta es mi Patria. Y también he sido quien ha monitoreado a distancia todas las actividades del GEOS desde que se creó, así que os doy la bienvenida. Gracias a todos.

Un furriel había entrado y esperado junto al General, a que terminara de hablar Josep, así que inmediatamente vinieron las noticias, que el General leía en esa especie de tablero electrónico.

-Nuestros Kugelvins acaban de derribar a dos platillos que han pasado el paralelo 82°44' y las demás se han retirado un poco, continuando sus movimientos como antes, pero más cerca de las costas. Así que se mantiene el mismo sistema de control y vigilancia. Respecto a la Operación Eisbedeckung, todo marcha bien y no hay señales de cambios. Los que vigilan a los bichos esos que hallasteis con formas de lobos y... bueno, que aún no me he enterado de todos los pormenores de esas criaturas, pues han llegado hasta un sumidero de lava y luego han regresado al túnel principal para devorar unos pocos cadáveres de los soldados muertos antes que se pudiera rescatar al contingente. Han intentado seguir hacia la superficie, como si olieran a los que están escapando de allí, pero parece que aumentando la gravedad, tienen problemas. Cinco de ellos han regresado a la boca de la Octógona IV y permanecen allí. Los otros deambulan hacia abajo... Sobre este asunto me tenéis que poner al día porque no entiendo eso de la gravedad aumentada... Esto de ser militar con tantas ocupaciones, a veces nos limita en el ámbito científico, pero lo bueno es que uno cuenta con científicos muy buenos para que le ilustren... En fin, que podemos seguir comiendo en paz y ya saben lo que tenemos tras un merecido descanso.

ATAQUE DIRECTO Y EMERGENCIAS

Algunas horas de sueño y estábamos como nuevos. Los turnos de reemplazo de los pilotos estaban a punto de efectuarse, pero momentos antes de salir cada uno con un Kugelvin, una alarma que no había escuchado antes sonó en todo el ambiente. El eco resonaba de tal manera que parecía reverberar en la parte subterránea, así que toda Freizantenia estaba en situación de alarma. Un freizanteno habló por los medios de comunicación general y alertó primero en freizanteno y luego en nuestro idioma, que había posibles intrusos en territorio freizanteno. Subí a mi aparato y me quedé, como mis ocho compañeros, a la espera de órdenes, que no tardaron en aparecer en la pantalla del ordenador.

Se nos indicaba pasar a Gespenst, dejando luego los mandos para que desde el control central se nos hiciera formar según un protocolo de defensa, para luego obrar en forma independiente. La misión era derribar cualquier objeto que no fuese otro Kugelvim ni cinco vimanas azules que en unos minutos debían llegar procedentes del Banco de Hielos de Ross. La Operación Eisbedeckung había sido bien completada y tras la llegada de esas vimanas que además venían en Gespenst, ningún otro aparato estaría en el aire. Así que procedimos y Rodolfo, al mando del grupo nos avisó que aparte de los nueve del GEOS, se incorporaban otros diez pilotos de vimanas. No era lo mismo conducir éstas que los Kugelvins, pero sin duda podrían hacerlo y la emergencia así lo exigía.

Al pasar a Gespenst solté los mandos, dispuesto sólo a operar según se nos indicase. Mientras desde el control central se nos colocaba dispersos en toda la región periférica, a unos doscientos metros de altura, Rodolfo advirtió de no disparar las armas en Gespenst porque aunque se podía hacer en un caso extremo, cuando el rayo del arma sale del campo magnético del vehículo, lo afecta reduciendo sus funciones y ocasiona una gran pérdida de energía.

-De todos modos, -decía Rodolfo- no corran riesgos si están en una persecución donde tengan posibilidad de estrellarse o chocar. Y es preferible evitar los disparos cuando en línea de tiro está Freizantenia, el parque aéreo o cualquier cosa importante en el suelo. Nos vamos a mantener a baja altura, descendemos a cincuenta metros, disparamos a lo que sea, cuando está por encima nuestro y que el rayo vaya al cielo...

-¿Voy tras ese? -grité al ver una de aquellas pequeñas vimanas cuyo fulgor plateado apareció a unos cien metros de mi posición.

Rodolfo me dio el afirmativo y dijo a todos que la persecución sería aleatoria y quedábamos liberados para actuar según aparecieran los intrusos. Mientras le oía, comencé una persecución vertiginosa. El platillo no paraba de zigzaguear, intentando al parecer, entrar en el espacio aéreo del Cuartel Portal, que eran muchas hectáreas que había que proteger a toda costa. El platillo o quien lo comandara no podía verme, así que comencé a ubicarme en diferentes posiciones y cuando estuve en la más adecuada y el aparato disminuyó su movimiento, pasé a estado material a una distancia de cincuenta metros y disparé el rayo volviendo inmediatamente a Gespenst. No hubo explosión, pero hizo un agujero que derribó al objetivo. La explosión se produjo medio minuto después, cuando tras balancearse sin control se precipitó a tierra, a unos tres kilómetros del perímetro del Cuartel Portal. Y fue tal la detonación que no habría dejado nada vivo en un kilómetro de radio.

-Debería haber algún sistema de protección como una cúpula... -dije en voz alta.

-Eso está hecho. -respondió el freizanteno Kunt, desde otro Kugelvin que se puso a mi lado- Pero no pudimos ponerla antes que los aparatos entraran en nuestro espacio aéreo. No sabemos de dónde salieron...

-¿No son los mismos que están vigilando los compañeros en la región costera?

-No, Marcel. -dijo Kunt- Estos han entrado por otro lado y no fueron captados por los radares ni por nuestras vimanas. Parece que aquellos de la costa eran maniobras distractivas...

-¡Atención! -decían desde el mando central- Hay que evitar que lleguen sobre nosotros, pero son bombas voladoras, así que si fuera posible, habría que empujarlos fuera del área de Freizantenia...

-Podemos hacerlo, -decía Rodolfo- pero materializados, para que nuestros campos magnéticos los empujen. Que nadie se mueva hasta nueva orden...

Rodolfo estaba como a medio kilómetro de nuestra posición y se materializó para embestir a uno de los platillos. Aquello fue un acto de valentía extraordinaria, porque no sabía si realmente lo empujaría, si sería empujado, o lo más probable, que estallara el platillo. Sin embargo el aparato le intentaba esquivar. El freizanteno y yo mirábamos el escenario y la pantalla de a bordo alternativamente, con lo que teníamos claro que el operador del aparato no quería "malgastar" una bomba contra el Kugelvin, sino llegar a donde la explosión pudiera hacer mucho más daño. El juego del gato y el ratón duró sólo unos segundos, hasta que Rodolfo se colocó encima del platillo y se detuvo todo movimiento.

- Creo que lo he cazado. No sé si explotará, pero ahora intentaré llevarlo lejos, donde sea innocua su explosión.

- Está bien llevarlo lejos pero no lo suelte -decían desde el control central mientras Rodolfo ya se desplazaba con el aparato al parecer "colgado", atrapado por el campo del Kugelvin- Una vimana azul sale para seguirle e intentar capturar ese aparato sin que estalle.

- ¡Voy a por aquel y haré lo mismo! -dijo mi compañero cercano.

-También veo otro en el radar, -dije- pero no le dejaré acercase...

Ambos salimos hacia nuestros respectivos objetivos, mientras veía cómo Rodolfo se alejaba hacia la zona montañosa que estaría a unos cincuenta kilómetros e inmediatamente despegó una vimana enorme que le siguió. Llegué hasta tomar contacto visual con mi objetivo y seguí las instrucciones que Rodolfo comunicaba.

-Lo mío fue una torpeza, aunque parece que funciona. Si esto no explota antes de soltarlo, poneos en Gespenst sobre ellos y al materializar los Kugelvins quedarán pillados sin siquiera enterarse. Estoy escaneando... Llevan el explosivo en todo el borde... Tienen ocho cámaras de vídeo muy pequeñas dispersas en el borde, con menos de 30 grados de visión hacia arriba, y otras cuatro en la panza. Así que no pueden ver qué pasa justo encima. Espero que no puedan detonar a control remoto...

Se me heló la sangre al pensar que efectivamente, estarían dotados de detonadores a distancia, no solamente por choque. Pero momentos después nos informaban desde la vimana que absorbió al Kugelvim de Rodolfo y su prisionero explosivo, que el campo del Kugelvin inhibía toda recepción de radio exterior y unos momentos más tarde nos confirmaban que al apresarlos con nuestros campos quedarían inertes, por lo tanto empezamos a proceder como indicara Rodolfo. Me coloqué en Gespenst sobre mi objetivo y al materializarme el platillo quedó prisionero del campo, por simple interacción de ambos campos gravitacionales, siendo el del Kugelvim, de mayor potencia.

Seguí el mismo procedimiento que Rodolfo mientras veía que otras vimanas iban en la misma dirección, para ya lejos de Freizantenia, hacerse cargo de los aparatos invasores y desmantelarlos. Esta batalla duró algo más de dos horas de intensos movimientos, tiempo en que pude hacer lo mismo con cuatro aparatos más, mientras que dos de ellos no pudieron ser atajados y se estrellaron en Freizantenia, uno de ellos contra el edificio principal de la pista de aterrizaje y otro contra una de las vimanas mayores, de forma cilíndrica. Ninguna de las explosiones causó grandes daños debido a los materiales de la construcción y al purcuarum de la vimana, pero hubo que lamentar dos muertos y cinco heridos de gravedad.

Mientras volábamos en Gespenst recorriendo todos los recovecos de la geografía alrededor de Freizantenia, en busca de posibles aparatos que aún estuviesen por la zona, se nos ordenó regresar a la base. Comenzamos a llegar y creo fui uno de los últimos en aterrizar. Cuando hube materializado mi Kugelvin, observé una especie de niebla que surgía en el horizonte por todas las direcciones. Calculé que ocurría a unos cinco kilómetros desde el perímetro del Cuartel Portal, elevándose hasta cubrir completamente el cielo.

-Ahí tienes tu cúpula protectora, Marcel... -me decía el freizanteno Kunt, que aterrizó a mi lado- No pudimos ponerla antes, porque los invasores ya estaban dentro de su espacio.

-¿Y podemos atravesarla con estos aparatos?

-Materializados no, pero en Gespenst se puede, aunque implica mucho riesgo. Puede alterar el campo en Gespenst, porque también pone en invisible todo lo que abarca, pero lo hace en un espectro muy amplio y con gran potencia... Kornare te lo puede explicar mejor.

-¿Es que Freizantenia queda en Gespenst? -pregunté asombrado.

- No, -respondió Kunt- pero queda en Gespenst una franja, es decir el espesor de la cúpula, que son muchos metros, y con una frecuencia que puede alterar a los vehículos en Gespenst. Eso hace invisible el interior, imitando la superficie helada del entorno. Es decir que sólo la atravesaríamos en Gespenst y en caso extremo. Cuando tengamos los vehículos con la nueva tecnología que puede atravesar hasta con los intraspasables, ya no será un problema. Por ahora, igual la cúpula es una protección muy buena y no nos destruiría ni una explosión nuclear.

-Bien, -dije- ahora habrá que escanear todo aquí dentro...

-Eso -me decía el freizanteno- están haciendo ahora las vimanas mayores, el centro de control y cinco Kugelvins... Entre ellos el mío, según órdenes que acabo de recibir, así que vuelvo a despegar. Puedes quedarte tranquilo.

Comprendí que mi compañero quería tranquilizarme, pero lo cierto es que estaba terriblemente nervioso. Estaba claro que un ataque tan directo a Freizantenia no iba a quedar en un "nos hemos defendido" y me preocupaba el hecho de los muertos y heridos. Eran las primeras bajas sufridas en Freizantenia por ataque de Narigonés & CIA. Mientras nos reuníamos en una vimana que nos llevaría a la sala de estrategia, me agobiaba el pensamiento de que pudieran haber llegado hasta nosotros con esos aparatos, de un modo tan hábil que no pudieron detectarse. En la vimana me encontré con los Sin Sombra Helen Einrich y Adalrich Kröner, que nos habían acompañado en las operaciones subterráneas y ahora habían participado en la batalla defensiva. Helen me abrazó sin decir palabra y lloraba silenciosamente. Adalrich se unió al abrazo y me dijo que uno de los muertos era un mecánico, hermano suyo.

- Supongo -dije- que sabéis lo que ocurre cuando uno muere...

- Sí... -dijo Helen- pero igual cuesta transmutar el dolor... Y el deseo de venganza. Esa es la parte más difícil de la guerra. Nosotros no podemos dejarnos caer. He entendido tu mensaje, gracias. Me concentraré en enviar Amor y Alegría a mi hermano Günther. La otra víctima es la sobrestante Astrid Schröder, esposa del Teniente Turner, a quien ya conocen bien...

-¡Ay! ¿La esposa del...? -exclamé sinceramente dolorido- Si me afectan estas víctimas a mí... Espero que vosotros tengáis más templanza que yo, porque si no, esto será una guerra abierta. Me gustaría saber qué pasa con los heridos y con los que están vigilando en la zona costera, y qué más están tramando los narigoneses... No es una guerra abierta aún, pero... ¡Es una guerra!

-Tranquilo, Marcel. -decía Helen mientras nos disponíamos a descender de la vimana para entrar a la sala estratégica- Ahora es cuando más aplomados debemos mantener el carácter.

Ocupamos todas las butacas, que llenaban el centro del enorme salón. Freizantenos y el GEOS estábamos todos mezclados. Como que ya no había diferencia alguna, salvo para el tipo de misiones que deberíamos enfrentar. El General estaba ya en la mesa de conferencias, junto a Rodolfo, Kornare y cinco tecnólogos. Aún había sitio allí y nos llamó a Tuutí, a mí y otros oficiales freizantenos.

-Queridos camaradas. La misión defensiva ha sido exitosa en lo que puede pedirse, aunque ya saben sobre las bajas que lamentamos. En un par de horas haremos las ceremonias que nuestros hermanos muertos merecen y por fortuna los heridos han salido del estado de gravedad, para pasar a condición de convalecientes fuera de peligro. He tenido que interrumpir la Luna de Miel de nuestro querido jefe, que os envía sus felicitaciones por la labor realizada pero ha viajado a conversar con los Primordiales, dada la situación de gravedad planteada por este ataque tan directo. No es el primero, pero antes no habíamos tenido muertos ni heridos. Las actitudes del enemigo van empeorando. No parece que comprendan que nuestra superioridad tecnológica podría aplastarles en una guerra que duraría menos de un día si fuese total y esta provocación nos acerca más a una situación así. Vamos a dejar la cuestión política hasta que regrese el Genbrial y nos limitaremos a estudiar la situación estratégica, por lo que ruego al Ingeniero Johan Kornare, nos explique las posibles causas de que no hayamos detectado a tiempo la presencia enemiga sobre Freizantenia.

- Una maniobra muy astuta. -dijo Johan poniéndose en pie- Nos han sorprendido porque los platillos fueron recubiertos de una capa de polímeros muy sofisticados, una pintura antirradar bastante efectiva al volar a menos de dos metros sobre el terreno helado. Les podríamos haber descubierto con los otros sensores si hubiesen volado más alto, o si hubiésemos mantenido mejor vigilado el cuadrante Este. Partieron al parecer, de una base de supuestos ecologistas defensores de la vida marina, o de un submarino detectado recientemente cerca de allí, en las coordenadas Este 77° 33' y Sur 68° 34'. El rastro fue camuflado por el hielo que levantaban, aprovechando las condiciones atmosféricas de nevadas actuales, pero parece que llevan tiempo preparando todo esto. Los que estaban en la zona costera del Sur-Oeste han sido derribados en su totalidad y no iban armados ni con explosivos, lo que evidencia que allí estaba el factor de distracción principal. Lo del Banco de Hielos de Ross sirvió como distracción en cierta forma, pero el objetivo concreto era de destrucción de toda esa región en forma no inmediata. Pensaban dejar allí una *espada de Damocles*, lista para detonar cuando fuese oportuno para ellos. Bajo ese laberinto de hielo hay una capa de agua de menos de doscientos metros y el fondo es una zona repleta de metales diversos, que les hizo suponer que sería una base freizantena o que tendríamos algo allí. Todo el personal enemigo está siendo llevado a Pi Primera y el peligroso material radiactivo ha sido requisado y dejado en nuestros depósitos sin inconvenientes.

-¿Alguna novedad sobre incidencias en la cúpula protectora?

- Ninguna, General. -continuó Johan- La cúpula funciona sin ninguna dificultad y la perfección actualizada no permitiría que nos afecte ni una explosión atómica cercana. Sólo tenemos que reforzar y agudizar la vigilancia para que no vuelva a ocurrir una intrusión como la sufrida.

-Muy bien, Kornare. Necesito saber qué probabilidad hay de un nuevo ataque enemigo, una intrusión o un acercamiento sin que podamos percibirlo a tiempo, por encima, por los lados o por debajo...

-Ahora mismo, General, no cabe esa posibilidad. Los Kugelvim, como ya he dicho, han derribado todos los aparatos en la zona costera y tenemos neutralizados todos los que nos han atacado. Todos ellos están siendo desmontados, así como están reteniendo al submarino del que partieron en el Atlántico Sur, y donde al parecer tenían su control remoto. El submarino del que probablemente partieron los que llegaron hasta aquí, ha sido anulado, está varado en aguas de media profundidad y no se le permitirá moverse hasta que el Genbrial y la Plana Mayor determinen qué hacemos con la nave y su tripulación. La organización ecologista también era una tapadera para colocar antenas diversas. Tres vimanas están ahora inspeccionado la región cercana y escaneando el entorno de la base de supuestos ecologistas para destruir cualquier amenaza. Por debajo, tenemos controlado todo lo conocido y no es posible llegar a menos de 200 kilómetros bajo el suelo antártico. La parte del GEOS que ha explorado muy bien varias zonas desconocidas, en estos días, ha neutralizado el riesgo en todas esas zonas. Así que al menos parte del GEOS podrá seguir sus exploraciones ampliando la región mapeada, cuando lo disponga Usted o el Genbrial.

PSICOTRÓNICA, LAS ARMAS MENTALES

- Si ha finalizado, Johan, -interrumpió un oficial con acento freizanteno, que había entrado justo cuando Kornare empezaba a hablar- hay novedades preocupantes y parece que el enemigo no quiere dejar que durmamos esta noche.

- Escuchamos, Sargento Wittlen.

- Tiene razón en cuanto al control ya conseguido, pero hay otro factor preocupante, del que hemos tenido incidentes en el pasado. Es casi seguro que estemos siendo atacados con psicotrones. Hay varias personas todavía un poco descompuestas y otras han recibido algún tipo de impacto cerebral y pensamientos extraños. Al cerrar la cúpula han desaparecido las inducciones de pensamientos y voces. Sólo quedan algunos descompuestos sin gravedad...

-¿Ha inspeccionado la red de balizas deflectoras?

-Sí, está todo inspeccionado. No son las antenas de Alaska ni de las nuevas que instalaron en Australia, ni proviene de submarinos. La onda viene del espacio exterior. Son muy pocos casos para determinar, pero ese invento suyo de los sensores globales nos está permitiendo un mejor control de las emisiones desde el espacio exterior. Podríamos ir a la fuente emisora directamente y anularla, pero creemos que incluso un acercamiento en Gespenst no nos permitiría estar a salvo de la emisión. He dispuesto veinte Feuerball bien equipados, por si se aprueba una exploración con ellos. La Teniente Bennink y sus cuatro Walkirias aquí presentes están instruidas en las maniobras en el espacio exterior y cuentan con quince operadores igual de hábiles. He considerado que las operaciones se hagan con un operador por cada Feuerball, para tener un control más pleno y sin fallas.

-Vamos a ver... -decía Johan rascándose la barbilla- Esperaremos un poco y mientras repaso en voz alta para que se enteren los chicos del GEOS... Los psicotrones son aparatos que amplifican una emisión mental, los pensamientos de un cerebro. Un psicotrón es un aplicador de telepatía pura y dura, pero un telépata también lo puede usar para detectar los pensamientos de otras personas con gran claridad y a mucha distancia. ¿Conocían algo así?

- Yo estoy enterado. -respondí- Como ya saben, mi incorporación como científico al Ejército de mi país tenía por finalidad desarrollar esos aparatos, aunque en realidad, sólo era algo teórico, debíamos comprobar si esa tecnología es viable. Y efectivamente lo es, pero tiene el problema de que los operadores resultan caros, porque acaban majaras, locos perdidos en poco tiempo. Les lleva meses o años de entrenamiento y luego los usan para inducir pensamientos en otras personas, les hacen creer que los han abducido extraterrestres que entraron en su dormitorio, y luego uno puede jurar y perjurar que no fue un sueño, sino una realidad palpable. Así han hecho creer a millones de personas que han sido visitados por extraterrestres en sus dormitorios. Otros son "abducidos" de un modo más directo, con secuestro de verdad e hipnosis, disfrazados de "aliens" y les colocan chips o activan protocolos informáticos que ya tienen en los chips que se hacen poner voluntariamente en muchos casos, como supuesto método antisecuestro. Pero volviendo a la pura psicotrónica, los operadores generan de modo inevitable, vínculos cuánticos con los códigos cerebrales y el ADN de las víctimas, así que en pocas operaciones que realizan, siempre sobre sujetos importantes, líderes políticos que llevan la contra a los gobiernos dominados por los narigoneses, etcétera, acaban desquiciados, igual o peor que sus víctimas, entonces los encierran de por vida para hacer con ellos más experimentos... Así de monstruoso.

-Así es, -dijo Johan- pero nosotros tenemos toda esa tecnología y mucho más avanzada, sólo que el uso que le dan ellos es tan ético como un bombardeo nuclear. Nosotros los usamos para enseñar y explicar a nuestros enemigos sobre la realidad. En vez de engañarles, les enseñamos toda la verdad y algunos se convencen y consiguen retirarse a tiempo, pero otros operadores son tan criminales como los que les pagan y ordenan... Entonces hemos reducido el uso de psicotrones a las necesidades estratégicas, porque nuestros chicos acaban asqueados.

- Pero hay otras armas -dije- que en muchos países ya están en manos de cualquiera, y no estoy muy seguro si son psicotrones más o menos sofisticados, o sólo son emisores de onda de alta frecuencia...

- Sabemos -respondió Johan- que actualmente hay grupos pequeños de mafiosos y simples delincuentes comunes, con ese poder tecnológico, haciendo atrocidades con la gente. De hecho, sabemos que hay muchos grupos particulares, no sólo estatales, produciendo daños a víctimas al azar, o a veces para quedarse con sus propiedades y cosas así. Hay sistemas muy simples de usar, compuestos de un electroencefalógrafo portátil, ajustado a un emisor de impulsos electromagnéticos, o sea simples emisores microondas como nuestros fusiles pero aunque su tecnología es mucho más primitiva, se pueden modular para afectar una parte muy específica del cerebro al que va dirigido el haz de microondas. Eso causa a voluntad del operador, diarreas, vómitos, ataques de ansiedad, quemazón y otras cosas en las víctimas, a una distancia de decenas de metros, sin que importe cuántas paredes haya de por medio. Algunos mejor desarrollados, consiguen algo similar al psicotrón, produciendo voces, mensajes, pitidos y otras sensaciones auditivas...

-¿Y la gente común -intervino un oficial freizanteno- tiene algún medio de defensa contra esos ataques?

- Sí, Alfred, hay modos... En la civilización del mercado hay detectores de fugas de radiación, que se usan para comprobar eso en los hornos de microondas. Con eso, aunque no son tan eficientes como los nuestros y tienen que pagarlos, la gente común puede determinar el origen de esos ataques. Y además, para protegerse, en algunos casos ha resultado muy bien empapelar un cuarto con papel de aluminio. Incluso algunos de esos criminales que se ensañan con la gente han probado su propia emisión, con un efecto más poderoso y con una explosión de ondas por simple rebote y resonancia, en sus armas mientras las operaban. Las pistolas de rayos que portáis, lamentablemente están también al alcance de la gente común por un precio de un año de trabajo... Así que los delincuentes de la civilización de superficie son cada vez más poderosos y difíciles de combatir por las policías.

- Sé de gente que se pone gorros de aluminio para neutralizar algunas ondas... -comentó Irumpa.

-Eso puede ser más dañino que defensivo... -continuó Kornare- porque la onda no entra necesariamente por la cabeza, y si entra no sale del cuerpo. El sombrerito les sirve para aumentar la refracción de la onda en su interior y hacer más daño. Lo que hay que hacer es cubrir todo el ambiente, a modo de Jaula de Faraday, pero completa, hermética, dejando sólo pequeñas hendijas para respirar, y especialmente a nivel del suelo para que salgan los gases pesados como el dióxido de carbono. Tened esto en cuenta los que tenéis que volver a la civilización porque si alguien es identificado como miembro del GEOS o en relación con Freizantenia, seguro que intentarán cualquier cosa de esas para neutralizarles. Una Jaula de Faraday completamente cerrada para anular las emisiones electromagnéticas potentes requiere una capa de aluminio de medio milímetro, aunque muchos consiguen resultados óptimos con papeles de aluminio normales, que usan en todas partes.

-Entonces, el peligro de ser detectado se pone cada vez más rojo...

-Cierto, Marcel. Y el Genbrial... -decía el General señalando a la puerta- Por cierto, aquí le tenemos... Ha pedido vuestra ciudadanía por muchas razones, en especial por conocer ese alto riesgo que corre todo el GEOS allá afuera.

-Por favor sentaos, Camaradas y Hermanos. -dijo Osman haciendo el saludo militar y colocándose al lado mío, junto su flamante esposa- No quiero interrumpirles, luego les comentaré las novedades. Por favor continúe General.

-Estaba explicando sobre psicotrónica, Genbrial. Resulta que los psicotrones que han desarrollado los narigoneses últimamente, están mucho más avanzados de los que usaba Marcel en aquellos primeros ensayos de su país. Podríamos utilizar el sistema de deflexión y protegernos, como lo hace la cúpula magnética, o podemos usar el sistema de reflexión que usamos para las antenas, entonces no tardarían ni dos segundos en volverse locos los operadores. Pero nos interesa averiguar todo sin que sepan que lo hacemos. Y además, el psicotrón es tan poderoso que no sabemos si aún dentro de una vimana en Gespenst estamos protegidos de una onda psicotrónica, que no es una microonda, sino una emisión cuántica, una onda telepática de tanto o más alta oscilación que el campo de la vimana en Gespenst. Así que intentaremos escanear la fuente emisora con los Feuerball, o "bolas de fuego", que son nada más y nada menos que nuestros drones. No tienen la misma ventaja que una vimana o un Kugelvin, cuyo tripulante puede hacer muchas más cosas y tomar decisiones sobre la marcha, pero podemos operarlos bajo la seguridad de la cúpula, donde la emisión telepática no puede penetrar, por más que intenten dirigirla al operador del Feuerball. Sólo falta que decidamos qué hacer, aunque estando aquí nuestro mayor estratega y jefe, tiene la palabra.

-Por mi parte, lo que Kornare decida en cuanto a tecnología, es palabra sagrada. Así que... Teniente Cris Bennink, ya puede hacerse cargo de una operación de detección y si es posible sin bajas, anulación de las emisiones enemigas. Espero sus informes. Y que el equipo de telépatas inicie una acción de contraataque controlado. Pero queda Usted a cargo de ambas operaciones.

-¡Inmediatamente, Genbrial! Me llevo mis operadoras y a rastrear el cielo... -dijo la mujer aludida, se levantó, saludó militarmente y salió caminando rápidamente, seguida de cuatro suboficiales.

- Mientras recibimos más informes, -continuó el Genbrial- comento que debido a esta operación de ataque de gran envergadura, he tenido que pedir consejo a los Primordiales, porque así lo tenemos acordado en casos de ataques ya concretos sobre Freizantenia. Esta es la mayor ofensiva que el enemigo ha realizado desde 1963. En 1961 intentaron un ataque marítimo y terrestre, tras los fracasos que tuvieron en 1956. En 1958 hicieron detonar tres cargas nucleares a más de 3000 Km de la costa antártica. Aquellas se hicieron como maniobra de distracción también, pero otras tres fueron lanzadas en nuestra antigua posición. No llegaron a detonar porque las interceptamos y el padre de Kornare las desactivó. Otro intento lo hicieron en 1963 pero interceptamos a los aviones, que volvieron intactos... sin sus bombas. Ahora nos han pillado por descuido y el saldo de dos muertos y varios heridos cambia un poco las cosas. No vamos a tomar represalias directas, pero vamos a desarrollar un plan de información masiva. La gente de la civilización del mercado no sabe que existimos, porque eso sería muy inconveniente para sus poderosos y astutos esclavistas y los gobernantes que les secundan. Ni siquiera se enteran los pocos gobernantes honestos, porque si dijesen una palabra sobre nosotros, les caería todo el arsenal de acusaciones falsas de los narigoneses y no llegarían ni a presentar candidatura. Así que entre otras cosas, el Tribunal Civil y la Plana Mayor estamos pensando en que debemos modificar nuestras estrategias, como por ejemplo, hacer efectivos algunos ataques en forma de represalia, pero no tenemos claro qué debemos hacer. Ya son demasiadas las personas que conocen nuestra existencia y aunque tenemos un poderío que aún los miembros del GEOS no terminan de imaginar, estamos fallando en algo o enfocando mal el asunto. Así que las deliberaciones continuarán hasta encontrar soluciones. No haremos nada precipitadamente. ¿Alguna idea al respecto?

MI PEQUEÑO DISCURSO

Levanté la mano y el Genbrial, a pesar de advertir que podría largar todo un discurso, me pidió que hablara cuanto considerase necesario. Así que empecé a decir todo lo que hacía tiempo venía meditando.

"- Si el enemigo ya conoce nuestra posición -dije- y la de algunas de las bases, y además están empezando a registrar y perseguir hasta a los miembros del GEOS, me parece una idea muy buena cambiar la conciencia de la gente a través del conocimiento de nuestra existencia. Porque si nada se dice de Freizantenia por ningún medio, y como hemos hablado ya, es porque el enemigo no tiene interés en que la masa de humanos sepa que existe una sociedad mejor, con una economía no mercantil, con política y leyes mucho mejores, muy simples y naturales... Y eso habría que cambiarlo...

...Creo que Freizantenia se ha hecho tan fuerte en lo militar, tecnológico y espiritual, que han perdido el enfoque político, olvidando la capacidad ilimitada de los narigoneses para pergeñar engaños, mentiras, traiciones, ataques, estrategias fuera de toda ética... Y el ser tan éticos nos suele hacer pensar que no es posible que haya alguien capaz de aquello que nosotros mismos no podemos ni imaginar. Además, tendemos a creer que el mal es débil. Y lo es en cierta medida, pero no deja de ser malo. Ni deja de ser necesario conocerlo para poderle combatir. Sirva el ejemplo de que sin conocer nuestras debilidades, nuestros fantasmas y demonios interiores, no podemos combatirles. Cuando una sociedad como la Freizantena ha conseguido hacer esa Catarsis, corre el riesgo de olvidar que el enemigo es el enemigo, por más que se le combata con Amor. Corre el riesgo de olvidar que el malo sigue siendo malo...

...El secreto de la existencia de Freizantenia era necesario cuando no se tenía este poderío que hoy puede acabar con el mundo en un rato, que puede controlar y de hecho controla, todas las actividades bélicas del mundo, dejando sólo que la humanidad mortal haga un desastre consigo misma sin dañar las bases, la Antártida y la Terrae Interiora. Cuando el enemigo tomó conocimiento de las posiciones, ya fue tarde para ellos. Freizantenia había ganado y sigue ganando y haciéndose más fuerte.

Pero en mi humilde opinión, Freizantenia se ha olvidado de una las reglas básicas de la guerra, que es conocer profundamente al enemigo. Aunque rastreen y procesen toda la información de lo que tienen y de lo que hacen los narigoneses, sólo pueden percibir sus acciones y prever muchas de ellas. Pero creo que ya no pueden darse cuenta de cómo piensan y sienten los monstruos humanos que hacen guerras en todo el mundo sólo para ganar dinero y mantener su poder, masacrando pueblos enteros para que no se les descontrole su ecología básica...

...Intentan reducir su propia población con guerras y enfermedades porque si aumenta demasiado se les rompe el "ecosistema" económico y pierden el poder. Todos aquí saben que lo hacen, pero no cómo lo hacen hasta que está hecho. Aquí en Freizantenia no saben bien de dónde salen los pensamientos y emociones que les mueven, no os dais cuenta de la genialidad que puede tener el que está atrapado por ese demonio llamado "delirio de poder". Los telépatas freizantenos, según deduzco de la reciente y maravillosa convivencia aquí, serían incapaces de mantener un combate con los telépatas enemigos que conocí cuando aún era un niño, porque aquí son seres humanos. Los espías enemigos han dejado de serlo mediante una disciplina militar cruel, despiadada, no empática. Los telépatas que entrenan para la psicotrónica "descartables", mueren al poco de ser usados, pero los telépatas espías son diferentes. Son verdaderos tirabuzones mentales. Sus emisiones bien podrían ser sólo destructivas, sin afinarse con su objetivo para nada. Así que vuestros mejores telépatas no podrían ni sospechar lo que se esconde en el corazón y los pensamientos de esa gente y de los que les mandan, esos que ocupan ciertos despachos gubernamentales y sobre todo, de los que dan órdenes desde los centros de decisión económica...

...Creo que Freizantenia ya no necesitará del GEOS para explorar la corteza terrestre, porque con la tecnología UltraGespenst ya daremos por casi innecesaria la exploración a pie. Creo que seremos más útiles si nos mantenemos comunicados con el exterior, conscientes de la realidad política y otros asuntos de allí afuera, para ayudar a planificar mejor las estrategias políticas... Sí, Querido Genbrial y Hermanos Freizantenos, creo sinceramente que Freizantenia está fallando políticamente. Puede que el ataque enemigo haya revelado algunas fallas técnicas que como ha dicho Kornare, están solucionadas, pero desde un punto de vista más global, creo que hay que revisar con urgencia la política. Y entonces actuar no sólo como militares, sino con la astucia refinada que a los malos les sobra. Romper el secreto de la existencia de Freizantenia, que sólo conviene al enemigo que ya la conoce... Hacer que miles de millones de personas deseen seguir el ejemplo freizanteno, hacer que se conozca esta forma de política... Eso rompería los planes enemigos más que cualquier ataque directo. ¿Qué pasaría si se abduce a algunas personas, a algunos líderes políticos y se les muestra esta ciudad y algunas cosas y lugares más de este maravillosos mundo?, o acaso hacer manifestaciones masivas de vimanas en los cielos de las ciudades o cosas similares... No sé, pero creo que por ahí está la solución o parte de ella...

...Ahora, si me permiten continuar y no estoy dando la lata, también diré los inconvenientes en los que he pensado... -Y ante el silencio general, tuve que seguir...

...Lo que preveo de todos modos, es que ante avistamientos de Kugelvins o de vimanas, los medios de difusión hablarán de extraterrestres, porque a eso apunta hasta ahora toda la desinformación masiva, mediante películas, libros, programas de televisión y revistas "especializadas". Nadie habla de terrestres, de freizantenos ni de los Primordiales. Nadie se pregunta seriamente por qué se contamina todo el mundo donde viven y creen que los gobiernos "protegen" la Antártida y las regiones controladas por Freizantenia. Es como si todo el mundo hiciera sus necesidades en cualquier parte de la casa, llenara todo de basura, pero el jefe de familia prohibiera ensuciar un terreno cercano inexplorado. La gente no se da cuenta de eso. Así que creo que efectivamente hay que hacer un cambio de estrategia política, sólo que calculando que hay mil veces más aviones que vimanas, será complicado hacer que un número importante de gente vea las vimanas y comprenda las diferencias. Ni siquiera se dan cuenta que las estelas de los aviones como el Comet-4 son estelas químicas, no vapor como les dicen... Y aparecen esparcidos los filamentos de nanopartículas y otras cosas que no se dispersaron por la atmósfera, como telas de araña plásticas, causando enfermedades a la gente, entonces en esas revistas que se supone "especializadas", sólo aparecen artículos donde todo se debe a conspiraciones extraterrestres. Así que si mi visión de las cosas tiene algún valor, habrá que cambiar eso, que demuestra el temor que el enemigo tiene a que Freizantenia sea conocida... Y además, hay una estrategia política que se llama "del mejor maíz". Un campesino se dio cuenta de que la única manera de hacer que su plantación de maíz mejore en vez de deteriorarse cada año, a pesar de abonar y rotar las tierras de cultivo, era alejarse de los campos de otros cultivadores que tenían todo más descuidado, porque las abejas y el viento polinizaban sus plantas con esas otras menos cuidadas, inevitablemente. Así que si no se alejaba, por mejores labores y cuidados, su maíz quedaba contaminado con las peores plantas de los vecinos. Pues eso pasó con

Freizantenia. Tuvieron que alejarse para poder crear una sociedad mejor, fortificarse para no ser invadidos... Pero el mundo se hizo más pequeño al ocuparse cada vez más campos y eso también le pasó al grajero. Los campos de alrededor del nuevo sitio se poblaron con otros cultivadores. A Freizantenia le ocurrió igual...

...El mundo está lleno de teléfonos, de gente, de ejércitos, de más tecnología y cada vez son más los satélites... Ustedes los controlan y no nos pueden dañar, pero el enemigo controla la información que llega a la humanidad de afuera. De algún modo pasa lo mismo que con el campesino del maíz. Y la estrategia de aquel campesino no podía repetirse, no tenía ya donde alejarse. Pero comprendió que podía cambiar a sus vecinos. Dejó de verles como meros competidores y empezó a verles con sentido solidario. Pensó en que si les hacía mejorar sus cosechas en vez de competir, todos tendrían una calidad de maíz cada vez mejor. Así que ocupó buena parte de su reciente cosecha, en regalarla a sus vecinos. Le tomaron por loco, sospecharon que *"algún truco hay en este gesto"*, que *"cuando la limosna es grande, hasta el santo desconfía..."* Pero al año siguiente toda la comarca tenía el mejor maíz del país y todos se enriquecieron. Y el campesino ya no tuvo que preocuparse por la contaminación del polen de plantas inferiores. Entonces... Habría que ver cuál es el maíz que se podría compartir con la civilización del mercado. ¿Algo de tecnología que no sea estratégica pero que pueda usar todo el mundo y romper con la tiranía de la información?, ¿Usar la psicotrónica para emitir pensamientos de Amor?, ¿Hacernos ver con vimanas y Kugelvins por todos lados?, ¿Abducir a unos cuántos líderes y *"leerles la cartilla"*? No lo sé, pero sé que en algún *"compartir el maíz"* está la solución estratégica. Gracias por escuchar y perdonen lo extenso.

- A mi ver -intervino Johan Kornare tras un largo rato de silencio- lo que dice Marcel es muy cierto. Sobre hacer un "Show" mostrándonos mundialmente, haría falta un número muy grande de fotógrafos para producir una pequeña inundación gráfica. Habrá que aparecer justo donde haya eventos multitudinarios, como los estadios de fútbol... Aunque eso crearía histerias colectivas, si tan convencida está la gente que les van a invadir los marcianos... Y para que les publiquen esas fotos con nuestros símbolos y emblemas... Casi imposible. Pero no soy psicólogo, así que hablaré como tecnólogo de acuerdo a mis previsiones, si me lo permiten.

- Por supuesto, Johan, te escuchamos... -dijo Osman.

- Bien. Ahora mismo podríamos filtrar informaciones tecnológicas muy puntuales a ciertos científicos que ya tenemos registrados y fichados por no ser cómplices de los narigoneses. No se les ha invitado ni conocen Freizantenia porque están llenos de codicia material y vicios. Pero éstos se encargarían de inducir al sistema de mercado a generar un aumento en la eficiencia, por lo tanto procurarán algo de esa tecnología, que luego tiene que llegar a mucha más gente, incluso, siendo optimista, a todo hogar medio, donde se llegue a reemplazar hasta el televisor, por una computadora similar a las nuestras, que nos permita hacerle llegar a la gente la información sobre los engaños de sus gobiernos, así como la información de nuestra existencia. No les daríamos información tan avanzada como la nuestra y ni siquiera la que los narigoneses tienen en secreto, pero suficiente para romper, como dice Marcel, esa tiranía de la información. El único factor negativo que veo en usar la tecnología como Caballo de Troya y hacer que la gente nos conozca, es que podríamos tener de repente, millones de inmigrantes queriendo venir a Freizantenia, para escapar de sus miserables políticos y de sus guerras constantes.

- Hay una gran diferencia -decía Osman- en cuanto a las corrientes migratorias continentales e intercontinentales, con llegar hasta este continente helado. Y además, en ese caso hasta los mismos gobiernos lo impedirían, puedes estar seguro. La cuestión sería que a tu idea se le pulan algunos puntos, porque me parece muy buena cosa que todo el mundo tenga acceso a más información, aunque seguramente la van a tratar de controlar totalmente y no me gustaría que se nos vuelva en contra de ninguna manera. ¿Sería posible que eso ocurriera?

-¡Para nada, jefe! Si he pillado la idea de Marcel, sólo es cuestión de afinarla. Los narigoneses no avanzarían hasta nuestro nivel tecnológico ni en doscientos años, pero la gente no sabe que hace décadas que les vigilan desde cien mil metros de altura y pueden contar hasta sus pelos. Las computadoras del enemigo ya empiezan a producir algo de imagen, con procesadores mil veces menos potentes que los nuestros y con grandes limitaciones. Podríamos darles a determinadas personas, sólo una tecnología aproximada a lo que tienen los militares de los Estados más avanzados. Con eso se les podría desestabilizar el control de la información. Además podríamos darles grabadoras de sonido y cámaras fotográficas sin celuloide, como las nuestras, es decir cien veces más baratas y que puedan reproducirse en los mismos aparatos. Según nuestros espías de la Cadena de Oro, hay al menos diez científicos en dos países en Oriente bien registrados. Creo que estarían dispuestos a esos desarrollos si los inducimos con cuidado. Si el proceso resulta como lo imagino, en diez o quince años la gente podrá procesar las fotos en las computadoras de sus casas, igual que nosotros. No pueden hacer nada especialmente bélico con eso, salvo informarse de muchas cosas, que si lo tienen los malos... ¿Por qué no dárselo a los buenos, o más o menos buenos que son la gran mayoría de los mortales?

- ¿Diez o quince años, Johan? -dijo el General con tono de decepción.

-Sí, General. No se puede hacer un plan así, pensando que mañana mismo vamos a salir de Freizantenia con megáfonos, a anunciar a todo el mundo que existimos y somos los buenos. La gente se aterrorizaría bajo la influencia de décadas de películas donde todo lo que venga del espacio es malo, invasor y destructivo. Hay que cambiar las reglas de la información, que haya canales de radio y televisión como los nuestros, que reemplacen en alguna medida a los pocos que tienen ya comprados por los narigoneses. Incluso he pensado que podríamos inducir a ciertas personas a crear empresas de nuevas tecnologías, dándoles algo así como los AKTA, aunque no con todo lo que éstos tienen, sino como los primeros que hicimos hace cincuenta años, sólo para funcionar como reemplazo de los teléfonos.

- No sólo están creando películas y comics de horribles extraterrestres invasores, -intervine- sino también de supuestos hermanos cósmicos que vienen a salvar al mundo... Pero las ideas de Johan las comparto y se me ocurren más. Con el tiempo se puede ir dándoles mejoras a esos aparatos que reemplacen los teléfonos, como para que en ellos lleven una cámara fotográfica... Así será mucha la gente que podrá publicar luego todas esas cosas que unos pocos ven personalmente y no tendrá que ser un fotógrafo profesional, ni en un estadio con una multitud que se puede volver loca si aparece una vimana. Además hay que considerar que ellos no tienen una disciplina como nosotros, así que hasta morirían muchos porque se atropellarían como animales por salir más rápido...

- Así lo creo, -siguió Johan- pero no es una cuestión de dos días. Hay que perfeccionar el plan, tenemos mucho trabajar sobre eso, y hasta estoy dispuesto a dejar de lado la investigación del Cronovisor...

-¡ Eso nunca...! -exclamé. Nos inventamos días de cuarenta y horas, pero una cosa no quita la otra.

- De acuerdo, Marcel. Ya veo que tienes tanto entusiasmo como yo y además tienes mi promesa. En cuanto el Genbrial lo disponga, nos ponemos en firme con la que propongo llamar "Computer Betrieb", *(Operación Computadoras)* que lleva prioridad.

-No hay tiempo que perder, Johan, -dijo Osman- y más aún si el tema llevará años. Urthorfanoteheritarodilar seguramente nos ayudará con ese asunto, así que les visitaré nuevamente cuando tengamos el plan más o menos claro. Mañana después de medio día, todo el cuerpo estratégico y tecnológico se reúne conmigo y la Plana Mayor del GEOS en esta sala. Ahora nos iremos al comedor, mientras esperamos informes para las acciones más inmediatas.

Rato después, mientras comíamos, el Genbrial recibía en su AKTA los informes esperados.

- Son noticias tristes... -dijo a todos- Nuestros operadores telépatas han detectado y anulado a los operadores psicotrónicos enemigos, justo cuando nuestras Feuerbälle llegaban al sitio. Es una estación espacial secreta para el mundo, pero que habíamos detectado hace dos meses. Tenían diez astronautas entrenados en psicotrónica, que no sabemos si se han suicidado o los han asesinado desde tierra, minutos después de producirse la anulación telepática. Lamento no poder conversar sobre los detalles, pero los miembros del GEOS tienen aún mucho por conocer de Freizantenia y no les faltará tiempo para ello. Poco a poco... No hay nada que celebrar, pero como siempre, agradecemos estos alimentos a la

Naturaleza y a todas sus fuerzas, como a todos los individuos humanos y de cualquier especie y Reino que hacen posible que podamos disfrutar de esta deliciosa comida...

CUANDO LA MUERTE NOS SEPARA...

Unas horas después, se llevó a cabo el sepelio de los dos fallecidos en medio del playón. Ambos ataúdes parecían de plástico semitransparente pero no era momento de preguntar sobre ello a nadie. El Genbrial estaba vestido de blanco, sin gorra, y todo el playón repleto de gente formada en el más perfecto orden militar. Me llamó y cuando llegué hasta él me preguntó si podía ver en Astral a los fallecidos. Le dije que sí, porque estaban como era muy habitual, al lado de los féretros, despidiendo los cuerpos que les habían servido, sólo que muy distinto de lo que yo había visto siempre en la actitud de los fallecidos. Un momento después, llegaba Johan, que se puso detrás de él y le dijo algo en su idioma.

-Bien, Marcel, por favor. Necesito que preguntes a Astrid y Günther si se encuentran bien, y que me des tu impresión de ello. Pregúntales si se dejarían ver por todos...

-Les he visto muy bien, lógicamente afectados, no están confusos, pero es normal estar algo triste cuando uno se despide de un cuerpo que habría durado aún muchísimos años. No parece que tuvieran más de veinte... Y en Astral están igual. Deme un instante...

Me acerqué un poco a los féretros para comunicar mentalmente con los fallecidos, como había hecho miles de veces, pero en esta ocasión no hubo sorpresas, ni llantos, ni desesperación, dolor, confusión, ira, intentos forzados de hablar con todo el mundo... No tuve nada que explicar, como solía hacer con los muertos desde niño. Comprendían lo sucedido de modo tan natural y normal, que incluso Astrid hizo un movimiento de hombros y manos, a la vez que sonreía con resignación, como diciendo "¿Qué le vamos hacer...?" y como respuesta, Günther hizo un gesto de adiós con la mano. Pero lo más sorprendente para mi, fue notar en sus rostros la misma tranquilidad que tenían en vida; incluso sonrieron más al sentir mi admiración por tal templanza y comprendían que no era lo habitual en la humanidad de la superficie exterior. Les pregunté si permitirían que todos los presentes les viesen y asintieron, aunque sin comprender muy bien cómo podría ocurrir eso. Así que volví a mi puesto y se lo comuniqué al Genbrial.

-Están perfectamente, tranquilos, hasta han sonreído... Es raro para mí, ver esa normalidad, esa aceptación de la circunstancia...

-Entonces permanece a mi lado, por favor. Johan, ya sabes...

Luego se adelantó unos pasos y comenzó a hablar a todos. Su voz normal era potente y suave a la vez, pero en este caso hizo gala de un vozarrón espectacular, que además transmitía una dulzura propia de un Gran Maestro. De su interior parecía brotar una fuerza que no había conocido antes en nadie que no fuese Primordial. No hizo falta micrófono para ser escuchado desde el último sitio de la formación, pero no gritaba.

-Queridos Amigos de Compartir, Camaradas de Armas y Destino... Hermanos de Alma... En honor a los nuevos ciudadanos del GEOS, hablaré en su idioma. Nos toca despedir a estos dos héroes, fallecidos en las circunstancias que todos conocemos, Astrid Schröder y Günther Einrich. Sólo puedo pediros, especialmente a los más allegados, que tengan pensamientos de perdón y comprensión para los causantes de estas muertes, porque aunque seguiremos combatiéndoles, cuanto sea necesario en nuestra misión de Guardianes de la Terrae Interiora y en gran medida, también de la superficie exterior, debemos tener presente que si no fuera parte de nuestra misión despertar la consciencia de los circunstanciales enemigos... ¿Qué espiritualidad tendríamos?, ¿Para qué nos serviría el Conocimiento Sagrado que recuperamos, cuidamos, conservamos y debemos difundir? Astrid y Günther, como todos saben, nos están escuchando y viendo, sin poder optar, sin poder razonar, sólo percibiendo e intentando decir que no suframos por ellos, que pronto volverán a nacer donde ellos elijan y bien saben que pueden hacerlo. Necesitan nuestro más alegre y amoroso recuerdo siempre, porque la tristeza, el dolor, el desgarro emocional que produce el haberles perdido en estos cuerpos ya sin vida, llegaría a ellos causándoles un innecesario dolor, afectando su devenir evolutivo....

...Así que ahora despedimos con honores y gratitud estos dos cuerpos, pero jamás nos despediremos de ellos, que estarán presentes a lo largo de toda nuestra vida, en la seguridad de que volveremos a verles, porque ellos, como todos los freizantenos y miembros del GEOS, han hecho un Gran Juramento que da sentido a sus extraordinarias Almas. Si decidiesen no nacer entre nosotros, podrán hacerlo en cualquier país de la superficie exterior para cumplir las misiones que sus Almas elijan, o bien pueden hacerlo entre los Primordiales, como es prerrogativa exclusiva de los ciudadanos freizantenos y de muy pocos Guerreros de la Luz en la superficie exterior del mundo. Por eso nuestros Amados Hermanos del GEOS debieron ser confirmados por los Primordiales para recibir su ciudadanía. Y ellos, que han servido a Freizantenia, han sentido estas dos pérdidas con la misma intensidad que nosotros. Para que todos podamos tener una plena confirmación de que esto es así, también sirve nuestra tecnología. Para los pocos que por su trabajo y roles de combate, no están enterados de los últimos desarrollos y misiones efectuadas con un aparato llamado Astravisor, cabe advertirles que podremos ver a Günther y Astris en sus cuerpos mágicos, sus cuerpos Astrales, y que ellos mismos lo acaban de autorizar. Johan, por favor...

Kornare se puso a su lado con el Astravisor en sus manos, y en un momento comenzó a desplegarse en la zona de los féretros, el escenario Astral. Allí estaban los dos fallecidos, pero ahora visibles para todos. Debido a la cúpula, ni el ruido del viento podía romper el silencio más absoluto que hubo jamás en Freizantenia. Creo que hasta la respiración de las cuatro o cinco mil personas que ocupábamos el playón, cesó por largos segundos. Pero justo cuando Johan inició la proyección del escenario, un pájaro amarillo y negro de largo plumaje rojo en la cola, llegó hasta el escenario, se posó sobre el féretro de Astrid y comenzó a cantar con una melodía tan increíblemente bonita que podía conmover el corazón más duro. Ya es posible imaginar el efecto en el corazón de los freizantenos, que siendo duros por fuera poseen corazones sensibles de Guerreros de la Luz.

El Comandante Gustav Taube, al que nadie había visto llorar ni sonreír jamás, estaba al frente de uno de los batallones de infantes. En ese momento comenzó su rostro sin la menor expresión, a chorrear lágrimas. Los dracofenos que no pertenecían al GEOS, estaban todos con uniformes blancos y pronto serían llevados a una de las vacuoides de su comunidad. Creo que ninguno de ellos había imaginado siquiera que pudiera existir ese nivel energético que compone el mundo Astral y la experiencia les conmovía doblemente; en lo emocional y lo intelectual.

Günther comprendió de inmediato que estaban siendo vistos por todos, pero Astrid no parecía darse cuenta, ocupada en apreciar al pájaro que continuaba su obra mágica de cantar maravillosamente en el lugar y momento más especial. Ella se inclinó y estiró su mano como queriendo acariciarle y el pájaro miró hacia ella, amainó el plumaje como para dejarse acariciar, pero en vez de irse, aumentó la potencia y belleza de su canto, con gorjeos que exceden todo lo fascinante que puedo relatar. Dudo que pudiera escribir esa música el compositor más magistral. Günther le miró un momento, pareció que le hablaba y ella comprendió que todos los presentes estábamos mirándole, mucho más emocionados que ella misma. Entonces observó todo el cuadro, entendió la función del escenario tecnológicamente desarrollado e hizo un gesto de sorpresa y aprobación. Estiró el brazo hacia Johan y levantó el dedo pulgar; luego sonrió e hizo una reverencia como cualquier actor sobre un escenario ante su público. Miró a Johan indicando cierta dirección y haciendo señas de que le siguiese. Salió del escenario y Johan siguió apuntando hacia ella con la proyección del escenario, hasta llegar al Teniente Turner, que no podía contener las lágrimas, como en realidad creo que nadie pudo hacerlo aquel día. Astrid se llevó la mano al corazón de su cuerpo Astral y luego la colocó en el pecho de Turner, que cerró los ojos. Sonreían en ese adiós, mientras que el campo Astral de ambos se convertía en uno solo.

-Hasta siempre, Amor mío… -exclamó Turner con la voz casi ahogada.

Aquella situación duró unos segundos, pero fue tan intensa y bella que brotaron no sólo lágrimas, sino sollozos por todo el playón. Astrid se alejó un poco y aún tomados de la mano con Turner, su cuerpo Astral comenzó a desvanecerse hasta que se esfumó completamente. Johan apuntó otra vez hacia los féretros y Günther se llevó ambas manos a la boca, lanzando un beso a todos para desaparecer también envuelto en una luz violácea. Johan apagó el Astravisor unos segundos después y todos permanecimos unos cuantos minutos en el más absoluto silencio, tras el que nuevamente el Genbrial, nos conminó a vivir internamente, en coherencia con la vida mágica que llevábamos. La ruptura de formación se hizo en un orden antihorario y cada pelotón salió marchando para romper filas a varios metros, volviendo cada uno a sus labores.

NUEVOS PLANES FREIZANTENOS

Las reparaciones de los daños en Freizantenia se efectuaron tan rápido que no nos dimos ni cuenta. Viky y yo conocimos durante los días siguientes, buena parte de la ciudad del grandioso espacio interior, mientras nos entrenábamos en la conducción de los Kugelvins. Lo más maravilloso fue conocer a mucha gente en sus diversas actividades, siempre con ese carácter tan diferente a la gente de la civilización, al no tener ningún tipo de tara psicológica. Algunos paisajes interiores resultaron tan increíbles como los de las vacuoides taipecanas. Cuatro horas durante "las tardes" que estaban marcadas por leves diferencias de la iluminación artificial, las dedicábamos a las reuniones estratégicas. El conocimiento personal de la realidad de la civilización, por parte de los componentes del GEOS, fue dando a los Freizantenos mejores ideas para la "Computer Betrieb", que implicaba la transformación tecnológica de la sociedad de modo gradual.

-Los narigoneses -explicaba el Genbrial en una reunión varios días después -tienen cinco equipos numerosos de telépatas que no hacen psicotrónica, porque eso lo dejan a los "descartables". Estos otros son espías, como los que varios de ustedes ya conocieron en algún momento. Les llaman "HDN" o sea "Hombres de Negro", pero nosotros tenemos ya un número similar de personas mejor preparadas aún, dispuestos y entrenados, que además con una diferencia tecnológica que el enemigo apenas imagina. Los nuestros van y vienen con los Kugelvins tranquilamente, o se mantienen infiltrados donde hace falta establecer vigilancia, y en estos días comienzan un protocolo de estudio de sujetos potencialmente ambiciosos, codiciosos, inteligentes... Bueno, nada angelicales, que digamos... Pero que recibirán la información que se determine, para que la difundan en el sistema comercial tal como hemos estado hablando. Al mismo tiempo, nuestros HDN freizantenos inhibirán cualquier avance tecnológico que pueda romper el proceso controlado que llevaremos desde ahora en más. Si es preciso, utilizarán la amenaza con despliegue tecnológico un poco impresionante, para disuadir a los inventores y/o descubridores, y en los casos extremos de persistencia, he autorizado su secuestro y traslado a Pi Primera. A partir de hoy, Camaradas, y a pesar de resultarme muy doloroso, queda declarado el NB3, es decir Nivel Bélico Tres contra los narigoneses, que implica el secuestro directo, no como en los casos de los operarios y soldados en operaciones subterráneas y de combate en general. Cualquier científico, profesional o amateur, como cualquier persona civil o militar potencialmente peligrosa para nuestros planes, será llevada a vivir en esa vacuoide modelo, que aún siendo cárcel es mejor ámbito que las mejores ciudades del "mundo libre" exterior. Y en virtud de este estado de Guerra, también procederemos a la destrucción inmediata, con personal incluido, de todo aparato de cualquier especie que ingrese más acá del paralelo 82º, es decir 44 grados menos de permisión que en el estado bélico anterior. Han sido advertidos todos los gobiernos del mundo a través de la intercepción e inducción de sus medios más secretos de comunicación.

- ¿Cuántos niveles quedarían? -preguntó Irumpa.

-Dos más. -respondió Osman- El cuarto implicaría la destrucción de todo o parte del armamento del mundo, incluyendo toda la aviación militar y buques de guerra, así como parte de la estructura satelital. Sólo quedarían los de comunicaciones. Si quisiéramos, eso podría hacerse en unas veinte horas, en todo el mundo, sin necesidad de recurrir a la Sternkraft... El NB5 implicaría la destrucción de todas o parte de las instalaciones productoras de energía, la totalidad de los satélites y redes principales de telefonía y las vías principales de transportes terrestres, aeropuertos y puertos marítimos, impedimento total del tráfico aéreo, oceánico y submarino de todo el planeta. En caso extremo dentro de ese estado NB5, podríamos dejar sin electricidad a todo el mundo.

- ¿Es posible -dijo Tuutí- llegar a una guerra más abierta y total, con ataque directo a ejércitos y ciudades?

- Eso no es posible, ni remotamente necesario. Con el cuarto nivel, creemos que la civilización se derrumbaría totalmente. Habría histeria colectiva, pánico, sin duda algunas bajas entre efectivos militares o empleados civiles de la industria bélica y otras accesorias. Las bolsas donde se maneja el dinero se desplomarían porque el porcentaje global de capitales destinados a alimentar guerras es demasiado grande y rompería la balanza mercantil. Pero las sociedades se podrían recuperar y es posible que aprendieran las lecciones, al menos por un tiempo. Sólo se entraría en el NB4 en caso de un nuevo ataque a Freizantenia y el NB5 sería un indicativo de nuestro fracaso como Guardianes del Mundo Intraterreno. Tendríamos que hacer nosotros la destrucción estratégica que dejaría en el hambre y la desesperación a la civilización, porque los Primordiales, infinitamente más amorosos que nosotros, sólo podrían provocar un exterminio total, masivo e instantáneo, porque no podrían soportar tensiones de guerra medida y controlada como nosotros. Pero creo que jamás llegaremos a atacar ciudades o a matar civiles, porque es como si en vuestros barrios, por pelearse con un hombre idiota, vas y les matas a los niños. Eso de guerra sobre ciudades se puede hacer, se ha hecho y se hará, aún con todo el dolor que implica, cuando un país no tiene más remedio porque todos o la gran mayoría de sus habitantes son beligerantes, cuando esos "niños" son tan malos como los padres, y hasta peores que los gobernantes y al mismos tiempo, el país nuestro es atacado masivamente sin poder evitarlo. En tal caso, la responsabilidad y el dolor de un país que no quiere la guerra, es tan terrible que resulta casi imposible imaginarlo... Pero sólo puede darse un modo de "*ataque como mejor defensa*" cuando no se dispone de la diferencia tecnológica que nosotros tenemos ahora. Si nos tuviésemos que defender atacando ciudades... Habríamos fallado a los Primordiales y a nosotros mismos. Los gobiernos narigoneses saben que es así y espero que no sean demasiado idiotas, para que no pasemos del nivel actual. Por eso también sería importante que Marcel, aún estando en el registro de los narigoneses, regrese a su país o a cualquier otro y lleve adelante una obra que ya le sugirió cierto señor de apariencia muuuuy roja, y no por ser "de izquierdas"... Allá en **Iraotapar**...

- Lo he entendido, Jefe. Lo he captado... y no me faltan ganas. Lo que tenga que hacerse, se hará. Pero creo que esperaré a que las máquinas de escribir sean reemplazadas por esas computadoras que tienen aquí.

- Que **tenemos**... -me corrigió- No olvides que ahora eres freizanteno, así que "tenemos..."

- Hay que acostumbrarse -dije- Es un honor muy alto, como el dolor de tener que volver a la civilización.. Pero... ¿Qué es la "Sternkraft"?

- Uno de nuestros secretitos. Por ahora quizá sea recomendable que no te compliques la vida con más cosas. Como tendrás mucho tiempo para aprender sobre el alcance de Freizantenia, deberías ir preparándote para escribir sobre lo que ya sabes. Tienes mucho trabajo por delante y de hecho, en unos días irás a visitar a uno de mis más íntimos amigos...

¿FRENCHI O FRIENSHIP?

En las siguientes reuniones se nos empezaron a dar pautas más claras sobre el poder psicotrónico de Freizantenia, así como fuimos conociendo detalles sobre las misiones que nos esperaban en Brasil y Argentina. Mientras, unas pocas misiones de vigilancia indicaron que aún teníamos tiempo para prepararnos mejor, a fin de que la mayoría de las acciones se llevaran a cabo como si aún estuviésemos en el Nivel Bélico Dos.

Algunas cosas nos empezaron a entusiasmar tanto que sería muy duro regresar a la superficie exterior, a la civilización del mercado, a donde no se puede confiar en la palabra de cualquier persona, donde no se puede dar información personal a todos vecinos porque es peligroso, donde no se puede salir a caminar de noche sin precauciones, donde hasta el más sagrado de los oficios tiene que comprarse y venderse...

Una de las misiones que me tocaron antes de iniciar las actividades del GEOS en Sudamérica, fue llevar en un Kugelvin un paquete a una base freizantena en el Océano Pacífico. Allí me encontré con el Capitán Von Reke, a quien en cierta ocasión varios años atrás, antes de conocer la existencia de Freizantenia, tenía que visitar, pero los narigoneses impidieron nuestro encuentro. Una mujer y un hombre vestidos con trajes blancos de marineros, ojos azules y él con barba recortada, se hallaban casi en el límite de las marcas de seguridad en el sector de aterrizaje de los Kugelvins.

- Al final, -dijo él cuanto materialicé y aterricé el aparato- la base Frenchi recibe al muchacho que no llegó en su oportunidad.

- Y no fue agradable tener que esperar tanto tiempo... -dije mientras estrechábamos las manos- Pero nunca es tarde cuando la dicha es buena. Imagino que supo todo lo ocurrido y no necesitaré excusarme por haber llegado a Quellón cinco días después de lo debido... Aunque si hubiese sabido más cosas, habría llegado incluso antes de lo indicado.

- Claro que conocemos todos los pormenores, o casi. Pero ya sabe cómo es nuestra disciplina. Ahora es un honor recibirle e invitarle a ver el barco que debió traerle en aquellos años. Ya que le tenemos aquí mismo, a doscientos metros, se lo enseño. Esta es la Capitana Rouggen y mientras vamos caminando, se hará cargo de los regalitos que nos trae en el Kugelvin.

- Supongo que sabe lo que es... -dije mientras saludaba a la mujer.

- Por supuesto, Marcel. -cotinuó Von Reke- Nuestras comunicaciones con Freizantenia, ya sabe lo seguras que son, pero aún así, prefería ir personalmente y mientras Usted estaba preparando esos paquetes con Kornare y el equipo estratégico, yo estaba reunido con el Genbrial en Freizantenia. En realidad había ido al sepelio de mi amigo y sobrino Günther Einrich, donde le vi y me alegré mucho al saber que era parte de Freizantenia ya. No traje esos paquetes yo mismo porque quería que aquel muchacho que volvió a su casa escaldado por la vigilancia y persecución de espías narigoneses que no consiguió burlar, viniera a esta base y se saque para siempre el gusto amargo de aquella rara experiencia. Usted creía entonces que sólo existía esta base y poco más. No tenía mucha idea de la realidad global, y personalmente decidí que en vez de darle apoyo, le dejaría claro que tenemos que llegar a tiempo a las citas... Podría haberme presentado en medio de su tortuoso viaje antes de llegar a Quellón, y traerle aquí, pero quizá era necesario que pasara por todo lo que ha tenido que pasar. Espero que no me guarde rencor...

- ¡Nada de eso, Capitán! Comprendí perfectamente, cuando aquella vimana se mostró ante mí en el islote de afuera y se metió en el mar, que simplemente no me recogerían. Yo venía sabiendo que había cometido errores en el viaje y también que me espiaban. Luego confirmé más cosas, pero bueno, eso ya pasó y algún día escribiré la historia completa.

- ¿Escribirlo?

- Si, Capitán. Tengo encomendada la misión de escribir sobre todo lo que he vivido en la Terrae Interiora, en el GEOS, sobre Freizantenia, e incluso sobre Usted.

- ¡Bah!... Nadie le va a creer una palabra, salvo los espías enemigos.

- Claro, seguro, pero la cuestión es despertar consciencias, así que escribiré en forma de novela. Los espías enemigos destinados al tema ya saben mucho, así que la "Computer Betrieb" también servirá para el propósito de difundir la verdad de modo gradual, como si de ciencia-ficción se tratara. No tengo mucho de literato así que me asusta la idea, porque lo mío es escribir sobre ciencias, pero sólo tendré que contar todo lo ocurrido desde mi perspectiva, con algunas medias verdades, con algunos hechos ficticios o cambiados en tiempo y lugar... Ya sabe, como para no dar información estratégica que no tenga el enemigo. Y bien poco tendré que guardar, porque si ya saben incluso la localización de Freizantenia, sólo queda por ocultarles el cómo desarrollar la tecnología freizantena, de lo cual en realidad, no podría yo decir sus claves técnicas aunque quisiera.

- Por supuesto, Marcel, por eso debe hacerlo Usted y no Kornare, al que sí le gusta escribir novelas o muchos otros que podrían también hacerlo. Pero un freizanteno sería incapaz de vivir en la sociedad del mercado como para infiltrar libros, ya casi no conocemos lo necesario para escribir nada para ella y a Kornare o cualquiera que sepa demasiado de tecnología y ciencias exactas, se le escaparían toda clase de claves tecnológicas. Usted sólo podrá describir los aparatos y sus funciones, que parecerán ciencia-ficción incluso para algunos espías enemigos. Y es verdad, Usted no sabría escribir los detalles científicos, pero podría escribir los detalles humanos de nuestra sociedad. Además, si el plan prospera según se ha calculado, cuando escriba lo que tiene que escribir, los juguetes tecnológicos seleccionados que nos ha traído ya estarán difundidos y hasta mejorados y masificados, para que todo el mundo pueda acceder a la lectura de sus libros mediante una nueva red de comunicaciones globales que hemos empezado a mejorar, filtrando información a algunos científicos militares. Por cierto, tengo entendido que varias de las ideas de la "Computer Betrieb" surgieron de su cabeza.

- Alguna que otra, claro. Lo que importa ahora es que Usted consiga seguir filtrando información en la sociedad del mercado para que esos procesadores, materiales, circuitos y demás, lleguen a las personas adecuadas.

- No le quepa duda que se hará. Aunque la Prefectura Naval de Chile me tiene echado el ojo, no tienen como pillarme y puedo contactar con quien haga falta. Si no es con mi barquito, será con un Kugelvin o con una vimana. Además, creo que no empezaré por contactar gente de América, sino de Japón y Rusia. Si en el plan se resuelve luego dotar a otros países de esta tecnología, lo haré sin problemas. Pero por ahora, a los menos malos...

Llegamos al barquito, el Mikyluz II, que no parecía tener nada especial o diferente a los barcos de pesca del sur de Chile. En la isla de Chiloé había visto cientos de ellos.

- Mi bisabuelo paterno era noruego -comenté al Capitán- y fue quien diseñó en 1853 este tipo de barco, que es un "drakkar gordo", es decir que tiene muchas características del drakkar vikingo, pero está adaptado a las necesidades de la pesca. La navegación es más lenta pero más segura cuando va muy cargado. Aunque con los motores en vez que velas, con el tiempo resultaron más rápidos y el modelo se ha ido esparciendo por todo el mundo.

- ¿Su bisabuelo?... Según tengo entendido, el diseñador se instaló por esos años en Valparaíso y se llamaba Lyon Siegell, pero Usted no lleva ese apellido...

-Claro, Capitán, porque mi abuelo nació en Brasil, donde mi bisabuelo creó su tercer astillero. Como era gente de andar mundo, mis bisabuelos demoraron en documentarlo, lo fueran dejando estar, pensando que podía ser ventajoso que primero tuviera documentos noruegos. Pero al viajar a Argentina cuando se hizo mayor de edad, tuvo que pedir que le hicieran un documento en la mismísima frontera. Y no entendiendo bien cómo se escribía su apellido, que él escribía con "símbolos raros", según mi abuela, le pusieron el más común de los apellidos brasileños. Luego comprendí que aquellos símbolos serían Runas.

- Entonces debe tener algo de sangre de marinero...

- Mucho, Capitán, pero no hay tiempo para hacer en una corta vida humana todo lo que uno quisiera. Aquella vez, después que intenté nuestro contacto, casi me quedo por aquí en vez de volver a casa. Pensé en comprar uno de estos barcos y dedicarme a la pesca, en la esperanza de conseguir finalmente que ustedes me contactaran.

- ¡¿Y por qué no lo hizo?! -preguntó Von Reke con una exclamación.

- Porque tenía una novia, un hijo, varios experimentos con pirámides en marcha que habrían quedado abandonados en una cueva...

- ¿Y qué piensa hacer con toda esa investigación con las pirámides? Supongo que en Freizantenia le habrán dado más datos sobre eso.

- Sí, claro. Y también los Taipecanes y los Primordiales, pero no puedo decir nada todavía a nadie de la superficie. Como Usted sabe, casi toda la gente piensa que son tumbas, porque eso les ha hecho creer las teorías absurdas de los arqueólogos. Y no creo que interese a muchas personas, dormir o vivir en lo que les recuerda una supuesta "tumba". De todos modos, buscaré alguien que quiera hacer una empresa, o ayuda para formar una ONG o una asociación para difundir el conocimiento, ya que el único uso bélico en que participan las pirámides, es la psicotrónica, pero no como parte del arma en sí misma. Podría beneficiar a mucha gente y cambiar el modo de pensar, curar muchas cosas...

- Mi sugerencia es que juegue con las reglas del sistema. La gente de la civilización tiene la mente tan corrompida con el dinero, que no podrán valorar las pirámides si las hace una ONG, porque no valoran nada que les salga "gratis". Tendrá que venderlas, o vender esa información. De lo contrario pensarán que está loco y nada más. Como los efectos pueden probarse fácilmente, algún adinerado poderoso puede que le compre la información y luego la mercantilice. Será la única manera.

- En fin, Usted sabe de los beneficios mejor que yo, que aún no tengo una casa piramidal, salvo cuando estoy en Freizantenia o alguna base o vacuoide, pero no me veo como comerciante ni para vender la información. No tengo espíritu mercantil.

- Entonces busque alguien que le ayude, o que lo haga por Usted.

- Sí, Capitán, lo intentaré. Y por cierto, no he visto pirámides por aquí.

- Es que aún no conoce Usted bien este lugar. No crea que es sólo este puerto, el playón de vimanas y aquellas instalaciones. En aquel sector un poco oscuro empieza lo mejor. Tendrá que volver pronto y aprovecharé a mostrarle todo. Ahora sólo hay tiempo para mostrarle mi precioso Mikyluz II...

- Hubo un Mikyluz I, según me contaron...

- Así es Marcel. Nos los hundieron los narigoneses en la Bahía de Ana Pink. Como comprenderá, también sabemos por propia experiencia lo que es cometer errores en las misiones secretas. Tuvimos mucha suerte ya que una vimana, cuya tecnología no conocíamos porque nuestro equipo tenía otras profesiones y misiones, nos sacó del agua momentos después que el barco recibiera el impacto de un cañonazo desde una lancha militar enemiga. Nos trajeron aquí, donde en principio era el lugar de contacto, es decir la isla de afuera. Esta vacuoide submarina no tenía nada, había que construirlo todo y se nos asignó como hogar y lugar provisional de trabajo. Cuando conozca Usted el resto, comprenderá por qué nadie de aquí se ha querido ir, ni siquiera a Freizantenia.

- ¿Y por qué no aparece esa isla de arriba en los mapas? Cuando intenté el contacto, pasé por la Prefectura y no la vi en las cartas oficiales de navegación. Si no hubiera creído en su mensaje habría abandonado allí mismo.

- Es que tenemos un tratado con el gobierno chileno. Ellos no nos tocan, no aparece la isla en ninguna carta, no nos cobran impuestos, no vienen ni a cien kilómetros alrededor, y nosotros no molestamos ni arruinamos su pesca, ni les boicoteamos el turismo, ni le volvemos a secuestrar aviones militares, ni les hacemos ningún daño...

- Bueno, -dije riendo- más que trato, es un acuerdo obligado. Dice "ni les volvemos..." ¿Es que les han secuestrado aviones?

- Claro. Y todo obligado más por ellos que por nosotros, porque primero hundieron el Mikyluz I, luego me molestaron muchas veces pretendiendo cobrar impuestos cuando iba a Quellón, pero la cosa se puso fea cuando han intentado bombardear el precioso islote, que ahora algunos llaman "Friendship", así que tuvimos que secuestrar un par de aviones... Bueno, algunos más... Y varias lanchas... Los pilotos y marinos están en Pi Primera y tal como van las cosas, parece que los podríamos devolver.

- ¡Devolverles! Pero ya saben demasiado... Bueno, si lo analizamos...

- En la conversación de ayer con el Genbrial, -siguió el Capitán mientras me mostraba la sala de máquinas del Mikyluz II- me comentó que contemplan la posibilidad de devolver a mucha gente, porque en vez de mantener el secreto sobre nuestra existencia, empezaremos a hacer todo lo contrario. Al final, sólo nos conviene mantener los secretos científicos, porque el enemigo es quien más ha deseado mantener el secreto político. Así que devolver a los que viven en Pi Primera es algo que merece más estudio. Serían divulgadores cualificados sobre nuestra existencia y sobre nuestro modo de ser y de vivir. Pero hay un gravísimo inconveniente y es que los espías narigoneses los querrían matar para que no hablen. Incluso siendo nuestros prisioneros han conocido una sociedad infinitamente más sabia y humana que la de ellos. De hecho, a todos se les ha consultado en estos días y nadie ha querido volver. Sólo quieren ver a sus familias, que se les lleve con ellos a Pi Primera. Y por otro lado, mucha gente intentaría huir de la civilización del mercado y llegar a nuestras bases, con los consiguientes peligros de toda corriente migratoria. Eso representaría llenar varias vacuoides más...

- ¿Y estaríamos preparados para algo así?

- No en condiciones de descontrol... Pero ese tema... En fin, que mi conversación de ayer con Osman no era secreta, así que se lo diría él mismo. En un intento de migración masiva a nuestras bases moriría la casi totalidad de los que lo intenten, porque hay hasta kilómetros de agua y luego kilómetros de fondo marino. Es absolutamente imposible sin tecnología avanzada, que sólo tienen los narigoneses. Y nosotros mantenemos un radio considerable de control alrededor de nuestras bases, aunque con los errores que dieron como resultado la destrucción de Voraus y por poco, casi nos cuesta la de Frelodlthia... Pero esos errores han sido corregidos y lo único que les quedaría a unos presuntos inmigrantes, sería la Antártida, donde igual es muy difícil llegar.

- Sí, justamente lo hablé también con el Genbrial. -dije- Es un problema complejo. Con relación a los prisioneros, el sistema legal freizanteno es muy pequeño, no tiene leyes de rasero total y cada caso se estudia por separado. Así que se hará lo mejor en cada caso. Pero una corriente migratoria sería cosa muy seria y creo que incluso si hubiese una hacia la Antártida, moriría todo el que lo intente. Quería preguntarle... ¿Por qué le han puesto el nombre de "Friendship" al islote?

- No se lo pusimos nosotros. Para nosotros se llama "Frenchi", igual que esta base, que se puso como nombre en clave en español, como **FREN**.. te a **CHI**... le. Pero los narigoneses montaron un dispositivo de inteligencia, con un *sádico* llamado "Mos" a la cabeza, destinado a detectar a los que debían tomar contacto conmigo en Quellón. Entonces, dentro de su sistema de corrupción de nombres, o porque alguien oyó mal la palabra, o para captar mejor a los contactados como tú, le llamaron Friendship, es decir *"Amistad"* en inglés. Pero al mismo tiempo, "ship" es barco, así que resulta un juego de palabras. El dispositivo de inteligencia enemigo contaba cuando aquel intento suyo, con tres radioemisoras que usaban para psicotrónica, control de toda la telefonía en Argentina, Perú y Chile, infiltrados en muchos sitios, incluyendo la importante librería donde su amigo Agustín fue testigo de movimientos extraños, pero también tienen infiltrados entre militares y Prefectura Naval chilena, veinte supuestos reporteros del "fenómeno OVNI" y misterios, destinados a disfrazar de extraterrestre todo avistamiento de nuestras naves... El grupo original Friendship utiliza a otras personas que ni saben para quienes trabajan y además, han cambiado el nombre del barco en la prensa. Este nombre es Mikyluz, como bien sabe, pues ellos le han empezado a llamar Mytilus o Mytiluz, dentro del sistema de distorsión de la información, para que la gente no encuentre las referencias en las bibliotecas y hemerotecas. Pero eso no nos preocupa en absoluto.

- ¿Habrá reporteros serios que hablen de Freizantenia alguna vez?

- Sin duda, -respondió el Capitán- alguno habrá, aunque buscando con lupa o microscopio, pero quien sea, tendrá que ser muy valiente, porque como hemos dicho, lo que menos quieren los narigoneses, es que la gente sepa que existimos, que no hemos perdido jamás ninguna guerra, que fuimos a la Luna antes que nadie, que llegamos a Marte en 1942, que tenemos control del mundo por todas partes y que no intervenimos más porque no podemos salvar a un mundo de pusilánimes, perezosos y traicioneros esclavos que insisten en seguir siéndolo a cambio de más circo, sexo y fútbol no practicado por ellos. Las editoriales y medios de prensa, por un lado parece que buscan publicar "Lo que a la gente le interesa"; pero en realidad sólo publican lo que les interesa a los que manejan la economía. La modas y tendencias las crean ellos, así que están creando una serie de ideas perversas, que Usted ya debe conocer y más o menos se dará cuenta que toda esa civilización de la que hemos escapado, no tiene ya importancia para el Universo, podría extinguirse como se extingue una colonia de bacterias mediocres, viciosas, llenas de ambiciones materiales egoístas... Y la Madre Tierra lo agradecería...

- Me cuesta compartir su visión, yo no puedo creer que la mayoría de las personas sean así. -dije tras algunos segundos de silencio incómodo porque él me miraba de reojo, como estudiándome a ver si no era yo algo así como lo que él generalizaba en la masa humana.

- Entonces, mi ingenuo Camarada, búsqueme un grupo de valientes que estén dispuestos a dejar su familia, su trabajo, su casa, su dinero, sus títulos... Y formar parte del GEOS. Sólo encontrará algunos locos de verdad, desesperados que quieren huir de la miseria, de sus desgracias personales, algunos que quieren escapar de las drogas, de las bandas criminales, o de las deudas contraídas... Unos pocos parecerían muy dispuestos, pero se aterrorizarían al primer cambio de situación e incapaces de meterse junto con el GEOS dentro de una caverna o arriesgar la vida como lo han hecho ustedes tantas veces. ¿Sabe cuánto tiempo ha costado a los Cupangas, encontrar y preparar al centenar de héroes del GEOS?

- Bueno, si soy parte del GEOS y se considera heroica nuestra misión, imagino que debe haber mucha gente como nosotros, que si se les prepara...

- Ahí está su error, querido mío. ¡ Cuarenta años para encontrar y preparar un centenar de Guerreros de la Luz !!... No hemos conseguido lo suficiente todavía, y ahí está su futuro trabajo en la civilización. Y créame si le digo, muy lejos de pretender asustarle, que recibirá más palos y piedras que manos amigas. Al menos al principio. Si pretende divulgar la ciencia de las pirámides, encontrará sobre todo, enfermos físicos, no gente que ame la ciencia. Querrán pirámides para curar sus pestes, no para usarlas en la meditación y la Trascendencia. Y tendrá que vérselas con los vendedores de medicamentos a los que podría arruinar sus lucrativos negocios. Y si quiere enseñar la Yoga Rúnica, deberá enfrentarse a los prejuicios raciales, será acusado de genocida, por simple asociación mental de cualquier dibujo, y mejor no le digo lo que le costará si pretende enseñar la verdadera psicología, que además de haberla estudiado bajo su civilización... Perdón, olvidé que ya es freizanteno de pleno derecho... Habrá aprendido más aún viendo cómo es nuestro sistema educativo. ¿Cree que podrá ser escuchado en un sistema donde los espías narigoneses tienen más controladas y vigiladas las universidades, que las armas nucleares?, ¿Cree que vale la pena que se arriesgue tanto para curar a los enfermos de envidia, de celos, de mediocridad aguda, de rencor crónico, y a tanta gente que no roba o mata sólo porque podría ir a la cárcel?, ¿Y les daría sus conocimientos a los que sólo viven para mostrarle a los vecinos que tienen un coche más nuevo y cosas así?... ¡Menuda utopía!...

- Me pone Usted un cuadro de situación muy complicado. Pero bueno, si fuese fácil ya estaría hecho y no creo que sea más difícil que lo que han hecho ustedes, los fundadores de Freizantenia... Comparto el Gran Ideal, así que es lógico que deba compartir las mismas dificultades. Sería fácil si sólo tuviésemos la misión de proteger las entradas polares. Cambiar la mentalidad y emocionalidad del mundo, eso sí que es difícil pero es lo más necesario. En realidad, Capitán, creo muy seriamente en las palabras del Genbrial durante el sepelio de Astrid y Günther. El enemigo es circunstancial. Nosotros no estamos enfermos, ellos sí, y mucho. Pues ellos necesitan médicos para sus Almas. Y nuestra labor no es sólo cuidar la Terrae Interiora para que los Primordiales no se vean obligados a exterminarles, sino que hay que ayudarles a cambiar toda su psicología, hacerles ver cómo los han engañado, hacerles despertar como hemos despertado... Y sinceramente, no comparto su forma de ver a esa pobre humanidad. Puede que el esclavo tenga parte de culpa, pero no somos nosotros los jueces definitivos y me alegro de ello, porque no podría condenar a la Humanidad. Combato por Amor a ella. Y puede que intentar despertarles y liberarles me conduzca a un manicomio, o a la crucifixión, sin compararme con aquel Gran Maestro Esenio, pero he hecho un Gran Juramento que sostengo y sostendré hasta que Ascienda de Reino, cosa que incluso evitaré en lo posible. No dejaré de luchar contra la esclavitud, aunque tenga que hacer sacrificios inenarrables, aunque perdiese mi Alma en el intento.

- ¡Ahora sí que me has convencido! -dijo con los ojos en lágrimas- Ahora estoy seguro que el muchacho que falló al venir aquella vez, no falló en realidad... Puede estar tranquilo, que lo que dije antes era para probar su reacción y perdone por ser así, tan "cabroncete" como suelo ser. Es que también necesitaba saber que cuando hice su elección como candidato por sondeo mental, a pedido del Cupanga, no me había equivocado en confirmar su perfil.

-¡Uff!, -exclamé aliviado-ahora entiendo más claro algunas cosas...

- Es para celebrar, porque escucharte hablar así... te ha dado el alto honor y prerrogativa de tutearme si es tu deseo... Yo me lo tomo por cuenta propia...

- Y haré uso de ese honor dentro del más profundo respeto. -dije mientras nos dábamos un abrazo- aunque aún estoy un poco en shock., Me ha engatusado y me lo he creído... Así que te digo que ahora te toca a ti jugar esas cartas con la entrega de tecnología para que compitan los más ambiciosos genios de la ciencia, y luego los más ambiciosos genios del comercio. Por cierto... ¿No sería bueno, en vez de darles tanto material ya fabricado corriendo riesgos de que sepan algún detalle más de lo adecuado, inducirles directamente las ideas mediante un poco de psicotrónica?

- Querido Camarada... -dijo después de unos segundos de reflexión silenciosa- Deberías decirle eso al Genbrial... Estamos llevando una excelente conversación y me alegra muchísimo, pero luego de escuchar de tu boca conceptos que delatan tu Amor a la Humanidad, incluyendo al enemigo, esa idea es la segunda mejor que he escuchado en toda la charla. Técnicamente, la mejor que escucho en semanas o meses. Para serte absolutamente sincero, creo que es una idea tan genial que me urge hablar de ella... Te acompañaré de vuelta a Freizantenia y yo mismo te apadrinaré con la idea ante el Genbrial y el mismísimo Tribunal Civil. Ya sabes que esa parte de las operaciones las tienen que revisar y el Genbrial sólo puede disponer por *motus propio* en psicotrónica, sólo en caso de ataque o emergencia...

- Me parece -dije aparentando seriedad en mis palabras- que tú lo que quiere es ahorrarte los viajes y el trabajo de repartir esas cosas que traje.

Después de una prolongada carcajada me siguió enseñando con merecido orgullo, la maquinaria del Mikyluz II.

-Estos motores -me explicaba- se desarrollaron antes de la IIª Guerra Mundial, pero luego se mejoraron. Este es el control de las pantallas deflectoras inventadas poco después. Tenemos sistema de invisibilidad que no es Gespenst, pero nos permite realmente hacernos invisibles en un noventa por ciento para la vista a pleno sol y al cien por cien de invisibilidad al radar... En la niebla no nos ven ni a diez metros.

- Me contó un marinero que había visto este barco, pero que iba demasiado rápido para ser lo que parece y que le pareció ver como si al alejarse empezara a tomar altura...

- Y te contó bien. No es que pueda realmente volar, pero cuando alcanzamos los 50 nudos, o sea unos 92 kilómetros por hora, basta apuntar las pantallas deflectoras un poco más abajo, así alcanzamos los 120 nudos sin perder estabilidad. La hélice es muy grande y ligera, pero no pasamos de tres metros sobre el agua... No volamos como el avión por aerodinámica, sino por la deflexión magnética en el agua, lo que a esa velocidad reemplaza al casco. Lo mejor es que con este viejo barco, aún en condiciones de visibilidad normal, nos hacemos invisibles a los satélites...

- ¿Y qué autonomía tiene?

- Podría dar la vuelta al mundo repostando sólo comida... Pero lo llevamos en una vimana en Gespenst, me dejan en algún sitio donde haya muchos barcos cerca y si hay algún problema, me vuelven a abducir y desaparecemos.

Y tras mostrarme todo durante una hora, salimos para ir a comer. En la entrada a la dársena había una especie de estatua, de unos tres metros de altura. Era una cabeza de dragón tan bien lograda que parecía real. Tuve que acercarme y tocar para notar que era de un material plástico verdoso que imitaba la piel escamosa y los ojos eran realmente impresionantes.

- ¿Esto es un acrostolio? -pregunté.

- Y de los mejores. El uso antiguo de los acrostolios era asustar a los enemigos, y éste lo ha hecho muy bien. Cuando nos establecimos aquí, se hizo necesario espantar a los pescadores que rondaban asiduamente estas aguas, muy ricas en vida marina. No queríamos dañarles por accidente ya que nuestra tecnología aún tenía fallas, teníamos pocas naves y sistemas de detección que apenas superaban un poco al radar. Así que nos hacíamos invisibles en la niebla, pero con esa cabeza fuera del agua... Le falta una parte, porque era más alto. Los pescadores veían a una criatura marina de la que hablan antiguas leyendas locales...

- ¡El Caleuche! -exclamé- Que en Mapuche significa "(Algo)... *que transforma a la gente*". Pero no sabía si era un barco u otra cosa...

- Es un animal marino legendario, no sé si alguna vez existió algún saurio marino así, -explicó el Capitán- pero la leyenda dice que podía matar con la mirada, o bien curar de todas las lacras a quien le viera y no muriera. La leyenda es aborigen y la conocían los primeros exploradores europeos, pero nunca desapareció del folklore local, así que con unas pocas apariciones, pronto dejaron de andar por encima los pescadores. Luego que nos establecimos, no pudimos con nuestras emociones, aunque nos tienen por "fríos" los que no nos conocen bien, y como había varios médicos en el equipo, ayudamos a mucha gente de la región cuando estaban enfermos, marineros accidentados, barcos averiados o perdidos, labradores de Quellón de buena calidad humana que no tenían dinero para pagar médicos... Pero tomamos precauciones para que no supieran nuestra localización. Además, como apenas teníamos cultivos y todas las bases estaban en construcción, sin autarquía como ahora, les comprábamos mucha mercadería muy bien pagada, pero al desparecer luego sin dejar rastro, la leyenda del Caleuche fue tomando fuerza. Cuando nos detectaron los militares, compramos la isla pagando con muchísimo dinero, porque hay aquí una mina de platino, y como es lógico, luego establecimos las condiciones de propiedad absoluta que te he comentado. Nosotros no tenemos "Propiedad Privada", como sabes, pero compramos algo donde la hay, exigimos se respete eso, porque no hicimos un contrato de alquiler con el Estado, sino una compra...

-Entiendo... En la civilización de superficie se pagan tantos impuestos sobre las propiedades y los vehículos, que aparte de la compra, luego es como si estuvieran alquilados. Pero bueno, también hay una zona de exclusión marítima. Eso no sería muy legal... ¿No?

- ¡Claro que es legal...! El área de exclusión abarca como es debido, lo tratado en la venta, pues la propiedad se establece como de cuarenta kilómetros de radio, a partir del centro de la isla...

Después de comer, volví a Freizantenia con el Capitán Von Reke y en la reunión que pidió de inmediato con el Genbrial. Nos reunimos en una casa piramidal cercana al edificio del Comando General, donde Osman nos presentó su despacho personal y donde prácticamente vivía, aunque poco tiempo permanecía en ella. Helena nos recibió con gran alegría, nos preparó unas deliciosas infusiones y nos dejó conversando.

- Querido Genbrial. -dijo Von Reke, con una confianza y detalles que me sorprendieron- Ante todo, debo decirte que el seguimiento que se hizo de Marcel en aquella ocasión de contacto frustrado, no fue completa porque de haber sabido sus reales cualidades, no habría dejado yo que perdiera tanto tiempo andando por ahí, arriesgándonos a perderlo. Deberíamos haber considerado las recomendaciones recibidas, que cuando los Primordiales cortaron en su niñez sus viajes al Interior, los Cupangas lo siguieron vigilando igual que a los demás. Aunque no sabían que finalmente lo destinarían a formar en el GEOS, no le perdieron ojo jamás. Bueno... no digo que alguien tuviera la culpa, sino en todo caso yo mismo, porque el sólo hecho de haber estado tres días con sus frías noches en la Isla Frenchi, me debería haber indicado algo esa persistencia que sólo tienen personas... Que por cierto, Marcel, aún ni sé cómo hiciste para que alguien te llevara allí, con el miedo que tienen todos al Caleuche...

- Es que pagué muy bien al dueño de aquel barquito. -respondí- La mitad a la ida y la otra mitad a la vuelta.

- Y lo raro -dijo Osman- es que volviera sin dejarte luego abandonado, que incluso por la mitad restante podría haber desertado. Aunque finalmente te hubieran recogido, fue todo un riesgo.

- No tanto, Genbrial. -respondí- Le di la mitad del dinero, pero era la misma mitad en todos los billetes...

- Bueno, -decía Von Reke después de las risas- Como ves, este muchacho suele tener algunas ideas que debería escribirlas... Y bien, ya sé que también han hablado de eso. He venido personalmente porque no es que me quiera escaquear de las entregas estratégicas que debemos hacer, pero Marcel ha pensado en que podríamos hacer inducción de las ideas técnicas por psicotrónica, en vez de ir repartiendo cosas ya fabricadas. Tú eres el autor, Marcel, así que dile algo...

- Ya está dicho... -agregué- Sólo cabe destacar las ventajas que veo en eso. Si se les hace creer a los científicos que se trata de sus propios descubrimientos, en esa "lucidez" especial de un sueño, o algo así, se esmerarán más en poner las cosas en marcha, en ganar dinero, en difundir su genialidad. De hecho creo que algunos estarán más o menos encaminados y lo único que se haría es acelerar sus procesos. Si reciben la cosa hecha, puede que crean que otros competidores en el mercado están más avanzados y en vez de alentarlos, produzcamos el efecto contrario. Claro que la inducción psicotrónica sería con ayuda de un experto como Kornare, pero debería ser mucho más cuidadosa que el hecho de elegir circuitos, planos y aparatos. Si fuese una inducción psicotrónica bien elaborada, no habría riesgo de que se les entregue algo que no querríamos entregar, algún material que se pase por alto...

- Realmente... -dijo el Genbrial- Es una idea tan sencilla que no entiendo cómo no se nos ocurrió antes. Bueno, las ideas son como los pájaros sueltos, y a ti se te ha posado un águila real en la cabeza.

- Mientras me deposite sólo ideas y no haga como las palomas en las estatuas...

- ¡Reunión urgente!... -dijo Osman aguantando la risa y apretando unos botones en un intercomunicador- Con el Tribunal Civil, la Teniente Bennink, Johan Kornare y... Ahora, Marcel, conocerás la mayor parte del equipo psicotrónico de Freizantenia. Y tú, "padrino de las ideas de Marcel", por supuesto que eres invitado de honor. Podemos ir caminando si les apetece dar el paseo mientras la gente se reúne.

- Tengo una curiosidad... -dije mientras caminábamos hacia la sala de Estrategia por la calle repleta de jacarandaes, naranjos y limoneros en flor- pero no sé si es el momento adecuado de preguntar cosas del futuro a largo plazo.

- No te quedes con las ganas. -respondió el Genbrial.

- ¿Qué pasaría si las cosas salieran tan bien, que la humanidad toda cambiase su conciencia, su mentalidad; que enderezase sus rombos y por ejemplo, pidiese masivamente que Freizantenia se hiciera cargo del gobierno mundial?

-Eso es muy improbable, querido Mercel. -respondió Osman tras unos segundos de reflexión- Me ha costado entender tu pregunta, porque nosotros no somos niñeras del planeta, sino los guardianes de las entradas al Interior como función principal, y como guardianes de la estabilidad general para evitar la aniquilación de la vida sobre la superficie externa, pero no somos necesariamente guardianes de la supervivencia de las masas humanas mortales. No podemos hacer los deberes de los demás... Evitamos cuanto podemos las catástrofes que ya habrían provocado los narigoneses y sus cómplices, pero gobernar a toda la humanidad es algo que ya no es posible para nosotros. Sería como ponerte a ti a cargo de un zoológico. El mundo ha tenido sus oportunidades de corregir rumbos, pero siguen en las mismas porque si no cambian uno a uno y todos juntos, nadie podrá hacerles cambiar... De hecho, cuando se creó Freizantenia, la tecnología podría haberse usado para conquistar el poder total sobre el planeta, pero nuestros padres comprendieron que eso no habría puesto las cosas en su lugar. Hacemos esto de intentar despertarles, de informarles, de liberar a los que quieran liberarse de los engaños, pero en el improbable caso que el éxito sea tan grande, no estamos dispuestos a seguir sus pautas ni su falso sentido de la democracia. No íbamos a darle a la masa humana "pan y circo", que es lo que la mayoría quiere, porque es como si un padre diera a sus hijos todos sus caprichos. Con eso suelen lograr muy fácilmente criar delincuentes o los más pusilánimes inútiles sociales. Así que se asumió el control de las entradas al Mundo Intraterreno por sugerencia de los Primordiales y con alguna ayuda no tecnológica por su parte, pero ya estaba decidido que Freizantenia sería algo aparte de la civilización, completamente al margen, ya que se fundó con diferencias formidables en todos los conceptos económicos, políticos y religiosos...

- Cierto, lo comprendo, pero me gusta imaginarme que la gente cambia y que el mundo empieza a moverse por ideales superiores, como los de Freizantenia. ¿Qué pasaría si cunde el ejemplo en muchos países, en la gente de todas las razas y culturas...? ¿No opináis que sea posible?

- Entonces, -continuó Von Reke- creo que además de escribir para los niños, como hemos hablado, tendrías que escribir mucho sobre política.

- O quizá no tanto, -agregó el Genbrial- porque nuestra política no es complicada de entender y podría resumirse en tres o cuatro libros. Lo difícil es hacer que la gente cambie su mentalidad, que elimine sus miedos, odios y vicios. Y será difícil hacerle dar cuenta a la humanidad de cuántos engaños se ciernen sobre ella, cómo funcionan realmente los sistemas económicos y sus diferencias con nuestra forma de vida.

-En lo espiritual, -agregó Von Reke- también será muy complicado explicarle a la gente, que no necesita de las religiones para llegar a Dios, sino los Conocimientos Sagrados de la Doc-Trina que enseñaron todos los Maestros Espirituales de todas las épocas, y que nuestros sacerdotes no son más que maestros, que la enseñan a nuestros niños desde la escuela primaria porque no son cosas para "creer", sino para comprender, descubrir, experimentar, no tan basados en hechos, que suelen conducir a discusiones tontas, sino a realidades objetivas, como la simple comprensión de los Kybaliones... A los niños de la civilización les llenan la cabeza de creencias desde muy pequeños, cosas que no podrán comprobar nunca, pero les crean la necesidad de creer, no la de analizar y comprobar... Bueno, que concuerdo con el Genbrial en que no somos la niñera del mundo, pero también comparto contigo esa ilusión de hacer un mundo mejor. Así que a preparar pluma y papel... O una máquina de escribir.

- Ya veremos de que algún Guerrero de la Luz -dijo Osman- le facilite algo más avanzado, como nuestras computadoras, pero por ahora, tendrá un tiempo para hacer cosas por estas tierras del Sur, según creo. Si conseguimos que la psicotrónica sirva para hacer llegar la información correcta a quién deba llegar para cambiar la tecnología de la civilización, quizá tus futuros libros logren acercar al menos a una parte de la masa humana a eso que tanto deseas. No importa que sean muchos, sino que sean buenos... Y francamente, aunque lo tengo por improbable, no voy a dejar de hacer todo lo posible, porque para eso estamos.

La reunión no fue una, sino muchas. Definir el plan de inducción de tecnología por medios psicotrónicos, requirió de largas horas durante muchos días, porque se iba a dar al mundo algo que podía desestabilizar el poder de la radio, la prensa y la televisión. No sería muy diferente que la tecnología secreta de los narigoneses y tampoco tan avanzada, pero que al menos permitiese que cualquier persona con deseos de conocer, se enterase de lo que busque, ya que hasta las bibliotecas empezaban a quemar libros considerados "desfasados", con la consiguiente pérdida de técnicas agrícolas y muchas otras, conocimientos esotéricos e históricos, y todo a conveniencia de los intereses de Narigonés & CIA.

[NOTA: Sobre esta parte no puedo hablar más, porque la psicotrónica es un tema en el que tengo demasiado conocimiento, técnico y operativo, así que seguramente revelaría cosas que no debo revelar bajo ninguna circunstancia.]

ESTABILIDAD RELATIVA Y DUDAS DE INTERVENCIÓN

Las operaciones en Argentina, Brasil, España y otros sitios, de las que escribiré en otro momento, quedaban pendientes, pero las cosas fueron quedando en Freizantenia bajo total control, y en el resto del mundo bajo un control relativo pero estable. En ese ajedrez bélico más o menos tácito y desconocido para la casi totalidad del mundo, se estableció un protocolo de acción accesorio, que consistía en visitar a unos pocos líderes mundiales no pertenecientes al los aliados de los narigoneses. Para llevarlo a cabo, hubo que estudiar muy bien la situación exterior y empecé a ser entrenado, junto con algunos de mis compañeros, en las actividades de espionaje y contraespionaje de "La Cadena de Oro", el servicio de inteligencia de Freizantenia, cuyo principal grupo de acción son los HDN (Hombres de Negro). Entonces tuve oportunidad de comprender algunas situaciones vividas por algunas personas que me habían contado casos increíbles en lugares diversos. Por mi parte, una sucesión de idas y venidas a la civilización durante cuatro años, sirvió para informarme acerca del cuadro político mundial y transmitir en Freizantenia por un lado la información concreta y objetiva, y por otro mi interpretación personal de cada caso y de lo general.

Cuarenta compañeros del GEOS cumplían las mismas funciones, así que en poco tiempo comprendimos en Freizantenia toda la realidad global con una perspectiva que no habrían conseguido obtener los freizantenos por la línea que llevaban, de simple alejamiento de la civilización, custodia de los polos y más avances tecnológicos, que continuaban y de los que narraré en otra oportunidad. El resto del GEOS se había convertido en una patrulla súper-eficiente, al disponer de Kugelvins que no tenían ya la limitación de los intraspasables. Algunos intentos más de ataque por parte de los narigoneses, fueron frustrados antes de que zarparan siquiera los barcos o submarinos enemigos, o de producirse el despegue de los aviones y otros vehículos. El enemigo pareció comprender que no podría jamás contra Freizantenia y en cambio se orientaron sus actividades hacia otras barbaridades contra los pueblos que no conseguían someter. Ataques de falsa bandera, creación de grupos terroristas con pretextos religiosos, para mantener dominados y asustados a los pueblos y a los gobiernos... No obstante, debimos realizar varias operaciones subterráneas más porque los tecnólogos narigoneses no dejaban de intentar la penetración en la corteza terrestre, pero mis viajes a Freizantenia fueron decreciendo en la medida que iba teniendo más responsabilidades en la civilización.

Me sentía a veces muy cansado y hasta asqueado de ver cómo la humanidad vivía cada vez más engañada, pero seguí con mis diseños de aparatos piramidales y experimentos con otras cuestiones interesantes. Sin embargo, cuatro años después de que iniciásemos la "Computer Betrieb", (Operación Computadoras) se empezaron a ver los resultados. Por todas partes se empezaban a vender ordenadores, que ya no eran sólo de uso militar y policial, y al mismo tiempo se instalaba en el mundo una red de comunicación global usando los teléfonos y los satélites. Incluso los teléfonos móviles ya estaban al alcance de un número creciente de personas. El enemigo había caído en la trampa, el propio mercado y las ambiciones de algunos científicos (y otros para nada científicos) había difundido y hasta mejorado en parte los sistemas informativos que habíamos planificado, aunque en todos los casos tenían sus tretas para mantener la clientela cautiva. Se hacían las cosas mal de un modo muy calculado para que se tuvieran que reemplazar, que hubiera que volver a comprar "versiones mejoradas". Pero se había evitado, al menos por el momento, el plan narigonés de sumir al mundo en el total oscurantismo.

Explicaba todas estas cosas a la Plana Mayor y el Tribunal Civil en uno de mis últimos viajes a Freizantenia, en que me pidió el Genbrial hacer un resumen desde mi punto de vista.

-Allí están aún las "*Guidestone*" o "Piedras Guías", de Georgia, USA; con su clara indicación de reducir la población mundial a sólo 500 millones de personas, pero se ha evitado en varias ocasiones la aniquilación de los otros 6.500 millones. No sabemos cuánto tiempo puede durar esta relativa estabilidad, pero sabemos que no será para siempre. El mundo debe cambiar, la conciencia de toda la gente tiene que hacer ese cambio, porque nosotros no somos sus "redentores". Pero aún cuesta hacer entender a las masas que nadie vendrá de otro planeta a decirnos lo que cualquiera en la Tierra sabe, ni vendrán Maestros de otros Reinos Naturales a que les asesinen por decir a los mortales lo que dicen ya muchos Guías y Maestros terrestres. Nadie de afuera va a decirle otra vez, lo que la consciencia de cada uno le dice hasta el cansancio. Pero yo tengo la responsabilidad asumida voluntariamente, de intentar despertar esas consciencias dormidas, o los oídos que nos las quisieron escuchar y quedaron insensibles a cualquier cosa que sea un poco más importante que el dinero... Para Freizantenia, la cuestión más importante está en mantenerse atenta más que nunca, para evitar la ruptura del proceso tecnológico controlado...

- Excelente y claro, Marcel. -dijo el Genbrial- Hemos "repartido el maíz" como lo propusiste y ha germinado bien. Los HDN de ambos bandos han tenido muchos enfrentamientos. ¿Cómo se ve eso allá afuera?

- Se habla de ello. Las "revistas especializadas" los nombraban muy a menudo. Sólo unas pocas de ellas son baluartes de la Verdad, pero ninguna de esas pocas conocen el cuadro completo, así que una parte de mi misión consistió en dar sólo a muy selectos editores, determinadas informaciones, aunque casi siempre debo hacerlo en forma anónima, con falsa identidad o escribiendo novelas... Ya saben que es más peligroso eso que recorrer las misteriosas galerías subterráneas. El proceso fructificó, pero tal como habíamos previsto, el enemigo no se quedó quieto. Así que como ya tenéis noticia, comenzaron actos de terrorismo contra países de los que casi nunca se escuchaba nada y donde la gente vivía tranquila. Para mantenerse en el poder, los narigoneses siguieron ocultando y deformando todo acerca de Freizantenia, pero las nuevas redes de comunicación y en especial Internet, dieron más vuelcos a sus planes porque quien desea información, ahora la puede encontrar. Aunque sea entre miles de ediciones y publicaciones sobre casi cualquier tema, existen dos o más versiones, a partes más o menos iguales, y sólo falta que la gente analice, deduzca y comprenda.

- Entonces, a seguir adelante, Marcel. Porque nuestros HDN no te van descuidar y se te ayudará, como a todos los miembros del GEOS.

- Por cierto... -intervino el General Von Schulzter- Creo que mañana estará todo el GEOS en Freizantenia. Podrían tomarse unas pequeñas vacaciones ya que estaréis reunidos.

- Mi tarea principal ahora mismo, General, es demasiado tentadora como para tomarme vacaciones. He averiguado que Johan Kornare tiene un período de estabilidad en sus actividades, de modo que le queda tiempo libre para empezar a trabajar con un aparatito muy interesante...

- ¡Cierto! -exclamó Johan- Pero no lo vamos a "empezar"... Sino a continuar, porque temiendo que te hubieras olvidado, lo he empezado como para no olvidarme yo... ¿Recuerdas aquel diamante azul que trajiste de la vacuoide del chapapote y lo regalaste a Viky?

-Claro que lo recuerdo... Pues un pequeño accidente técnico nos llevó a un interesante descubrimiento. Pero no es momento para hablar de eso y además, tus compañeros del GEOS me dejarán de querer si te tengo metido en el laboratorio. Mejor empezamos dentro de unos días.

Dado que cada tanto tenía que ir a Freizantenia, tuve ocasión de conocer cosas tan extraordinarias como las que habíamos conocido desde nuestras primeras andanzas. El mundo tiene encerrados tantos secretos que no caben ni en todas sus bibliotecas. Pero en uno de esos viajes me enteré, por fin, de que hay cosas más increíbles en relación con Freizantenia, que el enemigo posiblemente sabía. El "misterio" de la Sternkraft me fue revelado e hice unos rápidos viajes que fueron demasiado sorprendentes como para contarlos en este libro y con los que muchos de los Queridos Lectores habrán soñado.

EPÍLOGO

Creo que he revelado en este relato, más cosas de las que estaba autorizado a revelar. Espero que los Lectores sepan apreciar el mensaje y que los riesgos que se corren al transmitirlo, no sean en vano. En próximos libros hablaré sobre el Sternkraft, el Parque de las Runas, los misterios resueltos de las Octógonas (y otros aún sin resolver), las operaciones En Brasil y Argentina, la "Operación España", "Intervención Silenciosa" y mucho más. Pero lo mejor que pueden hacer los lectores para participar de alguna manera en todo esto, es difundir este libro, porque sus mensajes, un poco en clave y otros no muy en clave, deberían llegar a mucha gente para que se cumpla el protocolo freizanteno. Tal como está el mundo, por más que se trabaja para mejorarlo, quizá, algún día, podrías tener que emigrar a Freizantenia o a alguna vacuoide... ¡Quién sabe!

EN EL PRÓXIMO CAPÍTULO:

Erk en Peligro Inminente, La Antigua Entrada del Foniu, El Parque de las Runas, El Cronovisor, Sternkraft, La Segunda Batalla de Los Ángeles, Las Pirámides de España, Los Primos de las Octógonas... Puff, no cabe aquí todo el temario... Hasta *El Tesoro Mágico de Sternkraft*.

OTRAS OBRAS DEL AUTOR

NOVELA:

"El Tesoro Mágico de las Pirámides"

"El Tesoro Mágico de Iraotapar"

"El Tesoro Mágico de Yin Tzi Tàa"

"Faraón"

"Águila Tonta"

CIENCIAS (Gabriel Silva)

Piramidología:

"Manual Básico de Piramidología"

"Tecnología Sagrada de las Pirámides"

"Revolución Terapéutica de las Pirámides" (Coautor, Dr. Ulises Sosa Salinas)

Política:

"Ecologenia, Política de Urgencia Global"

"Constitución Asamblearia"

"Econogenia" (Los tres en uno, en "Ecologenia Global")

Psicología:

"Catarsis Cátara"

Metafísica: "Los Ocho Kybaliones"

"Alcanzando la Inmortalidad",

Coautor con Ramiro de Granada, de

"La Biblia III, Testamento de Todos los Tiempos"

"Reencarnación y el Viaje Astral"

"La Gran Ramera y todos sus Hijos" (novela-documento)

Contacto: gabrieldealas@gmail.com - gabrielsilvaescritor@gmail.com